U0929571

诗词的美丽是永恒的，正像亿万年动听如初的雨声。它是梧桐上的细雨，是暗香醉人的花荫，是小楼微凉的东风，是月光下闪过的鹊影，是稻花香里的蛙鸣，是云涛与晓雾的相连，是落红与芳草的呓语……

一本书读完最美古诗词

（下）

云葭 青黎 著

中國華僑出版社

南朝四百八十寺，多少楼台烟雨中
——共醉落花枕烟霞

千里莺啼绿映红，水村山郭酒旗风。南朝四百八十寺，多少楼台烟雨中。

——唐·杜牧《江南春》

谁都不能否认，江南的山水很美，要不然也不会有“上有天堂，下有苏杭”一说了。杭州西子湖水印斜阳，参天古木苍翠欲滴，一直延伸到灵隐寺台阶上的层层苍苔之中；苏州沧浪亭青瓦白墙，远山沧澜影影绰绰，和着山水之间醉意迷蒙的千里烟波。还有那停留在六朝古都金陵城的斑驳记忆，飞掠过乌衣巷口的堂前紫燕，漂浮在秦淮河上的脂粉余香。犹记当年粉黛，如今何处笙箫？暮色四合，灯影桨声里依稀回放着昔日的金迷纸醉，犬马声色，仿佛还能听到老戏台上依依呀呀地吟唱：俺曾见金陵玉殿莺啼晓，秦淮水榭花开早，谁知容易冰消……

江南富庶之地，春意盎然，文人荟萃，他们都用自己能想出的最绮丽的诗词来歌颂这块土地。柳永的江南，有烟柳画桥，风帘翠幕，参差十万人家；温庭筠在这生愁，过尽千帆皆不是，斜晖脉脉水悠悠；皇甫松梦中江南梅子熟，夜船吹笛雨潇潇，人语驿边桥。其中，当属白居易的《忆江南》最脍炙人口，连黄口小儿都能随口背出：

江南好，风景旧曾谙。日出江花红胜火，春来江水绿如蓝。能不忆江南？

江南忆，最忆是杭州。山寺月中寻桂子，郡亭枕上看潮头。何日更重游？

江南忆，其次忆吴宫。吴酒一杯春竹叶，吴娃双舞醉芙蓉。早晚复相逢？

多年以后，“日出江花红胜火，春来江水绿如蓝”俨然已经成了人们对江南的第一印象。

显然，杜牧也是极爱江南的，他眼中的江南，千里莺歌燕舞，所到之地桃红柳绿，满园花香，依山处城郭繁华，傍水处村庄云集，悬挂在酒店门口的旗子迎风招展，喧嚣却不肆意，繁华却不刻意。风景若此，怨不得美女都爱来这里投胎。似乎“江南出美女”已经成了很多人心中的共识。隋炀帝为了下江南游玩，不惜耗费大量民力财力开凿运河，乾隆皇帝更是六次下江南，赏花赏月赏美女，好不惬意。

时光荏苒，岁月变迁，江南的风景也在沧海桑田中几度改变。南朝时期，佛教文化空前盛行，江南一带寺庙云集，这些庙宇门庭若市，香火旺盛，百姓们每日都在晨钟声中结束梦境。归根结底，这也是因为统治者的喜好。南朝皇帝普遍信佛，最虔诚的莫过于梁武帝萧衍，他是历史上出了名的和尚皇帝。

南朝各个朝代的存在时间都不长，萧衍是梁朝的开国皇帝，他本是南齐官员，后逼迫齐和帝让位，自立为王，建立南梁，史称梁武帝。梁武帝有个非常非常出名的儿子——昭明太子萧统，大名鼎鼎的《昭明文选》就是萧统组织编选的。只可惜天妒英才，萧统还没继位就死了，死的时候才三十一岁。

龙生九子，九子各不同。梁武帝的那群儿女们，不是每一个都像萧统这么争气。那么多儿女之中，让梁武帝最头疼的就是他的大女儿，永兴公主萧玉姚。皇家公主大多娇生惯养，刁蛮任性，永兴公主也不例外。她是个非常顽劣的姑娘，从小不学无术，就知道胡闹瞎混，后来她还看上了自己的六叔——临川王萧宏。萧宏想谋反，永兴公主就跟着他一起瞎胡闹，她派杀手去行刺梁武帝，事情败露后，心寒的梁武帝把她关了起来，不久她就自杀死了。

后人一直津津乐道梁武帝当和尚一事。梁武帝特别信奉佛教，他亲自到同泰寺去当了三次和尚，还把年号改成了大通。

有了皇帝的身先士卒，百姓们自然也跟着信佛，全国各地广建寺庙，走在大街上都能闻到庙里烧香的味道。杜牧的“南朝四百八十寺”是泛指，但犹能看出南朝佛教之盛，寺庙之多。直到现在，江南一带还是留下了不少寺庙，像杭州的灵隐寺，南京的鸡鸣寺，都是兴建于那个时期的千年古寺。

寺庙本身就给人一种庄严神圣的感觉，江南多烟雨，每到阴雨天，那些寺庙都掩映在氤氲朦胧的雾气之中，宛如仙境，造就了一种深邃迷蒙的美。

何是江南？道是芳草怀烟，烟波千里醉。天共碧水，水远与天连。笑卧春风，风暖绿人间。待到落花时节，愿与君相逢，执手烟雨楼台中，同把江南觅。

东风不与周郎便，铜雀春深锁二乔

——千年后，我们再来说

折戟沉沙铁未销，自将磨洗认前朝。东风不与周郎便，铜雀春深锁二乔。

——唐·杜牧《赤壁》

我对打打杀杀不感兴趣，看古代历史时关注点多在帅哥美女身上。不过很多战役实在是如雷贯耳，就算不完全明白怎么回事，听也是听说过的。牧野之战，周武王灭商，建立了西周王朝；巨鹿之战，项羽破釜沉舟，以五万楚军一举击败四十万秦兵，西楚霸王名震四方；赤壁之战，吴蜀联军以五万兵力的弱势打败曹操二十万大军，大快人心；淝水之战，谢安带领的八万东晋士兵把前秦苻坚的百万大军打得风声鹤唳，草木皆兵。虽说对战争不感兴趣，但我不得不承认，这些以少胜多的大战光是看看就让人热血沸腾，领军之人得有多大的本事才能扭转乾坤，大败敌军啊！

《三国演义》的出名使得“赤壁之战”家喻户晓，胸中稍微有点墨水的人，谁不知道苏轼《念奴娇·赤壁怀古》中的“大江东去浪淘尽”啊：

大江东去，浪淘尽，千古风流人物。故垒西边，人道是：三国周郎赤壁。乱石穿空，惊涛拍岸，卷起千堆雪。江山如画，一时多少豪杰。

遥想公瑾当年，小乔初嫁了，雄姿英发。羽扇纶巾，谈笑间、樯橹灰飞烟灭。故国神游，多情应笑我，早生华发。人生如梦，一尊还酹江月。

三国、周郎、赤壁。那一战之后，周瑜的名字跟赤壁是分不开了，一提到赤壁人们都会想起英俊潇洒的周公瑾，因为他就是赤壁之战的带兵将领。曹操带领的北方士兵不习惯坐船，他下令用木板将船的首尾连接，人在船上走就跟在地面上走一样，稳稳当当，但是这样一来就有个致命的弱点，那就是所有船只等于连成了一条超级大船，一荣俱荣一损俱损。周瑜的下属黄盖看透了这点，于是建议周瑜用火攻。周瑜采纳了黄盖的意见，写信向曹操诈降，带着十船柴草火油驶向曹军。快要接近曹军的时候，命人点燃柴草，恰好当时江面上起了东风，天时地利，曹军人马烧死无数，一败涂地。

长期操练水军的周瑜和黄盖对江面上的风向了如指掌，他们正是利用了这一自然现象，扼住敌军咽喉。小说《三国演义》中把“借东风”的功劳归于诸葛亮，使得诸葛亮这一形象更加“多智近妖”。

杜牧的诗中，“东风不与周郎便，铜雀春深锁二乔”说的正是这一典故。杜牧认为，周瑜之所以能取得胜利，起决定性作用的还是江面上的东风。这两句是用了假设和反衬的手法，从反面突出了东风的“功劳”。假如那时候没有刮东风，周瑜就不能打败曹操，而曹操就顺理成章攻下东吴。假如东吴被攻下了，东吴美女大乔小乔姐妹肯定会被曹操抢走。这一连串的假设其实是紧密相连的，一件事发生了，另一件事就会接着发生。

大乔和小乔是乔公的一双女儿，长得天姿国色，和袁绍的儿媳妇甄宓并称为三国三大美女，有“江南有二乔，河北甄宓俏”的说法。姐姐大乔嫁给了孙策，妹妹小乔嫁给了周瑜，英雄美人，天作之合。大、小乔的美貌在当时是人尽皆知的，身为男人的曹操不可能不动心。建安九年（公元204年），曹操攻下邺城的时候就想把甄宓夺了，可惜被他儿子曹丕占了先机，只好作罢。有了前一次的教训，若是能攻下东吴，曹操势必会把大、小乔姐妹收入囊中，幽禁于铜雀台。

关于铜雀台的来历，据说是曹操打败袁氏兄弟后，半夜看见金光，循着金光从地下挖出一只铜雀。曹操认为这是大吉之兆，因为当年舜的母亲梦见玉雀入怀而生下舜，如今挖出铜雀，不就意味着他可以和舜一样君临天下么？于是曹操命人在漳水兴建铜雀台。铜雀台和金虎台、冰井台并称为邺城三台。

杜牧这个“锁”用得极好，“锁”字较之“关”字，更能体现囚禁之意味。大乔是何许人也，人家可是东吴君王孙权的嫂子！小乔更是与赤壁之战有着直接的关系，领兵统帅周瑜就是她的丈夫。她们身份如此高贵，见到她们都难，更不用说是将她们“锁”住了。杜牧假设的这一后果，表面上说的是美女被掳，实际上却指东吴灭亡。唯有东吴被灭，她们才有可能被曹操锁进铜雀台，占为己有。

所以说杜牧这一假设确实够迂回，他利用大小乔姐妹被掳的结局来说明“东风”的重要性。赤壁之战是一场非常关键的战役，倘若败了，直接后果就是曹操再接再厉，一举侵占东吴。如果江面不刮东风，周瑜就不能打败曹操，曹操一旦攻下赤壁就会乘胜追击，进一步攻下其他城池，最后占领整个东吴，抢走美女大小乔。如此看来，周瑜是该好好谢谢那一场东风，东风不仅帮他打胜了仗，还保住了他的妻子和他的国家。

我对周瑜还是很有好感的，他年轻有为，足智多谋，又精通音律，时人都说“曲有误，周郎顾”。《三国演义》中把周瑜塑造成一个心胸狭隘的人，完全是为了衬托诸葛亮的形象而故意为之，周瑜也不是被诸葛亮气死的，什么“既生瑜何生亮”其实都是杜撰的。历史上的周瑜不仅才华出众，而且胸襟广阔，很是大度。有史记载，老将程晋不服气居于周瑜这么个年轻人之下，经常当面羞辱他，周瑜非但不怪罪，每次见程晋也都和言善语。久而久之，程晋被周瑜的才华和胸襟所折服，感叹道：“与周公瑾交，若饮醇醪，不觉自醉。”

以绝对弱势取得赤壁之战的胜利，周瑜的才智自是不必说，这样一个年轻有为的将领，就算不能胜过诸葛亮，也绝对不在诸葛亮之下。千百年之后，后人想起赤壁之战，无不敬佩周公瑾。

清明时节雨纷纷，路上行人欲断魂

——雨帘里，依约是清明

清明时节雨纷纷，路上行人欲断魂。借问酒家何处有？牧童遥指杏花村。

——唐·杜牧《清明》

山野人家，小径悠长，雨幕重重又重重，犹见远山空蒙。这便是我每次清明上坟扫墓时的最深记忆。

我是在乡下小镇出生的，家族中的老人们特别重视清明扫墓，儿子孙子辈若不是有特别重要的事，每个家里必须有一个人作为代表上坟祭祖。墓地一般都在偏僻的郊区或者山上，就算开了车，也还是要下来步行好一段路。我很不明白，为什么每次清明前后都要下雨，就算之前不下，到了清明当天，肯定会洒下那么点雨花。我本是喜欢雨天的，可到了这个时候，便觉得那淅淅沥沥的雨滴很惹人讨厌，为什么它就不肯消停一会儿？

雨后的乡间小路十分泥泞，从我爷爷奶奶家到太爷爷的墓地，必须要经过几条田埂，每走一步鞋底就沾上一点泥巴，不多时脚上的鞋子就有几斤重了。更可恶的是，那雨说大不大说小不小，就是不肯停，好像清明少了它这场雨就不是清明一样。我脑子里迅速闪过“清明时节雨纷纷”这么一句诗，莫不是自古以来，雨就是跟着清明的？

年少时的我可不懂那么多常识，是以“清明为什么会下雨”这个问题曾困扰了我好久。其实清明除了是一个节日之外，还是一个节气，想必不少人都背过这首《二十四节气歌》吧：

春雨惊春清谷天，夏满芒夏暑相连。秋处露秋寒霜降，冬雪雪冬小大寒。

上半年是六廿一，下半年是八廿三。每月两节日期定，最多只差一两天。

“清”指的就是清明，这是古代人民根据每年的天气变化总结出来的。每到清明，气温就会升高，雨水也会随之增多，正好适合春耕，农村地区有“清明前后，种瓜点豆”的说法。

清明之后，万物复苏，春意盎然，适合出门踏青郊游。古代的女子们都很喜欢清明这一节日，因为她们平日里不被允许自由出门，唯有清明之际，才可以光明正大地外出踏青。

每个地方的清明风俗可能都不太一样，在我的家乡，老人会带着儿子孙子辈一同前往墓地，在逝去的亲人坟前摆上几样小菜，有酒有肉，焚香拜上三拜之后，再烧纸钱、放鞭炮，祭祀后的酒菜带回家食用，吃了之后可以得到先人的保佑。我们这一代人可能不怎么相信这个，但老人们可是很看重的。

到了清明节，人们思念的大多是已经故去的亲人，只要不是忙得抽不开身，一般人都会赶回家扫墓，趁此机会去拜祭一下他们。清明时节雨纷纷，路上行人欲断魂。诗人之所以"欲断魂"，或许就是因为远在异乡，无法赶回去扫墓，眼看别人都跟家人一起，三五成群上坟去，心里特别不是滋味吧。相比现在，古人更加重视清明节，风俗也更多，比如插柳啊，蹴鞠啊，斗鸡啊，等等。

杜牧的这首《清明》被很多人誉为叙事最详细的诗，时间、地点、人物、事件，一应俱全。诗的内容也很有意思，有很多画就是依照该诗而作的，牧童遥指的形象异常生动。诗人雨中思乡，心生愁怨，想找个地方避避雨，喝点酒。人生地不熟的他叫住了一个过路的牧童，问他附近哪里有酒家。牧童指着远处道："那边的杏花村就有。"

这首诗传开之后，不少酒家纷纷挂上"杏花村"的旗子，这三个字差不多成了酒家的代名词。

直到现在，依然有"杏花村"酒的存在。这也算是个老牌子了，杜牧可能不会想到，他随便写的一首诗，居然为中国的酿酒事业打出了这么响亮的广告。

除了杜牧之外，北宋黄庭坚的《清明诗》也颇有名气：

佳节清明桃李笑，野田荒冢只生愁。雷惊天地龙蛇蛰，雨足郊原草木柔。
人乞祭余骄妾妇，士甘焚死不公侯。贤愚千载知谁是，满眼蓬蒿共一丘。

黄庭坚和杜牧写诗的着重点不同，他主要表达自己对清明的感触。诗中提到了两个很有名的典故，一是齐人（有一妻一妾那位）在墓地吃人祭祀剩下的东西，吃得满嘴油腻，回家却对妻妾谎称大官请自己吃饭；二是春秋贤士介子推不愿做官，隐居深山后被晋文公放火烧山，抱树而死。这两个典故都跟清明节有关。

春分过后，等到春雨绵绵之时，清明就在眼前了。

商女不知亡国恨，隔江犹唱后庭花

——当年粉黛，何处笙箫

烟笼寒水月笼沙，夜泊秦淮近酒家。商女不知亡国恨，隔江犹唱后庭花。

——唐·杜牧《泊秦淮》

秦淮水岸，脂粉凝香。金陵城墙，旧影残光。拨开重重时光，谁又能看到千年前的纸醉金迷？

烟笼寒水月笼沙，游走在光阴之中的秦淮河，自古不乏喧嚣。六朝金粉，繁华靡丽，文人墨客纷纷宿醉于此，听歌女琴弦上的宫商角徵，看舞姬步履下的霓裳羽衣。月夜下，江水上，画舫灯火辉煌，伊人倚窗轻笑，慢点胭脂，娥眉粉黛，眼波流转。那水巷中的青石小路，是谁撑着油纸伞，雨湿苍苔，提裙步阶，悠悠行至小石桥上，双眉微蹙，说是寂寞的秋的清愁，欲说还休，欲说还休。

只是如今的秦淮，是否还留有千年前的六朝记忆？犹记当年秦淮水畔，“梨花似雪草如烟，春在秦淮两岸边，一带妆楼临水盖，家家粉影照婵娟”。桨声灯影中，秦淮八艳神韵未消，董小宛、李香君、陈圆圆、柳如是、马湘兰、顾横波、卞玉京、寇白门，一个个名字宛如镌刻在金陵旧梦之中，凭后人回忆。乌衣巷仍在，夫子庙未衰，逝去的却不只是千年时光。

当年的秦淮河，何其繁华。文人雅客和歌伎们就宿在画舫之中，弹琴唱曲，吟诗作画，夜夜灯火通明。文人雅士，谁不爱这销魂噬骨之地？

杜牧夜泊秦淮河岸，临近酒家，听到了从里面飘出来的阵阵歌声，歌女所唱之曲，正是南陈的亡国之音《玉树后庭花》。刘禹锡在他的组诗《金陵五题·台城》中也有提及此曲：

台城六代竞豪华，结绮临春事最奢，万户千门成野草，只缘一曲后庭花。

这首曲子是南朝陈后主为他的宠妃张丽华所写。当年隋军攻入皇城之时，陈后主依旧沉浸在声色犬马之中，日日与张丽华莺歌燕舞，游戏后宫，最后曲终人散，国破家亡。因此《玉树后庭花》被称作亡国之音，和绝世美女张丽华一起，在历史上留下了一笔胭脂色。

张丽华出生在穷苦人家，父亲以织席为业，家境清贫。眼看女儿容貌如此出众，却过着这样的苦日子，张丽华的父母于心不忍，遂把她送入宫中，以求温饱。那一年陈叔宝还不是皇帝，那一年张丽华才十岁，是太子良娣孔氏的婢女。孔氏本身就是位大美女，陈叔宝对太子妃沈氏没什么感情，却很宠爱孔氏和龚氏。曾有一次，他曾对孔氏说："古称王昭君、西施长得美丽，以我来看，爱妃你比她们美。"可是在陈叔宝眼里比西施、王昭君更美的女人，机缘巧合下却被自己身边的小婢女给比下去了。

那一日陈叔宝到孔良娣宫中休息，无意中发现一位美艳绝伦的小宫女，他心里已经有了自己的想法，便对孔良娣说："如此天姿国色的女子，爱妃怎么偷偷藏起来，没有让我看见？"

孔良娣怎么可能不知道陈叔宝心里想些什么？虽然不开心，但还是挤出笑脸说："我觉得殿下现在见到他，仍然太早呢。"陈叔宝不明所以，问她为什么这么说。孔良娣回道："她年纪还小，恐怕还太过稚嫩，不足以被殿下采摘。"陈后主觉得孔良娣说得不无道理，也就没有再多说什么。此后他心里一直记挂着张丽华，常用金华笺写词送给她。张丽华天资聪颖，怎会不明白陈叔宝的心意？

张丽华究竟有多美？据说她肤如凝脂，白皙如雪，明眸细眉，光彩照人，发长七尺，黑亮夺目。

随着年龄的增长，张丽华越来越明艳动人，也终于嫁给了陈叔宝。后来张丽华生下一子，是以虽出身低微，但还是母凭子贵，在陈叔宝即位后被封为贵妃。原先最受宠的孔良娣，现在应该叫孔贵嫔了，自从张丽华出现以后就被她取而代之。陈叔宝和南唐后主李煜一样，是个爱美人不爱江山的皇帝，他喜欢诗词歌赋，喜欢轻歌曼舞，更喜欢大美女张丽华，他对张丽华的信任和喜爱，在陈书陵叛乱一事上很能体现。

皇家子弟，争权夺位已经不是什么新鲜事了。陈叔宝的弟弟陈书陵想当皇帝，一早就蠢蠢欲动。宣帝驾崩的时候，趁着陈叔宝跪在宣帝面前哭的时候，拔出佩剑朝他脖子砍去。可能陈书陵注定没有当皇帝的命吧，都到这一步了，换做是别人，早成功了。可偏偏愚钝的侍从没有看出他的反意，为他取剑的时候取的也是平日装饰用的木剑。陈叔宝捡回一条小命，但早已吓得魂飞魄散。养伤期间他不许任何人在自己身边，除了张丽华。

昔日汉武帝欲盖金屋藏阿娇，陈叔宝觉得他们所居住的宫殿配不上天人之姿的张丽华，于是大兴土木，建造更豪华的宫殿。后来建造的临春、结绮、望仙三阁，极尽奢华，用檀木做窗户，珠宝金玉为点缀。这三座宫殿，临春阁为皇帝陈叔宝居住之地，结绮阁被赐给张丽华居住，望仙阁则是孔妃和龚妃的寝宫。由此可见张丽华在陈叔宝心中的地位有多高。说到这儿，忍不住为之前的太子妃后来的皇后沈氏叫屈，沈皇后贤良淑德，虽没有张丽华和孔妃、龚妃的美貌，但好歹是一国之母，居然被陈叔宝忽略至此。这还不算什么，按规矩，立嫡立长，沈皇后之子（不是她亲生的，是陈叔宝妾室所生，后过继给皇后）应该被立为太子，可陈叔宝爱屋及乌，立了张丽华的儿子陈深。沈皇后名为皇后，实际上还不如普通的妃子得宠，张丽华才是后宫真正的掌权者。

能让陈叔宝迷恋到这一地步，张丽华靠的显然不只是美貌。她是个颇有心机的人，懂得察言观色，适时讨好陈叔宝。不仅如此，张丽华的记忆力超人，陈叔宝不善于处理政事，就把张丽华抱到自己膝上，让她帮自己批阅奏折。

陈叔宝当皇帝不及格，写诗作词却很有一套，他专门为张丽华写了一首《玉树后庭花》，供美人吟唱：

> 丽宇芳林对高阁，新妆艳质本倾城；映户凝娇乍不进，出帷含态笑相迎。
> 妖姬脸似花含露，玉树流光照后庭。

陈叔宝和张丽华就这样日复一日在后宫寻欢作乐，国家日益衰败。杨广带领的隋军攻入皇宫的时候，陈叔宝才忙不迭地带着张丽华和孔妃躲入花园一口枯井之中。隋军搜遍皇宫，最后还是找到了他们，放下箩筐将他们三人拉了上来。传说由于井口太小，三人爬出来的时候，张丽华的胭脂蹭在了井口上，后来这口井就被称作胭脂井。

隔了那么多年，张丽华的美丽和她所唱的《玉树后庭花》一直流传着。到了晚唐，统治者昏庸无能，朝廷奸臣当道，一日不如一日，像极了当年的南陈。偏偏在这个时候，酒家之中传出了《玉树后庭花》的歌声，杜牧第一时间就想到了陈后主亡国之事，痛心不已。可惜他一介文人，无力回天，只能将心中的无奈与悲凉寄予笔墨。

秦淮犹在，家国何处寻？唯有河上的脂粉余香中，空留昔日残梦。

二十四桥明月夜，玉人何处教吹箫
——烟雨迷蒙唱扬州

青山隐隐水迢迢，秋尽江南草未凋。二十四桥明月夜，玉人何处教吹箫？

——唐·杜牧《寄扬州韩绰判官》

扬州自古繁华，文人墨客，商贾巨富，歌伎美人，甚至达官显贵也都颇爱此地，因此有“腰缠十万贯，骑鹤下扬州”之说。

杜牧和他的十里扬州有着难以言明的密切关系。好像每个有名的城市都有位与之紧密相连的名人，杜牧之于扬州，一如苏轼之于杭州，刘备之于荆州，范仲淹之于岳阳，他们的名字是被无形的丝线拴在一起的。才华横溢如杜牧，曾挥毫写下千古名篇《阿房宫赋》，而他怀念扬州的所有诗词，无不让人深深折服。

文人墨客也好，迁客骚人也罢，多多少少和烟花之地脱不了干系。大才子柳永闲来无事就喜欢逛烟花巷，他的诗歌也多被烟花女子传诵。传说柳永死后没有钱下葬，是爱慕他才华的妓女们凑钱为他立的墓碑。杜牧也一样，他喜欢歌伎们的欢声笑语，舞姿娉婷，更喜欢听她们夸赞他的才气。他留下的诗作，也有不少是为她们而写，譬如《遣怀》：

落魄江湖载酒行，楚腰纤细掌中轻。十年一觉扬州梦，赢得青楼薄幸名。

人生不得意之时，他四处漂泊，作诗饮酒，常年混迹烟花之地，陪伴在他身边的只有那些青楼女子。当年楚王好细腰，宫中多饿死，只为求一婀娜身姿，以博君王一笑。汉成帝皇后赵飞燕，体态轻盈，能于掌中起舞，舞动时体态轻盈，风姿绰约。杜牧借“楚王好细腰”和“飞燕掌中舞”之事来说明自己在扬州纵情声色的时光，意味深长。十年已过，到头来一切就像是梦一场，他不知自己究竟有何作为，唯一能肯定的是，他在青楼女子心中倒留下了一个美名。幸也，不幸也？

扬州的歌舞升平总能让人忘记烦忧，就如春日里的花红柳绿，莺歌燕舞，冥冥之中有着安抚人心的作用，怨不得才子们都喜欢往青楼跑。而古时候的扬州和金陵城一样，繁华绮丽，多烟花巷柳，多歌伎美女。谁要是有了钱，首先就是想去这些地方享受人生。纵使腰缠十万贯，但为博佳人一笑，一掷千金，也是挥霍不了几时的吧。

姜夔说，"杜郎俊赏，豆蔻词工"。看，在后人心中，杜牧就是属于扬州的，他用词的绮丽和扬州的繁华分不开，他诗中的情愫和俏丽的歌女也分不开。多情，却似总无情。他曾在分别之际为一位相好的烟花女子赋诗《赠别》，情深意切：

娉娉袅袅十三余，豆蔻梢头二月初。春风十里扬州路，卷上珠帘总不如。

豆蔻年华的少女，才十三四岁，正是含苞欲放的花骨朵，枝头生香，比起已然怒放的芬芳，别有一番风情。她尚且年幼，却婀娜娉婷，容颜俏丽，十里扬州的青春佳丽没有一个比得上她的。这位女子在杜牧心中一定有着非同一般的地位，说是无人能及也不过分。才子佳人，佳人才子，才子和佳人注定是天生一对，但才子们往往都不只有一位佳人相伴。白居易有樊素，亦有小蛮。苏东坡有王弗，还有朝云。诗题为《赠别》，彼时的杜牧想必正处在分离的痛苦之中，纵使"春风十里扬州路，卷上珠帘总不如"，那又如何？到头来还是得天各一方，相思想念却不能相见。

这是扬州留给杜牧的爱，也是扬州留给杜牧的痛。杜郎杜郎，他日二十四桥再见，你是否会想起昔日之情？

二十四桥和竹西亭，怕是最能代表扬州的建筑了。竹西亭得名于杜牧的诗句"谁知竹西路，歌吹是扬州"，后来姜夔就在他的《扬州慢》中形容扬州是"淮左名都，竹西佳处"。至于二十四桥，它究竟是一座桥的名字，还是代表二十四座桥，至今仍存在争议。

沈括在《梦溪笔谈》中记载，扬州二十四桥的名字分别为茶园桥、大明桥、九曲桥、下马桥、作坊桥、洗马桥、南桥、阿师桥、周家桥、小市桥、广济桥、新桥、开明桥、顾家桥、通泗桥、太平桥、利园桥、万岁桥、青园桥、参佐桥、山光桥。但清人李斗却认为，二十四桥即吴家砖桥，又名红药桥。这红药桥，想必是因附近盛产红药花而得名的吧，姜夔有诗云"念桥边红药，年年知为谁生"。

无论真相如何，她终究随着历史湮没在时光的大海之中，二十四桥已毁，桥边红药，是否依然年年绽放？如今的扬州二十四桥是后来新建，也因杜牧这句诗而为人熟知。

二十四桥明月夜，玉人何处教吹箫。月色朦胧之中，美丽的女子穿着轻纱长裙，箫声隐隐在空中飘散，那该是多美的一幅画！这二十四位美人究竟是何人，她们为什么要在桥上吹箫？没有人知道确切的答案。不过寻常女子是不可抛头露面在外吹箫的，再结合扬州古时多烟花之地，这二十四位女子的身份也就不难猜测了。

据说这二十四位歌女于明月下集体聚在桥上吹箫奏乐，恰巧被杜牧碰上。杜牧在青楼女子中是极富才名的，于是她们特地请杜牧赋诗。此情此景，优美而浪漫。后人得以在诗中追寻到这般美丽的画面，杜牧功不可没。

那一年的深秋，青山隐隐，流水迢迢，江南草木清翠，花仍未凋。月色下的二十四桥如笼罩轻纱，一如既往的美丽，依稀还有玉人的箫声萦绕在桥畔，不知你是否能听到。

日暮东风怨啼鸟，落花尤似堕楼人

——此地空余金谷园

繁华事散逐香尘，流水无情草自春。日暮东风怨啼鸟，落花尤似堕楼人。

——唐·杜牧《金谷园》

一千多年前的某一天，杜牧路过西晋大富翁石崇的超级豪华别墅金谷园的遗迹，出于今非昔比的感慨，遂作了这一首诗。昔日的华丽昌盛如海市蜃楼，不过是虚幻的影像罢了，在岁月的冲刷下，繁华往事一如随风散去的芳香尘屑，徒有奢靡的影子，却只留下一片废墟，为后人哀叹。

石崇留给后人印象最深的事迹，一是与晋武帝的舅舅王恺争富，二是爱妾绿珠不愿委身他人，坠楼而亡。杨万里的诗“向来家住金谷园，珊瑚四尺蜡作薪”，说的就是石崇的奢华生活。

魏晋时期的人相对来说都比较潇洒肆意，注重享受生活，石崇身为首屈一指的大富豪，他的生活质量当然不能落后于其他人。金谷园是他在洛阳所建的一座依山傍水的规模宏大的私家园林，不仅自然环境优越，在园林布置上石崇更是着实花了一番心思。他依照邙山和谷水的地势，开挖湖塘，修建楼台，广植草木，整个金谷园中崇门丰室，洞户连房，高台芳榭，花林曲池，别具一格。石崇又从海南运回珍珠、玛瑙、象牙等，用以装饰他的内室，整座金谷园奢华异常，一点都不亚于皇帝的宫殿。

住所的豪华只是石崇奢靡生活一个小小的组成部分。他在日常生活上也是花样百出，比如，他们家的厕所宽敞无比，里面放置了沉香等很多种名贵的香料，以驱除异味。另外，厕所里还挂满了颜色艳丽的帐幔，里面还设有褥子、垫子等内室才有的陈设物品。花容月貌的侍女们打扮得花枝招展，在厕所中伺候着。据说一位叫刘实的官员曾在石崇府上做客，仆人领他去厕所，他一进去看见这样的阵势，还以为进错了石崇的内室。石崇说他没有进错，那就是厕所。刘实一向简朴，觉得受不了这样的奢华待遇，因此改去了别处的厕所。

当时晋武帝的舅舅王恺家也很富有，王家用麦芽糖来刷锅，用赤石脂泥墙，出门时在路旁设置四十里的丝绸障子。石崇为了显示自己比王恺富有，下令用蜡代替柴火做饭，用香料刷墙，还给自己设置了五十里的锦缎障子。有一次晋武帝赏给王恺一株两尺多高的珊瑚树，王恺觉得这件珍宝世间罕见，就向石崇炫耀。石崇不屑地用铁如意将珊瑚树砸得粉碎，气得王恺浑身发抖。石崇却笑着说赔他一株，他让仆人取来六七株珊瑚树，其中最差的也有三尺高，王恺又气愤又尴尬。

王恺生性残暴，他家侍女各个貌美，每次家中举行宴会，他便让美女们劝客人喝酒，要是客人不喝，就把劝酒的美女杀了。客人们怜香惜玉，从来不敢不喝。王导和他的堂兄王敦前去王恺府上赴宴，这二人都是琅琊王氏家族的名人，王羲之就是他们的后人。王导不会喝酒，为了不连累侍女，只好乖乖把喝得酒杯底朝天。王敦却依旧我行我素，不喝就是不喝，管你杀几个人。王导劝他的时候，他很不屑地说："王恺杀他自己家的人，又不是杀我的人，关我们什么事！"

石崇这种挥霍无度的生活方式，当时那些吃不起饭的老百姓看到了肯定恨得牙痒痒，可偏偏有人还去效仿他。《洛阳伽蓝记》中提到的北魏河间王元琛就一直把石崇当做偶像，他认为自己的财富不比石崇少，石崇和王恺比富贵，元琛就学他，和高阳王比奢华。元琛依照皇宫徽音殿的样子建立了一座文柏堂，院中的水井用玉石砌成，打井水的罐子是用黄金做的。元琛府上养了三百个歌舞伎，都是从全国各地精心挑选出的绝色美女，一个比一个漂亮。

要论奢华程度，历史上能与石崇、元琛相提并论的，大概也只有唐懿宗的女儿同昌公主了。不过同昌公主跟这两人不同，她不是本性喜欢挥霍，而是她爹唐懿宗太宠她了，把她当成自己的命根子，国库里有啥好东西恨不得全搬到女儿家里去。同昌公主家的井栏水槽都是用金银打造的，扫地的簸箕是用金丝编的，家里用的锅碗瓢盆是用五色玉石雕成的，房中的帐幔是用上好的珍珠编织的……公主出行乘坐的七宝辇用玛瑙、犀牛角装饰，里面设有各国进贡的奇香，公主家的仆人到酒馆吃饭，身上的香味留在酒馆中久久不曾散去。

石崇最宠、最出众的就是绿珠了。绿珠是今广西博白人，在古代属于少数民族百越族。当地人把珍珠当成至宝，生儿女都喜欢以"珠"命名，绿珠的名字也是由此而来。石崇做交趾采访使的时候，用三斛珍珠买下了绿珠，对她宠爱有加。绿珠不仅长得漂亮，而且擅长歌舞，石崇亲自教她唱咏王昭君的《明妃》曲，二人在金谷园中寻欢作乐，生活非常奢侈。石崇与左思、潘安等著名文人成立诗社，号称金谷二十四友，每每聚会都让绿珠出来献歌舞。文人见了美人，少不了会写诗赞颂，绿珠的美名因此传了出去，时人无不知晓石崇府上有这样一位绝色美女。石崇没有想过“匹夫无罪，怀璧其罪”的道理，也万万不会料到，随着绿珠名声越来越大，他的劫难也越来越近。

晋武帝死后，继承皇位的是他的傻儿子晋惠帝，晋惠帝的皇后贾南风是历史上出了名的残暴皇后，贾南风荒淫无度，一手遮天，整个朝野几乎都是她的天下。石崇的靠山正是贾南风的亲外甥贾谧，石崇风光的时候正是贾家权势最旺盛的时候。贾南风的所作所为引起了历史上著名的八王之乱，贾氏一族被诛杀，石崇也一下子失去了靠山。贾家倒台后，称帝的是晋宣帝司马懿的第九个儿子司马伦。司马伦府上有一个卑鄙小人叫孙秀，原先是潘安府上的小吏，因太过胡作非为而被赶出了潘府，后来才投靠了司马伦。司马伦当了皇帝，孙秀狐假虎威，仗势欺人，无恶不作。他听说了绿珠的美名之后，于是派人去向石崇索要美女。石崇猜到了孙秀的心思，迫于形势，他叫来十几个身着华丽衣衫的美貌女子让使者挑选。使者开口便道，孙秀想要的美女是绿珠。石崇听了之后，大怒道：“绿珠是我的爱妾，怎能相赠！”使者将石崇的话带给了孙秀，孙秀气得肝颤，在司马伦面前说了一通石崇的坏话，司马伦也是个没主见的人，一听这话，马上派兵将金谷园包围了。石崇见这一阵势，心一下子凉了，他对绿珠叹息道：“我是因为你而获罪呀。”绿珠哭着回答：“我愿以死来报答您的恩情。”说完便纵身一跃，从高楼上跳了下来。

绿珠一死，孙秀咬牙切齿，又向司马伦诬告石崇谋反，司马伦就下令斩了石崇，并且抄了他的家。繁华奢靡的金谷园至此败落，曾经的盛况一去不复返。

绿珠的气节一直为后人敬佩，比如《非烟传》中提到，参军武公业的爱妾步非烟与赵象生情，二人来往频繁。东窗事发后，武公业一怒之下把步非烟给打死了。武公业有个李姓朋友听说了这件事后写诗嘲讽步非烟：“艳魄香魂如有在，还应羞见坠楼人。”此处的坠楼人指的就是绿珠，李生将步非烟与绿珠做比较，指责步非烟不能像绿珠一样忠贞不贰。

绿珠因坠楼自尽以示忠贞，后人文学作品中经常用“坠楼人”来称呼她。杜牧诗中的“落花犹似堕楼人”指的也是绿珠。多年过去了，金谷园化作一片废墟，昔日繁华不再，春光却一如往日。流水潺潺，春草碧绿，日暮之下，鸟儿们尽情啼叫着。只因有了绿珠坠楼之事，金谷园的鸟叫听在耳中比别处多了一种怨恨，入眼的景色也似蒙上了一层哀伤。园中花开如旧，风吹过，花瓣纷纷扬扬落下，恰似当年坠楼的佳人绿珠。

杜牧对绿珠所怀的是一种同情和惋惜的心理。像绿珠那样的女子，本该和花儿一样，在春天肆意绽放，在阳光下昭示她的美丽，即便要凋谢，也应慢慢走完整个灿烂的人生。只可惜她却沦为石崇的玩物，权贵之间的纷争使她无端被牵扯进去，本来开得正灿烂美丽的一朵鲜花，硬生生被命运折断，迅速枯萎而亡。

繁华和绮丽留在了历史中，剩下的只有一片荒芜。曾经朝阳下笑靥如花的佳人，是否会在光阴中哀伤哭泣?

侯门一入深似海，从此萧郎是路人

——侯门似海人如粟

公子王孙逐后尘，绿珠垂泪滴罗巾。侯门一入深似海，从此萧郎是路人。

——唐·崔郊《赠去婢》

我跟在你身后，你的泪水一滴滴沾湿了绸巾，进了节度府的大门就像海一样深，你我是再也见不到面了，从此后我就像一个路过的陌生人一样被你遗忘。

这是一个女子的悲哀，也是一段感情的悲哀。

我时常觉得，唐代女子的地位比其他任何一个封建王朝都要高，所以唐代“盛产”强势的公主，比如热衷朝政的太平公主，恋上僧人的高阳公主，想当“皇太女”的安乐公主，等等。公主们生于皇家，尊贵的身份给了她们骄傲的资本，而生于平常百姓家的女子是万万不能跟她们比的。

平民女子，哪怕是达官贵人家的女眷，除明媒正娶的正妻之外，其他的姬妾婢女都是可以买卖的。很多女子因为容姿美貌，成为了权势的牺牲品，官员们买卖赠送婢女都是很普遍的事，甚至用婢女当礼物行贿受贿。崔郊诗中提到绿珠，暗指了他的心上人有绿珠那样的美貌，也有绿珠那样的不幸遭遇。

崔郊家境贫困，时常没有饭吃，实在没有办法就只能借住在姑母家。崔郊的姑母有个婢女，长得秀丽无比，又精通乐器，和崔郊两情相悦。

姑母家的生活也日渐贫困，她不知道崔郊与婢女之间日久生情的事，为了生计将婢女卖给了节度使于頔，于頔得到这个婢女也非常高兴，宠爱有加。

崔郊知道这事后已经不可挽回了，他伤心不已，不停地在节度府外徘徊，就等着能够再见到那名婢女一面。终于在寒食节那天，这婢女正好外出，见到了在门外徘徊的崔郊，两个人执手相看泪眼，恋恋不舍，分手时崔郊便写了这首诗送给她。

很快，崔郊的这首诗便流传开了，于頔也略有耳闻，他读后便召见崔郊，很多人都对崔郊说，这个于頔是个很凶残的人，平时暴虐成性，随意杀人，你写了这样的诗，肯定凶多吉少。

崔郊提心吊胆地去见于頔，没想到于頔见到他不但没有动怒，反而高兴地上前握住他的手问："这'侯门一入深四海，从此萧郎是路人'是你写得吗？诗写得不错啊，你早点写这首诗告诉我不就行了吗？"

说罢，他当场将那名婢女叫出来，让她和崔郊一起走，还赠送了一大笔的嫁妆，成为了当时的一段佳话。

这首诗的内容写的是作者自己所爱者被劫夺的悲哀，也反映了在当时的唐朝，门第观念的悬殊造成的爱情悲剧。

"侯门"是指权豪势要之家，权贵们都指望着往上爬，得到更多的权势和金钱，别说是一个婢女，就是把自己的姐妹妻女卖掉，也无甚可惜。

其实，"侯门一入深似海"岂止发生在地位卑微的婢女身上。对于女子而言，一旦入了深宫高墙，哪怕身份再高贵，命运却是一样身不由己。比如虢国夫人，那个因妹妹杨玉环得宠而一荣俱荣的女子。

杨玉环被封为贵妃后，她的三个姐姐被尊为虢国夫人、韩国夫人、秦国夫人，一时风头无限，权倾朝野。这其中又属虢国夫人名声最大，她长得娇媚无比，坐拥三千佳丽的唐玄宗也会忍不住会多看她几眼。

据说，杨贵妃连亲姐姐虢国夫人的醋都吃。她嫉妒虢国夫人比她美艳，又害怕自己对着唐玄宗时间太长，玄宗对她没了新鲜感，转而看上虢国夫人。因此她想尽一切办法想要将这个姐姐赶出宫去，就是一直找不到玄宗和虢国夫人偷欢的证据，只能眼睁睁看着两人暗送秋波而束手无策。

千年之前的事毕竟离我们太远，真相早已在历史的洪流中被埋没。或许，虢国夫人并不想和唐玄宗扯上关系，奈何美貌和身份已经决定了她的命运。侯门之中，高墙之内，容颜美丽的她们不过是命运的棋子，看似风光，心中的苦又有谁知道？虢国夫人如此，"去婢"亦是如此。

侯门一入深似海，但愿来世，我们能够远离这些身不由己。

既能解佩投交甫，更有明珠乞一双
——郑德璘的罗曼史

纤手垂钩对水窗，红蕖秋色艳长江。既能解佩投交甫，更有明珠乞一双。

——唐·郑德璘《投韦氏》

纤细柔美的小手在水窗边垂下了钓钩，就像初秋的红莲般，艳丽的容姿惊动了长江。

江水中的女神都能将自己的玉佩交给郑交甫，我求你也送我一对明亮的珍珠做信物吧。

这是郑德璘写给一位姑娘的情诗，正是这首诗让郑德璘找到了他的终身伴侣。

唐德宗贞元年间，郑德璘每年都要在夏天的时候前往江夏去探望他的亲戚，途中必定会路过洞庭湖。

洞庭湖上有个卖菱角的老翁，他每天都划着船在洞庭湖上卖菱角，奇怪的是他也不吆喝，也不热情，有要买菱角的船只停下便唤他靠过去，老翁也不多说话，卖完菱角就走。

郑德璘每次经过洞庭湖，都会邀老翁一起喝酒，他们两人也不多说话，只望着一望无际的湖面喝酒，郑德璘偶尔问老翁一些琐事，老翁也会答两句。

有一年，郑德璘又途经洞庭湖，傍晚停泊在湖畔休憩，这时一艘大船也靠了过来，停在郑德璘的船边，相隔仅几尺。一名年轻貌美的姑娘拿着钓竿出来钓鱼，夕阳斜照在她身上，将她周身笼上一层淡淡的橘红色，将她秀丽的脸庞衬托得无比可爱。

郑德璘看到那名女子，完全倾倒了，他被那名女子的容貌迷住了，可是碍于封建礼教的束缚，他们之间又没有办法说话，只能靠眼神交流。

郑德璘打听到隔壁船原来是某个大盐商的，姑娘姓韦，闺名楚云，还待字闺中，便立刻写了一首诗《投韦氏》，他将诗写在一尺来长的红绸上，悄悄挂在姑娘钓竿上。

韦楚云拿到红绸，反复诵读着郑德璘的诗，她不是很懂诗的意思，可是她又没办法开口问郑德璘，无奈之下，突然想起昨夜拿到的一首诗，便将写着诗句的红纸勾在钓钩上扔给郑德璘。

但其实这诗并不是韦楚云自己写的，而是一首别人的诗，她觉得写得很好便抄了下来。

韦家的大船在停泊洞庭湖之前，曾在黄鹤楼下停泊过，一天夜里，秋色夜凉如水，水面上有淡淡雾气轻蔓，月色正好，宛如银盘挂在天际，水波荡漾水中倒影犹如块块碎银。

韦楚云正与邻船的另一位姑娘赏月聊天儿，听到隔壁船上有人在吟诗，这人便是崔希周，他吟的正是他自己写的那首《江上夜拾得芙蓉》：

物触轻舟心自知，风恬浪静月光微。夜深江上解愁思，拾得红蕖香惹衣。

清风轻缓地吹拂，风平浪静，月光柔和，我感觉有一样东西轻轻触到了船舷，原来是一束芬芳扑鼻的红莲花，衣袖上点点香气四散萦绕，在这深夜的江上缓解了我无尽的愁思。

这是崔希周写自己拾到了一束红莲而有感而发的诗句，因为觉得诗句好听，描写的环境也很幽美，被韦楚云特地摘录下来，写在一张红纸上面，而现在韦楚云情急之下将这首诗扔给了郑德璘。

郑德璘捧着红纸反复诵读，他投给韦楚云的是一首表白的情诗，当他收到韦楚云的回复时，理所当然将诗句中的内容理解为韦楚云对他的回答：“在风平浪静，月色柔和的江面上，你那块写着诗的红绸碰到了我的船，这深情的诗给了我多少抚慰啊，就像我拾到了美丽的红莲花而满怀清香。”

郑德璘当然很高兴，这是韦楚云对他的回应，说明韦楚云对他也是有意思的，可是碍于礼数，他没有办法将喜悦的心情表现给韦楚云，只能慢慢等待着时机。

韦楚云虽然将崔希周的红纸投给了郑德璘，可她内心却还未对郑德璘真正动心，但是她又非常喜欢郑德璘的这首诗，便将这段红绸系在了手腕上。

天还没亮，韦家的船就起锚了，洞庭湖中刮起了大风，湖中巨浪滚滚，郑德璘的船小，经不起太大风浪，无法像韦家的大船那样乘风破浪前进，只能眼睁睁看着自己心爱的姑娘渐行渐远，心中焦急万分却没有办法。

到了傍晚时分，风浪渐渐止住了，郑德璘正要启程去追赶韦家的大船，这时有湖上的渔家过来告诉郑德璘，早上起航的韦家大船，在湖心遭遇了大浪，不幸沉没了，韦家人没有一个得救，全部沉入了湖底。

这消息犹如一个晴天霹雳，将郑德璘打懵了，他神情恍惚，坐在船边一动不动，一直坐到深夜。

夜深了，月亮又升上夜空，郑德璘睹物思人，想到了白天还活色生香的韦楚云，竟然就此香消玉殒，心中悲痛万分，特意写了两首悼念的诗《吊江姝》：

其一

湖面狂风且莫吹，浪花初绽月光微。沉潜暗想横波泪，得共鲛人相对垂。

其二

洞庭风软荻花秋，新没青娥细浪愁。泪滴白蘋君不见，月明江上有轻鸥。

湖面上的狂风别再吹了，浪涛滔天月色暗淡无光，我心中的姑娘沉入水底，她应该在和湖里的鲛人相对垂泪吧。

洞庭湖上的风浪小了，荻花阵阵带来了秋意，湖水刚淹没了一个年轻美丽的姑娘，湖面的细浪也充满了哀愁。我的眼泪撒上了白蘋你却看不见，湖上的月色明亮皎洁，有只寂寞的鸥鸟轻轻掠过，却再也见不到你的身影了。

郑德璘写完这两首诗，对着洞庭湖水在船头反复吟诵，直到自己哽咽得说不出话，他祭奠着自己刚刚逝去的爱情，读完诗后便将写着诗作的绸子抛入了湖水。

郑德璘的痴情惊动了水神，他拿着郑德璘刚写的悼念诗去找洞庭湖的府君，府君看过后将刚淹死的几个姑娘召集过来，问："谁是郑德璘悼念的女子？"

韦楚云不知道郑德璘就是写诗给她的人，有点犹豫不敢开口，有人见到她手上系的红绸，便告诉府君楚云是郑德璘喜欢的女子。

府君确认后说："郑德璘以后会是我这一带的长官，而且他多次款待我，对我又非常和气，所以这次为了报答他，便让他的心上人复活吧。"

韦楚云将府君的模样细细记在心里，便跟着水神跑出去，水神一路跑得很快，韦楚云追的很辛苦，直到路尽头突然出现一个水池，水神才停下来，趁韦楚云不备将她推进了水池。

郑德璘写完悼念诗，久久不能入眠，反复读着韦楚云给他的那首诗，突然感觉有东西碰了船舷，便立刻出去查看，他就着烛光看到船边有一个人，再仔细一看，那人的手臂上还系着一条红色的绸带，他立刻叫人来将韦楚云拉上船，韦楚云得救了。

韦楚云醒过来，向郑德璘讲述了她在洞庭湖底的经历，说府君是为感谢郑德璘才让韦楚云复活的，并且向郑德璘细细描述了府君的容貌，可是郑德玲想了很久都没想起府君到底是谁，只好作罢了。

郑德璘跟韦楚云成了婚，后来任巴陵县的县官，洞庭湖正好在管辖范围内，他派船去接韦楚云与自己团聚，船上有五个船工，有个衣衫褴褛的老翁似乎划船不给力，韦楚云团聚心切，骂了他一句。

那老翁说："当年我在水府让你活命，你不感谢我，反而来骂我，还不如不救你呢。"

韦楚云这才发现这老翁就是当年的府君，立刻盛情款待，将他奉为上宾，并且磕着头乞求道："我父母和姐妹还在水府吗？我能去探望他们吗？"

府君答应了，立刻将船沉入水底，韦楚云和父母见了面，终于了却一桩心愿。临离开前，府君在韦楚云珍藏的红绸上又写了首诗，让她带给郑德璘：

昔日江头菱芡人，蒙君数饮松醪春。活君家室以为报，珍重长沙郑德璘。

写完后，府君让韦楚云的船从湖底浮出水面。到了巴陵，韦楚云立刻将自己碰到的事告诉郑德璘，并将写上诗作的红绸给郑德璘看。

郑德璘看了诗后才反应过来，原来府君便是先前过洞庭湖时，与他一起喝酒的卖菱角老翁，他多次邀请府君一起喝酒，府君都记在心里呢。关键时刻，郑德璘的和善帮了他大忙，让府君成全了他和韦楚云。

夜船吹笛雨潇潇，人语驿边桥
——梦回江南暮雨夜

兰烬落，屏上暗红蕉。闲梦江南梅熟日，夜船吹笛雨潇潇。人语驿边桥。

——唐·皇甫松《梦江南》

历朝各代都有各自流行的文学体裁，先秦散文汉代赋，唐朝诗盛宋朝词，再接下去，元曲、明清小说渐渐崭露头角，一直演变发展。皇甫松身为唐朝诗人，他这一阕词也算是开了先例。清朝学者陈廷焯在他的《白雨斋词评》中评论这阕词："梦境化境，词虽盛于宋，实唐人开其先路。"

"梦江南"又叫"望江南"或"忆江南"，历朝词人有不少以此为题写过名传千古的词作。温庭筠的"过尽千帆皆不是，斜晖脉脉水悠悠。肠断白苹洲"极富盛名，白居易的"日出江花红胜火，春来江水绿如蓝"更是将江南景色之美刻画得淋漓尽致。相比之下，皇甫松的这首《梦江南》并不怎么出名，但古代文人对这阕词的评价却都不低。清末著名文学评论家王国维就对此给予了极度赞赏："情味深长，在乐天、梦得上也。"能让王国维赞不绝口，并且排在白居易和刘禹锡两位大家之上，皇甫松泉下有知也该欣慰了。

皇甫松系睦州新安人，他生活的这片土地位属于典型的江南丘陵，初春小雨润如酥，夏季莲叶接天碧，秋天山寺寻桂子，寒冬梅动月黄昏。每个人对家乡都有执着的依恋之情，不论是穷乡僻壤还是鱼米之乡，生养自己的那片土地始终都是无法取代的，从而有了落叶归根的说法。皇甫松身为土生土长的江南人，他对江南这块土地也充满了极其深厚的感情，在梦中也对江南景色念念不忘。

夜幕降临时，房中的烛火燃起，火苗舞动，将四周照得一片光亮。待到蜡烛燃尽，火光也渐渐开始暗淡下来，屏风上鲜艳的美人蕉因为光线不足而变得模糊不清。皇甫松昏昏欲睡，慢慢地合上眼睛，进入了梦乡。梦中的景色是如此熟悉，正是他日思夜想的家乡江南。他在梦中所看到的正是五月梅子成熟时景象。那个时候正值江南多雨，雨不大，淅淅沥沥地敲打在河两岸的青石板小路上。河中间飘荡着一艘小船，而他自己就在这艘小船中，悠闲地吹着竹笛。夜雨潇潇，雨水落入河水之中，荡起一圈圈细小的涟漪。雨声和着笛声，奏了一曲江南乡音，在耳边喃喃细语，诉说着江南的那些往事。

梦中的雨，梦中的江南，因是家乡，别有一番温馨之感。我素来喜欢夜间缩在被窝里听窗外的雨声，尤其是梅雨季节的小雨，淅淅沥沥的，有节奏地伴人入梦，比任何催眠曲都管用。

一阕词就是一幅画，读一句，眼前就慢慢地多出一部分画面。入梦前，燃尽的蜡烛，渐渐昏暗的烛火，画着美人蕉的屏风……入梦后，五月的江南，已经成熟的青梅，水乡的小桥流水依旧静谧，在夜晚中恬静安详，飘荡在水面上的乌篷船缓缓向前，有人站在船头幽幽地吹着竹笛，夜雨潇潇，静静地落入河水之中……

苏轼夸赞王维，诗中有画画中有诗。而我倒是觉得，皇甫松这首《梦江南》也有这样的效果，甚至在意境上更胜一筹。

我最喜欢开头“兰烬落，屏上暗红蕉”这一句，其中又属“兰烬”二字用得最特别。这二字并非皇甫松原创，他是化用了李贺的诗“蜡泪垂兰烬”。很多人在读这阕词的时候或许都喜欢“夜船吹笛雨潇潇”，确实，若论意境最美，当推此句。古人都喜欢用“潇潇”（通萧萧）来形容风雨，比如岳飞的《满江红》中就写到“怒发冲冠，凭栏处、潇潇雨歇”，《易水歌》中也有“风萧萧兮易水寒”这一句。“潇潇”一词可形容风雨急骤，也可形容小雨淅淅沥沥，在这首《梦江南》中，结合意境，“潇潇”的意思当属后者。这也正是中华语言的奇妙之处，同一个词居然可以有完全相反的两个意思。

诗词之美，有时候并不在语句的华丽，而是能否感染他人。初次见到这阕词不过是偶然，我随意瞄了几眼，或许因为我的家乡也在江南的缘故，竟大感亲切，仿佛自己就是那夜晚在船上吹笛之人，虽然我并不会吹笛。

我一直都知道古人喜欢在房中设置一面屏风，然而词中那画着美人蕉的屏风却让我特别亲切，甚至心血来潮想依葫芦画瓢买一个来摆放在房中。依稀想起，小学母校的门口就种有这种花，颜色鲜红，娇艳欲滴。

后来我才明白，我真正感到亲切的，其实是儿时的江南记忆。如此一想，我顿时明白了皇甫松写这阕词时候的感觉了。无论是青梅也好，美人蕉也罢，那都是江南的果，江南的花，它们所代表的，是抹不去的江南记忆。

江海相逢客恨多，秋风叶下洞庭波
——丈量浮生世人嘲

江海相逢客恨多，秋风叶下洞庭波。酒酣夜别淮阴市，月照高楼一曲歌。

——唐·温庭筠《赠少年》

初读这首诗的时候，讶异于此诗竟是出自温庭筠之手。印象当中，温庭筠精通音律，他的诗词多旖旎之风，辞藻华丽，词多写女子闺阁情事，风格浓艳精巧，亦有清新明快的，是花间派的重要作家之一。他是现存词数量最多的唐朝诗人，他所作的大多数词，都被收入《花间集》。

温庭筠是第一个专力于“倚声填词”的诗人，其词多写花间月下、闺情绮怨，所以形成了以绮艳香软为特征的花间词风，对五代以后词的大发展起了很强的推动作用。可是他的诗词内容题材狭窄，多写妇女离愁别恨之作，简洁含蓄、情深意远，但伤之于柔弱秾艳，被人讥为“男子而作闺音”。

对于这样一个在印象当中常常以写闺怨诗词而著名的人，笔下能有这样一首别具风格的诗，令我感到分外惊喜。

温庭筠生于晚唐时期，关于他的生卒年，史籍无载，本名岐，字飞卿，太原祁（今山西祁县东南）人。温彦博裔孙，富有天才，文思敏捷，每入试，押官韵，八叉手而成八韵，所以也有“温八叉”之称。然恃才不羁，生活放浪，又好讥刺权贵，多犯忌讳，因薄其有才无行得罪宰相令狐绹，取憎于时，故屡举进士不第，长被贬抑，终生不得志。

他和李商隐齐名，被人称为“温李”。其词艺术成就在晚唐诸词人之上，为“花间派”首要词人，被称为“花间派”的鼻祖。在词史上，温庭筠又与韦庄齐名，并称“温韦”。存词七十余首，后来有人将他的诗词编辑成了《温飞卿集》和《金奁集》。

这首诗的大意应为浪迹江湖的诗人，在秋风萧瑟的时节与一位少年相遇。彼此情味相投，但只片刻幸会，随即就分手了。诗人选择相逢又相别的瞬间场面来表现“客恨”，自然地流露出无限的离恨别情，给人以颇深的艺术感染。

诗中写及“淮阴市”，道出了相逢又离别的地点，同时暗用淮阴侯韩信的故事。韩信年少未得志时，曾乞食漂母，受辱胯下，贻笑于淮阴市。而后来却征战沙场，成为西汉百万军中的统帅。温庭筠也是才华出众，素有大志，但因其恃才傲物，终不为世用，只落得身世飘零，颇似少年韩信。故“酒酣夜别淮阴市”句，正寓有以韩信的襟抱期待自己，向昨天的耻辱告别之意。因此，他与少年知音人在高楼之上，明月之下，对酒放歌，诉豪情壮志，慷慨高歌。

在温庭筠的作品当中少有这样壮志豪情的诗句，这样的话看起来那么放荡不羁，活脱脱就是一个纨绔子弟的模样，仿佛写活了他，就立在你的眼前，眉眼间皆露风流之姿，对于他人的嘲讽与劝告皆是付诸笑谈之中。

他有着惊世的才华，放荡了大半辈子，年近四十才开始应举，只在京兆府试以榜副得贡，连省试也未能参加。究其原因，大约是受宫中政治斗争之害。因为杨贤妃的谗害，庄恪太子身边的数十人要么被杀，要么被逐，随后庄恪太子又不明不白地突然死去。温庭筠被卷进这起政治斗争中，没受灾祸已算不错了，哪还指望中进士。在他步入科场前，就已经注定了不能及第的命运。开成四年（公元 839 年）应举没有考中之后，温庭筠在鄠郊住了两年，用他自己的话说，是“二年抱疾，不赴乡荐试有司”。当时是真病，还是畏祸待在家里，不得而知了。

唐武宗会昌元年(公元 841 年),温庭筠四十一岁时,到淮南与李绅相见。早在温庭筠八岁的时候，就已经和李绅认识了，可以说是老朋友了。到唐懿宗大中九年（公元 855 年），温庭筠又去应试。这次应试是沈询主春闱，温庭筠却由于搅扰场屋,弄得满城风雨。事件的起因，是温庭筠有“救数人”的绰号，即在考场帮助左右的考生，因此这次沈询将温庭筠特别对待，特召温庭筠于帘前试之。温庭筠因此大闹起来，扰乱了科场。据说这次虽有沈询严防，但温庭筠还是暗中帮了八个人的忙。当然，这次考试又没能中。从此之后，也就是说从五十五岁起，温庭筠便绝了这门心思。

如此看来，温庭筠当时的确有错在先，在考场上暗中帮助别人，就是现在的考试作弊，考试作弊不被考官逐出考场就奇怪了。这也是温庭筠自己弄砸了事情，也怪不得沈询了。

温庭筠就是这样一个人，不把规矩条文当一回事，可是偏偏又一生都被规矩条文束手束脚的。其实，官场并不适合他。而这样一个人，偏偏又想为国做事，就不免会比别人难走得多。

因此，沦落江湖，政治失意，在这样秋风萧瑟的时节，便更加能触动这个客游他乡的游子的愁肠了。而他却一反常态，弃婉约而拾豪放，一挥而就。这首诗用韩信的典故来寄托怀抱，且不露痕迹，将写景和叙事融为一体，因景见情，含蓄隽永。

然而放浪形骸的他，终究还是一生都纠缠在政治当中，在捣乱考场之后，贬隋州隋县尉，当了一个小得不能再小的官。辗转几年变迁，咸通六年（公元 865 年），温庭筠出任国子助教，在第二年的时候，又以国子助教主国子监试。曾在科场屡遭压制的温庭筠做了这样一件事，在他的主试下，这场考试与以往的都不太相同，严格以文判等后，“乃榜三十篇以振公道”，并书榜文曰：“前件进士所纳诗篇等，识略精进，堪神教化，声调激切，曲备风谣，标题命篇，时所难著，灯烛之下，雄词卓然。诚宜榜示众人，不敢独断华藻。并仰榜出，以明无私。”将所试诗文公布于众，大有请群众监督的意思，杜绝了因人取士的不正之风，在当时传为美谈。然而这一个举动又给温庭筠带来了不幸。他完全以文判等，且榜之于众，已遭权贵不满，所榜诗文中有指斥时政，揭露腐败者，温庭筠称赞“声调激切，曲备风谣”，更为权贵所忌恨。所以，宰相杨收非常恼怒，将温庭筠贬为方城尉。

因主持公道而招忌被贬，所以纪唐夫送他去方城时，写了一首诗，说道：“且饮绿醁销积恨，莫辞黄绶拂行尘。”遭受此次打击，再次被贬，年事已高的温庭筠在咸通七年（公元 866 年）冬终于抑郁而死。

《唐才子传》云“竟流落而死”，只是不知道是到了方城后不久去世的，还是未到方城便死了。他恃才傲物，蔑视权贵，所以纪唐夫送他赴方城时，另一首诗中又写道：“凤凰诏下虽沾命，鹦鹉才高却累身。”

因为他不懂阿谀奉承，不愿意巴结权贵，在政治上的打压致使他一生的仕途坎坷，命运多舛，也造成了他的晚年比前半生更加艰辛的经历。他不似他人，将满腔的报国之情袒露，将报国无门的愤怒写入诗词，而是将这样的感情隐藏了起来。然而他看透了前半生，却终究看不透后半生。尽管如此，却依旧挡不住他在文学上的大放异彩。

世人或许会说他傻，即便要坚持自己的信仰，也犯不着与权贵作对，这样是聪明反被聪明误。私以为，像温庭筠这样看似纨绔子弟一般的浪荡子，心中永远都存在着一个无法动摇的信念。别人触碰不得，更玷污不得他心里唯一干净美好的信仰。

一尺深红蒙曲尘，天生旧物不如新
——叹情不长留

一尺深红蒙曲尘，天生旧物不如新。合欢桃核终堪恨，里许元来别有人。

——唐·温庭筠《新添声杨柳枝词》

温庭筠才思艳丽，文辞斐然，所作诗词当得起“深美闳约”的评价。传说他长得极为丑陋，词却奢靡艳丽，颇得烟花女子喜爱。

这一首《新添声杨柳枝词》细腻地描绘了一位失意少女的伤怀和心态，却毫不忸怩造作，极为委婉凄美。

“一尺深红”所指的是姑娘身上穿的艳丽的衣服；曲尘是酒曲上生的菌落，呈淡黄色。这里表示衣裙原本艳丽，如今已经泛黄发旧了。旧的东西本身就比不上新的，引出后面主旨：“合欢桃核终堪恨，里许元来别有人。”

核桃形状上看来是两半合在一起的样子，故称为“合欢核桃”，古人常用来作为爱情的信物。诗人运用一语双关的修辞手法，字面上是在说核桃，实质上却是在说这段感情之所以“终堪恨”，是因为先前与这位姑娘有“合欢之约”的人心里已经有了别人。

这首诗字数不多，但字里行间充斥着姑娘的幽幽恨意。作者在讽刺负心人的同时，面对这段已然逝去的感情也只能是一声叹息。

情本是虚物，又岂是一人所能束缚?

世人常道“衣不如新，人不如故”，以表达人还是旧的好。然而又有几人得知这句话出自乐府《古艳歌》，全诗为：“茕茕白兔，东走西顾。衣不如新，人不如故。”写的是弃妇被遣离家，状如孤苦的白兔，一面缓步离去，一面回头张望，甚为留恋。面对负心人也只能叹息着，规劝着，希望他能念旧情，早日将自己接回去。愿望如此，结果自然是不言而喻。

喜新厌旧是人类的天性，坠入爱河时皆期盼能够“一生一世一双人”，奢望着海枯石烂，恨不能地久天长。然而爱情退去的时候便如大梦初醒，从前视为蜜糖甘露的如今也变得味同嚼蜡。若有一日新人取代了旧人，旧日里的海誓山盟，生死盟约登时烟消云散，故人缠绵不去的感情也成为了今日的负累。

我渴盼长久的爱情，呼吁对爱情的忠贞，谴责爱情的背叛者。可是情之一字实在是太过妙不可言，当爱情离去的时候也只能无可奈何。若爱情已然逝去，强行维系已经凋亡的爱情又何尝不是一种背叛。

对此，也许我们只能期盼情能长久；已然凋败的也要试图去谅解。这样世间也许会多一些佳话，少一些叹息。

温庭筠的诗，总是细腻而温婉的，他更懂女子的内心，比如在恋人投入别人怀抱时的痛苦与伤情。作为晚唐著名诗人，温庭筠诗词俱佳，以词著称。温庭筠诗词，在艺术上有独到之处，历代诗论家对温庭筠诗词评价甚高，被誉为花间派鼻祖。

王拯《龙壁山房文集忏庵词序》云，词体乃李白、王建、温庭筠所创，"其文窈深幽约，善达贤人君子恺恻怨悱不能自言之情，论者以庭筠为独至"。

周济《介存斋论词杂著》云："词有高下之别，有轻重之别。飞卿下语镇纸，端己揭响入云，可谓极两者之能事。"

又载张惠言语云："飞卿之词，深美闳约，信然。飞卿蕴酿最深，故其言不怒不慑，备刚柔之气。针缕之密，南宋人始露痕迹，花间极有浑厚气象。如飞卿则神理超越，不复可以迹象求矣。然细绎之，正字字有脉络。"

刘熙载《艺概》更云："温飞卿词，精妙绝人。"温庭筠在词史上的地位，确是非常重要的。

《花间集》收温词多达66首，甚至可以说温庭筠是第一位专力填词的诗人。词这种文学形式，到了温庭筠手里才真正被人们重视起来，随后五代与宋代的词人竞相为之，终于使词在中国古代文坛上蔚为大观，至现在仍然有着极广泛的影响。

但同时，温庭筠的诗，写得清婉精丽，备受时人推崇，《商山早行》诗之"鸡声茅店月，人迹板桥霜"，更是不朽名句，千古流传。相传宋代名诗人欧阳修非常赞赏这一联，曾自作"鸟声茅店雨，野色板桥春"，但终未能超出温诗原意。

感情来来去去，女子终究处弱势。温庭筠诗中的伤情女子，缺乏的，恰是一种坚决与果断。

我最欣赏的女子，乃是如黄蓉一般敢爱敢恨的，而不是躲在帘幕背后哭泣流泪。奈何三从四德，终不从人愿。一丈红袖，放得久了，总会有灰尘，旧物总不如新物，这是由上天注定的结局。即便你我当初以合欢核桃为信，也终究有分散的一日。

那些恩爱情深，到头来，不过换回一腔幽恨。只因为你有了别的爱人，而我只能一退再退，自你生命里谢幕。

此诗与乐府《上山采蘼芜》相似，写的都是被离弃的痴心女子，连处境和问语都极为相似。“新人虽言好，未若故人姝”，这其实是古往今来所有被离弃的女子，那一声共同的凄哀叹息。所幸，与婚后被休弃的兰芝，以及《上山采蘼芜》中的女主人公来说，温庭筠依旧给诗里的女子一个回转的余地。

衣不如新，人不如旧，不若放手去寻找珍惜自己的良人。情已逝，不妨潇洒转身，一笑而过，你情我愿，谁也不欠谁。

玲珑骰子安红豆，入骨相思知不知
——君子莫长离

井底点灯深烛伊，共郎长行莫围棋。玲珑骰子安红豆，入骨相思知不知？

——唐·温庭筠《新添声杨柳枝词》

这是温庭筠所作的《新添声杨柳枝词》的另一首七言绝句。与上一首不同，这一首，写的是即将别离的恋人，稍显温情，却也透着款款伤感。

“井底点灯”乃为“深烛”，这“烛”谐音双关为“嘱”；“长行”是古代一种的博戏，类似双陆，字面上看来又隐喻“长别离”；“围棋”谐音双关为“违期”。

看似在说：点灯相照，与君一同做长行之戏而不要下围棋。读者却不难联想到，其言在此而意在彼，实际上是说女主人公送别情郎，深深嘱咐他：“你我此次分别便要许久不见，你谨记归期，千万不要过时不归。”

未曾别离，便已相思。这显然是一对尚处在热恋中的情人。长夜漫漫，在昏黄的烛光下，女子牵着情郎的手，恋恋不舍地叮咛着：你一定要回来，莫要留恋不归。她像是说不够看不够似的，殷殷说着看着。

这又让我想起李商隐的《巴山夜雨》来，“何当共剪西窗烛，却话巴山夜雨时”，从还没有分离起，便盼望着团聚的一日。这或许是每一对恋爱中的小情人的小心思，温庭筠可谓是捉摸通透，读来心下了然，不由会心一笑。

“玲珑骰子”是唐朝时候贵族闺阁间流行的一种物什，将一小块象牙剖开，雕刻镂空了嵌入一颗红豆，制成六面骰子，骰点凿空，掷出骰子六面皆红。这玩物流行开来，寻常人家买不起象牙，便用兽骨代替，这正是所谓“玲珑骰子安红豆”。

红豆又称为相思子，古人用以比喻相似，寄托爱情。唐代诗人王维有诗《相思》云：“红豆生南国，春来发几枝？愿君多采撷，此物最相思。”如此便有了这“入骨相思”。

“玲珑骰子安红豆，入骨相思知不知。”一语双关，未着以浓艳辞藻，却书尽其缠绵之意。初见慨叹，再读销魂。末句用“知不知”三个字设以问句，以轻轻的口吻抒尽了对久去不归的情郎深深的埋怨和浓郁的思念。可谓是收的自然，且余味不尽。

这首诗构思奇想，别开生面，辞藻未见半分脂粉气，却将这些个深闺怨事抒发得淋漓尽致，使人耳目一新。诗句中未见“在天愿作比翼鸟，在地愿为连理枝”的憧憬，也未见“死生契阔，与子成说。执子之手，与子偕老”的誓言，然而女主人公情之浓郁，情之执着却是未言先喻，充斥其间。大量使用了双关的修辞方法，使诗文表达起来既透着闺阁中女子应有的含蓄，婉转，又使语言表达风趣幽默。一字一句都值得推敲斟酌，寓意颇深，更富有感染力。不得不慨叹，温庭筠实在是运用词句的高手。

温庭筠是花间派的代表，被称为花间词派的鼻祖。诗句尚且婉约动人，作词更是秾艳精巧，绮靡华丽。

其一

千万恨，恨极在天涯。山月不知心里事，水风空落眼前花。摇曳碧云斜。

其二

梳洗罢，独倚望江楼。过尽千帆皆不是，斜晖脉脉水悠悠。肠断白苹洲。

这两首《梦江南》是他较为典型的代表作品，前一首写夜不能寐，后一首写晨起登楼，写尽了女子盼望爱人归来的一片痴情。

古来女子以夫为天，无才为德，被封建礼制禁锢在一座锦绣牢笼之内，却将一颗真心给了久不归家之人。男人大丈夫当以家国天下为己任，女人视他为整个天下，他却要嫌“儿女情长”以致使“英雄气短”，视她为负累。

男子胸中当有丘壑，心怀天下；女子心系一人，却不得见。男子在外奔波讨的是生活，为的是仕途，许是出门游历，许是戍守边关……都是他们的要紧事。身为女子也只得晨起梳洗登楼盼望，在无数次失望中渐生怨恨，夜深而不得寐。女子在这日复一日的盼望中磨尽了青春，仍不会后悔，一颗痴心牵挂着远行的人，愿其平安。

温庭筠的诗词在历代都有很高的评价，他一生执笔沾墨，书尽缠绵，供后人揣摩，喟叹。

易求无价宝，难得有心郎
——此情不再，何忆曾经

羞日遮罗袖，愁春懒起妆。易求无价宝，难得有心郎。
枕上潜垂泪，花间暗断肠。自能窥宋玉，何必恨王昌？
——唐·鱼玄机《赠邻女》

“易求无价宝，难得有心郎”是鱼玄机的成名句。后人常说的“易求无价宝，难得有情人”就是由此句演变而来，不过鱼玄机本人的知名度一点都不比这首诗低。

鱼玄机本来不叫鱼玄机，而是叫鱼幼薇，玄机是她出家当了道姑之后取的道号。唐朝的风气很开放，女性地位也是历朝历代中最高的，唐朝女子可以主动提出离婚并且改嫁，若是不想结婚，可以出家当道姑。唐玄宗的两位妹妹，金仙公主和玉真公主二十岁左右的时候就出家了。唐玄宗的女儿咸宜公主在第二任老公死后也当了道姑，她在京城建的咸宜观就是后来鱼玄机出家的地方。

那时候的女子出家，多半是出于对女性权利的维护，她们不想一辈子守着一个男人，顶着道姑的帽子更方便追求自由的爱情。玉真公主跟当时两位著名的大诗人，王维和李白，都有着暧昧的关系。还有就是像杨贵妃那样，当一段时间的道姑再重新嫁人。杨贵妃这段经历和武则天很像，唐太宗驾崩后，武则天在感业寺当了一段时间尼姑，后又嫁给了唐高宗，当尼姑和当道姑，本质上差不多。太平公主年轻时为了避免去吐蕃和亲，也曾当过道姑。

同是道姑，鱼玄机可比玉真公主风流多了，她经常在道观与男人喝酒吟诗，寻欢作乐。

鱼玄机当道姑发生在被李亿抛弃之后，一个花容月貌的年轻女子，有才气，有胆识，再加上被抛弃后一颗空虚寂寞极度需要安慰的心，所有因素加在一起，也就促使了鱼玄机迈出这一步。

风月场中几乎没有真爱，鱼玄机当然不可能真的爱那些男人，不过可以肯定的是，她是真的爱过自己的老师，大名鼎鼎的花间派词人温庭筠。温庭筠的才华就不用多着笔墨了，世人皆知。

古代的才子，只要没有特别标注的，一般我们都不会认为他们很丑，因为他们是才子嘛，谁会希望写出华丽诗词的他们长着一张夜叉脸！温庭筠是历史上明确有“相貌丑陋”之描述的一位才子，他的外号叫温钟馗，不仅自己长得丑，还祸及子孙。《北梦琐言》记载，他的孙子想去给人当门客，因为长得丑而被拒之门外。不知道温庭筠的相貌究竟如何，但是能被大美女鱼玄机看上，应该不至于那么吓人吧？当然，不排除鱼玄机眼光独特的可能。

鱼玄机对温庭筠的感情，始于依赖。温庭筠和众多才子一样，喜欢逛烟花柳巷找乐子，顺便找找写诗的灵感。就这样，他认识了打杂的鱼玄机。那一年的鱼玄机才十三岁，长得明眸皓齿，看上去很机灵。温庭筠觉得这小女孩是个可造之材，就想考考她，他以《江边柳》为题让鱼玄机作诗，鱼玄机很快就有了答案《赋得江边柳》：

翠色连荒岸，烟姿入远楼。影铺秋水面，花落钓人头。

根老藏鱼窟，枝低系客舟。萧萧风雨夜，惊梦复添愁。

通过考核后，温庭筠就把鱼玄机收为弟子，教她读书作诗。事实证明温庭筠没有看错，鱼玄机确实是个有才气的女子，只可惜聪明一世糊涂一时，犯下了致命的错误。

温庭筠和鱼玄机以师徒的身份相处了很长一段时间，在温庭筠的教导下，鱼玄机的才气渐渐显露出来。后来温庭筠离开长安去外地做官，分别之后，鱼玄机越来越想温庭筠，她这才明白，自己是爱上温庭筠了。她向来就不是个矜持的姑娘，既然明白了自己的心意，她马上找机会给温庭筠写“情书”告白。温庭筠怎么也没想到会发生这样的事，为了断了鱼玄机的念想，他把李亿介绍给了她。

鱼玄机和李亿相处得不错，不久之后就嫁给了他。从后来写给他的诗中可以看出，鱼玄机对李亿还是有感情的，比如这一首《江陵愁望寄子安》：

枫叶千枝复万枝，江桥掩映暮帆迟。忆君心似西江水，日夜东流无歇时。

李亿在跟鱼玄机好上之前已经有了妻室，他对鱼玄机是很好，不过他的原配夫人裴氏可是个厉害角色，闲来无事就折磨折磨鱼玄机，以此为乐。鱼玄机天天处在水深火热之中，李亿心疼她，但是又怕正妻，他想不出别的办法，只好给咸宜观添了一笔香油钱，并把鱼玄机安置在观中。

当了女道士后的鱼玄机，又是寂寞又是不甘，便写下了一首《赠邻女》，以邻女自比，说是赠邻女，其实是赠李亿。整首诗完全是鱼玄机内心的真实写照。她那么美丽那么有才华，若要求得一件无价之宝，是很容易的事，但是要找到一个一心一意对她的男子，却是那么的困难。只要她愿意，即便是像宋玉那样有才气的美男子也是能求到的，又何必再去恨王昌呢？王昌是魏晋时候的美男子。鱼玄机写这首诗，是在恼恨李亿的无情，也是在替自己不值。

温庭筠的决绝，李亿的无情，都是促使鱼玄机走上不归路的重要原因。

女人终归是女人，她们的心灵都是很脆弱的。鱼玄机接连受到两个打击，再加上她内心潜伏的放纵因素，她开始和各式各样的男人来往，缠绵欢爱。她有个婢女叫绿翘，跟她一样骨子里是个不安分的女子。长期见到鱼玄机和男人们纵情声色，绿翘也蠢蠢欲动了，居然大着胆子去勾引鱼玄机的情人。鱼玄机怎么可能容忍婢女抢了自己的风头，知道那件事后，她使劲鞭打绿翘，抓着她的头往地上撞，结果一不小心把绿翘给打死了。彼时她才感到害怕，但是人已经死了，她只得把尸体偷偷埋在院子里。有一次，道观寻欢作乐的人发现了院子里聚在一起飞的绿头苍蝇，他们觉得奇怪，挖开来一看，居然是一具女尸。

鱼玄机被带上了公堂，她自知瞒不过去，便一五一十交代了自己的罪行。根据大唐律，鱼玄机被处以死刑，死的时候年仅二十六岁，还很年轻。

假如她有一个一心一意对她好的男子，又怎么会走到这一步？

天上碧桃和露种，日边红杏倚云栽

——虽无凭借，莫怨东风

天上碧桃和露种，日边红杏倚云栽。芙蓉生在秋江上，不向东风怨未开。

——唐·高蟾《上高侍郎》

看到这首诗的时候，我想起了红楼梦中一个很重要的人物——薛宝钗。确切地说，是曹雪芹借薛宝钗之手写的《临江仙》：

白玉堂前春解舞，东风卷得均匀。蜂团蝶阵乱纷纷。几曾随逝水，岂必委芳尘。

万缕千丝终不改，任他随聚随分。韶华休笑本无根，好风凭借力，送我上青云。

因一句“好风凭借力，送我上青云”，薛宝钗被不少人扣上了野心家的帽子，说她想借着和王夫人的亲戚关系，登上宝二奶奶的位置。我虽对薛宝钗不是很有好感，但也不赞成世人对她的这种评价，薛宝钗作这首《临江仙》的初衷是为了以乐观的角度去歌颂柳絮，与什么野心不野心没有多大关系，这从她作诗前说的话中可以看出来：“我想，柳絮原是一件轻薄无根无绊的东西，然依我的主意，偏要把他说好了，才不落套。所以我诌了一首来，未必合你们的意思。”

只因薛宝钗在荣国府的关系地位，确实有那么一股“好风”可以让她凭借，才会引起这样的猜测。

高蟾所云，“天上碧桃和露种，日边红杏倚云栽”，恰如薛宝钗的“好风”。碧桃即仙桃，或者完全可以理解为西王母蟠桃园里的蟠桃。天上仙种，凡间不可栽，也只有在千层云上九重天的甘露，才能滋养出延年益寿的仙果。若是少了天上的仙气，再香甜可口的果子也只能果腹罢了。日边的红杏也是一样，她们在云彩的簇拥下生长，枝叶繁茂，争奇斗艳，不似人间颜色。我想这日边倚云而生的红杏，比起叶绍翁一枝出墙独秀的红杏，大概少了几分烟火气息吧。

天上碧桃，日边红杏。高蟾此言当然不仅仅说的是花花果果，他自有他的深意。不妨继续往下看，我们再来说江上芙蓉。

四季之中，夏有荷花秋有菊，冬天腊梅傲霜绽放，唯有春天才能看到百花齐放的美景。春日寒气退去，雨水增多，正是万物复苏的时节。有了这样的好天气，花儿们再也按捺不住，沉默了三个季度之久的她们，都想在最美的时节"炫耀"一下自己。此时此刻，却没有芙蓉的身影。

诗中的芙蓉指的是水芙蓉，即荷花。一般来说，荷花在夏日开放居多，但也有在秋季盛开的。秋季萧瑟，百花凋零，落木纷纷，最有凄冷的感觉，这应该是为什么高蟾说芙蓉开在"秋江"上而不是"夏江"上的原因吧。

据《唐才子传》记载，高蟾家贫，也没有什么位高权重的亲戚朋友，他虽有才情有气节，但除了留下几首诗之外，并无其他大的作为。那开在秋江上的水芙蓉，其实正是他自己的写照。唐朝重科举，一旦金榜题名，命运也会发生翻天覆地的变化。碧桃和红杏正是那些进入仕途的人，天上和日边就是朝廷，有了朝廷的器重和栽培，他们就像跃入龙门的鲤鱼，一路青云直上。但他们并不是无缘无故就能冲上云霄的，他们先天条件就很优越，或是出身富贵之家，或是王侯权贵子弟，也就是诗中所说的"和露种"和"倚云栽"。

没有好风可以凭借的高蟾名落孙山，因此他以芙蓉自比，在萧瑟的秋日独自盛开于水上，无人问津，和那些前途一片光芒的"碧桃"和"红杏"相比，地位实在是悬殊。看看人家，再看看自己，怎能不伤心感慨？

但高蟾并未因此怨天尤人，"不向东风怨未开"写的就是他心中所想。秋江上的水芙蓉，冷冷清清，萧萧瑟瑟，尚且不曾抱怨东风没有将她和百花一齐在春日吹开，他又怎会心生怨恨呢？《唐才子传》中说高蟾为人重气节，从他的诗来看，似乎他的心理素质也很好。而高蟾诗中的芙蓉和黄巢笔下的菊花，倒是同病相怜。黄巢最出名的诗就是《题菊花》，他和高蟾一样，写诗写花，其实都是在写自己。既有不平，也有自勉，心中之情全都倾注于一字一句一诗之中。

无论有没有好风可以借力，即便是在萧瑟的秋风中，也能开出自己的美。东风不便，那又怎样？

世间无限丹青手，一片伤心画不成
——妙笔丹青，泼墨画伤心

曾伴浮云归晚翠，犹陪落日泛秋声。世间无限丹青手，一片伤心画不成。

——唐·高蟾《金陵晚望》

高蟾的“一片伤心画不成”怕是他最出名的诗句了，心有忧伤时，尤其是如林黛玉一般敏感纤细的女子，最容易有这般哀叹。我眼角凝结的哀愁，是你毫下生花的笔墨，永远无法触及的角落。纵丹青再好，伤心难画成。然韦庄却站出来跟高蟾唱了句反调，高蟾谓伤心难画，他却偏偏说，谁说伤心是画不成的，我就见过画伤心！

说起韦庄，大家都知道他那首脍炙人口的《思帝乡》，“春日游，杏花吹满头”。他是晚唐词人，经历过混乱，《金陵图》是他的题画之诗。据说他看了六幅以南朝为内容的画，有感而发，才作了这么一首诗。从第一句“谁谓伤心画不成”就能看出，他这首《金陵图》是在和高蟾的《金陵晚望》“叫板”：

谁谓伤心画不成？画人心逐世人情。君看六幅南朝事，老木寒云满故城。

六朝金粉，靡丽繁华。有淝水一战惊天，兰亭笔墨生香，乌衣王谢留名，石崇、王恺争富，竹林七贤齐辉，俊男靓女荟萃，才子才女扎堆……可以说，六朝是历史上最为绚烂的一段时期，故谓之六朝金粉。可就是这么绚烂多彩的六朝，终还是毁于一旦，在历史的尘埃中呻吟，瑰丽不再，往昔难寻。

不过画金陵图的这位画家并没有把侧重点放在金陵城的繁华之上，反而在画中加了很多凄冷的元素，比如老树，比如寒云，看着就像危城一般。这六幅画所反映的金陵和流传下来那些描写金陵繁华靡丽的诗词截然相反，没有一点六朝金粉的味道，使人望之生愁，心有忧伤。韦庄在看完这组画之后，也有了伤心之感。想起高蟾的“世间无限丹青手，一片伤心画不成”，他瞬间觉得，其实不然，伤心也是可以画出来的啊，自己所看到的不正是画中的伤心么？

画《金陵图》的这位画家，历史上并没有留下他的名号，既然他的画能推翻高蟾的“伤心画不成”之论，一定是位很有观察力并且很有想法的画手。历史上的金陵，众说纷纭，世人记住的，多是她的声色犬马，粉黛笙箫，画者却独独从她的另一面入手，挖掘世人所忽略的片段。与艳丽光鲜的六朝金粉相比，画中落寞凄冷的景象，无不令人想起六朝的湮灭，再绚烂，也是过往，再繁华，也是曾经，她最终还是被光阴带走了。这颓然惆怅的心情，难道不正是画中的“伤心”所致吗？

高蟾生活的年代在韦庄之前，韦庄也是看见六幅《金陵图》后，继而联想到高蟾的诗，才会留此诗作。试想，若他们是同一时代的人，没准还会来一场辩论会，正方谓，伤心难画，反方曰，伤心可画，然后叫上一帮同混迹于文坛的亲朋好友充当二辩三辩，最好是来个以诗辩论，这样一来我们这些后人可就有福啦。

再来看高蟾的这首诗。“一片伤心画不成”是很伤感很无奈的句子，但上联“曾伴浮云归晚翠，又陪落日泛秋声”却很美，丝毫未提及伤心事。那是在一个秋天的傍晚，浮云漫天，落日余晖斜照，洒在浮云之间，放眼望去，天际一抹红，高蟾登上城头，望着落日余晖，突然就伤感起来，他这么易伤感，本来很美的浮云和落日也跟着变沧桑了。金陵这座六朝古都，留下了多少古今之事。世间丹青妙笔者无数，画夕阳之沧桑，浮云之落寞容易，想要把他心中的伤心画进去就难啦。彼时世间还没有韦庄这个人，高蟾认为伤心难画，也没人出来反驳他。以至于到后来，人一伤感就会想起他的这句诗。

高蟾说的不无道理，但我还是比较倾向于韦庄。伤心不能直接画，却可以在画中融入伤心啊。女子对镜悲白发，红颜易老是伤心；十里长亭送亲友，折柳惜别是伤心；清明坟头除杂草，天人永隔是伤心；郊外路边望黍离，故国不在是伤心……画了这些，虽不是直白的伤心，但怎能叫人看不出伤心？

世间丹心无数人，若是有心，挥笔泼墨，亦可画伤心。

春日游，杏花吹满头

——一见君子终身误

春日游，杏花吹满头。陌上谁家年少，足风流。妾拟将身嫁与，一生休。纵被无情弃，不能羞。

——唐·韦庄《思帝乡》

当我还不知道世间有个词人叫韦庄的时候，我就知道了这阕《思帝乡》。甚至，我曾以为这是某位像薛涛、严蕊那样的才女所写。不为其他，只因世间能有几个男子能用如此惟妙惟肖的语气，在短短几十个字之内将女子邂逅爱情后的勇敢与果断表现出来？多年以后，我始终未曾忘记，杏花下女子决绝的眼神，那么果断坚定，那么信誓旦旦。

韦庄其人，算是生于官宦世家，祖上有不少朝廷重臣，如唐朝初期的宰相韦见素，唐太宗时期的刑部尚书韦挺，武则天时期的宰相韦待介等。值得一提的是，唐玄宗时期的诗人韦应物就是韦庄的曾祖父。韦庄没有给祖上丢脸，他除了“花间派词人”这一身份外，也曾涉足官场，做过前蜀的宰相。

历朝历代，不少诗人以女性视觉写过诗词，比如温庭筠、白居易，但是和韦庄相比，他们的诗词似乎少了那么点儿味道，我也说不清楚到底在什么方面，意境这东西，大概只可意会，难以言传吧。《思帝乡》是以女性内心独白的方式，将她所见、所思、所想浓缩成一阕简短的词，字数少，内容却十分丰富，塑造了女子灵动可爱、果断勇敢的形象。

这位女子应该是外出踏春，偶遇风流少年，一见钟情，从此便坠入爱河。古时候的女子很少会被允许出门，她们一生大多数的时间都消耗在绣楼中，弹弹琴，绣绣花什么的，《牡丹亭》中的杜丽娘便是如此，连后花园都不常去，偶尔游个园还那么兴奋，唱着“原来姹紫嫣红开遍，似这般都付与断井颓垣。良辰美景奈何天，赏心乐事谁家院”，看来平日里是憋坏了。当然，这是富家小姐们的待遇，贫穷人家的女儿就没这么悠闲了，她们得帮着家里干活儿，洗衣服做饭，扫地带孩子……

只有在踏春的时候，她们才能自由地出门游玩赏景。那一天，俊男美女齐亮相，彼此看对眼是很平常的事。因而，踏春算得上古代爱情故事发生频率最高的娱乐活动。这个“春”可谓一语双关，即是季节的“春”，也是爱情的“春”。

风尘三侠之一的红拂女，本是隋朝重臣杨素府上的侍女，若不是李靖的出现，恐怕我们永远不会听说“红拂夜奔”的故事。风尘三侠的事迹，出自于唐传奇《虬髯客传》，说的三原才子李靖怀着一腔报国之心投奔杨素，见杨素非自己的明主，黯然离开，孰料到了晚上，杨素身边的侍女红拂女亲自上门去找他了。红拂女觉得李靖不是池中之物，甘愿追随于他，共闯天下。做出决定之后，李靖立刻就带着红拂女离开了，他们在路上结识了虬髯客张仲坚，三人相处融洽，志趣相投，便结为异姓兄妹，称风尘三侠。事实证明红拂女很有眼光，李靖果然不负所望，在虬髯客的资助下，李靖终辅佐李世民成就大业，被封为卫国公。而虬髯客据说避居海外，自己立国。

英雄美人私定终身，执子之手，与子偕老，很浪漫的一个故事，但美满结局的背后，有时候往往有许多不为人知的艰难坎坷。在那样一个封建礼教盛行的年代，女子夜至男子宿处，主动要求与其私奔，是多么惊世骇俗的行为！做出这个决定，该需要多大的勇气！当时红拂女的心中，必定也是抱着和“春日游”女子同样的决绝。还好，李靖没有负她，她“夜奔”的决定是正确的，那是改变她一生的一个选择。

另一个与红拂女一样执着的姑娘就是卓文君了。卓文君很有名，比她更有名的是她的丈夫，大才子司马相如，不过司马相如并非卓文君的第一任丈夫，在遇到司马相如之前她结过一次婚，丈夫很早就死了。卓文君的父亲卓王孙乃是四川临邛首富，一次卓王孙设家宴，返乡的司马相和与友人一同前往，在宴会上遇上了卓文君。卓文君不仅长得美，而且富有才气，她仰慕司马相如文采，一早就躲在屏风后面偷看。宴会期间司马相如受邀抚琴，他弹了一曲《凤求凰》。卓文君心一横，为了追求真爱，她夜奔司马相如，情投意合的二人就这样私奔了。

但是司马相如一贫如洗，养活自己都是问题，更何况是富家小姐出生的卓文君。而卓王孙觉得女儿的行为给自己丢尽了颜面，一文钱都不给他们。日子过不下了，小两口儿没办法，只好回到家乡临邛，在卓文君家对面开了家小酒馆。卓文君当垆卖酒，司马相如就给她打打下手，闲来无事写写文章，对卓王孙来说，女儿女婿（尽管他不愿承认司马相如这个女婿）穷得过不下去了，当着自己的面卖酒为生，别人看了会怎么说他！这简直就是对他的挑衅！

到底是血浓于水，老爷子本来就不忍心看着女儿受苦，又碍于面子不好意思明说，如今女儿想出这么一个办法逼他，他还能如何？再说，女婿虽然家贫，但不乏文采，很难说以后不会成大器。女儿的行为荒诞是荒诞，但有个依靠总好过一辈子守寡啊……这么想着，卓王孙的气也就消了，命人给女儿女婿送去了钱财和仆役。

故事到这里还没结束。靠着岳父的资助，司马相如不再愁于生计，一心投入自己的事业。功夫不负有心人，后来他被推荐去长安做官，名气越来越大，身边的美女也越来越多。有了这么多诱惑，司马相如对妻子的爱渐渐淡了，还有了纳妾的想法。聪明如卓文君，虽在千里之遥，又怎么可能感受不到丈夫的变化？在这种心情之下，她写下了闻名千古的《白头吟》。

有一天，卓文君收到司马相如一封很奇怪的信：

一二三四五六七八九十百千万。换做别的女子，不一定能猜出司马相如的用意，卓文君却猜到了。那么多数字，唯独少了“亿”，“亿”就是“忆”，这意味着，丈夫对她已经没有那么深的感情了。心如死灰的卓文君提笔给丈夫回了一首《怨郎诗》：

一别之后，二地相悬。只道是三四月，又谁知五六年。七弦琴无心弹，八行书无可传，九曲连环从中折断，十里长亭望眼欲穿。百思想，千系念，万般无奈把君怨。万语千言说不完，百无聊赖十倚栏。重九登高看孤雁，八月仲秋月圆人不圆。七月半，秉烛烧香问苍天。六月伏天人人摇扇我心寒。五月石榴似火红，偏遭阵阵冷雨浇花端。四月枇杷未黄，我欲对镜心意乱。急匆匆，三月桃花随水转；飘零零，二月风筝线儿断。噫，郎呀郎，恨不得下一世，你为女来我做男。

卓文君巧妙地将司马相如那十三个数字嵌入诗中，以诗文的形式转达了自己的想法，字字含恨，恨中带情。看着纸上黑字，惊叹于妻子才华的同时，司马相如想起以往的种种，顿时惭愧不已。他断了纳妾的念想，决心与妻子重拾旧好。

世人都说，卓文君用自己的聪明挽回了丈夫的心。但在我看来，司马相如未必真的回心转意了。他对妻子，更多的是感激、歉疚，还有敬佩。毕竟在他一贫如洗的时候，是她真心相待，不离不弃，又得到她父亲的资助，他才有了今日。他一向对自己的才学很有信心，根本没真正留意过妻子，以卓文君的聪明，若生得男儿身，功名不一定在他之下。若他真背弃妻子，还有何颜面活在这个世上？与其说司马相如是为了守护他和卓文君的爱情，还不如说他是为了让自己安心，顺便让妻子安心。

妾将拟身嫁与，一生休。纵被无情弃，不能羞。用这两句话来形容卓文君的一生，再合适不过。一生休，义无反顾。

卓文君，红拂女，这两位夜奔成功的女子用她们的勇敢成就了爱情。

再来看《思帝乡》中的这位姑娘。“士之耽兮，犹可说也。女之耽兮，不可说也”，女子一旦沉迷于爱情，岂是那么容易就解脱的？才见了人家一面，她就准备将一生托付给对方，甚至想到了被抛弃的可能。即便有这样的可能，还是不能阻止她的决心。她看不到爱情的结局，她能把握的，唯有过程。

一见君子终身误。纵爱情如昙花一现，也须无怨无悔，义无反顾。

凝恨对残晖，忆君君不知

——且插梅花醉洛阳

洛阳城里春光好，洛阳才子他乡老。柳暗魏王堤，此时心转迷。
桃花春水渌，水上鸳鸯浴。凝恨对残晖，忆君君不知。

——唐·韦庄《菩萨蛮》

因为喜欢唐朝历史，我一直对唐朝的“东都”洛阳充满向往，朱敦儒一句“且插梅花醉洛阳”将她的魅丽无限扩大。

洛阳城里春光好，洛阳牡丹甲天下。唐朝是个绮丽富贵的朝代，牡丹亦是绮丽富贵的花朵，自从唐朝开始，洛阳的牡丹令天下人称奇，天下之大，没有哪里的牡丹能够赛过这里的。提到洛阳，绝大多数人脑子里蹦出来的第一个词肯定是牡丹，虽然后蜀末代皇帝孟昶曾突发奇想，要让成都牡丹甲洛阳，但千年过去了，洛阳的牡丹依旧笑傲东风，领先他乡。

洛阳才子他乡老。自古多少名人活跃在这座城市，虽然他们的故乡并不在洛阳，但一生都与洛阳有着千丝万缕的联系。曹子建说“名都多妖女，京洛出少年”，的确如此，几千年来洛阳的才子从不让人失望。河洛自古富才强，汉魏文章半洛阳。洛阳才子贾谊“西汉鸿文”横空出世，名扬天下；班家才子才女云集，三班洛阳著《汉书》，千古流传；左思挥笔三都名篇，洛阳纸贵，一世美谈；洛阳巧道遇潘安，绝世美男掷果盈车，史书留芳；文姬血泪《胡笳十八拍》，文采飞扬。忆当年，竹林七贤齐聚洛阳，名声斐然，风骨犹存；建安七子声名鹊起，共写洛阳。这里留下了太多文人才子的足迹，留下了太多瑰丽的色彩，每一笔都写满传奇。

韦庄对洛阳有着很深刻的感情，因为他的成名作《秦妇吟》就诞生在这里。《秦妇吟》受到时人的一致好评，韦庄也因此得了个“秦妇吟秀才”的美名，与白居易的“长恨歌主”并称为一段佳话。可以说，是洛阳的山水给了韦庄灵感，使他一诗成名，受人景仰。只可惜这块盛产才子的风水宝地未能庇佑才子们一生无忧，多少洛阳才子流落他乡，老于他乡，甚至死于他乡。“洛阳才子”原本是贾谊的称号，在词中指的是韦庄自己。流离于乱世的他联想到洛阳城昔日的繁华，无限感慨。

韦庄生于晚唐，当时的社会动荡不安，全国各地战乱频繁，百姓流离失所。生逢乱世并非人心所愿，他眼睁睁看着千古名都洛阳在战争的影响下蒙了“尘”，又将此心情写入诗中。

魏王堤畔柳如烟。曾经春寒料峭时，百花齐争艳，百鸟绕花鸣，吸引游人无数，正是洛阳城里踏春的最好去处。贞观年间，唐太宗将此处赐给了他最宠爱的第四子魏王李泰，故名魏王池，水上堤岸名魏王堤。白居易曾以《魏王堤》为题赋诗一首：

花寒懒发鸟慵啼，信马闲行到日西。何处未春先有思？柳条无力魏王堤。

白居易笔下的魏王堤，姹紫嫣红开遍，花生鸟语争春，千娇百媚，引人流连。然经过了安史之乱，魏王堤大不如前。国家安定尚且得不到保证，谁还有心思赏花赏月呢？留步于此，只会有一种物是人非的感叹，昔日的大唐，贞观之治，开元盛世，多么富丽繁华，处在那样的盛世之下，原本平淡无奇的景色都会沾了社稷的光，大放异彩，更别说本就风光秀丽的魏王堤了。只可惜战乱扰人心，世间风景宜人之地万千，韦庄唯独对自己的成名地洛阳有着深厚的感情，看到今非昔比的魏王堤，他的心中只有一声叹息。

写下这阕词的时候，韦庄并不在洛阳。身在江南的他挂念着那个与自己有着不解之缘的城市，就像怀念自己的家乡一样。

江南的景色并非不美，那是跟洛阳完全不同的两种景色。日出江花红胜火，春来江水绿如蓝。湖边桃花簇簇似锦，湖中碧水荡漾涟漪，风一吹，花瓣落在水面上，红绿相间，美好可爱。水面上的鸳鸯成双成对，尽情地戏水，陶醉在融融春光之中。

古诗词中的“鸳鸯浴”可没有现在的香艳意思，只是很纯洁地描写一下鸳鸯戏水的场面，就好比叶绍翁的“一枝红杏出墙来”只是很单纯地描述了朋友园中红杏从墙头伸出来昭示春光的场面，却被引申成了妇人品行不端，背着丈夫有外遇的意思。诗人游湖之时，看见眼前戏水的鸳鸯很可爱，自然而然想把它们写进诗中，比如晏殊的“倚遍朱栏凝望久，鸳鸯浴处波纹皱”，欧阳炯的“日暮江亭春影渌，鸳鸯浴，水远山长看不足”。鸳鸯自古就被用来比喻恩爱的夫妻，文人墨客喜欢写鸳鸯是很正常的。

然而眼前的美景没有抹去韦庄心头的遗憾，在洛阳的那段记忆对他来说，他忘不掉也不想忘掉，每每回忆起来，心绪便凝结在一起。

洛阳城里春光好，他乡虽美，却不如一醉洛阳嗅花香。

可怜无定河边骨，犹是春闺梦里人

——女儿柔肠男儿胆

誓扫匈奴不顾身，五千貂锦丧胡尘。可怜无定河边骨，犹是春闺梦里人。

——唐·陈陶《陇西行》

作者陈陶是唐代诗人，但这首诗总给我一种汉代诗的感觉，因为“匈奴”二字在汉朝历史上出现的频率实在太高了，经过两汉和魏晋的漫长岁月，后世还是习惯称呼边境之敌为匈奴，比如岳飞《满江红》中“壮志饥餐胡虏肉，笑谈渴饮匈奴血”，这里的匈奴指的其实是金兵。而陈陶这首《陇西行》中的匈奴，指的应该是突厥或者吐蕃，因为唐朝前后期边境最主要的敌人就是突厥和吐蕃。

题目《陇西行》是乐府诗的旧题。陇西指的是甘肃宁夏陇山以西的地方，也就是古代的边塞，所以以此为题的诗，内容自然跟边塞战争脱不了干系。唐朝诗人王维也写过同名诗，王维虽名号比陈陶响亮得多，但个人认为他的《陇西行》比起陈陶的这首，还是少了点什么，只因我太喜欢“可怜无定河边骨，犹是春闺梦里人”这一句，以极大的反差说明了战争的残酷，而这一句也是陈陶这首诗中艺术成就最高的。

上联“誓扫匈奴不顾身，五千貂锦丧胡尘”描写了悲壮的战争场面。战士们奋勇杀敌，抛头颅，洒热血，豪气冲天。每打一场战争，总会有无数士兵战死在沙场上，马革裹尸。尽管如此，还是有数以万计的士兵不断地向边境出发，前仆后继，誓死保卫祖国的疆土。战争的残酷，从另一方面却让后人见识了将士们的壮志雄心。但凡是边塞诗，除了体现思乡和残酷之外，总能给人一种热血沸腾，心潮澎湃的感觉。

南宋诗人陆游，身为文人，却也有过戎马生活，时刻牵挂着国家的战事，我对他那首《诉衷情》记忆尤其深刻：

当年万里觅封侯，匹马戍梁州。关河梦断何处，尘暗旧貂裘。胡未灭，鬓先秋，泪空流。此生谁料，心在天山，身老沧州。

战争对百姓的生活影响是极大的，纵战场远在千万里，却时时刻刻关乎着每个人的生活。一旦战争爆发，朝廷就得征兵役徭役，多少白发老人流着泪送儿子孙子出征，多少女子日以继夜盼望丈夫回来。这样的事情自古就有。《诗经·卫风·伯兮》写的就是女子思念远在边塞服役的丈夫，思念的同时，她又为自己的丈夫感到自豪，因为他是为保卫国家而去的，那是全家人的光荣。一首诗读完，心中尽是辛酸。

陈陶一句“可怜无定河边骨，犹是春闺梦里人”实在太精妙，完完全全写出了那些因战争而被迫分离的夫妇的悲哀。在他人看来，河边枯骨只是死于战争的普通人，谁又会知道，也许这些死去战士的妻子，正在天的另一方的家里等着他回去呢。甚至有些人新婚当天就出发去了战场，还没来得及过洞房花烛夜。不是每个女子都有孟姜女的执着，她们终其一生，能做的只有等待。

然而死于战争的人太多太多，只有级别高的将军才会被朝廷褒奖，将其尸骨运回家安葬。而那些默默无闻的战士死去多年也不会有人知道，闺中妻子似乎已经习惯了等待，她们年复一年等下去，梦中都惦记着丈夫早日回来，但是有可能直到白发苍苍，她们都不会等到一个圆满的结局。

一边是美好的愿望和热切的期待，一边是长埋地下的累累白骨。战争最大的残酷，莫过于此。

今朝有酒今朝醉，明日愁来明日愁

——生不逢时的罗隐

得即高歌失即休，多愁多恨亦悠悠。今朝有酒今朝醉，明日愁来明日愁。

——唐·罗隐《自遣》

得到的话便尽情高歌，失落的话也不要计较，愁绪多了，愤恨多了，也不要太难受。今天有酒的话就喝个一醉方休吧，明天的愁苦等明天再去计较。

这么豁达的词句，特别是那句“今朝有酒今朝醉”，非常口语化，将一个放歌纵酒暗自惆怅的形象勾勒得栩栩如生，这便是晚唐著名的诗人罗隐。

罗隐的一生可谓曲折坎坷。他出生在唐末，从二十八岁开始便参加科举考试，一直到五十五岁，没有一次录取，心中的愁苦可想而知。

他屡试不过，自然心中郁结，对于功名，他有种出人意料的执着，没人能够明白他心中所想，但是他屡次应试不中，却有很大一部分原因是因为他自己。

罗隐在年轻时写诗的名气就很大，四邻八乡都知道有个叫罗隐的写诗很厉害，但是他考功名却屡次不中。

罗隐每考不中，就会写一些针砭时事，讽刺朝廷黑暗，讽刺朝中重臣的诗作，这些诗作很快就传到朝中臣子的耳中，得罪了一些掌权的大官，得罪了这些掌权者，他考试落第也不奇怪了。

罗隐曾在他的《谗书》中写过一篇《题神羊图》，是题在他儿子画的一幅画上的，他在文中说：“尧时的羊和今天的羊本来就是一样的。原来的羊纯朴，现在纯朴之风已经败坏了，羊也变得贪婪狠毒，人也堕落了。所以现在的羊角歪了，就不能像原来那样触不直辩好坏之人了。”

罗隐有才有目共睹，但是他败就败在过于目中无人，他不明白天外有天，人外有人这个道理，对于周边的一切他都过于轻视，他觉得一切都应该以他为主，他的过于狂妄使他得不到好的人缘，仕途才会多舛。

但是失意却使他的诗作有了很大的发展，他是那个时代写讽刺诗最为著名的一个，如果他不写讽刺诗，对自己的言行稍加收敛，凭他的才华一定会大有作为。但是那个写诗的罗隐就不存在了，也就没有现世存下的那么多讽刺时政的诗作了。

唐朝末年，唐昭宗逃难，随行的有个耍猴艺人，他将猴子训练得能像文武百官上朝站班排位一样，下肢支撑独立行走。昭宗很高兴，赏赐这个耍猴人五品官职，身穿红袍，并给以称号“孙供奉”。这事被罗隐知道了，便写了首《感弄猴人赐朱绂》嘲讽自己：

十二三年就试期，五湖烟月奈相违。如何学取孙供奉，一笑君王便著绯。

我十几年来寒窗苦读，一直考功名却屡次不中，家乡的美丽景色都顾不得欣赏。如何才能学得那个孙供奉的本事啊，博得君主一笑便能穿上绯红的官服了。

昭宗赏赐孙供奉官职本来就很荒唐，说明这个大唐帝国的皇帝昏庸至极，亡国之祸临头，不急于招贤纳士，拯救国家，却仍在看猴戏，图享乐。

罗隐的诗，明着讽刺自己考不取功名，不会博得帝王欢心，实际上是讽刺了一批庸碌无为的官员，没有真材实料，把帝王哄开心了就能博得高位，此诗一出立刻便得罪了一批人。

后来朝政稍为安定，唐昭宗总算松了口气，于是朝臣们商量着要不要招点贤士，有人便提到了罗隐，说他有才华，又正直。

但是却有人提出了异议，有个叫韦贻范的说：“我曾和罗隐一起乘过船，当时有人对他说，船上有当朝的官员，让他收敛一些，罗隐却说：什么官员，我用脚趾头写文章都抵他好几个。这样的人如果把他找来当官，我们不都要被他看成跳梁小丑了么？”

好多人低声附和，罗隐做官这件事便没有人再提，他的仕途就此被断送了。

罗隐一生穷愁潦倒，挣扎在生死边缘，但是他的言行却时时警示世人。

家国兴亡自有时，吴人何苦怨西施

——亡国怨，何所怨

家国兴亡自有时，吴人何苦怨西施。西施若解倾吴国，越国亡来又是谁。

——唐·罗隐《西施》

这是罗隐的又一首著名的诗，诗的内容直白易懂，吴国兴亡自有其深刻的原因，何必将责任都推到西施身上？西施若是倾覆吴国的罪魁祸首，那么没有西施在身旁的越王，又是因为什么而亡国了呢？

世人多将君主亡国的原因归咎到女子身上，说女子祸国，迷惑国主，为封建统治者开脱罪责。

罗隐却提出另一个很尖锐的问题，吴国亡国是因为西施，那没有西施的越国呢？又是因为什么原因亡国了？他并不认为女子是君主亡国的主要原因，反对将罪责嫁祸到女子身上。

西施是中国四大美女之一，她的故事家喻户晓，西施原名施夷光，本是绍兴诸暨的一名樵夫的女儿，每天靠浣纱度日，关于西施的故事，最著名的便是“西子捧心”“东施效颦”。

西施天生丽质，很快被越国的范蠡选中，献给吴王夫差成为宠妃，使夫差沉迷女色，不理朝政，最终导致灭国。西施是越王勾践对吴王使用的一出美人计，更是勾践用来对付夫差的一个工具。

吴王夫差沉溺于西施的女色之中，不可自拔，为她建宫筑池，与她泛舟游猎，吟诗抚琴，这些都是他自己的个人行为，在那一刻，他忘记了自己身为一个君王的责任，完全沉迷于对西施的情感旋涡中。

伍子胥规劝夫差远离西施，夫差没有采纳，反而赐剑令伍子胥自杀，还重用奸相伯嚭，如果没有夫差自己的判断和决策，吴国还不至于会灭亡。

西施的倾国容貌让人迷醉，她的舞姿也让夫差为之倾倒，相传西施擅长舞蹈，吴王夫差为了使自己观赏西施舞蹈达到视觉与听觉的享受，便命人特地筑起了一条有屋檐的长廊，长廊架空，底下铺上大缸，缸上铺上好的木板，因为西施喜欢穿木屐，所以每次她一跳舞，长廊的地板都会发出“咯咯”的声响，就像为她打拍子一样，所以这道长廊也被称为“响履廊”。

夫差沉醉在国力强盛的赞美中，亲自带领大军北上，与晋国争夺诸侯盟主之位，越王勾践趁吴国精兵在外，突然袭击，一举打败吴兵，杀了太子友。

夫差急忙回国，向勾践求和，但是范蠡坚决主张要灭掉吴国。夫差见求和不成，才后悔没有听伍子胥的忠告，非常羞愧，就拔剑自杀了。

西施的结局史料中记载得很模糊，有的说她被吴国人杀了投入大海中，有的说她和范蠡隐居五里湖，后者大概是世人对西施这名善良的女子最美好的精神寄托吧。

后世对西施的赞誉颇盛，说她是巾帼英雄，为越国奉献自己，她背负了复仇救国的使命，来到吴国成为宠妃是迫不得已而为之的，是她必须担起的责任，所以她的祸国，只单对吴国来说。

虽然西施确实是越国派去做内应的间谍，吴国灭国跟西施是撇不开关系的，但是西施并不是吴国灭亡的主要原因，真正的原因是吴王夫差自己，他盲目地重用贪财好色的伯嚭，将贤臣伍子胥赐死，对于自身的军事能力也过分高估，刚愎自用，骄奢淫逸，这些都是导致吴国走向死亡的真正原因。

罗隐的一贯主张便是反对将灭国罪名嫁祸到女子头上，不但西施如此，杨贵妃也不该成为灭国祸水。

安史之乱，唐玄宗带杨贵妃向西出逃，但是皇帝的护卫队认为，安史之乱完全是由杨贵妃造成的，所以要求唐玄宗杀掉祸国殃民的杨贵妃，玄宗只能眼看着自己最爱的杨贵妃被缢死在马嵬坡，暗自垂泪却无法阻止。

杨贵妃虽然死了，安史之乱却没有平息下来，大唐盛世也走向下坡，这并不是杨贵妃一人之力就能造成的，红颜祸国，若君主贤明，安史之乱后完全能让大唐再次中兴，但唐朝还是向灭亡之路前行，至唐僖宗广明年间，黄巢起义爆发，僖宗皇帝西逃，在四川躲了四年时间，成为继玄宗后，又一个逃难四川的唐朝皇帝，罗隐还写了首《帝幸蜀》讲述了这件事：

马嵬山色翠依依，又见銮舆幸蜀归。泉下阿蛮应有语，这回休更怨杨妃。

马嵬坡依然山青草翠，而皇帝的御辇又从西逃回来了，玄宗皇帝泉下有知应该会说，这次可怨不得杨贵妃了。

僖宗皇帝的身边没有类似杨贵妃的“祸水”，但他还是逃向了玄宗逃亡的地方，所以这些灭国前兆与薄命红颜没有任何因果关系，怪不得就连玄宗皇帝都要跳出来，为自己也为杨贵妃喊冤了。

他年我若为青帝，报与桃花一处开

——只留余香枝头上

飒飒西风满院栽，蕊寒香冷蝶难来。他年我若为青帝，报与桃花一处开。

——唐·黄巢《题菊花》

这是一个五岁稚子的赤诚之作，民间有三岁看一生之说，或许只是戏言，但从此诗此人来说，确是如此。黄巢天生领袖，仅仅五岁便有“他年我若为青帝”之念，着实令人惊叹。

《贵耳集》中曾记载：“黄巢五岁侍翁父为菊花联句，翁思索未至，巢信口应曰：‘堪与百花为总首，自然天赐赭黄衣。’巢之父怪欲击巢，乃翁曰：‘孙能诗，但未知轻重，可令再赋一篇。’巢应之曰：‘飒飒西风满院栽，蕊寒香冷蝶难来。他年我若为青帝，报与桃花一处开。’”

菊花独自开在西风飒飒的院落中，西风满院，正是秋高气爽之时，风霜高洁，菊开满院，黄巢这第一句，赞的是菊花的迎风开放，以示其孤高劲节。而“满院栽”则颇为别出心裁，菊花在文人眼里，历来是归隐、孤独的象征，而黄巢却令它“满院栽”，风姿群扬，毫无孤高绝世之感，反有一种一呼百应的豪气。

在盛赞了菊花之后，黄巢笔锋一转，遗憾起“蕊寒香冷蝶难来”，菊花竞相绽放，百紫千红，各有颜色，却终究不是春花烂漫，没有彩蝶扑蕊，亦无香气迫人，只是幽幽清丽，淡淡微芳。黄巢此言，颇有孤芳自赏之意，他认为，菊花开不逢时，令它难以与群芳共赏，这是一件何等遗憾之事。

而前两句，正是为后两句做了铺垫。他年我若为青帝，报与桃花一处开。若有朝一日，我成为了青帝，定要让菊花与桃花开在一处，傲然群花。

青帝乃神话中的五方天帝之一，是位于东方的司春之神，为春之神及百花之神。黄巢此言，未必没有野心在其中，在他成人之后，揭竿而起，一举成为唐末农民起义的领袖，令得本就风雨飘摇的晚唐，在重击中愈加破碎，四散飘零。

这未尝不是“青帝”的功劳。

自比为菊的黄巢，终有一日化虎腾龙，执掌江山，令得天下都看得到他的凛冽锋芒。

菊，虽孤高凛冽，却难主天下，黄巢在揭竿而起之后，用十年时间，纵横全国十二省，将整个大唐王朝逼入绝境，然而，太过顺利的起义，令他迷失了原本的目标，在攻入长安后，他迫不及待地踏进了奢靡艳华的唐宫，在宫外战乱依旧烽烟四起之时，他却开始坐下来，歌舞升平饮酒享乐。

至此，注定了他为风而摧的结局，此时的权力欲望已经蒙蔽了当初那个干净的少年的眼睛。蛰伏多时养精蓄锐的唐军，一举而上，直逼长安。黄巢被迫逃亡至泰山，在这座云雾缭绕的王气之山下，属于他的历史烟消云散。

《旧唐书·黄巢传》是这样记载的：“巢将林言斩巢及二弟邺、揆等七人首，并妻子皆送徐州。”

本以为，此事已有终结，然而邵博在《邵氏闻见后录》中说，倘使真是尚让在狼虎谷杀死了黄巢，再去徐州献首，那其实是不太可能的事。两地相距五六百华里，就算快马加鞭日夜兼程，也至少需要三天。古代没有尸体保存的方法，加之又是叛党，又在马上赶路，等赶到徐州，黄巢的头颅早已腐烂，又如何敬献？如此看来，黄巢很有可能是假死逃脱，而尚让更有可能演了一出无间道，摆了唐皇一道。

宋人刘是之的《刘氏杂志》中有这样的记载，五代时有一个高僧法号翠微禅师，而更让人惊叹的是，他说，这个人就是黄巢。

得到确认是在张端义的《贵耳集》，他是这样形容的：“黄巢后为缁徒，曾主大刹，禅道为丛林推重，临入寂时，指脚下有黄巢两字。”

从一代起义领袖到五代高僧，黄巢的人生大起大落，很难揣测当他独坐青山，望向远处隐约宫阙之时心中的感受，或许，也唯有“独倚栏干看落晖”了吧。

我更愿意这样理解“他年我若为青帝，报与桃花一处开”：倘使人有来生，我愿司花惜春，与桃花同处相绽。人不如花，尚且可惜，还不若无心无情，零落成泥，春红尤在。

冲天香阵透长安，满城尽带黄金甲

——东风无力百花残

待到秋来九月八，我花开后百花杀。冲天香阵透长安，满城尽带黄金甲。

——唐·黄巢《不第后赋菊》

这是黄巢当年在长安科举考试落榜之后写的，这一次的落第，让这个曾经向往靠科举改变命运的少年走向了一条完全不同的道路。

黄巢对菊有一种与生俱来的热爱，这种热爱与他朝的文人不同，并非陶渊明那样“采菊东篱下”的悠然欣赏，也并非王安石“残菊飘零满地金”的孤寂，他更多的是带有一种豪气与杀意。

在他眼里，秋的肃杀都凝结在菊的花瓣上。傲视风雪，不惧冰霜，独自绽放的菊，似乎更能代表他怀才不遇、不甘低贱的内心：“我才华横溢，雄图未展，待到我凌驾万物之上时，我要让天下都臣服于我的脚下。”

等到九月之时，秋日降临，正是菊花胜放之时，“我花开后百花杀”，却饱含凌厉杀意，以菊花自比，当菊花盛开之时，百花凋谢，万花丛中唯有菊鹤立鸡群，俯瞰一切，一个“杀”字，足见其王霸之气，刀剑的森冷与狠厉体现无疑。

唐以牡丹为尊，将其视为国花，甚至“京城贵游尚牡丹三十余年矣。每春暮，车马若狂，以不耽玩为耻”。可以说，唐朝对牡丹的热爱，甚至有些痴迷和疯狂。

而黄巢却一反其道，对菊大为推崇，他的叛逆似乎是流淌在血脉里的，从幼年的“他年我若为青帝，报与桃花一处开”，到现在的“冲天香阵透长安，满城尽带黄金甲”，无一不彰显出他的雄心壮志。

然而，他的这种叛逆，却处处透着不寒而栗的血色，甚至，它是以无数血肉白骨为台阶建筑而成的。

公元880年，黄巢攻入长安，自立为帝，国号大齐。

“冲天香阵透长安，满城尽带黄金甲”，无疑是在暗示这一切，他将自己的军队自比为群菊，攻破长安，香气冲天，满城皆是金黄色。“冲天”是菊花香气的浓郁，竟有直冲云霄的气势。“香阵”是百菊群放，以彰数多。一个“透”，一个“尽”，将那种迫人的霸气展现得淋漓尽致。

而黄巢不仅借着菊花发出了“满城尽带黄金甲”的豪言壮语，更将菊盛放的情态描绘得瑰丽壮阔，一改其以往的幽冷清寂，反有石破惊天轰轰烈烈之感。

这一年，秋冬素爽，寒气迫人，掌握政权的男子，像是一匹脱了缰的野马，在长安城内横冲直撞，大肆掠杀。黄巢的所作所为，激起了唐军的愤怒，他们趁着黄巢的放松，第一次将黄巢赶出了长安。

初尝胜利果实的黄巢对此恼恨不已，他发誓要重新夺回长安，机会很快来临。等他再一次纠集大军打下长安之时，他毫不犹豫地作出了一个决定：屠城。

风雨飘摇、几经战乱的长安，遭遇了一次惨痛的洗礼。血流千里，一夜之间竟成死城。

屠城之后，长安城一片静默，黄巢的军队也因此失去了军粮的补充，城外唐军跃跃欲试，城内阴冷空寂，黄巢又做出了第二个决定：以人为食。

如同野兽一样，内外交困的黄巢，竟作出了这样的决策，即使是如今读来，仿佛还能闻到那时冲天而起的腐烂之气，以及那些狼一样的目光。

至此，黄巢完全失去了当年自比为菊的高洁。他赋予了菊以杀气，然而却被手中的刀剑、权力所左右，渐渐忘却了初衷。

暴政之下，必然自取灭亡，黄巢自此一路败退，逃出长安，苦苦支撑到了狼虎谷。

在这里，他失去了最后的踪迹。

有人说他自杀，有人说他被杀，更多的证据指向了一个出人意料的结局——他出家了。在经历了起义、夺权、失败一系列的变数之后，这条噬人的豺狼眼里，慢慢褪却了红光，我很难想象，当他捧起佛经之时，内心是如何的。

当他跪在佛前的时候，是不是也曾沉默、哽咽，伏倒在佛龛前，看着那悲悯慈爱的佛像，泪流满面。

原谅我，生于这世上。

记得绿罗裙，处处怜芳草

——送君千里，犹记回首时

春山烟欲收，天澹稀星小。残月脸边明，别泪临清晓。

语已多，情未了，回首犹重道：记得绿罗裙，处处怜芳草！

——唐·牛希济《生查子》

对于女子，文人总是不会吝啬溢美之词，尤其是美丽的女子。就连女子随身之物，也会因此得了美丽的前缀，女子所穿的袜子叫罗袜，如曹植《洛神赋》“凌波微步，罗袜生尘”；女子的衣袖称为罗袖，如晏几道《点绛唇》“分飞后，泪痕和酒，占了双罗袖”；女子衣服上的带子名为罗带，如秦观《满庭芳》“当此际，香囊暗解，罗带轻分”。至于女子的裙子，自然就是罗裙了，最为人熟知的便是牛希济这阕词中的“记得绿罗裙，处处怜芳草”。

晏几道那首为怀念情人而写的《诉衷情》，其中也有提到女子罗裙，那是他们的某次幽会：

长因蕙草记罗裙，绿腰沉水熏。栏干曲处人静，曾共倚黄昏。

风有韵，月无痕。暗消魂。拟将幽恨，试写残花，寄与朝云。

长因蕙草记罗裙，因为她的罗裙和这遍地的芳草一样，都是翠绿的颜色。而回忆中常常出现的绿罗裙，不过是一个代称，真正令他怀念的，是身穿绿罗裙的佳人。

晏几道是个大情种，他怀念的女子没有十个也有四五个，因此他的词有绝大部分都是为怀念佳人而写的，也不知道这阕词中穿绿罗裙的佳人是哪一个。

南朝江总妻有一首《赋庭草》：

雨过草芊芊，连云锁南陌。门前君试看，是妾罗裙色。

江总妻这首诗写得很通俗，她是第一个将青草与罗裙联系在一起的人，从她开始，后人再写到女子罗裙时，若罗裙是绿色，肯定会提到青草或是芳草。

不过和晏几道记忆中的甜蜜不一样，虽然都突出了女子身上穿的绿罗裙，但牛希济词中所展现的，却是一幅离别的画面。柳永说得很对，多情自古伤离别，情人间的分别总是很折磨人。一别多年，不知何时是归期，空留相爱的两个人天各一方，相思肠断。《雨霖铃》中，柳永与心爱之人的分别是在一个寒蝉凄切的傍晚，牛希济和这位绿罗裙女子的分别，则是在一个东方破晓的黎明。

春天的清晨，只有一点朦朦胧胧的亮光，不是很清晰。远山的薄雾起起伏伏，仿佛笼月的轻纱，正一点一点褪去。东方的天空渐渐露出了鱼肚白，朦胧的晨光越来越亮，留在天上的几颗星星也黯淡了下去。看这样子，天应该马上就要亮了。可是对即将分别的恋人来说，他们的心情依旧是黑暗的。因为天一亮，就意味着他们的别离。女子面带泪水，时不时抬头看看天，总希望能把时光留住，希望天能亮得慢一点。随着她抬头，残月的亮光照在了她的脸上，眸中闪动的泪光如此明显，词人看得于心不忍，却又无可奈何，只能在这仅存的一点时间里和她再待一会儿。

不用说，这个时候他们的心中肯定都有千言万语，然到了分别之际反而说不出话来了。才开口，话未说，眼泪已经先一步流了出来。终于在最后一刻，她细细道出了藏在心中的话，千言万语，不过是一腔相思。等到天已大亮，马嘶声起，催人行。词人已准备好翻身上马，女子却突然回过头来，最后叮嘱了一句：记得绿罗裙，处处怜芳草。意思是无论身在何方，只要看到了青青芳草，一定要想起我呀！

情深至此，便是天涯之远，也挡不住一缕相思。

世间痴情的女子太多，而每每看见绿衣女子，我总是莫名地将她们与牛希济词中这位痴情的女子联系在一起。元朝吴衍的《绿衣人传》也讲了一位痴情的绿衣女的故事：

甘肃书生赵源前往杭州求学，住在西湖边的葛岭上，临近宋代奸臣贾似道的旧宅。一日傍晚他看见一位十五六岁的绿衣女子从东面走来，女子梳着双髻，长得很漂亮。赵源看得入神，心里对她生了好感。就这样见过几次面之后，有一天，赵源终于忍不住，找了个机会与绿衣女搭话。他问女子家住哪里，女子笑称与他是邻居。赵源不免有些怀疑，又以为她是哪个大户人家的姬妾，所以也没多想。

久而久之，赵源与绿衣女开始交往，他们情投意合，经常厮守在一起。女子一直没有对赵源提起她的家世，直到有一次赵源喝醉酒说错了话，女子才哭着道出了她的真实身份，原来，她并非尘世中人。

绿衣女自言曾是宋朝丞相贾似道家中的侍女，与当时同为贾家仆人的赵源相爱。贾似道生性残暴，他的侍妾曾因夸了一位少年长得好看，他就把那位侍妾的脑袋砍了下来，装在盒子里向其他侍妾示警。所以当绿衣女与赵源的恋情被人告发后，二人双双被贾似道赐死在西湖断桥下。后来，赵源得以转世为人，绿衣女的名字却一直在鬼簿之上，无法投胎。她一直忘不了心上人，思来想去，只能以灵魂之躯与他再续前缘。

为了证明自己所说的话是真的，绿衣女还说了很多当年贾似道家发生的事，仿佛亲眼所见。而她又把在贾府学到的棋艺传授给了赵源，赵源下棋的水平一天比一天提高，很多人都比不过他。

不过，魂魄终究不能长久存在于人世间，绿衣女过了三年就卧病不起，终撒手而去。赵源给她下葬的时候，发现棺木很轻，打开一看，竟然只有衣服饰物！他被绿衣女的深情所打动，终身没有再娶妻，后来在灵隐寺出家当了和尚。

情不知所起，而一往情深。痴情的人总是会继续痴情下去，不管生在哪一世都一样。女子如此，男子亦如此。

绿酒一杯歌一遍，再拜陈三愿
——只愿身似燕双飞

春日宴，绿酒一杯歌一遍，再拜陈三愿。一愿郎君千岁，二愿妾身常健，三愿如同梁上燕，岁岁长相见。

——五代·冯延巳《长命女》

冯延巳这首《长命女》像是民间聚会时女子所唱的歌，念诗时候的感觉跟乐府中的“江南可采莲，莲叶何田田，鱼戏莲叶东，鱼戏莲叶西，鱼戏莲叶南，鱼戏莲叶北”很像，又顺口又好记。

词中描写了春日宴会的场景，主人公是一位已经嫁人的妇女。夫妻双双祝酒时，不知男方说了什么，但妇人的愿望简单而温馨，一点都不像我生日许愿的时候，闭上眼双手合十就开始想入非非，贪心得什么都想要。她端着自家酿的米酒，真诚道:“我的第一个愿望，希望夫君能够长命百岁；第二个愿望，希望我能身体健康；第三个愿望，但愿我们能够像梁上的飞燕一样，长相厮守。”

把“郎君千岁”摆在最前面,足以看出古时候男子的地位,我有理由相信，妇人第二个愿望中的“妾身常健”，多半是以身体健康就能好好照顾丈夫为前提的，丈夫就好比支撑房屋的梁柱，是撑起整个家庭的关键。至于第三愿中的“梁上燕”，诗词中常常以双飞的燕子比喻夫妻，燕子双飞意味着夫妻相守，所以闺怨诗中的思妇常常望着窗外双飞的燕子凄凄惨惨戚戚。夫妻能够像梁上成双成对的燕子那样，长相厮守，年年岁岁不分离，也是古时候女子最大的愿望之一，相比爱情，她们可能更加渴望全家团聚的温馨。

冯延巳词中所写，乃是春日宴会（应该是家宴）妇女的陈愿，我们现在一般很少在宴会上许愿，生日许愿比较常见。每个过过生日的人都有许愿的经历，那一刻亲朋好友全都围着你，等着你倾诉完心中的愿望再吹蜡烛切蛋糕，场面温馨而感人。

一个人许什么愿，尤其是女子，很能看出她的性格。像《长命女》中的这位妇人，必定是位持家有道，贤惠温润的好妻子。

冯延巳比李煜要大得多，李煜的爷爷当皇帝的时候他就已经在做官了，等到李煜的父亲李璟时期，他已经官拜宰相，位高而权重，虽然一直政绩平平，没做出什么对得起他宰相宝座的大事，但他这个位置照样坐得稳稳当当的。李璟之所以如此器重冯延巳，主要还是因为他们有着共同的兴趣爱好，那便是诗词。冯延巳人品常受到非议，被认为是奸诈小人，甚至和异母弟弟冯延鲁等五人一道被称为南唐朝廷的“五鬼”，不过他的才气却是毋庸置疑的，“鸿笔藻丽，十生不及君；诙谐歌酒，百生不及君；谄媚险诈，累劫不及君”。看来老天爷并没有特别偏爱冯延巳，给了他高官厚禄和华丽的文采，在人品上却做了克扣。

后人将冯延巳这首《长命女》做了改动，也很有意思：“我有五重深深愿。第一愿且图久远。二愿恰如雕梁双燕，岁岁得相见。三愿薄情相顾恋。第四愿永不分散。五愿奴留收因结果，做个大宅院。”

问君能有几多愁，恰似一江春水向东流
——谁人不识虞美人

春花秋月何时了，往事知多少。小楼昨夜又东风，故国不堪回首月明中。雕栏玉砌应犹在，只是朱颜改。问君能有几多愁，恰似一江春水向东流。

——五代·李煜《虞美人》

虞美人，原是项羽的宠妃虞姬。项羽策马战场，水深火热，最终被困垓下，留下一首绝命诗《垓下歌》。南唐灭亡，李煜被俘，囚禁于汴京，他没有料到，这首《虞美人》会成为他的绝命词。

都城灭，故国亡，昔日荣华不再，空对寂寞墙。被俘后的李煜，整日被愁苦困扰，无比怀念从前的日子。只可惜那一切就像东流之水，一去不复返。若早知有今日，他还会荒废国事，沉迷于诗词声乐之中吗？

作为一个帝王，李煜失败得很彻底。他没有在他正确的位置上做出丰功伟绩，甚至可以说碌碌无为。李煜虽不致像夏桀商纣那样，因残暴而被人恨得咬牙切齿，但是在某一层次上，他和夏桀商纣是一样的，他们都是亡国之君。

世人对李煜的评价，大多是“他不是一个好君王，却是一个再出色不过的词人”。正所谓“术业有专攻”，李煜钻研的不是政治，他只想无忧无虑地和他的后妃们待在一起，闲来弹弹琴写写诗。所以李煜最大的错就是投错了胎，帝王这个位置，于他来说太不合适。

不过“投错胎”的皇帝不止李煜一位，比如宋高宗赵构，政治上虽然昏庸无能，在书法上的造诣却令人折服，若不是误生在帝王家，没准儿就是一位和王羲之一样名垂千古的书法家。再比如宋徽宗赵佶，绝对够奢侈够荒淫的了，可他的画却是一绝。

《红楼梦》第四十四回，《尴尬人难免尴尬事，鸳鸯女誓绝鸳鸯偶》中描写了这样一个情节：贾赦看上了贾母身边的丫鬟鸳鸯，让邢夫人去做说客，起初鸳鸯没有吭声，邢夫人以为她是害羞，又让鸳鸯的嫂子去劝说，恰好鸳鸯去找了袭人和平儿说心事，鸳鸯的嫂子过来说要跟鸳鸯说些好话，结果鸳鸯急了，反驳道："什么'好话'！宋徽宗的鹰，赵子昂的马，都是好画儿。"赵子昂即元朝著名画家赵孟頫，他的妻子管道升也是很有名的画家。连鸳鸯这种出身低微，没读什么书的小丫鬟都知道赵孟頫和宋徽宗的画是好画，可想而知宋徽宗在古代的知名度是很高的，足以和专攻书画的名家相提并论。

历史上还有一位皇帝中的"奇葩"，那就是明朝的熹宗皇帝朱由校。他不理朝政，天天沉迷于刀锯斧凿油漆的木匠活儿，而且手艺非常好，很多能工巧匠都望尘莫及。据说，凡是他所看过的木器用具，他都能亲手做出来。如此技艺，当皇帝实在太"屈才"了。

和以上三位奇葩皇帝一样，李煜去当皇帝，也委实"屈才"了。王国维《人间词话》有云："词至李后主而眼界始大，感慨遂深，遂变伶工之词而为士大夫之词。"

不难发现，李煜的词后期大多写的是离愁别绪，亡国哀怨。当然这与他的人生经历是密不可分的。生于盛唐的李白，诗中体现的无不是当时的繁华与昌盛，相反，同为唐朝著名诗人的杜甫，因一生大部分时光都在安史之乱以后，所以他的诗则忧国忧民得多。

同样的道理，身为一个亡国的君主，李煜怎能不追忆过去的荣华，怎能不感叹时下的惨痛。

春日花开，秋日月圆，曾经的一切是那样美好，可是却匆匆结束了，快到令人无法回忆起她到底是什么时候结束的。遥想当年，他是一国之主，权力无边，可以享受世人艳羡不已的富贵荣华。身边有美人为伴，有美酒歌舞可享。心情好的时候，他可以揽着心爱的女子，在御花园赏赏花，或是看看歌舞，一有兴致就提笔写几首风花雪月的诗词，无忧无虑，别无他求。他从不在国事上多费功夫，哪里会想到这么快南唐就灭亡了！战乱就像一阵龙卷风，瞬间摧毁了一切，也结束了他的安稳日子。无力反抗的他被赵匡胤囚禁于汴京，春风吹来，春花开放，于是他开始怀念，怀念昔日的春花秋月。明知回不去却斩不断心中的愁苦，这种精神上的折磨最难承受。他无时无刻不在追怀南唐的故国家园，还有那段无忧无虑的岁月，若是可以，他愿意用一切去交换。

然而，一切只是他的幻想。灭亡了就是灭亡了，世间再无南唐，他再也回不去了。金陵华丽的宫殿依旧在，琼楼玉宇，飞阁流丹，没有生命力的它们是不会因为天下易主而伤心的，照样将自己的华贵与美丽展示与人。倒是宫中那些宫女，朱颜已改，不复旧日倾城色。美丽的女子易老，美好的日子也易消逝，再难追寻。这怎能令他不伤心，不难过！他是堂堂一国之君，却落得个阶下囚的下场，那些曾经是他子民的百姓，恐怕都在笑话他吧。可已然发生的事，谁又能改变呢？问心中愁绪几许，恰如东流之水，长此以往，滔滔不断。

无论是措辞还是语调，这首《虞美人》都堪称词中翘楚。可偏偏这么美的一阕词，却断送了李煜的性命，也斩断了他还未全部施展的才华。据说，宋太宗赵光义看了这阕词后，因其中“故国不堪回首月明中”一句，终于下决心要把李煜除掉。以赵光义的手段，他怎么能容忍一个已经沦为阶下囚的亡国之君去怀念他的故国！在一次宴会上，赵光义命人将牵机（一种很厉害的毒药，为马钱子的提取物）下在李煜的酒中，李煜喝了之后，腹部剧痛，肌肉萎缩，身体蜷缩成弓形，一直不停地抽搐着，直到窒息而亡。如此惨烈的死法，看来赵光义对李煜还是很痛恨的，活着不让他好过，连死都不给他一个痛快。而赵光义之所以这么恨李煜，除了他是前朝国主之外，估计还跟小周后有关。小周后那么出众的美女，他一心将她据为已有，无奈只能得到她的人，因为她的心永远在李煜身上。

一代才子就这样魂归西天了，不免可惜。若是他再多活几十年，不知会创作出多少伟大的作品呢。

其实早在李煜成为太子之前，礼部侍郎钟谟就断言他不是当皇帝的料，钟谟曾向南唐中主李璟进言说：“从嘉德轻志懦，又酷信释氏，非人主才。从善果敢凝重，宜为嗣。”从嘉是李煜的字，从善是李煜的七弟，钟谟认为李从善才是当皇帝的合适人选。结果李璟这老头脾气不太好，一听有人诽谤他心爱的儿子，顿时火了，随便找了个借口把钟谟给流放了。

李璟和儿子李煜一样，也是个极有才华的词人。李煜能写下那么多脍炙人口的诗词，看来与遗传有关，来看看李璟写《摊破浣溪沙》：

菡萏香消翠叶残，西风愁起绿波间。还与韶光共憔悴，不堪看！

细雨梦回鸡塞远，小楼吹彻玉笙寒。多少泪珠何限恨，倚阑干。

李璟和李煜这对父子真不该出生帝王之家，当什么皇帝啊，若找个书香门第投胎，也许能像三苏父子一样，名垂文学史。实在是可惜了！

无论如何，李煜的确是一个才华横溢的词人，他可以轻而易举地把任何景物任何情感都化作笔下诗词，如此才情，又有几人能与之比拟？

刬袜步香阶，手提金缕鞋
——尽管如此，亦生死相随

花明月暗笼轻雾，今宵好向郎边去。刬袜步香阶，手提金缕鞋。
画堂南畔见，一向偎人颤。奴为出来难，教君恣意怜。

——五代·李煜《菩萨蛮》

这阕《菩萨蛮》，是李煜跟尚未成为他妻子的小周后幽会时所写。词的背景不怎么光明，措辞却相当美，尤其是“刬袜步香阶，手提金缕鞋”一句，完完全全写出了女子的灵动之美。

李煜这个名字在史册上留下的最浓厚的笔迹，除了那些“离别愁亡国恨”的诗词外，也就是他与大小周后这对姐妹花的风花雪月了。我们在说“才子”二字的时候，都喜欢加上前缀“风流”，仿佛才子天生就该风流。李煜是才子，所以他的风流在世人眼中似乎也是理所当然的。

小周后是李煜的第二任皇后，也是大周后的胞妹，历史上没有留下她的确切名字，据说为周嘉敏，一说周薇。后来有人考证，确定大周后名宪字娥皇，小周后名嘉敏字女英。李煜目有重瞳，似虞舜，而大小周后姐妹的字正好是娥皇、女英，不知是不是后人的有意附会。

大周后成婚的时候，年方十九，比李煜长一岁，彼时小周后才五岁，是个什么都不懂的黄毛丫头。历史记载，周娥皇不仅面若芙蓉，而且是全能型的女才子。她歌喉婉转似夜莺，舞姿堪比汉宫飞燕，一手琵琶弹得出神入化，把后宫其他妃嫔甩出不知道多少公里远。当时的皇帝是李煜的父亲李璟，他听大周后弹了一曲琵琶后，高兴地把自己收藏多年的宝贝烧槽琵琶赐给了她。大周后还擅长跳盛唐著名的霓裳羽衣舞，舞动起来如九天仙子，嫦娥下凡。

然而大周后并非只会风月，她能写诗会作画，知历史懂棋艺……总之女人应该会的，她没有一样不会。正好李煜喜好的也是诗词歌赋，与大周后志同道合，两人简直是天造地设的一对。成婚后，李煜和大周后过了一段神仙般的甜蜜日子。

据说有一次大周后邀李煜一起跳舞，李煜假装难为她，说你要是能写首歌出来我就听你的。大周后信手拈来，很快就写完一首《邀醉舞破》，李煜赞不绝口。李煜对歌舞一向很感兴趣，他费了好大的劲弄到唐玄宗《霓裳羽衣曲》的谱子，但经过那么多年，乐谱已经残缺不全了。大周后凭着自己的音乐天赋，居然能够将其复原，这可着实把李煜给乐坏了。二人重现盛唐大型歌舞，其盛况光是想想就令人心驰神往。

李煜为大周后写过不少绝妙的词，最能体现大周后风情的是这阕《一斛珠》：

晚妆初过，沉檀轻注些儿个。向人微露丁香颗，一曲清歌，暂引樱桃破。

罗袖裛残殷色可，杯深旋被香醪涴。绣床斜凭娇无那，烂嚼红茸，笑向檀郎唾。

《一斛珠》写的是大周后喝醉酒的情形，娇憨可人，美丽风情的女子活脱脱跃然纸上，难怪李煜对她如此痴迷。

这样的幸福日子持续了好几年，直到有一天，大周后病倒了。在对抗病魔的同时，大周后万万不曾想到自己人生中最大的劲敌出现了，而这个劲敌竟是她的亲妹妹周嘉敏。

当初稚嫩的女童已经出落成亭亭玉立的大美人，在容貌上，周嘉敏丝毫不比姐姐逊色。李煜的母亲钟太后很喜欢周嘉敏，正好大周后生病，就做主把她接进宫给姐姐做个伴。再次见到周嘉敏，李煜仿佛见到了年轻时的大周后，男性荷尔蒙一下子就被激发了。

一天午后，李煜按捺不住蠢蠢欲动的心，主动跑去瑶光殿看望周嘉敏。当时周嘉敏在榻上小憩，李煜刚掀起珠帘就被眼前的睡美人图给摄了魂。闻着美人的体香，他不由得痴了，正想往里走，不经意间碰响了珠帘，清脆的声音惊醒了梦中的周嘉敏。周嘉敏急忙起身行礼，见李煜含情脉脉地看着自己，猛然惊觉她居然穿着睡衣，春光半泄，甚是诱人。

为了纪念与周嘉敏那次特殊的相会，李煜回到宿处便提笔写了一阕词《菩萨蛮》：

蓬莱院闭天台女，画堂昼寝无人语。抛枕翠云光，绣衣闻异香。

潜来珠锁动，惊觉银屏梦。脸慢笑盈盈，相看无限情。

词中的“天台女”正是周嘉敏。李煜对这阕词格外满意，欣赏了几遍之后，便差人给周嘉敏送去。周嘉敏一看就知道姐夫心里打的什么主意，她本就羡慕姐姐能找到这么好的男子相伴，潜意识里，对李煜这位姐夫有着难以言明的情愫。如今李煜把心思挑明了，她也不再推辞。

见佳人半推半就默许，李煜又写了信约周嘉敏在御苑红罗小亭相会。是夜，正如词中所写的那般，花明月黯，轻雾朦胧，周嘉敏悄悄前往李煜和她相约的地方。毕竟是偷情，姐姐还好生生活着，自己就跟姐夫暗通款曲确实不像话，周嘉敏心里也有些害怕，但更多的是刺激和兴奋。为了不引起他人的注意，她脱下金缕鞋，轻手轻脚走向红罗小亭。亏得李煜把这一情形记录词中，生在后世的我们才有机会"目睹"接下来的一切，顺其自然，二人在小亭中成了好事。

这阕《菩萨蛮》，李煜是以周嘉敏的视觉来写的。不难看出，情窦初开的周嘉敏对姐夫非但没有抗拒的心里，还欢喜得很。不然也不会一见面就扑进李煜的怀中轻轻发颤，撒娇道："我出来一趟好不容易，你要好好怜爱我呀。"

世上哪有不透风的墙，这厢李煜和周嘉敏打得火热，那厢病榻上的大周后就听到闲言碎语了。自从大周后生病，李煜一心扑在周嘉敏身上，后宫早就怨声载道了，那些吃飞醋的妃嫔唯恐天下不乱，拿了李煜为周嘉敏写的两首《菩萨蛮》去给大周后看，其中添油加醋是肯定少不了的。大周后起初还不相信，一边是最亲的妹妹，一边是最爱的丈夫，他们怎么会这样对她？但出于女人敏感的天性，大周后还是把周嘉敏叫了去，旁敲侧击问她最近为何不来看自己。周嘉敏回答得有些牵强，说什么来了好几次都碰上姐姐在睡觉。聪明的大周后马上明白了一切，她心如死灰，别过头去没有再跟妹妹说一句话。

在丈夫和妹妹的双重背叛下，大周后的病情日益加重，原先面若桃花的美人早已不在，留下的只是一具形容枯槁的躯壳。在这段时间，李煜若是好好陪伴大周后，兴许她的病情还能好转。但是风流的丈夫日日与妹妹黏在一起，大周后自己首先就放弃了活着的念头，不久便撒手人寰了。民间传说，大周后的病情其实根本没那么严重，她是被李煜和小周后给气死的。而且大周后自从知道周嘉敏和李煜的事之后，头都朝向里面，也就是不想看到他们，直到死的那一刻，她都没有回头。一代佳人香消玉殒，至死她都没有原谅丈夫和妹妹。

大周后死后，李煜这才重新想起她的好，那么美妙的一个人，怎么突然就烟消云散了？小周后虽然容貌不输大周后，但是论才艺根本及不上其十分之一。李煜让她唱歌跳舞，她都不会，只是稍微懂点棋艺。想当年大周后跳起霓裳羽衣舞，场景是何等的壮观。半是追忆半是爱，李煜日渐忧愁，为大周后写了很多诗词，亲手写下两千多字的祭文，甚至在她的墓碑上刻下"鳏夫煜"，以示自己对发妻的爱。但是这一切还有什么意义呢？人活着的时候没懂得珍惜，等到她死了，你就算再深情她也是看不到的。

后人经常讨论，在大小周后之间，李煜更爱哪一个。个人认为，他应该还是爱大周后多一点，毕竟他们志趣相投，互为知己；毕竟他们生活多年，知根知底。只是时间长了，浓郁的爱情会转变为亲情，恩爱恩爱，爱情之中，常常存在着很大一部分“恩”。他们成婚近十年，哪还能日日像新婚燕尔那般耳鬓厮磨，长相厮守。而小周后天真烂漫，美丽多情，是个男人都会喜欢，况且李煜刚跟她幽会时，又刺激又新鲜。他跟小周后，还是比跟大周后少了那么一点共鸣，也就是所谓的灵魂交流吧。

大周后死后，过了一年多钟太后也死了。李煜身为儿子，需得为太后守孝三年。姐姐去世之后，周嘉敏等了四年才名正言顺地嫁给李煜，因她与周娥皇是姐妹关系，二人被后人称为大小周后。

李煜的女人里面，除了大小周后，比较有名的就是野史中提到的窅娘了。窅娘貌似是混血儿，长得很美，舞也跳得特别好。她用白帛把自己的脚裹成了三寸金莲，擅长跳自创金莲舞，很讨李煜喜欢。据说南唐灭亡后，她和李煜一起被掳到了汴京，宋太宗赵光义命她跳金莲舞，跳完舞之后，为了避免被赵光义玷污，紧接着她就跳进了荷塘。窅娘是个聪明的人，她选择干净地死去，成全了她对李煜的爱，尽管李煜真正爱的人并不是她。小周后就没她那么幸运了，不得不苟且偷生，受尽赵光义的百般凌辱。

小周后一生唯一的污点就是对姐姐的不忠，她和李煜因偷情而在一起，还气死了大周后，为很多人所不齿，她和李煜成婚时就有不少大臣写诗嘲讽。尽管如此，她对李煜却是一片真心。李煜被赵光义毒死，她失去了活下去的希望，也随着赴了黄泉。

流水落花春去也，天上人间
——多少恨，不在天上在人间

帘外雨潺潺，春意阑珊，罗衾不耐五更寒。梦里不知身是客，一晌贪欢。独自莫凭栏，无限江山，别时容易见时难。流水落花春去也，天上人间。

——五代·李煜《浪淘沙》

看到“浪淘沙”这三个字，我总觉得拥有如此磅礴词牌名的词，应该属于豪放一派的，而且该有苏轼“大江东去浪淘尽”的气势，但事实并非如此，词牌名与词的内容，往往没有直接的联系。倒是刘禹锡写过八首《浪淘沙》诗，其中第八首最为有名：

莫道谗言如浪深，莫言迁客似沙沉。千淘万漉虽辛苦，吹尽狂沙始到金。

千淘万漉虽辛苦，吹尽狂沙始到金。或许这才是“浪淘沙”的真谛。然李煜的这阕词中，根本不存在这样的苦尽甘来，而是字字含恨，句句泣血。这与当时的背景有着直接关系。

太祖开宝七年（公元974年），赵匡胤挥师南下。南唐自然不是大宋的对手，都城金陵轻而易举就被攻了下来，李煜和众妃嫔、大臣被俘至开封，彼时他的身份不再是一国之君，而是俘虏，朝见大宋皇帝自然是要卑躬屈膝的。

赵匡胤对李煜的才华颇为欣赏，他曾多次劝降李煜，都被李煜拒绝了。大周后去世后，赵匡胤又派人来提议和亲，南唐很多大臣都希望李煜能接受赵匡胤的提议，但彼时的李煜心里只有一个小周后，哪里肯娶别的女人？他想都没想就拒绝了。碰了钉子的赵匡胤心里很不爽，既然李煜不识好歹，以他的性格，卧榻旁也就容不了他酣睡了？为了出这口恶气，赵匡胤封李煜为“违命侯”，因为他多次违抗命令，不听劝降，也不愿和亲。

得了这么个称呼，李煜气愤得很，可谁让他是失败者呢？胜者为王败者为寇，像李煜这样被冠以侮辱性称呼的败者，历史上有过不少。南齐皇帝萧宝卷，在位四年间行事荒诞，残暴不仁，被以萧衍为首的大臣们从龙椅上拉下来杀了，死后被追封为“东昏侯”。昏即是昏庸，一听就不是什么好称呼。苏轼有诗“玉奴终不负东昏”，这里的东昏指的就是萧宝卷，玉奴则是萧宝卷的宠妃潘玉儿。一代女皇武则天当妃子的时候，先是干掉了她的对手王皇后和萧淑妃，后来又给她们改了姓，王皇后为蟒氏，萧淑妃为枭氏，蟒和枭都是动物的名字，而且不是什么善类，武则天借此来羞辱她们。清雍正帝登上皇位后，也给他争夺皇位的对手们改了不好的称号，康熙第八子胤禩为阿奇那，第九子胤禟为塞斯黑，这两个称呼都是满语，翻译过来都不是好听的名字。

被送往汴京囚禁之前，李煜写了一首《破阵子》：

四十年来家国，三千里地山河。凤阁龙楼连霄汉，玉树琼枝作烟萝，几曾识干戈？

一旦归为臣虏，沈腰潘鬓消磨。最是仓皇辞庙日，教坊犹唱别离歌，垂泪对宫娥。

金陵破，南唐灭，家国河山都断送在自己的手中，李煜心情无比沉痛，他根本不是当皇帝的料，父亲却把南唐交到了他手里，如今成为亡国之君，他还有何颜面见列祖列宗？无可奈何的他，也只能“垂泪对宫娥”了。有人说李煜没想着如何面对百姓，却想着对着宫娥们哭，太过荒唐。其实这不能全怪李煜，“生于深宫之中，长于妇人之手”的他内心本来就不像正常的男子那般强大，他不喜欢家国大事，只想有宫娥妃嫔们为伴。

到了汴京之后，李煜和被封为郑国夫人的小周后一起囚禁于府邸中，成了没有镣铐的犯人。在待遇方面，赵匡胤对李煜还是不错的，什么东西都按照他爵位的级别提供。夫妻俩日日相守在一起，想到以前在南唐的快活日子，李煜的心更加沉痛，仿佛之前的一切只是一场梦，梦醒了，美好的日子也随之灰飞烟灭。不知当时，他有没有想起曾被他辜负的大周后。

大周后年纪轻轻就离开这个世界，也是件幸运的事。至少她不用承受亡国的痛苦，不用成为阶下之囚，也不会担心被赵光义玷污。小周后就不同了，整日担惊受怕不说，被囚禁的那段日子，还受尽了赵光义的凌辱。小周后是名满天下的美人，赵光义早就对她垂涎三尺了，他多次借机将小周后留在宫中，强迫小周后与自己欢爱，甚至变态地让画师画下了他凌辱小周后的全过程，这就是大名鼎鼎的《熙陵幸小周后图》。他本以为将李煜毒死就能将小周后据为己有，孰料小周后失去了寄托，又不愿再受赵光义的侮辱，居然自尽了。

李煜和小周后被囚的日子里，李煜夜夜睡不好觉，经常做噩梦，精神上受尽了折磨。一天晚上他从梦中醒来，听见窗外下起了小雨，雨声潺潺，美好的春天很快就要过去了，一如他那段美好的曾经，稍纵即逝。半夜天气寒冷，即使华美的锦被也挡不住。也只有在梦中，他才能忘掉自己被囚禁的屈辱，享受片刻的安宁。他独自倚靠在画栏之上，一边听着潺潺雨声，一边回忆在南唐的岁月。万里河山,最终还是断送在他的手中。离别时容易，再见却是何等的艰难。曾经的一切，如东流之水，带着凋谢的花朵，和即将逝去的春天一起离开了。旧时的美好生活,宛如天上仙境,谁知一梦醒来,他已经来到人间，而且永远也不可能回去了。天上也？人间也！美好的日子总是太匆匆，为什么她不肯停下脚步？他以一阕词记录了自己的全部心情，半是惆怅半是伤。

成为俘虏以后，李煜算是不用处理那些令他头疼的国事，专心当一个词人了。然而这一切，根本就不是他所期望的。流水落花春去也，顺便也带走了他绮丽的梦。

自是人生长恨，水长东

——绿波依旧东流

林花谢了春红，太匆匆。无奈朝来寒雨，晚来风。

胭脂泪，相留醉，几时重。自是人生长恨，水长东。

——五代·李煜《相见欢》

这阕词又名《乌夜啼》。相比“相见欢”，我倒是更喜欢“乌夜啼”这个名儿。相见欢，是相见，亦是欢，和整阕词中透出的丝丝愁怨似乎并不相称。“乌夜啼”则悲悯得多，一见到这三个字，我脑子里首先冒出来的是曹操的《短歌行》：

对酒当歌，人生几何！譬如朝露，去日苦多。慨当以慷，忧思难忘。
何以解忧？惟有杜康。青青子衿，悠悠我心。但为君故，沉吟至今。
呦呦鹿鸣，食野之苹。我有嘉宾，鼓瑟吹笙。明明如月，何时可掇？
忧从中来，不可断绝。越陌度阡，枉用相存。契阔谈宴，心念旧恩。
月明星稀，乌鹊南飞。绕树三匝，何枝可依？山不厌高，海不厌深。
周公吐哺，天下归心。

“乌夜啼”给我的感觉正如“月明星稀，乌鹊南飞。绕树三匝，何枝可依？”这几句诗中所描写的一样。

林花、谢了、春红，很简洁很明了；太匆匆，也是完完全全的白话一句。不得不说李煜胆子很大，他敢不用华丽的辞藻，不用复杂的典故，仅仅是将几个再简单不过的词组合在一起，展现在人们面前的却是一副悲凉萧瑟的景象：林子里的花都谢了，而且谢得那样匆忙。

春天是一年四季中最美好的季节，红色是众多色彩中最为鲜艳的颜色。可是在这么美好的春天，林子里的红花却匆匆凋谢了。与其说李煜感叹的是花的凋零，倒不如说他是在感叹自己命途的多舛。他生在帝王之家，天生不识愁滋味。他有锦衣玉食，有如花美眷，还有至高无上的权力和地位。

然而在他人生中最辉煌的时刻，国家灭亡了，就亡在他的手上。就像正当鲜红的春花突然凋谢一样，太匆匆，太匆匆。

一般来说，花的凋零给人的感觉总是惆怅而低靡的。林妹妹看见那满地的落花，忍不住将它们收起来埋入土中，又感叹“花落人亡两不知”。“花落”和“人亡”放在一起，那是一种何等的无奈与悲凉。

花谢了，美好的事物已经远去，然而命运的玩笑似乎还没开够。早晨有寒雨，晚上还有风。印象中，朝与暮留给我们的大多是美好的景物，如晨露夕阳，如朝云暮雨。

无论是朝朝还是暮暮，若是心情愉快，从中品味出的都是美好的一面。可偏偏李煜看见的却是“朝来寒雨，晚来风”。这好比他的人生，旧时的繁华已经消失殆尽，再也不复存在，而他将要面对的是重重的苦难与压迫。与过去的美好相比，这样的日子实在太过凄惨。也难怪他会感叹“雕栏玉砌应犹在，只是朱颜改”了。

在整首诗中，我最喜欢的就是“胭脂泪，相留醉，几时重”这一句。

胭脂的历史非常悠久，《事物纪原》曰：“秦始皇宫中，悉红妆翠眉，此妆之始也。”可见秦汉时期，胭脂就已经为女子常用了。女子取一红纸片状的胭脂放在双唇间抿一下，以着唇色，这种叫作金花胭脂，可以用来抹脸颊，也可以用来点唇。

旧时女子所用的胭脂并没有我们现在用的这么好，大多是粉末状的，黏性很差，一流眼泪，脂粉就会随着泪水褪去。所以“胭脂泪”指的就是女子的眼泪，在这里又用来比喻被风雨摧残的花朵。而“胭脂泪，相留醉，几时重”这句词所蕴含的即是一种惜别时的离愁。

而有一首《胭脂泪》，歌词哀婉，带着点点哀愁，虽是一古一今，但歌词中蕴含的离愁别绪和“胭脂泪，相留醉”这句有着异曲同工之妙：“那离愁，深秋，再回首。离别恨，已过几秋。上红楼，交杯酒，执子之手，紧握那颗相思豆。心有千千结，不忍吐离别，只求能与你化茧成蝶。相见难，这般愁断肠，天上人间两茫茫。泪成霜，花残，独留暗想。对镜梳妆，泪千行。此情成追忆，绵绵无绝期。若离别，此生无缘，不求殿宇宏，不求衣锦荣，但求朝朝暮暮生死同。心有千千结，不忍吐离别，只求能与你化茧成蝶。”

对镜梳妆的女子，想起远在天一方的恋人，不禁泪流满面，这便是“胭脂泪”了。不过“胭脂泪”也不是李煜最先用的，他的这句词其实是化用了杜甫《曲江对雨》中的“林花著雨燕脂湿”：

城上春云覆苑墙，江亭晚色静年芳。林花著雨胭脂湿，水荇牵风翠带长。

龙武新军深驻辇，芙蓉别殿谩焚香。何时诏此金钱会，暂醉佳人锦瑟旁。

“林花著雨胭脂湿”，意为林花被雨水打湿，状如眼泪。关于这句诗，还有个小故事。

王彦辅《麈史》言：“此诗题于院壁，‘湿’字为蜗涎所蚀。苏长公、黄山谷、秦少游偕僧佛印，因见缺字，各拈一字补之：苏云‘润’，黄云‘老’，秦云‘嫩’，佛印云‘落’。觅集验之，乃‘湿’字也，出于自然。而四人遂分生老病苦之说。诗言志，信矣。”

意思是说，当时苏东坡、黄山谷、秦少游、佛印和尚四人，路过一间寺院，院墙上题有杜甫的《曲江对雨》，但因为寺院年久失修，诗中的第二句“林花著雨胭脂湿”中的“湿”字难以辨认，在苏东坡的提议下，四人按照自已的感觉来补上这个字，使其完整。苏东坡填的是“润”，黄山谷补的是“老”，秦少游说“嫩”，佛印和尚则觉得“落”比较合适。后来他们翻阅了杜甫的原诗，才知道这里缺的是个“湿”字。四人皆佩服不已，认为原诗最好。可见杜甫这个“湿”用得很妙。

李煜虽是化用杜甫的诗，但因为其中融入了他自身的惨痛遭遇，相比较而言比原诗更为悲惋。这既是他对逝去春花的惜别，又是对他已经不复存在的繁华往昔的告别。道一句“几时重”，他心里却明白，很难再重逢了。所以他只能叹息一声：自是人生长恨水长东。一个“恨”字，便道出了他所有的悲恸和绝望。

然纵使他再恨，没有他的天下照样日出月落，海晏河清。雕栏玉砌朱颜改，绿波依旧东流去。

剪不断，理还乱，是离愁

——思悠悠，恨悠悠，上心头

无言独上西楼，月如钩，寂寞梧桐深院，锁清秋。

剪不断，理还乱，是离愁。别是一番滋味在心头。

——五代·李煜《相见欢》

成为阶下囚的李煜，所写的诗词大多离不开“愁”与“恨”这两个字。今昔对比，一个在天上，一个在人间，每每想起过去那段宛如在天上的日子，离愁别恨总是将他困得死死的，离国、别家，眉梢的愁，心头的恨……

李煜写的诗词，语言都比较直白，像“林花谢了春红，太匆匆”，“独自莫凭栏，无限江山，别时容易见时难”，“春花秋月何时了，往事知多少”，一看就知道是什么意思。个人认为，这阕《相见欢》是李煜所有词中最浅显的。

自来到汴京成为阶下囚，日子总是那样漫长，岁月仿佛永远没有尽头。一天夜晚，他难解心中愁苦，默默无言地登上了西楼。抬头，夜空漆黑如泼墨，只有一弯弦月高挂，如钩子一般，泛着清冷的银光。古往今来的人都一样，心情不好时，都喜欢默默地登高楼望月亮。然而月光皎洁凄寒，越看越使人心伤。同一个月亮下，有多少人在窗后唉声叹气？从此无心爱良夜，任他明月下西楼。明月和西楼真是一对最佳拍档，它们出现于夜空之下，徘徊于惆怅之间，西楼明月，明月西楼……

古诗词中的西楼，大多不是一座楼的名字，或许是位于西边的楼，也或许只是一个称呼。唐宋八大家之一的曾巩曾以《西楼》为题写过一首诗：

海浪如云去却回，北风吹起数声雷。朱楼四面钩疏箔，卧看千山急雨来。

诗中的“朱楼”就是西楼，因朱楼面对东边的海，故有此称呼。难得在一首诗中，没有同时出现西楼和明月的影子，曾巩所描写的只是他在朱楼之上看海看雨的情形，彼时的他心情豪迈，完全没有西楼月下的李煜那种国仇家恨。而在大才女李清照的笔下，“雁字回时，月下西楼”，所体现的又是另一种情感了。

此外，还有唐朝诗人贾岛的“一夕瘴烟风卷尽，月明初上浪西楼”，南宋词人苏泂的“青裙自约弥明喜，更上西楼看月来”。同是西楼，同是明月，不同的是心中的那一怀情绪。李煜的“西楼”，怕是其中载满愁苦最多的一座楼了。

既然月光太凄冷，总是勾起不好的回忆，李煜决定不再去看月亮。他把视线转移到院子里来，只见梧桐树孤零零地立在月光下，孤芳自赏，院中尽是一片凄凉的秋色。凄凉的夜让他联想到自身的处境，怕是没有什么能比他更凄凉了！国破家亡，囚禁异乡，谁能体会他心中的苦呢？那一怀愁绪时时刻刻笼罩在心头，如阴霾，挥不走，剪不断，厘不清……孤家寡人的他，像极了院子里那棵寂寞的梧桐。梧桐本不寂寞，寂寞的是人的心啊。

记不清有多少人写诗词的时候，曾将自身情感寄托在梧桐身上。李清照的“梧桐更兼细雨，到黄昏，点点滴滴”，是失去丈夫的孤独、相思，还有忧愁；周紫芝的“梧桐叶上三更雨，叶叶声声是别离”，是秋夜带来的离别之悲；苏轼的“缺月挂梧桐，漏断人初静”，是幽居者的寂寞和凄凉。相比之下，苏轼词中的感觉和李煜的稍稍接近，只是他的凄惨，远不及李煜心中的万一。

“剪不断，理还乱，是离愁”和李白的“抽刀断水水更流，举杯销愁愁更愁”有着类似的感觉。李煜心头的愁绪如一团乱麻，无法将之剪断，更无法理清楚，而李白的愁仿佛是流淌的溪水，用再锋利的刀也斩不断，想借酒浇愁，不仅浇不灭，反而像火上浇油一般，比原先更加浓烈了。这种感觉看似抽象，却很贴切，不是身在愁中人，不识愁人心中苦，只有经历过“愁”事，方可体会。

曾经是高高在上的天子，如今是身份尴尬的囚犯，悲伤，惆怅，寂寞无人知。若这些都只是一场噩梦，醒来便烟消云散，那该多好。

车如流水马如龙，花月正春风
——怎奈何，今昔难再同

多少恨，昨夜梦魂中。还似旧时游上苑，车如流水马如龙，花月正春风！

——五代·李煜《望江南》

看了李煜那么多的词，我已经不愿意再废笔墨去说他的恨了，套用一下林嗣环《口技》中的话，“虽人有百手，手有百指，不能指其一端；人有百口，口有百舌，不能名其一处也”。哪怕有一百张嘴，都无法说清道明，因为那根本就是一种语言所形容不出来的心情。生于多年之后的我们，只能在他流传下来的词中追寻，从字里行间去感受。历史留下来的只言片语，属于李煜的那一句，你可曾用心聆听？

恨，可以是怨恨，可以是悔恨，也可以是憎恨，一个字里面能包含的情感实在太多了。之于李煜，我想他的“恨”中，更多的是悲伤和无奈吧。南唐灭亡不能全怪他，他只是一个喜欢美女，喜欢过悠闲日子的词人，天注定他生在帝王家，他无法拒绝。人的一生就像在漫无边际的大海上漂荡，有时候你不得不随波逐流。李煜这个帝王当得再无奈，他也没有选择的余地。倘若一早料到会成为亡国之君，当初他会不会多花一分心思在国家大事上呢？

自从到了汴京，李煜很少有安心睡到天明的日子，梦中有昔日的繁华，有旧时的欢乐，从那样多姿多彩的梦中醒来，看到的却是眼下的黯然……多少恨，多少泪！

词中之所以说梦魂，是因为古人相信人有灵魂，而睡觉做梦的时候，灵魂会离开躯体。我们常常听到的“托梦”之说，还有“梦中相会”之说，大概也是同样的意思吧。以“梦魂”入诗，比直接写梦要深刻许多，白居易《长恨歌》中就有这么一句：“闻道汉家天子使，九华帐里梦魂惊。”

李煜在梦中所看见的，是多年以前的金陵。那时候他还是最尊贵的一国之主，春暖花开之日，在宫女侍从们的簇拥下去上苑游玩。春风和煦，春光明媚，美景当前，一时技痒写几首词与众人分享，换来称赞一片。去上苑踏春赏花的人很多，他们的车驾来来往往，川流不息。所有的热闹与繁华尽收眼底，一切，都是那样的美好。

车如流水马如龙，语出《后汉书》，原句为："前过濯龙门上，见外家问起居者，车如流水，马如游龙，仓头衣绿褠，领袖正白，顾视御者，不及远矣。"在李煜之前，有不少诗人写过类似的句子，但流传千古的只有他的这阕《望江南》词中游上苑的情形。

皇家子弟出行游玩，场面有多盛大是可想而知。仪仗队自是不用说，像李煜这样风流多情的贵族子弟，身边怎可没有几个花容月貌的宫娥？美人美景相伴，花好月圆，其乐融融，都付旧梦中……

若没有这场梦也就罢了，然从那样的梦中醒来，该用什么样的心情去面对昔日的繁华变泡影？往往在对比之下，现实才会显得更加不堪。车如流水马如龙，花月正春风。这样的景致除了回忆，也只能在梦中才能见到了。梦和现实这么残酷地交替着，日日摧残他的精神世界，或许哪一天支撑他活下去的围墙会轰然坍塌，连灰尘都不剩。

往昔荣华不再，旧梦难成真，梦中的一切所带来的，是深深的恨。

知我意，感君怜，此情需问天
——一曲相思泪千行

金雀钗，红粉面，花里暂时相见。知我意，感君怜，此情须问天。
香作穗，蜡成泪，还似两人心意。珊枕腻，锦衾寒，觉来更漏残。

——五代·李煜《更漏子》

这是一首写女子思念男子的词，意思很明了，上阕写女子打扮得漂漂亮亮地去见心上人，却只换来片刻的相会。下阕写女子闺中落泪，心心念念惦记着心上人，不知不觉到了天明。对这首词的作者，争议一向很大，有说是李煜，又有说是温庭筠，他们二人都写过这类风格的词，所以都有可能，似乎赞成是李煜的人还是多一些。

金钗是古代女子常用的饰品，金雀钗指的就是钗头是雀形的金钗。能佩戴“金雀钗”这种头饰的，不会是穷人家的女儿。姑娘想念心上人了，两人一早定好了约会的时间地点，于是她在镜子面前磨蹭好久，又是佩戴金钗又是涂抹胭脂的，挑选衣服恐怕还得花更长的时间。身为女子，约会前的纠结心理我太懂了，恨不得翻遍整个衣柜，却又觉得哪一件都不合适，换来换去，把所有当下季节穿的衣服全试上一遍，直到时间快来不及才匆匆出门。而越是纠结，说明姑娘对心上人的爱就越多，恨不能将自己最美的一面展示给他看。

词中提到的红粉，是古代女子的化妆必备品，即胭脂和铅粉。女子用的胭脂大多是用产于西域的红蓝花制作而成。至于铅粉，顾名思义就是用铅做的。《天工开物》中详细介绍了铅粉的制作方法，大概就是将铅融化，削成薄片卷成筒状放在特定的器皿中化成粉状，然后兑上豆粉、蛤粉等配方，用水搅开，阴干后差不多就成了。宋代女子用来涂面的粉一般都是铅粉。成语“洗尽铅华”的“铅”字也就是这个意思。到了明朝和清朝又出现了珍珠粉和宫粉。古代女子花在这上面的心思，可是一点都不比现在的人少。

擦了粉抹了胭脂，戴好金钗换好衣服，总算收拾妥帖了。姑娘高高兴兴出门，期待着与心上人相见。谁知精心打扮了这么久，见面才一会儿就分别了。这里的“暂相见”未必真的很短暂，只是对于热恋中的人来说，相处的时间总是不够的。所以姑娘心里就不乐意了，她对他的情意，天地可鉴，为什么不能长相厮守呢？

与心上人分别后回到家的姑娘满心惆怅，香炉中不时地飘出穗状的烟，那烛台上滴落的珠泪，就像她因想念他而流的眼泪，一滴又一滴地往下掉。“香作穗”一句再一次验证了女子家不普通，宋词中经常出现的，比如李清照“瑞脑销金兽”中的“瑞脑”啊，还有沉香，都不是一般人用得起的。香也常常被当做贡品和礼品。说到这里，忽然想到了明朝人陆采所写的《怀香记》，其实早在陆采之前，唐人王彬就写过同样内容的故事，叫《贾午传》：

贾午是西晋太尉贾充的女儿，也是引起“八王之乱”的晋惠帝皇后贾南风的胞妹。姐姐贾南风因八王之乱而出名，妹妹贾午则因为偷香的故事在历史上留下了自己的身影。

太尉贾充有位秘书官叫韩寿，英俊博学，是出了名的美男子。一次宴会，贾午从帘幕后面偷偷看见了韩寿，对他一见钟情。她让丫鬟找到了韩寿的住所，向他表明了自己的爱慕之情。韩寿心下大喜，依约前往贾府与贾午私会。贾午和词中“金雀钗，红粉面”的姑娘一样，每次都精心打扮一番，等待情郎的到来。

当时西域给皇帝进贡了一种香料，香味非常奇特。晋武帝把香料赏给了宠臣贾充和陈骞。贾午可不知道这看似普通的香料里面有这么多名堂，她闻着味道不错，就偷来送给了韩寿。一次宴会上，贾充闻到了韩寿身上特殊的香味，再加上女儿最近的变化，他马上就怀疑到了女儿和韩寿有私情。

查清了事情的始末之后，贾充把贾午叫来盘问。贾午见事情败露，也不再否认，她态度坚决地表示非韩寿不嫁。贾充觉得韩寿一表人才，也算配得上自己的女儿，于是大张旗鼓地将贾午嫁给了韩寿。欧阳修《望江南》中的“身似何郎全傅粉，心如韩寿爱偷香”和李商隐《无题》中的“贾氏窥帘韩掾少”，写的就是贾午偷香的故事。后来“偷香”二字也成了男女偷情的代名词。

《更漏子》里的这位姑娘可不像贾午那么胆大，她觉得与心上人相会的时间太少，又不敢做出格的事，只能偷偷掉眼泪，辗转一夜无眠。睡觉时总觉得珊瑚枕头太滑，锦缎被子太薄，害得她又冷又孤单，无法入睡。其实根本不关珊瑚枕头和锦缎被子的事，只是姑娘一心想着心上人，孤枕难眠。若是不医好这相思病，换再好的枕头，再厚的被子，她还是会睡不着的。

这位女子还真是个单纯可爱的傻姑娘，看她的妆容和闺房陈设，应该是有钱人家的小姐，从小被宠坏了，难免有些娇嗔。但感情可不像宠爱她的父母一样处处包容她，遇到些小波折是难免的。姑娘必定是第一次恋爱，与心上人才分开就满腔愁绪，心里直嗔怪，哎呀枕头太滑，哎呀被子太薄，害我睡不着啦！不觉为她对爱情的执着与渴望所感动，但愿她能和贾午一样，与心爱的男子有一个美满的结局。

花不足以拟其色，蕊差堪状其容
——千古艰难惟一死

君王城上树降旗，妾在深宫哪得知；十四万人齐解甲，更无一个是男儿。

——五代·花蕊夫人《述亡国诗》

在“女子无才便是德”的社会里，才华与容貌在女子身上少有相容。在历史的长流当中，四大美女以美貌闻名，也有谢道韫、李清照等人以才华遐迩于世，却独独少有像后蜀孟昶的贵妃“花蕊夫人”这般才华与美貌并存的女子。

“花蕊”夫人之名是形容女子生得很美，取“花不足以拟其色，蕊差堪状其容”之意。谙熟历史的人都知道，号花蕊夫人者，实有两人。一是前蜀开国皇帝王建的妃子，另一个便是这位集才华与美貌于一身的花蕊夫人，一个歌伎出生的贵妃，后蜀后主孟昶之妃。

自古以来，多言红颜祸水，君王亡国之因，全数归结到了女子身上。先有褒姒、妲己、妺喜、骊姬被称为四大妖姬为例，亡国之因，究竟是红颜祸水，还是习惯了替王朝的落败找代罪羔羊？而花蕊夫人被世人归结于红颜祸水之辈，也实属必然。

史载孟昶是一个非常懂得享乐的皇帝，他广征蜀地美女以充后宫，妃嫔之外另有十二等级，其中最宠爱的便是花蕊夫人。花蕊夫人最爱牡丹花和红栀子花，于是孟昶命官民人家大量种植牡丹，并说：“洛阳牡丹甲天下，今后必使成都牡丹甲洛阳。”他还派人前往各地选购优良品种，在宫中开辟“牡丹苑”，孟昶除与花蕊夫人日夜盘桓花下之外，更召集群臣，开筵大赏牡丹。那红栀子花据说是道士申天师所献，只有种子两粒，它开起花来，其色斑红，其瓣六出，清香袭人。由于难得，便有人将那花的样式画在团扇上，如此竟相习成风。

在花蕊夫人与孟昶相伴的美好时光里，她创作了大量的诗篇，所作《宫词》百首，词调韵美，其诗词短小精悍，细腻传神，往往数十字就描述了深宫庭院的生活，也公开了宫廷的秘密，非常具有写实意义：

其一

离宫别院绕宫城，金版轻敲合凤笙。夜夜月明花树底，傍池长有按歌声。

其二

修仪承宠住龙池，扫地焚香日午时。等候大家来院里，看教鹦鹉念新诗。

其三

春殿千官宴却归，上林莺舌报花时。宣徽旋进新裁曲，学士争吟应诏诗。

其四

殿名新立号重光，岛上亭台尽改张。但是一人行幸处，黄金阁子锁牙床。

孟昶怕热，曾在摩诃池上建水晶宫殿，以楠木为柱，沉香作栋，珊瑚嵌窗，碧玉为户，四周墙壁以数丈开阔的琉璃镶嵌。殿内罗帐锦被，奢华无比。后主日日饮宴，渐觉烦腻，花蕊夫人便用红姜煮白羊头，石头镇压，以酒腌之，切如纸薄，风味无穷，号称“绯羊首”。她发明的另一种食品是白薯药片，薯片加五味调料后，以纹火烤得香酥，为成都名小吃之一种。

然而好景不长，就在两人醉生梦死之时，赵匡胤“黄袍加身”，于公元 964 年十一月，赵匡胤以后蜀密谋勾结北汉犯宋为借口，发兵攻打蜀国。宋军仅五六万精兵，就让成都的蜀兵十四万守军一溃千里，毫无抵抗之力，孟昶自缚出城请降，与花蕊夫人双双被押解往北。

行至葭萌关，花蕊夫人因国破家亡悲愤难忍，援笔填词于驿壁：“初离蜀道心将碎，遗恨绵绵，春日如年，马上时时闻杜鹃。”才写四句，宋军催行，不得已掷笔而去。后有好事者给花蕊夫人的《采桑子》续上了半阕：“三千宫女如花面，妾最婵娟，此去朝天，只恐君王宠爱偏。”却全然道不出花蕊夫人悲愤的心情。

被解押至汴京之后，宋太祖赵匡胤因早就听闻花蕊夫人的美貌，单独召见她，厚礼相待，问她为什么不殉国，反而投降。花蕊夫人听了，心神若定，冷静沉着，思索片刻之后，吟出了可谓是千古绝唱的《述亡国诗》。

这首诗从字面上就可看出花蕊夫人内心的悲愤以及不卑不亢，表达了内心哀痛的同时，也怒后蜀男儿的不争，枉为男儿。

同时她的这首诗也有自辩之意，蜀国亡国，有很多人认为她是红颜祸水，是蜀皇迷恋花蕊夫人，致使其不勤朝政，沉迷酒色，生活荒淫奢侈无度，最终导致后蜀亡国投降。而“妾在深宫哪得知”一句，大有辩驳她在深宫，一介妇孺之辈，对于这些根本不知情，摆脱自己女色亡国的嫌疑。

“十四万人齐解甲，更无一个是男儿。”一句，道出了蜀中空有十四万大军，却抵不过宋兵五六万，反衬出了蜀兵原本就不堪一击，不要把责任推卸到女人身上之意。

后来，孟昶为保族人，将花蕊夫人献给了赵匡胤，却不明不白地暴毙，其母也绝食谢世。花蕊夫人被赵匡胤收入后宫后，不忘故主，绘孟昶画像私挂奉祀。此事被宋太祖追问，花蕊夫人急中生智曰：“所挂张仙，送子之神，蜀人皆知。”幸未追究。这本是托词，不料不胫而走，成了宫内外女子之闺俗，并自宫中传至民间，晚清时好事者又将张仙男身像改花蕊女身像，由此花蕊夫人便被尊为送子娘娘了。

或许有人说花蕊夫人不过贪生怕死之辈，既然她表现得如此有情有义，又何不殉国，追随孟昶而去？正所谓“千古艰难惟一死”，千古艰难，死是最难的。世间总有太多让人牵挂和放不下的，与其说花蕊夫人贪生怕死，我宁愿相信她是怕孟昶死后无人再记得他，所以忍辱负重，绘了孟昶的画像私挂奉祀，以慰二人恩爱美好的时光。

史书上没有记录花蕊夫人是何时死的，是怎么死的。在蔡东藩的《宋史演义》和李逸候的《宋宫十八朝演义》中写到花蕊夫人的死，与宋皇后有关。

野史当中关于花蕊夫人之死，也有零星的记载，北宋中期邵博的《闻见近录》中说：一日赵匡胤率亲王和后宫宴射于后苑，赵匡胤举酒劝赵光义。赵光义答道：“如果花蕊夫人能为我折枝花来，我就饮酒。”赵匡胤命花蕊夫人折花时，赵光义引弓将她射死，随后流泪抱着赵匡胤的腿说：“陛下方得天下，宜为社稷自重！”赵匡胤没有责怪他，“饮射如故”。北宋末年蔡绦的《铁围山丛谈》卷六有云：“太宗在晋邸时，数数谏昌陵，而未果去。一日兄弟相与猎苑中，花蕊夫人在侧，晋邸方调弓矢引满，政拟射走兽，忽回射花蕊夫人，一箭而死。”

花蕊夫人究竟是如何香消玉殒的，已经无从考证了。而她一生所作的诗词，却永远地留在了历史中，并且流传了下来，让我们可以在悠悠历史长河中，看到一个才华与美貌相容的女子。

罗带同心结未成，江边潮已平

——同心结下，同心难结

吴山青，越山青。两岸青山相对迎，谁知离别情？

君泪盈，妾泪盈。罗带同心结未成，江边潮已平。

——北宋·林逋《长相思》

林逋的外号很响亮，叫梅妻鹤子，因为他终身未曾娶妻，只喜欢养鹤种梅花，并自言“以梅为妻，以鹤为子”，故而得此称号。林逋喜欢梅花，他笔下的梅花自然别有一番风味，“疏影横斜水清浅，暗香浮动月黄昏”一直被奉为描写梅花的佳句，林逋也因为这首诗被人们熟识。《长相思》在林逋众多诗词作品中算不得出众，但我还是喜欢很这首虽无华丽的语言，感情却朴实而真挚的词。

吴山青，越山青，说的是位于浙江境内的两座山，即西湖东南面的吴山和诸暨城区的越山。吴山是春秋时期吴越两国的边界，白居易写给樊素的那首《长相思》中有一句“吴山点点愁”，说的也就是这座吴山。至于越山，指的是苎萝山和金鸡山两座山脉的并称，苎萝山下的苎萝村就是古代四大美女之一西施的故里，因为出了这位名人，越山和诸暨城的浦阳江并称为越山浣水。

之所以在词的开篇就提浙江境内的两座山，是因为林逋正是土生土长的浙江人。他自幼聪慧，颇富文采，却一直没有入仕的想法，只是在江淮一带游历。再后来，林逋隐居西湖边的孤山，种种梅花，养养鹤，闲来无事去寺中拜访拜访僧人，有感触时写写诗词，自得其乐。同样爱好养鹤，春秋卫懿公俗气地给鹤封王拜将，甚至因此而亡国，到了林逋身上，养鹤却是一件高雅之事。相比陶渊明厌倦仕途而辞官归隐，林逋的生活似乎更加清心寡欲。很多人曾劝说林逋入仕为官，以他的才学，作出一番成就并非难事。林逋却直言谢绝：“然吾志之所适，非室家也，非功名富贵也，只觉青山绿水与我情相宜。”他似乎生来就不适合官场，他结交的朋友，除了范仲淹、梅尧臣这样有名的文人学者，就是寺院中的僧侣。

面对吴越两座颜色鲜明的青山，女子满肚子愁怨。山清水秀又如何，风景再美也留不住她的恋情。吴越四季风景交替，有着独特的江南美景，但是美丽的风景是察觉不到人心变化的。妇人不明白这一点，她将满腔愁怨向青山诉说，奈何青山不懂人情，无法回答她的问题。

不知道是什么原因，词中女子最终没能跟相爱之人白头偕老。分别之际，二人执手相看泪眼，依依不舍，却又不得不舍。原以为遇到了命中注定的那个人，可是同心结还未结成，他们的姻缘却突然散了，快得让人无所适从，转眼竟是分别。“罗带同心结未成”，说的是同心结，却也是他们的姻缘，因为古时候男女定情，都会用绸带打一个心形的结，表示“永结同心”。这一风俗早在汉代之前就形成了，经常在婚礼上出现，以表示对新婚夫妇的祝福，希望他们能够白头偕老，永结同心。比如这首无名氏的《少年游》：

上苑莺调舌。暖日融融媚节。秦晋新婚，人间天上真奇绝。傅粉烟霄，倾国神仙列。彼此和鸣，凤楼一处明月。

歌喉佳宴设。鸳帐炉香对爇。合卺杯深，少年相睹欢情切。罗带盘金缕，好把同心结。终取山河，誓为夫妇欢悦。

这首《少年游》写了一对新婚夫妇的婚礼场景，“合卺杯深”和“好把同心结”说的正是古代婚礼上必不可少的两个环节：喝交杯酒，打同心结。但是打同心结并不一定指成婚，也可以指男女双方定情。就像林逋词中的这位女子，她和心上人“罗带同心结未成”，说明他们的姻缘受到了阻挠，以后不知道，至少目前是要分离了。这一幕跟柳永《雨霖铃》中所描写的很像，二人依依不舍，但是船却要开了，催着客人赶紧上去。这一别，归期茫茫，甚至有可能永远不能再相见。女子的眼泪如钱塘江中涨起的潮水一般，绵绵不断。

忍不住去猜测他们相爱却无法相守的原因，他们很有可能跟《孔雀东南飞》中的刘兰芝和焦仲卿一样，由于家庭父母的阻碍，不得不分开，在当时那个以“父母之命媒妁之言”为婚姻准则的封建社会，家庭的影响力实在是太大了。

由林逋笔墨中散发出来的爱情的味道，给人一种细水长流的感觉，女子和情郎的爱情不够轰轰烈烈，不足以感动上天，还不及吴山和越山的色彩分明，却是真真实实存在于这个世间的，让相爱的两个人为之付出了真心的泪水。

愿有双罗带，好把同心结，生生世世结同心。

人生自是有情痴，此恨不关风与月
——非是人间风月来

樽前拟把归期说，未语春容先惨咽。人生自是有情痴，此恨不关风与月。
离歌且莫翻新阕，一曲能教肠寸结。直须看尽洛阳花，始共春风容易别。
——北宋·欧阳修《玉楼春》

《玉楼春》，词牌名，又名《玉楼春令》《西湖曲》《惜春容》《归朝欢令》《春晓曲》。

玉楼，如玉之楼，在古代也意指天界仙家居住的地方，在苏轼的《水调歌头》中写及“又恐琼楼玉宇，高处不胜寒”，其中的琼楼玉宇便是让人向往的仙界乐土。

在欧阳修笔下诸多首的《玉楼春》当中，私以为这一首写得最为深入人心。

欧阳修四岁丧父，随叔父在现湖北随州长大，幼年家贫无资，母亲郑氏用芦苇在沙地上写字、画画，教他识字。欧阳修自幼喜爱读书，常从城南李家借书抄读，他天资聪颖，又刻苦勤奋，往往书不待抄完，已能成诵；少年习作诗赋文章，文笔老练，有如成人，其叔由此看到了家族振兴的希望，曾对欧阳修的母亲说：“嫂无以家贫子幼为念，此奇儿也！不唯起家以大吾门，他日必名重当世。”十岁时，欧阳修从李家得《昌黎先生文集》六卷，甚爱其文，手不释卷，这为日后北宋诗文革新运动播下了种子。

仁宗天圣八年（1030 年），欧阳修中进士，次年任西京（即洛阳）留守推官。景祐元年即 1034 年，欧阳修洛阳留守推官三年任满，召试学士院，授任宣德郎，充馆阁校勘。离别洛阳之时，心中感怀便挥笔而就，写下几首离愁别绪的词章，这首《玉楼春》就是其中较为著名的一首。

欧阳修在文学的创作上卓有成就，他的诗在艺术上主要受韩愈的影响，在宋初的词坛上占了重要的一席之地。他创作的很多词都与“花间”相近，主要内容就是犹如这里所述的恋情相思、离情别绪，酣饮醉歌、惜春赏花之类，并善于以清新疏淡的笔触写景。

欧阳修大力倡导诗文革新运动，改革了唐末到宋初的形式主义文风和诗风，取得了显著成绩。他荐拔和指导了王安石、曾巩、苏洵、苏轼、苏辙等散文家，对他们的散文创作产生过很大的影响。其中，苏轼最出色地继承和发展了他所开创的一代文风。北宋以及南宋后很多文人学者都很推崇他平易的散文风格。他的文风，还一直影响到元、明、清各代。

且说当年的欧阳修写下这首《玉楼春》之时，还不到而立之年，正是饱有性情，意气风发的时光。古代的文人多有与青楼女子相交，如温庭筠、柳永、白居易、苏轼等人，皆与青楼女子有所交往。

自古多情伤离别，三年时光，洛阳城中的红颜，几番谈笑作知己。离别在即，与昔日的红颜知己作别，设宴相对，无奈说“归期”，却“未语春容先惨咽”，渲染了他与红颜知己之间的依依不舍，缠绵悱恻，道出了心中对于离别的不忍和婉转情深。

“人间自是有情痴，此恨不关风与月”，人，因情而识，因情而痴。所谓“人生自是有情痴”者，古人有云“太上忘情，其下不及情，情之所钟，正我辈”。这一句诗，广为流传。月白风清，他与她于案前静坐，情之一字，与风花雪月无关，与良辰美景无关，是“发乎于心腑，源乎于本性”。所以况周颐《蕙风词话》中就曾说过“吾观风雨，吾览江山，常觉风雨江山之外，别有动吾心者”。这正是人生之自有情痴，不关风月。

这不禁又让我想到况周颐《浣溪沙》中所写的一句：“他生莫做有情痴。”此生此世已是情痴，只求来生来世莫做情痴者。这样的愁苦又有谁能懂呢？

“离歌且莫翻新阕，一曲能教肠寸结”，离别时，不用多言其他，执手相对，不用再谱写新曲，只需一曲就能叫人肝肠寸断。“黯然销魂者，唯别而已矣。”还有什么比分别更令人伤心，还有什么场面比离别更加凄婉动人？他与她之间，情深意重，却无奈要分别。也许当时美人的心情，就如徐再思《折桂令》中所写那样，将对恋人的相思之意表达得淋漓尽致：

平生不会相思，才会相思，便害相思。身似浮云，心如飞絮，气若游丝。空一缕余香在此，盼千金游子何之。证候来时，正是何时？灯半昏时，月半明时。

明明是有情之人，却不能相伴一生。离别之苦，只有离别之人，才会深刻地体会到那种苦楚与哀伤。相逢之后却是分别，有情之后，却要斩断痴情，自古以来，又有谁人能真正做到“两情若是久长时，又岂在朝朝暮暮”的豁达呢？

最后，他以“直须看尽洛城花，始共春风容易别”结尾，春天的洛阳城牡丹盛开，繁花似锦，等我陪你看遍了满城美丽的鲜花，再与你在和煦的春风下轻松道别。

这期间，欧阳修曾经亲睹“洛阳之俗，大抵好花，春时，城中无贵贱皆插花，虽负担者亦然。花开时，士庶竞为遨游”，于是遍访民间，将洛阳牡丹的栽培历史、种植技术、品种、花期以及赏花习俗等作了详尽的考察和总结，撰写了《洛阳牡丹记》一书，包括《花品序》《花释名》《风俗记》三篇。书中列举牡丹品种 24 种，是历史上第一部具有重要学术价值的牡丹专著。欧阳修之喜爱牡丹，由此可见一斑了。

这两句诗，在把离别的愁绪写到极致的同时，又把情感写得豪宕有力，王国维《人间词话》有评:“于豪放之中有沈郁之致，所以尤高。”此时此刻，他大抵也是因为离别伤怀，借邀请美人共赏鲜花的浪漫，来消解离别的愁苦的吧。

拟歌先敛，欲笑还颦，最断人肠

——离恨忧伤未可言

清晨帘幕卷轻霜，呵手试梅妆，都缘自有离恨，故画作远山长。
思往事，惜流芳，易成伤。拟歌先敛，欲笑还颦，最断人肠。

——北宋·欧阳修《诉衷情》

如平日般，她起身撩开帷帐，推开窗。今日有点儿冷。

在手上哈了口气，又搓搓手，直到双手有些暖意，才回身坐在镜台前，开始点妆。

她对着铜镜，取出一只细笔在胭脂中沾上少许，在眉心轻点数下，一朵殷红的五瓣梅跃于额上，继而眉墨徐徐，只是妆成时她皱着眉头，细细看了看又将描眉擦去，重新画得细长，对着镜中的自己扯出一抹微笑。

她还在发呆，已有轻轻敲门声传来，一个略显稚嫩的声音唤了声姑娘。

她应了一声，披上纱衣，莲足轻移，开了房门，那眉心的殷红鲜艳欲滴，她只低低道："走吧。"

不多时，她已经端坐在宴席一旁，撩拨琴弦。

红色纱衣随意披在身上，她低头抚弄琴弦，不时抬头看向席间，或是王公贵族扬声大笑，或是肱股重臣并席而坐，或是一方富甲觥筹交错，对她而言没有什么分别，她献艺，他享乐，如此而已。

那清晨唤她的小姑娘低头在她耳畔说了几句，打断了她的思路，她皱了皱眉头，点了点头，开口道："承蒙各位不弃，妾身今日便为各位大人献唱一曲。"

此时一名老者缓缓走到她的背后，手执竹笛，幽幽而起。

她应着曲唱："清晨帘幕卷轻霜，呵手试梅妆，都缘自有离恨，故画作远山长。思往事，惜流芳，易成伤。拟歌先敛，欲笑还颦，最断人肠。"

歌时，碰上某位男子的眼光，她含羞带怯别开目光，唇角微微一笑，正是这样的柔情吸引了不少人。

歌罢，有人问，此曲何名？

她细声道："回这位爷，曲名《诉衷情》。"

又有人问，何以此名。

她幽幽一笑，道："爷有兴致，请容妾身僭越，道道其中的典故。"

她所说的，是唐朝著名才子温庭筠和才女鱼幼薇的故事。这个的故事众所周知，席间访客自然也是听过的，因此他们不依，道："你所说的不过是段旧情，大凡读多了些书的总是知道些。"

歌者掩嘴一笑，却没有说话。

那人摸摸脑袋，也笑了，道："我倒忘了，你这女子能知晓这些也是不易，那后续你可知道？"

她微微摇摇头，她也知道故事是有另一半的，只是他没来得及跟自己说，就走了。

适才两度询问的客人也没有多加赘述，寥寥数语说了后续。

温庭筠拒绝鱼幼薇的时候，他身边有一个略显拘谨的男人，李亿。李亿很快得到了鱼幼薇的真心，只是却早有妻室，鱼幼薇含愤嫁给他做妾后不久，便遭他金屋藏娇，遭他妻室辱骂殴打，最终被休。她对这样的男人彻底死心，出家做了道士，道号：玄机。

歌者茫然。鱼玄机的名头都是知道的，她的结局也是知道的。

她仿佛看到当年自己是如何遇到那人，如何听他说故事。

"嗯，后续？没了。"

"啊，怎么会没有……好啊，你又骗我！"

两人追打笑闹的日子恍若浮现眼前，她定定神，扯出一抹微笑，向那说了后续的客人福了一福，略微皱了眉，调调琴弦，纵声歌唱。

人还在，只是两人作一人。

歌犹存，只是民谣化靡音。

夜深，她靠在窗前，那老者轻轻拍着因疲倦而趴在自己膝盖上睡着的小姑娘，轻声请她歇息。

她的桌前，放了一张纸笺，寥寥数笔写了一些事。

那字很好看，说了一个故事的结尾。

鱼玄机告示天下，愿与天下风流才子切磋，排遣寂寞，温庭筠登门劝解，鱼玄机静默不语，温庭筠走时，她说："别叫我鱼幼薇，鱼幼薇已经死了。"

一日，温庭筠半夜披衣而起，吹奏曲调《诉衷情》，吹了一遍又一遍，最后挥毫泼墨填词《诉衷情》。

她望月沉思，良久，轻轻唱起一首小调，那是江南常见的小调，她的神情柔和而充满甜蜜，绝美的容颜上眉间数点殷红，像桃花却是梅花。

一曲唱罢，老者带着揉着惺忪睡眼的小姑娘离开，她对着铜镜，慢慢地卸妆，结束了一天。

却不知，她在唱那小曲的时候，白天为她说故事的男子隔岸静静伫立，灯火摇曳间，她的容颜，她的歌声，最是倾心。

却不知，当今天下，你我离别，一人浪迹天涯，是吉凶是莫测，一人流连章台，是舞曲是弹琴，美酒入喉，蹙眉含笑，最是伤心。

却不知，眉心一点朱砂也罢，五抹梅瓣也好，不如薛涛笺后她生涩的笔迹："易求无价宝，难得有心郎。"

拟歌先敛，欲笑还颦，最断人肠。

这样的一个女子，全词只说她如何点妆自己，只字未提却已然让人觉得她是美的，她是懂音律的。这样的一个女子的生活却是除了装扮自己和为客人献艺这么简单而单调，回忆，已经成为她生命中的一部分。

欧阳修形象地刻画这样的一个歌女，美丽，纤弱，爱回忆并且充斥了离恨的女子。那么是什么造成了这个女子这样的一生？这或许亦是词人心中未提及的一些，那些，关于这个时代的事情。

月上柳梢头，人约黄昏后

——最是难懂女儿心

去年元夜时，花市灯如昼。月上柳梢头，人约黄昏后。

今年元夜时，月与灯依旧。不见去年人，泪满春衫袖。

——北宋·欧阳修《生查子》

我还记得去年元宵夜的情景，那天我们约好了一起去看花市，我兴奋地梳妆打扮，就怕你觉得我穿的不漂亮，一想到就能见到你了，我的心如小鹿乱撞，怦怦跳个不停，一整天都不得安稳。

我急切期待着黄昏的降临，因为我们约好日暮时分相见，那时候我正好和家人一起去逛花市，我们可以趁着天黑悄悄地见一次面。花市里真热闹，浓郁的花香弥漫，彩灯照得街上犹如白昼，我跟着家人闲逛，四处打量着哪里有你的声音。

很快我便看到你挺拔的身影，你注视着我，向我偷偷打手势，我明白那是让我偷溜的信号，我避过家人的视线，悄悄出了花市，月光透过柳枝间的缝隙洒下来，我轻轻走在石板路上，说不出的轻松。

这时一只手突然斜伸过来将我用力拉住，我吓了一跳刚要尖叫，熟悉的气息将我包围，“是你！”我惊喜道。

你就站在我面前，俊朗夺目器宇轩昂，我溶化在你美好真挚的笑容中，只希望时间再此刻停驻，拉着你的手一直就这样到老。

今年的元宵节又到了，花市依旧香气缭绕，月光下的柳树依旧在风中轻摇，我又见到了你，依然是那身天青色长衫，依然是那挺拔的身姿，可是身形却消瘦了许多，为什么背影看起来那么落寞？我很想和你再见一面，很想再次握住你的手，可是这些都已经无法办到了。

我看到你扶着那棵熟悉的柳树，渐渐地热泪盈眶，渐渐地泪流满面，可是我却无法上前安慰你，无法将你抱在怀中，对不起，请忘记我吧，我们再也无法相见了。

这首词写的是思恋之苦，上片写去年元夜情事。头两句写元宵之夜的繁华热闹，为下文情人的出场渲染出一种柔情的氛围。后两句情景交融，写出了恋人月光柳影下两情依依、情话绵绵的景象，制造出朦胧清幽、婉约柔美的意境。

下片写今年元夜相思之苦。“月与灯依旧”与“不见去年人”相对照，引出“泪满春衫袖”这一旧情难续的沉重哀伤，表达出主人公昔日对恋人的一往情深，如今却已物是人非。

往昔的快乐时光成了追忆，世事难料，情难如愿。牵动人心的最是那凄怨、缠绵而又刻骨铭心的相思。谁不曾渴慕，谁不曾诚意追索，可无奈造化捉弄，阴差阳错，幸福的身影总是擦肩而过。

旧时欢愉仍驻留心中，而痴心等候的那个人，今生却不再来。很多人都猜测，那女子为何没有守约，有说女子迫于家族压力嫁人了，有说女子遇上达官贵人变心了，我到宁愿相信，是那女子病故了。起码在她临逝前，她的心底一定还在思念着她的心上人，这个无法弥补的遗憾，也许才是最美的。

世间总有太多的伤感和遗憾。世事在变，沧海桑田。回眸寻望，昔人都已不见，此地空余断肠人。这种意境，倒是与崔护《题都城南庄》背后的故事有异曲同工之妙。

崔护的故事有一个圆满结局的故事。崔护虽然尝到了物是人非的无奈，但最终还是和心爱的姑娘团聚了。唯有欧阳修词中的主人公，留在心中的是永远的那份痛，那份失去爱人，失去毕生之爱的痛。

以后每年的今日，他都会想起那个离他远去的人，又或许在不久以后，他便能解开心结，重新一段新的生活，毕竟，人是最善于遗忘的。

泪眼问花花不语，乱红飞过秋千去
——深深深几许，花不语

庭院深深深几许？杨柳堆烟，帘幕无重数。玉勒雕鞍游冶处，楼高不见章台路。

雨横风狂三月暮。门掩黄昏，无计留春住。泪眼问花花不语，乱红飞过秋千去。

——北宋·欧阳修《蝶恋花》

《蝶恋花》是商调曲，原唐教坊曲名，出自梁简文帝乐府“翻阶蛱蝶恋花情”，又作《踏鹊枝》《凤栖梧》等，内容一般描景叙物，寓情于中，多为抒发哀怨忧伤和缠绵悱恻的情感。

“深深深”三字，用叠字之工，绘声绘色地渲染了庭院，让我一下就能大致想到这是一个怎样的场景，从艺术手法上说，这样的写法使得全词的意境更加深远。这是怎样的环境？庭院深深，帘幕重重，更兼“杨柳堆烟”，这是由内向外的观感描述的，不妨逆向感受一下，由远而近，逐步推移，逐步深入这样的环境，一丛丛杨柳自眼前移动，清晨时分，雾气氤氲，“杨柳堆烟”形象地描述出杨柳之密，雾气之浓；继而帷幕重重，层层的纱绫飘动，不难感受到这是一个幽邃、寂静的深居庭院，而当我从外向内看，“杨柳堆烟”和帘幕重重道出了景色清幽，对住在其中的人，同样的景色却无疑是桎梏一般，看向这样的景色，想必心中也是落寞的。那么住在这样环境中的是怎样的一个人，她的心境又是怎样呢？庭院深深深，“几许”一词就昭示出主人公对于处在这样的一个环境，并不是心甘情愿乐在其中的，从而不仅写出了环境封锁，形同囚居，亦昭示了孤身独处的主人公心事深沉，怨恨莫诉之感。“玉勒”和“雕鞍”说的都是华丽的马具，从接下来的两句我们可以看到这样的画面：昔日的情郎骑着骏马游乐，如今的女子端坐高楼眺望，而结果是“不见章台路”。章台就是章台街，歌姬聚居的地方。

暮春时节，风雨黄昏；闭门深坐，情尤怛恻。三月暮春时节，黄昏暗沉，风雨交加的背景下，一句“无计留春住”不仅仅符合了这样的时节，更暗含心伤如风雨痛击，自己的青春年华就在这样的庭院中，在高楼远眺、爱恨莫名中逝去。风雨肆虐，乱花飞零，女子静静地凝神看着，相遇，相知，相恋，相思，这仿佛就是自己和他的一生，只是不相忘，只是不相守。是是非非，爱恨烦扰，到头来不过是幽庭深锁，倚栏相思。此厢静待，他处笙歌，女子不禁落泪相问，何以少团圆，何以久离别。见花落泪，对月伤情，只是花自飘零，无言以对。

这是一个江南的故事。

她犹记得斜阳余晖下他骑马走过门前的青石小路。

她犹记得歌姬浅唱时他风声笑谈回眸的一丝深意。

她犹记得冰人上门提亲之时，听到是他的名字，自己笑靥如花。

她本以为此生无缘侯门一入深似海。

她本以为你我本是金风玉露一相逢。

却不想人生在世不称意。

他依旧策马，只是章台路；她依旧凝望，只是帷幕深。

他依旧风流，只是秦淮舫；她依旧静坐，只是黄昏深。

晨起，梳洗，簪花，纱衣，团扇，然后对着镜中红颜幽幽叹气。

登台，远眺，风起，摇扇，眉蹙，然后对着如烟杨柳若有所思。

黄昏，倚栏，风吹，雨打，花残，然后对着缱绻乱红低声细语。

笑靥如花堪缱绻，容颜似水怎缠绵。

一别西风又一年，这便是生活了吧。

她每天唯一能做的，就是等待，守候，希冀，用眼神琢磨遥远的思念，这景色渐渐变得单一，甚至灰白，看不透这样的风景，也看不透一个人的心，。

朱红大门开掩，挡不住的是春色匆匆，韶华已逝，红颜不再，一如我们。

千番悲喜，万番醉醒，浮生几回，便问几回。

何为是非？

何谓错对？

我想要的，始终不是这样的结果。

我所爱的，是那个我愿为他洗手羹汤的男人。

我所爱的，是那个我愿为他侍立磨墨的男人。

我所爱的，是那个我愿为他蹉跎年华的男人。

只是我不知道，我所要付出的代价，竟是这样寂寞而漫长的一生，有时候静静地站着，会想到母亲，她是否也是这样等着父亲；有时候默默地坐着，会想到父亲，他是否知道这里亦如深宫一般，天阶夜色凉如水；有时候会梦到哪家小姐道姐姐好生福气；有时候会臆想哪家女子道公子好生英俊；有时候流泪喃喃自语，问花花不知。

风吹帷幕，白衣袂袂，今日头发有些凌乱，她如是想，却又苦笑，再美的妆容如今又予何人看？

她看看天，喃喃道，今儿，要变天了。

……

这个江南的故事是我的一点臆想，但从词中我可以感受到，这个深处庭院的女子对她的丈夫是有感情的，宅深楼高，望所欢而不见，韶华渐逝，感青春之难留，佳人眼中的景色，正因此变得暗淡萧索。“一切景语，皆情语也”，同一片风景，在不同的人，不同的心情下是不同的。庭院中有秋千，说明新婚之初，女子与她的丈夫也是琴瑟和鸣，彼此之间有情感的互动。而如今却是风吹花落，乱飞于此，她触景伤情从而更加难耐心伤，因为女子悲伤，所以花儿含悲不语，以示自己难言的痛苦；乱红飞过秋千，烘托了女子怅然若失的神态，而情思之绵邈，意境之深远，尤令人神往。

把酒祝东风，且共从容
——知与谁同

把酒祝东风，且共从容，垂杨紫陌洛城东。总是当时携手处，游遍芳丛。

聚散苦匆匆，此恨无穷。今年花胜去年红。可惜明年花更好，知与谁同？

——北宋·欧阳修《浪淘沙》

明道元年（1032年）春，欧阳修与友人梅尧臣在洛阳重游时作了这首《浪淘沙》，词中不仅写出春日与友人在洛阳城东旧地重游的欢乐和别后的苦恨，更是伤时惜别，抒发了人生聚散无常的感叹。

据《宋史》记载，欧阳修平生对朋友情笃意重，他为人天资刚劲，见义勇为，故早年长期处于逆境，而正是因为他的性格，导致他因赞同范仲淹的改革而遭贬谪。

西京洛阳是北宋的陪都，又是欧阳修早年和志同道合的挚友尹师鲁、梅尧臣结识、交友的地方，因此洛阳对他来说是一个充满了意义的地方，他对这样的一座古城怀有深深的思念之情。

词的上阕叙事，追忆昔日在洛阳与友人的欢聚。

举起手中的酒杯，向东风深深祝愿：东风啊，你不要匆匆离去，希望你能从容地停下来，和我们一起欢饮，一起去游赏这大好春光。你看这洛阳城东，名园众多，暖风吹拂，我们踏着这紫色泥土铺成的路上，眼前翠柳飞舞，景色迷人，这些场所都是过去和好友携手同游经过的地方，今年仍要全都重游一遍，游尽各园，看尽名花。

下阕写与友人分开后的离恨。

人生总是聚少离多，聚也匆匆，散也匆匆，本来就很难和友人相聚，却不知刚刚相会又要匆匆作别，让人怎能不惆怅呢？相聚的短暂欢乐，酿成了离散后的长久怨恨，更透出对友人的深深想念。

今年的花比去年开得更繁盛，更鲜艳，却不知观赏它的人少了很多，明年这花还将比今年开的更好更鲜艳，只可惜自己和友人天各一方，明年此时，不知和谁一起来这里赏花。

这首词从字面上看写游芳赏花，从追忆昔日同赏之乐，到描述今日孤单赏景，再到感叹明日渺茫不可预料之苦。在时间跨度上，将三年的花做了比较，层层推进，赏花人从聚到散，情感由欢乐到悲恨，境界一层层开拓，感情也一步步趋于沉重，词人对友人的情谊跃然纸上。

而在此之外，把酒祝东风，且共从容。词人想留东风与东坡居士“持杯遥劝天边月，愿月无圆缺”有同样的风格，这从现实上说无异于痴心妄想，而文学一道，心越痴而情越真，越有感人的艺术魅力。聚散苦匆匆，此恨无穷，亦点出由古至今，亲人朋友之间聚散匆匆无尽，给人带来莫大的痛苦。而下半句更是点出，明年不知谁人相与共赏花，明年不知是否自己仍在此处。这正是“以乐景写哀事”，良辰美景又奈何天？全词不仅表达自己怀念过去，痛恨离别，亦对未来有种不确定感，这正是人生无常。

而欧阳修、尹师鲁和梅尧臣的关系，可以追溯到同做幕僚的时候，当时正值五代末期吴越王钱俶的儿子钱惟演在洛阳留守，欧阳修、尹师鲁等都在他府上做幕僚，当时的欧阳修年少轻狂，与一位歌伎非常要好。

有一天，钱惟演在花园举行宴会，按惯例众位幕僚都要参加，歌伎们则必须按时到场歌舞助兴。当客人们都到齐后，发现只有欧阳修和那名歌伎没有来，大家等了很久，才见两人姗姗来迟。

欧阳修是幕僚官员，迟到无所谓，而歌伎是来助兴的，迟到便是她的过错了，所以钱惟演责备道：“你怎么迟到了？”

歌伎说：“天气太热，我中了暑在厅堂里休息，把头上的金钗遗失了。”

钱惟演知道歌伎和欧阳修的关系，也不点破，开玩笑道：“要是能请到欧阳修为你写一首词，我就不责罚你，还要赏你金钗。”

欧阳修便即兴写下了一首《临江仙》：

柳外轻雷池上雨，雨声滴碎荷声。小楼西角断虹明，阑干倚处，待得月华生。

燕子飞来窥画栋，玉钩垂下帘旌。凉波不动簟纹平，水精双枕，傍有堕钗横。

远处传来轻轻的雷声，天就要放晴了，池塘中，雨点稀疏，打在荷叶上发出轻微的声响。小楼的西角后，露出了一半彩虹，登上小楼依着栏杆，等待着月亮的升起。

燕子飞来，先要看看屋里的雕梁画栋，可是玉钩将帘子放下，遮住了窗子，燕子飞不进来，它从帘外望进来，凉席铺得整整齐齐，屋里寂静无人，只有那双水晶枕并排放列，枕畔放着女主人掉落的那支金钗。

这是一首描写晚晴景色的好词，词中几乎句句写景，而情寓其中，雷声雨声碎荷声，声声清晰，断虹斜阳晚晴月华，美上加美。

欧阳修写完后在场所有人都拍手叫好，钱惟演当然没有责怪那名歌伎，还赐了一枚金钗给她。

说到歌伎，还有一个著名的词人，曾经也喜欢过歌伎，他便是秦观，他在会稽太守家做客，某日在太守举行的宴会上，邂逅了一名歌伎，那歌伎美丽动人，身姿妙曼，秦观被她深深吸引，总也忘不掉，思念许久，写下了一首《满庭芳》，词中用词暧昧，将一名青楼女子思慕词人，与词人暗通款曲，两人间情深意切的感情描绘得细致入微，宋代青楼歌寮甚多，这词在坊间也流传甚广，甚至苏轼也曾笑称秦观为“山抹微云秦学士”。而秦观与欧阳修的风格有明显的不同，正因为欧阳修是一位领袖儒林、肩负文统道统的重心人物，他的抒情小词虽然也是婉媚轻柔，情致缠绵但更多一份清丽婉媚，情深意长。而《浪淘沙》一词正是因其笔致疏放，婉丽隽永，近人俞陛云称它“因惜花而怀友，前欢寂寂，后会悠悠，至情语以一气挥写，可谓深情如水，行气如虹矣”。

无可奈何花落去，似曾相识燕归来

——年年岁岁，岁月老

一曲新词酒一杯，去年天气旧亭台。夕阳西下几时回？
无可奈何花落去，似曾相识燕归来。小园香径独徘徊。

——北宋·晏殊《浣溪沙》

大才子唐伯虎写过一首诗："琴棋书画诗酒花，当年样样不离它。如今七样皆改变，柴米油盐酱醋茶。"从上联可以看出，古代文人生活必不可少的七样东西就是琴、棋、书、画、诗、酒、花，闲来无事弹弹琴，写写字，练练画，陶冶情操，或者和三五个知己好友聚在一起下下棋，喝酒赏花，酒到酣时作几首诗，要多惬意有多惬意。

酒是诗词的良伴，诗人喝了酒之后往往能写出比平时更好的作品，无人不知的大诗人李白就是个十足的酒鬼，他所写的提到酒的诗多得去了。晏殊写这阕词也是在喝酒之后，看他的魄力，一曲新词酒一杯，要是真能每喝一杯酒就作出一首诗来，当年"洛阳纸贵"的盛况恐怕要时时上演了。喝酒之后，就算不写诗作词，至少也得感悟人生。曹操说得好啊，对酒当歌，人生几何。喝了酒之后，尤其是在头有点晕的情况下，思考人生，说不定会有意想不到的收获。晏殊这酒自然也不是白喝的，除了写下这阕词之外，更重要的是其中所包含的人生境界。

听完歌，喝完酒，面对眼前的亭台楼阁，晏殊忽然回忆起了去年暮春的时候，他也是坐在这个地方，看着同样的亭台，喝着同样的酒，做着同样的事。照这样来说，他每年的日子似乎都是相同的。晏殊和其他那些动不动被贬到这里那里的文人不一样，他生活在太平年代，做了几十年的太平宰相，所以他的诗中既看不到杜甫那样的民间疾苦，也没有苏轼词中的人生苦短，更不用说是生不逢时怀才不遇了。老天爷特别眷顾晏殊，他自小就有神童的称号，长大后又位极人臣，在当时也是很有名的才子，范仲淹、欧阳修等文坛名流也出自他的门下。晏殊写的词语言华丽柔美，类似于温庭筠的花间派，这跟他的生活经历是分不开的。正如他词中所写，去年他可以悠闲地在楼台中喝酒听歌，今年也是如此，富贵从未离去。可即便是这样，他还是觉得随着时间的流逝，有什么东西正在悄悄改变。

哲学家赫拉克利特有句名言，叫作“人生不能两次走进同一条河流”，他的思想是，河水是流淌的，不可能一成不变，当你第二次踏进这条河流的时候，水已经不是原来的水了，人生就是这样，时刻都在不停地变化着。晏殊词中的思想，和赫拉克利特类似，就像他去年和今年都在同一个地方做同样的事，可岁月流逝了，今年的他已经不再是去年的他，一年三百六十天，每天都有不同的事情发生，谁能保证人生一成不变？或许，不知不觉中他鬓角长出了一根白发，而他自己却不知道。这些都是岁月带来的变化啊，夕阳西下，时光一去不复返。

夕阳能让人想到的东西太多太多了。刘禹锡看着乌衣巷口的夕阳，感叹的是“旧时王谢堂前燕，飞入寻常百姓家”，马致远看着夕阳西下，心有所思，“断肠人在天涯”，李商隐面对夕阳无限好，担忧“只是近黄昏”。对晏殊而言，夕阳西下，他只想问一句，那些和阳光逝去的东西几时能够回来？天明以后太阳会照常升起，那别的东西呢？

花开花落，都是自然界最正常不过的规律，再伤春悲秋也是留不住的。人的苍老就像落花的凋零，一日一日，也许每天都感觉不到变化，可的的确确每天都在老去。好花不常开，好景不常在，花有重开日，人无再少年。等到来年花开的时候，我的大好年华却不能和花一样重现。

这阕《浣溪沙》中最出名的就是“无可奈何花落去，似曾相识燕归来”一句，对得极其工整。

日出日落，花开花落，燕子北去南归，年年如此，循环往复，看似一成不变，可随着岁月的流逝，花已经不是当年的花，燕子也不是当年的燕子，他们都和人一样，慢慢老去，化作尘土，但每年又有新的生命来替代他们。这就是人生，不知不觉中什么都变了。

年年岁岁花相似，岁岁年年人不同。年年岁岁，岁月也苍老。

昨夜西风凋碧树，独上高楼，望尽天涯路
——风卷帘幕，暖玉生烟

槛菊愁烟兰泣露，罗幕轻寒，燕子双飞去。明月不谙离恨苦，斜光到晓穿朱户。

昨夜西风凋碧树，独上高楼，望尽天涯路。欲寄彩笺无尺素，山长水远知何处。

——北宋·晏殊《蝶恋花》

王国维在《人间词话》中说："古今之成大事业、大学问者，必经过三种之境界：'昨夜西风凋碧树。独上高楼，望尽天涯路。'此第一境也。'衣带渐宽终不悔，为伊消得人憔悴。'此第二境也。'众里寻他千百度，蓦然回首，那人却在灯火阑珊处。'此第三境也。此等语皆非大词人不能道。然遽以此意解释诸词，恐为晏欧诸公所不许也。"三重境界，三句词，分别出自晏殊的《蝶恋花》，柳永的《蝶恋花》和辛弃疾的《青玉案》。能被王国维列为三境界，这三首词写得如何，不用说也能猜到。

勿用去细细品读，粗粗一看就能看出来，晏殊这阕《蝶恋花》的主题是离愁与相思，也就是闺怨。闺中女子思念着远在天一方的恋人，离愁别恨生，深闺寂寞苦。四季之中，又属春季和秋季最能引起女子心头的愁苦。春天万物复苏，桃红柳绿，可一转眼便红绡香断，暗香渐逝，伤春时又伤己，花凋零，岁月去，红颜老，年年岁岁岁岁年年，等到恋人回来之日，昔日花容月貌恐怕早已不存在。秋日萧瑟凄清，残红落尽，绿叶染黄，碎花残叶在清冷的风中悄然离去，零落成泥碾作尘，再不复旧时颜色，那凄凉的光景就像离了恋人的自己，在思念中渐渐老去，形容憔悴，颜色枯槁。伤春时，悲秋日，刹那芳华，红颜弹指老，青春岁月好似残红落木，总担心很快就走到尽头，闺中的愁思大抵如此。

词的上阕主要写景。栏杆之外，菊花被轻烟所笼罩，看上去就像心怀忧愁；兰花叶子滴着露珠，给人的感觉就像在哭泣。花叶尚且如此，更别

说心怀愁绪的人了。李贺那首写苏小小的诗中有一句是“幽兰露，如啼眼”，就是将挂着露水的兰花比作女子含泪的眼眸，与晏殊词中“兰泣露”的意思是一样的。在其他人眼中，花叶之上挂着露水晶莹可爱，有着别样的清新感，可是在忧愁之人的眼中，露水就好似泪水。因为她们心中有愁，看景色的眼中也带着愁，自然会物物生愁了。

院中的花儿即将凋谢，就连在飒飒西风之中依然可以盛放的菊花都失去了朝气，秋天怕是要离去了。闺房之中帘幕轻垂，散发着凄寒，隔着它，依稀看到外面的燕子渐飞渐远，将去遥远的地方过冬。秋天总是给人这种萧瑟感，也难怪多愁善感的闺阁女子喜欢伤春悲秋。等到花儿凋谢，黄叶落尽，燕子飞离，她们只能对着房中的帘幕独自伤心垂泪。帘幕是古代女子闺房中十分常见的装饰物，富家千金用丝帛所织的闺中帘幕，也就是词中的罗幕，贫寒人家的女子就用次一等的。唐懿宗的女儿同昌公主深受宠爱，家中所用之物无不奢华，她有一方帘幕叫“澄水帛”，细软得好像轻烟，沾了水挂起来，即便是炎炎夏日，房中也能清凉无比。据说有一次同昌公主驸马家的人去公主府聚餐，吃饭时热得满头大汗，公主命人将澄水帛沾了水挂在窗前，不一会儿屋子里的人都觉得凉爽了。奢华至此，定是件难得的宝物，只可惜它在历史中早已失了踪迹。总而言之，帘幕在闺怨诗中出现的频率很高，晏殊之子晏几道的《临江仙》中就有一句词，“酒醒帘幕低垂”。

夕阳西下，到了晚上，帘幕渐渐退居幕后，该轮到明月来说愁了。银白色的月光朦朦胧胧，尤其是没有星星的晚上，氤氲的月光更加清寒。一般来说，月中仙女嫦娥独守广寒宫的寂寞，很容易引起闺怨女子的共鸣，可晏殊笔下这位女子却觉得，明月也不懂得她心中的离愁之苦，因为月光透过窗户照进她的房中，一直到天明。她本就心中愁苦，面对这满地的月光更加彻夜无眠了。

燕子受不住帘幕的寒冷而飞走，可毕竟它们可以双宿双飞，一同离去。形单影只的她唯有孤芳自赏，顾影自怜。

秋天慢慢接近尾声，女子想起了昨天晚上，西风将院子里的绿叶全都吹落了，她不想再继续对着月光垂泪，于是起身披上衣服，登上了院中的高楼。她在高处能看清楚院中的一草一木，也能看清周遭的一切，可唯独看不见远在天涯的恋人。也是，楼就这么高，看得远又如何，他和她之间毕竟隔着千山万水，既然看不到，那就寄一封信给他吧，也能聊寄相思，可是回头想想，她连他在什么地方都不知道，信又该寄到哪里？

风卷帘幕，暖玉生烟，菊愁兰泣，相思肠断。望天涯路漫漫，不知何时是归期。

燕子来时新社，梨花落后清明
——古代少女的美丽青春日记

燕子来时新社，梨花落后清明。池上碧苔三四点，叶底黄鹂一两声，日长飞絮轻。

巧笑东邻女伴，采桑径里逢迎。疑怪昨宵春梦好，元是今朝斗草赢，笑从双脸生。

——北宋·晏殊《破阵子》

写女子的诗词，总难逃出离恨和闺怨。这虽然造就了不少闺怨诗中的名篇，但也会给人一种错觉，那就是古代女子活得很痛苦，她们要么按照父母之命媒妁之言草率地把自己嫁了，要么爱上一个不能与自己长相厮守的男子，每日在闺房中叹离愁，唱别绪，饱受相思之苦。韦庄《思帝乡》中的少女算是其中难得比较昂扬的了，她可以外出踏青，邂逅自己所爱的男子，许下白头誓言。可是，古代女子的闺阁生活就真的这么了无生趣？当然不是，只不过那时候的女了比较传统，甚少外出，诗词中关于她们生活的其他片段自然也就不多。晏殊的这首《破阵子》就是古诗词中少有的，表现女子春日美好生活的词。

一开篇，晏殊就交代了事情发生的时间：燕子来时新社，梨花雨后清明。春天是万物复苏的季节，也是四季中最热闹，最具活力的季节，若是让闺阁少女们投票选一下自己最喜欢的季节，不用说春天会是票数最多的。因为春天不仅充满美丽与朝气，也是她们难得能出门呼吸自由空气的日子。

燕子飞来之时，正好赶上社祭，梨花落了之后，就是清明踏青时节。每逢这个时候，女孩们会把自己打扮得漂漂亮亮的，三五成群，去郊外去河边赏花赏水，踏青看景，除此之外，也许还有意想不到的收获，比如像《思帝乡》中的姑娘一样，邂逅心仪的男子。社日又叫社祭，是古人祭祀土地神的日子，生活在当代的我们可能会觉得陌生，但是在古代，那可是非常重要的一个节日，他们会在这一天向土地神献上祭祀的物品，祈求风调雨顺，庄家丰收。社祭又分春社和秋社，晏殊词中的新社指的就是春社，在立春之后，清明之前。这一天，百姓们烹羊宰牛，祭祀土地，异常热闹。文学作品中，春社出现的频率要比秋社多，晚唐诗人王驾就写过一首关于春社的《社日》：

鹅湖山下稻粱肥，豚栅鸡栖半掩扉。桑柘影斜春社散，家家扶得醉人归。

庄稼长得茂盛，鸡鸭成群，俨然一派丰收之象。在结束了社祭之后，喝醉酒的人在家人的搀扶下摇摇晃晃回家……这样的画面，有种类似于《桃花源记》中怡然自得的生活，似乎乡村百姓所过的日子总是给人一种无欲无虑，与世无争的感觉。

晏殊写社祭，主角是一群活泼的少女。春天是那样美丽，湖光山色皆如此：碧苔点缀着池水，黄鹂绕着树枝唱着动听的歌，柳絮纷飞，绵绵醉人。少女采桑回家，一边迈着轻快的步子一边欣赏美景，碰巧在途中偶遇同样巧笑嫣然的东邻女子。女孩子们都是喜欢热闹的，有人作伴总比一个人有意思。少女很开心，自然地挽着东邻女孩的胳膊聊天。她说："你知不知道，我昨天晚上做了个美梦呢，梦中都开心得笑出声来，这就意味着今天斗草我能获得胜利呀！"说话的同时，脸上不知不觉浮出了笑意，那是打从心底而来的开心。

斗草是古代女子中非常流行的一种游戏，受欢迎程度一点都不亚于后世的跳绳踢毽子。早在魏晋南北朝时期，女孩斗草就已经风靡。如果是有赌局的斗草，输的人还要付给赢的人赌资。《荆楚岁时记》记载："五月五日，谓之浴兰节。四民并踏百草，今人又有斗百草之戏。"到了唐代，斗草不仅是女孩子喜欢的游戏，连成年男子都会偶尔来上一两回合，李商隐在诗中就有写："昨夜双钩败，今朝百草输。关西狂小吏，唯喝绕床卢。""百草"即"斗百草"，和斗草是一个意思。唐中宗的女儿安乐公主就特别沉迷于这个游戏，为了赢，甚至不惜一切代价。大诗人谢灵运最爱自己的胡子，他因获罪而死，死前不忍心让美丽的胡子跟着自己入土，于是把胡子剪下来捐给了寺院，后来被用来粘在维摩诘的石像上。安乐公主跟女伴们斗草总是输，不知道她心里怎么想的，居然派人爬到神像上把胡子给扯走了，用它来做斗草的道具。从魏晋开始，斗草游戏经历了几百年，唐朝宋朝的诗词作品中一直有它的身影，证明它是一项长盛不衰的娱乐活动。就连家喻户晓的《红楼梦》中，曹雪芹也没有冷落这一盛行的游戏，他在一个片段中写道，宝玉生日时，红楼儿女邀他一起斗草。

宝玉生日那天，众姐妹们忙忙碌碌安席饮酒做诗。各屋的丫头也随主子取乐，薛蟠的妾香菱和几个丫头各采了些花草，斗草取乐。这个说，我有观音柳；那个说我有罗汉松。突然豆官说，我有姐妹花，这下把大家难住了，香菱说，我有夫妻穗。豆官见香菱答上了不服气地说："从来没有什么夫妻穗！"香菱争辩道："一枝一个花叫'兰'，一枝几个花叫'穗'。上下结花为'兄弟穗'，并头结花叫'夫妻穗'，我这个是并头结花，怎么不叫'夫妻穗'呢？"豆官一时被问住，便笑着说："依你说，一大一小叫'老子儿子穗'，若两朵花背着开可叫'仇人穗'了。薛蟠刚外出半年，你心里想他，把花儿草儿拉扯成夫妻穗了，真不害臊！"说得香菱满面通红，笑着跑过来拧豆官的嘴，于是两个人扭滚在地上。众丫鬟嬉戏打闹，非常开心。

当然，斗草只是古代女孩们其中一种娱乐游戏，她们的花样还多着呢，活得一点都不比如今的我们寂寞。我们在闺怨诗词中所看到的，只是她们很片面的生活片段。只可惜诗词中对于她们丰富的青春生活记录不多，无缘得见她们多姿多彩的全部生活，未免有些遗憾。

人面不知何处，绿波依旧东流

——鸿雁千里寄相思

红笺小字，说尽平生意。鸿雁在云鱼在水，惆怅此情难寄。
斜阳独倚西楼，遥山恰对帘钩。人面不知何处，绿波依旧东流。
——北宋·晏殊《清平乐》

古时候的通信没有现在这么发达，最常用的联络方式莫过于书信。晏殊词中所写的“鸿雁在云鱼在水”，就提到了古代两种传递书信的途径。

“鸿雁传书”的典故最早出自《汉书·苏武传》:“数月，昭帝即位。数年，匈奴与汉和亲。汉求武等，匈奴诡言武死。后汉使复至匈奴，常惠请其守者与俱，得夜见汉使，具自陈道。教使者谓单于，言天子射上林中，得雁，足有系帛书，言武等在某泽中。”这以后，鸿雁和西王母的三青鸟一样，成了信使的代称。很多诗人都有在诗词中提到鸿雁传书之事，比如杜甫的《天末怀李白》，“鸿雁几时到，江湖秋水多”，李商隐的《离思》，“朔雁传书绝，湘篁染泪多”，等等。再到后来，或许鸿雁比较难驯养，也或许是别的原因，人们渐渐用鸽子来代替鸿雁，于是鸿雁传书演变成了如今人们常说的飞鸽传书。闺中女子，日日盼望鸿雁传书来的，除了思念远方的恋人，还有别的可能吗？在她们看来，哪怕不能相见，有书信往来也是好的，至少知道他身在何方，过得如何。

另一种传信方式比较特别，叫作“鱼传尺素”，这一典故最早见于汉末的《饮马长城窟行》：

青青河畔草，绵绵思远道。远道不可思，夙昔梦见之。
梦见在我旁，忽觉在他乡。他乡各异县，展转不相见。
枯桑知天风，海水知天寒。入门各自媚，谁肯相为言？
客从远方来，遗我双鲤鱼，呼儿烹鲤鱼，中有尺素书。
长跪读素书，书中竟何如？上言加餐饭，下言长相忆。

这首诗讲了这么一个故事，一位妇人日日思念远行在外的丈夫，连梦中都想着要见他，可偏偏他一直漂泊，夫妻二人无法相见。有一次，一位远行的客人来到了妇人家里，给她带来了一个鲤鱼形状的木盒。妇人让童仆把木盒打开，拿出一尺来长用素帛写的书信，恭恭敬敬地拜读。自然，这书信是她丈夫寄来的。只是我不是很能理解，书信为何要装在鲤鱼形状的木盒里面？后人的解释是，路上车马劳顿，书信容易损坏，用鲤鱼形状的木盒来装书信，又美观又方便，携带起来不会出意外。

晏殊的“鸿雁在云鱼在水，惆怅此情难寄”，虽然有天上飞的鸿雁和水中游的鱼可以传递书信，可即便是写了，女子也不知道该寄到哪里去，因为她根本不知道思念的那个人身在何方，纵有信使与红笺，又有什么用呢？在《蝶恋花》中，晏殊也写过类似的词：“欲寄彩笺兼尺素，山长水阔知何处。”即不知心上人在哪，写了信不知道往哪里寄。《蝶恋花》中的彩笺和这阕词中的红笺，指的都是唐朝女诗人薛涛发明的纸笺，《牡丹亭》中，杜丽娘平日用来写字的就是这个。

薛涛不仅才华横溢，写诗写得好，还是个心灵手巧之人。一般的纸张只适合男子写字画画，那千篇一律的颜色，怎么配得上闺阁女儿的柔情呢？相传薛涛制成了五颜六色的彩笺，这种彩笺以她的名字命名，叫薛涛笺。用它来写字，既美观又方便，很适合女孩子用，因为这本身就是专门给女子用来写诗的诗笺。薛涛笺共有十个颜色，分别是深红、粉红、杏红、明黄、深青、浅青、深绿、浅绿、铜绿、残云等，薛涛本人最喜欢红色，而后人使用的也以红笺居多。词中的“红笺小字，说尽平生意”一看便知是女子所为。要将这写满相思的红笺寄给心上人，本是一件很浪漫的事，偏偏不知他在何处，实在太令人惋惜。

和其他闺思女子一样，思念着远方恋人的姑娘心中满是愁怨，她不知道该做些什么来减轻自己的相思之苦，唯有在西楼上痴痴望着夕阳和远山，等候恋人归来。眼前的青山依旧在，千万年不变，山下的绿水还是跟以前一样自西向东流去……归根结底，还是一腔离愁别绪，无处倾诉。

“人面不知何处，绿波依旧东流”乃是化用崔护的“人面不知何处去，桃花依旧笑春风”，但显然没有原句来得妙。不过晏殊此句的意思跟崔护又稍微有一些区别，崔护想表达的是今年的桃花依旧盛开，去年邂逅的女子却不知道身在何处，有种见不到伊人而心中怅然的失落感。晏殊笔下的女子则是因为长期见不到远在他乡的恋人，她望着眼前依旧向东流去的绿水，难诉心中的思念，离愁暗恨越积越深。一是怅然，一是离愁，两种并不完全相同的情感，却都能用“人面不知何处”来表达，归根到底，还是因为埋藏在心中的相思。

落花风雨更伤春，不如怜取眼前人
——莫待无花空折枝

一向年光有限身，等闲离别易销魂。酒筵歌席莫辞频。
满目山河空念远，落花风雨更伤春。不如怜取眼前人。
——北宋·晏殊《浣溪沙》

人生在世几十年，说过得慢会很慢，说过得快又好似白驹过隙，片刻前的少年转眼却满头白发，古稀垂老，再无昔日气概。没有走到生命尽头的人，就算领悟力再高，也无法真正明白古稀老人的心情。垂暮之年的白发老翁和银发老妪们，他们心中可能会有什么事情放不下，压抑一生，痛苦一生；又或许有什么愿望没能够实现，一生遗憾，念念不忘。到了日薄西山再去后悔年少时的随性和妄为，为时晚矣。古代很多文人就是产生了这样的想法，才会有及时行乐的念头，最直白的莫过于李白那句“人生得意须尽欢，莫使金樽空对月”。岁月一忽而过，有时间行乐，为什么要阻止自己开心呢？

钱财是身外之物，生不带来死不带去，如果花了能使自己开心，何乐而不为？连李白都说，“五花马、千金裘，呼儿将出换美酒，与尔同销万古愁”。若一醉真能解千愁，醉了也就醉了吧。晏殊作这首词，他的思想也是如此。

时光如白驹过隙，稍纵即逝，人生在世最多不过百年，哪有真正的长命百岁？在这样短暂的一生中，匆匆相聚，匆匆分离，不知到底要上演几场离别，每一次离别都使人心生愁苦。离愁别恨不是说赶走就能赶走的，若日日沉浸在分离和思念的痛苦中，那一生该有多凄凉！相比女子而言，男子或许还能从离愁中抽出身来，开始新的生活。然而女子，尤其是痴情的女子，一旦与心爱之人分别，相思成疾的又有多少？李师尹《王幼玉传》中的王幼玉，与心上人分别后，因为思念过甚，一病不起，不久便撒手人寰了。因心上人生前最爱自己的手足眉眼，王幼玉便剪下一缕长发和几片指甲，托丫鬟交送给她的心上人。这还不算，死了之后，王幼玉的魂魄还亲自前往心上人在远方的家中，与其告别。情深若此，我不知该说王幼玉痴情还是痴傻，她那样年轻出色，还没来得及享受人生，青春年华便这样消逝而去，可惜至极。但是我知道，王幼玉自己肯定是了无遗憾了，她爱过，付出过，虽然为爱而死，死后魂魄还能再见一眼心爱之人，足矣。像王幼玉这样的女子，古来不少。李白的及时行乐，是“莫使金樽空对月”，晏殊的及时行乐，是“酒筵歌席莫辞频”，而对王幼玉来说，她的及时行乐大概就是在有限的生命中找到能与她“白首不相离”之人，哪怕终难以白头偕老。

我很能理解晏殊会有及时行乐的想法，他的一生，实在太过顺利。当时宋朝刚结束了五代十国纷乱割据的局面，天下一统，井然有序。晏殊生活的时代河清海晏，而他身为宰相，位极人臣，还有什么值得自己发愁的呢？遥想当年，秦始皇汉武帝在经过人生的巅峰之后，唯一担心的就是活的时间不长，于是开始打长生不老的主意，求仙炼丹，终究是一场空。晏殊享受惯了太平的日子，他自然不会糊涂到去求长生不老，但偶尔也会觉得，人生短暂，有太多欢乐还没来得及享受，所以要趁着眼前的大好时光及时行乐，莫负良辰。因为晏殊和其他人一样，也经历过太多离别，而这样的离别不会就此结束，若他一味沉浸于离别的痛苦之中，那人生在世几十年，岂不是白白少了很多欢乐？还是不去想那么多比较好，如今有频繁聚会，有歌舞有美酒，还是好好享受吧，对酒当歌，人生几何啊！

昔日他登上高峰，举目远眺，看着辽阔的山河，突然特别怀念远行的好友还有故乡的亲人，又或者有种天地之广博而人生之渺小的感觉，与天地相比，人生实在太过短暂，有时难免会有种种愁绪涌上心头。平日闲在家中，赏花看月，也可能会蓦地觉得春天稍纵即逝，徒生伤春悲秋之感。既然登高远望和赏花赏景都易生哀愁，那还是置身热闹之中比较好，美酒当前，欣赏歌舞远比独自心忧来得舒心。那酒宴上载歌载舞的歌伎，各个美艳动人，他为什么这么傻，要去想那些有的没的愁绪，而忽略了眼前的美人呢？还是不去想那些了，好好怜取眼前人吧！

唐朝杜秋娘在《金缕衣》中写“好花堪折直须折，莫待无花空折枝”，她想告诉听曲人的，也有怜取眼前人的意思。趁着她还年轻，大好年华，美艳动人，这样的一朵好花，为什么你们就不懂得赶紧采摘呀？她和晏殊倒是知己，若听她唱曲的人有晏殊这样的想法，她又何必绞尽脑汁去写诗填词？

时光太匆匆，人生得意，须尽欢。

今宵酒醒何处，杨柳岸，晓风残月
——最美之离别

寒蝉凄切，对长亭晚，骤雨初歇。都门帐饮无绪，留恋处，兰舟催发。执手相看泪眼，竟无语凝噎。念去去，千里烟波，暮霭沉沉楚天阔。

多情自古伤离别，更那堪，冷落清秋节！今宵酒醒何处？杨柳岸，晓风残月。此去经年，应是良辰好景虚设。便纵有千种风情，更与何人说？

——北宋·柳永《雨霖铃》

自古写离别之诗词不下百千，堪称第一的，莫过于柳永的《雨霖铃》了。

当年杨贵妃缢死马嵬坡，唐玄宗一直对她念念不忘，半是愧疚半是情。入蜀之后，一路风雨，銮轿上的金铃叮当作响，在雨声的衬托下甚是悲凉。唐玄宗不觉想起了杨贵妃，她的音容笑貌，她的舞步霓裳……于是，他以《雨霖铃》为名写了一首悼念杨贵妃的曲子，令梨园子弟演唱，“雨霖铃”这一词牌也就因此流传了下来。“雨霖铃”本就是一个悲凉的词，有无奈的离别，有深切的思念。唐玄宗离开人世约三百年后，一个叫柳永的词人用不同的方式重新诠释了“雨霖铃”的含义。柳永词中所含之情意，与唐玄宗写曲时的心情十分相似。不同的是，一是生离，一是死别。

头一句“寒蝉凄切，对长亭晚”足以点明词的主旨：离别。古诗词中，但凡提到长亭二字的，几乎与离愁别绪脱不了干系。古人送别亲友常常是在长亭附近，因而长亭和杨柳慢慢成了送别的代名词，比如李白《菩萨蛮》中的“何处是归程，长亭更短亭”。

词中，柳永是被送别的人。从内容来看，送他南下的肯定是他的恋人。柳永常年流连花街柳巷，与烟花女子来往十分频繁。他和杜牧一样，在青楼界声誉甚高，烟花女子们几乎各个会唱他的词，并且以结识他为荣。他与青楼女子们的情史自是不必细说，词中为他送别的是他其中一个恋人，但是可以看出，柳永对这位女子还是很有感情的，不然也不会“执手相看泪眼，竟无语凝噎”了。《诗经·邶风·击鼓》中有一千古名句：“死生契阔，与子成说。执子之手，与子偕老。”那以后，“执手”在世人眼中不下于白头誓言。

秋日的傍晚，长亭外，古渡头，寒蝉叫得凄清而悲凉，仿佛也能感受到这对即将分别的恋人心中的痛苦。彼时刚下完一场大雨，天气稍稍有些清寒，女子设酒食为柳永送别，然而将行者却丝毫没有饮酒的心情。区区一个酒杯，岂能盛下心头满满的思念！眼看船就要开了，他依依不舍地看着恋人，有千言万语想要诉说，到了紧要关头竟然连一个字都说不出来了，只好握住她的手，静静凝视，想在这最后一刻再看多看几遍她的音容笑貌。他将要前往千里之外的楚地，此一别，不知何年何月才能再相见了。

不免好奇，能让柳永动情至此，甚至写下这阕最能体现他风格的词作，送别他的女子究竟是何人？妻子倩娘去世后，柳永似乎很少再动真情了，他和青楼女子们来往也多是由于风流才子的本性。烟花女子虽身在青楼，她们的内心却远比官场上那些道貌岸然的人干净得多，和她们打交道他可以完全敞开心怀，说想说的话，做想做的事，不必畏首畏尾。而青楼女子们也爱惜柳永的才华，他笔下的词婉约华丽，不失柔情，最能打动她们的心。柳永混迹青楼多年，据说还是有真心相爱的女子的，这位女子名叫谢玉英，是江州的名妓。

谢玉英和众多青楼女子一样，喜欢唱柳永的词，未认识柳永之前，谢玉英已崇拜他很久。当时，柳永得罪了皇帝宋仁宗，心情低落地四处游走，经过江州的时候他和谢玉英相识了。在谢玉英的书房，柳永惊讶地发现她居然抄录了自己所有的词。谢玉英本就小有才名，她能轻而易举地读懂柳永寄于词中之情。理所当然地，他们相爱了。他们之间的爱情也发生过波折，但终究不曾变色。后来，谢玉英变卖家产，独自前往东京寻找柳永。久别重逢的恋人再难忍受心中的思念，从此恩爱有加，过着甜蜜的小日子。

结合柳永的感情经历和他词中所体现的真情，一般都认为《雨霖铃》中送柳永南下的女子正是谢玉英。

据说送柳永离开之后，谢玉英为他词中的深情所感动，写了一阕《忆秦娥》来抒发她对柳永的思念：

寒蛩倦，长空凄唳孤飞雁。孤飞雁，惊心惨变。谁家庭院？

离情别绪千千万，西厢牖户千秋怨。千秋怨，枕边残泪，依依私恋。

离别之伤，最是伤人，而离别之情，又最是动人。“多情自古伤离别，更那堪，冷落清秋节”已经很能打动人心，而后一句“今宵酒醒何处，杨柳岸，晓风残月”的艺术成就就更高了。试想一下其中所描写的场景：告别了恋人，他孤零零地无人相伴，唯有借酒解相思，以求能在醉酒时见到她，这个办法或许管用，但是酒醒之后他又重新被寂寞笼罩，举目望去，能看到的只有岸边的杨柳，还有那凄厉的晨风和黎明的残月。

离别之苦，最苦的不是望着你的身影渐渐消失在路的尽头，而是想起你的时候，却触不到你的温热。此情此景，像极了《古诗十九首·行行重行行》中所写的："行行重行行，与君生别离。相去万余里，各在天一涯。"分隔两地的思念，到了柳永笔下就像一幅寂寞的夜景图：杨柳岸，晓风，残月……何其孤独，何其凄凉！后世之人，有几个吟不出柳永的"杨柳岸，晓风残月"？这也是《雨霖铃》中最煽情最动人，亦是意境最为凄美的句子。

离别之苦，再难言说，最美之离别，不若"杨柳岸，晓风残月"。

衣带渐宽终不悔，为伊消得人憔悴

——以你醉，难消我憔悴

伫倚危楼风细细，望极春愁，黯黯生天际。草色烟光残照里，无言谁会凭阑意。

拟把疏狂图一醉，对酒当歌，强乐还无味。衣带渐宽终不悔，为伊消得人憔悴。

——北宋·柳永《蝶恋花》

蝶恋花，这三个美丽的字眼，始于梁朝简文帝萧纲《东飞伯劳歌》中的一句诗："翻阶蛱蝶恋花情，容华飞燕相逢迎。"蝶恋花的美，未必在画面的本身，或许蝶与花之间的朦胧与暧昧，才是美的关键所在。因而以"蝶恋花"为名所写的词，或惆怅或暧昧，或缠绵或忧郁，意境之美，如水滴湖面惊起的涟漪，虽则轻微，却能令周遭都为之而动。

宋朝词人中，若论笔墨的婉约，恐怕很少有能超过柳永和李清照的。李清照本为女子，一如贾宝玉所言，女人是水做的骨肉，她心中有水的柔美，水的温婉，所写的词自然柔情似水。然柳永却是个大男人，他笔底的婉约却不输于李清照，怨不得青楼女子们都爱唱他的词，并且以与之相识为荣。在她们眼中，风流如柳永，却是真正能读懂她们内心的人。不像一般男子，面对女人总是摆起一副高高在上的大男子主义架子。

关于苏轼和柳永的词风，南宋俞文豹的《吹剑续录》中有这样一个故事：东坡在玉堂日，有幕士善歌，因问："我词何如柳七？"对曰："柳郎中词，只合十七八女郎，执红牙板，歌'杨柳岸，晓风残月'。学士词，须关西大汉，铜琵琶，铁绰板，唱'大江东去'。"东坡为之绝倒。

柳永的词，是古今公认的适合小女子唱的。他是个性情中人，注定一生与儿女情长脱不了干系，故而他的笔墨之中总是带着一怀浓浓的愁绪，离别也好，相思也罢，柳永总能妙笔生花，字字珠玑说惆怅。《雨霖铃》主写离别之苦，多情自古伤离别，更那堪冷落清秋节；《蝶恋花》重诉相思之愁，衣带渐宽终不悔，为伊消得人憔悴。

古代文人心情不好时都喜欢登上高楼，不管有没有用，好歹心里会舒服点。偶尔吹过的冷风，或许能吹跑那一怀愁绪，纵使不能，麻痹自己总是好的。相思难解，远在天涯的她，终归与自己在同一片夜空下。

柳永和李煜真该坐下来，一起在月下痛饮几杯。他们笔下的离愁实在太像了，都那么折磨人。一个剪不断理还乱，一个为伊消得人憔悴。他们之间还真有那么点关系，柳永的父亲就是南唐旧臣，后来虽然降宋，但经常在夜深人静时默默念着李煜的词，黯然落泪。而柳永接触的第一首词，正是李煜所写。很难说，他是不是早在少年时就被李煜词中的愁绪所影响，才会成就如此婉约的笔墨。

离愁生相思，相思使人愁。究竟这相思之苦有多深，从古至今，例子不胜枚举。

登高怀人的柳永，内心正被无穷无尽的相思折磨着，他因此忧愁、憔悴，一日比一日消瘦，过了不久，原本合身的衣服连撑都撑不起来了。或许包含了夸张的成分,但却是大多害相思之人的共同写照。衣带渐宽的形容，柳永并非第一人,他化用的是《古诗十九首·行行重行行》中“相去日已远，衣带日已缓”，只不过得了柳永的润色，此情变得更加饱满，更加能拨动人的心弦了。

“衣带渐宽终不悔，为伊消得人憔悴”是柳永的名句之一，甚至被王国维誉为人生三大境界中的第二重境界。在王国维的眼中，这是一种锲而不舍的执着，消瘦了，憔悴了，却仍不后悔，坚持不懈，勇往直前。依着柳永的本意，他想念心中的那个她，哪怕相思成疾也无所谓，他无怨，亦无悔。真是个痴情而执着的男子，他的执着坚定，可以和韦庄《思帝乡》中的女子相提并论了。一个是“终不悔”，一个是“一生休”。

鱼玄机说，易求无价宝，难得有心郎。柳永相思至此，是个难得的有心郎啊。我想那些青楼女子们之所以对他那么有好感，他文采好只是其一，最主要的原因应是他的多情与痴情吧。身处烟花之地的她们，见惯了一干追求肉欲欢乐的男人，他们嘴里的花言巧语，还及不上柳永的一个字来得珍贵。

柳永落魄一生，唯能得到青楼女们的崇拜与眷顾，据说他死后无余财安葬，是那些仰慕他的烟花女子筹钱置办棺木，为他送葬。每逢他的祭日，她们还会不约而同地去祭奠他。九泉之下的柳永若得知这些，也能瞑目了。

相思不悔，只为一人。

系我一生心，负你千行泪

——唯有相思人，方知离别苦

薄衾小枕凉天气。乍觉别离滋味。展转数寒更，起了还重睡。毕竟不成眠，一夜长如岁。

也拟待、却回征辔。又争奈、已成行计。万种思量，多方开解，只恁寂寞厌厌地。系我一生心，负你千行泪。

——北宋·柳永《忆帝京》

大概那句“执红牙板唱‘杨柳岸晓风残月’”的评价在我心里扎了根，我总以为柳永写词应该在笔墨中倾入很深刻的感情，一如“衣带渐宽终不悔，为伊消得人憔悴”那种。

事实上柳永的词风格并不局限于此，深情的有，痴情的有，大气的也有，比如他写杭州的那首《望海潮》，给我的感觉就大气极了，一句“千骑拥高牙，乘醉听箫鼓，吟赏烟霞”把杭州的美写得很张扬，谁规定江南的美就该婉约的，柳永就偏偏让很多人认识了他笔下不一样的江南，美得很绚烂，很耀眼，难怪金主看了之后对杭州垂涎三尺。

《忆帝京》依旧是写情，写离别情，但语言偏白话，类似于白居易那种人人都能读懂的风格。

词中所写的季节是秋天，从“凉天气”可以看出来。夏去秋来，天气越来越凉，躺在床上总觉得被子太薄，不足以抵挡日益变冷的天气。但是最主要的冷大概还是来自于心里。他独自卧躺在床上，一想到与心爱之人分别，心中渐渐泛起了愁苦。到了万物凋谢的秋季又遭遇别离，心里可真是愁呀！愁得我辗转难眠，一心只想着心中那个人。天越来越黑，转眼已经到了半夜，既然睡不着就起来走走吧。可是起来之后还是一样难受，愁绪一丝不减，只得又躺下去睡觉。如此重复几次，睡意早就跑到九霄云外去了。

唯有相思之人，方知离别之苦，而我偏偏却明白其中滋味。多次与心心念念之人分别，才转身，便想着回首，万分恼恨相隔两地不能相见的苦楚，每一次分开都要倒数着见面的日子，相守的一天有多短暂，分离的一天就有多漫长。我总是告诉自己，那些所谓的相思都是骗人的，世上哪来那么多愁啊悲啊，分明都是世人杜撰出来的！可是谁信啊？连我自己都不相信，想着他的时候，心里堵，鼻子酸，脑袋沉，恨不能生出翅膀马上飞到他身边。世上怎么可能没有相思？这不就是相思么！曾经不知道相思是何滋味的时候，大可以大言不惭地说，我才不相信爱情真的这么折磨人，我才不相信相思这么断人肠。那是因为相思之苦还未侵入骨髓，不知道其中滋味的人才会天真地认为不必相思。

徐再思真是个神人，他总结得太妙了，好一句“平生不会相思，才会相思，便害相思”。一旦明白这种滋味，那便是相思人，相思人岂会不受相思苦的折磨？然后就这样，一边自欺欺人地说一个人可以过得好好的，一边又在日思夜想中辗转难眠。相思这东西，真是生生折磨人啊！

柳永没有用很深刻的语言去阐述相思是什么，他只是写了一个小小的片段，但明白人一看就知道，相思就是这样的。无色无味无嗅无形，却让你有愁有苦有痛有泪。相思令人老，一夜若白头。

“毕竟不成眠”中的这个“毕竟”，跟杨万里《晓出净慈寺送林子方》的第一句“毕竟西湖六月中”的“毕竟”是一个意思，用在这里很能体现因相思而苦苦无法入睡之人的心情。折腾好久，用尽各种能催眠的办法，比如看书啊数绵羊啊听轻音乐啊，等等，到底还是睡不着。所以柳永来了一句总结，那便是“一夜长如岁”。

《诗经·王风·采葛》中有一句“彼采葛兮，一日不见，如三岁兮”。恋爱中的男女，你惦记我我惦记你，一天不见就跟过了三年似的。柳永就是化用了这句诗的意思，离别之后，相思的人真是苦啊，睡不着也就罢了，躺在床上辗转反侧一整夜，天亮的速度简直比蜗牛爬的还慢，一夜不像是一夜，倒像已经过去一年了。才一天就已经难受成这样，那么一个月呢，一年呢？岂不是要熬得不成人样！“衣带渐宽”还真不是糊弄人的，再这样下去，迟早形容憔悴颜色枯槁。继续来看词中这位害了相思病的可怜人，他受不了这种牵肠挂肚的日子，于是产生了这样的念头，不如转身回去吧，回到思念的人身边就不会愁了。可是人已经在路上了，还有很多事等着自己去做，再回去怎么行呢？大概他还有事要办，继续往前心里难受，回去找心上人又怕耽误正事，思来想去，头发都快纠结得白了。左右为难，摇摆不定，到头来还是苦了那一颗相思之心啊。不管最终决定是什么，总是要耽误一方的。

做人有时候还是得学会舍弃，舍不弃的，便只能心痛了。系我一生心，负你千行泪。我一生一世都不会忘记你，我的心里始终牵挂着你，但是我不得不离开你，只能让你伤心落泪了。心有万般苦，相思令人老。

秋色连波，波上寒烟翠
——再见碧云天

碧云天，黄叶地，秋色连波，波上寒烟翠。山映斜阳天接水，芳草无情，更在斜阳外。

黯乡魂，追旅思，夜夜除非，好梦留人睡。明月楼高休独倚，酒入愁肠，化作相思泪。

——北宋·范仲淹《苏幕遮》

“苏幕遮”原本是龟兹国的一个盛大节日的名称，后流入中原演变成为了词牌名。

范仲淹的诗文，没有哪一篇能超过《岳阳楼记》，谁人不知“先天下之忧而忧，后天下之乐而乐”？几年前我就因为文中“登斯楼也，则有心旷神怡，宠辱偕忘，把酒临风，其喜洋洋者矣”一句，坐了十几个小时火车专门跑了趟岳阳。说来惭愧，登上岳阳楼之时，我丝毫没有什么“把酒临风”的豪气，千年后之后的岳阳楼早已不复当日情形，游人多得如同岳阳楼公园那些树上的叶子，排着队等着登楼。因为人流量实在太大，每个游客被允许留在楼上的时间很短，可以说是匆匆一瞥就得下来，根本来不及产生什么壮阔的心情，更别说是忧国忧民的心思了。唯一觉得美的，就是在岳阳楼上所看见的洞庭湖，虽不再有当年“八百里洞庭”的盛况，但湖上落日确实美得令人沉醉。

“碧云天，黄叶地，秋色连波，波上寒烟翠”，这些字眼仿佛天生就该组成这么一句话，没有韵脚却浑然天成，一点都没有拗口的感觉，让人不得不记住它。

《西厢记·长亭送别》中，崔莺莺送别张生，离愁别绪一起，就唱了这样一段小令：“碧云天，黄花地，西风紧，北雁南飞，晓来谁染霜林醉，总是离人泪。”王实甫在范仲淹原句的基础上稍作修改，竟然有了全然不同的韵味。他想表达的是崔莺莺对张生的留恋，范仲淹写《苏幕遮》则是为了抒发思乡之情。离愁与思乡有共同之处，便是牵挂，对人的牵挂和对故乡的牵挂。

那一日，漫天白云在天上飘荡，满地黄叶被风吹得四处飞舞，范仲淹站在水边，静静凝望着江上的烟波。眼下正是秋天，江上的波涛似与天相连，远处的青山倒映在江中，仿佛与水上泛起的水波连为一体，形成了一幅秋景图。其中“波上寒烟翠”一句写得太妙了，未见真实景色，就能从词中看到江上朦胧的水波，还有远处青山生出的寒意。这便是秋天所特有的景色，虽然萧瑟，却不失斑斓的色彩；虽然清冷，却仍然有种不同其他三个季节的韵味。

而眼前的秋景图中，远不止江水和青山的美，还有倒映在水中的夕阳，随着江水的荡漾，泛着粼粼波光。斜阳与水的结合，让我想到了白居易那首很美的《暮江吟》：

一道残阳铺水中，半江瑟瑟半江红。可怜九月初三夜，露似真珠月似弓。

夕阳倒映在江面上，金光闪闪，波光粼粼，远远望去，一半的江水是碧绿的，一半的江水却被染成了殷红，美得就像出自西方大师之手的油画。

面对这样美的景色，本不该黯然生愁的。可是范仲淹远离家乡，在秋天这个容易悲伤的季节，他心中的离家之愁还是发作了。景色虽美，芳草却无情，远在天边的我，何时才能回到故乡？有了这样一个转折，在词的下阕，他可谓写尽了乡愁。

远离家乡，漂泊在外的游子，无时无刻不在怀念故乡，每每想起故乡的一草一木，便会黯然伤神。甚至到半夜也难以入眠，就算勉强睡着了也还是会莫名其妙地醒过来，除非当晚能做一场好梦。这里的好梦，大多离不开故乡二字。若是在梦中见到故乡亲友，或者自己曾住过的熟悉的房屋，当天晚上必定会一夜好眠。

正如杜甫诗中所说，“露从今夜白，月是故乡明”，所以明月升起的时候，千万不能独自倚在栏杆上望月。月圆了，人却不能圆，那些阔别多年的家乡亲友，不知今日是何模样，何时才能再团圆？其实，月亮永远都是同一个月亮，不同的是看月亮人的心情。家乡的月和异乡的月都一样，只因离了家乡，哪还有赏月的心思？在这样的心情下，自然会觉得月亮也暗淡无光，没有故乡月那么明亮了。

范仲淹必定是有过独自倚楼望月的经历，在月下狠狠思念过家乡，才会心生“明月楼高休独倚”之感。可有时候，越是提醒自己不要这样做，越是忍不住去做。一旦被明月唤起了乡愁，游子们都喜欢借酒浇愁，只可惜酒一入肠，非但没能浇灭心中的愁，泪反而先夺眶而出了。这里的“相思泪”可不是男女情爱的相思，他相思的是故乡，是养育他的那片故土。范仲淹在另一首《御街行》中，也写过类似的句子：愁肠已断无由醉，酒未到，先成泪。还是李白说得好啊，举杯销愁愁更愁。酒哪能真的解愁，不过是自欺欺人罢了！断了思乡之愁的唯一办法，就是回归故乡。可叹的是人生在世有太多羁绊，未能事事如愿。

何以解忧，唯有杜康。可有时候杜康并不能浇灭一切的愁。

千嶂里，长烟落日孤城闭
——黄沙万顷风卷泪

塞下秋来风景异，衡阳雁去无留意。四面边声连角起。千嶂里，长烟落日孤城闭。

浊酒一杯家万里，燕然未勒归无计。羌管悠悠霜满地，人不寐，将军白发征夫泪。

——北宋·范仲淹《渔家傲·秋思》

塞外鲜有绿色，举目是一望无际的黄沙，随风飞舞。过路的商旅牵着骆驼在沙漠中深一脚浅一脚艰难地行走，驼铃阵阵，带着从遥远的西域运来的货物。塞外的女子喜欢蒙着头巾遮挡风沙，她们性格豪爽开朗，和男人一起喝酒吃肉，唱着嘹亮高歌，跳着胡旋之舞……那是一道和南方完全迥异的风景，没有见过大漠的人，是不会真正明白那样的开阔境地。

我见过最美的大漠，是王维的笔下的《使至塞上》：

单车欲问边，属国过居延。征蓬出汉塞，归雁入胡天。
大漠孤烟直，长河落日圆。萧关逢候骑，都护在燕然。

向往大漠的人，没有谁不知道王维的“大漠孤烟直，长河落日圆”。大漠的孤烟不比南方青瓦白墙的民房中袅袅升起的炊烟，传说边塞燃烧狼粪作为警报，燃起的烟直而聚，风吹不散，也正是范仲淹词中所写的“长烟落日”。

似乎大漠的烟总是与落日分不开关系，那一次的敦煌之旅，我和友人一路直奔玉门关，后又出关去了被称为魔鬼城的雅丹，当时我不明白为何司机坚持让我们看完落日再走。到了傍晚六点左右，太阳渐渐下山，先前还一直抱怨的我瞬间被眼前的景象所惊呆——我从未见过比这更美的落日。四周一片旷野，毫无遮挡，血红色的夕阳仿佛是用圆规画出来的，凝结成一个正圆，一点一点，慢慢朝着地平线往下落。同行的所有人跳跃着，惊呼着，抓起地上的沙子往天上洒，然后拼命拿出相机想留住这最美的一刻。我看到长河落日圆了，读王维的诗十几年，终于有幸见到了他笔下最美的大漠。我也总算明白，为何范仲淹会说“塞下秋来风景异”，秋天的塞外，没有江南常见的残红凋零，而是一种全然不同的大气之美。

王勃在《滕王阁序》中所写的“渔舟唱晚，响穷彭蠡之滨；雁阵惊寒，声断衡阳之浦”，与范仲淹词中“衡阳雁去无留意”乃是出自同一个典故。传说，每一年的秋天，北雁南飞，前往衡阳回雁峰过冬，到来年春天才会返回，衡阳也因此得了“雁城”的美称。然范仲淹所写，并非为了体现衡阳雁城的美，身为戍边将领的他深知塞外的艰苦，就连大雁都受不了那边的萧条往南飞去，将士们又何尝不挂念家乡？只是边塞重地，关系的是全国百姓的安危，他们须得常年留守至此，谨防塞外敌人来侵。与他们作伴的，就是这万顷黄沙和大漠的长烟落日。

当年，大汉朝与匈奴连连征战，大将军卫青、霍去病举兵北去，依然未彻底解决匈奴的威胁。直到东汉大将窦宪再一次出兵北征匈奴，终于打赢了燕然一战，他登燕然山，刻石勒功而还。范仲淹的“燕然未勒归无计”，化用的正是窦宪登燕然山刻石勒功的典故。杯酒入肠，虽无比怀念家乡亲友，但是边塞的威胁还未解除，回乡就遥遥无期啊。这是范仲淹戍边时所感，也是他在《岳阳楼记》中的豪言：先天下之忧而忧，后天下之乐而乐。而这么多年来，他和大漠也结下了深厚的情谊。那里条件虽艰苦，但是有和他怀着同样雄心壮志的前方将士，同仇敌忾，保卫着家国河山。

除了孤烟、落日与黄沙，大漠留给我最深的记忆就是羌笛了。羌笛也是边塞诗词中出现频率最高的乐器，王之涣的“羌笛何须怨杨柳”，岑参的“将军置酒饮归客，胡琴琵琶与羌笛”，高适的“雪净胡天牧马还，月明羌笛戍楼间”，冯延巳的“燕鸿远，羌笛怨，渺渺澄江一片”，就连写尽风月的花间词泰斗温庭筠也写过“羌笛一声愁绝，有徘徊”。大漠之中，将士们若听到这样的曲声，又怎会不思乡，怎会不忧愁？就算到了三更半夜，他们也依旧被羌笛呜咽的声音所困扰，辗转反侧，忧思悲哉。

在这一片黄沙万顷随风飞舞的大漠之上，有多少将士流尽了泪，又有多少将军愁白了头？边塞诗高亢的同时，又有几人能读出背后的辛酸？那些戍边将士的父母妻儿在家日盼夜盼，有些人甚至愁白了头也没能等到与家人团聚的那一天。因为战事一起，他们就得冲锋陷阵，无数人有去无回，埋骨黄沙之中，魂魄不得归。而心心念念盼着他们回家的妻子，肝肠寸断，泪难收，至死都不能了却心愿。

塞外雁声断，大漠羌笛悲。孤烟落日不可摹，黄沙万顷风卷泪。

浮生长恨欢娱少，肯爱千金轻一笑
——春来早，清梦绕

东城渐觉风光好，縠皱波纹迎客棹。绿杨烟外晓寒轻，红杏枝头春意闹。浮生长恨欢娱少，肯爱千金轻一笑。为君持酒劝斜阳，且向花间留晚照。

——北宋·宋祁《木兰花》

四季之中，要数春季最受文人骚客的喜欢了，他们的笔墨毫无保留地留给这个花开遍野的季节，他们笔下的春也各有千秋。春日游，杏花吹满头，踏春的女子遇上心爱的男子，一生休；踏青城郊，人面桃花相映红，多情的诗人邂逅桃花般美丽的姑娘，门上题诗成绝唱；清明雨后，叶底黄鹂一两声，东邻女孩结伴斗草而去，欢声笑语盈盈。就连朱熹那古板之人也能写出“等闲识得东风面，万紫千红总是春”，这是个让人闻香沉醉的季节，东风缓缓，吹面不寒，柳枝轻拂，水波婉转。

我素爱温庭筠的文字，以花间词著称的他，笔墨挥洒出的《春日》，有着与闺中女子毫无二致的柔情：

问君何所思，迢递艳阳时。门静人归晚，墙高蝶过迟。
一双青琐燕，千万绿杨丝。屏上吴山远，楼中朔管悲。
宝书无寄处，香縠有来期。草色将林彩，相添入黛眉。

燕子呢喃，绿丝垂绦，远山起伏，影影绰绰，在雨后吐出氤氲的山岚，为春日增添了一笔梦幻色彩。若要将整个春天画出，水墨盘中的颜料可是要备齐了，绯红、翠绿、青岚、赭石……纸上色彩斑斓，点点滴滴，却只画出了她的万分之一。

春日最美的花是桃花，大片大片的粉色，肆虐张扬着她们的美丽，浪漫惊人。而诗中用来报春的花，却似以红杏居多。叶绍翁一句“春色满园关不住，一枝红杏出墙来”千百年来为人所熟识，一提到枝头春色，必以红杏当先。她就像报春使者，什么时候枝头突出第一点嫩绿，什么时候燕子发出第一声啼叫，她总是比谁都清楚。所以在很多诗词中，红杏总是透着可喜的色彩。比如，南唐词人冯延巳的“春到青门柳色黄，一梢红杏出低墙”，大概叶绍翁那句千古流传的名句正是由此句而来吧。

最热闹的春意，就是宋祁这首《木兰花》中的“红杏枝头春意闹”了，王国维评价说，宋祁以红杏表春意，关键是“闹”字用得好，不过李渔却不以为然。李渔觉得，“闹”的意思是争斗而发出声音，桃李可以争春，但红杏闹春却闻所未闻，如果可以用“闹”的话，那么“打”“吵”“斗”岂不是都能替代了？这话未免太差强人意了，我还是比较赞同王国维的观点，凭什么桃李可以争春，红杏就不能闹春了？而且也没人规定非要吵出声音来才能叫闹，试想，红杏锦簇枝头，那鲜红可爱的色彩，不正是春天到来的喜气么？既然是喜气，为何就不能是闹呢？宋祁用“闹”来写红杏，写的其实也是春天的热闹和喜庆。至于“打”“吵”“斗”之说，就更加没道理了，贾岛曾纠结“僧推月下门”还是“僧敲月下门”比较合理，因想得太入神而骑驴闯进了韩愈的仪仗队，而苏轼、黄庭坚、秦观、佛印四人也曾因杜甫《曲江对雨》“林花著雨胭脂湿”一句中模糊不清的“湿”字，商量着代替填上一字，等到查阅了原诗，还是觉得杜甫所用的“湿”字最妙。

这首词，写于一次偶然游湖之时。早春城东万紫千红，风光无限，宋祁坐在船上，不知不觉沉醉在了风光之中。万顷碧波，杨柳垂烟，拂晓的寒气在四周萦绕。他忽然注意到远处的一簇红杏，密密匝匝挤在枝头，仿佛在炫耀自己的勃勃生机。由红杏始，他顿时觉得春意盎然，美不胜收。

词的下阕，宋祁由春而发出感叹，想到了人生。匆匆几十年，人生就像漂浮在水面上的泡沫，恍然如一场不真实的梦，坎坷的日子太多，欢乐的时光太少。其实，人生的欢乐远比金钱要珍贵得多啊，就算花千金来买片刻的欢乐，那也是值得的。

当时宋祁并非独自一人游船，而是与美丽的歌伎一起。或许当时歌伎也因为被春天的美丽感染，笑得十分灿烂。宋祁则被佳人的微笑感染，人生在世，还有什么比快乐更重要呢？就像此刻的自己一样，有美景在前，有美人相伴，有巧笑在耳，这样的快乐就算用千金来买也是值得的啊。

“浮生长恨欢娱少，肯爱千金轻一笑”和李白的“人生得意须尽欢，莫使金樽空对月”意思差不多，目的是要劝谏世人，趁着年轻要及时行乐，别总是想着要攒多少钱，金钱固然重要，又怎比得上好心情呢？豁达的人就应该不惜千金换美酒只为一刻醉，只为换佳人一个微笑，亲朋好友欢聚一堂，在百花丛中且说且笑，欣赏着花的美好姿态，遥望着天边渐渐落山的夕阳……人生最美的场景，莫过于此啊。

杏花深处，那里人家有
——忆昔莺语燕声啼

燕子呢喃，景色乍长春昼。睹园林、万花如绣。海棠经雨胭脂透。柳展宫眉，翠拂行人首。

向郊原踏青，恣歌携手。醉醺醺、尚寻芳酒。问牧童、遥指孤村道："杏花深处，那里人家有。"

——北宋·宋祁《锦缠道·春游》

初见这阕《锦缠道》，备感亲切，下阕的"问牧童、遥指孤村道：'杏花深处，那里人家有'"可不就是化用了杜牧那首人尽皆知的《清明》吗？"清明时节雨纷纷，路上行人欲断魂。借问酒家何处有，牧童遥指杏花村"，杜牧这首诗实在精彩，短小精炼，内容丰富，时间、地点、人物、事情一应俱全，就像一篇微型小说，道尽清明之景。宋祁词中因在"村"前加了前缀"孤"字，又多了一分寂寞的味道，和上阕热闹的春色俨然形成了对比。

诉春意，道春情，总是离不开百花与啼鸟。写百花，比如杜牧的"一树梨花落晚风"，宋祁的"红杏枝头春意闹"，写啼鸟，比如晏殊的"叶底黄鹂一两声"，纳兰容若的"雨歇春寒燕子家"。燕子就像春天的使者，它一出现，万物随之复苏。"燕子呢喃，景色乍长春昼"，这句词还涉及一个地理问题，众所周知，一到春天，白天的时间会越长，夜晚的时间会越短，冬天则相反。因为我们生活的地方是在地球的北半球，春天即将来临的时候，天就会一日比一日亮得早，在这个好眠的时间里，有时候不知不觉太阳已经挂得老高了。善于观察的文人把这些细节写进诗词中，便有了"春眠不觉晓"和"景色乍长春昼"。

春回大地，正是郊游的好时节。儿时，和同学手拉着手，哼着歌儿，迈着轻快的步子去春游。难得能逃离教室和黑板，去郊外呼吸呼吸新鲜空气，看看花儿，听听鸟叫。春游并非是当代人才懂的享受，古人也有春游的记载，不过那时候不叫春游，叫踏青或者踏春，就连常年待在绣楼中的闺阁女子，在春天来临之际也会被允许出门游玩。除了诗词之外，古画之中也有不少女子踏春的场景，最著名的莫过于张萱的《虢国夫人游春图》。虢国夫人是杨贵妃的姐姐，因杨贵妃受宠，杨家风光无限，虢国夫人游春的派头比一般贵妇要大得多。

侯门贵族大张旗鼓地出游，普通百姓没有这派头，但也不会白白浪费了这大好春光。宋祁必定是位极懂得享受之人，面对美景，他发出“浮生长恨欢娱少，肯爱千金轻一笑”的感叹，也说明了他对生活的态度。在这阕《锦缠道》中，他出门踏春，来到了风景秀丽的园林当中。几年前的清明，曾和朋友一起去苏州。苏州园林甲天下，无论是园中风景还是婉约的江南建筑，都别具一格，面对长长的回廊，我仿佛看见绣楼中的小姐袅娜多姿地从远处走来。园林中的春景，比画还要美上三分。

宋祁“万花如绣”的比喻妙就妙在，他说的是织绣而不是画，相比画的，绣品又多了一分精致，而大自然赋予春天百花的，就是这种精致的美，仿佛是一针一线花了心思绣出来的。那淋了雨的海棠花，鲜红欲滴，就像搽在少女脸上的胭脂；那翠绿的柳叶，好似美人的细眉，风一吹就拂在行人脸上。

把柳叶比作眉毛的，宋祁不是第一个，自然也不会是最后一个。常听人说柳叶眉，顾名思义就是两头尖，弯弯的像柳叶一样的眉形，而修这种眉形一向被视为美女的标准之一。白居易的《长恨歌》中就有写，“芙蓉如面柳如眉”。韦庄的《女冠子》中也有“依旧桃花面，频低柳叶眉”。一般来说，都是把眉毛比作柳叶的比较多，宋祁反其道而行之，说柳叶展开宫眉，独具匠心。

宋祁既然有兴致把海棠比作胭脂，把柳叶比作宫眉，心情必定不错。话说回来，能抛开烦恼去郊外走一走，看看风景，确实是人生一大乐趣，怪不得苏东坡那么喜欢跟人一起游西湖。而春游郊外，有美景自然少不了美酒，古代文人很少有不喜欢喝酒的，像李白这种嗜酒如命的也不在少数。面对眼前美景，喝喝小酒听听小曲，是写诗作词最大的灵感之一。因而宋祁化用杜牧《清明》中向牧童询问酒家的诗句，其意正是为了体现踏春喝酒的乐趣。美景当前，美酒入肠，若再有美人相伴，那就真的不虚此行了。

春风又绿江南岸，明月何时照我还

——只道早还乡

京口瓜洲一水间，钟山只隔数重山。春风又绿江南岸，明月何时照我还？

——北宋·王安石《泊船瓜洲》

此为北宋王安石的七言绝句，此诗大众都极为熟悉，学生时代每个人都曾背过，我现在还能记忆犹新，语文老师在课堂上闭目赞叹“春风又绿江南岸”中的“绿”字用得极为精妙。那会儿我不过是一个为了考试而学习的书呆子，只能懵懵懂懂地跟着课本的要求背诵，也仅仅是知道这是一首思念家乡的诗歌而已。古往今来，那么多思乡的诗歌中，也算不得多么的出众。

后来读到王安石的生平，读到北宋的政治，脑海里模糊的影子渐渐清晰。那个矍铄清瘦的男子，伫立在船头，看着脚下奔流而去的河水，面对江山如画，他心中该是一种怎么样的情怀呀。自幼在外，鲜少归家，为官后四处奔波，每次归家的旅程对他来说都是一场心灵的盛宴。他如鹰一般，在长空翱翔；同时他又如家鸽一般眷恋故里，时时想着倦鸟归巢。

王安石作此诗时，已是五十五岁的老人了。诗作中看得出他的近乡情更怯，看得出他对未来的美好期盼，却也有隐隐不能释怀的悲切。读此诗不得不想到他主持的那场著名的变法，“天变不足畏，祖宗不足法，人言不足恤”是北宋神宗年间王安石变法时提出的著名的“三不足”口号，这一口号一直被当作勇往直前、不断革新的精神代表而被人们所传颂。

他多年来四处为官，看尽了北宋的颓态，深知百姓的疾苦，并致力要改善一切，以达到富国强民的目的。他变法的条陈，每一项每一个字都是这么多年里，他仔细推敲，认真考察而得出的。他希望能够得到推行，取得应有结果。他雄心壮志，他以为自己看见的希望和光明，却没有看见脚下的磕绊。

所谓千里之堤溃于蚁穴，若是连基本的关系都不能平衡，何谈改变，何谈变法，何谈理想，又何谈富国强民。

虽然变法之初，得到神宗皇帝的大力支持，但是皇帝也有皇帝的无奈。在面对铺天盖地的反对，面对至亲太后的反驳下，即便是千万人之上的皇帝，也有绷不住的时候。而耿直的王安石全然没有想到这些，他的眼中只有变法。在压力之下，神宗不得不夺去王安石的相位。

王安石是一个才华横溢的人，他博学多才，是唐宋八大家之一。其诗“学杜得其瘦硬”，擅长于说理与修辞，善于用典故，风格遒劲有力，警辟精绝。苏轼曾赞他“名高一时，学贯千载，智足以达其道，辩足以行期言；瑰玮之文，足以藻饰万物；卓绝之行，足以风动四方”。评价之高，且出自历来就和他在方方面面不和的苏轼之口。

他高风亮节，不因交恶而诋毁他人，反而会在他人落难时，出手相救，出言相助。这是一种怎么样的情怀？有人说时时刻刻都在修行，出尘入世本无差别。他严谨自律，本就是一种无形的修行，至高的修为。

在经历了两次因推行新法而罢相的坎坷遭遇之后，心力交瘁的王安石，对从政产生了强烈的厌倦感。站在瓜洲船头，再次被启用，内心对险恶仕途的担忧，对施行新法前途的顾虑堵在心头，郁结难舒。对于京都心怀畏惧与期盼，还能不能再次回家乡的猜想，在这一刻迸发了出来。忧思深切，格调苍凉，犹如一声喟然长叹。

这时的他已然对风云变化的官场失望透顶，虽然依旧对继续推行新政有着期盼，但是面对险象环生的朝堂，王安石显然已经起了隐退之心，在诗作中更多的是对家乡的怀念，是对亲人的思念，是对没有纷争的安宁故里的向往。

相见争如不见，有情何似无情
——国风好色，尽风流

宝髻松松挽就，铅华淡淡妆成。青烟翠雾罩轻盈。飞絮游丝无定。
相见争如不见，有情何似无情。笙歌散后酒初醒。深院月斜人静。
——北宋·司马光《西江月》

提起司马光这个名字，第一反应方是幼年大人讲的司马光砸缸的故事。还记得故事里那个男孩，聪明、机智。时时会羡慕这般聪慧之人，恨不得自己也有一样才智。再后来知道了《资治通鉴》，是他主持编纂的中国历史上第一部编年体通史。原来男孩长大后，还是一个善于做学问精于做学问的大家呢。

但凡说起司马光，必是写他为人温良谦恭、刚正不阿，其人格堪称儒学教化下的典范，历来受人景仰。可是这首《西江月》似有打破他历来塑造的形象之嫌。词作里讲了一个美丽的舞姬，和词人对舞姬的热爱。风情旖旎的男女相思小词，很难让人想象是出自那个勤政为民、孜孜不倦、鞠躬尽瘁的司马光之手。

只着淡粉的舞姬，发丝随意地挽成了一个云髻，青烟翠雾一样的衣裳，罩着曼妙轻盈的身段，如尘烟下的青荷在池中舞动；舞姿可叹，有若飞絮，又恰似游丝，忽而左，忽而右，似乎就像一阵风雨，飘摇无定。扑朔迷离的情景，似烟非雾中，舞姬当中一舞，好似一人间仙境，让人欲罢不能，不能忘怀。

笙歌罢，酒菜尽。词人回到自己庭院中，夜风下青竹摆动，庭院深深深几许，不想进屋，只身一个人立于亭台天井之中。凉风催酒醒，突然发现，这寂寞的庭院中竟然了无生气，月光如水洒下来，也不着一点声响。想起宴会上的美艳舞姬，一股惆怅忽然就涌上心头，既然无缘走在一起，上天，你又何必让我们遇见；就算让我们遇见，却又不能在一起，你又何必让我多情苦恼，如果我真正是个无情人，倒也罢了！

“相见争如不见，多情何似无情”真真儿是写情的佳句，把那种不能爱，却又不得不爱的心情写的活灵活现，把词人心绪全然的剖白在月光之下。那一腔的真性情飘然而出。

在《东坡志林》中记载，司马光曾说过：“吾无过人者，但平生所为，未尝有不可对人言者耳。”

司马光认为，是人皆会有过，人无完人。若问他司马光平生所为，他说没有什么不可对别人言说的隐秘。所以无论是长篇累牍的惊世之作，还是缠绵悱恻的爱情小词，亦或是别人看来的心中之私密，但以有节制之笔写出不妨，这是司马光为人处世的鲜明特点，亦是他的人性高洁之处。

试问谁可以做到如此？若人人皆可做到，人人皆是圣人了。

再读此词，才惊觉司马光的真实。

他不是一个站在人群之上的圣贤，他不是一个俯瞰人间的神仙，他为国为民，忧心忧国，他勤劳刻苦孜孜不倦，他一样也有七情六欲，爱恨贪嗔痴。他了解情为何物，他深知其中滋味，他感同身受着，他没有把自己包裹成一个无欲无求的先贤圣人，也没有把自己托起成一个清高的正人君子，他不介意流露出自己真实的情感，真挚的渴求。

用我手写我心，只有发自内心的情感才能震撼到人心，引起强烈的共鸣。

不得不说司马光极为磊落，就如他自己说的，是人都有过。敢于面对和承担，才是一个真正的大丈夫，一个勇者。至少从此词看来，当初那个勇于砸缸救人的机智少年，依旧在，岁月的变迁，并没有磨去他的意志，反而让他更加丰满了起来。

用一曲小词适当抒发情感，欲望，纾解心内的烦闷，如此妥当的宣泄，反而更增添了他的智慧和睿智。让人看见一个有血有肉真实的人，而不是丞相司马光五个冷漠的墨字。人生如此，浮生如斯，情生情死，乃情之至。

有情不必终老，暗香浮动恰好。

此词算得上宋词里那些出于士大夫笔下非正统的代表，却依旧彰显出人性的光辉。若细细思量起来，真是有趣，又富于浪漫的魅力，值得玩味一番。

惟见幽人独往来，缥缈孤鸿影
——此情须问天

缺月挂疏桐，漏断人初静。谁见幽人独往来，缥缈孤鸿影。
惊起却回头，有恨无人省。拣尽寒枝不肯栖，寂寞沙洲冷。
——北宋·苏轼《卜算子》

我时常感叹，为何古代痴情女子会如此之多。古人大多认为“身体发肤，受之父母，不敢毁伤，孝至始也”，但还是有不少女子因痴情而伤身，甚至忧郁而死，譬如《牡丹亭》中的杜丽娘，《题都城南庄》中那位“人面桃花”的姑娘，唐传奇《霍小玉》中的霍小玉，聊斋故事《连城》中的史连城。为爱情而轻生，寻短见者，譬如《警世通言》中的杜十娘。足见，爱情在她们心中的分量有多重。无论古今，女子对爱情的珍视远远比她们所表现的要多得多。哪怕是一个在他人眼中“不是什么好人”的女子，一旦触及爱情，她们的心就会瞬间变得柔软，比如金庸在《神雕侠侣》中塑造的李莫愁，心狠手辣，杀人如麻，但无论她有多想绝情弃爱，她终究忘不掉那个令她痴狂的男子。金庸把李莫愁的死安排得实在巧妙之极：绝情谷的情花丛中，烈烈火海，肆虐张狂，李莫愁流着泪，念着“问世间，情是何物，直教生死相许……”声渐消，人渐消……绝情弃爱，哪里是这么容易做到的？情之一字，着实太过可怕，若无法得到真情，极有可能反被伤得体无完肤。

就是这样一个痴情却为情所伤的女子，赫然出现在了苏轼的生命中，苏轼这首《卜算子》亦是为她所写。据说，这位姑娘名叫温超超，她的大概事迹，在《古今词话》中有描述：“惠州温氏女超超，年及笄，不肯字人。闻东坡至，喜曰：我婿也。日徘徊窗外，听公吟咏，觉则亟去。东坡知之，乃曰：‘吾将呼王郎与子为姻。’及东坡渡海归，超超已卒，葬于沙际。公因作《卜算子》词。”

苏轼才名远播，俘获了不少闺阁女子的芳心，而这位温超超姑娘算得上是苏轼的超级粉丝了，她爱屋及乌，因为喜爱苏轼的词，转而对苏轼的人也产生了深刻的感情，到了适婚年龄却不肯嫁于他人，大有“非苏轼不嫁”的意思。

苏轼因“乌台诗案”被贬至惠州时，已经是一位花甲之年的老人了，温超超却是正值妙龄的二八佳人。她不嫌苏轼老，也不嫌苏轼是个获罪之人，一听偶像兼梦中情人来到惠州，乐得睡不着觉，喜滋滋地对别人说：“这才是我要找的如意郎君。”没准，温姑娘心里还偷偷感谢皇帝老儿把苏轼给她“贬”到这里来呢。

定居惠州的那段日子里，苏轼每天晚上都会在房中吟诗。每每此时，总会有一位妙龄女子在他窗前徘徊，他开窗想去寻找女子，女子却逾墙而走。当时的情形，苏轼在词中交代得很清楚：“缺月挂疏桐，漏断人初静。”说明夜已经很深了，几乎听不到其他的人声，只有一弯月亮静静地挂在梧桐树顶。孰料除了他之外，还有人没睡。这位“幽人”独自徘徊在他的窗外，飘渺不似凡尘中人，每当他想去追寻，看到的却是一抹“孤鸿影”。之所以用“幽人”，既体现了月夜的寂静，也衬托了女子的超凡脱俗，仿佛不食人间烟火的仙女。

不得不佩服，这位温小姐对感情还真是执着，每天三更半夜忍着睡意，不惧黑暗，跑到别人窗户底下去听人吟诗，为了不让对方发现还炼就了一身翻墙的好本领，绝对堪称史上最痴情的粉丝。苏轼正是被温超超的痴情所打动，决定要为她找个好夫婿。有人说，既然温超超那么喜欢苏轼，苏轼也被她感动，为什么不索性顺了她的意，将她娶了？其实苏轼也是一番苦心，当时他已是花甲之年，又为“乌台诗案”所累，在那种情况下，他怎么忍心娶温超超这位妙龄女子，他是不想蹉跎了她的大好年华呀！

为了报答温超超的知音之情，苏轼欲将一位王姓公子介绍给她。能被苏轼看中，想必这位王公子也不是泛泛之辈。只可惜过了没多久，苏轼又被贬到了琼州，为温超超做媒之事也就被耽搁了下来。等到苏轼再次回到惠州，见到的却是沙洲之畔的一座孤坟。

自从苏轼离开，温超超茶饭不思，没有一天展开过蹙起的眉头。日复一日，她终因相思而成疾，病倒在榻上，没过多久就香消玉殒了。临死前，温超超让母亲将她的坟面向南边，她要等着苏轼归来。她至死都没能放下对苏轼的这段情，就算只剩下一缕孤魂，她也要亲眼等苏轼回来，才肯走上奈何桥去彼岸投生。

除了“痴情”，我不知道还能用什么样的言语来形容温超超。她和苏轼的爱情虚无飘渺，如无根之浮萍，凄美难耐，令人闻之而唏嘘落泪。确切地说，她对苏轼的感情还称不上爱情，顶多算是单相思吧，毕竟苏轼对她的态度不明，按照我的理解，苏轼对她只能说是感动、感激、愧疚外加遗憾，若说其中有爱的成分，未免有点牵强。温超超是他的知音，她仿佛注定就是因他而生，又因他而死的。

《卜算子》是苏轼为悼念温超超而写，因温超超的最终归处是沙洲，故词中有“拣尽寒枝不肯栖，寂寞沙洲冷”这么一句。她不肯嫁他人为妻，一心只想着苏轼，不料事与愿违，芳魂独葬沙洲，不知她泉下有知，是否会后悔。

人说痴情女子者，一见君子终身误。温超超算得上还没见苏轼，仅仅见了他的词，就把终身给误了。情深至此，又有几人能与之相比呢？

枝上柳绵吹又少，天涯何处无芳草

——纵我多情，难耐无情

花褪残红青杏小。燕子飞时，绿水人家绕。枝上柳绵吹又少，天涯何处无芳草？

墙里秋千墙外道。墙外行人，墙里佳人笑。笑渐不闻声渐悄，多情却被无情恼。

——北宋·苏轼《蝶恋花》

苏轼“豪放派词人”的名头实在太过响亮，所以当我第一次读到“枝上柳绵吹又少”的时候，不免小小惊讶了一把。无论胸襟有多开阔，词风有多豪迈，他始终是个文人，骨子里怎么可能没有柔情的血液？如若不然，他也不可能那么深情地为逝去的妻子写下“十年生死两茫茫，不思量，自难忘”。

关于这阕词，记载最多的是发生在苏轼和他的侍妾王朝云之间的一个小故事。比如，《林下词谈》就有提到，苏轼被贬至惠州的时候，一日见落木萧萧，萧瑟凄凉，便让朝云唱“花褪残红青杏小”，朝云依言展开歌喉，然而唱着唱着，竟然泪流满面。苏轼问她原因，她回答说：“奴所不能歌是‘枝上柳绵吹又少，天涯何处无芳草’也。”苏轼听完笑了，说：“是吾正悲秋，而汝亦伤春矣。”苏轼因此把王朝云当作他的知己。后来王朝云去世，苏轼终身不再听这首词。他一生才名远播，却也有不少落拓的日子，人尽皆知的就是“乌台诗案”了，然他一生能有朝云这样的红颜知己相伴，何其幸运。

朝云本就很仰慕苏轼的才华，后来她被苏轼纳为侍妾，跟着苏轼读书写字，聪明的她一点就透，往往苏轼没开口她就能知道他心中所想。《东坡笔记》中有这么一个故事：东坡一日退朝，食罢，扪腹徐行，顾谓侍儿曰：“汝辈且道是中何物？”一婢遽曰：“都是文章。”东坡不以为然。又一人曰：“满腹都是巧智。”坡亦未以为当。至朝云曰：“学士一肚皮不合入时宜。”坡捧腹大笑，赞道：“知我者，唯有朝云也。”

或许只有朝云才能读懂苏轼一肚子的不合时宜。难怪当苏轼因悲秋而命她唱《蝶恋花》时，她却因伤春而流泪。这样的朝云，必定是一位多愁善感的女子。林妹妹看见落花满地会心疼落泪，唱着“花落人亡两不知”，朝云感受到词中柳絮纷飞的场景，竟哭得断了歌声。在这一点上，王朝云和林黛玉何其相似。无可奈何花落去，春意阑珊，柳绵渐少。

苏轼因乌台诗案获罪，身边侍奉的女子都离开了，唯独朝云不离不弃，荆钗布裙，与他患难与共。江南有道很有名的菜叫“东坡肉”，传说就是王朝云首创的。当时苏轼家贫，吃不起好的肉，朝云用廉价肥肉为他做出了味美甚至千年后闻名全国的美食。如此看来，朝云不仅是一位多愁善感的文艺女子，更是一位端庄的贤内助。值得一提的是，朝云一直是以侍女的身份跟着苏轼的，连妾都算不上，直到苏轼被贬至黄州，她才有了侍妾的名分。

或许朝云不会想到，当年她因伤春而不能歌的“枝上柳绵吹又少，天涯何处无芳草”一句，和她所创的东坡肉一样，闻名遐迩，甚至可以说是家喻户晓。生活在当代的人，谁没听说过“天涯何处无芳草”？

细看这阕词，花褪残红青杏小，燕子飞时，绿水人家绕……上阕所写的，尽是春日即将逝去的黯然景象。红花凋谢了，青杏长出来了，燕子飞了，河水静静地绕着村落流淌，那水畔的柳树，棉絮般飞了一片又一片，眼看就要落尽。大概是不想让读词的人像朝云一样伤春吧，所以苏轼加了一句“天涯何处无芳草”。看，即便是春意褪去，天地如此广阔，哪里没有碧绿的芳草呢？只要把目光放远了，其实处处都能看到春天啊。

红花、青杏、燕子、流水，这些元素一拼凑，恰恰是一幅江南风景画。一日，他走在路上，忽然听见旁边高墙之内传出荡秋千少女的欢笑声，那笑声爽朗动听，充满活力，可以想象，荡秋千的女子必定是个明眸皓齿的佳人。换做任何一个男子，徘徊于墙外，心里都会想着见佳人一面吧。古时候的爱情故事多半就是有这样一墙之隔。才子佳人隔着高墙笔墨传情，花笺小楷诗词相赠，不失一番雅致的美。

一次偶遇，成就了苏轼笔下的“墙外行人，墙里佳人笑”，听着佳人的巧笑，他脑中想象着她的容貌，只可惜笑声渐渐淡去，大概她荡秋千累了，回闺房休息去了吧。女子自然不知道，一墙之外，有位偶然路过的男子心中正怅然若失。他“多情”，她却“无情”，怎能令他不恼呢？

春意阑珊时，伤情处，莫说多情与无情，且看芳草萋萋，绿遍天涯路。

十年生死两茫茫，不思量，自难忘
——世上最遥远的距离

十年生死两茫茫，不思量，自难忘。千里孤坟，无处话凄凉。纵使相逢应不识，尘满面，鬓如霜。

夜来幽梦忽还乡，小轩窗，正梳妆。相顾无言，惟有泪千行。料得年年肠断处，明月夜，短松冈。

——北宋·苏轼《江城子》

早在品读《诗经·邶风·绿衣》时，我就觉得，世界上最遥远的距离，有时候恰恰是生与死的距离。纵使再相爱，一为人，一为魂，现实不是聊斋爱情故事，一旦天人相隔，便是永远。

苏轼这首词悼念的是他的第一任妻子，王弗。王弗与苏轼是同乡，她父亲王方与苏轼的父亲苏洵亦是好友，因父辈的撮合，再加上二人本就互有好感，十六岁的王弗与十九岁的苏轼顺理成章结为连理。王弗本性纯善，与苏轼夫妻恩爱，侍奉长辈也谨慎知礼，婚后很长一段时间，他们的生活是极其幸福的。无论从什么方面看，苏轼与王弗的这段婚姻堪称金玉良缘。可惜，在陪伴了丈夫十一个春秋之后，王弗去世了。苏轼在《亡妻王氏墓志铭》写道："治平二年五月丁亥，赵郡苏轼之妻王氏，卒于京师。六月甲午，殡于京城之西。其明年六月壬午，葬于眉之东北彭山县安镇乡可龙里先君、先夫人墓之西北八步。"虽未曾像李煜那样，沉痛地在大周后墓碑上写下"鳏夫煜"，苏轼看似平静的话语下，所掩藏的痛苦不下于海上翻滚的浪涛。

相传，王弗和苏轼的这段姻缘，其中还有一个浪漫的小故事。苏洵送爱子苏轼到王方执教的中岩书院读书，中岩下有一泓绿水，苏轼见了，便说："好水岂能无鱼。"他拊掌三声，水中群鱼立刻跃了上来。王方请人为这泓绿水取名，苏轼与王弗的答案相一致，为"唤鱼池"。李商隐有诗云，"身无彩凤双飞翼，心有灵犀一点通"，苏轼与王弗能想到一块儿去，可见二人的心是十分默契的。他们婚后生活恩爱和谐，很大程度上与相投的志趣分不开。这也是为什么王弗去世之后，苏轼悲痛难耐的原因。他悼念妻子的这阕《江城子》可说是中国最著名的悼亡诗之一，尤其是“千里孤坟，无处话凄凉”一句，直白而心酸，感人肺腑。

王弗去世的十年间，也是苏轼最为坎坷的日子，仕途不如意，在朝中受到排挤，多次被贬。逢发妻十年忌日，他忽然特别怀念过去那段日子，生活平静而充实，妻子相伴，红袖添香。可这些终归是奢望，斯人已逝，唯留下千里之外一座孤独的坟头，在月夜怅然、凄凉。

写这阕词的时候，苏轼不过四十岁，然他在词中却形容自己“尘满面，鬓如霜”。人生的不如意，妻子的早逝，四十年间所经历的一切使他恍然觉得自己已经历尽沧桑，虽未过半百，饱受的各种心酸凄苦，却早已超过年岁。然而这一切，亡妻却不知道，她长眠地下，天人永隔，如何还能再相见呢？除非是梦中吧。曾经的自己，年轻气盛，文采斐然，哪里像现在这样落魄。若妻子还在世，就算见了面，她也必然认不出饱经风霜之后的他了。

遥记当年，王弗临窗梳妆，美丽如斯。那是她留在他心中最美的画面，春去秋来，时光匆匆，他却从没忘记过那一幕。即使她已经离开他十年，梦中相见时，他所看到的还是她临窗梳妆的场景。梦中的他回到了故乡，回到了他们年轻的时候，妻子依旧年轻美丽，灯下梳妆的她留给他最美丽的剪影。别后十年重逢，虽是梦中，依旧相对无言。他心中明明有千言万语，可到了这一刻却不知道该说些什么，唯有默默垂泪，希望梦能够长久一些，再长久一些。这让我想到了晏几道的一句词，犹恐相逢是梦中。就怕永远分别，只能在梦中相见啊。

所有悼亡诗中，论感情之深切，论话语之凄美，元稹的《离思》是我所认为的唯一能与苏轼的《江城子》相媲美的。除却巫山不是云，弱水三千，我却独取一瓢。

生离死别，无论是生离还是死别，都是令人再悲痛不过的事。若是死别，活下来的那一个，远比死去的那个要痛苦得多，因为在接下来的每一个日夜，他都要饱受相思的煎熬。

逝者已去，伊人不在，生死相隔，难寄相思。生生死死，其中的距离，岂止是一座奈何桥。

何处飞来双白鹭，如有意，慕娉婷

——山水烟波里，听画音

凤凰山下雨初晴，水风清，晚霞明。一朵芙蕖，开过尚盈盈。何处飞来双白鹭，如有意，慕娉婷。

忽闻江上弄哀筝，苦含情，遣谁听！烟敛云收，依约是湘灵。欲待曲终寻问取，人不见，数峰青。

——北宋·苏轼《江城子》

苏轼笔下的所有诗词，在我看来，最豪气者为《念奴娇·赤壁怀古》，最深情者为《江城子·十年生死两茫茫》，最哲理者为《和子由渑池怀旧》，最煽情者为《水龙吟·似花还是非花》，最绮丽者，便是这首《江城子·凤凰山下雨初晴》。

和苏轼其他千古名篇相比，这阕词的知名度可能要稍逊一筹，但是论词的本身，语言之绮丽，意境之华美，可以说是毫不逊色。传说，明代才女叶小鸾死后，父母因思念女儿，请了一位法师为女儿招魂，法师与小鸾的芳魂有这么一句对话：法师问小鸾，曾犯绮语否？小鸾回答：曾犯，团香制就夫人字，镂雪装成幼妇词。绮语即诗词绮丽，读到苏轼的“凤凰山下雨初晴，水风清，晚霞明”，我却很自然地联想到了这段对话。苏轼所犯的，可不就是法师口中的“绮语”吗。

熙宁五年（公元1072年），时任杭州通判的苏轼与已经八十多岁高龄的著名词人张先泛舟西湖，览湖上美景，闻江上筝声，遂作此词。说到张先的名句“心似双丝网，中有千千结”，怕是没几个人不知道。君子之交，不问年岁，只要志趣相投，黄口小儿或是白发老者亦何妨？苏轼和张先同属文人，虽年龄悬殊，但他们在西湖之上把酒言欢，诗词会友，恐怕比同辈之人更有话聊。

苏轼上任于杭州时，曾与不少友人同游过西湖，其中有男有女，有文人有歌伎。我很喜欢《泊宅编》中记载的他与钱塘名妓琴操游湖时候的一则小故事。据说，琴操原是官宦人家的女子，因父亲获罪而沦落风尘。她深谙佛经，通佛理，有才名，苏轼很喜欢她。一次，苏轼与琴操同游西湖，苏轼开玩笑说:“假设我是长老，你试着参禅。”琴操笑着答应。苏轼问:“什么是湖中景？”琴操答:“落霞与孤鹜齐飞，秋水共长天一色。”苏轼问:“什么是景中人？”琴操答:“裙拖六幅湘江水，髻挽巫山一段云。”苏轼问:“什么是人中意？”琴操答：“随他杨学士，鳖杀鲍参军。”苏轼问：“即是如此，到底会怎样？”琴操一下子回答不出来。苏轼便说：“门前冷落车马稀，老大嫁作商人妇。”苏轼一语惊醒梦中人，他本意是让琴操从良，但琴操却有自己的想法，她削发为尼，前往玲珑山别院修行去了。白居易一诗令关盼盼绝食而亡，苏轼一句话令琴操削发为尼，不得不佩服诗的感染力，短短几十个字，藏在其中的，却赛过长篇大论的大道理。

《江城子》这阕词所记载的，是发生在苏轼游西湖时的另一个小插曲。词上阕的景色描写,和他在《饮湖上初晴后雨》中所写的“水光潋滟晴方好，山色空濛雨亦奇”有些相似。凤凰山下，雨后初晴，经过雨水洗礼的湖上一片清新的气息,闻之心情舒畅。周遭云淡风轻,晚霞渐渐起来,明丽耀眼。正陶醉于湖光山色的他忽然注意到湖上一朵开过的荷花，她虽已过了最美的初放时节，但美丽依旧。花的美，不仅仅在她光鲜的外表，更在其内涵，何况是这被誉为花中君子的荷花呢。

美景尚在眼中，目不暇接，此时湖上传来一阵空灵的弹筝之声，声音之美,让人感觉到这弹筝之人必定是位容颜明丽的佳人,不仅人为曲子而醉,就连那对不知从何处飞来的白鹭，也似十分倾慕弹筝佳人的美丽，它们在湖上盘旋,徘徊不忍离去。只可惜这曲声太过哀婉,让人心中泛起一丝悲凉。湖上朦胧的雾霭听了，慢慢收敛而去，天上绚丽的云朵听了，也渐渐褪了颜色。如此哀婉的曲调，仿佛是湘水女神湘灵所奏，她默默诉说着自己的哀伤,无意感染他人,却在冥冥中唤起了他人的共鸣。这大概就是景中有曲,曲中有景了吧。

曲声不断，凄凄动人，和着山水间的雾霭烟霞，在来往之人的眼底与心中回荡。能有如此感染力，不知道弹筝人的真实容貌如何，恐怕闻曲声之人，无不想一睹芳容吧。一曲终了，曲终人散。弹筝女子飘然而去，再难听到任何关于她的声音。山水依旧美丽，湖上云淡风轻，水波粼粼，山色青青，只可惜失了曲声，早已没有了先前的意境。抬头望去，唯有青山屹立，倒映在水面之上。此时此刻，眼前的景色越美，越令人怅然。伊人远去，徒留景，景美，却失了旧时颜色。

《墨庄漫录》上说，苏轼词中的弹筝人约三十岁，虽不再年轻，但有着绰约的风姿,难怪她能弹奏出如此引人动情的筝曲。她应该是极仰慕苏轼的,据记载，弹筝女子已经嫁为人妻，见苏轼游湖便跟了上来，希望能以一曲换词一首，苏轼欣然答应，遂作此词。对于女子的外貌，文字记载的并不多，但是能被苏轼誉为湘水女神，女子长相必定不差。而且她的筝声如此传神，犹如仙乐，否则怎么配得上屈原笔下高洁美丽的湘夫人呢？

关于湘夫人的传说很多，一说是娥皇女英，一说是湘水的女神名字为湘灵，又说湘灵与湘夫人是两个不同的人。不过湘灵这一名讳却是很符合湘水女神的身份，湘灵，湘水的灵魂。苏轼用了湘水女神的典故，将弹筝女的曲声比喻出自湘灵之手，不失为对弹筝女的最高赞赏。

词的结尾，“欲待曲终寻问取，人不见，数峰青”乃是化用了唐代诗人钱起在《省试湘灵鼓瑟》中所写的“曲终人不见，江上数峰青”，而钱起的诗句则出自屈原《楚辞·远游》中的“使湘灵鼓瑟兮，令海若舞冯夷”。仙踪难寻，神仙给人的感觉总是缥缈若无的，曲声终了，弹筝人去，给人的感觉正是如此。伊人一去不复返，此地空余数峰青。

冰肌玉骨，自清凉无汗
——花不足以拟其色，蕊差堪状其容

冰肌玉骨，自清凉无汗。水殿风来暗香满。绣帘开，一点明月窥人，人未寝，攲枕钗横鬓乱。起来携素手，庭户无声，时见疏星渡河汉。

试问夜如何？夜已三更，金波淡，玉绳低转。但屈指西风几时来，又不道流年暗中偷换。

——北宋·苏轼《洞仙歌》

这首《洞仙歌》的女主角是后蜀皇帝孟昶的妃子，著名美女兼才女——花蕊夫人。苏轼似乎对花蕊夫人很有好感，作了这么一首词来形容她的绰约风姿。

花蕊夫人天人之姿，才华横溢，但历史上对她的评价却并不高，原因不外乎她的丈夫孟昶是亡国之君。其实，孟昶继位前期还算是个明君，他勤奋治国，注重农业，百姓生活日渐富庶，蜀国的实力也渐渐雄厚。到了后期，估计对现状太过满意了，孟昶不再像以前一样关心国事，他每日沉醉声乐，与宠妃花蕊夫人一起在后宫享乐，声色犬马，花样百出。

《洞仙歌》中所写，乃是夏日的晚上，孟昶与花蕊夫人在摩诃池上纳凉的情景。苏轼虽未亲眼见过花蕊夫人如花的容貌，但是民间所流传下来的那些歌颂花蕊夫人美貌的故事，再加上曾在蜀宫当过宫女的老妪的口述，成就了苏轼笔下“冰肌玉骨”的美女。

这位与苏轼口述旧时的老妪是一位尼姑，她自称曾是蜀宫中的宫女，曾亲眼目睹孟昶与花蕊夫人在摩诃池上纳凉的情形，她依稀记得当时孟昶为花蕊夫人写过的词中有“冰肌玉骨”一句，苏轼有感而发，遂成此词。

有一天晚上，孟昶拥着花蕊夫人在水晶宫享乐。因为心情好，他多喝了几杯，在酒精的作用下，晕乎乎躺在宠妃花蕊夫人的肩膀上小憩。佳人身上的香味丝丝缕缕传来，孟昶一下子睡意全无，面对良辰美景，他突然诗兴大发，马上吩咐宫人准备笔墨，填了一首词。只可惜时隔多年，老妪已经记不清孟昶所作的原词了。不过从孟昶和花蕊夫人在水晶宫避暑的排场来看，苏轼用“冰肌玉骨，自清凉无汗”来形容花蕊夫人，确实一点都不过分。

《洞仙歌》的上阕所展现的尽是花蕊夫人的美丽姿态。明代诗人张潮说:“所谓美人者，以花为貌，以鸟为声，以月为神，以柳为态，以玉为骨，以冰雪为肤，以秋水为姿，以诗词为心，吾无间然矣。”在这些条件中，花蕊夫人几乎全占了，以冰雪为肌肤，以玉为骨，自是不必说，她天生丽质，容貌姣好，不正是以花为貌么？她风姿绰约，能歌善舞，可不就是以柳为态，以鸟为声么？她是五代十国出了名的才女，心有七窍，完全符合“以诗词为心”这一点。苏轼借明月的“窥探”来表达花蕊夫人的美好,她“钗横鬓乱”，于帘中小憩，虽是残妆，风韵却更甚。

词的下阕，写的是夜深人静之时，孟昶携花蕊夫人的手，一同步于庭院中，抬头仰望星空。花前月下，繁星漫天，执子之手，与子偕老。若无亡国之事，想必孟昶与花蕊夫人会如约到白头，这样一个美丽且富有才情的女子，谁会不喜欢呢。

除了花蕊夫人，历史上还有另一个“冰肌玉骨”的美人，便是蜀汉刘备的皇后甘夫人，也是阿斗刘禅的生母。

甘夫人是三国著名美人，她最为出名的不是她的容貌，而是白玉一般无瑕的肌肤。史书记载，甘夫人“玉质柔肌，态媚容冶，先主召入绡帐中，于户外望者，如月下聚雪”，莫说在古代，就算是科技如此发达的现在，也很难保养得这么好啊。刘备对甘夫人十分宠爱，当时他得到一个三尺高的玉人，晚上在月光下，他把玉人和不着一缕的甘夫人放在一起，想看看哪个更白，结果发现甘夫人和玉人一样洁白，毫无二致。古代美女中，论肌肤最美，怕是当属甘夫人无疑了。

女儿是水做的骨肉，美人之极致，莫过于冰肌玉骨加花容月貌。

月地云阶漫一樽，玉奴终不负东昏
——梅花留影，幽香返魂

月地云阶漫一樽，玉奴终不负东昏。临春结绮荒荆棘，谁信幽香是返魂。

——北宋·苏轼《次韵杨公济奉议梅花》

写梅花的诗词中，怕是找不到比林逋的“疏影横斜水清浅，暗香浮动月黄昏”更扣人心弦的了。林逋以梅为妻，以鹤为子，终身与梅花相伴的他自然能写出梅花的精髓之美。他以两首《山园小梅》歌颂了梅花的外形与风骨，也让人认识到了梅花凌寒傲雪独自开之外的另一个美丽之处，即梅花的幽香。这一点与苏轼的诗是一致的，虽角度不同，但他们都使笔下的文字散发出了梅花的香味。

我所喜欢的另外一首和梅花有关的诗是南宋诗人卢梅坡的《雪梅》，他的名字也很有意思，梅坡，种满梅花的山坡。不过这应该不是他本来的名字，古代文人都喜欢给自己取号，卢梅坡必定是对梅花有着独特的喜爱之情，才会以此为名：

梅雪争春未肯降，骚人阁笔费评章。梅须逊雪三分白，雪却输梅一段香。

卢梅坡将梅花与梅花属于同一季节景色的雪作对比，较之白雪，梅花不够白，较之梅花，白雪不够香。卢梅坡完全写出了梅花的神韵，不过归根究底，他的侧重点与林逋和苏轼相同，便是梅花的香了。

苏轼这首诗如其题，写的自然是梅花，可诗的灵魂却是那个和梅花一样凋零，徒留幽香一缕的女子，潘玉儿，也就是诗中的“玉奴”。

犹记当年金陵城歌舞升平，纸醉金迷，六朝粉黛，处处笙箫，留下了太多奢华与靡丽的传说，潘玉儿便是金陵最美的传说之一。

据说潘玉儿本名俞妮子，她自幼贫寒，却长得一副花容月貌。她的母亲是太子萧宝卷的奶妈，萧宝卷经常听奶妈夸耀自己女儿的美丽，等到他当了皇帝，便下旨让奶妈把女儿领进宫看看。本以为平民家的女儿不会美到哪去，结果一见俞妮子，萧宝卷就被她迷得神魂颠倒，喜欢得不得了。

萧宝卷见眼前的美人皮肤晶莹如玉，又因之前听说宋文帝有潘妃而得以在位三十年，就让俞妮子改名为玉儿，赐潘姓。

说起潘玉儿的美，排在第一的自然是她的一双美足了。金莲之称就始于潘玉儿，传说她的一双脚柔弱无骨，状如春笋，美妙无比。萧宝卷特意为了修了一座玉寿殿，在宫殿的地上贴上纯金打造的花瓣，然后让潘玉儿赤脚在花瓣上行走。潘玉儿体态轻盈，婀娜多姿，仿佛踏着金莲的仙女。萧宝卷在一旁看得心神荡漾，直夸潘玉儿，道："仙子下凡，步步生莲。"步步生莲的成语就是因此而来。

要说萧宝卷有多宠潘玉儿，连三千宠爱在一身的杨贵妃都会自愧不如。有一次，萧宝卷到伯父萧赜在位时所建的青楼游玩，注意，此青楼不是彼青楼，而是因为楼房周身都涂着青漆，没有任何金银装饰，故得此名。萧宝卷很不屑，对随从说："这是什么破房子，为什么不镶嵌上琉璃？"确实，比起他为潘玉儿所建的玉寿殿，青楼简陋得简直就像间茅草屋。玉寿殿以白玉黄金为装饰，包括墙壁上的字画，全都是用纯金打造的。

光是这些物质上的恩宠，就足以让其他嫔妃嫉妒得牙痒痒，但这只是其一，还有更惊人的。

一日，萧宝卷来到阅武堂，他觉得这地方太过庄严了，又想到潘玉儿喜欢园林草木，就下令将阅武堂改为芳乐苑，重新装饰，又从各地挖来大树移植到这里，在地面上全铺上绿草，夏日炎炎，大树很难存活，死了又种种了又死，反反复复不知道几次。

潘玉儿喜欢儿时热闹的市井生活，萧宝卷就命人在皇宫中修建了一个集市，让太监宫女们充当小贩和百姓在街上做买卖，十分逼真。潘玉儿是宫中集市的管理员，萧宝卷则是潘玉儿的助理，他吩咐宫人们故意发生一点纠纷，吵吵嘴打打架，然后他把打闹之人带到潘玉儿面前，让她来裁决。潘玉儿特别喜欢这样的游戏，每天都喜笑颜开。萧宝卷又在宫中挖了条河，在码头处建了酒家和肉店，潘玉儿学卓文君当垆卖酒，萧宝卷就在她对面的肉铺里卖肉，玩得不亦乐乎。对此，大臣们怨声载道，百姓们也编了歌谣来讽刺他们："阅武堂，种杨柳，至尊屠肉，潘妃沽酒。"

潘玉儿曾生了位公主，百日就夭折了，为了祭奠小公主，萧宝卷穿着粗布麻衣，不再观赏歌舞，天天吃粗糙的素食。他自愿充当潘玉儿的奴仆，为她端茶送水，供她使唤。潘玉儿坐在华美的轿子里出游，他鞍前马后伺候，十分周到。而潘玉儿才不会因为萧宝卷是皇帝就假装顺从他，只要一不称心，她就会像对待真正的奴仆一样，对萧宝卷又打又骂。萧宝卷非但不怪罪，还甘之如饴，见了潘玉儿依旧毕恭毕敬的，十足一个妻管严。

的确，萧宝卷不是一位好皇帝，甚至完全可以说他是个昏君，但是他对潘玉儿的爱却是出自真心，这样视若珍宝的对待，有哪个女子不嫉妒？

不久之后，萧衍统率大军杀进了都城，废了萧宝卷，改立萧宝卷的弟弟萧宝融为皇帝。萧宝卷被封了一个耻辱的称号——东昏侯。潘玉儿则被视为祸水，很多大臣上奏要杀了她。最终，她被赐给将军田安启为妻。潘玉儿心里装着萧宝卷，不愿苟且偷生，大婚之夜便自缢死了。按理说在后宫中享受惯了的女子，不会有视死如归的勇气，偏偏潘玉儿做到了。正如苏轼诗中所说，她终究没有负了萧宝卷。另，宋朝无名氏诗人也做过一首类似的词《鹧鸪天》：

雪屋冰床深闭门，缟衣应笑织成纹。雨中清泪无人见，月下幽香只自闻。

长在眼，远销魂。玉奴那忍负东昏。隅然谪堕行云去，不入春风花柳村。

我对潘玉儿是颇有好感的。在我看来，她只是一个被宠坏的小女孩，有人宠自然是好事，她当然不会不乐意。再者，她出生市井，不懂国家大事，不能指望她像长孙皇后一样成为一代贤后。单凭她以死追随萧宝卷这一点，就很令人佩服。后宫妃嫔，能做到随心爱之人赴死的，又有几个呢？

六朝金粉，笙箫别离。临春结绮，幽香返魂。

细看来，不是杨花，点点是离人泪
——碧空飞絮洒离愁

似花还似非花，也无人惜从教坠。抛家傍路，思量却是，无情有思。萦损柔肠，困酣娇眼，欲开还闭。梦随风万里，寻郎去处，又还被、莺呼起。

不恨此花飞尽，恨西园、落红难缀。晓来雨过，遗踪何在，一池萍碎。春色三分，二分尘土，一分流水。细看来，不是杨花，点点是离人泪。

——北宋·苏轼《水龙吟》

杨柳杨柳，自古以来，无论是在诗词还是在其他文学作品中，杨柳这两个字总是会一起出现。如果抠着来算，单个的“杨”字指的是杨树，《说文解字》云:杨，杨木也。比如《白杨礼赞》所歌颂的白杨，还有“千年不死，死后千年不倒，倒后千年不朽”的胡杨，都是属于杨树一类的。《尔雅》中对杨的解释是蒲柳，即水杨。但是蒲柳不是我们平时经常见到的垂柳，而是一种丛生的灌木，因为太过衰弱，是古代文人很不喜欢的一种植物，白居易有诗：“蒲柳质易朽，麋鹿心难驯。”再比如，古代女子谦逊时候常说的一句话就是“妾蒲柳之姿”，大概意思是“我容貌粗鄙，不足入你的眼”。

也正是因为杨与柳有着千丝万缕的联系，自古人们都很习惯性地用“杨柳”二字来称呼柳树，先秦时期，《诗经 · 采薇》中就有“昔我往矣，杨柳依依，今我来思，雨雪霏霏”，还有柳永的“今宵酒醒何处，杨柳岸晓风残月”，刘禹锡的“杨柳青青江水平，闻郎江上唱歌声”，等等。所以，杨花其实就是柳絮。韩愈的诗《晚春》，“杨花榆荚无才思，惟解漫天作雪飞”，所描写的正是杨花满天飞舞，状似飞雪的场景，大概也是受了咏絮才女谢道韫的影响吧。然苏轼在这首《水龙吟》中所描写的杨花，是我认为唯一能与谢道韫的柳絮相提并论的。“春色三分，二分尘土，一分流水。细看来，不是杨花，点点是离人泪”，“未若柳絮因风起”，把这两句诗并在一起，仿佛突然生出一种漫天柳絮飞舞的浪漫感。

美则美矣，但归根结底，杨花并不是真正意义上的花。花是个很美的字眼，无论是谁，“花”字脑中浮现的莫不是五颜六色竞相绽放的美丽植物：富贵的牡丹，高洁的莲花，清幽的兰花，浪漫的桃花，坚韧的梅花……且不说这些不仅外表美且带着香味的花，就是跟普通得不能再普通的野花相比，杨花都是望尘莫及的。一旦到了刮风的时候，杨花才能真正展现她的美，一生仅此一次，短暂如绚烂的烟花。很多人都见过飞絮的场景，较之“美丽”，或许用“浪漫”二字来形容她更加贴切。飞舞的杨花下，最适合上演的就是才子佳人山盟海誓的场景了：执子之手，与子偕老；愿得一人心，白首不相离。

其实，杨花和蒲公英很像，杨花只是她的一种称呼，严格算来并不是花。所以，苏轼才会说她“似花还是非花”。苏轼很喜欢柳絮入水化作浮萍的典故，故而将其入诗，成了“晓来雨过，遗踪何在？一池萍碎”。这首词的本身，又何尝不跟杨花一样，美而柔呢？

似乎苏轼对柳絮很有好感。他不仅喜欢“柳絮入水化浮萍”，甚至觉得，“柳絮入泥”也能入诗。苏轼与当时一位很有名的诗僧参廖有来往，他被贬到黄州的时候，参廖前去探望。一次吃饭的时候，苏轼让在座的官伎马娉娉向参廖讨诗，参廖即兴作了一首：多谢尊前窈窕娘，好将幽梦恼襄王。禅心已做粘泥絮，不逐春风上下狂。苏轼听完，笑着说：“我曾经看见柳絮飘入泥中，就对人说可以把这一场景写进诗中，没想到被你抢先一步，可惜啊。”

苏轼写杨花，却又不仅仅是为了咏杨花，而是借杨花喻人，词的灵魂，是一位杨花般的思妇。“萦损柔肠，困酣娇眼，欲开还闭”，不正是思妇的一怀愁绪么。她痴痴想念着心上人，摧心肝，枉断肠，明明很困了，却还要强忍着睁开眼睛，似乎是在期盼她所思念的人早日归来。但她终究因为太过困倦，昏昏沉沉睡了过去。在梦里，她像杨花一样飞了起来，飞到万里之外去寻找心上人。可恼窗外的莺儿偏偏在这个时候啼叫，扰了她的美梦。她无奈地走到窗前，望着园中春败的景象，心头无边的愁绪又开始膨胀了。看这西院中，芳菲落尽，百花凋零，一派萧瑟的景象。无论曾经有多美，等到了岁月的尽头，终归是要落入泥土之中的，花如此，人也如此。可怜了她的青春年华，若最美的时候不能与心爱之人长相厮守，到老了也只能像落花一样，终了残红。或许，她也有过和林妹妹一样，将花收拾了埋入土中的想法，可这又能如何呢？凋谢了始终都是凋谢了，大雨过后就不会留下任何痕迹。一池浮萍碎，梦难圆。

苏轼写这首《水龙吟》的初衷，是因为他的好友章质夫写了一首很有名的同名咏杨花词：

燕忙莺懒芳残，正堤上、柳花飘坠。轻飞乱舞，点画青林，全无才思。闲趁游丝，静临深院，日长门闭。傍珠帘散漫，垂垂欲下，依前被、风扶起。

兰帐玉人睡觉，怪春衣、雪沾琼缀。绣床旋满，香球无数，才圆却碎。时见蜂儿，仰粘轻粉，鱼吞池水。望章台路杳，金鞍游荡，有盈盈泪。

苏轼便依照原韵写了这一首，寄给章质夫。不难发现，苏轼和章质夫的《水龙吟》，每句词的最后一个字是相同的。分别是坠、思、闭、起、缀、碎、水和泪，写这类词比随兴发挥要难得多，个人觉得，与章词相比，苏轼的《水龙吟》却还是占了上风，压倒了好友章质夫。不为其他，光是结尾“春色三分，二分尘土，一分流水。细看来不是杨花，点点是、离人泪”就足以用妙不可言来形容。

一池萍碎，离人未归，徒留杨花泪。

人生到处知何似，应似飞鸿踏雪泥
——漫漫人生何所为

人生到处知何似，应似飞鸿踏雪泥。泥上偶然留指爪，鸿飞那复计东西。
老僧已死成新塔，坏壁无由见旧题。往日崎岖还记否，路长人困蹇驴嘶。

——北宋·苏轼《和子由渑池怀旧》

嘉祐元年（1056 年），苏洵带着两个儿子苏轼和苏辙入京参加科举考试。经过河南渑池时，苏轼骑的马在渑池西边的二陵死了，他别无他法，只好骑着毛驴继续在崎岖的山路上前行。到了晚上，他们在一座寺院留宿，寺中的和尚很殷勤地招待了他们。当时苏轼、苏辙两兄弟有感而发，在寺院内的墙壁上题过诗。

上述之事，涉及古人的两个习惯。古时候虽然有客栈，但毕竟没现在来得多。再者，古代不是处处都有城郭的，每逢科考前后，路上的客栈经常是人满为患。所以，当时的人还有一个解决住宿问题的方法就是睡寺院，其中有破旧无人的荒寺，也有香火旺盛的名寺。和尚是基本不会拒绝前来借宿的行人的。

"墙壁题诗"又是古人的另一个习惯了，苏轼的《题西林壁》就是题在墙壁上的诗，还有林昇那首很有名的讽刺南宋朝廷的《题临安邸》，也是写在一家旅馆墙壁上的诗。虽本质有那么点相似，但是古人墙壁题诗比后人乱涂乱画写"某某到此一游"之类的话要文雅多了。

嘉祐六年（1061 年），苏轼兄弟二人都得偿所愿，考取了功名，有了官阶。苏辙留在京城帮助父亲修礼书，苏轼则前往一个叫凤翔的地方担任大理评事。苏辙送兄长至郑州西门外，二人告别之后，苏轼心生感慨，写下了一首诗：

不饮胡为醉兀兀，此心已逐归鞍发。归人犹自念庭闱，今我何以慰寂寞。
登高回首坡垅隔，惟见乌帽出复没。苦寒念尔衣裳薄，独骑瘦马踏残月。
路人行歌居人乐，僮仆怪我苦凄恻。亦知人生要有别，但恐岁月去飘忽。
寒灯相对记畴昔，夜雨何时听萧瑟。君知此意不可忘，慎勿苦爱高官职。

写完之后，苏轼把诗寄给了苏辙。苏辙收到诗的时候，按照路程来算，猜想兄长应该到渑池县了。他想到了六年前曾经和父兄借宿渑池寺院，并且在院内墙壁上题诗的事，想起六年来的种种，人生匆匆，恍如一梦，于是写下《怀渑池寄子瞻兄》：

相携话别郑原上，共道长途怕雪泥。归骑还寻大梁陌，行人已渡古崤西。

曾为县吏民知否，旧宿僧房壁共题。遥想独骑佳味少，无言骓马但鸣嘶。

诗中提及六年前的渑池旧事，说了不少人生感悟。遥想当年，他们虽然也曾“长途怕雪泥”，但好歹兄弟二人有伴，可以“共道”。如今兄长一人独自出行，少了亲人的陪伴，自然也就“佳味少”了。人生在世，很少有谁能够不被命运所摆布，做人就是如此，谁能没有无奈呢。

苏轼读到弟弟的来信，往事瞬间浮现在眼前。那时的他还正年少，没有经历乌台诗案，也没有多次被贬，所经历的坎坷还不足以说一通大道理。可偏偏苏轼回寄给苏辙的这首诗中，字数不多，却字字透出哲理。后人对这首诗诟病很大，说它不像和诗，我只是爱诗的本身，尤其是“人生到处知何似，应似飞鸿踏雪泥”，实在太有深意了。

写这首诗的时候，苏轼旧地重游，只可惜当年接待他们的老和尚奉闲已经去世，他们兄弟题诗的墙壁也坏了，寺院中的和尚替奉闲盖了一座新塔用来放骨灰。记得曾经，山路崎岖坎坷，驮着他的驴累得直叫，也正因为如此他们才会在寺庙借宿。一切看似偶然，又似乎冥冥中注定。这些回忆和感悟，苏轼全部写进了诗中。

世事无常，还有什么能比人生变幻来得快？人生在世，留下足迹的地方千千万，就像鸿鹄在雪地里印下爪痕，不过是偶然为之。鸿鹄四处飞的时候，它并没有事先计划着要去哪里，这些都是没有定数的。人生也是这样，没有什么事是一定的啊，与天地相比，人太过渺小，如沧海一粟。

因苏轼的“人生到处知何似，应似飞鸿踏雪泥”，便有了雪泥鸿爪这个成语，短短四个字，浓缩的却是苏轼整首诗的含意。人生在世，究竟能留下多少痕迹让后人评定呢？我们自然预测不到自己的未来，但起码苏轼的“雪泥鸿爪”已经深深刻在历史上了，并且永远不会随着冰雪而融化。

竹杖芒鞋轻胜马，谁怕？一蓑烟雨任平生
——何惧风中烟雨行

莫听穿林打叶声，何妨吟啸且徐行。竹杖芒鞋轻胜马，谁怕？一蓑烟雨任平生。

料峭春风吹酒醒，微冷，山头斜照却相迎。回首向来萧瑟处，归去，也无风雨也无晴。

——北宋·苏轼《定风波》

曾读苏轼的《赤壁赋》，觉得他不仅是一个文学家，还是一位哲学家。不过偶尔泛舟游个湖，一般人看到的是山水风光，他感悟出的却是“盖将自其变者而观之，则天地曾不能以一瞬；自其不变者而观之，则物与我皆无尽也”，庸俗而碌碌无为之人，怕是三生三世都悟不出这个道理。这也难怪，苏轼生平结交了不少僧人朋友，比如成都大慈寺的惟庆、惟简两位高僧。近朱者赤近墨者黑，常年与得道高僧来往，悟性自然要比一般人高，这对他写文赋诗有很大的影响，我们所看到苏轼的诗词文章中，经常提到一些高深的哲理，大概也是与僧人来往而悟。

《定风波》是苏轼其中一首阐述人生哲理的诗词。这阕词的前面还有一段序言：“三月七日，沙湖道中遇雨。雨具先去，同行皆狼狈，余独不觉。已而遂晴，故作此。”换句话来说，其实就是苏轼在路上淋了雨之后写下的一段感悟。

那一日苏轼外出，回家途中突然下起了瓢泼大雨，雨点穿过树林，打在叶子上，啪啪作响。没带雨具的苏轼被淋得跟落汤鸡似的，十分狼狈。然心境开阔的他并没有被这场大雨影响了心情，而是一边悠闲地继续往前行走，一边吟唱着诗歌。

有必要提一下词中所说的“吟啸”，我曾糊涂地把“啸”和“哮”字弄混，其实这两个字的意思差远了。“啸”在古代又称“长啸”或“啸咏”，是一种吟唱诗歌的方式。《说文解字》的解释是，啸，吹声也。魏晋那些风流倜

傥的名人雅士们就喜欢啸咏，《世说新语》中经常提到他们这一爱好。令我意外的是，魏晋的女子也喜欢啸咏，女子之啸跟男子之啸又有着不同之处。魏晋名士层出不穷，文学之风盛行，魏晋人喜欢吟诗唱词太正常不过了。但“啸”却并非魏晋人首创，诗经中就有着关于“啸”的记载，如《诗经·召南·江有汜》中的“之子归，不我过，其啸也歌”。

苏轼既是名士，又是雅士，少不了有跟魏晋风流才子们一样的爱好，那便是“啸咏”。瓢泼大雨，泥泞小道，再狼狈也改变不了他一颗超凡脱俗的心，他就这样拄着拄杖，踩着草鞋，披着蓑衣，在雨中且歌且行，怡然自得。只要心情好，竹杖芒鞋比骏马还来得轻快，蓑衣一披，足以在雨中潇洒一生。有如此豁达的心境，苏轼不愧是得道高僧的挚友。

之所以能保持这样的心态，除了与僧侣们的交往感悟之外，还有就是政治生活的磨难。苏轼仕途一直不顺畅，尤其是那一场专门针对他的文字狱“乌台诗案”，他在牢狱中受尽了折磨，好不容易出狱，又遭遇贬谪。苏轼的很多传世名篇都写于被贬到黄州之后，比如这首《定风波》。大概就像孟子所说的，“故天将降大任于斯人也，必先苦其心志，劳其筋骨，饿其体肤，空乏其身，行拂乱其所为，所以动心忍性，增益其所不能”，经历重重坎坷与波折后的苏轼仿佛脱胎换骨一般，悟出了许多先前未曾想到的人生哲理。定居黄州后的苏轼，竹杖芒鞋，一身蓑衣，甚至亲自下地耕种，这样的他哪还有一点像朝廷官员，简直是一位地地道道的农民。而苏轼似乎还很享受这种平民百姓的生活，日出而作，日落而息，这比在官场上尔虞我诈拉帮结派，不知道幸福多少倍。

苏轼词中的风雨也意有所指，一蓑烟雨任平生，说的不仅仅是自然界的狂风暴雨，也指仕途中的挫折和磨难。他就像高尔基笔下迎风飞翔的海燕，一边飞还要一边高喊，让暴风雨来得更猛烈些吧，因为我根本不怕。

一场风雨过后，天慢慢晴了。吹来的春风中微微带着寒意，他哆嗦了一下，酒也随之而醒了。苏轼还真是个酒鬼，去哪里都不能没有美酒相伴，也亏得他酒量好，不然暴风雨中醉倒在路上，不被冻出病来才怪。他抬头看了看挂在山那边的夕阳，又回头看了看自己迎着风雨走过来的那条路，心里有种莫名的了然。人人都说雨过天晴，可是在他心中，风雨并非风雨，既然没有风雨，又何来晴天？只要心境始终如一，他根本不会受外界的影响。刮风下雨也好，夕阳斜照也罢，对他来说都是一样的。

“回首向来萧瑟处，归去，也无风雨也无晴”，若能做到心境不变，就算是天真的塌下来，也不会像杞人一样畏畏缩缩。佛学中经常有一些深奥的道理，修行者尚且不能完全参透，苏轼却能悟出来，尤其在经历过那么多人生劫难之后。既无风雨，何来晴天，又何惧行走在风雨中呢？

金风玉露一相逢，便胜却人间无数

——望眼欲穿

纤云弄巧，飞星传恨，银汉迢迢暗度。金风玉露一相逢，便胜却人间无数。

柔情似水，佳期如梦，忍顾鹊桥归路。两情若是久长时，又岂在朝朝暮暮。

——北宋·秦观《鹊桥仙》

这首词无疑是秦观被传唱最多最久的一首。各式各样的评论已经多的数不胜数。词中所讲述的，是大家耳熟能详的牛郎和织女的人仙之恋的爱情故事。故事无关悲喜，却留给了后人无数的遐想。又是每年七月初七，鹊桥相会的一段。

七夕，又称乞巧节。在古代女儿家都要在当月拜七姐，求七姐保佑她们找到一个如意郎君。

幼时老人说起这段，我常常在心中嘲笑，织女本为仙女，连自己的命运都不能挣脱，又何来能力帮助大众女子呢？后来，有人告诉我，也许正是因为织女自己的不幸，她才希望如她一般的女子，都可以找到真心所在的男子，成就美好姻缘。

是呀，每个女子心中都会有一个奢望，对于未来婚姻、未来夫君的奢望。无论是骑着高头大马的英俊将士，还是风度翩翩的少年才子，抑或是踩着七彩祥云的神秘人物，都是一种对未来的美好期望，正是因为有了这种美好的期望，才让生活多姿多彩了起来。

古往今来，女人的愿望似乎千百年来不曾改变，渴望被人细细珍爱，温柔保存，不需要孤苦无依，充满了安全感和归属感。看似一个呢喃一般的渴求，却总是被辜负的多，被珍惜的少。

我不是在悲观人生，苛刻爱情，只是这世界的事，往往起因缘于求，因为想求得，才会付出，以为付出，就可以得到所求。偏偏事不随人愿，天天在上演误会、错过、蹉跎……最后想要的没有得到，付出成了怨怼，痴男怨女多了，金风玉露少了。

有的时候，我会想是真的痴男怨女多了，还是因为我们的心态变了，因为渴求的越来越多，便越来越不满足了。也许一开始付出只是为了得到芝麻，再看见芝麻的时候，想着真小，接着便要想得到樱桃，看见樱桃后又想不够大，便又想要得到桃子，就这样一路走来，从芝麻变成樱桃，从樱桃变成桃子，从桃子变成柚子，从柚子变成西瓜……一点一点的累加，一次一次的不满足。最后西瓜碎落，成一地红花，什么都没有，相思成灰，都皆空。

而牛郎和织女呢，织女私自下界，嫁于凡人为妻，她一开始就晓得这段日子是偷来的，是本不该属于她的。每一日每一刻每一秒都过得小心翼翼，都过得不许自己后悔，全心全意地付出，全心全意地爱，因为无望，没有奢求过牛郎什么，只要这样就好。那段日子的美好，想来就是后来支撑织女在寂寞天宫度过漫长天光的慰藉吧。

越是这样濒临破碎的爱恋，越是这样无望不求的付出，越是超出意料之外的结果。被抓回天庭的织女，本想着就这样过悠悠千载，却不知牛郎不畏艰险地追随而来，那一瞬间的震撼，即便是想到也是不能表达的，那一刻什么言语都是空的，流转在两人之间的真情已经成了一股坚韧的纽带。

接着就是大胆的抗争，各种的冷漠和各种的冷酷，两个看似要无望的人，最后换来了一年一次的鹊桥相会。积累了一年之久的情爱，在那一日才能纾解。“金风玉露一相逢，便胜却人间无数。”好美，那一刻，什么都不需言语，只一眼便是千年了。

也许正是因为这样的不完美，才显得出爱情的完美。只要两情至死不渝，又何必贪求卿卿我我的朝欢暮乐？这一惊世骇俗、震聋发聩之笔，使全词升华到新的思想高度。

秦观的正妻叫徐文美，而非传说中的苏小妹。这是他自己在为岳父写的文章里交代的。他的岳父是高邮一位姓徐的富商，因为有点钱，捐了一个主簿的官当，生了三个女儿，分别叫徐文美、徐文英、徐文柔。秦观在《徐君主簿行状》一文末尾说：“徐君女三人，尝叹曰：子当读书，女必嫁士人。以文美妻余，如其志云。”

关于其妻就是点了一下名字而已，在秦观的诗文中提及不多。例如《临江仙》：

髻子偎人娇不整，眼儿失睡微重。寻思模样早心忪。断肠携手，何事太匆匆。

不忍残红犹在臂，翻疑梦里相逢。遥怜南埭上孤篷。夕阳流水，红满泪痕中。

再如这一首《满庭芳·茶词》：

北苑研膏，方圭圆璧，名动万里京关。碎身粉骨，功合上凌烟。尊俎风流战胜，降春睡、开拓愁边。纤纤捧，香泉溅乳，金缕鹧鸪斑。

相如方病酒，一觞一咏，宾有群贤。便扶起灯前，醉玉颓山。搜揽胸中万卷，还倾动、三峡词源。归来晚，文君未寝，相对小妆残。

都说秦少游是少年书生，风流才子，赢得青楼薄幸，有了相爱的妻子，却不忘那些红粉绿柳。我不为他辩解，但是，我能理解他心中的苦闷，得不到一个可以身心共鸣的红颜知己，生活在屡屡不得志的官场之中，才华横溢，心比天高的少年才子，只能留恋在烟花柳巷里，过着夜夜笙歌，醉生梦死的日子，逃避清醒时的苦闷和不能诉说。

当然理解不代表认同，就好像此词，看似千古一唱，却带着他独有的逃避颓废，那句“两情若是久长时，又岂在朝朝暮暮”，不知是不是他哄骗那个痴心女子的醉话呢。

一川烟草，满城风絮，梅子黄时雨
——凌波生尘，梅子问情

凌波不过横塘路，但目送，芳尘去。锦瑟华年谁与度？月桥花榭，琐窗朱户，只有春知处。

飞云冉冉蘅皋暮，彩笔新题断肠句。试问闲愁都几许？一川烟草，满城风絮，梅子黄时雨。

——北宋·贺铸《青玉案》

贺铸的文字，总是带着一种细微的柔情美，如温柔女子缓缓行于水畔，凌波微步，目尽忧愁，印于瞳孔间的是青草满川，柳絮纷飞，还有梅子成熟时节的细雨纷飞。此般婉约，仿佛他的词天生就取之于江南山水，抹不掉迷蒙的烟波，带不去眉梢的轻蹙。

因“一川烟草，满城风雨，梅子黄时雨”这句词，贺铸得了个雅号，叫做贺梅子。似乎古人若有脍炙人口的诗句，常会被以此冠名，秦观曾在《满庭芳》中写过一句词：“山抹微云，天连衰草，画角声断谯门。”苏轼便称他为“山抹微云君”。较之“山抹微云君”，贺铸“贺梅子”更加形象简练，大有“谁人不识‘梅子黄时雨’”之势。

“试问闲愁都几许？一川烟草，满城风絮，梅子黄时雨”是贺铸的成名句。这是一句设问，问：心中有多少愁？答曰：我的愁多得好似烟雨中的满地青草，随风飘散的满城飞絮，梅雨时节的纷纷雨滴。这个答案听着有点像是在耍赖皮，说了那么多，根本就没具体数字呀！然而，都说了这么多，你还能不知道我心中究竟有多少愁吗？那根本就是无边无际的，连我自己都不知道确切数目呀！且不说青草与风絮，光是黄梅时节的雨就足够多了，如牛毛如细丝，淅淅沥沥，看似永远也下不完。而且以雨喻愁，说不出有多贴切。好的心情像灿烂的阳光，那一怀愁绪，可不就是朦胧的小雨吗？

说到以雨喻愁，不得不提秦观这首《浣溪沙》：

漠漠轻寒上小楼，晓阴无赖似穷秋，淡烟流水画屏幽。

自在飞花轻似梦，无边丝雨细如愁，宝帘闲挂小银钩。

漫天如丝的细雨，多而稠密，朦朦胧胧，恰似笼罩在心头的愁绪，怎么赶也赶不走。只是，无端端的，何来这么多忧愁？

当年，贺铸闲居苏州横塘，邂逅了一位姑娘，孰料仅仅是一面之缘，姑娘的倩影就像一颗种子，在他心中生根发芽，肆虐而张扬地生长，贺铸从此相思成疾，又因相思而生愁。"凌波不过横塘路，但目送，芳尘去"说的就是他与姑娘相遇的情形,此句乃是化用曹植《洛神赋》中的经典名句"凌波微步，罗袜生尘"。不光是诗句，贺铸的这段浮萍般飘摇无根的恋情，与曹植对甄宓的思念，何其相似。

据说，甄宓不仅貌美，而且举止优雅，通晓诗文，曹家父子均对甄宓一见倾心，曹植以随身玉佩相赠，以示心意，甄宓亦爱慕曹植的才华与气度。只可惜造化弄人，甄宓后来嫁给了曹丕，曹植黯然神伤。后来曹丕当上皇帝，甄宓遭到曹丕另一个侍妾郭女王的陷害，被曹丕赐死，死的时候被发覆面，以糠塞口，甚是凄惨。也就是在甄宓死的那一年，曹植回洛阳朝见兄长，他见到甄宓的儿子、太子曹叡，想起了惨死的甄宓，伤心难耐。曹丕不知出于什么心理，居然把甄宓生前用过的玉缕金带枕送给了曹植。有人说,《青玉案》是贺铸写给他妻子的，因为贺铸长得其貌不扬，他妻子看不上他。我倒觉得不像，只因"锦瑟年华谁与度"一句。联系前文，意思大概是，我目送你远去，只是不知道如今你与谁共度这锦瑟年华。若真是写给妻子的，贺铸就不该有此一问。贺铸对这位远去的佳人，很有可能是单相思。他们之间的爱情多多少少有种虚无缥缈之感，一如曹植对甄宓的爱。锦瑟无端五十弦，一弦一柱思华年。他终究不能成为与她共度年华的那个人，眼看她渐渐消失在自己的视线当中，他以笔记下，大约，只有春知道她的归处。

佳人一去不复返，她这一去，带走的还有贺铸的相思之魂。忍不住想到了聊斋中的一个故事,《阿宝》:

有个名士叫孙子楚，长了六个指头，为人比较迂讷，很多人都说他痴傻。当地有个富人，生了个美丽女儿叫阿宝。富人为阿宝选夫婿的时候，有人捉弄孙子楚，叫他去提亲，孙子楚就真去了。阿宝听说了之后，开玩笑说，如果孙子楚砍了他多余的手指就嫁给他，孙子楚回家立刻把那个指头给砍了，阿宝却没认账。过了些时日，阿宝出游，孙子楚被一群人哄着去看她，谁知这一见面，孙子楚完全变了个人，整日不说话，家人急了，赶紧替他招魂。孙子楚醒来之后，说自己一直在阿宝家，还能说出阿宝闺房中的所有细节。原来，与阿宝见面的那一天，孙子楚的魂就跟着她走了。

贺铸虽不至于像孙子楚这般痴，但词中所体现的相思之情却如出一辙。佳人已然去，芳尘远，而他不过是和姑娘见过这一次面就魂不守舍，从此害上了相思。愁有百般，相思之愁，最是难解难断，摧心肝。

当年不肯嫁春风，无端却被秋风误

——菡萏香销，西风愁起

杨柳回塘，鸳鸯别浦，绿萍涨断莲舟路。断无蜂蝶慕幽香，红衣脱尽芳心苦。

返照迎潮，行云带雨，依依似与骚人语：当年不肯嫁春风，无端却被秋风误！

——北宋·贺铸《芳心苦》

形容莲子，我觉得没有哪个词比“芳心苦”更恰当了，莲子肉甘甜清香，莲子心却苦涩无比，恰似一颗芳心正苦。

江南一带，莲子是很常见的果子，夏末秋初，西湖边上经常能看到农夫们挑着担子卖莲蓬。提到莲子，我对《西洲曲》中描写采莲的那一段始终记忆深刻：“采莲南塘秋，莲花过人头。低头弄莲子，莲子清如水。”

贺铸不是第一个写莲花的文人，若论境界，恐怕很少有谁能超过周敦颐的《爱莲说》，但贺铸却是少有的把莲花当作人来写的诗人。他以“芳心苦”三个字形容荷花凋零，心有余苦，仿佛笔下的莲花不是植物，而是一位蹙眉的女子，正捧心感叹自己的愁苦。说来也巧，传说中的莲花花神，正是以捧心而美的西子。

在贺铸的笔下，莲花俨然就是一位温柔艳丽的美人。其上阕写到莲花的生活环境：杨柳回塘，鸳鸯别浦。意思是，在杨柳丛生的水塘，在鸳鸯出没的浅滩。谁都知道莲花是长在水里的，贺铸的意思也是如此，可他偏偏能用他人所想不到的绮丽语言，使得原本平淡无奇的水塘一下子大放异彩，似乎只有这样，才能配得上娇艳的莲花美人。

然而，即使周遭有如斯美景，莲花还是寂寞的。水塘四周长满了密密麻麻的绿色浮萍，隔断了水上的路，即使采莲的小舟也要费一番劲才能划进来。都说春天百花争艳，各色鲜花一旦沾了春的气息便争奇斗艳，竞相开放，又热闹又喜庆。但是到了夏天，陆上的花都凋零了大半，更别提水上了。除了莲花，整片水面又哪有其他花的踪影？就算是平日里喜欢在花间翩翩起舞的蝴蝶，还有那喜好采蜜的蜜蜂，也似畏惧了炎热，懒得出门了。在这样的情况下，莲花纵使再美，也只能孤芳自赏，顾影自怜，慢慢等待红颜老去，只留下一颗芳心，正凄苦。

我是极喜爱莲花的，论美丽，她不比其他花儿差，论价值，那更是多了去了：莲子可以用来煮粥、熬汤、入药；莲子心可以用来泡茶，同时也有药用价值;莲叶除了泡茶、入药之外，还可以用作烹饪佐料，比如荷叶鸡、荷叶饭；莲藕就不用说了，应该很少有人没吃过。如此美丽又实用的莲花，之所以常被怀才不遇的文人用来自喻，绝大多数的可能是，她不能像她的其他同类，可以开在明媚的春光中，肆意张扬自己的美，亦不能生长在陆上，随时随地接受行人的驻足观赏。

《花史》云:“莲,君子也。十友中称为净友。十二客中又称净客。”看来，莲花身上那股“君子”之气是人所公认的。她出淤泥而不染,濯清涟而不妖，无论何时何地，她始终都是干净的，以“净”字当做她的前缀，恰如其分。这也是为什么她总是被用来形容不与世俗同流合污，但凡洁身自好者，都喜欢以莲花作为标准，举世混浊而我独清，众人皆醉而我独醒。

贺铸在细数莲花的孤独与愁苦的同时，既是以莲花自比，又让自己以“骚人”的形式出现，倾听莲花的诉苦:当年不肯嫁春风，如今却被秋风误。按照词中的意思，莲花不是没有机会“嫁春风”，她完全可以跟其他花儿一起在春天争艳，只是她自己不愿。到了红颜凋零时，却白白被秋风给耽误了。尘世间，像莲花这样的人太多了，不肯随波逐流，为世俗所染，他们原以为自己的坚持可以换来回报，到头来，得到的却只是“无端被秋风误”。

“当年不肯嫁春风，无端却被秋风误”，这句话拟人味十足，与北宋另一位词人张先在《一丛花令》中所写的，如出一辙：

伤高怀远几时穷？无物似情浓。离愁正引千丝乱，更东陌、飞絮蒙蒙。嘶骑渐遥，征尘不断，何处认郎踪！

双鸳池沼水溶溶，南北小桡通。梯横画阁黄昏后，又还是、斜月帘栊。沉恨细思，不如桃杏，犹解嫁东风。

张先的《一丛花令》写的是一位内心被离愁填满的女子，登上高楼眺望远方，心中的所思所怨。这位女子想着自己与心上人天各一方，不由得开始怨恨，唉，若自己懂得审时度势，和桃花杏花一样及时嫁东风，就没有现在的离愁别恨了。

张先笔下的这位女子，正如贺铸笔下的莲花，她们都无端被“秋风”耽误了。女子的芳心想必亦如莲花一样，是凄苦的吧。

他日零落成泥，化为尘埃，可会后悔曾经未嫁东风？世间总有那么多人，痴心不悔，甘愿被秋风所误。

当时明月在，曾照彩云归

——相思弦上，伊人何处

梦后楼台高锁，酒醒帘幕低垂。去年春恨却来时，落花人独立，微雨燕双飞。

记得小苹初见，两重心字罗衣，琵琶弦上说相思。当时明月在，曾照彩云归。

——北宋·晏几道《临江仙》

这是《小山词》中我最爱的一首，早在上高中的年纪，我还不是特别明白词中的意思，就已经十分醉心于它了。曾记得在一次物理课上，我偷偷拿出印花纸笺，把这阕《临江仙》一字一句抄了下来，夹在课本中间。末了还一直想着，小山的词写得太美了，怪不得世人对他的评价是，他与父亲晏殊相比，青出于蓝而胜于蓝，他的《小山词》比晏殊的《珠玉词》更胜一筹，可谓艳而不俗。

晏几道字书原，号小山，乃是宰相晏殊的第七子，父子二人并称为大小晏。他经常被拿来与清朝最著名的才子纳兰容若作比较，他们一样系出名门，宰相之子，生活无忧；一样年少有为，才华横溢，千古流芳。更主要的是，晏几道与纳兰容若所写的词，一样多情柔情，一样细腻婉约。他们二人，均是少有的出身富贵之家的才子。很难说我更喜欢谁，虽则相似，但晏几道就是晏几道，他和纳兰容若还是有很多的不同之处，他笔下的词，有着独特的一面。

这阕《临江仙》是相思之词，晏几道所思念的，是友人家中的歌女小苹。这一点，他在跋中有提到，他常常一写出新词就让友人家那几位歌女演唱，久而久之，与几位歌女互相留下了好印象，其中又以小苹最甚。晏几道出身名门望族，接触过的出色女子肯定不少，歌女舞女就更不用说了，那时候的文人公子，几乎没有几个没相好的歌女的。能让晏几道牵挂至此，想必小苹肯定是位才艺双绝的女子。

与小苹的第一次相见，是在友人家中。那时候的小苹青涩美丽，宛如初放的花朵，她穿着一件印有两重心字连环图案的罗衣。这里的“两重心字罗衣”是当时很流行的一种服饰，和我们如今的流行趋势一样，古人也赶时髦。用篆书画两个心字的连环图案在身上，意味心心相印，永结同心。当时的歌女都喜欢穿这种衣服，晏几道不可能没见过，可穿在小苹身上，偏偏又有一种与众不同的美丽。他看见她袅娜地走了出来，抱着琵琶轻拢慢捻，似在弹曲，却又似在默默诉说着心中的相思。他们二人，早在当时就已经一见倾心了。

隔着一年光阴，这一天午后，晏几道从梦中醒了过来。他先前喝过酒，脑袋还是昏昏沉沉的，不是很清醒，睁开朦胧的睡眼后，看见的好像是低垂的帘幕，还有窗外静静伫立的楼台。不知为何，去年春天的离愁别绪，此时突然一发而不可收拾，他想起了曾经青涩美丽的小苹，恍然觉得自己还在做梦，梦中的楼台仿佛被烟雾笼罩，如幻境一般，分不清到底什么是真,什么是假。他是醒着还是依旧在做梦？周遭的一切是真实还是梦中景象，连他自己也分辨不清楚。他揉揉惺忪的睡眼，这时候，他仿佛看见小苹穿着去年他们相见时所穿的那件衣服，站在不远处的花丛中。四周百花凋零，残红满地，唯有小苹像盛放的花朵，美丽依旧，丝毫看不到岁月的痕迹。天上正下着蒙蒙细雨，在小苹的身后，燕子成双成对，正展翅向远处飞去。

燕子双双对对，而他却形单影只，伊人已去，她曾轻歌曼舞的楼台人去楼空，帘幕低垂，寂静而没有半点喧嚣之气。

“去年春恨却来时”,这个“却”字用得实在太妙了,它并非转折,而是“再次”的意思。可见，一年之中晏几道曾不止一次地想起和小苹的点点滴滴，那些回忆还在眼前，给他错觉仿佛是发生在昨天。然而，蓦然回首，却已经过去这么长时间了。落花微雨，燕子双飞去，伤春更伤人。

晏殊和晏几道真不愧是父子,前文提到的晏殊词《蝶恋花》中就有写“罗幕轻寒，燕子双飞去”。小苹独自站立在花丛中，燕子却成双成对飞去，一对比，更体现了人的孤单，何况花丛中的百花早已凋谢，春去也，燕去也。

“当时明月在，曾照彩云归”是我认为最美的一句，也是我最喜欢的一句。晏几道化用的是李白《宫中行乐词》中的“只愁歌舞散，化作彩云飞”，但个人觉得，晏几道笔下的两句诗，比李白的原句还要有深意。遥想去年初见时候的明月，历历在目，他希望明月能够照着小苹的所在，让他与思念的人早日团聚。彩云指的其实就是小苹,用绚烂的云彩来形容美丽的女子，一点都不过分,甚至在晏几道的眼中,小苹比彩云还要美丽。越是无法相见，心中的思念更甚,他时刻渴望梦中的景象能够成为现实。只可惜,明月高挂，佳人却不在，空自恼。

晏几道与小苹之间的感情，应该算不上严格意义上的爱情，因为他不只为小苹一个歌女写过表达相思的词，他所思念所牵挂的女子也不止小苹一个。但可以肯定的是，晏几道对小苹有很深的好感。小苹给他留下的印象太过美好，初次相见，他就被她深深吸引了。他喜欢小苹的美丽多情，天真烂漫，渴望能常常与她相见，只可惜这样的愿望最终没能实现，思念她时，唯有酒后在梦中相见。

时光荏苒，转眼一年过去，他不知小苹如今身处何方，曾经美好的回忆也似成了一种负担，时时令他生愁。但愿有一天，明月之下，他思念的佳人能够和彩云一样出现在眼前，美丽如斯。

相寻梦里路，飞雨落花中
——遇见你是我最美丽的意外

斗草阶前初见，穿针楼上曾逢。罗裙香露玉钗风。靓妆眉沁绿，羞脸粉生红。

流水便随春远，行云终与谁同？酒醒长恨锦屏空。相寻梦里路，飞雨落花中。

——北宋·晏几道《临江仙》

我觉得“邂逅”是一件很浪漫的事，无论两个人最终能否走到一起，多年以后，偶尔回想起和曾经爱过的人初次相见时的场景，恍然如梦，也不知那次见面是偶然还是冥冥之中天注定。《诗经·郑风·野有蔓草》云：“野有蔓草，零露漙兮。有美一人，清扬婉兮。邂逅相遇，适我愿兮。”看，几千年前的人就已经觉得邂逅是一件很美的事了，尤其是邂逅心仪之人。

晏几道这阕词，是为他曾邂逅的一位女子所写。他们的第一次相见，这位姑娘正在阶前与其他女孩子斗草，她们玩得喜笑颜开，不亦乐乎。而他则站在一旁默默看着，不知不觉中竟然被姑娘的喜悦感染了，没由来的，他心底涌上一阵欢愉。

最初，姑娘并未察觉有人在一旁观看，一心全扑在斗草的游戏上，想方设法想赢了这次比赛。等到游戏结束时，她发现身边有一位翩翩公子正出神地盯着自己看，霎时间羞红了脸。彼时他们还是少男少女，天真烂漫，这样的初遇算不上特别浪漫动人，却是属于他们两个人共同的美好回忆。哪怕时光荏苒，岁月变迁，当她看到他人斗草，也会回忆起，曾经的她是他眼中最美丽的风景。

春去秋来，转眼便到了乞巧节，乞巧节的另一个名字知道的人可能会更多——七夕。对于我们而言，七夕就是中国传统的情人节，在这一天，牛郎织女鹊桥相会，虔诚的女孩会祈求他们保佑自己，能够与心上人长相厮守。然而在古代，姑娘们还有另外一个重要任务，那便是穿针乞巧。织女擅长织布，她能用云彩织出绚烂的锦帛，因而凡间的女子会在七夕的夜晚，于院中摆上瓜果等祭祀品，乞求织女能将技艺传授给她们，赋予她们同样的心灵手巧。乞巧节源自汉代，葛洪在《西京杂记》中记载："汉彩女常以七月七日穿七孔针于开襟楼，人俱习之。"到了南朝，齐武帝命人建层城观，到了七夕节这一天，宫女们会登楼穿针，故谓之"穿针楼"。登楼穿针的风俗一直延续了下来，在很多诗词中都能见到，比如唐人李群玉的"穿针楼上闭秋烟，织女佳期又隔年"。

他与她在七夕佳节重逢，偏偏在这个日子，难道是命中注定？还记得，那日的她穿着美丽的罗裙，裙子上沾满了花中的露水；她的头上佩戴着玉钗，走起路来玉钗在风中轻轻颤动，仿佛要飞起来一样。他不由看痴了，她亦发现了她，瞬间羞得满面通红。

晏几道必定深爱这位姑娘，他对她的印象如此深刻，就连她的衣着、头饰还有妆容都记得清清楚楚。她新画的眉间沁出了翠绿的黛，涂抹了脂粉的脸颊上泛起了潮红。可以想象，这位害羞的姑娘，当时所化的妆容必定十分精致。古代的女孩子爱美之心可一点都不比现在的人少，她们在美容方面也着实下了功夫的。每逢喜庆的节日，她们会身着盛装，用最美的妆容去迎接这一天，词中提到的黛和粉只是最基本的化妆品。黛又称眉黛，是女子用来画眉的工具，相当于现在的眉笔。汉代刘熙的《释名》云："黛，代也。灭眉毛去之，以此画代其处。"那时候的黛以黑色为主，但也有偏青、蓝、绿的颜色，词中女子用来画眉的黛，应该就是偏绿的，画上之后，眉间会沁出翠绿。古代女子所用的粉，以铅粉居多，所以会有"洗尽铅华"之说，意味不施粉黛，不加装饰。晏几道"靓妆眉沁绿，羞脸粉生红"的外貌描写可谓十分细腻了，亦不难看出他平日接触的女子应该少不到哪儿去。

不过晏几道的运气不怎么样，他思念的女子总是不能长期陪伴在他身边。小苹如此，这位罗裙女也是如此。时光流逝，她就像流水一样不知流落到何方，回想起他们在一起的那段美好日子，快乐是如此短暂。他将她比作飘然远去的巫山女神，踪迹难寻。《高唐赋》中，巫山女神和楚王一夜云雨，从此销声匿迹，再没有出现。他心爱的女子也是如此，陪伴他度过了一段快乐的日子之后，不知所踪。也不知如今谁能有此幸运，得到她的相伴，但那个人绝对不是他自己。

自从分别后，晏几道常常想起他们在一起的点点滴滴：斗草阶前的邂逅，穿针楼上的重逢，她沾满花露的罗裙，她沁出翠绿的眉黛，她羞红的粉脸，还有他们执手的岁月……思念她时，他总是借酒浇愁，愁上却更生愁。每次酒醒，看着空空荡荡的房间，唯有一方屏风，空对着自己。此刻的他落寞至此，又凭什么乞求能再见到她呢？只有梦里面，他可以肆意宣泄自己的感情，跋山涉水去寻找她的芳踪倩影。春花飞雨的时候，希望能再次执起她的手，重温一遍曾经的深情。

晏几道也是个情种，他不比父亲一生太平，生活无忧，父亲给了他高贵的出身，却不能保证他一生太平。或许他天生不是富贵命，到了落魄之时，曾经喜欢的女子一个个离他而去，不知流落何处。而他每每想到她们，只能靠酒来麻痹自己，在梦中与她们相重逢。难怪他的词中总是有他思念女子的身影，她们留给他的，是他一生难忘的回忆。

邂逅相遇，适我愿兮。纵不能长相厮守，亦难忘曾经情深。

欲尽此情书尺素，浮雁沉鱼，终了无凭据
——断肠人在天涯

梦入江南烟水路，行尽江南，不与离人遇。睡里消魂无说处，觉来惆怅消魂误。

欲尽此情书尺素，浮雁沉鱼，终了无凭据。却倚缓弦歌别绪，断肠移破秦筝柱。

——北宋·晏几道《蝶恋花》

总算明白为什么冯煦把晏几道称作“古之伤心人”，他所写的词，淡语皆有味，浅语皆有致，婉约成风，花间泣泪，读到的人无不被其深情所感。自古多情者，伤情也。晏几道绮丽的语言中，总是透出一股凄凄凉凉的伤心之感。伤心人写伤心词，他写尽思念，却终不能斩断思念，一生受其困扰。思念，果然是最折磨人的东西。

晏几道思念的女子比较多，难以考据这阕词他思念的到底是谁，和其他交织着回忆与甜蜜的词相比，这一阕自始自终都蒙着淡淡的哀伤。词的开篇还是写梦，梦入江南烟水路。身为江南人，我觉得“烟水”二字用得太过绝妙，杜牧有诗云“南朝四百八十寺，多少楼台烟雨中”，江南给人的印象，本来就是烟雨蒙蒙。江南的山，掩映在雾气中，影影绰绰，雨后山岚生出，就像从水墨画中出来的一样，又好似女子的远山眉，有着轻柔的朦胧美。江南的水，水远与天连，在烟雾中泛着粼粼波光，安静而美好，一如女子清丽容颜。因而写江南的诗词中，经常会出现烟雨二字，就像“江南烟雨塞鸿飞”。雨和水，本质上没什么区别，再者，江南水乡，水网密集，湖泊河流多不胜数，是人尽皆知的事。还有什么能比“烟水”二字更能形容江南的朦胧诗意？

在晏几道的梦中，江南正被烟雾所笼罩，如梦似幻，宛如仙境。如果走在这条烟水路上的是位女子，那就更有感觉了。我一直都觉得戴望舒笔下“撑着油纸伞，徘徊在悠长悠长又寂寥的雨巷”中的姑娘很美很美。所

以在读到“梦入江南烟水路”，我脑中浮现的竟是一位撑着油纸伞在烟雨中行走的女子，她的身边可能是水光潋滟的西子湖，或者是烟波缥缈的苏州河，又或者是画舫云集的秦淮水。晏几道想要寻找的，大概就是这样一位女子。只可惜他行尽江南路，还是没有追寻到她的身影。“梦入江南烟水路，行尽江南，不与离人遇”，细细品读，词淡而情深，须得咀嚼才能读懂其中深意。小山用情至深，正如他笔下的词。

有时候，寻不到心上人便期盼着能够在梦中相见，可她却如此“绝情”，竟然在梦中都不肯给他希望。江南天地，山长水阔，他匆匆寻遍，依然未找到她，只能黯然返回。梦醒之后，再去回忆梦中情形，忽然觉得心中的“消魂”无处可说，因为没有人能理解他的苦楚。唉，真真折磨人啊，他梦中惆怅，醒来以后更加惆怅。此情此景，倒像李商隐笔下的“直道相思了无益，未妨惆怅是清狂”。晏几道的一生，像是给自己下了一个局，一个相思之局，一旦步入就很难再走出来。痴情如他，怕是要一生惆怅了。

简简单单梦中寻觅恋人的一件事，在晏几道的笔下却给人一种去仙境寻仙女的感觉。小山词就是能给人这种惊喜，简单的笔墨之中蕴含着极致的美。相思有时候并非只是满心的痛楚，那种淡而执着的思念，何尝不是一种美？入我相思门，知我相思苦，但也知我相思之美。

寻不到心爱之人，只能另觅他法，欲将满腔相思写在素帛之上，以鸿雁相传，以鲤鱼相送，只盼她能看到。情之所起，不知何终，写尽相思书尺素，待与相思之人看，本是件浪漫至极的事。可惜，漫漫天涯路，终不知她的踪迹，写了又如何呢？因为他根本不知道寄到何处，即便是寄出去了，她能看到吗？看到了之后，会给回音吗？这些都是谜，果然害了相思之人总是自寻烦恼，罢了罢了，还是听听筝曲，排遣忧愁吧。

我甚爱李商隐笔下的朦胧意境，锦瑟无端五十弦，一弦一柱思华年。相思早就与音律有着分不开的关系，除了李商隐的“锦瑟”，比如晏几道的“琵琶弦上说相思”。他想以音乐来排解相思，殊不知正如“举杯销愁愁更愁”一样，那哀伤的绚烂，宫商角徵，时而轻缓时而幽怨，让相思之情来得更加汹涌。秦筝哀鸣，弹尽断肠声。

天与多情，不与长相守
——人不在，花依旧

花信来时，恨无人似花依旧。又成春瘦，折断门前柳。
天与多情，不与长相守。分飞后，泪痕和酒，占了双罗袖。
——北宋·晏几道《点绛唇》

崔护的《题都城南庄》脍炙人口，广为流传，她没有被岁月所掩埋，千百年之后仍然被很多人熟识。甚至许多文人化用这首诗，或感叹故事的美，或抒发自己的情。晏几道的“花信来时，恨无人似花依旧”正是由“人面不知何处，桃花依旧笑春风”而来。

这阕《点绛唇》和晏几道其他大多数词一样，主旨都是怀人。今日送君远去，不知何时是归期，相思是诗词亘古不变的话题。古人以折柳喻送别，离别后，来年春天柳枝又重新长了出来，思念的人却依旧没有回音。在相思的煎熬中，人也会随之日渐消瘦。所以柳永会说“衣带渐宽终不悔，为伊消得人憔悴”。

看到这阕词，我忽然想起了唐玄宗的梅妃，只因“天与多情，不与长相守”一句。

梅妃原名江采萍，生于行医世家，很小的时候就会背诵《诗经》中记述后妃事迹的《周南》与《召南》，并对她父亲说：“我既是女子，期望以此为志。”果然，多年之后高力士出使闽地，见江采萍年轻貌美，便把她带回宫献给唐玄宗。唐玄宗一见江采萍便惊为天人，大喜，于是册封她为梅妃。

世人皆歌颂唐玄宗与杨贵妃的爱情，最大的原因是杨贵妃因唐玄宗而自缢马嵬坡，后白居易又作《长恨歌》，使得这段爱情更加具有传奇色彩，凄美而感人。正如人尽皆知春秋美女西施，却忽略了与西施同时期的另一位绝色美女毛嫱一样，杨贵妃的光环太过耀眼，以至于并不比其逊色的梅妃失了光彩。根据宋传奇《梅妃传》记载，梅妃为人清高孤傲，且才思敏捷，善于撰写诗文，自比咏絮才女谢道韫。杨贵妃没入宫之前，梅妃是宫中最受宠的妃子，唐玄宗对她可谓百依百顺。只不过杨贵妃机智而善妒，梅妃性格比较软弱，自然不是她的对手。久而久之，唐玄宗忽略了梅妃，专宠杨贵妃一人。

有一次，外国使臣前来进贡，唐玄宗怕杨贵妃吃醋，瞒着她偷偷赐了一斛珍珠给梅妃，梅妃拒不接受，把珍珠和一首诗一同交还给唐玄宗："柳叶双眉久不描，残妆和泪污红绡。长门自是无梳洗，何必珍珠慰寂寥。"她把自己比作被汉武帝幽禁于长门宫的陈阿娇，拒绝接受珍珠，既是悲叹自己的处境，也是怨恨唐玄宗的绝情。唐玄宗看了这首诗之后，黯然神伤，亲自为其配曲，取名就是后来大名鼎鼎的词牌名——一斛珠。

梅妃就这样孤独地在宫中度过了她剩下的日子。安史之乱后，唐玄宗回到京城，遍寻梅妃不着，只得到一幅她的画像。伤心之余，唐玄宗在画上提了一首《题梅妃画真》：

忆昔娇妃在紫宸，铅华不御得天真。霜绡虽似当年态，争奈娇波不顾人。

太液池边的梅花开得依旧灿烂，可是花依旧，人却不在了。等到伊人香消玉殒再悲痛，还有什么用呢？葬礼再风光，祭文再感人，梅妃也永远不会知道了。若早知如此，唐玄宗还会不会因为杨贵妃而对这样一位聪明美丽的女子弃之不理？

我觉得用晏几道的"天与多情，不与长相守"来形容梅妃，再合适不过。唐玄宗身在长安，梅妃远在闽地，相隔千万里，她却得以进宫，受尽恩宠，难道不是冥冥之中的天意？可偏偏半路杀出个杨玉环，夺走了唐玄宗对她的全部宠爱，她从此孤寂，连见唐玄宗一面都难，更别说恢复以往的盛宠了。据说梅妃曾经想效仿陈阿娇千金买赋，她给高力士千金，高力士却惧怕杨贵妃，不敢答应。《绿窗女史》将《梅妃传》放在"怨恨"卷，也是对她一生的概括了。既然注定让她成为皇帝的宠妃，为何不给她一个好的结局？就算是死，恐怕她也难消那一腔怨气吧。

世间太多的感情皆是如此，有好的开始却没有好的结局，甚至不留一点美好的回忆。"天与多情，不与长相守"此句本身就带着怨恨之意，似是在泣诉老天爷的不公。若注定我们没有好结局，索性一开始就不要让我遇到他，既然遇到了，让我们在一起有这么难吗？为女子者，大多有这样的无奈。自古以来，能自主选择婚姻的女子太少太少了，皇家的公主尚且时时担心自己会沦为政治工具，更别说普通人家的女子了。

在这阕词中，晏几道没有说明不能长相守的具体原因是什么，只是说，自从那一次折柳分别，相爱的两个人就再也没见过面。情深之时，唯有眼中泪和杯中酒，沾湿了一双罗袖。

惊梦觉，弄晴时，声声只道不如归
——千里犹是思乡音

十里楼台倚翠微，百花深处杜鹃啼。殷勤自与行人语，不似流莺取次飞。惊梦觉，弄晴时。声声只道不如归。天涯岂是无归意，争奈归期未可期。

——北宋·晏几道《鹧鸪天》

难得能见到晏几道写与情爱无关的词，这阕《鹧鸪天》应该是晏几道远离家乡时所作，思乡之情贯穿始终，充满了悲伤与无奈。

说到思乡的诗词，最为人熟知的莫过于大诗人李白的“举头望明月，低头思故乡”，简单直白，一目了然。相比之下，晏几道更注重渲染气氛，山也好，水也罢，以身边的景来说明自己对家乡的思念，若是可以，他何尝不想早日见到故乡熟悉的一草一木？小时候学过一首歌叫《念故乡》，我很清楚地记着，歌词是:“念故乡，念故乡，故乡真可爱，天甚清，风甚清，乡愁阵阵来。故乡人今如何，常念念不忘。在他乡，一孤客，寂寞又凄凉。我愿意回故乡，重返旧家园，众亲友聚一堂，同享从前乐。”唯有远在他乡的游子才能体会思乡之痛，像杜甫那样，一生漂泊在外，到底都没能回归故土，他的苦又有几人知呢?

晏几道身在异乡时，还不敢奢望到家时的场景，他眼前的十里楼台与杜鹃鸟，均是外乡景色。“十里楼台倚翠微”即楼台靠在青山旁边，杜牧《旧日齐山登高》的首联就是“江涵秋影雁初飞，与客携壶上翠微”，用翠微来称呼青山，又雅致又有诗意。但这句词的主角却不是美丽的青山，而是百花深处啼叫的杜鹃。杜鹃的啼叫总让人心生沉重之感，若非如此白居易也不会说“杜鹃啼血猿哀鸣”了，这与杜鹃鸟的传说有关。

杜鹃又叫杜宇，相传是古蜀国国君望帝杜宇所化。杜宇是位明君，他在位时，为百姓做了不少好事，深受万民爱戴。但是蜀国境内江流众多，经常会发生水灾，杜宇在位几十年都没能解决这个问题。后来，外地来了一个叫鳖灵的人，杜宇听说他失足落水而死，尸体逆流而上，被人打捞起来之后竟然复活，觉得十分奇异，便召见了他。鳖灵十分聪明，杜宇看出他有治国之才，封他做了蜀国的丞相。在鳖灵的带领下，百姓终于治水成功，解除了困扰蜀国多年的水患。鳖灵的功劳很大，杜宇自愿将帝位禅让给他，自己则闲居西山。谁知过了没多久，外界流言四起，说杜宇之所以心甘情愿让位，是因为他和鳖灵的妻子有私情，觉得对不起鳖灵，才会以此来补偿他。杜宇听了之后，气愤不已，很快就生病去世了。但是他的灵魂不愿意离开蜀国百姓，于是化作了杜鹃鸟，日夜悲鸣，声音凄凉。再后来，杜鹃的啼叫声成了思乡的声音，漂泊在外的游子听到杜鹃的声音，就仿佛有人在跟他说“不如归去，不如归去”。

词的开篇，风景优美宜人，晏几道却一点赏景的心思都没有，独独注意到了百花丛中的杜鹃。此时此刻，杜鹃鸟出现在自己眼前，难道是想提醒他该回故乡了吗？如若不然，为何它那么殷情地跟着他，而不像黄莺一样，只顾卖弄自己婉转的歌喉，丝毫不关心周遭的行人。这种心理一直困扰着晏几道，以至于睡梦中他仿佛都能听到杜鹃的啼叫，一声又一声，直到天明梦醒时，耳畔还回荡着熟悉的声音，不如归去，不如归去……

我身在遥远的天涯，怎么可能不想念家乡呢？我无时无刻不想早日回去，只是天不遂人愿，我根本无法主宰自己的命运啊！不是不想，而是不能，这就是他最大的无奈。抱怨的话似对杜鹃说，实际上是说给自己听，说给老天爷听。天意弄人，人的力量如此渺小，岂能反抗？生活不如意之事十之八九，若真能随心所欲，生活也不叫生活了。面对杜鹃鸟的啼叫，他可以发发牢骚，但不管说些什么，也不过是一种宣泄愤懑的方式罢了，他与故乡之间，依旧隔着千万里的距离。

游子在外，几年甚至几十年回不了家的大有人在，对家的思念亦是对亲人的思念。或许，千里之外的某一座阁楼中，还有深深牵挂着自己的心上人，这让人怎能不期盼早日回乡？天涯远，杜鹃啼，声声催人归，催人泪！

舞低杨柳楼心月，歌尽桃花扇底风

——千山万水，与你重逢

彩袖殷勤捧玉钟，当年拚却醉颜红。舞低杨柳楼心月，歌尽桃花扇底风。从别后，忆相逢，几回魂梦与君同。今宵剩把银釭照，犹恐相逢是梦中。

——北宋·晏几道《鹧鸪天》

分别多年的好友，山长水阔，联系甚少，等到多年后再相见，那种悲喜交加难以言明，但双方肯定都泪眼迷蒙，有一肚子话却不知从何说起。

如果是恋人间的重逢，那就更加不用费笔墨多说了。分别后，泪痕和酒，沾湿了双罗袖。重逢时，罗袖恐怕会再一次被泪水沾湿，只是这一次的泪水却是甜的，是喜悦的眼泪。曾经分离的日子，你在天涯，我在阁楼中，日日双泪垂，问君何时归。琵琶弦上说尽相思，相思弦断，天涯路望穿，只愿早日看见你回来的身影。那么多年中，又有多少女子因相思而香消玉殒，又有多少游子因相思而肝肠寸断？

晏几道写了那么多怀念女子的诗词，让人觉得他很难跟喜欢的人长相厮守，如今，总算看到他词中流露出了重逢的喜悦。词中这位女子或许和小苹一样，是晏几道友人家的歌女，也或许是他曾经的熟人，不管她的身份是什么，晏几道见到她的心情毋庸置疑，肯定是非常开心的。

女子留给晏几道印象最深的画面，是那一次酒宴上，她穿着华丽的衣裙，眉目生情，光彩夺目，纤纤素手捧着精致的玉杯，向他敬酒。美人敬酒，他岂有不喝之礼？于是不管酒量好不好，她递过来的杯子他就接着喝，一杯又一杯，直到脸颊通红，醉意熏熏。酒酣时，她在厅堂中间尽情地舞着，歌声动听好似空谷中的黄莺，舞姿优美仿佛汉宫中的飞燕。她一直唱着跳着，一点都不觉得累，唱到风儿歇了，舞到从杨柳梢照到楼心的明月沉了，还是没有尽兴。那样快乐的时光，他多希望光阴能够停住，不再往前。

然而不久之后，美丽的歌女还是由于各种原因，与晏几道分别了，多年一直不曾相见。他多次回忆起她来，想起她的音容笑貌，优雅的舞姿，动人的歌声，一切仿佛发生在昨天：她跳舞的身影还未离去，她婉转的歌声还未消失……那么久没有联系了，他时常想着能与她再见面，可惜都未能如愿。倒是有几次在梦中得以见到她的容颜，她美丽依旧，歌舞之美更胜从前。

或许是老天垂怜，他怎么都没想到，今时今日，还能再见到梦中那张俏丽的粉脸，心中的喜悦，又岂是三言两语能够说清楚的？不过重逢之夜，也不能负了光阴。于是二人秉烛夜谈，聊一聊这些年的经历，说一说别后心中的思念，因为世事难料，谁知道以后还会不会再次分离呢？就连眼前的这一次重逢，他尚且还不能肯定是不是真的。先前那么多次在梦中相见，他怕自己错把梦境当成现实，梦醒之后，眼前的佳人像以前一样烟消云散。

归根到底，“犹恐相逢是梦中”的心情还是源于太过深切的思念。若非早有梦醒一场空的经历，又岂会害怕现实变成梦境？

关于久别重逢，有一个成语叫破镜重圆，典故出自南陈后主陈叔宝的妹妹乐昌公主与她丈夫徐德言的故事。

隋朝大军攻进都城后，徐德言对妻子乐昌公主说：“陈国已经灭亡了，但我们还不至于会死。以你的才貌，肯定能进入权贵之家，我们将会永别啊。如果我们的缘分没断，希望有机会能再见。”说完，徐德言打破一面铜镜，一半交给妻子，一半自己藏着，就当是以后相认的信物。他和妻子约定：“以后你在正月十五这一天让人把这半块镜子拿到集市上去卖，如果我还在人世，一定会去找你。”

果然如徐德言所言，乐昌公主被送进权臣杨素府中，成了杨素的侍妾。而徐德言也得以保全性命，他没有违背当时的诺言，国家稍稍稳定，他就前往都城寻找妻子。

这一年的正月十五，徐德言来到集市上，看见有个老人在卖半面铜镜，价格贵得惊人，很多围观的人取笑老人糊涂，唯有徐德言心中浪涛翻涌，因为他发现，老人卖的铜镜正是当年他交给乐昌公主的那半块。只是时隔多年，乐昌公主已是权臣杨素的侍妾，她仍享受着荣华富贵，还会记住当日的誓言吗？就算记住，她愿意抛弃现在的生活跟自己走吗？为了试探乐昌公主，徐德言写了一首诗：“镜与人俱去，镜归人不归。无复嫦娥影，空留明月辉。”写完后，他让老人把合在一起的镜子和这首诗一起带回去给乐昌公主。

乐昌公主收到镜子和徐德言的诗，又惊又喜，整日茶饭不思，以泪洗面。杨素觉得奇怪，一问之下才知道乐昌公主和徐德言的故事，当即深受感动，有心成全他们二人。

几日后杨素在府中设宴，徐德言也在受邀之列。在宴会上，杨素念了徐德言的诗，又让乐昌公主和一首。乐昌公主回道："今日何迁次，新官对旧官。笑啼俱不敢，方验做人难。"杨素听完笑了笑，当众宣布把乐昌公主还给徐德言。久别重逢的夫妻俩惊喜交加，泪如雨下，赶紧叩谢。杨素虽不是个好人，但是在乐昌公主这件事上还是挺让人刮目相看的。

乐昌公主和徐德言一起回到江南，过着安稳的日子，直到终老。他们的故事也随着那一面分而合之铜镜流传了下来。

久别重逢之人心中的情感十分复杂，但"喜"是肯定的。或许，一别多年后的重逢比初次的邂逅还要刻骨铭心。

两鬓可怜青，只为相思老

——平生相思，只为一人

关山魂梦长，塞雁音书少。两鬓可怜青，只为相思老。
归傍碧纱窗，说与人人道。真个别离难，不似相逢好。
——北宋·晏几道《生查子》

我很喜欢白居易和张仲素燕子楼组诗中的一句，“燕子楼中霜月夜，秋来只为一人长”。燕子楼是徐州张愔为爱妾关盼盼所建，后来张愔去世，关盼盼独居燕子楼，日子过得寂寞凄苦，白居易这句诗的意思是，燕子楼中的霜月之夜如此漫长，好像只为关盼盼一人而已。所以在读到晏几道这阕词中的“两鬓可怜青，只为相思老”，感觉特别亲切，有种“曾经沧海难为水，除却巫山不是云”的感觉。纵弱水三千，我却独取一瓢饮；我两鬓的乌发，只为相思而变白。

《木兰辞》中有这么一句，“万里赴戎机，关山度若飞”，写的是女扮男装后的花木兰跟着行军的队伍不远万里奔赴战场，翻越关隘和山岭就像飞过去那样迅速。《木兰辞》中的“关山”和晏几道这首《生查子》中的“关山”是一个意思，泛指关隘和山川，一般出现在与边塞有关的诗词中。而晏几道这阕词写的正是闺中妇人思念远在西北戍边的丈夫。

一路西北去，荒凉的关隘和山川牵动着妇人的心弦，每次做梦她都会梦见远在他乡的丈夫，魂牵梦萦。然而西北边塞之地要通书信是很难的，有时候几个月甚至几年都收不到关于丈夫的任何消息。在日思夜想中，妇人原本美丽的黑发渐渐变白，仿佛因为相思而一夜老去。“两鬓可怜青”，这个“可怜”与我们熟悉的《孔雀东南飞》中的“自名秦罗敷，可怜体无比”中的“可怜”一样，大概就是很可爱，值得人去怜惜的意思，一般用来形容女子。妇人那一头乌黑亮丽的长发多好看啊，偏偏日日夜夜的相思折磨得她憔悴不堪，头发也像是马上要变白似的。

丈夫身在千万里之外，却时时刻刻牵动着妇人的心。一生一世，相思不悔。他回家时候的情景一遍又一遍在她的脑海中预演，她总是想着，他踏进门槛的那一刻会是什么样的呢？他会不会也跟她一样，时时刻刻惦记着自己？等到重逢之日，他必定也会迫不及待地与她相拥吧。所以妇人脑中出现了这样的画面：丈夫回来之日，她偎依在他的怀抱中，坐在碧绿的纱窗之前，情意绵绵，共话相思。她要把因相思而肝肠寸断的感觉全部向他倾诉，还要告诉他："那离别的凄苦真是煎熬难耐，哪里比得上重逢厮守在一起的日子！"

词中提到了"碧纱窗"，即绿色的窗纱，比如唐代诗人刘方平《夜月》中的"今夜偏知春气暖，虫声新透绿窗纱"。大概古人比较喜欢绿色的窗纱吧，绿色是生命的颜色，充满了朝气与活力，这是种见了能让人变年轻的颜色。词中妇人房中糊的是绿色窗纱，她应该是很喜欢这个颜色的，不然也不会想着等丈夫回来，偎依在他怀中，傍着绿纱窗情话绵绵了。

晏几道写词确实如后人评价的那般，比起他父亲晏殊，青出于蓝而胜于蓝。他的词中有很多不为人注意的细节，还有很多微妙的情感。晏几道写词是下了心思的，他的笔下不仅融入了华丽的辞藻，还有他自己的情感。那些倾注了他心血的诗词仿佛活了一般，与世人诉说着小山词中的情与爱，愁与恨。

莫道相思，生生世世，只为一人到白头。

水是眼波横，山是眉峰聚
——悄悄是别离的笙箫

水是眼波横，山是眉峰聚。欲问行人去那边，眉眼盈盈处。
才始送春归，又送君归去。若到江南赶上春，千万和春住。
——北宋·王观《卜算子·送鲍浩然之浙东》

“长亭外，古道边，芳草碧连天，晚风拂柳笛声残，夕阳山外山。天之涯，地之角，知交半零落，一斛浊酒尽余欢，今宵别梦寒。”这是弘一法师李叔同出家前写的送别诗，后又被配曲演唱，成为风靡一时的送别歌。歌词本身就有种淡淡的离愁，再加上曲子的渲染，分别的伤感顿时牵挂着双方。而自古以来的送别莫不是如此，一段柳枝，一杯酒，道一声珍重。友人之间的送别，恰如王维诗中的“劝君更尽一杯酒，西出阳关无故人”，而恋人间的送别，就像柳永所写的“执手相看泪眼，竟无语凝噎”。毕竟，分别是一件伤感的事，无论是送的人还是被送的人，心中都有不舍。送别的诗词，又怎会离了愁绪呢？

王观何其睿智，他笔下的送别，感情真挚，却将话题远远绕开了离愁，让人看到了不一样的分离。想到了曾经有一次送别一位好友，我心中伤感，一路上都不愿说话，朋友却很轻松地说，我每次和人分别都不会难过，因为我知道，不久之后又会再见面的。我这位朋友是个豁达的人，尽管不一定真的能那么快见面，但他的目的和王观一样，不过是想淡化别离的哀愁罢了。又有一次，与心心念念的那个人道别，我备感伤心，眼泪止不住地流，他却轻描淡写道，哭什么，分开几天不过是为了下一次见面。我一想，确实，没有分离的悲伤，又何来重逢的喜悦。每次分离，若总想着眼前的悲伤，是走不出离愁之局的。

王观写送别，就像在写一位婉约的美人，用贾宝玉的话来说就是水做的骨肉。而整首词也像流水一般，轻轻缓缓，慢慢流淌，不知不觉感动人心。水是眼波痕，山是眉峰聚，欲问行人，眉眼盈盈处。上阕词就是美人的眉眼，王观和宋祁一样，喜欢反其道而行之，见过将眼波比作秋水的，很少见把流水比作女子的眼波；见过把眉毛比作远山的，难得看见把山比作女子的眉峰。因为乍一看，水之广阔，山之高耸，很难让人直接联系到眉眼之上。也只有细心柔情如王观者，才会有这样的巧思。

流水轻轻淌着，偶尔荡开涟漪，泛起粼粼的波光，恰似美人含情的眼波。远山隐约在烟雨之中，如水墨蕴开，又似美人蹙起的黛眉，这不正是曹雪芹笔下有着“两弯似蹙非蹙的笼烟美，一双似喜非喜的含情目”的林妹妹吗？王观的好友鲍浩然要去的地方是江南的浙东，用林妹妹这样娇柔的美人来比喻烟雨江南，恰如其分，早在唐代，李贺就有诗云“一双瞳仁剪秋水”，而古代女子流行的眉形中，确有一种名为远山眉。

远山眉又叫远山黛，相传是由汉成帝的妃子，也就是赵飞燕的孪生姐妹赵合德始创。赵合德是个心细如发的女子，在妆容上总是别出心裁，除了远山眉，她还发明了“慵懒妆”，即在脸上轻扫一层淡淡的胭脂，画浅浅的双眉，鬓发蓬松而卷曲，给人以慵懒的感觉，突出慵懒之美。远山眉是配合慵懒妆来画的，形状细长，颜色比一般的眉毛要淡，就像远处掩映在雾霭中的山峦的轮廓。不过远山眉这个名字并非赵合德首创，而是取自于《西京杂记》中描写司马相如妻子卓文君容貌的一段话：“文君姣好，眉色如望远山，脸际常若芙蓉，肌肤柔滑如脂，十七而寡，为人放诞风流，故悦长卿之才而越礼焉。”这种眉形在古代很流行，但凡喜欢体现自己温柔美的女子，都喜欢画这种眉形，故而文人也喜欢将“远山眉”三个字入诗，像“绣帘垂，眉黛远山绿”，“远山横黛蘸秋波，不饮旁人笑我”皆如是。

淡化了分别的愁绪而加深了目的地的诱人之处，这便是王观写送别最大的妙笔。“欲问行人去那边，眉眼盈盈处”，除了将江南美景比作美人的眉眼之外，还有一重意思，那便是鲍浩然前去浙东的目的了，他要去那儿见他的心上人，一位眉眼盈盈的女子。王观说这话，似乎是在打趣友人，不要因为我们的分离而伤感，你很快就要去江南见到你的心上人了，难道这不是一件值得开心的事吗？

遗憾的是，鲍浩然可以如愿见到佳人，王观却郁闷了。眼下春天刚过，好友又要走了，伤春的同时他还要伤离别，春愁之上又生愁。既然今年他已经见不到春天的美景，那么只能希望好友到江南之后能够替自己多看几眼了。听说江南风光好，那边天气暖和，春天应该还没那么快离去。因而他嘱咐道：要是你到江南还能赶上那边的春色，记得千万要与春光同住，莫要辜负良辰美景啊！

有王观这样一位好友，鲍浩然何其幸运。看其他文人写的送别诗词，多多少少都有那么点凄凄惨惨戚戚的感觉，唯独王观妙语如花，不仅将分别之愁驱散了，还在词中融入了自己对朋友一腔真挚的友情。临行在即，不忘细语叮嘱，因为谁都不知道下一次见面会在何时，既然如此，那么你就在风景秀丽的江南好好把握时光，多替我看几眼那儿的美景吧。

话确实不多，但是美好的祝愿已经融入了笔墨之中，若见者有心，必定不难看出他如流水般涓涓流淌不息的情谊。人生有一这样的挚友，足矣。

此一别，不知何时是归期。你在南，我在北，山长水阔相见难，唯有一声声珍重，千言万语尽在不言中。

水面清圆，一一风荷举

——梦回故乡芙蓉浦

燎沉香，消溽暑。鸟雀呼晴，侵晓窥檐语。叶上初阳干宿雨，水面清圆，一一风荷举。

故乡遥，何日去？家住吴门，久作长安旅。五月渔郎相忆否？小楫轻舟，梦入芙蓉浦。

——北宋·周邦彦《苏幕遮》

相比范仲淹的那一首，周邦彦的这首词稍微显得明快一些，他没有把心中的忧啊愁啊都写出来，而是以写景和回忆为主。就像在咀嚼一枚橄榄，到最后才能品尝出甜味，周邦彦这阕词给人的感觉也是如此，等到慢慢读完，才能一点一点品出他埋藏在字里行间的乡愁。

那一年的夏天，词人在房中焚上了沉香，以此来消除夏天闷热潮湿的暑气。看来周邦彦家中还挺富足，沉香是非常珍贵的一种香料，普通百姓家里可用不起。据记载，周邦彦当太学生的时候，因歌颂王安石的新法，神宗皇帝一高兴就把他提拔为太学正（官名）。他还是个蛮会享受的人,《本草纲目》记载，沉香可以治上热下寒，气逆喘息等症，是很珍贵的中药材。富贵人家都喜欢在室内燃香,除了沉香之外,还有龙涎香、瑞脑等。李清照《醉花阴》“瑞脑销金兽”指的就是瑞脑香，又名龙脑。

炎炎夏日，他焚上一炉沉香，让习惯热闹的心静下来，好好享受片刻的安宁。这时候他听到了窗外鸟雀清脆的鸣叫，一声声，仿佛在呼唤晴天的到来。之所以这么说，是因为旧时有一种说法，鸟鸣可占晴雨，而当时正好刚结束一场雨。天明拂晓之时，他悄悄听到了鸟雀们在屋檐下的低语，似乎天很快就要放晴了。在周邦彦笔下，鸟雀似乎不是鸟雀，而是跟人一样，是有感情的。天刚蒙蒙亮时，它们在屋檐下窃窃私语，不料却被词人听见了。词人用了一个“窥”字，有种听墙根儿的感觉，显得鸟儿们活泼可爱。

正如他所料，天亮以后，太阳真的出来了。阳光打在荷叶上，荷叶光滑的表面反射出了阳光，乍一看，仿佛是荷叶生出了阳光，将昨夜的雨给晒干了。那露珠滴溜溜地从荷叶上滚下去，晶莹可爱。远远望去，水面上那一片片荷叶迎着风挺立着，精神抖擞，宛如获得了新生。而荷花圆圆的叶子仿佛是江南女子的长裙，在风中摇曳生姿。这一场雨，将大地洗礼了一遍，此刻的河面是如此清新，让人看了心情也变得舒畅起来。

周邦彦的词以华丽著称，但这一首却是出了名的清新自然，不似他往日风格。他写思乡，和范仲淹一样都是上阕写景下阕抒情，不同的是他并未将思乡之愁融入眼前的景中，而是通过对美好景物的欣赏，一下子联想到了家乡。周邦彦的故乡正是浙江的钱塘，也就是现在的杭州。杭州西湖的荷花是出了名的，一到夏天，清晨有边晨练边赏荷的人，傍晚有边散步边赏荷的人，甚至很多外地人不远千里赶到西湖，就为了一睹她“接天莲叶无穷碧，映日荷花别样红”的美景。

所以看到雨后初晴，水面上的荷花，周邦彦的思绪一下子就飞回了故乡钱塘。他在下阕中就写到了，他怀念遥远的故乡，不知何时才能回去。他的根本在吴越一带，是典型的江南文人，为了仕途不得已远离家乡，来到了千里之外的汴京。不知不觉，他已经在都城待了这么久，偶尔想起故乡，竟有种恍如隔世的感觉。

当年周邦彦以太学生的身份前往都城，后来因为《汴都赋》而被宋神宗赏识，继而留在了汴京做官。词中的长安并非真的指长安，因长安是汉唐两朝的都城，便以“长安”比喻当时的国都汴京。

能被皇帝赏识，留在京城当官是很多文人学者梦寐以求的，他们寒窗苦读数十载，不过是为了这一天。然周邦彦被提为太学正之后，一直没有很大的作为，也一直没能升官。大概是这个官当得不是很如意，周邦彦渐渐开始怀念自己的家乡，尤其是在看到一池荷花之后。

不知故乡西湖的荷花如今开得怎么样了，是不是跟往年一样，接天莲叶无穷碧，映日荷花别样红？还记得那群儿时和他一起划着船在荷叶中穿梭的伙伴，年少时的他们无忧无虑，天真地享受着上天赋予他们的灵气。不知儿时的小伙伴如今怎么样了，他们还记得当年的五月，大家一起游西湖的场景吗？再次相见，怕是已经互不相识了吧。多少次在梦中，他驾着一叶扁舟，来到了日思夜想的西湖。要是梦境能够变成现实那该多好，因为他真的好想回到故乡。

“叶上初阳干宿雨，水面清圆，一一风荷举”，王国维评价此句，称赞道：“真能得荷之神理者。”意思是说，周邦彦这一句词写出了荷的神韵，是写荷花的绝唱。确实，他不仅写出了荷的外形特征，还将雨后水珠在荷叶上滚动的美好刻画了出来。有过水乡生活的人对此情景应该都不陌生，记得小时候去荷花池采摘莲蓬，顺便摘一片叶子把玩，在荷叶上洒几滴水，水珠晶莹剔透，像珍珠一般，在上面滚来滚去，落入水中忽然就不见了。

荷叶不似一般草木的叶子，长得很大，像雨伞一样婷婷立在湖面上。当然，也有叶子漂浮在水面上的睡莲。我们常见的荷花都有着“擎雨盖”，苏轼《冬景》中就有写到，“荷花已无擎雨盖，残菊犹有傲霜枝”。周邦彦“一一风荷举”的“举”字就写出了荷叶挺立在水上的状态。

荷叶亭亭，迎风起舞。梦中的美好景象始终难忘，唯有寄情于词，刻下梦中熟悉的情景，以供思乡。

歌筵畔，先安簟枕，容我醉时眠
——且醉且放歌

风老莺雏，雨肥梅子，午阴嘉树清圆。地卑山近，衣润费炉烟。人静乌鸢自乐，小桥外、新绿溅溅。凭栏久，黄芦苦竹，疑泛九江船。

年年，如社燕，飘流瀚海，来寄修椽。且莫思身外，长近尊前。憔悴江南倦客，不堪听、急管繁弦。歌筵畔，先安簟枕，容我醉时眠。

——北宋·周邦彦《满庭芳》

王安石有句家喻户晓的诗，“春风又绿江南岸，明月何时照我还”，这句中的“绿”用法和这首词的“老”“肥”是一样的。中国文字博大精深，一个字用在不同的地方意思会完全不一样，学中文的老外看见文言文大概要泪流满面了。

学了这么多年的诗词，我发现，一首诗或者一首词，最好的句子似乎很少会在开篇出现。像柳永的千古名句“杨柳岸晓风残月”，李清照的“此情无计可消除，才下眉头，却上心头”，当然，很少不代表没有，苏轼的“十年生死两茫茫”和“大江东去浪淘尽”就是特例。个人觉得，周邦彦这首《满庭芳》，写的最好的要数开篇的“风老莺雏，雨肥梅子”了。而这句中，“肥”字是最生动的，词人没有用“熟”也没有用其他字眼，偏偏选择了这个一般用来形容人的字来形容梅子，给人一种生命感，让人看见了心里不禁这样想，哦，梅子是活的，她会长大，会变肥。李清照《如梦令》中的“知否知否，应是绿肥红瘦”，大抵也是这种感觉。

“风老莺雏，雨肥梅子”这句一语双关，既是议论景色，也是感慨自身。幼莺在风中渐渐长大，渐渐苍老，梅子在雨中渐渐成熟，渐渐凋落，而词人自己也一样，在岁月中渐渐变老。时光不等人，一去不复返。然而，周邦彦为什么会发出这样的感慨？

写这阕词的时候，周邦彦正担任溧水县的县令。县令属于品级非常低的官员。虽然周邦彦不像苏轼那样到处被贬，也不像陆游，在朝廷中处处受排挤，他一个七品芝麻官，也没人费心思去对付他。他惆怅是因为他多年来一直是个小官，在各个州县来回调动，调来调去官阶却没有升上去。而周邦彦是个有上进心的人，他很想得到皇帝的重用，作出一番大事业来，只可惜一直没能如愿。久而久之，周邦彦厌倦了这种生活，大概他觉得，以他的才学却总在县令的位置上徘徊，太过屈才了。与其这样继续碌碌无为下去，还不如离开官场，归隐田园来得自在。

周邦彦任知县的溧水县位于江苏省西南部，也算是江南一带，离他的家乡钱塘不远。这首词的上阕，写的正是溧水的景色。幼莺在风中一天天长大，梅子在雨水的滋润下渐渐成熟。正午的太阳很烈，将树影投在地上，洒下一地斑驳。溧水县的地势比较低洼，正好靠近山，因而雨水很多，树长得很茂盛。此事正值黄梅雨季，气候潮湿温暖，衣服上也微微有种湿漉漉的感觉。他燃上一炉香来熏衣服，要将衣服彻底熏完，要费不少香料。

炎炎夏日，词人站在小桥边，看乌鸢鸟在山间无忧无虑地飞翔，看桥下的绿水潺潺，水波荡漾，忍不住发出感慨。唉，还是当一只鸟儿好呀，可以自得其乐，无拘无束，做人要天天为这烦恼为他忧，实在是愁煞人。如此，他不禁想到了当年大诗人白居易遭贬谪后泛舟九江之事。看眼前遍地黄的芦苇和苦竹，虽未被贬，他和被贬之人的处境还有心情竟是那样地相似。这样的愁苦，什么时候才是个头啊！

他羡慕山中自由的乌鸢，希望自己能跟它们一样自由飞翔。但他的人生却像春去秋来的燕子，每年南来北往，四处漂泊，常年栖身在别人家的屋檐下。这里的“别人”，暗指朝廷。周邦彦作为一个七品小官，却经常被派来派去，没有一个稳定的居所，不正像寄居他人屋檐下的燕子么。他自己当然不想过这样的生活，命运如此，却由不得他选择。

看了这么多，想了这么多，词人的心也开始乏了。他自我安慰，且不去考虑那么多朝廷上的事吧，命里有时终须有，命里无时莫强求，不属于你的，怎么求也求不来。还不如坐下来痛痛快快喝几杯，及时行乐，借酒消愁。因为常年的漂泊已经使他身心疲惫，他厌倦了这样的日子，再也受不了管弦的繁复音调了。他只想清清静静地过完下半辈子，不被尘世所扰。就在这歌舞酒宴的地方，安置好床榻，正好喝醉了他可以好好睡一觉。

歌舞酒宴处，也指朝廷。朝廷中是是非非太多，正如丝竹不断的酒宴，处处欢声笑语，不得清净。

陶渊明说，“既自以心为形役，觉今是而昨非”，但凡走上仕途的人，不少人有跟他一样的感觉，但是能真正做到抛开一切世俗烦恼，回归田园的，却寥寥无几。身不由己，大概就是他们最大的悲哀吧。

断肠院落，一帘风絮

——空见旧时路，故人音容在何处

章台路。还见褪粉梅梢，试花桃树。愔愔坊陌人家，定巢燕子，归来旧处。黯凝伫。因记箇人痴小，乍窥门户。侵晨浅约宫黄，障风映袖，盈盈笑语。

前度刘郎重到，访邻寻里，同时歌舞，惟有旧家秋娘，声价如故。吟笺赋笔，犹记燕台句。知谁伴、名园露饮，东城闲步。事与孤鸿去。探春尽是，伤离意绪。官柳低金缕。归骑晚、纤纤池塘飞雨。断肠院落，一帘风絮。

——北宋·周邦彦《瑞龙吟》

章台路在古诗词中一般都指妓女所在地，也就是俗称的花街柳巷。因为昔日秦昭王在咸阳建立章台，四周繁华，青楼林立，有很多倚楼卖笑的妓女。周邦彦这首词的主题是旧地重游，怀念故人，而且他所怀念的故人是个青楼女子。

因词中提到章台，我不禁想起了曾在《绿窗女史》中读到过的《章台柳传》：

唐朝才子韩翃生活比较窘迫，他有一位李姓朋友家中富有，是个讲义气的人，而且很惜才。李生同情韩翃的处境，让他住在自己家的别院，而这座别院中住了李生的一名爱妾柳氏。时间长了，柳氏觉得韩翃是个有才华的人，居然对他动了心。李生知道后，不但没有生气，反而成人之美，将柳氏赠给韩翃。事实证明李生和柳氏都是有眼光的人，韩翃在次年的科考高中第一。为了前程，韩翃不得不和柳氏暂时分别。谁知安史之乱发生，柳氏为了避乱，扮丑躲进了法灵寺。唐肃宗平定叛乱后，韩翃回来寻找柳氏，他写了一首诗：“章台柳，章台柳！昔日青青今在否？纵使长条似旧垂，也应攀折他人手。”柳氏得知后，泣泪交加，马上回应了他。这时候有个将军听说了柳氏的美貌，强行将她抢走，韩翃心急如焚却没有办法，只能眼睁睁看着爱妻落入他人之手。有一位叫许俊的武官听说了这件事，就主动出头替韩翃打抱不平，他让韩翃写了张纸条，然后拿着这张纸条想办法进了将军府，以此为信物把柳氏接了出来。后来这件事被皇帝知道，皇帝没有怪罪，而是将柳氏判还给了韩翃，还奖励了许俊二百万钱。故事的结局很美满，皆大欢喜。

周邦彦回京之时，正是初春时节，梅花刚刚凋落，桃花正欲开放，他走在幽静的小路上，向目的地前行。距上次与她别离，已经十年过去了，他不知女子这十年间生活得好不好，自己这一次去找她，能不能如愿见到她。十年是十分漫长的一段时间，物是人非，或许她早已不在那里了吧。因而看到往日筑巢的燕子返回旧居，周邦彦心中产生了这样的疑问，此时的她身在何处？过得好不好？还记得当年第一次相见，她偷偷打开门看他，脸上浅浅涂上了额黄，扬起袖子掩嘴，轻笑盈盈。

“浅约宫黄”指的就是额黄，即将黄色的脂粉涂在额头上，是古代女子常做的一种装扮，如《木兰辞》，“当窗理云鬓，对镜贴花黄”。

在周邦彦的记忆中，女子是十分美好的，初次相见，她灵动可爱的形象一直留在他的脑海中，十年来，他从未忘记她的音容笑貌。此次旧地重游，词人内心也是十分矛盾的，他期盼见到她，又怕去了之后她已经不在了，希望越大，失望越大，若真寻不到她，他必定会失落好一阵子吧。

这种心情，令他想起了曾经刘禹锡两次游玄都观，两次前往却是两种不同的心情，他也是如此啊。当年来到章台，他又岂会有如今的矛盾心理？时间可以改变一切，物是人非不过是一眨眼的事，沧海桑田也未必像传说中的那么长久。十年间，很多事情都发生了翻天覆地的变化，当他来到昔日遇到她的地方，这里还是像以前一样，有很多貌美擅歌的女子，她们声音甜美，舞技超群，唯独不见他要寻找的那一个人。没有她，其他女子再美又有什么用呢，她们根本取代不了她在他心中的地位。其实早在出发之前，他就已经预料到会是这种结果，十年了，青春不再的她或许已经嫁作他人妇，又或者离开了此地，另谋出路。妓女们靠卖笑为生，她们以色事人，无论之前多么出名，也有有色衰而爱弛的一天。就像《琵琶行》中的琵琶女，“门前冷落车马稀，老大嫁作商人妇”。

周邦彦在这首词中用典很多，如“定巢燕子”化用的是杜甫的诗，“前度刘郎”说的是刘禹锡二游玄都观之事，“露饮”来自梁简文帝诗中的“风禅露饮”，“事与孤鸿去”则化用杜牧的“恨如春草多，事与孤鸿去”，等等。用了这么多典故，都是出自不同朝代的不同诗人，可见周邦彦是个博览群书之人。

后人对周邦彦这首词的评价很高，词中所写的内容非常丰富，从景到人，从以前到现在，从回忆到现实，自始至终都蒙着一层淡淡的哀伤。周邦彦故地重游，除了想碰运气看能不能遇上旧时的恋人，更多的是怀着一种怀念过去，怀念故人的心情，让记忆重新回到十年前的某一天。他在仕途上一直不顺利，心中总是有一腔挥之不去的愁绪，他需要找到一种方式去排解。若是能遇见故人，那是再好不过了，就算寻不到，故地重游也可以慰寂寥。只可惜周邦彦天生就多愁善感，到哪都忘不了愁。

十年后，是谁陪在她身边，陪她饮酒漫步呢？他不知道，也无从得知。想到此，他心中生出了无限惆怅，就像被风吹落的柳絮一样，四处纷飞。断肠人，断肠路，既然他注定为她相思为她愁，那么，只希望她能过得比他好。如此，足矣！

天遥地远，万水千山，知他故宫何处？
——游走在破国边缘的皇帝父子

裁剪冰绡，轻叠数重，淡著燕脂匀注。新样靓装，艳溢香融，羞杀蕊珠宫女。易得凋零，更多少、无情风雨。愁苦，问院落凄凉，几番春暮。

凭寄离恨重重，这双燕何曾，会人言语？天遥地远，万水千山，知他故宫何处？怎不思量，除梦里有时曾去。无据，和梦也新来不做。

——北宋·赵佶《燕山亭》

1125年，金国灭了辽国，转战南下，开始对北宋进行侵略。

宋钦宗就是在这个时候从父亲宋徽宗的手中接过了烂摊子，当时还是太子的赵桓，据说是哭着登基的，兵临城下，谁都笑不出来。

没过两年，开封沦陷，北宋灭亡。

被金兵掳走的宋徽宗，正经历着人生中最痛苦的时刻，宋徽宗最后的日子里，过得凄苦无依，他们到达了金国都城后并没有停留，又被一路赶往更为荒凉的北地，一路上吃尽了苦头，好几次都差点把命断送掉，终于到达了现在的黑龙江，成为金国的阶下囚。

在寒冷的北国，宋徽宗写下了这一首词。

新开的杏花美丽可爱，像是刚化完靓丽的妆容，艳丽芬芳，就算是仙女来了也被比下去。杏花虽美，却容易凋谢，再加上北地的狂风急雨，落了满院凄苦的落英，这样的场景也已经有好几年了。

他离开故土也已经很久，想让南飞的燕子寄托相思，可是燕子又不会说话，况且这万水千山的，它哪里认得飞往皇宫的路，于是只好做梦，在梦中回一趟朝思暮想的宫城，可是最近却连这种梦都做不到了。

赵佶的这首词写得非常无奈，先用杏花的盛放和衰落来隐喻自己的身世，再用燕子来表达自己对故国的思恋，却无奈他身在敌国国土浑浑噩噩地过日子，没有办法再回到自己的土地上了。

他日夜思念着梦中的王国，金碧辉煌的宫殿，还有御花园中充满珍奇异宝的艮岳。

这是一座用太湖石堆砌起来的庞大园林，周围种满奇花异木，堆假山用的太湖石从江南各地搜刮而来，用船沿着大运河运到开封，这便是著名的“花石纲”。

当时的宋徽宗，对太湖石有着难以名状的痴迷，对上贡石头的人，不论人品身世如何，一律重赏，所以全国上下都在搜刮太湖石。

运至开封的太湖石，在御花园中堆成了一座高达九十尺的假山，取名“艮岳”，“艮”是八卦的一种，代表着“山”，宋徽宗是个不折不扣的道教迷，他自称道君皇帝，听信道士谗言，按照风水说法，在御花园中堆出一座假山，“艮岳”成为他修身养性的福地，想让自己延年益寿。

但是艮岳不仅没有为他带来长寿秘诀，更多的是让他将自己的王国推向灭亡，宋徽宗去了北地就再也没有回去过他朝思暮想的宫城，金人最终将他软禁致死。

宋徽宗是一个昏庸无能的皇帝，面对强权的威胁总是妥协让步，宁愿逃避也不愿带领自己的民众抗争到底。

作为一个皇帝，他是非常不合格的。

但是作为一位艺术家，他又是非常优秀的。宋徽宗之所以会被世人记住，一是因为他亲手葬送了北宋，另一件便是“瘦金体”了，这是中国书法史上重要的一种字体，宋徽宗对此的贡献可谓功不可没。

他善于吟诗作对，擅长画画，他的画细腻优雅，尤其擅长画花鸟，清雅的画作配上秀气致极的“瘦金体”，便是完美的艺术品。此后八百多年来，没有人能够达到他的高度，可称为古今第一人。

宋徽宗死后，他的儿子继续被囚禁了三十年，也过得颇为凄凉，据说有一次被迫参加金兵的阅兵仪式，因为年纪大了，他骑在马上骑不稳，很快便掉下来，再加上有金国皇帝的授意，他直接就被金人射杀，尸骨被抛在场地上，任人践踏。

两代帝王的收场都非常凄惨，但是相比靖康之耻，有多少家庭破碎，血流成河、尸横遍野，那些为了守卫城池而誓死战斗到底的人，都比他们的皇帝有志气。

一曲当时动帝王
——让帝王迷醉的女子

辇毂繁华事可伤，师师垂老过湖湘。缕衣檀板无颜色，一曲当时动帝王。

——南宋·刘子翚《汴京纪事》

这是一首写名妓李师师的词，当年开封的繁华盛世，回想起来真让人忧伤，李师师的金缕衣和檀板都已经失去了光彩，一曲华丽的曲子曾经让徽宗都迷恋不已。

开封府在北宋是繁华的都城，当时的名妓李师师就住在最热闹的街道，李师师才貌双全，艺压群芳，艳名远播，时常有人慕名而来，却因为出不起价格而被拒之门外，但是他们又不甘心就这么离开，便专门守在李师师家门口，就为了见她一面。

宋徽宗赵佶喜欢微服出巡，混到大街上闲逛，某日他又带着蔡攸等人出来晃荡，在经过李师师家门口时见到蹲守的人，一时好奇便问蔡攸是怎么回事。

蔡攸立刻建议风流的天子去李师师家喝花酒，于是他们便踏入了李师师的家门。

徽宗被李师师的美貌迷倒，沉迷其中不可自拔，当晚便决定留宿，他为了表示对李师师的重视和喜爱，为了让李师师以诚相待，表明了自己皇帝的身份。

当时跟李师师关系非同一般的人，除了皇帝赵佶还有北宋时期著名的词人周邦彦。

周邦彦是个才子，他写的词在教坊青楼传唱，因此便认识了李师师，成为她的入幕之宾。

在李师师与宋徽宗交往期间，周邦彦还不时去探访李师师，最经典的便是他躲在床下偷听李师师和宋徽宗谈话的故事，还为此做了一首《少年游》：

并刀如水，吴盐胜雪，纤手破新橙。锦幄初温，兽香不断，相对坐调笙。

低声问，向谁行宿，城上已三更。马滑霜浓，不如休去，直是少人行。

并州的刀子光亮似水，吴地的食盐洁白似雪，纤弱手指切开了新橙。锦缎被褥已经微温，兽头的香炉中熏香缭绕，屋内的人相对而坐一起吹笙。

低声的问他，今夜要去哪儿留宿，城头已经打过了三更，夜深霜浓马蹄打滑，不如就此休息吧，窗外行人已经不多了。

周邦彦和李师师的关系世人皆知，他词里所描述的人物到底是谁，大家都心知肚明，所以周邦彦这首词一出，京城里四处传唱，大家都争相传看，李师师和宋徽宗的私密故事也被曝光了。这件事很快就传到了宋徽宗耳朵里，他勃然大怒，下令给周邦彦找碴儿，终于找出了个莫须有的罪名将他贬职，赶出了开封。

皇帝终于独占了李师师，可好日子没过上多久，公元1125年，金军灭了辽国，南下攻宋。

宋徽宗见情况紧急，赶紧将皇位让给儿子钦宗，将烫手的山芋扔了出去。钦宗上位被逼无奈，启用了主战派的李纲，并且贬谪了蔡京以平民怨，在这些举措下，抗金战役取得了一定的胜利，金人退兵了。但是金人退兵是有条件的，北宋割中山、河间、太原三镇给金；还要向金兵支付黄金五百万两、白银五千万两、牛马万头、绸缎万匹以示诚意。

宋钦宗下令搜刮城内百姓的财物，李师师的家也不能幸免，这时候的徽宗却完全不顾念他对李师师的情意了，躲在他儿子身后，看着官兵将自己深爱的女人家的财物洗劫一空。

曾经对皇帝心存幻想的李师师，经历过了生死挣扎的苦难，终于明白了，帝王对她的恩情就像露水一般，转瞬即逝，大难临头，没有任何恩情可言，对宋徽宗来说，自己只是一个卖笑卖唱的风尘女子。

不久，北宋灭亡，李师师举家南迁。

李师师逃到了湖湘，在那儿定居下来，经历了逃难的折磨，她已经困苦不堪了，但是为了生计，她没有办法只能依然过着卖笑的生活，李师师在南方的名气远不及她在开封，也偶尔有文人风雅之士请她去唱歌，但是她的模样比传言中苍老了很多，脸上写满了沧桑，不复在开封时的清雅模样。

经历过生死劫难的人，怎可能再笑得开怀，李师师的下半生是在郁郁寡欢中度过的，她为了适应南方人的品味，努力学习南方流行的曲子和发音，再也不是开封名媛李师师，一代名妓最终消散在历史的长河中，令人唏嘘不已。

花自飘零水自流。一种相思，两处闲愁
——鹣鲽情深，不羡鸳鸯

红藕香残玉簟秋。轻解罗裳，独上兰舟。云中谁寄锦书来？雁字回时，月满西楼。

花自飘零水自流。一种相思，两处闲愁。此情无计可消除，才下眉头，却上心头。

——宋·李清照《一剪梅》

初识这首词，源自我听到的一首歌，用李清照的这首词谱上了曲，曲调幽怨低缓，歌者嗓音空灵清透，哀怨中带着痴情，将独守空闺的深情女子对爱人那种思慕之情演绎得淋漓尽致。

艳丽的红色荷花已经凋谢，芬芳香味也不再迷人，坐在精美的竹席上可以感觉到秋的凉意。我轻轻地解开罗裙，换上衣衫一个人孤单单地上了小船，没有人跟着，我独自一人，有种幽幽的孤单。高远的云端一群大雁飞过变换着队形，是不是有人托大雁寄来了书信呢？回答我的只有渐渐偏西的清冷月光。

眼前的落花流水可不管你的心情如何，自是飘零东流。青春也不会因为任何原因驻足，容颜易老。此刻，我对他的这种思念之情，相信他也是明白的，他也正如此想念着我，也和我一样因为分离而焦虑悲伤。这种相思之情笼罩心头，无法排遣，蹙着的愁眉方才舒展，而思绪又涌上心头，其内心的绵绵愁苦怎么样都挥之不去。

李清照是我国著名的女词人，在那个封建时代，在“女子无才便是德”的男尊女卑社会，李清照的词就像一颗最闪亮的星星，点缀在历史的夜空中。

李清照出生在山东，是一位个性鲜明、超凡脱俗的女子，她的一生经历了许多波折，可是她始终能率真地面对自己的生活，保持着爽直、不羁的性格。

李清照有着良好的教育环境和宽松自由的家庭，父母都是学识渊博的

人，对她的教育和成长都有非常积极的影响，她的父亲李格非也是非常开明的人，对李清照的成长没有加以束缚。

所以李清照从少女时代起便表露出了非常聪慧的才华，这样的才华定是京中各官家子弟所仰慕的，前来提亲的人便络绎不绝。

这其中便有与李家过往甚密的赵家。李家与赵家是同乡，长辈又同在京城做官，官职相差不多，两家门当户对，所以这桩婚事一拍即合。

据说，赵明诚的父亲将要为他选择妻子人选时，有天赵明诚午睡，做梦梦到自己在诵读一卷书，醒过来却只记得三句了：言与司合，安上已脱，芝芙草拔。

这就像一个谜语，困惑着赵明诚，他不明白这三句话的含义，便找到自己的父亲将自己梦到的句子告诉父亲。

他父亲笑着说："你就要找到能文擅写词的妻子了，'言与司合'，组合起来是一个'词'字，'安上已脱'是一个'女'字，'芝芙草拔'将草头去掉，是'之夫'，合起来便是'词女之夫'，这不就说明你快要结婚了吗？"

京城中待字闺中、词名远播又门当户对的女子，除李清照外没有第二人选，于是赵明诚的父亲便去提亲，赵、李两家联姻，结为秦晋之好。

李清照知道自己已经有了结婚对象，一颗芳心有了寄托，对赵明诚也留意打听，两人应该还见过面，李清照为此还写了一首词《点绛唇》：

蹴罢秋千，起来慵整纤纤手。露浓花瘦，薄汗轻衣透。

见客入来，袜刬金钗溜。和羞走，倚门回首，却把青梅嗅。

自由的少女宛如一只快乐的小鸟，暮春时节，露气浓重，百花渐谢，她穿着轻衣荡秋千，气候适宜，玩儿得出了一身薄汗。

稍作休息时，突然听说来客人了，为了躲避客人，她匆忙往闺中躲，匆忙中袜子滑下来，金钗也掉了，一向大胆率直的少女，突然感到害羞，临进房门的一刹那，她却又站住脚，装着在赏闻青梅的姿态，倚门回首，其实是悄悄打量进门的贵客呢。

不难想象，那进门的客人中，一定有李清照未来的夫婿赵明诚，她借着嗅青梅的动作，细细打量赵明诚的模样，充满了闺中少女的羞涩和对未来夫婿的心仪之姿。

李清照和赵明诚婚后琴瑟和弦，生活幸福美满，她和赵明诚结婚时才十八岁，正是一生中最灿烂的时刻。她和赵明诚都喜欢金石碑刻，因为赵明诚还在太学读书，没有经济来源，所以每次赵明诚从太学归来，他们都要典当衣物才能换取一定钱财，然后两人就去购买金石碑文，这样的生活自得其乐，闲适又开心，堪称神仙眷侣。

赵明诚还在读书，所以一个月只能回来两次，新婚的李清照还在婚姻的蜜月期，不堪忍受这种分离的相思之苦，写下了大量描写闺怨离情的词，这些词写满了李清照的绵绵情意，对赵明诚的牵肠挂肚，对重逢的期盼，词中只带着淡淡的闺怨哀伤，没有中年时的悲苦离思和晚年的撕心裂肺。

《一剪梅》这首词，应该是写在她的青年时期，她与赵明诚第一次长久的分别，赵明诚已经太学毕业，正式踏上仕途，宦海沉浮，四处奔波对于身在官场的人来说是很平常的，李清照不知道赵明诚在外做官要多长时间，也不知道他的路程有多遥远，更不知道何时赵明诚才能稳定下来和自己团聚。

相爱相守了十年，突然面临这么长久的离别，她的心里肯定不适应，离别在即，她被愁思包围，写下了这首词，并拜托天边的鸿雁将这首词托付给丈夫，以表达自己对他的想念和担忧，同时也在暗示丈夫早早归来，或者早些将她接过去团聚：你在外面漂泊得太久了，快快归来吧，我什么都不要，只要能和你见面，能守在你身边就好。夫妻间鹣鲽情深的一幕跃然纸上。

莫道不消魂，帘卷西风，人比黄花瘦

——依依惜别的深情

薄雾浓云愁永昼，瑞脑消金兽。佳节又重阳，玉枕纱厨，半夜凉初透。
东篱把酒黄昏后，有暗香盈袖。莫道不消魂，帘卷西风，人比黄花瘦。

——宋·李清照《醉花阴》

薄薄的雾气笼罩浓云无法散开，就像愁云密布在我的心头，看不到明媚阳光。只能在屋里焚起一炉瑞脑香，暗自消磨无聊的时光。

又到一年重阳佳节，一个人的节日也没有什么好庆祝的，玉石做的枕头，白纱的帷帐在夜里格外冷清。

只好走出庭院，赏菊饮酒，菊花的幽香盛满衣袖，心中的寂寥还是无法散去，回到屋里，萧瑟西风将帘子掀起，人就像这黄菊一般纤瘦。

被相思愁苦包围的李清照，一心期盼着远行的赵明诚归来，夫妻间往昔的恩爱情景不时萦绕在李清照周围，这些美好的回忆给了她等待下去的勇气和信心，她和赵明诚结婚十多年，一直和谐美满，丈夫的偶尔出行，李清照都会写词表达相思之苦，赵明诚也总是很快就能回来。

但是这次却完全不一样了，赵明诚任莱州知县，总算稳定了下来，将李清照接过去团聚。他们已经分别了整整五年的时间，在苦苦期待中煎熬的时光，那些被时光渐渐消耗的五年时光，都让李清照的心沉寂下来，她由最初对赵明诚的渴望和期盼到最后无奈与淡漠，内心的无奈莫可名状。

她对团聚的期待也不像最初那么热烈了，等到了莱州后，她还写了一首《感怀》，来表达心中的不满：

寒窗败几无书史，公路可怜合至此。青州从事孔方兄，终日纷纷喜生事。
作诗谢绝聊闭门，燕寝凝香有佳思。静中吾乃得至交，乌有先生子虚子。

这首词是她到了莱州住所，环顾四周，对馆舍的破败寂寥有感而发。按理说李清照不是那种强调物质欲望的人，对她来说，只要能与赵明诚在一起，哪怕寒舍茅屋也充满了温馨和浪漫。

那这次为什么又会满腹牢骚呢？

原来是她和赵明诚产生了矛盾，这个矛盾深刻不可调和，深深划在李清照和赵明诚之间。

说道他们之间的矛盾，还要从宋朝初年开国皇帝赵匡胤说起，太祖“杯酒释兵权”，劝说手下的部将们：“人生驹过隙尔，不如多积金，市田宅，以遗子孙，歌儿舞女以终天年。君臣之间无所猜嫌，不亦善乎？”

北宋君主推崇那种享乐的生活，对豢养歌儿舞女并不反对，甚至提倡和怂恿，因此，自皇帝以下的达官贵人都拥有不同数量的歌儿舞女。这些歌姬舞姬往往兼有主人侍妾的身份，许多官员外地赴任，不带妻子儿女，却总忘不了带两个年轻有姿色的侍妾。

宋代的酒楼妓院生意十分兴隆，酒宴上歌女劝酒风气盛行，从流传到今天的大量艳情词中可以看出当时青楼行业的兴盛。宋代的官府甚至豢养了一批歌伎，称为“官伎”，以应付公家宴会时陪唱喝酒、寻欢作乐用。宋代的文人士大夫们也经常出入这种风月场所，与这些莺歌燕舞的女子们厮混在一起，已形成一种普遍的社会风气。

所以，婚后的赵明诚也豢养了几名歌伎，以供平日歌舞娱乐，这是可以肯定的，李清照和赵明诚特别尊敬的前辈苏轼，虽然平时不好色，但也有小妾李朝云随侍左右。

赵明诚应该比苏轼更开放一些，所以会有侍妾也不足为奇，李清照知道这个事实，但是从结婚到现在十多年了，她从来没发作过，为什么分离五年后的初次团聚，反而会这么愤怒呢？

原因就在这五年间的隔阂，赵明诚未与李清照分开时，两人情意相投，卿卿我我，就算赵明诚有侍妾随侍，但他一门心思在李清照身上，李清照也根本不在意丈夫身边有别的女子出现，因为他们两人的心都在彼此的身上，再分不出哪怕一点点给别人了。

但是过了五年，情况就完全不一样了，赵明诚与李清照分开那么久，完全只靠书信来往，两人之间的鸿沟越来越深，再加上五年时间流逝，李清照大好的青春年华被白白消耗了，赵明诚的目光自然而然被更年轻美丽的女子吸引，逐渐冷落了李清照。

因为李清照的脾气太过倔强，对赵明诚的爱太深，她的心中只有丈夫一人，她不容许丈夫心生旁骛，又看到他身边有比她更年轻的女子出现，所以心生焦灼也是在所难免的。

再加上那段时间，李清照的身体不太好，时常缠绵病榻，身体不舒服，心中的情绪自然不会好，多种因素的作用下，李清照和赵明诚往昔和睦的关系有了矛盾冲突，她一个人生着闷气，写词来发泄心中的不满和对赵明诚的怨恨，这些赵明诚也应该明白，但是他并没有舍弃李清照，和她那么多年的夫妻，他早了解了李清照的脾气性格，对她的怨和怒都极力包容，因为他对妻子仍抱有深情，他对李清照的感情依然。所以他想尽办法排解了李清照的愁怨，一直到赵明诚任期结束，他和李清照的感情依然非常融洽。

因为有了罅隙，在赵明诚将李清照接往莱州前那段时间，她写下的词基本都是这种风格，这五年来，她伤春悲秋，将浓浓的分离之苦和对赵明诚的思念都一点点记录下来。

从初时甜蜜的回忆和期望，慢慢转变为触景伤情，见到任何事物都会思念赵明诚，再到之后的焦灼，空间距离的相隔，通信手段的落后，五年间难得通一次音讯，都加深了李清照对赵明诚的猜疑。

再加上书信的来往总不如人当面交流来的方便和快捷，书信中难免会有一两句对对方的指责和埋怨，这些都是导致李清照在赴莱州前写的那些诗词中，弥漫着凄风苦雨的悲凉意境。

天接云涛连晓雾，星河欲转千帆舞

——瑰丽神奇的绮梦

天接云涛连晓雾，星河欲转千帆舞。彷佛梦魂归帝所，闻天语，殷勤问我归何处？

我报路长嗟日暮，学诗谩有惊人句。九万里风鹏正举，风休住，蓬舟吹取三山去。

——宋·李清照《渔家傲》

这是一首描写梦境的词，充满了浪漫色彩，透过这首神奇瑰丽的词，我们能看到李清照郁郁寡欢的思念。

今夜的梦境是奇特的，天空中弥漫着云涛与晓雾，在恍惚中我仿佛置身于银河中，闪烁的群星如同挂满篷帆的航船，点点片片飞舞。我乘着船进入天帝的居所，天帝殷勤问我，要去往何处？

我叹息着回答，路途遥远，不知前路，学写了这么多年的词句，空有才华能写出惊人的语句又有什么用。唯希望风继续吹，让我像大鹏一样乘风展翅，驾一叶扁舟驶向美好的世外仙岛去。

“天接云涛连晓雾，星河欲转千帆舞”，这两句是直接描写梦境，云影星光，变幻迤逦，令人目眩神迷，那是夜色将尽、黎明拂晓之际，时而云涛翻涌，晨雾弥漫，时而云开雾散，星河灿烂，宛若千只船帆飞舞其中。一个“舞”字，化静为动，将平凡变为神奇，既描绘了繁星闪烁的绚丽多彩，也传神地写出了作者心魄神游，翱翔银河的动人画面。

“彷佛梦魂归帝所”，作者的心魄飞到了夜空，恍惚间来到了天帝的宫殿。写这词的时候，李清照的愁绪正郁结心中，得不到疏散，她找不到人倾诉，找不到人交谈，唯有飞上天宫，与想象中的天帝进行交流。一个“归”字，非常神妙，拉近了作者和天帝的关系，仿佛作者本就是天宫中的仙子，只因受不了人世的污浊，才重返纯洁的天庭仙界，天帝对她也关怀备至，一句“殷勤”将天帝的形象勾勒出来，对她有着道不明的情切好感。

下片紧承上词，以“我报”来回答天帝的提问，倾诉心中的愤懑，她有满腔的抱负和才华，却无法实现，在“女子无才便是德”的封建社会中，她的才华在众多男子之上，虽才华过人，却难以充分舒展，有了惊人的诗句又能怎样，还是不能实现自己的生活信念和美好理想。所以她才向天帝嗟叹：我报路长嗟日暮。人生路漫漫，虽上下努力求索，但人却已临暮年，令人悲叹。

但作者并没有就此消沉，而是笔锋一转，“九万里风鹏正举”振奋全词，借大鹏展翅的雄伟形象来自喻，她有如鲲鹏展翅般的豪情壮志。所以承之以“风休住，蓬舟吹取三山去”。她要驾取一叶扁舟，乘风破浪，飞向纯洁美好的海外仙山，这才是她理想的归宿。

虽然词意朦胧绰约，但是她的一片抱负和豪情，却依然有迹可循，全词带有浓重的虚幻缥缈的浪漫主义色彩，完美表达了李清照那种对自由和美好生活的强烈求索精神。

这首词应是在李清照与赵明诚重聚之后写下的，在现实的压力面前，有了愁苦的难言之意，她对赵明诚怨恨、不解，产生了猜忌，可是她又舍不得抛开这一切，对未来仍抱有很高的期望，对幸福的生活依然渴望，所以才会在词的最后豪气万千。

李清照写梦，另有一篇《晓梦》，也写得非常出色：

晓梦随疏钟，飘然蹑云霞。因缘安期生，邂逅萼绿华。
秋风正无赖，吹尽玉井花。共看藕如船，同食枣如瓜。
翩翩坐上客，意妙语亦佳。嘲辞斗诡辩，活火分新茶。
虽非助帝功，其乐莫可涯。人生能如此，何必归故家。
起来敛衣坐，掩耳厌喧哗。心知不可见，念念犹咨嗟。

晓梦是指拂晓时刻做的梦，在梦中是秋风送爽，荷藕肥美的季节，诗人踩着云霞，飘飘然飞上天。在天上仙境，邂逅了传说中的仙人安期生、萼绿华，他们殷勤地招待诗人，他们摆出了像小船一般肥硕的荷藕、像西瓜一般大的枣子，以及芬芳的新茶。

在座的都是超凡脱俗的佳客，妙语连珠、言辞犀利，诗人与他们有种志趣相投的默契，有种心灵的沟通。结尾四句写梦醒后对现实的不满和对梦境的留恋，现实中只有喧哗，但诗人却只能置身这种环境中脱不了身，她也明白，梦境是不可实现的，但却依然念念不忘。

正是因为和赵明诚之间产生的时间与空间的距离，以及心灵差异，导致李清照对身边所有的一切都产生了厌烦，所以才会一次次将希望寄托在梦境中，表露出心中的种种矛盾心理。

但是，李清照和赵明诚毕竟是有相同志趣的，感情又深厚，婚姻长久以来都是和和美美相敬如宾。因此，在两人见面后，相互间的隔阂逐渐消散，往日的温馨又重回他们的生活。

宋代的官员制度是三年一任，赵明诚在莱州任职满三年后，必须迁往别处，宣和六年（公元1124年），赵明诚迁往淄州，李清照一同前往，对于赵明诚和现实的生活期盼已经让她不再牢骚满腹，她在《金石录后序》中追忆赵明诚“连守两郡，竭其俸入，以事铅椠”。

“铅椠”是古代作字的工具，这里代指古籍书画，也就是说，赵明诚在莱州和淄州的任上，所有的俸禄扣除两个人日常开销外，都用在了购买金石古籍上了，没有剩余的钱来豢养侍妾歌伎，所以他们的生活过得平和而安稳。

但是，他们并不知道，一场巨大的灾难正悄悄降临。这场灾难不只颠覆了北宋的政权，还彻底打破了李清照他们的宁静生活，迫使他们背井离乡，再也没有了以往的优雅从容，开始了他们的漂泊生涯。

寻寻觅觅，冷冷清清，凄凄惨惨戚戚

——南渡中的悲哀与凄凉

寻寻觅觅，冷冷清清，凄凄惨惨戚戚。乍暖还寒时候，最难将息。三杯两盏淡酒，怎敌他、晚来风急？雁过也，正伤心，却是旧时相识。

满地黄花堆积，憔悴损，如今有谁堪摘？守着窗儿，独自怎生得黑？梧桐更兼细雨，到黄昏、点点滴滴。这次第，怎一个愁字了得。

——宋·李清照《声声慢》

睡醒起来，百无聊赖的想要找些什么，却发现四周清冷一片，顿时感到一种孤寂凄惶。早上太阳初升刚觉得稍微暖一些了，却又感到刺骨寒冷，这种时候最难捱，两三杯淡薄的水酒，怎么抵得过晚上的寒风。大雁南飞，正在伤心时，却发现正是之前为我传递过书信的那一只。

开败的菊花落了满地，看它们憔悴的模样，谁还忍心去攀折，我独自守在窗边，不知道怎么等到天黑，黄昏的时候，下起了点点滴滴的细雨，敲打着梧桐叶，一片愁云惨淡，这情形如何能用一个“惨”字来形容。

北宋在金兵的强压下，失了都城汴京，也失了徽宗、钦宗两位皇帝，从此北宋灭亡，宋兵全线溃败南逃。

面对这场巨变，北宋的大批文人士大夫都没有准备，李清照和赵明诚又一直居住在青州，之后的任职地也远离都城旋涡中心，对于朝廷变化也难以感触。

但是灾难降临，战火纷飞，北方的大量官宦家庭、平民百姓扶老携幼，纷纷渡江南逃，赵明诚的母亲由在京中做官的赵明诚兄长带着，已经往南面逃难，居住江宁。

建炎元年（公元1127年），赵明诚的母亲去世，又因为局势变化，淄州也成为不安全的战区，赵明诚终于决定带李清照一起南渡。

他们将大量的笨重无法带走的金石典籍留下，只选了自己喜爱，割舍不掉又稀少轻便的一些金石古籍，装了满满十五车，往南面出发。

在江宁稳定下来后，赵明诚便再度出仕，两人又过了段相对平稳的日子，但是随着金兵多次渡江南侵，南方乱兵盗贼四起，他们的生活也变得风雨飘摇起来。

赵明诚在建康任职不满半年，却在离职前做了件丢人的事：建炎三年（1129年），御营统制官王亦率部队驻扎在建康，图谋作乱，以夜间纵火为起兵的信号。

这个消息被江东转运副使李谟知道了，他派人报告了赵明诚，但是当时的赵明诚已经接到了调任湖州的命令，本着多一事不如少一事的原则，再加上他对这件事不太相信，赵明诚便没有作出回应。

到了晚上，乱兵果然纵火起兵，所幸李谟做好了部署，在乱兵必经的道路、街巷，搭建了栅栏以阻挡叛军。

叛军被李谟的部队阻拦，无法冲进城内烧杀抢掠，便打开城门逃了出去，等第二天李谟再去汇报赵明诚的时候，却发现赵明诚在昨晚的兵荒马乱中翻墙逃走了。此后赵明诚受到了处罚，被暂时停职。

赵明诚被罢官后，与李清照一起到了池阳，准备在那里定居，四个月后他又得到了朝廷的调令，让他重新回湖州做官，按当时惯例，赵明诚去湖州上任前，必须先去面见皇帝，高宗当时逃难在建康，他便再次回到了建康。

从赵明诚出仕以来，一直劳心劳力，处在颠沛流离的状态，与李清照经常分隔两地，过得非常凄苦。再加上出任建康时，不仅不能应对突发的兵变，还翻墙逃跑，这种屈辱和心理压力，使赵明诚的心绪始终无法舒展，他的怯弱带给他无尽的疲惫和压力。

赵明诚早已经心力交瘁，再加上此次赴建康面见皇帝，是顶着烈日三伏天一路狂奔，赵明诚不再年轻的身体终于感染了疟疾，一病不起。

赵明诚是北方人，迁居到潮湿的南方后，酷暑炎热让赵明诚始终无法适应，他的身体一向不好，再加上积劳成疾，这次的病便格外凶猛。

一直到七月末，李清照才得到赵明诚病危的消息，她又惊又怕，得疟疾会浑身发热发烫，以她对赵明诚的了解，知道赵明诚性急，一定会用那些凉性的药来压制，但是这样不但对病情没有好处，反而会加重病情。

李清照慌忙搭船起程，连夜赶到建康城，赵明诚果然如李清照所料，服用了大量凉性药物，加重了疟疾，已经病入膏肓，无法挽救了。李清照面对赵明诚也已是束手无策，八月十八，赵明诚便撒手人寰。

赵明诚死后，李清照的生活突然失去了支撑，自己也病倒在床上，但生性倔强的李清照没有放弃自己，最终从奄奄一息中挣脱了出来。

从死亡线上挣扎过后，李清照面临两大难题，赵明诚已死，自己无家可归，在这兵荒马乱的时候，她不知道该何去何从；另一个就是她和赵明诚搜集回来的那么多金石古籍，不知道该如何处置。

在如此困苦不堪的境况下，李清照又遭遇了一场风波，这场风波不仅是外在令人无奈的客观条件造成的，也和李清照的个性有着必然联系，但是她没办法向外人倾诉，有苦难言，在她失去赵明诚后一颗心刚刚平复没多久后，又一次遭受了莫大的打击。

赵明诚过世后，有个名叫张汝舟的男人闯进了她的生活。

这个叫张汝舟的人，趁着李清照遭遇苦难，精神空虚的时候，用甜言蜜语骗得了李清照的信任，在绍兴二年（公元1132年）改嫁给了张汝舟。

对于李清照而言，她只是一个向往感情生活，渴望与人心灵沟通的女人，南渡后失去赵明诚的痛苦，使她对于家庭生活的温馨和温暖格外期待，张汝舟恰巧就利用了她的这一点，趁虚而入，将李清照骗到了手。

但其实，他接近李清照是有目的的，李清照和赵明诚手中的金石古籍，数量之庞大，种类之繁多，在当时是非常著名的，觊觎她那些财产的人不在少数，张汝舟就是看上了李清照手中的那些财物。

结婚之后的李清照发现自己上当了，张汝舟是个无耻的市侩小人，丑恶的嘴脸迅速暴露在李清照的面前，再加上张汝舟发现李清照的家当完全不像传说中那么多，对李清照更是恶言相向，甚至拳脚相加，对她多方欺凌，甚至有将李清照虐待致死，然后霸占她财产的念头。

李清照实在不堪忍受，便找到了张汝舟买官的证据，将他揭发出来，按照宋朝律法，妻子揭发丈夫的，两人都要抓起来入狱，若丈夫罪证确凿，妻子也必须入狱两年。李清照宁愿自己入狱，也不愿再跟张汝舟纠缠下去，她独立倔强的个性可见一斑。

李清照这次的再嫁到离异，只不过一百多天的时间。

再嫁风波，让李清照的心一下子苍老了许多，甚至到了暮春三月，大家都兴致勃勃赏春之时，她也恹恹的提不起兴趣。

家不在了，丈夫也死了，自己遭受了再婚离异的打击，再加上国家处于风雨飘摇的时期，她心中的愁苦更加深刻，便在阳春三月，写下了一首凄苦的《武陵春》：

风住尘香花已尽，日晚倦梳头。物是人非事事休，欲语泪先流。

闻说双溪春尚好，也拟泛轻舟。只恐双溪舴艋舟，载不动、许多愁。

转眼到了暮春时节，春风停息，百花落尽，花朵化作了香尘，春天的芬芳也散尽了。天色已晚却还懒得梳妆打扮，一整天只是心灰意冷地坐着。风物依旧是原样，但人已经不同，一切事情都完了，想要诉说苦衷，眼泪早已先落下。

听说双溪春光还好，也打算坐只轻舟去观赏。只是恐怕漂浮在双溪上的小船，载不动许多忧愁。

李清照写这首词时约五十二岁，一再颠沛流离，加上婚变的残酷打击，晚年的孤苦无依，都将她的精神摧残至麻木，她心情颓废，看什么都是灰色的，所以看春天也感觉不到春的温暖和明亮。

回到李清照的这首《声声慢》，这首词最能突出她晚年思旧的情绪和愁苦的心境，人世间已经没有任何东西能够提起她的兴趣，就连她和赵明诚最倾心的金石古籍，也已经懒得去管理翻阅了。

从白天到黑夜，再到清晨，一天又一天，她就这么凄风苦雨地度过，一直到她七十岁辞世，她的心境都没有好转过，纵观李清照的一生，她经历了太多的幸运，又经历了太多的不幸，大喜和大悲同时在她身上降临，这些都丰富了李清照的阅历，使得她写出那么多真挚、丰富的文字，也在文化发展的历史长河中，找到了属于自己的位置。

三十功名尘与土，八千里路云和月
——湮没在君主淫威下的英雄

怒发冲冠，凭栏处、潇潇雨歇。抬望眼、仰天长啸，壮怀激烈。三十功名尘与土，八千里路云和月。莫等闲、白了少年头，空悲切。

靖康耻，犹未雪；臣子恨，何时灭？驾长车踏破、贺兰山缺。壮志饥餐胡虏肉，笑谈渴饮匈奴血。待从头收拾旧山河，朝天阙。

——南宋·岳飞《满江红》

宋高宗是南宋的开国皇帝，但却不是一位贤明的君王，他的昏庸比他的父亲和哥哥更甚，从他登上王位的那一天起，无时无刻不在想着怎么与金国议和。

他先是将都城从南京迁到扬州，眼看着扬州保不住了，又往南逃，最后定都临安，守着半壁破碎的江山。

更多从北方逃难过来的民众，饱受家破人亡的痛苦，在短暂的稳定之后，他们便思念起在北方的生活，那些安稳的日子，再比照下现在这种困顿的状态，一种凄惶油然而生。

赵鼎是一位极力主张抗击金兵的官员，曾是南宋朝廷中不可或缺的一名重臣，这首《满江红》是他在徽宗和钦宗被掳走后，南逃至长江，渡江后在仪征江口写下的：

惨结秋阴，西风送，霏霏雨湿。凄望眼，征鸿几字，暮投沙碛。试问乡关何处是，水云浩荡迷南北。但一抹，寒青有无中，遥山色。

天涯路，江上客。肠欲断，头应白。空骚首兴叹，暮年离拆。须信道消忧除是酒，奈酒行有尽情无极。便挽取长江入尊罍，浇胸臆。

愁云凝结在秋日的天空，阴云密布，细雨蒙蒙，心情本就已经很难受了，再举目四望，依然是凄凉一片，只有几行归鸿，暮色中投宿在水中的沙滩。

它们还能在天幕中自由飞翔，傍晚了还有栖息之所，而我呢，居无定所。想问问自己还记不记得自己的故乡在哪里，只看见一片云水相连的天际，辨不清方向，其中一抹淡青的山色，遥不可及。

开头三句，不是通常的悲秋情调，而是当前的时令景色表现了北宋沦亡、中原丧乱的时代气氛，及至最后回望淮水诸山，告别中原，词人无限依恋的情意，溢于言表。

茫茫天涯路，我漂泊在江上，想到国破家亡，便愁断了肠，白了头发。唯有挠着头发叹息，晚年遭遇了分离，消除愁思的只有酒，借酒浇愁又怎能消除无限的忧伤，不如将面前的江水舀入金樽喝下，方能浇熄我胸口无尽的愁绪。

赵鼎将无尽的愁绪和眼前滔滔不绝的长江合为一个整体，令人感到这种忧愁直如长江一样浩荡无涯，无可遏止。作者的爱国热情和满腔积郁不平之气，也于此尽情流露出来了。

《宋史·赵鼎传》中记载，赵鼎南渡后，累官到端明殿学士、签书枢密院事，一度罢官，然后又任平江府知府、建康府知府，这位四岁丧父，全赖母亲抚养教育，精通经史百家学问的南宋宰相，不但精忠报国，而且敢于直谏，全然不顾个人的得失。

1138 年，迫于金国的军事压力，南宋朝廷很多人都主张割地求和，但赵鼎坚决反对以秦桧为首的投降派的卖国行径，遭到了秦桧的忌恨。秦桧当上宰相后，对赵鼎采取了疯狂的报复行为，他不断捏造罪名，将赵鼎一贬再贬，最后流放到吉阳军。

秦桧还专门派人监视赵鼎的一言一行，要求吉阳军每月都要向他汇报赵鼎的生死情况，逼死赵鼎的野心昭然若揭，赵鼎为了不连累家人，给家人留下了遗书后，便绝食而亡。

赵鼎是个悲剧人物，但他的浩然正气却为后世所称颂，他对南宋的担忧也正是处在南宋小朝廷的统治下，所有的子民心中都有的忧虑。

贪婪的金兵想着吞并南宋，更多的南宋子民想的是如何抗击金兵，收复失地。

这其中最为著名的便是岳飞了。

宋高宗在绍兴时，由于当时军民自卫反击，金兵屡屡受挫，战争的形势也发生了大逆转，使得宋高宗和金国的和谈顺利进行。

金国要求南宋向金国进贡黄金白银，南宋要求金国退还陕西和河南，并且送还宋徽宗的棺木。

岳飞极力反对和谈，在战争胜利偏向我方的情况下再和谈，简直就是灭自己威风。

在这样的境况下，岳飞写下了《满江红》，直抒胸臆。

我怀着无比的愤怒走上城头眺望，潇潇细雨也渐渐停止。抬头望，忍不住仰天长啸，激烈的情绪无法平静。三十年来对于人世间的功名，我一向是看做尘土，为了家国我转战各地，跋涉了几千里的路程。不要等到青春已过，头发花白才后悔莫及。

靖康年间的耻辱，至今还未昭雪，臣子的恨意要到何时才能消失，我要驾着战车挥师北伐，踏破重重险阻，把敌人粉身碎骨，饿了就吃他们的肉，谈笑间喝他们的血解渴。等有朝一日收复了失地，江山统一，再收兵回朝拜见皇帝，重获太平。

这是一首气壮山河，传诵千古的名篇，表达了他抗金救国的决心和意志，几百年来被世人传诵，产生了深远的影响。

绍兴六年（公元 1136 年），岳飞才三十四岁，但是他统领的岳家军早已经征战无数，行军途中他带领部下登高望远，心中志气郁结。

因为主和的宋高宗压根就不想打仗，不断召岳飞回都城，再加上奸佞小人不断进谗言，岳飞的军权被完全剥夺了，甚至岳飞一手栽培出的“岳家军”也被别人接手了。

赵构不仅收回了岳飞的兵权，还启用主和派秦桧为枢密使，让他独揽大权，极力促成投降卖国行为。民众抗金的积极性大为受挫，主战派的赵鼎、王庶、张戒等人因为反对议和触怒了秦桧，被他排斥出朝廷，被贬谪、流放，境况非常凄凉。

受到投降派的打压，岳飞的满腔抱负化成了浮云，彻底变成了一个闲云散人。

宋高宗在秦桧的协助下，顺利跟金国和谈成功，但是金国的贪欲越来越强，南宋朝廷上贡的钱财土地远远满足不了他们的贪婪，他们也看明白南宋朝廷的软弱和无能，于是在和议达成一年后，又一次南侵。

这次的情况比较紧急，因为和议刚签订没多久，南宋朝廷还处于松懈状态，完全没想到金国会这么快又来侵犯，对金兵的防御完全不够。

实在没有办法了，宋高宗便重新启用岳飞，让他上阵杀敌，抵御金兵。

岳飞统帅的岳家军，治军严明、作战奋勇，有“死守无去”的强硬作风，连金兵听到“岳家军”三个字都会胆寒，当时在金军大营中流传的一句话：“撼山易，撼岳家军难。”

岳飞率领岳家军，联合刘锜、韩世忠等名将，一路北征，很快便打到了长江，将南岸收复后顺利渡江，进入中原腹地。

中原的百姓欢欣鼓舞地迎接岳飞的到来，不仅夹道欢迎，争相来敬拜他们，还有的将家中仅剩的牛羊牵来犒劳岳飞和岳家军。

岳飞豪气万千，他对部下说，要带领他们直捣黄龙，从这儿一路打到金国的老巢去，将被囚禁的钦宗解救出来。

但是这些都成为了实现不了的泡影，正在岳飞准备率众攻打开封时，宋高宗和秦桧突然下旨将岳飞强制召回。

岳飞不甘心，给高宗写了个折子，意思是说："现在天时地利人和都倾向我们这边，我强金弱，很快就能收复国土，千万不能错过这个大好时机啊。"

急着和谈的宋高宗哪管得了这些，他完全无视岳飞的奏折，下了十二道金牌让岳飞回朝，他怕夜长梦多，怕金国人反悔。

岳飞没有办法，只能遵旨退兵，刚收复的失地又被金兵占领，先前的辛苦全都白费了。

回朝后，由于金国人对岳飞的惧怕，特意交代了秦桧一定要把岳飞弄死，可是岳飞的德行人品都那么出众，况且得到民众的那么多爱戴，该怎么给他定罪呢？

这是让秦桧伤透脑筋的一件事，终于在绍兴十一年（公元 1141 年），将岳飞和他的部将逮捕，定了个谋反的罪名，可是秦桧又完全找不到岳飞谋反的证据，最后拖得实在没办法了，便将岳飞偷偷在狱中处决了，他的儿子和其他部将也遭受了腰斩的极刑。

宋高宗害怕钦宗的归来，因为一旦金国送回了宋钦宗，南宋的皇帝由谁来做呢？

宋高宗怎么肯将刚刚坐稳的王位拱手让人，所以他才会那么喜欢和谈，其实都是为了他的一己私欲，他为了自己的皇位，为了能坐在这至高宝座，舍弃了自己的父亲和哥哥，舍弃了北方江山和子民，舍弃了那么多追随他拥戴他的猛将贤臣，偏安一隅，战战兢兢地抱着皇帝的宝座直到终老。

所以，主张抗金的将领多半没有好结果，不是贬死便是郁郁而终，这大概是那些为国捐躯的英雄们想不到的，也是最为残酷的事实吧。

欲将心事付瑶琴。知音少，弦断有谁听

——知音向谁觅

昨夜寒蛩不住鸣。惊回千里梦，已三更。起来独自绕阶行。人悄悄，帘外月胧明。

白首为功名。旧山松竹老，阻归程。欲将心事付瑶琴。知音少，弦断有谁听？

——南宋·岳飞《小重山》

那是在一个深秋的夜晚，我梦到自己正率部征战千里，向故土进军，多么令人兴奋激动啊，可惜好梦不长，我还是被不停鸣叫的蟋蟀吵醒了，醒来的时候正是半夜三更。

我披衣起身，绕着台阶来回踱步，四周寂静无声，只有朦胧的月色照在窗帘上，心中不由郁结。

家乡长久沦陷，归期遥遥无望，我从军十多年出生入死，如今头发都白了，仍未能返回家园，实现满腔抱负，山高水深，道路曲折阻隔了我回家的路。我独自一人身处危险境地，找不到一个知音，弹琴也没有一个听众，就算琴弦断了也没有人会在意。

在这里岳飞引用了一个出自《吕氏春秋》的典故，春秋时期，楚国有位著名的琴师叫俞伯牙，他从小便拜名师学琴，又天赋异禀，在当时小有名气。

学习多年古琴，伯牙发现自己已经无法再突破了，正在苦恼间，有人向他指点，说："东海的某个岛上，住着一位琴艺高超的大师，你可以向他去求学。"

伯牙听了大喜，连忙准备好一切，乘船向东海出发。

可是他并没有到达目的地，而是在东海的蓬莱停留了下来，蓬莱景色优美，山林寂静，处处鸟鸣花香，耳边有大海的汹汹波涛，又有山林鸟语，实在是适合练琴的地方。

伯牙孤身一人在蓬莱，整日与海为伴，与树林飞鸟为伍，感情很自然地发生了变化，陶冶了心灵，真正体会到了艺术的本质，创作出许多传世之作，成为杰出的琴师。

有一次，俞伯牙乘船沿江旅游，途中突然下起了大雨，船停在一座山边避雨。伯牙耳听淅沥的雨声，眼望雨打江面的生动景象，琴兴大发，坐在船头开始弹琴，正弹到兴头上，突然感到琴弦上有异样的颤抖，他立刻意识到附近有人在听琴。

伯牙抬头四顾，果然看见岸上树林边坐着一个樵夫。

伯牙见是名樵夫，有些失望，他原本以为出现了真正懂得他琴艺的人，却没料到是名樵夫。

那樵夫看出他的失望，不禁笑道，“你不如再弹一首曲子，看看我能不能听懂。”

伯牙半信半疑，弹了一首《高山》，樵夫称赞道:“多么巍峨的高山啊。”

伯牙惊喜万分，又弹了首《流水》，樵夫又叹道:“滔滔江水浩荡无边啊。”

伯牙这才相信樵夫是真正懂得他琴艺的人，连忙将他请到船上，两人互报姓名，原来那樵夫便是钟子期。

得到了这个知己，伯牙欣喜万分，将他视为至交知己，并且约好等他旅程回来去钟子期家拜访他。

可是等伯牙回程如约拜访子期，却得到一个噩耗，钟子期已经病故了。伯牙听到后哀伤不已，特意来到钟子期的墓前吊唁，为他弹奏一曲，哭道：“这世界上最懂我的人去了，我留着这把琴还有什么用？”

说罢他便将珍爱的琴砸毁于墓前，天籁之音就此成为绝响。

这便是“知音少，弦断有谁听”的由来。

这样的故事我们听着似乎有些夸张。在现代社会中，社会的高速发展，人们关注的东西越来越多，人际交往也日渐淡薄，有多少至交好友会在社会的打磨下变得疏离；原本关系很好的两个人，会因为利益的冲突而成为死敌，这是一种何等的悲哀啊。

现代人怎么可能体会到那种高山流水觅知音的惆怅，更不可能理解为了这种知音，而将自己心爱的琴摔碎的行为。而岳飞为了国家的安危暗自惆怅，感叹没有懂得他的人理解他心中收复失地的宏图伟志，他弹奏的是一曲驱除鞑虏的雄伟篇章，可是就算他将琴弦弹断，将琴摔碎，也不会有人在意。

南宋朝廷只要和谈，不要胜利，岳飞的雄心壮志是永远都不会实现的。

春色满园关不住，一枝红杏出墙来

——试问枝头春色几许

应怜屐齿印苍苔，小扣柴扉久不开。春色满园关不住，一枝红杏出墙来。

——南宋·叶绍翁《游园不值》

据说，“一枝红杏出墙来”被称为史上最万能的七言下联，无论上一句诗是什么，用这句来对准没错，比如“仰天大笑出门去，一枝红杏出墙来”，“去年今日此门中，一枝红杏出墙来”，“两岸猿声啼不住，一枝红杏出墙来”，“春城无处不飞花，一枝红杏出墙来”，“两个黄鹂鸣翠柳，一枝红杏出墙来”……诸如此类，实在是太多太多了，看得我掩嘴笑个不停。虽然是恶搞，但确实有那么点意思。叶绍翁若是知道他的诗被后人拿来这么用，肯定会哭笑不得吧。

整首诗中，深得我心的并非“一枝红杏出墙来”，而是“应怜屐齿印苍苔”，因为这句话的意境实在太美了：担心木屐踩坏园中的青苔。诗人穿着木屐去朋友家，这在我们看来多多少少有些新奇，当代人很少穿木屐，而古人穿木屐似乎却是很平常的事。

木屐的底比普通的鞋子要硬，走过之后留下的痕迹势必会更加重。古人不少诗词有提到屐齿，比如张孝祥的“漫郎宅里，中兴碑下，应留屐齿”，但最有名的还是叶绍翁这一句。“应怜屐齿印苍苔”，让我想到了公园里的提示牌：小草青青，足下留情。每次见到青苔，总忍不住想起《红楼梦》中刘姥姥进大观园，去林黛玉的潇湘馆参观的那一段：

贾母少歇一回，自然领着刘姥姥都见识见识。先到了潇湘馆。一进门，只见两边翠竹夹路，土地下苍苔布满，中间羊肠一条石子漫的路。刘姥姥让出路来与贾母众人走，自己却去走土地。琥珀拉着他说道：“姥姥，你上来走，仔细苍苔滑了。”刘姥姥道：“不相干的，我们走熟了的，姑娘们只管走罢。可惜你们的那绣鞋，别沾脏了。”他只顾上头和人说话，不防底下果跴滑了，咕咚一跤跌倒。众人拍手都哈哈的笑起来。贾母笑骂道：“小蹄子们，还不搀起来，只站着笑。”说话时，刘姥姥已爬了起来，自己也笑了，说道：“才说嘴就打了嘴。”

林黛玉的潇湘馆不像薛宝钗的蘅芜苑那样，栽满奇花异草，她的园中除了竹子便是青苔，这样的布置，一看就能猜到主人的性情。

曾记西湖水畔，古木参天，遍地苍苔，就连树干上也尽是苔痕。逢下雨天，那雨水看上去也像绿色的，苍翠欲滴，大抵说的就是如此吧。青苔总能让我联想到性情清高、喜好风雅的文人，刘禹锡《陋室铭》有云，“苔痕上阶绿，草色入帘青”。

晏几道有一首和青苔有关的词《御街行》，也是我极喜欢的：

街南绿树春饶絮，雪满游春路。树头花艳杂娇云，树底人家朱户。北楼闲上，疏帘高卷，直见街南树。

阑干倚尽犹慵去，几度黄昏雨。晚春盘马踏青苔，曾傍绿阴深驻。落花犹在，香屏空掩，人面知何处？

晚春盘马踏青苔，也只有闲情若此的人，才能体会其中的美。

叶绍翁的这位友人，应该也是位风雅之人吧。看得出他对自己的园子很有感情，哪怕只是微不足道的青苔。也正是因为他的这种性情，叶绍翁才会有“应怜屐齿印苍苔，小扣柴扉久不开”的猜测。不过即使友人不开门也没关系，他那满院子的春色，是门墙所掩不住的呀，老远就能嗅到他园子里苍苔的清新味儿，还有墙头开得正是灿烂的红色杏花，恰好点亮了眼前的风景。

红杏之美，可以是“日边红杏倚云栽”的华丽美，可以是“红杏枝头春意闹”的活力美，到了叶绍翁笔下，哪怕只是孤零零的一枝红杏，也有她独特的味道。满枝的红杏，有时候反而失去了个性，所谓绿叶衬红花，绿叶越多，红杏越少，才能把红杏衬得更加动人。所以，春日的杏花，未必一定要花团锦簇，若是想张扬生命，展示春色，一支便足以。

只是我不明白，“一枝红杏出墙来”本是用来形容盎然的春色，为何后来竟有了妻子有外遇的意思？一如《诗经·周南·桃夭》中，桃之夭夭本意是指桃花开得茂盛美丽，后来却引申成了“逃之夭夭”，意味逃得无影无踪。只能说，中华语言实在是博大精深。

看无边春色，唯红杏当先。

便教缘尽今生，此身已轻许

——以爱之名，忘记你

惜多才，怜薄命，无计可留汝。揉碎花笺，忍写断肠句。道傍杨柳依依，千丝万缕，抵不住、一分愁绪。

如何诉？便教缘尽今生，此身已轻许。捉月盟言，不是梦中语。后回君若重来，不相忘处，把杯酒、浇奴坟土。

——南宋·戴复古妻《祝英台近》

陶宗仪曾在自己所著的《南村辍耕录》中记载了一个这样的故事：

戴石屏先生复古未遇时，流寓江右武宁，有富翁爱其才，以女妻之。居二三年，忽欲作归计，妻问其故，告以曾娶。妻白之父，父怒，妻宛曲解释。尽以奁具赠夫，仍饯以词云（名《祝英台近》）。夫既别，遂赴水死。可谓贤烈也矣！

戴复古在还未出仕之时，流落到武宁，有一位富有人家的老翁爱惜他的才华，把女儿嫁给他为妻。在相处了两三年之后，戴复古忽然提出要回乡，妻子询问他是何缘故，戴复古回答说因为曾经娶过别的女子。妻子向父亲说明了情况，父亲大怒，妻子委婉地解释之后，将所有嫁妆赠给戴复古，写下一首《祝英台近》。戴复古走后，妻子投水而死。

这一首《祝英台近》，便是戴复古的妻子在他临别前所做的道别词。

“惜多才，怜薄命 ，无计可留汝。”她说，我父亲爱惜你的才华，将我嫁给你，未曾想到，你竟然已经娶妻，如今我只能自伤命薄，却再没有办法挽留你。

“多才”其实不仅是指才华横溢，它在宋元时期，是一种男女之间的爱称。在这里，戴复古的妻子，既赞扬夫君富有才华，又是一种对丈夫的爱称。

现在你即将离去，在这诀别之际，我揉碎了笔下的花笺，忍着心酸痛苦写下这篇让人肝肠寸断的诀别诗。其中“揉碎”二字，将戴复古妻子挣扎、痛苦的心情展露无遗。在这一刻，她揉碎的，不是手中的花笺，而是自己寸寸皆断的心。

“道旁杨柳依依,千丝万缕,抵不住、一分愁绪。”这一句借用了《诗经·采薇》“昔我往矣，杨柳依依，今我来思，雨雪霏霏”的典故，“柳”有“留”之意，千丝万缕的柳枝也留不住你的心，谁又能懂我此刻的忧愁?

这一句是全诗的亮点，三句一气呵成，化用比兴皆用，将女子的愁中之愁更添了几分。深沉缱绻，尽得风韵。

然而这些恨，这些怨，这些愁，我又能向谁去诉说呢?今生你我缘分已尽，此身此心已被我轻易地许给了你，再也无法容下他人了。从诗中，我们可以读出戴复古妻子对他深深的思慕和爱恋，即使到了如今，她也只觉得是夫妻两人缘分已尽，自己命薄，无缘与夫君相守，而未曾怨怪过戴复古一句，甚至连半点埋怨也无。

这就是封建女子的可悲，即便是被丈夫背叛，被丈夫隐瞒婚史，甚至是即将要被丈夫抛弃了，也还是一丝怨言也没有，她们怨的是自己的命，何其可悲可叹。

当年情深之时，你曾许诺要为我摘下月亮来，这样的盟约，从来不是梦中的言语。情到浓时，自有诺言，可哪知，男人的承诺，尽都有口无心，他连娶你都是骗着你的,更不消说这一两句诺言,对写惯诗词的戴复古来说，更是顺手拈来，得心应手，只可惜，听的人当了真，说的人却将一切都抛却脑后。

她说，日后夫君你若能有机会重游故地，而你也还没有忘记我，就请在我坟头浇上一杯酒吧。

字字泣血，直言死后之事，悲凉不减，令人读之亦觉悲愤不已。而戴复古的这位妻子却还是深情至此：只要你不曾忘怀我，我便是死，深埋黄土之下，也心甘情愿。

《祝英台近》本是一个词牌名，又名《月底修箫谱》，是根据梁山伯和祝英台的故事而取的。这个词牌名自来就带着缠绵悱恻的悲凉色彩。

这阕词的作者只是一个男人的妻子，没有留下姓名，唯一有的就只是这诗作里悲凉的故事，和女子泣血的心声。

戴复古的妻子对爱情的忠贞，让我羡慕，我只是有些恨戴复古的欺瞒，本来可以避免的悲剧，本来可以不用发生的一切，就起源于他的不告诉……在她的心灵中，人的一生只能有一次真爱。若是失去了，便是活着，也是行尸走肉，生不如死。诀别的毅然，不是因为她可以放弃，而是她已经决定用生命捍卫真爱。

美人爱俊杰，似乎古往今来总是乐此不疲地上演着。

昔日，卓文君能因一曲《凤求凰》便不顾世俗成见与家徒四壁的司马相如携手夜奔；崔莺莺不过西厢一见，对张生从此便以身相许；而韩寿偷香的典故更是为人津津乐道。

而戴复古之妻的一阕《祝英台近》更是道尽了昔日女子爱郎多才的苦乐滋味。发妻不可去，爱妻更不舍得。鱼和熊掌如何能兼得，这是个问题。

可惜，这个命题从开始就是个谬论，如何又能解开？一个身份显贵的女子如何甘愿为人妾侍？谁能想到，这在青史之中连姓氏都未留下的一笔的女子，竟这般刚烈，留书殉情。

一切的一切竟不过是一个薄情郎的一念之差，纵然是青史留名的诗人，却如此简单断送了一个女子的一生。纵然怀苦难叙，纵然用情至深，斯人已去，谁还能盼他年年在香坟之上哭挽祭酒？午夜梦回之时，想必也至多能得他喟然一叹：曾经沧海难为水，除却巫山不是云。取次花丛懒回顾，半缘修道半缘君。

十年之后，戴复古满怀对亡妻的怀念与歉疚，在妻子的坟前写下了一首《木兰花慢》：

莺啼啼不尽，任燕语，语难通。这一点闲愁，十年不断，恼乱春风。重来故人不见，但依然，杨柳小楼东。记得同题粉壁，而今壁破无踪。

兰皋新涨绿溶溶。流恨落花红。念着破春衫，当时送别，灯下裁缝。相思谩然自苦，算云烟，过眼总成空。落日楚天无际，凭栏目送飞鸿。

这虽是一首悼亡词，但在戴复古妻子那首生命绝唱的面前，逊色了太多，反倒显得有些虚情假意了。

若我是那女子，如此丈夫，不要也罢。天大地大，何处不可去，何人不可嫁？

但她，即便我恨，恨的也是自己，即便我怨，怨得也是我自己。除了哀其不幸，怒其不争之外，毫无他法。

爱，不会因为死亡而结束。

只希望这位柔顺聪慧的女子，能够在十年之后的黄泉下，饮着那一杯祭酒，看着那一纸悼词，含笑澹然。

接天莲叶无穷碧，映日荷花别样红
——西子湖畔君子花

毕竟西湖六月中，风光不与四时同。接天莲叶无穷碧，映日荷花别样红。

——南宋·杨万里《晓出净慈寺送林子方》

“江南忆，最忆是杭州。山寺月中寻桂子，郡亭枕上看潮头。何日更重游？”白居易曾这样夸赞杭州，没有绮丽的词语，没有浮华的句子，直截了当，一如杭州直白的美。他的江南记忆伴随着西子湖畔的白堤一起，始于断桥残雪，止于平湖秋月，永远荡漾在湖水的涟漪之中，拓印在新生的荷叶之上。

谁都认为自己的家乡是世上最美最好的地方，故而我对杭州有异常深厚的感情。二十余载春去秋来，八千多个日出日落，我始终留步于此，就像歌中所唱的那样：四季风景在我的窗前悬挂，人海涨落在我的心里变化，流转的时光，褪色的过往……

杭州的风景，无需我多着墨，早在千年之前她已经令人心驰神往。白娘子和她的雷峰塔，苏小小和她的慕才亭，还有苏东坡的苏堤，白居易的白堤，都是点缀这座城市的珠玉。透过湖上的粼粼波光，你可曾拾取传说中的璀璨？

岁月交替，匆匆走过春夏秋冬，西子湖的十景毫不吝啬地炫耀着她们的美丽：苏堤春晓、曲院风荷、平湖秋月、断桥残雪、柳浪闻莺、花港观鱼、雷峰夕照、双峰插云、南屏晚钟、三潭印月。

每一处景色的名字都如此诗情画意，引人流连。春来漫步西湖水畔，看杨柳吐绿，桃花发香，千里莺啼绿映红；夏日远望湖上菡萏，接天连叶，映日荷花别样红；深秋流连古刹，聆寺院钟声，寻月中桂子；严冬嗅寒梅暗香，望断桥残雪，飞雪带春风。

西子湖算得上是杭州城的第一标志了，正如她的名字一样，西湖美得不可思议，若是将她比作一位美人，唯有沉鱼美女西施。欲把西湖比西子，淡妆浓抹总相宜。而杭州这座城市始终保留着她的古色古香，就连道路的名字也颇有韵味，如浣纱路、东坡路、古翠路、采荷路，有种带人回到千百年前的感觉。她曾是南宋都城，靖康之变后，宋高宗赵构迁都杭州，林昇写的“山外青山楼外楼，西湖歌舞几时休”，多多少少给杭州增添了一种声色犬马的感觉，类似于六朝古都金陵城。不过我还是觉得与杭州最像的城市是苏州，这两座城市都有着属于自己独特的江南韵味。苏州园林甲天下，杭州古寺留千古。

诗名中的净慈寺和灵隐寺、昭庆寺、圣因寺并称为西湖四大古刹。杭州的寺庙文化，可以参考杜牧《江南春》中的一句，“南朝四百八十寺，多少楼台烟雨中”。南朝佛教文化空前盛行，除了当时的都城南京之外，杭州一带也建了不少寺院，如杭州最有名灵隐寺就是东晋咸和元年所建。和灵隐寺相比，净慈寺名气稍稍弱了一些，净慈寺乃是五代吴越国君王为高僧永明禅师所建，取名为永明禅院，到了南宋时期，才改名为净慈寺。

时值六月，正是杭州的盛夏，彼时西湖的荷花全开了，一望无际，离离接天。杨万里在西湖边送友人林子方赴福州任职，并写下了这首诗。诗中的西湖美不胜收，而他之所以把西湖写得这么美，也是想挽留好友，希望他继续留在这个地方。

后来，“接天莲叶无穷碧，映日荷花别样红”成了留在世人心中最美的荷花印象之一。对从小在杭州长大的我而言，除了杨万里诗中的莲之外，唯有周敦颐的《爱莲说》最为出彩：

水陆草木之花，可爱者甚蕃。晋陶渊明独爱菊。自李唐来，世人甚爱牡丹。予独爱莲之出淤泥而不染，濯清涟而不妖，中通外直，不蔓不枝，香远益清，亭亭净植，可远观而不可亵玩焉。

予谓菊，花之隐逸者也；牡丹，花之富贵者也；莲，花之君子者也。噫！菊之爱，陶后鲜有闻；莲之爱，同予者何人？牡丹之爱，宜乎众矣。

莲花又叫荷花，她的名字很多，我最喜欢“水芙蓉”还有“芙蕖”这两个叫法，又文雅又有诗意。未盛开的荷花花蕾又被称为菡萏，这也是个极雅的名字。南唐诗人李璟的《摊破浣溪沙》中就有这么一句，“菡萏香销翠叶残，西风愁起绿波间”。莲花之中，我最喜欢睡莲，曾有幸在大理洱海边见过各色睡莲盛放的景致，那是一种难以用语言形容的美。此外，还有珍品并蒂莲，极为罕见。私以为，较之菊花，莲花少了一分安逸，却多了一分清新；较之牡丹，莲花少了一分华丽，却多了一分典雅。如果说杨万里的诗注重的是莲的外形，那么周敦颐这篇散文更注重莲的气节。我和周敦颐一样，爱莲的“出淤泥而不染，濯清涟而不妖”，而她“中通外直”这一点又跟竹子很像。

和梅兰竹菊一样，莲花也是一种很有中国味的植物，水墨画中经常会出现“鱼戏莲叶间”的画面。同时，莲花又是一种独具江南气息的花。江南多江河湖泊，水塘之中常常是莲叶铺满，芙蕖飘香。一到采莲时节，水乡的渔民就会划着小木船，在莲叶之间摇橹穿梭，将一个个饱满的莲蓬收入船舱。

写荷花的诗词不在少数，当然也有写采莲场景的。最早的采莲诗是汉乐府中的《江南可采莲》。这首诗很有意思，也很简洁，黄口小儿都能随口背出“江南可采莲，莲叶何田田”。不过在我看来这不像一首诗，倒像是一幅热闹的江南采莲图。另外一首脍炙人口的采莲诗就是南朝乐府中的《西洲曲》：

忆梅下西洲，折梅寄江北。单衫杏子红，双鬓鸦雏色。
西洲在何处？两桨桥头渡。日暮伯劳飞，风吹乌臼树。
树下即门前，门中露翠钿。开门郎不至，出门采红莲。
采莲南塘秋，莲花过人头。低头弄莲子，莲子清如水。
置莲怀袖中，莲心彻底红。忆郎郎不至，仰首望飞鸿。
鸿飞满西洲，望郎上青楼。楼高望不见，尽日栏杆头。
栏杆十二曲，垂手明如玉。卷帘天自高，海水摇空绿。
海水梦悠悠，君愁我亦愁。南风知我意，吹梦到西洲。

朱自清在《荷塘月色》中引用过“采莲南塘秋，莲花过人头。低头弄莲子，莲子清如水”，这两句确实是整首诗最可爱的部分，很生动，难怪写诗之人这么想去西洲。采莲之趣，最美不过江南秋。

水中芙蓉，江南菡萏。我总是自私地认为，莲花是属于江南的，只有在江南的湖水之中，才能看到“接天莲叶无穷碧，映日荷花别样红”这样的景色。西湖十景就有“曲院风荷”这么一景。每当六月天，湖水荡漾着粼粼波光，放眼望去，是一望无际的莲叶，朵朵荷花镶嵌在绿色之中，摇曳生姿。

西子湖，君子花，待盛放，请君看。

红酥手，黄縢酒，满城春色宫墙柳

——情犹在，回首难

红酥手，黄縢酒。满城春色宫墙柳。东风恶，欢情薄。一怀愁绪，几年离索。错、错、错。

春如旧，人空瘦。泪痕红浥鲛绡透。桃花落，闲池阁。山盟虽在，锦书难托。莫、莫、莫。

——南宋·陆游《钗头凤》

棒打鸳鸯的故事，比较有名的有这么三个：第一是王母娘娘拔下金簪变成银河，强行分开了相爱的牛郎和织女；第二是《孔雀东南飞》中焦仲卿的母亲逼儿子休了贤惠的妻子刘兰芝；第三就是陆游的母亲拆散了他和唐琬这对恩爱夫妻。在我看来，这三对被拆散的鸳鸯中，要数陆游和唐琬最可怜了。牛郎织女好歹有一年一度的鹊桥相会，他们活着还有个盼头。焦仲卿和刘兰芝一个“举身赴清池”一个“自挂东南枝”，但毕竟死后得以合葬在一起，坟墓边上长出的树“枝枝相覆盖，叶叶相交通”，正应了一句话，“生若不能同床，死亦同穴”。可怜陆游和唐琬这对苦命鸳鸯，一个另娶，一个他嫁，再见面时“使君自有妇，罗敷亦有夫”，明明近在咫尺，却似远在天边。

唐琬是陆游舅舅的女儿，也就是说，他们俩没成婚前的关系是表兄妹。唐家是书香门第，唐琬从小就很聪慧，长大后更是当地小有名气的才女，和陆家门当户对，天作之合。据说陆家曾以一支精美的凤钗作为信物，向唐家求娶唐琬。这便是这首词的名字“钗头凤”的由来。

唐琬犯的“罪”就是无所出。古代男子休妻讲究七出，即不顺父母，无子，淫，妒，有恶疾，口多言，窃盗等。只要犯了其中任何一条，丈夫就可以光明正大把妻子休了，谁都不敢说闲话。这也是为什么陆老太太逼陆游休妻，陆游心中不愿却不得不照办的原因之一。唐家人虽然气愤，但女儿嫁人多年没有怀孕是事实，他们也没有什么反对的理由。

起初，陆游把唐琬安置在家外的别院，他的想法和焦仲卿差不多，想等事情缓和一些再找个借口把唐琬接回来，比如想办法让唐琬尽快怀孕什么的。又或者，等母亲百年之后，也就没有人能阻止他们在一起了。可惜陆游的小算盘被陆老太太发现了，陆老太太非常生气，为了掐断陆游和唐琬在一起的最后一丝希望，她做主让儿子娶了一位王姓女子为妻。这位王姑娘的肚子比较争气，过了没多久就怀孕了。

事情到这还没完，唐琬经过家里人的撮合，她又嫁给了同郡的赵士程，这位赵士程同学的背景比较牛，据说是皇族赵氏的后裔。

就这样，陆游和唐琬这两位有情人各自有了新的家庭，房门一关过起了各不相干的日子，虽说是表亲，但经过休妻事件后，陆唐两家应该也不会再有来往了。

十年后的一天，陆游独自到沈园游玩。沈园本是一处私家花园，后来对外开放，性质跟现在的公园差不多，只要你有空，随时可以去溜达。陆游可以去，唐琬自然也可以去，只是二人都万万没有想到会在这里碰面。尴尬的是，当时唐琬的丈夫赵士程也在场。赵士程知道妻子和陆游的事，他非但没有因此嫌弃唐琬，反而更加怜惜这位苦命的女子，他们婚后的生活应该还算融洽。

有时候，越是得不到的东西越是难以割舍，十年的光阴并没有斩断陆游和唐琬的情丝，他们都还惦记着对方。赵士程明白妻子的心思，他非常大方地同意唐琬和陆游单独说几句话，一来表兄妹见面不能太生分了，二来也是帮妻子解开一个心结。

隔了那么多年，已经很难去猜测陆游和唐琬见面之后说了些什么话，可以肯定的是他们心中都不平静，埋藏了何止千言万语。等到唐琬离开，陆游有感而发，借着酒劲在沈园的墙壁上写下了这阕诉说着他爱情悲剧的《钗头凤》。

多年以前的那个春日，杨柳依依，随风摇曳，他和妻子悠闲地欣赏春景，其乐融融。妻子不仅才华横溢，长得也很美丽，一双纤纤素手红润可爱。记不清到底多少次了，他执着妻子的手，许下了白首不相离的誓言。二人干尽杯中酒，信誓旦旦，不离不弃。谁知道突如其来的东风吹散了春日的美景，原先争春的百花尽数凋谢，美丽不再。而他和妻子的美好姻缘也似这般，说断就断了。

不用说，陆游词中的“东风”肯定有一部分指的是他的母亲陆老太太。可以肯定陆游是个孝子，不然也不会这么听话休妻了。但是从词中可以看出，他对母亲是心存怨恨的：多么美好的一段姻缘啊，你怎么就忍心拆散我们呢！被迫分开的夫妻二人心中都万分悲痛，每当想起曾经长相厮守的日子，眼泪便如雨一般汩汩而下。情犹在，命难为，一怀愁，无处诉。上阕结尾，陆游一连感叹了三个“错”字，可想而知他心中巨大的悲痛和无奈。

十年之后的春日，景色一如既往的美丽，杨柳青青，百花争艳；十年之后的我们，却再也不是当年那对可以执手共赏春色的我们了，你的身边有他，我的身边亦多了一个她，我再也找不到理由牵你的手，我们的关系仅仅是表兄妹而已……

分开的日子里，陆游想念着唐琬，他被离愁折磨，而她过得也不好，看她消瘦的容颜就可以知道。想必她跟他一样，日日在思念中落泪，眼泪之多足以把鲛绡湿透。曾经的她就像春日里的桃花一样美丽，经过那一场分别后，桃花凋落，美人消瘦，剩下的只是一副凄凉光景。一段情，伤的却是两个人的心。执手共白头的约定言犹在耳，他们都不曾忘记，为何偏偏会落得如此下场？

记得曾经看张爱玲的小说，《半生缘》的结尾，女主人公顾曼桢幽幽地对男主人公沈世均说：我们回不去了。彼时的陆游心里大概也是这样想的吧，无论心中还有没有情，他和唐琬再也回不去了。

一年以后，唐琬再次来到了沈园，当她发现陆游在墙壁上为她写的那首词之后，心中顿时浪涛翻涌，她再也抑制不住埋藏多年的感情，泪水涟涟，模糊了双眼。仿佛心底生出了一丝默契，她依着陆游的调子，和出了一首《钗头凤》：

世情薄，人情恶，雨送黄昏花易落；晓风干，泪痕残，欲笺心事，独语斜阑。难，难，难！

人成各，今非昨，病魂常似秋千索；角声寒，夜阑珊，怕人寻问，咽泪装欢。瞒，瞒，瞒！

唐琬这阕《钗头凤》虽不及陆游，但也是上乘之作，字字血泪，道出了她的悲痛与辛酸，情人分离，苦的又何止陆游一人呢？她身为女子，被休后身份尴尬，不得已听从家里的安排另嫁他人，可是她的心里又何尝忘记过他？只怪造化弄人，天不遂人愿！

唐琬郁郁寡欢，过了没多久就去世了。又过了四十多年，陆游重游沈园，回想起他和唐琬曾经的幸福日子，还有那次不知是喜是悲的重逢，他以《沈园》为题，写下了两首著名的悼亡诗：

其一

城上斜阳画角哀，沈园非复旧池台。伤心桥下春波绿，曾是惊鸿照影来。

其二

梦断香消四十年，沈园柳老不吹绵。此身行作稽山土，犹吊遗踪一泫然。

我甚爱第一首中的“伤心桥下春波绿，曾是惊鸿照影来”，“惊鸿照影”取自曹植《洛神赋》的典故。甄宓死后，曹植因怀念她，梦中看见她化身洛神，踏着凌波从水中而来。陆游看见桥下的一池碧水，仿佛也看见“翩若惊鸿”的唐琬重新回到了自己身边。然清醒之后，梦还是梦，终究化作一场空。甄宓也好，唐琬也罢，逝者已矣，再浓的思念也无法令她们复活了。

情之一字，最能将人折磨。

零落成泥碾作尘，只有香如故

——举世混浊而我独清

驿外断桥边，寂寞开无主。已是黄昏独自愁，更著风和雨。
无意苦争春，一任群芳妒。零落成泥碾作尘，只有香如故。
——南宋·陆游《卜算子·咏梅》

文人以花喻品格，菊花象征清高安逸，超凡脱俗；兰花象征高洁典雅，幽静朴素；桃花象征浪漫纯真，美丽可人；莲花象征美丽庄重，出淤泥而不染……而梅花则象征着铮铮傲骨，不畏严寒，不惧风霜，桀骜不驯。到了陆游笔下，梅花又多了一项品格，那便是不与百花争春，不与世俗同流合污，她一直坚持在严寒之下默默开放，默默散发着幽香。

驿外断桥边，此“断桥”并非杭州西湖的断桥，而是指废水断桥，“断桥”二字主要是为了突出梅花生存环境的恶劣，她不像牡丹，可以生长在富贵人家的花园里，也不像兰花，虽空谷幽兰，但毕竟还是有一个处幽静的安身之所，只要有一方贫瘠的土地，有四季的雨水，她就可以生长、开花，自始至终，默默无闻。

因梅花的傲骨，歌咏她的诗词太多了，比较经典的就是“梅妻鹤子”林逋的“疏影横斜水清浅，暗香浮动月黄昏”，另外一首为人熟知的就是王安石的《梅花》：

墙角数枝梅，凌寒独自开。遥知不是雪，为有暗香来。

王安石写梅花很简练，寥寥数语，更没有去深刻挖掘她的精神品格。但有心人还是可以看出，王安石对梅花的赞美之情全都隐藏在了诗句中。那凌寒开放，独散幽香的精神，不正是她所特有的吗？

毋庸置疑梅花的美丽，但世人更爱的却是她的精神。给我印象最深的咏梅诗，除了王安石的《梅花》之外，还有晚唐诗人齐己的这一首《早梅》：

万木冻欲折，孤根暖独回。前村深雪里，昨夜一枝开。

风递幽香出，禽窥素艳来。明年如应律，先发望春台。

齐己的文字很清丽，在他的笔下梅花多了一分孤傲之气，仿佛那清高的林妹妹。据《唐才子传》记载，这首诗的第二联原本是“前村深雪里，昨夜数枝开”，齐己写完后向友人郑谷请教，郑谷建议将“昨夜数枝开”改为“昨夜一枝开”，齐己也觉得改了之后的诗比原先的好，遂称郑谷为“一字师”。郑谷这一个字确实改得好，和叶绍翁笔下的“一枝红杏出墙来”有类似的感觉。有时候，独有的一枝比热闹的数枝还能够表达春意，那先开的一枝梅花，正是象征着已经到来的春天，以及诗人发现梅花绽放的惊喜。

陆游的梅花比以上提到的几位诗人所写的梅花更加凄苦寂寞，这跟他的个人经历有关。他是一位爱国诗人，有过抗金的戎马生涯，因而他比当时其他文人更富热血，甚至在“遗嘱”当中还对抗金复国之事念念不忘，他在《示儿》中写到：“王师北定中原日，家祭无忘告乃翁。”当时南宋朝廷不抵抗派的势力太强大了，陆游作为抗金派的一员，一直受到求和势力的打击和镇压，仕途上坎坷不断。尽管如此，陆游依旧坚持自己的主张，就像梅花一样，坚贞不屈，不畏权势。长此以往，他心中的怨恨和凄苦只有自己知道。梅花傲骨铮铮，并不代表她没有自己的烦恼啊！

陆游这阕词咏的是梅花，却也是在表明自己的气节。群芳开在春天，气候温暖，环境优美，还有人们的欣赏和赞美，梅花却不与她们相争，她自有自己的理想和信念，哪怕不被所有人喜爱，她还是一如既往地坚持下去。这就是陆游。无论反对抗金的势力有多大，他都不会与他们同流合污，风雨再大，前路再坎坷，他独自承受，无怨无悔。哪怕最后和梅花一样凋零，只剩下一具枯骨，他的品格也会被后人记住，功过是非，千年后自有一个公平的结论。

陆游这阕词好就好在他不仅写出了梅花的高尚品质，更是把梅花与自己合二为一，将二者的精神完全融合，用几十个字全部写了出来。上阕写梅花生存环境的恶劣，指的也是他在朝堂处处受排挤的处境。下阕写梅花不与群芳争春，独自凌寒傲雪开放，则是表达了他不与世俗同流合污，举世混浊而我独清，众人皆醉我独醒。

大概是有过戎马生涯的缘故吧，陆游比一般文人要坚韧得多。求和派在朝堂的势力如此之大，且一心想除掉陆游，顶着这样的压力他尚且能坚持自我主张，不得不说，身为一个文人，陆游骨子里却流淌着和武者一样的血液，他的坚定、坚强，难能可贵。

小楼一夜听春雨，深巷明朝卖杏花

——喧嚣背后的宁静，甚好

世味年来薄似纱，谁令骑马客京华？小楼一夜听春雨，深巷明朝卖杏花。矮纸斜行闲作草，晴窗细乳戏分茶。素衣莫起风尘叹，犹及清明可到家。

——南宋·陆游《临安春雨初霁》

古代的临安指临安府，也就是现在的杭州市。林升那首《题临安邸》，指的就是这个临安。当时南宋小朝廷定都于此，取的便是临时安家的意思。虽曾为一朝之都，临安毕竟是江南城市，有着属于江南的独特安逸。抛开喧嚣细细品味，繁华的都城背后其实有她安宁的一面。陆游这首诗写的是临安的一场春雨，他站在雨帘之后，回首往昔，肆意地享受着这片刻的宁静。

经过靖康之变的动乱，大宋朝廷再不复往日繁华，徽宗、钦宗以及众多皇家宗亲贵族被俘，高宗赵构却不思收复国土，躲在临安小朝廷享受荣华，以秦桧为首的不抵抗集团势力遍布朝野，他们结党营私，铲除异己，主张抗金的臣子将士们处处遭排挤，受尽了磨难。陆游作为抗金派的一员，多年来连连遭受打击，仕途坎坷，他回想起了这几年所经历的事，忽然觉得世态炎凉，人情薄得仿佛随时会破裂的细纱，不足以信任。可谁让他生在这一乱世呢，他一腔捐躯赴国难的热血，偏偏统治者没有吸取靖康之耻的教训，苟且偷安，而他一个小小的臣子却整日忧国忧民，担心金人迟早有一天会举兵踏进临安。唉，不是他要操这份心，命不由人，注定他身为南宋的臣子，客居在这繁华的临安都城之中，也注定他要继续为国家忧心忡忡。

“小楼一夜听春雨，深巷明朝卖杏花”是这首诗中的名句，也是陆游在这繁华喧嚣的朝廷中偷得片刻清闲所感。江南的雨一直都很安静，淅淅沥沥，悄悄地来，悄悄地去，不知不觉中让整片大地接受了一场洗礼。站在这样的雨帘背后，心也会觉得安静，再大的不快也会随之烟消云散。且不去管以前如何，明天又如何，至少现在风平浪静，何不偷得浮生半日闲，好好享受这份难得的安逸呢？现在你在小楼中安静地看着春雨，等到明天一早，巷子深处就会传来卖杏花的声音，一声一声，响彻在雨后的临安城中，把你从纷扰的梦境中唤醒，心也随之舒畅。

江南城镇，经常能看见卖花人的身影。卖花人可能是豆蔻年华的少女，也可能是上了年纪的老妪。江南春色好，百花争艳，有人专门将这些美丽的花儿采摘下来，拿到集市上去卖。爱美的姑娘们喜欢花，看见了定会爱不释手；前来赶集的男人们若是存着一点浪漫细胞，也会买一枝回去送给妻子或女儿。

上海老街上经常能看到卖茉莉花串的老奶奶。她们每日坐在与大街交汇的巷子口，用细铁丝将茉莉花串成美丽的手环和胸花，卖给过往的行人。但这么多年过去，随着街上的花店一家接一家开张，很少有人会有这份细致了。

无论如何，能够躲在雨帘后独自享受安逸，听听春雨落地的声音，期待一下明天一早深巷中卖杏花的吆喝声，对于在朝堂上事事不顺意，处处受排挤的陆游来说，确实是一件好事。若生活能一直这样安宁，那该多好。闲来无事可以读读诗词，写写草书，临摹一下古人遒劲的书法。又或者靠在床边享受雨后初晴的温馨，煮一壶浓茶，看着茶水中不断冒出来的泡沫，闻着四溢的茶香。在金人虎视眈眈的南宋，这种生活是多么珍贵与奢侈。既然有这么一刻，不妨尽情去享受吧。

陆游一直以梅花自比，表明了他不与世俗同流合污，始终坚持抗金的决心。朝廷是个大染缸，那些朝臣们大多贪生怕死，风吹向哪儿就往哪儿倒。他们依附求和派，无视金兵的威胁，对高宗贪图享乐不思复国的行为置若罔闻，甚至联合求和一派的官员打压主张抗金的臣子将士。他们本来也是对江山社稷有所贡献的人啊，只可惜世态炎凉，一旦触及了自己的利益，心也会不知不觉变得麻木。正如陆机诗中所说，“京洛多风尘，素衣化为缁”，时间一长，人心易变。陆游难得在朝廷这一浑浊的湖水中沉浸多年，却始终没有为其所化，他还是那个一身素色衣服的他，即便是多年以后，素衣也不会化为缁衣，因为他的心一直都不会变。

然世道如此浑浊，人心清白又有何用，一人之力，难以回天啊。与其继续沉浸在这一池污水当中，还不如早日穿着素衣还乡过清贫的日子，兴许还能赶上明年清明后的耕种。

陆游和陶渊明相比，还是少了那一份决心。曾经的戎马生涯使他倍加关注国家的命运，心里始终放不下收复山河的大志。只可惜，到死他都没能等到那一天。悲哉，悲哉！

山重水复疑无路，柳暗花明又一村
——此生若遇桃花源

莫笑农家腊酒浑，丰年留客足鸡豚。山重水复疑无路，柳暗花明又一村。

箫鼓追随春社近，衣冠简朴古风存。从今若许闲乘月，拄杖无时夜叩门。

——南宋·陆游《游山西村》

《桃花源记》之所以出名，是因为它所勾勒的那个与世无争的世外桃源，是很多人心中理想的生活境界，那里“土地平旷，屋舍俨然，有良田美池桑竹之属”；那里“阡陌交通，鸡犬相闻”，那里“黄发垂髫，并怡然自乐”。总之，桃花源中没有尔虞我诈，没有是非纷争，每个人的身份都平等的，可以和平共处。桃花源的意义不亚于天堂仙境，可在当时，哪里能找到这样的地方？

陆游诗中所写的这个山西村，给了我一种桃花源的感觉。难得能在陆游的文字中看到如此明快的颜色，他留下来的那些佳作，要么是为感情之事困扰，要么是为国家大事忧心，只有这首《游山西村》感情色彩比较鲜明，语调欢快，似乎他写诗时的心情也不错。而他的好心情是山西村，确切地说是山西村的村民带给他的。

诗的一开头就写了，不要笑话农家腊月里酿的酒浑浊，在丰收之年他们才有这么丰富的菜肴来款待客人。这里的客人显然指的是陆游自己。他来到山西村的时候，正好赶上他们的大丰收。村民们沉浸在喜悦当中，见有客人远道而来，十分热情地将他带回家去款待，端好酒，上好菜。陆游也很开心，这种真诚的对待是他在朝堂上所不曾遇见的。行路之时，山连着山，一重又一重，水绕着水，一弯又一弯，他本以为无路可行，未曾想到隐藏在这山野之中的，是这样一个民风淳朴的山村。

昔日武陵渔人沿溪行走而迷路，意外发现了隐藏在桃花林尽头的洞口，因而寻得桃花源。陆游这句“山重水复疑无路，柳暗花明又一村”给人的感觉，俨然这山西村就是传说中的世外桃源啊。想必陆游也很向往陶渊明笔下的桃花源，他在仕途上坎坷连连，遭到了不少挫折和打击，若非国家山河未收复，没准他也会和陶渊明一样辞官归田园，日出而作日入而息，再也不理朝廷上的是是非非。

“山重水复疑无路，柳暗花明又一村”在陆游所有诗词中也是比较出名的一句，后人若遇到困难，也会以此句来勉励自己。陆游写这一句诗，除了说明山西村隐藏在重山之后，像桃花源一样美好却难寻找到之外，还有一重意思就是，无论前路多么困难绝望，都不要放弃，只要继续走下去，一定可以找到新的出路，绝处逢生。这个道理也是他想对自己说的。政治上不如意的他无须心忧，因为他相信，只要他坚持信念，他的愿望一定会实现，南宋的军队一定能够北定中原，收复大好河山。

从诗中“箫鼓追随春社近”一句可以看出，陆游到山西村的时候正好是春天，“春社”是春天祭祀土地神和五谷神的节日，也是百姓们非常重视的一个节日，他们生活在农村，靠天吃饭，一年的收成好不好全靠天气。若是风调雨顺，地里的庄稼就能大丰收。淳朴的百姓们信奉神灵，他们相信土地神和五谷神会给他们带来好日子，因此每年的春天和秋天都会有一个社日。在这一天，村民们敲锣打鼓，烹羊宰牛举行祭祀典礼，淳朴的他们以最隆重的形式表达了他们对丰收的渴望。“衣冠简朴古风存”正是对他们的最好写照，他们一生生活在这块美丽的田园之中，没有经历过尔虞我诈，对于外来的客人他们都会以最真诚的心相待。

我是在农村长大的，乡下的生活我再熟悉不过了。陆游诗中所写，像极了农村春节前后的场景。江南的农村，家家养禽畜，户户种庄稼，到了春节前几天，每家每户准备好酒肉，三五个人一起去镇上办年货，各个容光焕发，喜气洋洋。到了正月里，来往作客的外乡人很多，即便是互相不认识，也能找到共同话题，相谈甚欢。

关于山村田园生活，我觉得范成大《四时田园杂兴》写的特别有感觉：

其一

昼出耘田夜绩麻，村庄儿女各当家。童孙未解供耕织，也傍桑阴学种瓜。

其二

梅子金黄杏子肥，麦花雪白菜花稀。日长篱落无人过，唯有蜻蜓蛱蝶飞。

其三

租船满载候开仓，粒粒如珠白似霜。不惜两钟输一斛，尚赢糠核饱儿郎！

范成大也是南宋特别向往田园生活的诗人之一，他分别还写了春夏秋冬四个季节的长篇田园诗，内容丰富，读之令人神往。陆游的《游山西村》

主要写了村民们的淳朴和热情，范成大主要侧重村民们在田间的劳作以及丰收时的喜悦。他们二人从不同角度描写田园山村的生活，但主旨却如出一辙，那便是对这种无忧无虑生活的向往。所以陆游在诗的结尾说，从今日起，如果可以乘着月光出游，他虽是一个白发老翁，但也要尽兴享乐，拄着拐杖去敲开邻居朋友家的门。

若陆游真能放下心中的执念，学习陶渊明辞官归田，似乎是一个很不错的选择。看陶渊明归隐后的生活，多么怡然自得。他不用纠结怎样去跟官场上的人打交道，也不用担心对立派别的人会去陷害他，喝喝酒种种地，要多悠闲有多悠闲。

此生若有幸寻得桃花源，愿醉桃花树下，从此不理江湖事。

不合画春山，依旧留愁住
——夜雨拍蕉声声瘦

只知眉上愁，不识愁来路。窗外有芭蕉，阵阵黄昏雨。
晓起理残妆，整顿教愁去。不合画春山，依旧留愁住。
——南宋·陆游妾《生查子》

许是因为唐琬的离去带给陆游太大的悲痛，陆游情感方面始终留有一片空缺。陆老太太强迫陆游休了唐琬，有一部分原因是唐琬是才女，她觉得女人就该本本分分伺候丈夫，读书写诗都是不成体统的。陆游后来娶的妻子王氏是母亲为他挑选的，以陆老太太“女子无才便是德”的心理，这位王氏是个什么样的人，可想而知。然陆游是才子，他理想中的妻子应该是像唐琬那样，贤惠美丽，而且和他有共同的兴趣爱好，夫妻二人可以花前月下，喝酒赏花，吟诗作词……母亲一手扯裂了他的美好姻缘，硬逼他娶一个她眼中的好妻子，他和王氏虽是夫妻，然同在一个屋檐下，心始终无法靠近。大概老天觉得陆游太可怜了，所以有一天，他遇到了她，一个颇有才华，但在历史上并未留下姓名的女子，她嫁给陆游为妾，后人便称她为陆游妾。

那一次，陆游独自外出，晚上就住在了途中的一个驿站。古代的驿站和客栈不同，只要有钱，客栈可以随便住，但是驿站却只为给朝廷传送文书的人还有来往的官吏提供服务，传递文书看守驿站的人叫驿卒，宋代之前，驿卒皆由当地百姓充当，宋代以后，改由士兵担任，属于服役的一种。陆游是朝廷官员，自然可以随意进出驿站。他在驿站内散步时，无意中发现墙上题有这样一首诗：“玉阶蟋蟀闹清夜，金井梧桐辞故枝。一枕凄凉眠不得，挑灯起作感秋诗。”寂静的秋夜，蟋蟀躲在暗处啼叫，作者心中本来就带着惆怅，被蟋蟀所打扰就更加睡不着了，于是起床点灯，将心中所感写在了墙壁上。是谁有这样的心思？陆游不免奇怪，于是找人询问，得知题诗的人是驿卒的女儿。陆游未曾料到，一个驿卒的女儿竟有如此才学，彼时的他正处于情感空虚阶段，妻子王氏和自己话不投机半句多，哪里比得上唐琬的十分之一？偏偏这位颇有学识的驿卒女儿出现了，当下他便生了纳妾之心。

古代男子三妻四妾十分常见，陆游好歹是个官，又有学识，驿卒听说他有纳自己女儿为妾的意思，欣然答应。于是，这段姻缘顺理成章。

有人对这件事持怀疑态度，觉得“陆游妾”是后人杜撰出来的，历史上根本不存在其人。历史上很多传说都是如此，口头流传却没有真实凭据，既不能证明是真的，也不能证明是假的。陆游妾存不存在尚未定论，而题在墙壁上那几句诗，却出现在了陆游的《剑南诗稿》中，题为《感秋》：

西风繁杵捣征衣，客子关情正此时。万事从初聊复尔，百年强半欲何之？

画堂蟋蟀怨清夜，金井梧桐辞故枝。一枕凄凉眠不得，呼灯起作感秋诗。

如果说陆游妾真是后人杜撰的，驿站墙壁上的诗出于陆游之手，那么这阕《生查子》的真实作者是谁？词中所倾诉的，分明是闺中女子的愁怨啊。不管真相如何，我还是愿意相信“陆游妾”在历史上是真实存在的。陆游和唐琬的分离太过悲情，若没有这样一个聪慧女子陪伴他，他的下半生该有多寂寞。

词的上阕，写的是女子傍晚梳妆时的场景。镜中的美人蹙着双眉，眼神中锁着点点清愁。仔细想想，这愁到底来自哪里？她明明不记得有什么值得自己忧愁的事，可紧蹙的眉梢却让她不得不承认，她心中是有愁的。唉，心中惆怅时，偏偏天气也跟着一蹶不振。平日太阳高挂，阳光可以从窗户中照进来，将闺房照得一片明亮，她的心情也会跟着变好。可今天阴雨蒙蒙，细雨一点一点打在芭蕉叶子上，发出细微的声响。这样的雨轻轻的，细细的，恰似她心中的愁，淡淡的，朦朦胧胧的。黄昏愁，夜雨拍蕉声声瘦。

也不知那一晚女子有没有睡着，她那样惆怅，怕是一夜未眠吧。等到早上起来梳妆，想整理好心情，用精致的妆容把愁遮住。黛色青青，宛如充满朝气的春天，顺着眉细细描绘，一笔一笔勾勒出精致而喜悦的容颜。然而愁一旦生出了，岂是这么容易就掩盖住的。唉，并非她想忧愁，是愁不肯离去啊！

一阕词，四十个字，其中竟然有四个愁。忍不住去猜测，究竟遇上了什么不顺心的事，她要如此忧愁？莫说我们猜不到，她自己也不确定。

照理说，陆游娶了这位驿卒女后，对她应该挺不错的。才女唐琬被迫离开自己，新娶的妻子王氏不懂诗书，不能引起陆游感情上的共鸣，然驿卒女虽算不得才华横溢，必定也是较有才气的女子。她和陆游有相同的兴趣，再者，陆游多多少少会把对唐琬的思念转移到她的身上。既然陆游对她不错，那她的愁从何而来？

关于陆游妾的生平，我们一无所知，也无从猜测她嫁给陆游后过得幸不幸福，但她结局是摆在那里的：在嫁给陆游半年后，陆游的正房妻子王氏就把她赶出门了。又是一个可怜的女子。

妻妾争风吃醋是很正常的事，家里女人一多，难免会吵吵嚷嚷。按照古代的规矩，妻子是正房，妾必须尊重妻，以妻为尊。妻打骂妾，妾也只能忍气吞声，但是闹得把妾赶出家门，确实有点严重了。这位女子实在太可怜了，陆游娶她是因为她的学识，失去心爱之人的他多多少少会把对唐琬的感情转移到她身上，也就是说，陆游未必真心爱她，可能是把她当作唐琬的影子了。再者，王氏对陆游和唐琬的事肯定是知道的，丈夫一心惦记着前妻，她早就恨得牙痒痒，正好这姑娘进门了，王氏很有可能把对陆游的怨和对唐琬的恨全部发泄在了她身上。不然还能怎么办，王氏肯定不敢跟丈夫叫板，也不会跑到唐琬家里去闹。可怜的驿卒女，她不就是闲来无事写了一首诗么，无端端成了人家的出气筒。如果再给她一次选择的机会，她还会在墙壁上题那首诗吗？

陆游本身也是个可怜人，仕途坎坷，朝臣排挤，他已经够累了，回到家里想好好歇歇，后院又起火，先是母亲逼他休了爱妻，后是王氏驱逐了爱妾。果然，家里女人多了，麻烦事就跟着来。

自古红颜多苦命。

柳毅不行沙漠路，却凭归雁为传书

——是非功过，留与后人说

白旄持节使单于，万里风烟十载余。柳毅不行沙漠路，却凭归雁为传书。

——南宋·华岳《读〈苏武李陵司马迁传〉》

历史上关于华岳的记载并不多，除了《宋史》中的一些生平记载，剩下的就是他留存于世的一些诗词了。他并非很有名的诗人，和同时代的岳飞、陆游、辛弃疾等人相比，他的事迹就黯淡多了。看到华岳的这首诗也是偶然，不过是匆匆一瞥，发现诗中提到的是我熟悉的人物，苏武、柳毅。这两个人一个是正史中存在的，一个却是唐传奇中杜撰的，他们之间唯一联系就是都和“传书”二字有关。苏武鸿雁传书，柳毅则是为龙女传书到洞庭湖。

华岳这首诗的题目叫《读〈苏武李陵司马迁传〉》，他应该是读史书的时候，为古人的事迹所感染，因而挥笔写下了这一首诗。显然，诗的中心人物是苏武，但是苏武和李陵和司马迁之间，又有着微妙的联系。

当年苏武出使匈奴，不料匈奴内部发生动乱，苏武无辜受牵连，被扣留了下来。匈奴人要求苏武投降，威逼利诱，苏武都没有答应。大概匈奴人觉得汉人和汉人之间沟通起来比较容易一些，于是让投降匈奴的汉朝将军李陵去劝降苏武。

李陵出身于戎马世家，爷爷是鼎鼎有名的飞将军李广。生在这样的家庭，李陵无论是人品还是能力都无可挑剔，如若不然司马迁也不会在他投降后极力为他说好话，以至于落得受腐刑的下场。李陵是汉朝历史上十分悲情的一个人物，当初捷报从战场上传来的时候，朝臣纷纷上书祝贺，等到他陷入困境了，没有人肯站出来帮他出主意，等到他投降的消息传来，朝廷上下一片斥责之声。这让司马迁很看不下去，朝中大臣并非和李陵有仇，他们不过是为了讨汉武帝的欢心，汉武帝心里怎么想的，他们就随着附和，也不管附和的声音是对是错。为了讨好皇帝，除了司马迁之外没有一个人肯站出来为李陵说话。就这样，投降的李陵成为当时大汉朝的耻辱，也为一门忠烈的李家抹了黑。其实，李陵又何尝愿意投降，他不是没有挣扎过，投降后也不是没有后悔过，他脑中的思想斗争比谁都激烈。所以李陵由衷地羡慕苏武，同样被俘，面对匈奴人的威逼利诱，苏武却始终坚持自己的信念，不为所动。于是在众人眼中，李陵和苏武就是两个极端，一个忠贞不屈有节操，一个愧对李家一门忠烈。

留在匈奴的十几年见，苏武和李陵成了朋友，虽说他们的立场不同，但苏武也是理解李陵的苦衷的。李陵劝降苏武未果，匈奴人十分生气，他们把苏武流放到贝加尔湖一带，让他持节放羊，说是等公羊生出小羊来再放他回去。匈奴人的意思是，你这辈子都别想回去了！

苏武在匈奴所遭遇的一切，全浓缩成了华岳笔下的一句诗，“白旄持节使单于，万里风烟十载余”。世人佩服苏武的节操，也正是因为他的坚定。任匈奴打也好骂也好，威逼过后利诱，又是给他安排结婚又是找李陵劝降，偏偏苏武软硬不吃，管你们怎么折腾，他就是不投降。孟子曾说，“富贵不能淫，贫困不能移，威武不能屈，此之为大丈夫”。苏武完全担得起大丈夫的称号，这三点他全做到了，而且有过之而无不及。

或许老天爷也为苏武的气节所感动，在经过漫长的等待之后，苏武终于回到了汉朝。照历史记载来看，“鸿雁传书”应该只是一个营救苏武的计策。汉朝使者对匈奴单于说，皇帝打猎射到了一只大雁，大雁腿上绑着书信，乃是苏武所写。单于没办法推脱，只得放了苏武回去。于是苏武得到了身体和内心的双重解放，李陵却陷入了更深的深渊。因为人们会将他和苏武的事迹做对比，苏武的节操使他重新回到了风口浪尖上。而他自己内心也会有很大情绪波动，如果当初他和苏武一样坚持不投降，会不会也有回到祖国的那一天？

李白写过一首《千里思》，内容就是关于李陵和苏武的：

李陵没胡沙，苏武还汉家。迢迢五原关，朔雪乱边花。

一去隔绝国，思归但长嗟。鸿雁向西北，因书报天涯。

如果说苏武受的是身体上的煎熬的话，那么李陵所受的就是内心的煎熬。苏武拒绝投降，匈奴人对他的打骂是必不可少的，肯定还有更严酷的刑罚，但是身体上虽痛，他内心始终如一，从未动摇过。李陵投降后受到了匈奴人的礼遇，日子过得并不差，可他的内心却没有一天不处于痛苦之中。最终，苏武苦尽甘来，回到了汉朝，还受到了大家的礼遇和赞扬，李陵只能永远留在这片沙漠中，想归而归不得，唯有一声长叹。

写苏武相关的诗词中都会提到传书，华岳在诗中提柳毅，也是为了引出“传书”二字。意思是柳毅行走的是从京城到湘水的路，不会经过茫茫戈壁，因此不可能帮苏武传书，只能依靠大雁来完成这一艰难的任务了。

《柳毅传》被广为传诵后，柳毅似乎和西王母的三青鸟，还有鸿雁、白鸽一样，成了信使的代名词。只因他为龙女传书，最终和龙女结为连理的故事太过曲折太动人，使得唐以后的很多人都记住了他的形象。

无论是靠柳毅传书还是鸿雁传书，目的都是一样的，而这个目的也最终达到了，苏武荣归故里，只剩李陵还在风沙中继续受煎熬。

愿我如星君如月，夜夜流光相皎洁
——日月不离

车遥遥，马憧憧。

君游东山东复东，安得奋飞逐西风。愿我如星君如月，夜夜流光相皎洁。

月暂晦，星常明。

留明待月复，三五共盈盈。

——南宋·范成大《车遥遥篇》

车辚辚，马萧萧，路途遥遥，人影杳杳。

你已纵马游历东山，你说要追逐着西风往那东面。

但我只希望我是星星你是月亮，夜夜流光相照，皎皎清洁。

而如今，明月已隐，而星星依旧长明。

等到月轮再起之时，星月相会，再与你同聚盈盈星光，成就佳偶。

范成大大约是古往今来最浪漫的旅行家了，挚友杨万里曾评价他的诗说“清心妩媚，奔逸隽伟”，更直言不讳“今海内诗人，不过三四，而公皆过之，无不及者”。

这个男子有一颗细腻的心，他更像是浪漫版的王维。王维的佛性太过，清冷无欲，皎皎似玉山，不可亲近。而范成大则要鲜明温情许多，在他的山川胸怀里，都带着一分情谊。他的志向并不在于做一个隐士，而是游历四海，励精图治，他对山河大地的热爱，对升斗细民的怜悯，都富于笔间，他是个更有生活情趣的人，而不是高高在上的佛。

他“生东吴，而北抚幽燕、南宅交广、西使岷峨之下，三方皆走万里，所至无不登览”，东西南北皆是他的足迹，当真如星如月，四海遨游。

王维的诗里有着一笔一划的水墨画意，而范成大的诗里，有的是纷繁复杂的人，胸中千丘万壑，下笔气象万千，他更多的目光投注于形形色色的众生，而不是拾一片红叶，望一溪水，修行此生。他的修行，是旅行和众生。

范成大是姑苏人士。苏州是水的天下，水的柔美造就了他悲天悯人的情怀。江南文人多秀雅，讲究生活，偏趣颇多，而范成大的乐趣，便是旅行。他的旅行，也是从故乡苏州开始。

彼时，正值除夕，姑苏大雪，他辞别旧友，行往浙江富春江一带。他是这样描绘的："雪满千山，江色沈碧。夜，小霁。风急，寒甚。披使虏时所作棉袍，戴毡帽，作船头纵观，不胜清绝。"

"清绝"二字，心驰神往，不是大雪满弓刀的豪迈，而是属于江南的秀雅，绵绵小雪落进碧水，洋洋洒洒，带着一丝慵懒和散漫，飘进他薄寒的衣襟。

除夕佳节，唯有他一个人踏雪泊船，自富春江顺流而下，观澜不惊，这番风度，令我不胜向往。

在富春江之后，他溯经桐庐、兰溪入衢江，然后经常山出浙江，入江西的信江，经信州、贵溪、余干而到南昌，登滕王阁，看落霞与孤鹜齐飞，秋水共长天一色。

乾道九年（公元 1173 年）元月十二日至临江军，十四日游芗林和盘园，给范成大留下深刻印象的是几棵大梅、古梅，晚年隐居石湖后，他就全力经营石湖的范村，"以其地三分之一与梅"，并专门著有《梅谱》一卷，文人爱梅，鹤影花魂，梅妻鹤子，多有迹可寻。在赏梅之后，他又入赣江支流袁水，过袁州、萍乡进入湖南境内。泛舟湘江，看红叶满落，霜花秀美，而后又往衡山而去，看山峰飘渺，谒南岳庙，因病未登山，然后陆行经永州、全州，三月十日，入桂林，桂林山水甲天下，绿水如蓝，山似碧玉，形如九龙，送他一路归途。

他在桂林住了三个月，凡水陆路程三千里，著游记一卷，取韩愈咏桂林的"远胜登仙去，飞鸾不暇骖"诗意，取名为《骖鸾录》。这是他的南行，他的十三年漂泊旅程里，并不止这一次。

他走遍大江南北，看过繁华，看过破落，曾经赞叹山河壮美，曾经悲愤国破民悲，这千里江河，似是山川间的泪水，涟涟不断，望之生悲。

他生在南宋，注定面对一个风雨飘摇的王朝。当他在北宋旧都东京流连不去之时，山河疮痍，物是人非，"大相国寺，倾檐缺吻，无复旧观"，让他心有凄然。

在参差的断垣残壁间，他见到了北宋的遗民。"民亦久习胡俗"，"男子髡顶"，"村落间多不复巾，蓬辫如鬼"，然而父老"遗黎往往垂涕嗟啧，指使人云：'此中华佛国人也。'老妪跪拜者尤多"。

因而他与徐霞客又是不同的，他"许国无功浪著鞭，天教饱识汉山川"——他的饱览山川是为了"许国"，他借由漫游四海而深刻地了解这个国家，去触碰它的历史，它的文化，它在山河里流淌着的血脉和悲泣。

南宋朝廷的败落，民不聊生的惨悲，都让他郁郁于心，当年少时的宏图抱负再无实现可能之时，已近中年的范成大萌生了隐居之心："归田园，带月荷锄，得遂此生矣。"

对他来说，他的家与国便是心中明月，而自己，便是千万繁星里的一颗。

我愿用我熹微的星光，为您照亮前进的方向。

胭脂何事，都做颜色染芙蓉
——纵我豪气万千，难留故国明月

把酒对斜日，无语问西风。胭脂何事，都做颜色染芙蓉。放眼暮江千顷，中有离愁万斛，无处落征鸿。天在阑干角，人倚醉醒中。

千万里，江南北，浙西东。吾生如寄，尚想三径菊花丝。谁是中州豪杰，借我五湖舟楫，去作钓鱼翁。故国且回首，此意莫匆匆。

——南宋·杨炎正《水调歌头》

杨炎正和岳飞一样，是一名抗金将领。岳飞的《满江红》豪气冲天，“壮志饥餐胡虏肉，笑谈渴饮匈奴血。待从头、收拾旧山河，朝天阙”，杨炎正的名号虽不及岳飞来得响亮，其拳拳之心却丝毫不比岳飞少。《水调歌头》的写作时间正是靖康之耻后，南宋统治者苟且偷安，躲在临安建立小朝廷，贪图享乐，对金国实行不抵抗政策，杨炎正作为抗金将领，抱负无法施展，才能无处发挥，自然悲恨交加，他那满腔的愤懑只能写在纸上给后人看。

要说词人的心中的愁有多深，开篇就能看出来。把酒对斜日，无语问西风。在古人看来，酒最大的用处就是消愁，心情不好的时候，他们都喜欢喝上两杯，若是醉了更好，可以麻痹自己，不再去想那些烦恼的事。

夕阳西下，西风阵阵，天气的萧瑟使得杨炎正一怀愁绪更加深了，他端着酒杯，一边自斟自饮，一边想着那些愁事。南宋统治者对抗金的态度，摆明了他注定壮志难酬了。他不怕死，就怕家园难以收复，眼下尚且平安的南宋朝廷迟早会成为金人的囊中之物。这么多心事压得他难受，越想越痛苦，于是一杯又一杯酒下肚，到后来竟无语凝噎，不知该说什么来表达他的愁苦。

只是那满池的荷花根本不懂人心之苦，她们开得依旧鲜艳灿烂，就像昭明太子萧统《芙蓉赋》中所说的那样，“初荣夏芬，晚花秋曜”。如此鲜红的花朵，怕是刚用女儿家擦脸的胭脂染过的吧？可笑那胭脂本就是用花捣碎做，如今为何又被用来给水芙蓉染色呢？这就是他想问西风的问题，你是水芙蓉的主宰，你可以控制她们的命运，为何在我这么忧心忡忡的时候，让花儿在我面前开得这么鲜艳？

怨完水芙蓉之后，词人的目光又转移到了夕阳下的江面之上。被夕阳染红的江面，波光粼粼，若换作他人来看，肯定会感叹暮江的美，白居易的《暮江吟》不就是歌颂黄昏江面的美丽吗？“一道残阳铺水中，半江瑟瑟半江红。可怜九月初三夜，露似珍珠月似弓。”果然换一个人换一种心情，杨炎正根本看不到夕阳江面的美不美，他心中是愁，眼中看到的也是愁。那千顷江面，里面装的不是水，而是万斛的愁呀！

当然这个万斛是泛指，不过是为了表现愁之多。斛是古代一种容量单位，跟我们现在所说的一升两升的“升”本质相同，比如词牌名一斛珠，原意说的就是珍珠的多少，《说文解字》中说，一斛等于十斗。且不去管一斛到底有多少，词人既然说千顷江面有万斛离愁，证明他心中的愁苦必定不少。

杨炎正计量心中愁苦的方式还真是妙，他不直接说我有满腔愁苦无处说，而是来一句“暮江千顷，中有离愁万斛，无处落征鸿”，意思是，你看，这江面有千顷，虽然很宽广，但是里面的离愁有万斛，根本没有位置容下别的东西，飞过的鸿雁也找不到地方栖息了，那么人呢？国家之大，万里河山，如今却蒙受靖康之耻，带着满腔愁怨的人，又怎能找到一块乐土。唯有倚靠在栏杆之上，借酒浇愁，愁中生愁。

若生在太平盛世，谁愿意去战场厮杀？像岳飞等将士，主张抗金并非崇武好战，而是为国家的前途所忧心，想护卫家国，保百姓安宁。但是朝廷没有给他们施展抱负的机会，作为主张抗金的众多将士中的一位，杨炎正所想的，也是国家安定之后，所有人都能有稳定的生活。

假如可以选择，他宁愿像陶渊明一样，不问世事，隐居深山，采菊东篱下，每日听鸡鸣而起，看落日而归。又或者学范蠡，在越国大败吴国，一雪前耻之后，飘然远去，游走山水之间，一叶扁舟，一根鱼竿，垂钓江河之中，怡然自得。只可惜这些都是空想，他壮志未酬，怎么舍得离去？愁就愁在，没人给他一个报国的机会，更没人给他一个退隐的理由。

天下豪情壮志者千千万，奈何事事不由人，纵使一腔抱负，又岂能留住故国的昔日明月？

芳草断烟南浦路，和别泪，看青山
——情难如意，枉断肠，须断肠

斜风细雨作春寒。对尊前，忆前欢，曾把梨花，寂寞泪阑干。芳草断烟南浦路，和别泪，看青山。

昨宵结得梦夤缘。水云间，俏无言，争奈醒来，愁恨又依然。展转衾裯空懊恼，天易见，见伊难。

——南宋·朱淑真《江城子·赏春》

朱淑真经常被拿来跟李清照相提并论，因为她们是宋朝最出名的两位女词人，李清照生于北方，朱淑真生于南方，一南一北两才女，都给后人留下了不少瑰丽的作品。朱淑真比李清照晚出生五十年的样子，世人经常感叹，赵明诚去世后，李清照的后半生过得不尽如人意，但是跟朱淑真比，李清照算是十分幸运的了。

一般认为，朱淑真是浙江钱塘人，又有说是浙江海宁人，具体出生地无从考据。但可以肯定的是，她是一位自小便才华横溢的江南女子。关于朱淑真的聪明机智，有这么一个故事：有一次朱淑真的父亲骑毛驴进城，不小心把州官撞倒了。州官非常生气，要把朱淑真的父亲抓进大牢解恨。朱淑真听说此事，急忙赶去为父亲求情。州官一早就听说过朱淑真的才名，故意为难她说:“听说你很会作诗，这样吧，只要你用诗的形式道出八个‘不打’，但诗中不得出现一个‘打’字，若能做到，我就饶了你父亲。”朱淑真应允，请州官出题。恰好当时是黄昏，州官就说以“夜”为题。朱淑真想了想，当即吟诵了一首《不打诗》：

月移西楼更鼓罢，渔夫收网转回家。卖艺之人去投宿，铁匠熄炉正喝茶。樵夫担柴早下山，飞蝶团团绕灯花。院中秋千已停歇，油郎改行谋生涯。毛驴受惊碰尊驾，乞望老爷饶恕他。

朱淑真这首诗中分别包含了八个“不打”，月移西楼更鼓罢（不打鼓），渔夫收网转回家（不打鱼），卖艺之人去投宿（不打锣），铁匠熄炉正喝茶（不打铁），樵夫担柴早下山（不打柴），飞蝶团团绕灯花（不打茧），院中秋千已停歇（不打秋千），油郎改行谋生涯（不打油）。这首诗写得算不上很精致，但是在当时那么紧急的情况下，又有那么多约束条件，能马上作出这样一首诗，足见朱淑真的聪明才智。像她这般心思玲珑剔透的女子，本该有个好的归宿，只可惜造化弄人，朱淑真的姻缘苦了她一辈子。

在嫁人前，朱淑真有自己喜欢的人。根据她写给这位心上人的诗词来看，他应该是一位贫困书生，一直想考科举但是一直没有考上。所以无论朱淑真怎么坚持，她的父母都下定决心要棒打鸳鸯了。

朱淑真在父母的安排下嫁给了一位小官吏。朱淑真心思玲珑剔透，倘若她的丈夫能和李清照的丈夫赵明诚那般，即使学问在她之下也无所谓，能有点共同话题的话，婚姻也不致那么失败。然而丈夫实在是个俗得不能再俗的人，一点都欣赏不了她的才华。朱淑真之所以一直记挂着以前的恋人，必定因为他是懂她的，她会写诗，他也不差，两个人凑在一起对对诗填填词，有说有笑，有滋有味。相比之下，婚后的生活简直是度日如年。

《江城子·赏春》是朱淑真怀念初恋情人而写。斜风细雨中，春寒料峭，勾起了她埋藏在心底的往事。少女时期的她多么幸福，有志趣相投的恋人相伴，一同赏春看景。可是相爱的恋人却被强行拆散，不知他身在何方，留下她一个人孤零零流下了寂寞的泪水。

与其说这首《江城子》写的是赏春，还不如说是伤春更为恰当。大好春光中，寂寞的女词人想起了昔日恋人，泣泪连连，无人诉苦。

“芳草断烟南浦路，和别泪，看青山”写的正是她和恋人的分别。青山依旧在，芳草却凄迷，她流着泪看他远去，想叫住他却无从开口。因为，有时候爱情并不是一切，不是相爱就可以在一起的，婚姻有太多太多前提条件，身为女儿，她无法违抗父母之命。这大概就是古代女子最大的悲哀了，再爱一个人又有什么用呢，父母一摇头，万事都成空。

自从分别后，回忆就像上了瘾一样，无法停止。她时常在梦中与心爱之人重逢，二人执手相看泪眼，心有千言万语，开口却无一言。梦如果不是梦那该多好，就算是梦，为何不让她多享受一下梦中的欢乐。醒来之后，她又如往日一般陷入了无尽的惆怅之中。这一辈子，怕是再也没有与他相见的那一天了吧。

朱淑真没有料到，在她结婚之后的某一年元宵夜，她居然见到了心心念念的那个人。有《元夜》为证：

火树银花触目红，揭天鼓吹闹春风。新欢入手愁忙里，旧事惊心忆梦中。
但愿暂成人缱绻，不妨常任月朦胧。赏灯哪得工夫醉，未必明年此会同。

多年以后的他和她，身边都已经有了自己的另一半，再也不能像往日那么亲密无间了。

朱淑真的婚姻生活不只是不幸福，应该是相当糟糕，至少对她来说是这样。有一次回到娘家，她向父母言明要跟丈夫断绝关系，父母当然不同意，估计关起门来没少教育，离婚之事也就这样不了了之了。之后的朱淑真一直生活在这段悲剧婚姻中，她整日愁眉不展，郁郁寡欢，终于含恨而去。

朱淑真死的时候还是比较年轻的，大概四十岁。而她生前所写的诗词手稿则被父母付之一炬，只留下《断肠诗集》和《断肠词》。朱淑真父母之所以烧她的诗稿，据我猜测应该是她诗词中写了太多女子不该写的东西，比如思念以前的情人啊，比如和丈夫之外的人的情啊爱啊，等等。旧时女子名声太重要了，就算她死了也不能留下什么见不得人的东西。然对于后人来说，一代才女的手稿被焚毁，实在是可惜至极。

连理枝头花正开，妒花风雨便相催
——愿为连理，白首不离

连理枝头花正开，妒花风雨便相催。愿教青帝常为主，莫遣纷纷点翠苔。

——南宋·朱淑真《落花》

在天愿作比翼鸟，在地愿为连理枝。这是有情人花前月下，山盟海誓之时最喜欢说的一句话。彼时，情意正浓，他和她的心中只有彼此。功名利禄，富贵荣华，不及她对他一半的爱意；环佩珠玉，翡翠华钗，难比他对她一腔柔情。信誓旦旦中，他们看到的是白首不相离的未来，是厮守一生的幸福。然而这样的爱虽不难得到，却犹难长久。汉武帝最终背弃了他要以金屋藏之的陈阿娇，司马相如对患难与共的妻子卓文君也变了心……这样的例子太多太多了，相守一生的约定，何以成真？

在写下这样一首诗的时候，朱淑真对命运也是心存怨恨的吧。她曾有过一段美好的爱情，原以为可以执子之手，与子偕老，奈何现实远远比理想残酷千万倍。她必然耳闻过棒打鸳鸯的故事，然而有一天，她也成了被迫与心爱之人分离的鸳鸯鸟。就好比枝头开得正鲜艳的连理花，一场风雨便可将其摧残得枝折花落。究竟是风雨太强大，还是爱情太脆弱？又或许，越是灿烂的花朵，越容易招来风雨的妒恨吧。

连理连理，顾名思义，指的是枝干合生在一起的两棵树。而连理枝的传说，自古有之。刘兰芝和焦仲卿，他们坟墓上长出了的树就是“枝枝相覆盖，叶叶相交通”的连理。刘兰芝和焦仲卿是恩爱的夫妻，死后坟上长出连理树我并不觉得奇怪，让我倍感意外的是罗浮山“并枕树”故事。

春秋人潘章是当时出了名的美男子，楚国男子王仲闻其名，求为好友。然时间一长，二人竟然相爱，结为夫妇。他们死后，家人将他们合葬于罗浮山。后来坟上长出大树，枝叶无不抱在一起，人们称之为并枕树。诧异的同时，我不禁为二人的勇气所感动。爱情不是徒有虚名，哪怕在世人眼里成为不可饶恕的另类，为了守住心中的爱，他们在所不惜。

男子之间的爱尚且如此，更何况其他。

有一个传说，说的是一段至死不渝的爱情。我不知道在时光的碎片中，这个故事有没有变得模糊。毕竟千年岁月中，被湮灭的太多太多了：

她是官宦人家的小姐，知书达理，美貌非常。他亦是朝中官员的公子，温文尔雅，饱读诗书。他们的父亲一同为官，志趣相投，两家是世交好友。她和他青梅竹马，无忧无虑地一起长大，在日日的相处中慢慢产生了感情。她叫贾蓬莱，他叫上官粹。

他们生活在元朝末年，当时的朝局比较动荡，贾蓬莱的父亲无故被罢官，伤心之余带着家人回到了故乡福州。她与他，从此天各一方，再难相见。她的两个姐姐先后出嫁，她也被家人安排了一门亲事，闺中待嫁。

原以为今生与他再无缘分，孰料上官粹的父亲被派往福州上任，就这样，他们重逢了。昔日情景一幕幕重现，即将成为别人妻子的贾蓬莱万分愁怨，她勇敢地做了一个决定，今生非上官粹不嫁。不知是不是她的坚贞感动了上天，与她结亲的男子染上瘟疫去世了。于是顺理成章，贾蓬莱与上官粹结为夫妻。

他们婚后生活是幸福的，也是短暂的。一年之后，盗匪入城劫杀百姓，贾家和上官家的人都死在了贼人刀下。贾蓬莱眼睁睁看着丈夫和儿子倒在血泊中，她心如死灰。匪首见她姿容艳丽，起了霸占之心。出乎意料，她居然答应一生追随匪首，条件是好好安葬她的家人，匪首答应了。然而，就在上官粹的尸体被埋入坑中的时候，她悄悄拿出藏在袖中的刀自尽，并跃下了土坑。盗匪们很愤怒，他们把她的尸体拖出来，埋在了离上官粹五十步以外的地方。

多年以后，她和他的坟上各长出了一棵树，相向而生，枝叶相抱，树根相连。这就是他们用爱情的血液浇灌出来的连理树。

若能相守，不能白头又何妨？至少他们爱过，幸福过，哪怕魂归黄泉，心依然是在一起的。

朱淑真没有贾蓬莱那样的运气，她有过真爱，却与真爱擦肩而过。她不愿臣服于命运，却还是输给了命运，嫁了一个她不爱的人。

因为心中的愤恨，朱淑真做过很多出格的事，比如写香艳的诗词，比如决心和丈夫断绝关系。在她的很多作品中，都可以看到她对命运的控诉。

这首《落花》应该是朱淑真嫁人之前写的，从诗中可以看出，她尚未经历失败的婚姻，对将来与自己共结连理的那个人依旧充满期待。

连理枝头的花，被风雨所妒，经历了风吹雨打之后，失去了昔日的灿烂。但是没关系，若是让青帝常主四季，使连理花并蒂常开，四季不败，就算风雨再多都不足畏惧。爱情也是如此，只要相爱之人始终如一，共同面对外界的阻挠，终能成就一段永不褪色的姻缘。

当美好的希望破灭，面对粗俗不堪的丈夫时，朱淑真觉得，以前的她真是太天真了。爱情若真能轻易得到，又岂会被人如此期待与珍视？她心灰意冷，作了一首同是咏连理枝的诗《愁怀》：

鸥鹭鸳鸯作一池，须知羽翼不相宜。东君不与花为主，何似休生连理枝。

鹭和鸳鸯虽然都是水鸟，但终究不是同类，就算一起生活在水池里也是不能融洽的。朱淑真以鹭和鸳鸯比作她和丈夫，一个是文采卓越的才女，一个是庸俗不堪的小吏，勉强结合过日子，一天两天还好，时间久了，矛盾会越来越多。若丈夫与她志同道合，没准还能日久生情。偏偏事与愿违，她看着丈夫的庸俗，越来越怀念曾经的恋人。

青帝啊青帝，你既是世间花木的主宰，为什么不肯让连理枝开出灿烂的花朵呢？说什么连理连理，都是骗人的，她再也不相信连理枝了。她盼了这么多年，向往了这么多年，连连理枝的边都没沾到。

东君不与花为主，何似休生连理枝！

只愿君心似我心，定不负相思意
——情如水波漾

我住长江头，君住长江尾。日日思君不见君，共饮长江水。

此水几时休？此恨何时已？只愿君心似我心，定不负相思意。

——南宋·李之仪《卜算子》

秦少游曾说“两情若是久长时，又岂在朝朝暮暮”，今天又有歌曲唱道：思念是一种病。

常有人赞叹秦少游诗句中的意境，然而爱到深处，必定不愿两地分居，而常常更多的人都是“未曾别离，已尝相思”，情到浓时，又岂是自己能够克制的？

我住在长江上游，而你住在长江的下游。我们之间，隔着绵绵不绝的长江。两人之间的距离一目了然。

曾有朋友玩笑说：“一个住青藏高原，一个住在崇明岛，这思念当真如滔滔江水连绵不绝了。”然而虽然与心上人相隔千里，思念依然是每日支撑自己的动力。此词以女子的立场来写，也为那思念与哀愁平添几分柔情。

在长江的彼端，我每天都思念着你，却见不到你的身影，唯一能够安慰自己的是，我们共饮这长江之水。

虽说无法与心上人见上一面，这位女子倒也还算乐观，毕竟两人面前依旧有一道抹不去的联系。你我能共饮一江的水，那也算弥补了心中那一点缺憾。即便是如此微不足道的安慰，女子依然抱着感怀的心，日日等待着与心上人的重逢。

自古以来从不乏痴情女子，而这首词的言语更是让一目了然，为我们展现了一位大胆而忠贞的女子。日日立于江头，望着那滚滚东去的江水，希望那长江之水能把自己的思念带到远方，带到自己的爱人身边。

可是现实总是残酷，“此水几时休，此恨几时已”，两个几时衔接而用，两句反问袭来，宛若九天雷声打向人心头。这样流淌的水什么时候才能干涸，这样的恨什么时候才能停止？

只可惜长江之水永不绝，思念之恨永不灭。也昭示着女子的思念，仿佛永远看不到结果，望不到尽头。

遥遥千里的距离已经无法改变，女子心中苦闷也无处诉说，只能日日望着长江东流去，心中只剩最后的寄托，希望江水尽头的男子，心思也如自己一般，“愿得一人心，白首不相离”，如此便也不辜负自己深切的思念。

“只愿君心似我心，定不负相思意”，只希望你的心意同我一般，那我定然不会辜负你的心意。

这是一种长久的等待，以及爱情的誓言。它是一个女子对心上人的许诺，若你能够爱我，我必然也能恪守誓言，等待我们重逢的一日。只是很多时候，更多的是情浓时甜言蜜语，情薄时转身便忘。

这与《孔雀东南飞》中的那句“蒲苇纫如丝，磐石无转移”颇为相似，只是纵使誓言如山，焦仲卿与刘兰芝依旧是分离了。

这首《卜算子》虽是宋词，却大有乐府之风。词句简单利落，描写简洁而精辟。让人仿佛看到一对最平凡而朴实的情侣，词句没有华丽的描写，然而却让我一读感怀，再读入味，再细细读下去，无端生出一分思念的哀愁。

而李之仪本身的遭遇，却极为坎坷凄凉，他曾说：“某到太平州四周年，第一年丧子妇，第二年病悴，涉春徂夏，劣然脱死。第三年亡妻，子女相继见舍。第四年初，则癣疮被体，已而寒疾为苦。”

妻子儿女相继去世，自己也为疾病所苦，对于这样的李之仪来说，“定不负相思意”这样的承诺更显缥缈，而在孤苦无依之时，待他再想起这一首词，想起曾经与自己约定要白头偕老的妻子，是否也会觉得痛彻心扉？

世上分隔两地的情侣已无法细数，但愿每对情侣都能抱着“不负相思意”的信念，等待着属于自己的幸福。

若得山花插满头，莫问奴归处

——风尘俗世，本与我无关

不是爱风尘，似被前缘误。花落花开自有时，总赖东君主。
去也终须去，住又如何住？若得山花插满头，莫问奴归处！

——南宋·严蕊《卜算子》

历代风尘女子中，总能出几个出类拔萃的人物，南齐有钱塘才女苏小小，唐朝有扫眉才子薛涛，宋朝有义胆奇女严蕊，到了明清，秦淮八艳群芳风姿绰约，不乏才华过人者。这些以“伎”为业的女子们之所以有这么出众的学识，得以留名千古，是因为她们之中大多数人和严蕊一样，并非爱风尘，而是被前缘所误。女孩子谁不喜欢清清白白做人？堕入风尘实属身不由己。

严蕊是我非常喜爱的女词人之一，只是她留下的作品太少，不免觉得可惜。据宋人曹嘉《严蕊传》记载，严蕊乃浙江天台人，字幼芳，她自小精通琴棋书画，会歌舞，擅诗词，通晓历史，善于交际，而且姿色神韵也非一般人能比，因而成为名噪一时的全能型美女加才女。这样一番描述，令我想到了李煜的大周后还有孟昶的花蕊夫人，自古女子才貌难以兼得，更别说样样精通了。以严蕊的姿色和才华，不少有钱人家的公子哥儿对严蕊仰慕得不得了，特地带着钱不远千里赶来，就是为了见她一面。

当时的台州知府名叫唐与正，也是个文化人，属于永康学派，他听说过严蕊的才名，一直对她很有好感。一次酒宴，唐与正想考考严蕊，看她是不是真有传说中的那般聪慧，于是以“红白桃花”为题，让严蕊填词。严蕊微微思忖，遂作了一阕《如梦令》：

道是梨花不是，道是杏花不是。白白与红红，别是东风情味。曾记，曾记，人在武陵微醉。

词是为桃花而作，却只字未提桃花，确实妙。因桃花与梨花、杏花同属蔷薇科，外形确有相似之处，我就常把桃花与杏花搞混，因为杏花也有粉色的，不仔细看还真分不出来。至于结尾一句的“人在武陵微醉”则用了陶渊明《桃花源记》的典故。《桃花源记》说的是武陵渔人迷路后误入桃花林，寻得桃花源的故事。既然这阕词咏的是桃花，用桃花源的典故再合适不过了。

唐与正听完，觉得严蕊名副其实，果真担得起才女的称号，当下对她的好感又加深了几分。不过宋朝对官员有这样的规定，只许召歌舞伎陪酒献艺，但是不能与其同寝。这唐与正还算是个守纪律的官，他和严蕊还真的没发生什么，只是夸了她几句，赏了两匹细绢。

经过知府大人这么一夸奖，严蕊的名气比以前更大了，拜倒在她石榴裙下的人更多了。知府唐与正有个朋友叫谢元卿，大概是和唐与正聊天的时候听说了严蕊的事迹，生了结交之心。一年七夕，知府府中举行宴会，唐与正把严蕊叫去陪酒，正好谢元卿也在场，他向唐与正请求亲自考一考严蕊，唐与正欣然应允。谢元卿想了想，对严蕊说："既然今日是七夕，那就以七夕为题，以我的姓氏‘谢’为韵填一首词吧。”等到众人举杯，严蕊已经作好了一首《鹊桥仙》：

碧梧初坠，桂香才吐，池上水花初谢。穿针人在合欢楼，正月露玉盘高泻。
蛛忙鹊懒，耕慵织倦，空做古今佳话。人间刚到隔年期，怕天上方才隔夜。

这阕《鹊桥仙》比先前的《如梦令》填得还要好。不仅道出了七夕佳节该有的景象，比如荷花初谢，妇女穿针楼上乞巧等，更依言以“谢”字为韵，完全符合谢元卿的条件。谢元卿对严蕊的才学佩服得五体投地，到严蕊的宿处住了半年，直到花完自己的所有财物才离开。反正谢元卿不是官员，又不缺钱，没人会找他的不是。倒是有人鸡蛋里面挑骨头，来找唐与正的不是了。

因唐与正所属的永康学派与朱熹的程朱理学对立，朱熹早就看唐与正不顺眼了，弹劾了他好几次，不过都没有成功。正好被他听到唐与正和严蕊的事，朱熹就打起了歪主意，想借此事把唐与正扳倒。

朱熹一口咬定唐与正和严蕊有苟且之事，不管严蕊承不承认，强行把她关进了监狱，隔三岔五一顿用刑。不禁对朱熹恨得牙痒痒，老头子没事尽爱挑别人的刺，一会儿曲解《诗经》，一会儿说苏轼的诗词写得不好，眼下又对一个手无缚鸡之力的弱女子下手，亏他忍心。朱熹未必不知道严蕊和唐与正之间没什么，只不过想以严蕊为缺口，趁机把唐与正这个对手除掉罢了。出乎他意料的是，严蕊是个有骨气的人，没有的事她打死都不会承认。这可把朱熹气坏了，他没办法，只好随便捏了个罪名把严蕊交给了绍兴府。

绍兴府的太守和朱熹是一条船上的，给严蕊上了更厉害的刑，可严蕊自始至终坚持自己和唐与正是清白的。有狱卒看不下去了，便劝她说："你为什么不早点承认和唐与正的事啊，承认了不过是一顿鞭打，何至于落到这个凄惨的下场。"严蕊不以为然，回答道："我只是个低贱的军伎，就算和知府有不正当的关系，那也罪不至死。可是是非真假怎么可以乱说，败坏知府大人的名声呢？就算把我打死，我也不能污蔑别人啊。"

由于严蕊的坚持，她在狱中没少被折磨，但是严蕊的名气却越来越大，很多人佩服她的品德，都为她叫屈。

严蕊运气不错，不久之后朱熹被调走了，被派来审理她案件的是岳飞的儿子岳霖。岳霖对严蕊之事也是一早就有耳闻的，他一心想帮严蕊，审理案件也特别认真。当他查清楚事情的大概后，就对严蕊说："听说你擅长作词，今天我就给你一个机会，你把自己的遭遇用词的方式陈述给我听吧。"严蕊应允，随即作了这首令她留名千古的《卜算子》。

词的上阕写的是严蕊的生平。她并非甘愿堕入风尘，只可惜命不由人，不得已成了卖笑为生的军伎。词的语气看似平淡，却字字充满了委屈和不甘，她是在为自己辩白：我并非你们眼中那种不检点的女子，只是没有那么好的命生于普通人家，这岂是我的错？就好比花何时开何时落，完全掌握在花木之神东君手中，我的命运也不是由我自己掌握的啊！

这里的"东君"既指那些有权审理她案件的其他官员，也指岳霖。严蕊是个聪明的女子，她一语双关，希望岳霖能够明白她的苦楚，给她一个公平的判决。她一个"赖"字，把自己今后的命运全部交到了岳霖手上，也表达了她对岳霖所寄予的期望。

下阕主要阐明了她的愿望。她身为军伎，不能自己把握命运，就像被关在笼子里的小鸟一样，毫无自由可言，还随时有被困死笼中的危险。"去也终须去，住也如何住"说明她想离开风尘，从此不再过这种卖笑的日子。像她们这样的女子，以色事人，色衰而爱弛，最终不会有好的结局，既然如此，何不早日脱离苦海呢？假如有一天能够摆脱军伎的身份，像普通妇女一样将山花插满发髻，嫁一个普通的男人，过一辈子普通的生活，那么，就不必问她的归宿是什么了。她虽是卑贱的军伎，却有着一般人所没有的骨气。因造化弄人，不得已入了这风尘苦海，然而她无时无刻不想获得自由，无需富贵，只要能过普通女子该过的生活，此生足矣。

严蕊的气节不得不让人佩服，岳霖是个明白人，他听了严蕊所作的词之后，立刻判她无罪，并且准许她脱离管籍，出狱后可以随便嫁人，也算是帮她实现了"山花插满头"的愿望。

众人都佩服严蕊的气节，称赞她是个难得的奇女子，更有不少人表示不计较她的出身，愿意娶她为妻。在这些人中，有一个是皇室的宗亲，正好死了妻子，就把严蕊娶回去续弦了。虽然严蕊嫁过去的身份是妾，但丈夫对她既佩服又怜惜，一生都没有娶别的女人。

都说吃得苦中苦方为人上人，用这句话形容严蕊再合适不过了。她在狱中的苦没有白受，不仅脱离了军伎身份，赢得了世人的尊重，更难能可贵的是她得到了一个懂得怜惜她的好男人，有了其他女子想都不敢想的“一生一世一双人”的美满姻缘。

少年不识愁滋味，爱上层楼

——识得愁滋味

少年不识愁滋味，爱上层楼。爱上层楼，为赋新词强说愁。

而今识尽愁滋味，欲说还休。欲说还休，却道天凉好个秋。

——南宋·辛弃疾《丑奴儿·书博山道中壁》

人年少时不知道忧愁的滋味，喜欢登高远望，为写一首新词，明明无愁而勉强说愁。现在尝尽了忧愁的滋味，想说却说不出，却说好一个凉爽的秋天呀！

读来不觉想笑，一个孟浪少年跃然在心尖，本该青春激昂，肆意挥霍，本该是享受灿烂春光的年纪里，却故作深沉，装作长大模样，心中本无愁却要装作愁思满面，时时登高望远自伤情，做出一副苦大仇深样子。

如今，尝尽人生百味，历经世间种种，看尽苍生百态后，知道了生活重担下的艰辛，才知年少时能按着意愿生活，是多么不易。沉重的压力下，面对不如意事十之八九的局面，才发现原来长大后，竟然连痛快的大笑都是不易，更何谈畅快淋漓、肆无忌惮地活着了。

想故作轻松，却发现竟然费力万分，真到尝尽愁苦滋味后，才知愁苦的滋味根本讲不出，更何况是作出姿态来了。

待到繁华散尽，青春不再，只剩下欲语还休的无奈。

这首词是辛弃疾罢官后，在闲居地信州代湖所写。此词在我看来是稼轩对自己一生的总结，那种不能言说的痛苦，才是真正的痛苦，没有凄凄惨惨的悲凉之境，没有哀哀怨怨的婉转流泣，没有壮志未酬的悲愤诉说，这首词安静得让人好似看见秋之静谧，看见落叶飘下的无奈，想着归根，却不得不随水逐流。

一个肯抛头颅、洒热血，敢冲锋陷阵、策马扬鞭的军事天才，一个心胸朗阔，心怀天下的男子汉，终于还是看见了自己这一生的结局，带着欲语还休的低语无奈，带着壮志未酬心不死的遗憾，最后还是走到被闲置的命运结局上。

读辛弃疾的生平,知他从来都不仅仅是一个诗人,他生长在中原沦陷区。青少年时代的他，深受北方人民英勇抗金斗争精神的鼓舞。他不仅自己有抗金的胆识和才略，而且认为中原是可以收复的，金人侵略者也是可以被赶出去的。同时他有很强的军事才能，无论从军事战略水平、战役组织实施能力，还是治国安邦的行政才干，乃至个人的战术水平上，纵观整个古代史，他都足以跻身历史的一流人才之列。

他还是中国历史上第一次提出大规模跨海登陆作战的军事家。试想若当时的南宋政府重用他的话，历史必将被改写，会因他而辉煌而闪耀。只可惜命运对他开了一个不小的玩笑，让他孤寂地来，依旧孤寂地去。虽然命运没有顺从他的轨迹,历史却永久的记住了他,即便是在千百年后的今天。

在少年时，他也曾拥有一身抱负，也曾想要仗剑天涯、惩凶除恶，但现实到底是现实，他面对的是一个风雨飘摇的南宋，是一个锁着他羽翼的时代，少年不识愁滋味，总嫌自己不曾长大，不曾能够保家卫国，然而长大了才明白，如若能同少年时一般放肆自如，更能不知世间险恶，该是多么幸福的一件事?

只可惜，人生没有如果，辛弃疾只是辛弃疾，不可能成为任何人，他也只会是他。

千金纵买相如赋，脉脉此情谁诉
——缠绵悱恻惜春曲

更能消、几番风雨、匆匆春又归去。惜春长怕花开早，何况落红无数。春且住。见说道、天涯芳草无归路。怨春不语。算只有殷勤，画檐蛛网，尽日惹飞絮。

长门事，准拟佳期又误。娥眉曾有人妒。千金纵买相如赋，脉脉此情谁诉？君莫舞，君不见、玉环飞燕皆尘土！闲愁最苦。休去倚危栏，斜阳正在、烟柳断肠处。

——南宋·辛弃疾《摸鱼儿》

这首词的题目很长：“淳熙己亥，自湖北漕移湖南，同官王正之置酒小山亭，为赋。”宋孝宗淳熙六年（公元1179年），作者由湖北转运副使调任湖南转运副使，同僚王正之在小山亭置酒饯行，因而写了这首词。

这是一支缠绵悱恻的惜春曲，更是一首慷慨忧郁的忧国歌。

他在一开头便发出感叹：怎么还能经受得起几次风雨，春天就这么匆匆忙忙离开了。风雨中，春天离开得特别急，作者的感叹日复一日年复一年，但春天不会为任何外人停下脚步。作者的惜春之心在一开始便爆发。因为惜春，担心花开得早了，春天就会飞逝溜走，百花未开呢，就已经在为花朵将来的凋零而担忧，更何况现在已是落花满地了，怎么能让人不忧愁？把自己惜春又怨春的矛盾心理很详尽地表达了出来。

春天停驻吧！听说那萋萋芳草一直连到了天际，哪里才是你的归途。作者将春天拟人化，对待春天的态度就像在抱怨，路都没有了，你还要走到哪里去？可是现实是残酷的，春天不会因为他的多方挽留而停下脚步，春天只静静离开，不言不语，他也只好暗自对春天怨恨。

春天离开了，还有什么可以安慰他？算来只有那雕刻着花纹图案的屋檐上的蜘蛛网，还在勤劳的沾惹着纷飞的柳絮。可是，就算蛛网网住了一点可怜的春光，不但无法安慰他惜春的空虚和寂寞，反而让他更觉无限惆怅。

词的上片写得空灵飘逸，时而温柔细腻、时而激越悲愤，挥洒自如跌宕有致，让人不禁感叹春天的易逝。

下片作者通过典故来表达自己的感叹:《长门赋》向来为历代文人引用，作者也不例外，“长门事，准拟佳期又误。”说的便是这个故事。因为有人嫉妒陈皇后的美貌，使得早就约定相会的好日子又错过了。作者借陈皇后被汉武帝遗弃在长门宫的事诉说自己心底的不平。

辛弃疾在南归那年，宋孝宗曾派张浚北伐，可是两年后就改变了主张，又和金国签订了“隆兴和议”，辛弃疾曾多次上书朝廷，表达了强烈的抗战必胜的信心。但是朝廷毫不理睬，并且从此对辛弃疾也不再重用。

因此，词中的“准拟佳期又误”其实是作者对朝廷这种出尔反尔的行为进行的质问，“娥眉曾有人妒”其实是对自己遭受打压和排挤的感叹。

“千金纵买相如赋，脉脉此情谁诉”，据说，陈皇后被弃长门宫后，听说司马相如文章天下，便以黄金千斤相邀，请他写出自己心中的愁苦，这便是《长门赋》，据说汉武帝看了之后很感动，但终究没有再宠幸她。同样，辛弃疾一腔报国热情又能向谁倾诉呢?

“君莫舞，君不见，玉环飞燕皆尘土”。你们休要得意忘形，你们难道没看到杨玉环、赵飞燕那样的人物，最终不也是化成了尘土么？其实他是在痛斥那些不思复国的投降派，不要高兴得太早。

千万别在高楼上凭栏眺望了，在那烟雾迷茫的柳色中，如血夕阳正在西沉，那种凄惨景象让人多么的凄凉。

此时辛弃疾正与同僚话别，他愁的依然是国家的未来，投降派对他的打压和排挤，正是对整个主战派的打击，他明白大势已去，认为宋朝的江山就正如这西沉的落日般，无可挽救了。

此后辛弃疾开始了被朝廷罢官回家闲居的日子，这一过便是二十年，他空怀着驱逐金人，恢复中原的雄心，报国无门，空怀愁思。但是他并没有忘记国家的忧患，既然手中没有兵权，那便用文字来表达吧，于是他写下了最具代表性的佳作《破阵子》:

醉里挑灯看剑，梦回吹角连营。八百里分麾下炙，五十弦翻塞外声，沙场秋点兵。

马作的卢飞快，弓如霹雳弦惊。了却君王天下事，赢得生前身后名。可怜白发生!

醉意中我将油灯拨亮，抽出宝剑细细端详。睡梦中惊醒过来，军营中的号角响成一片。八百里内的将士们，都在分食烤牛肉，各种乐器在弹奏着边塞的军歌，秋天的沙场上，一场雄壮的阅兵式正在开始。

我的骏马就像“的卢”一样跑得飞快，射箭的弓弦声劈啪作响。收复沦陷已久的中原，完成君王的统一大业，为我赢得了生前身后的名望，可是实际上，我却闲赋在这乡野无所事事，点点白发丛生。

辛弃疾因为被朝廷弃之不用，那柄曾经沙场的宝剑锈迹丛生，他心中郁结着无限的幽愤，只能借酒浇愁。醉中，他肆意飞扬，仍不忘抗击外敌，驰骋沙场，杀敌报国；醉中，他策马奔腾，率领千军万马挥刀杀敌；只可怜这一切都只是梦而已。

辛弃疾满腔抱负最终被投降派的人打压，南宋的朝廷完全不想收复北地，他们窝在临安城内，过着灯红酒绿的生活，完全不顾人民大众的心声，更不顾子民的悲惨生活，这也就加速了南宋的灭亡。

蓦然回首，那人却在，灯火阑珊处
——得来全不费工夫

东风夜放花千树，更吹落，星如雨。宝马雕车香满路，凤箫声动，玉壶光转，一夜鱼龙舞。

蛾儿雪柳黄金缕，笑语盈盈暗香去。众里寻他千百度，蓦然回首，那人却在，灯火阑珊处。

——南宋·辛弃疾《青玉案》

辛弃疾的词大多刚强悲壮，鲜少有如此温婉悠长的。《青玉案》难得的充满了浪漫主义的情怀，用优美的辞藻，精准地描述了元宵节的场景。

元夕，即正月十五，是上元节、元宵节。这个节日在古时是极为盛大的。就连唯我独尊的皇帝都要在这一夜与民同乐，在最显眼的地方和民众一起赏花灯看烟花，以显示百姓康乐，天下太平。官宦权贵，商户巨贾，平民布衣同聚一地，因此元宵佳节分外流光溢彩。

锁在深闺的小姐们，这一日也可以出来一游，怀春的女子在这一日，都会把自己打扮得极为漂亮，穿上珍藏许久的衣衫，戴上平日不舍的朱钗流苏，似要把一年内做的含有玫瑰香气的梦，都在今夜实现。那带着有点豪赌心理的女儿心态，把整个夜晚装扮得更加明艳动人。

东风拂过，数不清的花灯晃动着，仿佛催开了千树花，一簇簇的烟花飞向天空，然后像星雨一样散落下来，又像是空中的繁星被吹落了，宛若阵阵星雨。火树银花不夜天，万里长街红灯照，把我瞬间带进一个繁华如梦的盛世节庆里。

达官贵人带着家眷乘车行驶在街道上，来来往往的车马人潮，各式各样的香气弥漫在空中，和着花灯烟花，好似一场人间仙境。

凤箫悦耳的音律之声飘荡到每一个角落里，回荡在每一个洋溢着喜悦笑脸的人们的耳中，玉般清冷的明月在空中散发出明亮的光，光华流转。热闹的夜晚里，鱼、龙等各种形态样子的彩灯在翻腾。

在月华下，灯火辉煌，沉浸在节日里的人通宵达旦载歌载舞，享受着这美妙的节日。

盛装的女子们，云鬓插满精致的发簪，环佩叮当、碎步轻盈。她们谈笑间顾盼生辉，眉目传情，欢天喜地地走在人群中，路过每一个少年才子身侧，留下余香满地。

等待情人的焦急男子，对路过的女子一个个细细辨认，额头溢出汗珠，却顾不得擦拭，还在焦急地寻找。一脸迷茫，苦苦追寻，千百次的努力换回千百次的失落，千百次的呼唤换回千百次的无奈，一瞬间男子沦为这繁华喧闹中最失意的一个。就在他快要放弃一切希望，心灰意冷的时候，一个不经意地抬头回望，那个心心念念，期期盼盼的人，就站在残灯暗影里对着他笑。

那一瞬间真真儿是“金风玉露一相逢，便胜却人间无数”。

她的笑在灯火阑珊里如明珠一般绚烂，让所有的明艳都失去了颜色。

她的笑，带着一丝灵动的顽皮，那样耀眼。

那人站在浮华的背后，不慕繁华，甘于寂寞清冷，不走进流俗，清醒着，淡薄一切。

元宵佳节，正是团圆之时，而那女子必定如旧时小说里的人物一般，执一团扇，携一小婢，走在街上。

此时的街上必定是灯火灿烂通明，而她看花了眼，猜着灯谜，笑着嗔着，待到尽兴之时，她便携了小婢欲转身归家。

脸上还带着欣喜的笑，她转眸回首，目光恰落于对面，那人容色清俊，正怔怔望着她，不由更是莞尔一笑，心里嗔一句“这个呆子”。

这样美好的缘、灿烂的笑，也只有少年时期的男女所能独有，待得日后年华老去，垂垂暮色已降临，她和他还能心带暖意地将这一幕讲与自己的孙儿孙女听。

她说，那一年，那个傻子……

他说，那一年，她美似昙花……

“我能想到最浪漫的事，就是和你一起慢慢变老”，人世圆满，莫过于此。

写《青玉案》的时候，辛弃疾是三十几岁，在临安为官，正是盛年风华的时候，雄才伟略在胸，只盼一身所学散尽，救家国于危难，挽人民于水火。

作此词之时，或许稼轩正盼着一个人来，许是志同道合的侠士，许是高山流水的知音，许是苦苦追寻的知己……你千百次地寻，千百次地选，千百次地把心抛出，只为在不经意的回眸间，成就一场千古绝唱的相遇，就好似伯乐遇见千里马。

而我却觉得“那人”就是你自己，不与世俗同流、不与权奸合污，独享淡泊，高洁如荷，傲挺如松。

说起这阕词，王国维的《人间词话》中以为人之成大事业者，必皆经历三个境界，而稼轩此词的境界为第三即最高境界。

“昨夜西风凋碧树。独上高楼，望尽天涯路。”此第一境也。

“衣带渐宽终不悔，为伊消得人憔悴。”此第二境也。

“众里寻她千百度，蓦然回首，那人却在灯火阑珊处。”此第三境也。此等语皆非大词人不能道。

无论是情人，还是伯乐，都在人世间苦苦找寻，而无论是等待还是探寻，都是一条漫漫长路。而在这一场追寻的旅途中，有人为之惆怅，为之困扰，望断柔肠；在黎明来临之前的黑暗里，有人憔悴，有人不悔，有人执着，有人放弃；到了最后一刻，灯火阑珊，疲倦已极，再回首，才发现那人正在咫尺之远，含笑而立。

正所谓，近在咫尺，远在天涯。

我心心念念的你啊，可知道我为了等待这一刻的相逢，已修行了太久太久！

风流总被雨打风吹去

——男儿到死心如铁

千古江山，英雄无觅，孙仲谋处。舞榭歌台，风流总被，雨打风吹去。斜阳草树，寻常巷陌，人道寄奴曾住。想当年，金戈铁马，气吞万里如虎。

元嘉草草，封狼居胥，赢得仓皇北顾。四十三年，望中犹记，烽火扬州路。可堪回首，佛狸祠下，一片神鸦社鼓。凭谁问：廉颇老矣，尚能饭否？

——南宋·辛弃疾《永遇乐·京口北固亭怀古》

这首词写于辛弃疾被调任镇江知府之时。镇江与扬州隔江相望，实乃江防要冲，是宋金前线的战略要地。辛弃疾受命于此的同时，也深知责任重大，不可掉以轻心。起兵北伐，收复失地可说是辛弃疾毕生梦寐以求的理想，鉴于南宋几次出兵的教训，他深知此番必须要深思熟虑，谨慎行事。当时的主帅韩侂胄急于建功，未经充分准备就想草率用兵。对此，辛弃疾表示很不赞成，于是写了这首词，一来抚时感事，二来借由刘义隆的例子警告主帅要慎重用兵，免得重蹈覆辙。

辛弃疾以年迈之身自比于廉颇，表明自己老当益壮，愿为北伐大业尽力的雄心壮志。其笔势纵横，铿锵有力，气概雄伟，颇显其英雄豪杰之气。

南宋时，很长一段时间主战派都处于下风，连皇帝都不再奢望能收复失地，宁愿安居一隅，继续过奢靡的日子。身为主战派且声望极高的辛弃疾，被闲置，不得重用，终日在乡间。

直到宰相韩侂胄重新起用辛弃疾。韩侂胄把持朝政，积极准备北伐，但他的目的只是为了巩固得手的权力。为了得到更多支持，他才起用主战派的辛弃疾，当时辛弃疾不过是权力斗争中的一个砝码。而一生都在梦想收复失地的辛弃疾，毅然前往，接受任职。

他深知战争非儿戏，他不会拿将士的生命去冒险，他经过几番细致考察，一丝不苟地收集资料，提出现在并不是适合的战机，却被急功近利的宰相韩侂胄所怀疑猜忌，被贬为镇江知府。

已经六十六岁高龄，步入迟暮之际，纵然有再大的抱负，怕也没有实现的可能了，站在北固亭上，俯瞰眼前景色，江面宽阔，浩渺如烟，如画如歌。只是巍峨的宫殿，精美的楼阁，婉约的亭榭，消失不见；功业显赫、威名远扬的英雄将军已随风远逝；如孙仲谋那般气吞山河，虎踞龙盘的英雄在风云变幻中，在历史的长卷里，消散如云烟，伸手竟握不住一丝丝的气息……

“风流总被风吹雨打去”，英雄业绩都因历史的风雨吹打而随时光流逝了。而如今只能站在这里回首当年的雄壮悲歌，这是一种怎样的悲凉呀。那个唱着“男儿到死心如铁”的稼轩，终于还是走到了英雄迟暮的凄惨境遇，少年时的豪气万千，如今心内的悲壮，最后都化成一阕悲歌，诉与天地知。

稼轩，他从来都没有放弃过收复北地的梦想。在一次次的打压下，一次次的希望下，依旧无怨无悔地坚守信念。可是命运就是如此，梦想始终只是个梦想，最后成了遗憾。四十多年的岁月风蚀，四十多年不屈的抗金之路，依旧赤子之心不改，依旧壮怀激烈，磐石一般的信念，支持你一路到如今。稼轩，你成了世人心中的英雄，无愧于天地。

北固亭上振臂一呼，成千古绝唱。壮志未酬、壮心不死，千古绝唱道不尽的悲凉，诉不尽的悲愤满怀，只留一句无奈。杨慎在《词品》中说：“辛词当以京口北固亭怀古《永遇乐》为第一。”无疑是对此词最中肯的评价。

遥想当年，这个戎马一生却被迫退伍的军人，在遥望祖国壮丽山川之时，内心的悲愤与不甘。

廉颇老矣，尚能饭否？

这一句带着惆怅和雄心，一起被淹没在岁月长河里，时光仿若一条河，将他的勇武与壮志冲刷，最后变作了圆滑的水边碎石，静静凝望，淡淡沉淀。

这是一个武者的悲哀，更是一个有着报国之心的武者的悲哀，这倒与岳飞不同，岳飞一腔热血尽洒，拼尽性命战斗，落得个为佞臣所害，然而辛弃疾呢？不能战，不能武，却连死都不能，只能眼睁睁看着，待到一切都变了，不再是旧模样，他才泪流满面，溘然长逝。

惜哉稼轩。

此后不久，一生布衣，早已天命之年的姜白石在临安读了稼轩的这章《永遇乐》，遂依原韵和之：

云鬲迷楼，苔封很石，人向何处？数骑秋烟，一篙寒汐，千古空来去。使君心在，苍厓绿嶂，苦被北门留住。有尊中酒差可饮，大旗尽绣熊虎。

前身诸葛，来游此地，数语便酬三顾。楼外冥冥，江皋隐隐，认得征西路。中原生聚，神京耆老，南望长淮金鼓。问当时依依种柳，至今在否？

素来以空灵含蓄的姜白石竟如此直白地表达出对辛弃疾的支持，可见，辛弃疾的抗金壮志和行为，在这个千疮百孔的国家里，赢得了当时众多正义之士的拥戴和感佩！可见英雄就算已逝，却不会被世人遗忘。

悲欢离合总无情，一任阶前，点滴到天明
——人生如雨，一场皆空

少年听雨歌楼上，红烛昏罗帐。壮年听雨客舟中，江阔云低断雁叫西风。而今听雨僧庐下，鬓已星星也。悲欢离合总无情，一任阶前点滴到天明。

——南宋·蒋捷《虞美人·听雨》

王国维《人间词话》提到了人生三重境界，蒋捷似乎并没有热衷于他达到了这三个境界中的第几重，反而用几十个字勾勒出了他一生的三个阶段。一旦走到人生的后期，回首往昔，任谁都会感慨一番。

蒋捷是宋朝末期的词人，他和周密、王沂孙、张炎并称为宋末四大家。蒋捷曾高中进士，当过官，以他的学识，若宋朝可以继续下去，平平安安过一生不是什么难事。然而朝代更替，时代变迁，就像大自然的规律一样，没有人能改变。

蒋捷的少年时期是十分得意的，这点从词中就能看出。他学识渊博，广交好友，肆意地挥霍着自己的青春，得意非常。无忧无虑的他们不会为自己以后的人生发愁，经常与三五个好友一起，访章台听赏歌舞，写诗词伴美人，挥斥方遒，意气风发。人生第一阶段的听雨，便是在这个时候。彼时的他根本不会去注意窗外的雨声，映在他眼中的是红烛舞动的火苗，入耳的是歌女宛如黄莺般清脆动人的歌声。他醉倚罗帐，昏昏欲睡，一心只想着人生得意须尽欢，莫负大好春光。

青春永远是一生中最好的时光，可以冲动，可以任性，可以潇洒，可以挥霍。可是青春是如此的短暂，稍纵即逝，不经意间胡子就已经爬满整个下颚。蓦地从那场绮丽的梦中惊醒，人已到中年。

中年的蒋捷是在兵荒马乱中度过的。元兵渐渐逼近，以宋末朝廷的凄惨状况，必定是不能和成吉思汗训练出的蒙古铁骑相抗衡的，明眼人都能预料到结局。尽管如此，还是有一大批忠心耿耿的臣子拼死相抗，誓不投降，其中最出名的就是写下“人生自古谁无死，留取丹心照汗青”的文天

祥了。在这一时期，百姓们日日忧心，担惊受怕，生怕一眨眼元兵就打进来了。很多人为了避难，四处逃散。每一个朝代的末期，总会有相当长一段时期的混乱。

这一时期的蒋捷没有一个稳定的安身之所，他四处漂泊，每到一处看见的虽是不同的景象，心中所系的却是同样的哀愁。他独坐在客舟中，外面正下着雨，打在船篷上发出啪啪的声响。一只找不到同伴的大雁孤独地徘徊于江面上，江阔云低，它凄惨的叫声响彻耳边，显得格外悲凉。孤雁的命运令蒋捷想到了自己，独在异乡为异客的他不正像眼前的孤雁么。兵荒马乱中，他无家可归，到处流浪。或许哪一天和唐朝大诗人杜甫一样，凄凄惨惨地客死异乡。此中滋味，谁能比他更清楚？中年虽不再像年少时的青春，有大把的时光和精力挥霍生命，但也不致如此凄惨啊！偏偏他生逢乱世，就像浮萍一样随波逐流，无力主宰自己的人生。

江阔云低，断雁叫西风。所有孤独和无奈，全蕴含在这个“断”字当中。少年与中年这两个时期的相比，一点都不像只隔了十几年，却有种恍如隔世的感觉。任谁也不会想到，少年意气风发的自己会有如此凄凉的一天。

经历过意气风发的少年和孤独悲凉的中年，步入老年的蒋捷心中更是感慨非常。彼时宋朝已经彻底灭亡，元朝代替宋朝，江山易主，进入了一个全新的时期。蒋捷无力回天，也不知道该怎样表达对朝代更替的看法。如今的他已经是个古稀之年的老人了，两鬓斑斑，垂暮萧瑟，尚不能保证自己今后的命运，何来心思去议论朝代的更替。

又是一个下雨天的晚上，年迈的蒋捷站在僧庐下，静静听着雨打瓦楞的声音。时光飞逝，转眼又是几十年。垂暮之际再去回想从前的种种，无论是活力四射的少年还是悲凉愁苦的中年，都已成了岁月中的一道痕迹，一去不复返。就好比眼前这场夜雨，即便下得再大再猛，太阳一出来就会了无痕迹。时光荏苒，岁月变迁，朝代更替，江山易主。一切的一切，都随着这场雨埋藏在记忆中。年老的他，再也没有精力去肆意享受人生，谁知道下一刻是什么样呢？

悲欢离合就像自然界的规律，不会因人而异，该发生的还是要发生。既然无力改变什么，那就静静地听完这一场雨吧。也许等到天亮，阳光就会出来了。

流光容易把人抛，红了樱桃，绿了芭蕉

——不与杜鹃，声声催人归

一片春愁待酒浇。江上舟摇，楼上帘招。秋娘渡与泰娘桥。风又飘飘，雨又萧萧。

何日归家洗客袍？银字笙调，心字香烧。流光容易把人抛。红了樱桃，绿了芭蕉。

——南宋·蒋捷《一剪梅》

都说爱情是文学作品中永恒的主题，思乡又何尝不是呢？无论在哪个朝代，诗词中永远都会出现游子翘首期盼回乡的身影。先秦有《诗经·采薇》所咏的“采薇采薇，薇亦作止。曰归曰归，岁亦莫止”，唐朝有王维的“独在异乡为异客，每逢佳节倍思亲”，北宋有范仲淹的“黯乡魂，追旅思。夜夜除非，好梦留人睡”，每一首都是流传千古的佳作，而思乡的旋律也随着这些诗词千百年来被吟唱，未曾停止。

蒋捷的家乡在今天江苏宜兴，这阕思乡情切的《一剪梅》是他乘船过吴江时所写。吴江也在江苏省境内，离宜兴并不远。我想蒋捷当时大概有事在身无法归家，又或者是有家难回，不然的话，在离家那么近的地方，为什么不回去看看？他生活在宋元两朝交替的时期，兵荒马乱，许多百姓流离在外，有家归不得。不能肯定蒋捷属于哪一种情况，只知道他思乡却不能马上回家，眼看所乘的船只飘过吴江，他心中自是百感交集，无限惆怅。

正如曹操所说，“何以解忧，唯有杜康”，即便是到现在，大多数人心情不好的时候都喜欢喝酒，希望能够借酒浇愁。蒋捷心中也是这样想的，思乡心切的他哀愁连连，一片春愁，待酒来浇灭。然而，借酒浇愁只是一种说法，就算真能解愁，也不过是治标不治本罢了。乡愁连连的词人站在船头，看着船离家乡越来越远，又见远处酒楼上随风飘的帘子，不由得想到了自己的命运。他进士出身，本该是令人羡慕的，谁知逢了乱世，再大的才学也抵不过敌军的铁骑。朝代更替之际，他无法继续在朝堂上安身，就像在风中飘摇的帘子一样，被吹到哪儿是哪儿，处处无家处处家。彼时他所乘坐的船已经驶出的秋娘渡和泰娘桥，再往前就出吴界了，也意味着他离家乡越来越远了。

“秋娘渡”和“泰娘桥”都是吴江地名，传说秋娘和泰娘都是唐朝有名的歌女，以她们的名字命名这些地方，必定她们身上发生了不平常的事。历史上叫秋娘的人很多，《金缕衣》的作者就叫杜秋娘，而“秋娘”二字也是倡女的代名词，如白居易《琵琶行》中“妆成每被秋娘妒”，还有周邦彦《瑞龙吟》中“惟有旧家秋娘，声价如故”。蒋捷在他另一首词《行香子》中也写到过这两个地方，“待将春恨，都付春潮。过窈娘堤，秋娘渡，泰娘桥”“窈娘”是唐朝一位名叫乔知之的官员府上的婢女，长得很漂亮，擅长歌舞，深得乔知之喜爱。当时是武则天当权，武家人权势很大，武则天的侄子武承嗣在乔知之府上参加酒宴，看上了窈娘，他强迫乔知之拿窈娘跟自己打赌，结果乔知之输了，他不舍得割爱，武承嗣就强行带走窈娘。后来乔知之写了一首《绿珠篇》让人带给窈娘，窈娘看了之后很悲痛，投井自尽了。后来洛水暴涨，冲毁了堤岸，一直漫到窈娘投井的地方，人们重新修建了河堤，为了纪念窈娘，就以她的名字来命名新的河堤。

蒋捷生逢乱世，经常在外面漂泊，他和任何一个漂泊的游子一样，无时无刻不想着回家。回到家以后，有父母嘘寒问暖，有妻子帮他洗衣做饭，有子女承欢膝下，一家人共享天伦之乐。这本是十分简单的事，在那个战乱时代却成了人人奢望的梦想。兵荒马乱，能不能好好活下去都是问题，更别说是与家人团聚，和和美美地过日子了。

何日归家洗客袍，既是洗他沾染了尘埃的衣袍，也是洗去他的一身风尘。再苦再艰难，能回到家中都是好的。不若在外面时，每当听到杜鹃鸟的叫声就心如刀绞，它在向自己说，回家吧，回家吧。岂是他不想回家，而是有家不能回啊！

整首词中，艺术成就最高也是最为人熟知的就是“流光容易把人抛，红了樱桃，绿了芭蕉”这一句了。蒋捷的描写手法很巧妙，时光渐渐流逝，日复一日，转眼树上的樱桃红了，芭蕉叶子变绿了，而变化的又岂止是它们的颜色？殊不知，自己的一头乌发也在光阴流逝的同时渐渐变白，青春岁月一去不复返。

曾经不识愁滋味，而今识得愁滋味，一腔春愁，无人倾诉。眼看船向前飘荡，离家乡越来越远，也不知何时能够回去看一看。颠沛于乱世，每个人有每个人的悲哀，哀愁是不同的，泪水却是相同的。

人生易老，转眼到白头，只愿来生不识愁。

宁可枝头抱香死，何曾吹落北风中

——哪怕只余香一缕

花开不并百花丛，独立疏篱趣未穷。宁可枝头抱香死，何曾吹落北风中。

——南宋·郑思肖《寒菊》

陶渊明因一句“采菊东篱下，悠然见南山”而被后人封为九月菊花花神。确实，和菊花有关的诗词中，最出名的莫过于陶渊明这一句了，虽然不够详细，却能刻画出菊花的气节。就好比谢道韫的“未若柳絮因风起”一直是后人心中咏雪的第一绝句，却难成一首完整的诗，未免有些遗憾。

我家院子里就种了好几株菊花，等我结束了大半年的旅行回到家，院中早已一片黄，她们开得非常茂盛，直把花枝都压弯了腰。似乎菊花对生存环境的要求并不高，只需一片土地，还有足够的雨水，她们就能长得很喜人。所有菊花一齐盛开的场景十分美妙，摘几朵晒干，用来泡茶，还可以清热降火，多实用的一种花呀。

周敦颐在《爱莲说》中说，菊，花之隐逸者也。大概也是因为陶渊明的关系，菊花成了隐士的代表。陶渊明最爱的花是菊花，他在南山下结庐而居时就种了很多这种和他本人一样淡泊的花。除了隐士之外，清雅的女子常会被人比作菊花，曰，人淡如菊。如果一定要说出一个有菊花那种神韵的女子，我觉得唯有金庸笔下的凌霜华。凌霜华是金庸《连城诀》一书中最悲情，也是最令人神往的女子，她和菊花一样，高洁脱俗，美丽雅致，用人淡如菊来形容她再合适不过。凌霜华亦很喜欢种菊花，她的房间内，窗台上，还有院子里，全都种满了菊花，她和心上人也因菊花而相识，可以说菊花是他们的媒人。她没有得到一个美满的结局，却让看过此书的人无不对她敬佩有加。

另外一个和菊花有关的故事就是聊斋中的《宦娘》了。书生温如春邂逅宦娘，奈何人鬼殊途，不能成为眷属。宦娘心系温如春，想帮他促成一段美好的姻缘。温如春爱上了同县葛老爷家的女儿葛良工，葛老爷嫌他穷，没有答应。葛老爷家有一种绿色的菊花，是外面所没有的，正好良工把绿菊养在自己的房间，宦娘就设法把温如春家的菊花变成了绿色。葛老爷猜测女儿和温如春有私情，怕传出去对女儿的名声不好，只得答应将女儿许配给了温如春。

古时候绿菊似乎是非常罕见的品种，但是如今却已经是寻常花卉了。我们一般所看到的菊花以白色和黄色居多，我家的菊花就是黄色的。古诗词中出现的菊花，也大多是黄颜色。比如李清照的“帘卷西风，人比黄花瘦”，黄巢的“冲天香阵透长安，满城尽带黄金甲”。而诗词中这些菊花，大多也是诗人自身的写照。

郑思肖的《寒菊》因“宁可枝头抱香死，何曾吹落北风中”而闻名，成为咏菊花的名篇，他这句诗和朱淑真《菊花》中的一句很像，大概也是化用，但青出于蓝而胜于蓝，比朱淑真写得更有感觉：

土花能白又能红，晚节犹能爱此工。宁可抱香枝头老，不随黄叶舞秋风。

朱淑真当时正跟丈夫闹离婚，她写这首诗是为了表明自己宁愿孤老一生，也不要再跟俗气的丈夫一起过日子了。而郑思肖写类似的诗句是为了表明他对大宋的忠贞，是一种民族气节的体现。

郑思肖是宋朝末年的诗人，当时元兵已经向南打来了，先天下之忧而忧的郑思肖上述请求抗敌，结果这一建议没有被皇帝接受。郑思肖痛心疾首，心知大宋撑不了几年了，他不想亲眼看见祖国被元兵所灭，于是辞官归隐。他本名不叫郑思肖，而是在宋朝灭亡后，为了表明自己不忘祖国，才改的这个名字。思即思念，肖则是大宋的国姓“赵”的一部分（古代的赵字跟现在写法不一样，是走加上一个肖），至于他本名到底是什么，没人清楚。看来他对宋朝确实是一片赤诚之心，可惜皇帝没有接受他的意见，就算接受了也未必敌得过元兵的精锐铁骑。

诗的上联“花开不并百花丛，独立疏篱趣未穷”赞扬了菊花的高洁，她不与群芳争艳，独自开于东篱之下，始终如一。“宁可枝头抱香死，何曾吹落北风中”更是直接表明了他宁可死在元兵的刀下也绝不投降，誓死效忠南宋朝廷的决心。菊花枯死在枝头，死后仍然留有余香，若被北风吹散，零落成泥碾作尘，那就再也留不下任何痕迹了。他若是为大宋尽忠而死，后人还会佩服他的气节，若他苟且偷生，投降元兵，留下的就只有一片骂声啊。

郑思肖如此不屈不挠，直言不讳表达决心的果断，让我想到了历史上另一位诗人——于谦和他的《石灰吟》：

千锤万凿出深山，烈火焚烧若等闲。粉骨碎身浑不怕，要留清白在人间。

明英宗时瓦剌入侵，英宗被俘，为了稳定民心和军心，于谦建议立景帝。随后，他亲自带兵打败了瓦剌人。但是英宗被救出来后却觉得于谦这是在拆自己的台，居然敢立新君，复位后以谋逆罪把他给杀了。诗中于谦正是以石灰自比，表示他不怕死，就算是粉骨碎身，他也要光明磊落，像石灰一样留下清白。

郑思肖和于谦这两首诗虽然一咏菊花，一咏石灰，却都是以所咏之物自喻，以表决心，连语气都一模一样。

从郑思肖改名一事，还有他这首诗，都能看出他是个什么样的人，他生在宋朝，大宋就是他唯一的家，这是死都不能改变的事实。所以，哪怕和菊花一样枯死枝头，只余香一缕，他也会继续坚守这一信念。

世态便如翻覆雨，妾身元是分明月
——多少事，尽尘埃

燕子楼中，又捱过、几番秋色。相思处、青年如梦，乘鸾仙阙。肌玉暗消衣带缓，泪珠斜透花钿侧。最无端蕉影上窗纱，青灯歇。

曲池合，高台灭。人间事，何堪说！向南阳阡上，满襟清血。世态便如翻覆雨，妾身元是分明月。笑乐昌一段好风流，菱花缺。

——南宋·文天祥《满江红》

古代文人骨子里流着的都是传统礼教的血液，礼义廉耻，三纲五常，就像绳索一样束缚着他们一生一世。白居易一生才名远播，却也因《燕子楼》组诗逼死关盼盼而在名声上留下瑕疵。在千年后的我们看来，凭什么张愔死了关盼盼就必须相随，是人都有活下去的权利，还有什么比生命更宝贵的吗？这是思想的距离，也是时代的距离。和白居易一样，文天祥身上也发生过一件类似的事。

元兵攻入南宋都城临安城后，宋朝皇室不顾文天祥等忠贞之士的反对，为保全性命，决定投降元兵，宋恭帝和宫中一干人等以俘虏的身份北上而去。这情形，像极了当年的靖康之耻，徽宗、钦宗被金兵掳去，皇族宗亲包括公主、皇子等，全部作为俘虏被掳去了金国。

王清惠是俘虏中的一人，她是宋度宗的昭仪，世称王夫人，颇有才华，她感于时事，又为自己的命运所悲，于是在途经驿站的时候，题了一首《满江红》在驿站的墙壁上：

太液芙蓉，浑不似、旧时颜色。曾记得、春风雨露，玉楼金阙。名播兰簪妃后里，晕潮莲脸君王侧。忽一声、鼙鼓揭天来，繁华歇。

龙虎散，风云灭。千古恨，凭谁说。对山河百二，泪盈襟血。驿馆夜惊尘土梦，宫车晓碾关山月。问嫦娥、于我肯从容，同圆缺。

太液池为唐太宗年间所凿，是皇家园林的重要组成部分，唐朝大明宫的后宫就是依太液池而建，后来代指皇宫风物。很多诗词中出现过太液池的身影，如白居易《长恨歌》中的“太液芙蓉未央柳”。王清惠写这首词也是感慨于自身的命运。那太液池中的芙蓉已经失去了昔日的艳丽色彩，就像她一样，美丽的往昔不再，落得个俘虏的下场，满面风霜地一路向北。这大宋王朝，说亡便亡。想当初，她备受君王宠爱，然而曾经皇宫中华丽的宫殿，奢侈的生活，一切富贵荣华就像是一场梦，突然消失得无影无踪。

身为一个常年生活在后宫中的妃嫔，说不留恋曾经的宫廷生活那是不可能的。王清惠对宋宫中的时光无比怀念，但并非贪图荣华富贵的女子，她做这首词，除了想表示自己如芙蓉一样高洁，洁身自好的同时，主要还感叹的还是国家的命运。龙虎散，风云灭，千古恨，凭谁说。大好河山就这样葬送了，她一个小女子能做什么？唯有对着曾经属于大宋的河山泣泪盈盈。深夜的驿站中，她抬头望着明月，内心充满了无限悲哀。她曾是皇帝的宠妃，如今却沦为阶下囚，是该以死守节，还是学韩信受胯下之辱，能屈能伸？身为女子的她有贞洁观念，必定是想守节的，可到了生死关头，她心生迷茫，不知如何是好。只得问月宫中的嫦娥，“于我肯从容，同圆缺”。

嫦娥是不可能回答王清惠的，文天祥却代替嫦娥作词回答了她。

宋恭帝投降后，宋朝大势已去，文天祥等抗元人士被囚禁在金陵的狱中。王清惠在驿站的墙壁写下这阕词的几个月后，谢太后也被迫北行，宿于驿站的她看到了王清惠作的这首词，因而便流传了出去。文天祥见到这首词后，作为回答，便和了王清惠一首。

青年时期的文天祥高中状元，意气风发，乘着高头大马从路上经过，那样的风光。他本以为凭借自己的本事，可以为宋朝干一番大事业，功成名就。孰料战争来得太突然，元兵说来就来，想那皇城宫殿中，高台芳榭全部化作一片废墟，江山易主，兵荒马乱，身为大宋子民的他们心中自是苦不堪言。

从文天祥的“人生自古谁无死，留取丹心照汗青”这句诗就能看出，他必定是誓死效忠大宋，绝不投降的。但朝代更替后，有不少人为了保全性命，卑躬屈膝地投降元朝，改为元朝效力。他对那些不能以死明志，而苟且偷生，侍奉新朝权贵的人十分鄙夷。南陈乐昌公主便是其中之一，她和驸马破镜重圆的故事一直被后人当作佳话，文天祥却给予了否定的评价。文天祥觉得，乐昌公主在南陈灭亡后不能以死殉国，身为尊贵的公主却卑微地去服侍隋朝官员，实在为人所不齿。她和驸马虽然破镜重圆了，但镜子破了就是破了，合在一起也还是有了裂缝，再也回不到从前。当然，文天祥所针对的不只是乐昌公主，而是那些不能为故国守节的权贵们。

文天祥说这些话的意思很明显，就是劝王清惠自杀殉国，以死明志。

他写的是字，但这些字却是一把把的利刃，逼着王清惠拿起刀子自杀。

王清惠也好，乐昌公主也罢，她们不过是不被命运眷顾的可怜女子罢了。她们长于深宫之中，没吃过什么苦，自然不比他们这些以忠贞自居的英雄。都城破，故国亡，这本是君王的责任，统治者没能治理好自己的国家，导致外敌入侵，国破家亡，关这些弱女子什么事？国家灭亡了，她们自然不会再有以前的富贵生活，被俘的被俘，被卖的被卖，生活发生了翻天覆地的变化。

旧时的女子很可怜，她们不能主宰自己的命运，出嫁前听父母的，出嫁后听丈夫的，老了还得听儿子的，尤其深宫中的女子，简直就是被囚禁在华丽牢笼中的金丝雀。国家灭亡，她们的命运也随之改变，乐昌公主还算幸运的，能够回到驸马身边，王清惠就可怜多了，一路颠沛流离，受着身体和精神的双重折磨。她不是没有想过要以死保持贞洁，但她毕竟是一个手无缚鸡之力的弱质女流，是深宫中没有受过任何苦难的宠妃，她有她软弱的一面。

文天祥好歹是个饱读诗书的状元，为什么就不能设身处地为王清惠想想？难道非得死了，才能证明对大宋的忠贞？不能否认文天祥是位坚贞不屈的民族英雄，但他作为封建时代的男人，还是有着根深蒂固的封建思想的，他不会跳出他们的思维去看待女人，而是把自己的意志强加在女人身上，于他而言，王清惠若是不能用死来保持贞洁，那就是对大宋的不忠。

除了这首和王清惠的词之外，他还代王清惠写了一首《满江红·代王夫人作》：

试问琵琶，胡沙外、怎生风色。最苦是、姚黄一朵，移根仙阙。王母欢阑琼宴罢，仙人泪满金盘侧。

听行宫、半夜雨淋铃，声声歇。彩云散，香尘灭。铜驼恨，那堪说。想男儿慷慨，嚼穿龈血。回首昭阳离落日，伤心铜雀迎秋月。算妾身、不愿似天家，金瓯缺。

当年，汉武帝封刘细君为江都公主，远嫁乌孙，刘细君弹得一手好琵琶，后人经常以公主琵琶指代她，如李颀《古从军行》中的“公主琵琶幽怨多”。汉元帝时期，王昭君又被封为公主，远嫁匈奴。巧合的是，王昭君擅长的正好也是琵琶。文天祥借大汉女子远嫁塞外一事，指代宋朝灭亡后，后宫女子被元兵掳去。其中，“最苦是，姚黄一朵，移根仙阙”指王清惠被迫离开宋朝皇宫，一路北去。美好的生活破灭，王清惠心中万分痛苦，然身为宋人，就应宁为玉碎不为瓦全，誓死效忠大宋朝廷，坚守贞操，洁身自好。

如果说文天祥和王夫人的词是想劝她自杀保贞洁，那么这一首代她而作的词就已经为她选了道路，其咄咄逼人之势，令身为女子的我看了很是气愤。王清惠虽是亡国被俘的妃嫔，但只要她活着，她就有选择自己生活的权利。被迫北上成为俘虏，她的命运已经很悲惨了，文天祥不能对她报以同情，却写一首又一首的词劝她自杀保持贞洁，也不知存的什么心思。或许在很多人眼中，文天祥一腔热血，有胆识有气节，但是对于同为女人的我而言，我并不觉得他对王清惠所作的一切是对的。说到底，王清惠不过是一个可怜的女子，何必咄咄逼人？

王清惠和关盼盼的情况还是有区别的，关盼盼只是死了丈夫，那不是兵荒马乱的战争年代，也不会有被俘受辱的可能。所以白居易写诗害关盼盼绝食自尽，很多人对白居易颇有微词。文天祥写这两首词让王清惠自杀保全贞洁，古时却很少有人持反对态度。但在我看来，两件事的本质没什么区别，从中都能看出封建社会对女性的不公平。

历史记载，有一位和王清惠处于同一时代并且有相似遭遇的人，那就是徐君宝的妻子。

徐君宝是岳州人，元兵见他妻子貌美，就给掳了去。然而徐君宝的妻子是个烈女，誓死不从。元兵把她从岳州掳到杭州，一路上她用了各种计策使自己免受侮辱。她毕竟是个手无缚鸡之力的女子，元兵要用强，她无力反抗，在墙上写了一阕表示自己对丈夫忠贞的词之后，投湖自杀了。

同样被掳，徐君宝妻有勇气自杀，王清惠却犹豫了，所以在时人眼中，徐君宝妻是烈女，王清惠就是对大宋不忠。其实回过头来想想，她们有什么错呢？都是在乱世中受苦受难的女子啊，她们有权利选择怎么对待自己的生命，自杀守节也好，忍辱偷生也罢，何去何从，且把决定权留给她们自己吧。

王清惠最终没有自杀，大概身为弱女子的她还是没有自杀的勇气吧。但是她用了另一种反抗元兵的方式——削发为尼。宋朝灭亡了，她虽没有勇气以死殉国，但不会再贪恋红尘，只愿能常伴青灯，了却残生。

大宋的灭亡给王清惠带来的痛苦是巨大的，从临安一路风霜颠簸北上，她的身体已经很差了，再加上精神上的折磨，即便是遁入空门，她的生命最终还是结束在了距南宋都城千里之遥的北方。

生前再多恩宠，再多荣辱，到了魂魄离体的那一刻，也尽随之化作尘埃。

惟有知情一片月，曾窥飞燕入昭阳
——才女皇后的悲歌

宫中只数赵家妆，败雨残云误汉王；惟有知情一片月，曾窥飞燕入昭阳。

——辽·萧观音《怀古》

这是辽国皇后萧观音为汉成帝皇后赵飞燕写的翻案之诗。赵飞燕能歌善舞，以妩媚之姿吸引了汉成帝，得到专宠，被人们称为“祸水”，但是萧观音这诗，却给赵飞燕来了个历史大翻案。

赵飞燕出身低微，本是阳阿公主家的婢女，因为成帝到阳阿公主家寻欢作乐时，被成帝看上而带进宫占为私有，直到成为皇后。

萧观音对赵飞燕同情，同时也在同情自己，萧观音因为工书能诗，善弹筝、琵琶，能自制歌词，甚得道宗宠爱，后因为道宗荒于游猎，她写诗讽刺道宗而逐渐失宠。

但正是这首《怀古》却要了萧观音的命，道宗皇帝的丞相耶律乙辛，因为平定皇太叔的叛乱有功，被道宗倚重。耶律乙辛野心勃勃，觊觎皇帝的位子已久，他忌惮着皇帝身边这位贤良睿智的皇后萧观音，又因为她生下的太子耶律浚掌管着辽国枢密院，成为耶律乙辛夺权路上最大的障碍，为了自己夺取皇位，他便采取迂回战术，决定先将皇后除掉。

就在这时，时机到了，萧观音因为失宠，深感寂寞，百无聊赖中写下了著名的《回心院》：

扫深殿，闭久金铺暗；游丝络网尘作堆，积岁青苔厚阶面。扫深殿，待君宴。

拂象床，凭梦借高唐；敲坏半边知妾卧，恰当天处少辉光。拂象床，待君王。

换香枕，一半无云锦；为使秋来辗转多，更有双双泪痕渗。换香枕，待君寝。

铺翠被，羞杀鸳鸯对；犹忆当时叫合欢，而今独覆相思魂。铺翠被，待君睡。

装绣帐，金钩未敢上；解除四角夜光珠，不教照见愁模样。装绣帐，待君眠。

叠锦茵，重重空自陈；只愿身当白玉体，不愿伊当薄命人。叠锦茵，待君临。

展瑶席，花笑三韩碧；笑妾新铺玉一床，从来妇欢不终夕。展瑶席，待君息。

剔银灯，须知一样明；偏使君王生彩晕，对妾故作青荧荧。剔银灯，待君行。

爇薰炉，能将孤闷苏；若道妾身多秽贱，自沾御香香彻肤。爇薰炉，待君娱。

张鸣筝，恰恰语娇莺；一从弹作房中曲，常和窗前风雨声。张鸣筝，待君听。

这十首都是统一格调，从日常的生活细节入手，用同样的句式，把一个被疏远了的，幽闭深宫的女子缠绵悱恻的爱情之思描写得淋漓尽致。

萧皇后的这首《回心院》，在当时是“被之管弦”，可以演奏的，宫廷演奏家赵惟一独善其曲，萧皇后拜托赵惟一将《回心院》谱上曲子，并和他一起弹奏，琴瑟和谐，听完余音绕梁。

就是这一点，被耶律乙辛抓住了，他利用与赵惟一不和的宫婢单登，将预先写好的《十香词》带入宫中，让单登给萧观音看，单登还欺骗萧观音，说这是宋朝皇后写的词，要是辽国皇后也抄写这词，便成了二绝，留名青史。

萧观音一看《十香词》虽然写得香艳，但是文辞流利，一时非常喜欢，简直爱不释手，不仅亲自在彩锦上抄写了一份，还在词末写了这首《怀古》。

拿到这首诗的耶律乙辛高兴非常，他立刻到道宗那儿告状，诬陷萧观音和乐师赵惟一私通。

道宗当然有些不信，他知道萧观音久居深宫，况且对他恋慕非常，不会与人有染。这时辽国宰相张孝杰便趁机将那首《怀古》诗拿了出来，并且将其中的“赵”“惟”“一”三个字找出来，说这便是皇后与赵惟一私通的证据，辽道宗勃然大怒，当即就将萧观音定了罪，并赐三尺白绫，命令萧观音自行了断，而赵惟一则被诛了全族。

萧观音至死都不明白，自己怎么就跟私通扯上了关系，还寄希望于道宗，希望与道宗见面问清楚，道宗不准，萧观音无奈，只能用一根白绫结束了自己的生命。临终前写下的《绝命词》也流传千古：

岂祸生兮无朕，蒙秽恶兮宫闱。呼天地兮惨悴，恨今古兮安极。知吾生兮必死，又焉爰兮旦夕。

萧观音冤死，太子立誓为母亲报仇，但是耶律乙辛的屠刀很快便降临到太子头上，他在道宗面前设计诬陷太子，说太子图谋自立，昏庸的道宗也不求证，立刻将十九岁的太子废为庶人，押往外地囚禁。

耶律乙辛派出心腹，在半路将太子刺杀，又欺骗道宗说太子得病死了，之后又借故杀死了太子妃，就此耶律乙辛的目的全部达成。

但是耶律乙辛也没有得意多久，他很快便在道宗那儿失去了信任，道宗最终以耶律乙辛串通宋朝为由，将耶律乙辛杀死了。之后的天祚帝，也就是萧观音的孙子耶律延禧，为了他祖母的含冤莫白，更为了他父亲的被杀，登位后便将已死去的宰相张孝杰剖棺戮尸，再搜捕耶律乙辛的子孙及亲旧，尽行诛戮。

天祚帝的皇后依然姓萧，但是萧族部落的女子中再没有一个像萧观音这样漂亮又才华斐然的人了。

辽代契丹族“耶律”和“萧”是两大部族，当初阿保机家族推翻了原来遥辇氏八部世选为汗的旧制，建立契丹国之际，以耶律氏作为皇室集团共同的姓氏。而与耶律部联姻的密氏部则改为“萧”部，耶律族和萧族联姻是从阿保机时就定下的，所以契丹的皇后大都姓萧。

萧观音的遭遇让人不由想到另一名辽国的萧皇后，萧绰，人称萧太后。

作为一国之后，萧绰的际遇比萧观音幸运得多，她的夫君辽国景宗皇帝患有风疾，体虚多病，无法骑马更别提管理朝政了，萧绰自与景宗成婚后，便一直辅佐协助景宗处理政务，对治国有很详细的了解。

景宗皇帝病逝后，萧绰联合耶律斜轸和韩德让，一同让自己的儿子耶律隆绪登上皇位，是为辽圣宗。

萧绰一生的传奇经历，被编写成许多版本的小说流传至今，其中最脍炙人口的，便是她和韩德让之间的情谊。

据说萧绰在嫁与景宗前，曾经许配给韩德让，但是没有成婚，萧绰便被景宗选进了宫成为皇后，萧绰一直对韩德让念念不忘，她觉得韩德让有非凡的治国之道，便在景宗死后决定改嫁韩德让，这在当时民风开放的契丹也很寻常。

韩德让从此出入宫闱毫无顾忌，他全心全意地辅佐着圣宗皇帝。在他的辅佐下，萧绰学习了很多汉人治国的理念，启用汉人的律法，重用汉人贤才，包括开科考，提高契丹朝臣的水平和修养，更大力发展农业，使辽国得到了稳步的发展，更使辽国从原来的奴隶制过渡为封建制。

同样是皇后，萧观音和萧绰的经历便是天壤之别，萧绰成为了女皇式的人物，成为契丹最有为的女性统治者而名垂青古；萧观音留给我们的，却是一首导致她在三十六岁时便香消玉殒的诗，所以她的《怀古》也被称为“诗祸”，这不得不让人唏嘘感叹，命运有时候实在是最无情的东西。

万化参差谁信道，不与群芳同列
——世外琼枝，不似凡尘物

春游浩荡，是年年，寒食梨花时节。白锦无纹香烂漫，玉树琼葩堆雪。静夜沉沉，浮光霭霭，冷浸溶溶月。人间天上，烂银霞照通彻。

浑似姑射真人，天姿灵秀，意气殊高洁。万化参差谁信道，不与群芳同列。浩气清英，仙才卓荦，下土难分别。瑶台归去，洞天方看清绝。

——金·丘处机《无俗念·灵虚宫梨花词》

初次接触这首《无俗念》，却是在金庸先生的《神雕侠侣》中，开篇便是这首清华的词，细细读下，方知描绘的是一位清冷芳华的女子，便是故事的主人公小龙女。

然而那不过是小说赋予这首词的新生命，它原本要赞颂的，便如题中所载，是灵虚宫中那片洁白的梨花。

古来从不乏赞花之人，然而文人与方外之人，眼中所看之物总是不同的。这首《无俗念》虽赞的是最普通不过的梨花，却仿佛叫我们看到一位谪仙般的女子。一如灵虚宫冰天雪地时的浩气清绝。这首梨花词配上《无俗念》的词牌，是极贴切的。

“无俗”正将词人所想赞颂的意念表达出来，以词牌的名义大方地放在了我们眼前。世人有赞梅之傲然，兰之淡雅，牡丹之富贵，然而梨花那样的雪白，却是方外的超然。

这位词人便是丘处机，他是全真教著名的道士，号长春子。长春子为梨花所作的这首词，仿佛让我们看到了一位飘然灵秀的梨花仙子。

诗句开头“寒食”两字，便交代了是清明时分，正是一年中梨花盛放之时，花瓣洁白似锦，清香弥漫。“玉树琼葩堆雪”一句，让我们依稀看到成片的梨花林，试想一下，置身其中，犹如身处冰天雪地，抑或飘入蓬莱云端，怎能不叫人生出天宫那种绝俗的心境。

之后一句“冷浸溶溶月”，则又清晰地描绘了词人所处的场景，月下梨花白，浮光映月来。

月色映照下，成片的梨花似乎如锦缎般生出光泽，将天地间衬得通透。白色本是容易反光的颜色，漫山的梨花林就如白雪皑皑，将黑夜映照得宛如白昼。而枝头那一朵朵小巧玲珑的花朵，将一树梨花点缀得宛若从天而降的仙子。仙女不同于凡间女子的气韵，正是梨花不同于其他瑰丽的气质。那样的差别，委实是万般言语都难以描述的。也无怪乎金庸大侠要将这首词作为小说的开头，来引出小龙女这样不食人间烟火的女子。

而词人长春子，在战火弥漫之时，身为一位出家之人，不也正是秉持着“不与群芳同列”的心境，才作下这首梨花词的吗？

词句最后的“瑶台归去，洞天方看清绝”，仿佛是降世的仙子又重归瑶台，徒留下清绝脱俗的气息。让世人无法捉摸，更无法企及。而世间的梨花，说不定正是天上仙子下凡时留下的灵气所化，才会有诗人所看到的那份洁白。

丘处机是一个具有划时代意义的人物，当时，蒙古铁骑在成吉思汗的率领下打遍天下无对手，灭国无数，建立了一个世界历史上的面积最大的国家。

当时，蒙古骑兵每攻占一个城市、一个国家，轻者大肆劫掠、抓战俘和女人为奴隶，重者屠城，满城人口尽数屠杀。可是后来当成吉思汗的子孙灭宋之时却少有屠城，也使得中原和江南的文化、建筑等诸多方面没有遭到毁灭性打击，这中间丘处机所起的作用的不可估量。

成吉思汗西征之时，丘处机受成吉思汗邀请第一次去会见成吉思汗，成吉思汗深感丘处机知识渊博，以长者之礼待之，丘处机引导、劝诫成吉思汗，才使成吉思汗逐渐放弃了大肆屠城掠夺的做法。

问世间、情是何物，直教生死相许

——情之一字，亘古伤心

问世间、情是何物，直教生死相许。天南地北双飞客，老翅几回寒暑。欢乐趣，离别苦，就中更有痴儿女。君应有语，渺万里层云，千山暮雪，只影向谁去。

横汾路，寂寞当年箫鼓，荒烟依旧平楚。招魂楚些何嗟及，山鬼暗啼风雨。天也妒，未信与、莺儿燕子俱黄土。千秋万古，为留待骚人，狂歌痛饮，来访雁丘处。

——金·元好问《摸鱼儿》

泰和五年（公元1205年），元好问赴并州赶考，路上遇到一个捕大雁的说："我今天捕到一只大雁，已经被我杀了。可是有一只漏网的大雁，并不逃走，只在我身边哀鸣，最后竟然撞地而死。"

元好问听了很受感动，将那只自杀的大雁买下来，葬在汾河边，在坟上堆起了一个石丘，并且作了一首词以示留念。

这便是这首词的由来，元好问通过以物喻人的手法，对忠于伴侣的大雁进行描绘，赞美大雁忠贞专一的性情，是一首充满激情的词。

爱情到底是什么？这个问题问一百个人，肯定会有一百个答案。每个人的心目中，爱情有它自己的属性，有觉得爱情是平平淡淡生活的；有觉得爱情必须是轰轰烈烈的。

而一段感情，该有多么深厚，才能让人在爱人死去后殉情而死呢？

他们"天南地北"去闯荡，经历了无数回"寒暑"交替，他们经历了团聚的欢乐和分离的辛苦，各种的滋味只有自己明白。

他们一起走过"万里千山"，经历过"层云暮雪"，什么样的艰辛没有经历过？他们之间的深厚感情，已经不是简单的情侣可以形容，他们是生死与共的伴侣，是值得为之付出生命的人。

他们本该有更幸福的结局，却被一张网生生打破，当看到伴侣被网住，被残忍杀害时，另一只大雁在生与死的抉择中，选择了后者。

就算获得了一线生机又有何用？她已经不在了，自己形单影只地生活在这茫茫世界，一个人苟且活着，这样还有什么意思？

所以他选择了殉情，来成全自己的这段感情，从此黄泉路上、奈何桥旁也有个人相伴一起走下去。

而现代社会的人，接受了太多速食文化，对感情的处理也像泡面般，加入热水两分钟后即可食用，感情来得快，去得也快。对某些所谓情侣来说，别说是殉情，就是在困难中伸把援手，都变成了奢望，感情变得非常脆弱，关系瞬间分崩离析。

“夫妻本是同林鸟，大难临头各自飞。”这句话被忘恩负义之人捧为经典，一旦遭遇了某些艰难困苦，最先舍弃自己的人往往是自己身边最亲的人，都是深爱过自己的人。

这个时候，曾经的海誓山盟，曾经的种种誓言都烟消云散了，那些一起经历过的艰辛、一起品尝的甜蜜、一起走过的风风雨雨都抛至脑后了，为了自身的利益，身边的人便可以不顾。

情至深处可以爱得死去活来，可以为他生，为他死，这些常人都难以做到的事，一只普通的大雁却选择了为爱殉情，带给作者的震撼确实非同小可。

元好问善于写殉情，用现在的说法，就是善写“苦情戏”，他的另一首词《摸鱼儿》却是真正描写人的：

问莲根、有丝多少？莲心知为谁苦。双花脉脉娇相向，只是旧家儿女。天已许。甚不教，白头生死鸳鸯浦。夕阳无语。算谢客烟中，湘妃江上，未是断肠处。

香奁梦，好在灵芝瑞露，人间俯仰今古。海枯石烂情缘在，幽恨不埋黄土。相思树，流年度，无端又被西风误。兰舟少住。怕载酒重来，红衣半落，狼藉卧风雨。

这首词又名《双蕖词》，是之前那首《摸鱼儿》的姊妹篇，又是一篇描写凄恻爱情的词作。源自作者听到的一个故事：

泰和年间，有一对小儿女，因为父母对自己的心上人不满意，迫于封建家长制的压力，不能向他们作出反抗，实在走投无路之下，选择了跳水殉情。

家里报官后，官府也派人下水去寻找，可是完全找不到两人，再以后，有采莲藕的人在水中发现了他们的尸体，衣物都完好无损。

那一年那个池塘里的莲花盛开，每一支都是并蒂莲，一开就是两朵，这对小儿女换了一种方式永远地相守在一起。

“莲心知为谁苦”，一个苦字，表达了多少惋惜和痛心，这对痴儿女，相互依恋，在人间不能结合，只能死后化为并蒂莲相守，为什么有情人不能成为眷属？

殉情是封建礼教压迫下的产物，是封建制度下，无法抗争的小儿女作出的最绝望的反抗。

元好问的两首词都是写殉情，后面这首词中表达了他凄婉愤懑的情绪，他为殉情的雁和人痛惜、伤心、抗争，种种情绪错综非常。

美人自刎乌江岸，战火曾烧赤壁山
——秦时明月汉时关

美人自刎乌江岸，战火曾烧赤壁山，将军空老玉门关。伤心秦汉，生民涂炭，读书人一声长叹。

——元·张可久《卖花声·怀古》

到了元朝，元曲作为新的文学体裁登上了历史舞台，也出过不少引起轰动的作品，恐怕没几个人不会背“枯藤老树昏鸦，小桥流水人家”，“良辰美景奈何天，赏心乐事谁家院”。知道元曲四大家的人很多，但张可久这位留下散曲数量最多的作家，名气却并没有那么大。

张可久是元朝后期最具代表性的散曲家，他留有小令八百五十五首，套曲九首，占现存散曲总量的五分之一。《卖花声·怀古》是张可久的代表作之一。多年来我接触过不少古体诗词散文中的怀古之作，除了苏轼的《念奴娇·大江东去》外，还是张可久的这首小令给我的印象最深刻。张可久很擅长用典，他的散曲中，有不少是引用历史典故的，如“山色空蒙水模糊，行云神女梦”，“血华啼杜宇，阴洞吼飞廉”，“昨宵人梦，那人如玉，何处吹箫”。《卖花声·怀古》既是为怀古而作，当然少不了会议论历史。

“美人自刎乌江岸”，一看便知这句写的是美人虞姬。楚汉之战，项羽被困垓下，他见大势已去，痛心疾首地唱道：“力拔山兮气盖世，时不利兮骓不逝。骓不逝兮可奈何？虞兮虞兮奈若何。”霸王高歌，虞姬起舞，待一舞完毕，虞姬拔剑自刎。

“战火曾烧赤壁山”说的是赤壁之战。刘备、孙权联军与曹操战于长江赤壁，黄盖献计，周瑜领兵，采用火攻之术，以少胜多，大败曹军，成就了三足鼎立之局面。

古诗词中但凡提到玉门关的，十有八九都是议论汉朝，要么就是借古讽今。“将军空老玉门关”中的将军，指东汉著名军事家班超，他有一个著名的史学家哥哥班固，还有一个堪为封建女子典范的妹妹班昭。班固的《汉书》常被拿来与司马迁的《史记》相提并论，是一部非常有名的历史著作，只可惜班固还没完成这部著作就去世了，后来由妹妹班昭续写完成。班昭号曹大家，连当时的皇帝皇后都很敬重她，她除了续写《汉书》外，还著有被当做古代女子行为道德规范准则的《女诫》。班固和班昭从文，班超从武，另外，三兄妹的父亲班彪也是一位史学家，这一家子可谓出尽了人才。

班超曾出使西域，后又被封为定远侯，任西域都护。他一去西域就是三十多年，等到年老之时，思乡心切的班超上书向皇帝请求回乡。他在上表中说“臣不敢望到酒泉郡，但愿生入玉门关”。张可久散曲中的典故，正是引用了班超这句话。

在很多人眼中，项羽、周瑜还有班超都是英雄人物，都有着不朽的功绩，但是对于张可久来说，他们在战场杀敌，建功立业，所换来的不过是一片生灵涂炭。战争成功也好,失败也罢,给百姓带来的除了苦难还是苦难。张可久是少有的对这些英雄人物持否定态度的人，因为他是站在百姓的角度去看待这些战事的，项羽、周瑜和班超等人功成名就，流传千古，然而他们的功绩都是用百姓的苦难换来的呀！秦时明月汉时关，万里长征人未还。每朝每代都有打不完的仗，百姓的苦也一直得不到终结：儿子战死沙场，白发人送黑发人;丈夫一去杳无音信，思妇日夜空盼……这一切的一切，所带来的除了百姓的苦难之外，还有读书人的一声长叹。

和其他怀古诗词相比，张可久的《卖花声》算得上是上乘之作了。他还有一首同名《怀古》小令,虽不及以上这首来得巧妙,但也是难得的佳作:

阿房舞殿翻罗袖，金谷名园起玉楼，隋堤古柳缆龙舟。不堪回首，东风还又，野花开暮春时候。

这首小令中也用了三个典故。“阿房舞殿翻罗袖”指秦始皇劳民伤财，兴建阿房宫供其享乐。“金谷名园起玉楼”，其中的金谷园是西晋著名富豪石崇，石崇家富可敌国，和王恺比富的时候敲碎名贵的珊瑚树连眼睛都不眨一下，他家的金谷园飞阁流丹，花林曲池，奢华程度不下于皇家的宫殿。“隋堤古柳缆龙舟”即指隋炀帝开凿京杭大运河，乘龙舟下江南游玩一事。张可久借这些历史上比较有名的劳民伤财事件，讽刺统治者挥金如土只顾享乐，从不会为百姓着想，要知道有些百姓甚至连饭都吃不起。一富一贫，对比十分鲜明，令人深思。

张可久写这两首小令的目的是借古讽今，以历史上真实发生过的事来折射本朝。身为读书人的他没有那么大的力量去改变什么，只希望历史的悲剧不再重现，希望百姓能够摆脱苦难，安居乐业。

柳丝长玉骢难系，恨不倩疏林挂住斜晖

——别是离情，默叹离愁

恨相见得迟，怨归去得疾。柳丝长玉骢难系，恨不倩疏林挂住斜晖。马儿迍迍的行，车儿快快的随，却告了相思回避，破题儿又早别离。听得道一声“去也”，松了金钏。遥望见十里长亭，减了玉肌。此恨谁知！

——元·王实甫《西厢记·滚绣球》

要说《西厢记》中哪一首散曲最有名，答案当然是“碧云天，黄花地，西风紧，北雁南飞。晓来谁染霜林醉？总是离人泪”。这段文字有景又有情，景色凄美，离愁更凄美。确切地说，景色本不带感情色彩，只因为崔莺莺心头的离愁别绪，使得周遭景色也随着蒙上一层愁雾。

在感叹《西厢记》爱情浪漫美丽的同时，不少人会忽略，《西厢记》的原型《莺莺传》是以悲剧收场的。《莺莺传》的作者是唐朝著名诗人元稹，他是个多情且处处留情的风流才子，家中有娇妻韦丛，他对妻子的感情很深，有他为韦丛写的悼亡诗为证，“曾经沧海难为水，除却巫山不是云”。然而在和妻子你侬我侬情深意重的同时，他在外面不知道沾了多少花草，最出名的就是他和蜀中才女薛涛的姐弟恋了。元稹很有才华，名声却不怎么样，这跟他的滥情有直接关系。据说《莺莺传》其实是元稹的自传，女主人公崔莺莺的原型是元稹青梅竹马的姨表妹崔氏，也是他其中一位恋人。

《莺莺传》中，崔莺莺一开始对张生很冷淡，无论张生怎么试探她都是一副冷若冰霜的样子，直到有一天，崔莺莺居然主动投怀送抱，与张生共赴云雨。等到二人感情正深时，张生有事要去长安，崔莺莺虽然难过却没有强留他。后来张生科考落第，便留在了长安。他给崔莺莺写了信，崔莺莺知道后非但没有责怪，还回信安慰他。谁知到了这儿，事情却发生了戏剧性的变化，张生决定跟崔莺莺断绝来往，也就是说，崔莺莺被抛弃了。一年以后，崔莺莺嫁给了别人，张生也娶了妻子。有一次张生路过崔莺莺的住所，便以崔莺莺表兄的身份要求相见，崔莺莺没有见他，他十分悲伤。

在得知他的落寞后，崔莺莺给他写了一首诗："自从消瘦减容光，万转千回懒下床，不为旁人羞不起，为郎憔悴却羞郎。"等到张生要走的时候，崔莺莺又给他写了一首绝交诗："弃置今何道，当时且自亲。还将旧时意，怜取眼前人。"崔莺莺的意思很明显，既然当初抛弃了我，你现在还来找我干什么，既然都已经各自嫁娶了，还是好好珍惜眼前人吧。

元稹还让自己以作者和张生朋友的双重身份在《莺莺传》中客串了一把，其中有写到他和张生这样一段对话，他问张生对于和崔莺莺的爱情有什么想法。张生的回答是，凡是上天差遣的特殊的东西，不是祸害自己就是祸害别人。这个"上天差遣的特殊的东西"指的就是崔莺莺了。还扯了一通没道理的"道理"，说什么殷纣王和周幽王势力很强大，因为一个女子使得他们的国家灭亡了。摆明了就是想说，如果他和崔莺莺在一起，会跟商纣王周幽王那样没有好下场。我看《莺莺传》的时候差点没忍住想拍案而起，什么乱七八糟的，自己抛弃了人家还找这种烂借口，连商纣王和周幽王都扯出来了，完全是无稽之谈。话虽是借张生之口说的，其实是元稹为自己开脱，因为张生的原型就是元稹自己。

崔莺莺应该感谢王实甫，曾经的她不仅被元稹无情地抛弃，还被安上了"不是祸害自己就是祸害别人"的莫须有罪名。我想王实甫大概也是觉得崔莺莺太可怜，所以重新为她塑造了一个完全不同的张生，并且给了她一段圆满的爱情。

《滚绣球》这段唱词出自《长亭送别》这一段戏，所表现的是崔莺莺心中的不舍和离愁。她恼恨自己和张生相遇得太晚了，分别得又太早了，情到浓时，却不得不分别，叫她如何不难过。她是一千个一万个不愿意让张生进京赶考的，可是没办法，因为母亲对张生发话了：要想娶我女儿的话，必须考取功名！为了爱情，张生不得不暂时与崔莺莺分别。

在这里，崔母代表的就是封建家长一派的势力了，她所扮演的角色和《牡丹亭》中杜丽娘的父亲杜宝一样，他们深受封建礼教文化的熏陶，坚决拥护"门当户对"和"父母之命媒妁之言"的婚姻制度，也是青年男女们追求自由爱情的最大阻碍。崔莺莺很爱张生，但是她同时也尊重自己的母亲，母亲说的话她不敢不听，所以眼看着张生就要离开自己，她除了难受还是难受。

十里长亭，夕阳西下，张生就要出发了，崔莺莺泪眼迷蒙，恨不得林子里的树枝能够把夕阳挂住，让天晚一点黑，那么她就有多一点时间和张生相处。同时她又希望柳树垂下长长的丝绦能够系住张生的马，把他留在自己身边。在古代，柳枝意味着送别，柳丝出现在这句唱词中是相互矛盾的两个意思：一是张生和崔莺莺的分别；二是崔莺莺想留住张生的心理。这也是崔莺莺心中的矛盾，她不想张生走，又不得不送张生走。“柳丝系住马”，“树枝挂住夕阳”都是不可能的事，这只是崔莺莺难过时产生的念头，她自己也很清楚，这样的想法是不会变成现实的。就像我们送亲友去车站的时候，总想着，车子要是开不了那该多好啊，这样的话我们还能多相聚一天。

流着泪道别良久，说了一声又一声的珍重，张生的马车终于还是向前驶去了。马车走得是那样快，不一会儿就会消失在道路的尽头。崔莺莺心中痛苦不已，耳边一直回荡着张生那句“我走了”。他什么时候才能回来呢？他会不会也像我牵挂他一样牵挂着我？崔莺莺心中的愁与恨，旁人是不会明白的。她没有办法减轻对张生的思念，只盼望他早日回到自己身边，莫要令她相思成疾，憔悴得不成模样。

《长亭送别》是《西厢记》中最催人泪下的一段戏，也是崔莺莺和张生从相爱到相离的一个分界点。这个分界点之前的故事和《莺莺传》中所写的差不多，不过在《西厢记》中，崔莺莺十里长亭送别张生后，张生不负众望考中了状元，他没有像元稹那样背信弃义，而是如约回到崔莺莺身边，二人终成眷属。

为了让故事更曲折，在张生回来之前，王实甫还设置了这样一段插曲：听说张生考中了状元，郑恒便先他一步到普救寺，谎称张生已经被朝中大官卫尚书招为女婿了，崔夫人听了之后就把崔莺莺许配给了郑恒，谁知成亲当日张生出现，戳穿了郑恒的谎言，郑恒羞愧自尽，张生则抱得美人归。

看来张生深得王实甫眷顾啊，不仅让他和崔莺莺结为连理，连郑恒这位已经成为手下败将的对手也落得个自尽的下场。

被元稹抛弃的可怜女子崔氏若知道几百年后有个叫王实甫的人不仅重新演绎了她的爱情，给了她一个圆满的结局，而且让千千万万人为她对爱情的执着而感动，九泉之下也该瞑目了吧。

爱情之美不在于结局，而是追求爱情的过程中双方付出了多少。若你爱我如同我爱你一样，暂时的分离又算得了什么呢？多年以后，偎依在心爱之人怀中，执手回忆那段过往，曾经因离愁而流的眼泪也会变得甘甜。

新啼痕压旧啼痕，断肠人忆断肠人
——只有相思无尽处

自别后遥山隐隐，更那堪远水粼粼。见杨柳飞绵滚滚，对桃花醉脸醺醺。透内阁香风阵阵，掩重门暮雨纷纷。怕黄昏忽地又黄昏，不销魂怎地不销魂。新啼痕压旧啼痕，断肠人忆断肠人。今春，香肌瘦几分？搂带宽三寸。

——元·王实甫《十二月过尧民歌·别情》

王实甫的《西厢记》家喻户晓，他的作品当然不止《西厢记》这一部，只因为《西厢记》太耀眼，以致王实甫的其他作品很少被人熟知，比如《丽堂春》《芙蓉亭》《贩茶船》，等等。《十二月过尧民歌》是他所写的一首叙述相思之苦的小令，确切地说应该是两首，只不过合二为一了。

宋词有词牌名，元曲也有曲牌名，而曲牌名可比词牌名要复杂多了，分为正宫、仙吕宫、中吕宫，等等。每一宫又有其特定的曲牌，比如《端正好》、《滚绣球》《忆王孙》。《十二月过尧民歌》属于中吕，由《十二月》和《尧民歌》两支曲子组成。“十二月”和“尧民歌”虽是独立的曲牌名，但是从不单独用，二者就像双胞胎一样，经常被结合使用成为带过曲。另，“十二月”也可以和“朝天子”等结成带过曲。

自从与你分别，我望不尽隐约迷蒙的远山，更难以忍受清澈的江水向远方流淌而去。其中“遥山隐隐”和“远水粼粼”这两句相对，有山有水，倒像是晏殊笔下的“山长水阔知何处”。高山和远水阻隔在我们中间，我看不穿重叠的山，望不尽曲折的水，所以我不知道你身在何处。

说到相思之苦，很多人会感同身受，无论男女，但凡遇到情爱，必定尝过相思的滋味。《诗经·卫风·氓》中说，女人很容易沉迷于爱情，其实男人中也有不少情种。晏几道就是很典型的一个，他写的那些词，犹以倾诉相思的为多。王实甫这一首，姑娘看见柳絮飘落，滚滚纷飞，那一边桃树上的花朵却开得正灿烂，看得人如痴如醉，脸色红晕。柳絮和桃花，其实都不是女子情绪波动的主要原因，而是它们牵动了她的思绪，令她想起了和心上人在一起的美好岁月。只是那段时光已然跟自己告别，如今的她只能坐在闺房之中，独自悲伤独自愁。闺房中透出一阵阵香风，掩上门，却听见外面的雨声点点滴滴敲打在上面，勾起了她的思念和回忆。

《十二月》中，王实甫主要以叠字写景，以景色的变换道出女子心中的相思与哀愁。景色是美丽的，然而却总是会令她想起他来，山长水远，他们互相思念，却各在天一方。

而《尧民歌》则不似《十二月》那般含蓄，没有任何铺陈，很直接地道出了女子心中所想：我越是怕黄昏的到来，黄昏却越是来得这般匆匆，我不想失魂落魄，却偏偏失魂又落魄，唉，旧的泪痕还没有干，新的眼泪又流了下来，我这个断肠人对远在他方的另一个断肠人牵肠又挂肚。

为什么怕黄昏到来？因为黄昏之后紧接着就是黑夜，因为思念，夜不能寐，躺在床上辗转反侧却总是等不到天明，这种滋味何其难受。一夜仿佛是一年那样漫长。此般滋味，恰似柳永《忆帝京》中所写，“展转数寒更，起了还重睡。毕竟不成眠，一夜长如岁”。

“新啼痕压旧啼痕，断肠人忆断肠人”是我最欣赏的一句，不仅句式结构巧妙，含义也很深刻。旧的泪痕未干，新的眼泪又流了下来，那是因为前一刻的回忆还未结束，下一刻的回忆又涌上了心头，深深回忆里，处处是相思。而相思的并非女子一人，她因思念而肝肠寸断，她思念的人也正如她一样，正同样思念着她。这一句妙就妙在，一般的闺怨诗大多只写女子的心情，对她思念的人却只字不提。王实甫一句话写两重思念，思念上又生思念，真真愁煞人！

柳永是写离愁的高手，他那句“衣带渐宽终不悔，为伊消得人憔悴”一直是思人曲中的绝唱，后世不少诗人化用过他这句词。确实，“衣带渐宽”太符合相思之人的心境了，因为思念，所以茶不思饭不想，所以才会日渐憔悴，日渐消瘦。王实甫的“今春香肌瘦几分，搂带宽三寸”也是由这句词化用而来，泪痕未干，肠已伤断的女子这样感慨着：今年春天我的身体瘦了多少，看看那宽出三寸的腰带就明白了。

寸寸思念，寸寸肠断。无情不似多情苦，一寸还成千万缕。

为善的受贫穷更命短，造恶的享富贵又寿延
——恨苍天，不如人愿

有日月朝暮悬，有鬼神掌着生死权。天地也，只合把清浊分辨，可怎生糊突了盗跖、颜渊。为善的受贫穷更命短,造恶的享富贵又寿延。天地也,做得个怕硬欺软,却原来也这般顺水推船。地也,你不分好歹何为地？天也,你错勘贤愚枉做天！哎，只落得两泪涟涟。

——元·关汉卿《窦娥冤·滚绣球》

莎士比亚所写的戏剧中，有以下四大悲剧 :《哈姆雷特》《奥赛罗》《李尔王》《麦克白》。中国的元曲中也有四大悲剧，不过作者不是同一个人，分别是关汉卿的《窦娥冤》、马致远的《汉宫秋》、白朴的《梧桐雨》和纪君祥的《赵氏孤儿》，其中又以《窦娥冤》最为出名。和其他故事中的人物相比，窦娥绝对是一个彻彻底底的悲剧，她一直生活在昏暗的环境中，从来没有改变过。

窦娥的原型，是《列女传》中的东海孝妇。这位孝妇名叫周青，在她很年轻的时候，丈夫就去世了，留下她一个人赡养年迈的婆婆。婆婆对邻居说，自己老了，不想成为儿媳妇的拖累，于是自缢而死。谁知小姑子把孝妇告上了公堂，说她杀了婆婆。孝妇不承认，狱吏就对她严刑拷打。孝妇对婆婆的孝顺在当地是众所周知的，稍微有点头脑的官都会怀疑会不会是冤案，然这位太守大概觉得翻案会影响自己的面子，用尽一切手段迫使孝妇认了罪。行刑那天，孝妇请求用车载着十丈的竹竿，竹竿上悬挂五尺长幡，并且立誓说:“如果我有罪，死了之后血会顺着流下来，如果我没罪，血就会倒流。”等到行刑完毕，孝妇流下的血居然是青黄色的，而且沿着竹竿往上流，到了竹竿顶部才顺着幡流下。孝妇所在的郡也因为她的枉死大旱三年。直到新太守上任，亲自上坟祭祀孝妇，天上才立刻下起瓢泼大雨。

关汉卿的故事内容和《东海孝妇》相比，更加曲折，窦娥的命运也更加凄惨。窦娥的父亲窦天章是个读书人，想进京赶考却没有路费，只好把

幼女窦娥卖给蔡婆当童养媳。这就是窦娥一生悲剧的开始。个人觉得，窦天章枉为读书人，为了成就自己竟然狠得下心把女儿卖了，虽然多年之后当了官的他为女儿洗刷了冤屈，但窦娥已经死了，且不论她生前所受的苦，一条活生生的性命就这样消失了，作为父亲的窦天章良心能安?

流氓张驴儿父子是把窦娥的命运引到更凄惨境地的导火线，张驴儿看重窦娥美色，想毒死蔡婆并以此要挟她从了自己，谁知没毒死蔡婆反倒把他老爹给毒死了。脸皮比城墙还厚的张驴儿反咬一口，居然把罪名栽赃到窦娥头上。当地官府也是个黑暗的地方，张驴儿给了官老爷些好处，非逼得窦娥认罪不可。窦娥赴刑场那场戏，关汉卿大概润色了很久，比《东海孝妇》更为饱满。窦娥指天发誓，若自己是冤枉的，有三件事就会发生：第一，她的血全溅在白绫上，地上不沾一滴；第二,六月天上下起大雪；第三，她所在的地方大旱三年。果然，这三件事全都应验。

《窦娥冤》不是窦娥一个人的冤，而是社会背景下的苦难现实，是当时百姓命运的缩影。他们虽不至于像窦娥一样枉死，但他们的命运都和窦娥一样，只要碰上个什么事，很可能就是下一个窦娥。

关汉卿写过很多作品，除了最有名的《窦娥冤》之外，还有《救风尘》《望江亭》《拜月亭》《单刀会》，等等。他笔下所写的，大多是生活在社会底层的苦难妇女，像童养媳窦娥、妓女杜蕊娘、寡妇谭记儿。封建社会对妇女的约束本来就很大，什么女子无才便是德，什么夫为妻纲，还有七出休妻条例等，社会对她们已经如此不公了，偏偏她们还得不到命运的眷顾，何其悲惨。

《滚绣球》是关汉卿借窦娥之口所唱，他所表达的，却远远不止窦娥一人的苦。面对当时社会的黑暗，命运的残忍，生活在底层的百姓找不到人可以诉讼，唯有怨恨老天不公。

白天太阳当空照，夜晚月亮高挂，太阳和月亮分别掌管着人间的白天和黑夜。而人的生死则由天上的神仙和地府的阎罗王主宰。既然执行着这些权力，该好好维持秩序才是，为什么要是非不分，错把好人当坏人呢?

窦娥口中的盗跖和颜渊分别指代好人和坏人。《荀子》中写“盗跖贪凶，名声若日月，与舜俱传而不息”，说的便是盗跖的恶名，因为他是盗贼的始祖。颜渊指的是孔子的弟子颜回，他跟着孔子周游列国，以舜为志。曾经有一次孔子几天没吃饭，颜回讨了米回来煮，快熟的时候孔子看见颜回抓锅里的饭吃，因而试探他。而事实的真相是，炭灰飘进了锅，把米饭弄脏了，颜回舍不得丢掉，就吃了。他的这一行为一直被后人赞颂。

在窦娥的眼中，天地就错把盗跖和颜回搞混了，像颜回这样的好人一生贫穷，又不能长寿，而盗跖这样的坏人不仅能享受富贵，而且长命百岁。这种现象，换谁见了都会觉得不公平的。窦娥以颜回自比，她没有做过什么坏事，日子过得这样清贫也就罢了，为什么要让她受如此冤屈？统治者难道就跟天地一样是非不分吗？还是根本就是欺软怕硬？她所有的怨恨和冤屈，全唱在这两句词中："地也，你不分好歹何为地！天也，你错勘贤愚枉做天！"天地是非不分，有什么资格掌管人间？

窦娥字字血泪，一曲《滚绣球》唱得声泪俱下。这是她对天地的控诉，更是对当朝统治者的控诉。他们为官不公，错杀好人，真正的坏人却逍遥法外，造成了一个又一个的悲剧。窦娥的冤尚有人知道，那么其他人呢？

只恨老天不开眼，不遂人愿啊。

天生郭奉孝，豪杰冠群英

——千古一人，凭谁记

天生郭奉孝，豪杰冠群英。腹内藏经史，胸中隐甲兵。运筹如范蠡，决策似陈平。可惜身先丧，中原栋梁倾。

——元末明初·罗贯中《三国演义》

三国群英辈出，千百文武风流，我却独独记住了一个郭嘉。

在大多数人的认知里，最优秀的智谋家当属诸葛亮无疑，神机妙算，名传天下。一直以来，郭嘉在浩瀚历史里的存在，都被掩盖在诸葛亮璀璨的光环之下，没有太多人记得，曾经曹操的身边，有一个鬼才郭嘉，他替曹操出谋划策，杀吕布、灭袁绍、定北方、伐乌桓，虽无一身高绝武艺，却以超群的才识为曹操打下半壁江山。

曹操的人生，以郭嘉的生死为界限，天翻地覆。

这并不是夸张的言论，对一个领袖来说，除了自身的决断外，还需要有高明的谋士辅佐。如诸葛亮之于刘备一般，郭嘉，便是曹操的一步定心棋。在他出仕的短短时间里，曹氏军势如破竹，连灭袁绍，逼走刘备，几乎将整个北方收入囊中。

在烽烟四起的背后，是这个文弱清瘦的名士胸藏万壑、运筹帷幄。

平袁绍之时，他侃侃而谈，以十胜十败论一言定乾坤。

他潇洒不拘束，正如他的才思，曾被曹操的另一位谋士陈群公然廷诉其不治行检。

这一点乌黑在他如白纸一般的履历里，成了备受关注的焦点，然而却也是历史之谜。因为曹操毫不介意，使得陈群的控诉得不到任何的成效。

后人猜测这“不治行检”究竟不治在哪里？有人说是郭嘉风流，但曹操本身就爱好美人，这一点并不值得他的谋士诉诸公堂，有人说是贪污，不由哂笑，若是如此，曹操岂能容之？

故而有人猜测，最贴切的应当是郭嘉在礼节上的放浪形骸，但曹操又岂会在意这个。历史最大的遗憾和残酷在于，前赴后继的英杰应运而生，每当一颗明星刹那灿烂之后，总会无法抵挡地凋落，所谓盛极必衰，便是如此。

郭嘉的人生犹如一场烟火，一瞬间风华无双的绽放之后，那一地冰冷的余烬犹能让人伏地痛哭。

他的墓在河南曹操点兵台下，如今已是芳草萋萋，农田遍地，再辨不清哪一片是他的坟冢，哪一片又是曾经千万兵马站立的地方。

点兵台的高台还依稀可见，黄土墩头上，郭嘉又是否曾经站在那里，站在曹操的身边，与他谈笑风生，在那里运筹帷幄，指点江山。

在曹操的征战和掠夺之中，郭嘉从来都是其中一个无法忽略的身影。他与曹操并肩齐坐，算无遗策，被曹操引为忘年之交，以知己之礼相待。

假如郭嘉长命百岁，辅佐曹丕，那么未来的山河，必定是他与诸葛亮的分庭抗礼。曹与刘，争天下，却是两个谋士智慧的较量。

曹操曾亲自到郭嘉的灵堂哭灵："哀哉奉孝！痛哉奉孝！惜哉奉孝！"声声如泣血。后来更是直言不讳："军祭酒郭嘉，自从征伐，十有一年。每有大议，临敌制变。臣策未决，嘉辄成之。平定天下，谋功为高。不幸短命，事业未终。追思嘉勋，实不可忘。"

曹操这样一位写出"青青子衿，悠悠我心"的枭雄，对于人才的渴求，更是极其难以想象的，郭嘉的离世，不啻于斩断了他的左膀右臂，令他悲痛难言，每每提及，都泣不成声。

男儿有泪不轻弹，能令曹操如此，可见郭嘉之才，至少，他令一国枭雄曹操折服至此。

在郭嘉死后，曹操除了一些小战役的胜利外，几乎停滞不前，直到天下三分，赤壁败退，这位一代霸主仰天长叹："郭奉孝在，不使孤至此！"

若郭嘉活着，历史是否会被改写，此为另说，但毫无疑问的是，他在历史上留下的痕迹，一定同孔明一般浓墨重彩，耀目迫人，无法直视。

《三国演义》里的这一首诗，透着作者对郭嘉毫不掩饰的欣赏和赞美。再直白不过，再简单不过。罗贯中说他胸怀经史，隐有甲兵，更提出春秋时代的范蠡、大汉朝的陈平与之相提并论，到最后表达了自己深深的惋惜和遗憾，如此奇才英年早逝，中原泱泱大地，宛如失去了栋梁。

嘉者，善与美之意也。

他是三国尘烟里的一颗明珠，即便是碎裂，也是清脆如冰的峥然一声，敲得这万里江山微微一震。

桃园一日兄和弟，俎豆千秋帝与王
——义薄云天关云长

人杰惟追古解良，士民争拜汉云长。桃园一日兄和弟，俎豆千秋帝与王。气挟风雷无匹敌，志垂日月有光芒。至今庙貌盈天下，古木寒鸦几夕阳！

——元末明初·罗贯中《三国演义》

桃园三国，义薄云天。

“士民争拜”足见云长名满天下深得民心，而第二句，又恰到好处地点名了关羽一生尴尬的地位。

桃园里，他、刘备、张飞是三兄弟，但转身之后，他们是帝王与臣子。

我个人并不喜爱刘备，觉得他枉费了关羽的义，反是曹操更适合关羽，曹操惜才、爱才，并且有霸气滔天，正同关羽的义薄云天相配，只可惜，士无二主，否则，历史便要改写了。

我以为，在写关羽的种种作品里，唯有关汉卿的《单刀会》最合心意。它写了鲁肃为索取荆州，约请关羽过江赴会，想在席间挟持关羽。他事先与司马徽、乔国老商量，遭到他们反对。但鲁肃仍一意孤行。宴会之日，关羽只带周仓等几名随从，单刀赴会，挫败了鲁肃的阴谋。

本剧前二折，主要借司马徽、乔国老之口，侧面衬托关羽形象。后两折，则对关羽做了正面刻画。第三折对关平等人诉说创业的艰险，从中表现关羽过人的胆略，显示其视敌如鼠的大无畏气概。第四折面对大江，慷慨激昂，针对鲁肃的责难，据理力争，磅礴凛然，英雄豪气，突兀峥嵘。

单刀会的开头，写了鲁肃的种种阴谋，将关羽所赴的这个单刀会几乎描述成了一场鸿门宴，而在这种情况下，关羽的单刀赴会就为他树立起了一个良好的形象，如此强烈的对比之下，就有一种当年荆轲刺秦的“风萧萧兮易水寒”的壮烈之感，如此，关羽那种高大凛然的形象就已给观众留下印象。

进行第二折的时候，司马徽和乔国老的描述：“他圆睁开丹凤眸，轻舒出捉将手；他将那卧蚕眉紧皱，五蕴山烈火难收。他若是玉山低趄，你安排着走；他若是宝剑离匣，你则准备着头。枉送了你那八十一座军州！”这些描写不仅仅是司马徽对鲁肃的喝止，更是要给观众一个英勇善战的关羽的形象，作者通过司马徽对鲁肃的劝诫，在观众面前首先树立起关羽的高大威武，为后文关羽的单刀赴会、大败鲁肃做铺垫，更加突出了关羽这个人的英武形象。

而在鲁肃坚信关羽“勇有余而力不足”的时候，司马徽又将关羽身边的知己好友一一历数：“有一个黄汉升猛似彪；有一个赵子龙胆大如斗；有一个马孟起，他是个杀人的领袖；有一个莽张飞，虎牢关力战了十八路诸侯，骑一匹毕月乌，使一条丈八矛，他在那当阳坂有如雷吼，喝退了曹丞相一百万铁甲貔貅，他瞅一瞅漫天尘土桥先断，喝一声拍岸惊涛水逆流。那一伙怎肯干休！”司马徽的分析是极其有道理的，鲁肃要对付的敌手不仅仅是关羽，还有关羽身后的一众援手，即便鲁肃能胜得了关羽，也未必能制服他那些实力雄厚的至交好友。

等到第三折关羽出场，首先是通过鲁肃的手下黄文的唱词来体现的：“髯长一尺八，面如挣枣红。青龙偃月刀，九九八十斤。”关羽一眼识破鲁肃的圈套，他唱道：“安排下打凤牢龙，准备着天罗地网；也不是待客筵席，则是个杀人、杀人的战场。若说那重意诚心更休想，全不怕后人讲。既然谨谨相邀，我则索亲身便往。”

关羽心中十分清楚，这个两军阵前的所谓宴会，绝不是什么良辰美景中的赏心乐事，而是特殊的战斗，是鲁肃安排下的“打凤牢龙”的圈套。关汉卿通过这一描写，反驳了先前鲁肃口中对关羽那“勇有余而力不足”的描述，刻画了关羽性格中特有的将领素质，表现了关羽只身入虎穴，绝不是不知底细的蛮撞冒险行为，而是军事家经过周密准备后的果敢行动，虽然鲁肃兵多将广，人强马壮，而关羽是以寡敌众。

写关羽赴会是全剧的高潮。剧中是把关羽放在只身入虎穴的险境中，通过他与鲁肃的智斗、武斗来表现他的思想性格。

关羽在一开始见到鲁肃时就没有放低姿态，反而是用一种坦荡自如地风姿走进去的，而后又在饮过几杯酒后与鲁肃讨论起来“以德报怨”来，试图以言语来感化鲁肃，此举已足见关羽并非单有匹夫之勇，而同时也兼备言词上的能力。而后，在言词交锋未果之后，关羽步步紧逼，将鲁肃逼得节节败退，真真是英雄气概，义薄云天。他手上握着的利剑，才是他的力量，正是用这种力量，让鲁肃不得不屈服，送关羽离开。

这一出《单刀会》塑造了一个英勇无畏、高大威武的关羽的形象，他智明果敢，能言善道，而又重情忠义。他红色的脸谱，忠义英武的形象，都成了后世之人对于关羽最强烈的印象。

其实，他也不过是一个人，一个有热血、有义气的人，他更贴近底层的百姓，故而被争相朝拜。

对于很多平民百姓来说，义，在首位，而关羽，无疑是神。

几度夕阳红，江水滔滔，三国离我们太遥远，回头也只能望见庙宇里威严壮武的雕像，亘古不变地站在历史的角落，细数风云万千。

古今多少事，都付笑谈中
——人生易老天难老

滚滚长江东逝水，浪花淘尽英雄。是非成败转头空，青山依旧在，几度夕阳红。

白发渔樵江渚上，惯看秋月春风。一壶浊酒喜相逢，古今多少事，都付笑谈中。

——明·杨慎《临江仙》

喜欢《三国演义》的人几乎无人不会背“滚滚长江东逝水”,电视剧《三国演义》就是以杨慎这首《临江仙》为词作的主题曲，浑厚的音调，怀古的深情，一字一句都唱出了那段恢宏的历史。不知是不是因为先入为主的关系，如今再来读这阕词，竟然从心底感觉，它像是为三国历史量身打造的一段话。

杨慎的家庭是官宦世家，同时也是书香门第。父亲杨廷和是武宗、世宗两朝的宰辅，也是明朝著名政治家。杨慎青出于蓝，幼年就会诗文，二十出头就考中了状元，加官进爵，风光无限，不知羡煞了多少旁人。

能轻而易举地拿下状元的名头，杨慎的才华自然不会差。他写过一组《二十一史弹词》，这首《临江仙》是其中写的最好也是最出名的。“滚滚长江东逝水”和苏轼《念奴娇·赤壁怀古》的开头“大江东去浪淘尽”给人的感觉很像，以滔滔东流的江水为引，揭开历史的帷幕。几千年过去了，朝代更替了一代又一代，长江的水依旧和以前一样，不停地东流而去，一去不回头。从古到今，有多少英雄人物，横空出世，豪气万千，在属于他们的时代中功成名就，意气风发。西楚霸王项羽，大汉将军李广、卫青、霍去病，三国名将周瑜……这些人全都有着赫赫战绩，在历史上留下浓厚的一笔。然而他们也和默默无闻的普通人一样，生老病死，在岁月的流逝中渐渐白头，成为一抔黄土。就好像眼前飞奔的浪花一样，再灿烂的生命也不过是几十年，和无尽的天地相比，短暂得就像一瞬间。既然结局都是一样，那还争什么是非成败呢？胜利也好，失败也罢，转眼就淹没在历史的波涛之中，一去不复返。唯有青山依旧伫立在江畔，静静观望着几千年的日出日落。

杨慎的这段话还是非常有哲理的，我想他应该很喜欢苏轼的诗词，无论是作品风格还是其中所蕴含的哲理，杨慎想表达的东西和苏轼十分相近。他没有像张可久那样一味地去否定战争，也没有去议论这些英雄们的是非功过，他想表达的只是自己对那段恢弘历史的看法。别的不说，时光对所有人都是公平的，每个人的一天都一样长，每个人的生命都有尽头，待百年之后，是非功过，自有后人评说。

苏轼在《赤壁赋》中阐述了这样一个道理："况吾与子渔樵于江渚之上，侣鱼虾而友麋鹿，驾一叶之扁舟，举匏樽以相属。寄蜉蝣于天地，渺沧海之一粟。哀吾生之须臾，羡长江之无穷。挟飞仙以遨游，抱明月而长终。知不可乎骤得，托遗响于悲风。"人的一生再长不过百年，而天地之广博，却是永恒存在的。无需羡慕他人的功成名就，要知道，百年之后大家的结局都是一样的。与其去想这么多有的没的，还不如好好把握现在。杨慎化用了苏轼的诗，"白发渔樵江渚上"，想表达的也正是这个意思。看，那白发的渔翁看惯了春风秋月，习惯了四季交替，他不是英雄，也不会去考虑那么多人生哲理，他只希望跟朋友见了面，能坐下来痛痛快快喝一杯酒，古往今来的那些是是非非，英雄也好，枭雄也罢，不过都是喝酒闲聊的话题罢了。

像杨慎这样的高官子弟状元郎，又是明朝出了名的才子，若他一生顺顺利利，就不会有这样的感慨了。苏轼之所以能看淡一切，因为他在仕途上经历了许多坎坷，功名利禄，到头来已经不那么重要了。杨慎也是如此，他的劫难源于明朝历史上那场有名的"大礼议"。

正德皇帝，也就是经常出现在后世戏曲中，去梅龙镇调戏李凤姐的那个明武宗朱厚照，一生没有子嗣，武宗死了之后，继承皇位的是他的堂弟明世宗，或许称呼他为嘉靖皇帝，大家会觉得熟悉一点。嘉靖皇帝做过不少荒唐事，比如修仙炼道想长生不老什么的，他性格暴戾，后宫中不少宫女对他恨得牙痒痒。杨金英带着其他十几个宫女趁嘉靖皇帝睡着的时候，用绳子套住他的脖子想把他勒死。这群宫女在这种节骨眼儿上肯定又害怕又紧张，所以没有成功，还落得个凌迟处死的下场。能让宫女冒这样的险，嘉靖皇帝的性格怎样就不难猜了。他以"兄终弟及"的方式登上皇位，按照皇族规矩应该称孝宗，也就是他的伯父为"皇考"，而自己的生父是"皇叔父"，但嘉靖皇帝非但没有照办，还要下诏追封自己的生父为恭穆皇帝，这在当时是很不合礼法的。大臣们上书均被驳回，一些比较忠烈的大臣就跪在左顺门请求嘉靖帝收回成命。嘉靖帝一生气，下令廷杖这些大臣。杨慎就在这些被廷杖的人之内。

在嘉靖帝看来，上书的这些大臣都是反对自己的一派势力，他要想坐稳皇位，就不能让这些人好过，于是贬官的贬官，流放的流放。杨慎被发配到了云南边境，过了三十多年的流放生活。当他已经不再是那个意气风发是状元郎，不再是官场得意的才子，生活一下子变了样，他也看透了很多，明白了很多。也正是如此，杨慎才能写出这般大气的诗词。

人生易老天难老，和天地相比，人的一生就像蜉蝣，朝生暮死。既然如此，那还去计较什么成败呢。许多年以后，他也像自己曾议论过的那些历史人物一样，被后人议论。

雁飞曾不到衡阳，锦字何由寄永昌

——拣尽寒枝不肯栖

雁飞曾不到衡阳，锦字何由寄永昌？三春花柳妾薄命，六诏风烟君断肠。曰归曰归愁岁暮，其雨其雨怨朝阳。相闻空有刀环约，何日金鸡下夜郎。

——明·黄娥《寄外》

相比那些历尽艰辛才得以和心爱之人在一起的闺阁小姐，黄娥仿佛生来就受到了命运之神的眷顾，完全可以为她取个外号叫“黄三好”：第一，出身好。黄娥生在官宦世家，父亲黄珂是成化年间的进士，官拜工部尚书。第二，才学好。黄娥的母亲也是官吏的女儿，懂诗书，守礼节，在她的培养下，黄娥从小就知书达理，写得一手好诗词，在少女时期就已经是远近闻名的才女了，前往黄家提亲的人几乎把他们家的门槛都踩烂了。第三，嫁得好。黄娥的丈夫就是写下“古今多少事，都付笑谈中”的明朝著名才子，状元郎杨慎。

黄娥的父亲和杨慎的父亲同朝为官，两家是世交，关系一直很好。虽说古时候的闺中女子不被允许和家人之外的男性接触，但是以黄家和杨家的关系，黄娥肯定是见过杨慎的。她比杨慎小了整整一轮，杨慎意气风发的时候，她还是个没长开的黄毛丫头，杨慎去黄家拜访的时候，家人不至于会让一个小丫头避嫌。就算真没见过，以杨慎的才名，黄娥必定比谁都清楚。黄娥自己有才，也爱才惜才，没准听说杨慎考中状元时，她就已经下了非杨慎不嫁的决心了。只可惜杨慎家中有妻子，古代人普遍早婚，杨慎中状元那年二十四岁，成亲已经多年。黄珂堂堂二品尚书，怎么可能同意女儿嫁过去做妾？所以黄娥压根不敢提这事。她一边以杨慎为标准选夫婿，一边拒绝一个又一个前来提亲的人。世间之大，优秀的男子千千万，杨慎却只有一个。苏轼曾给爱慕他的惠州女子温超超写过一阕《卜算子》，其中有一句“拣尽寒枝不肯栖”，说的是温超超一心想嫁一个苏轼那样的大才子，到了适婚年龄依旧不肯嫁人。用这句词来形容黄娥也很合适，黄娥又何尝不是另一个版本的温超超呢。

多年过去，年过二十的黄娥成了众人眼中的老姑娘，她一直没有找到可以托付终身的人。比杨慎优秀的男子未必没有，然而一旦心中认定了一个人，其他人再好也是入不了她的眼的。

也就在这一年，杨慎的原配妻子病逝了，而他因为在朝中遇到坎坷，心灰意冷之下以养病为由闲赋在家。家人一直想让杨慎再娶，杨慎得知黄娥还没嫁人，于是便生了与她共结连理的心思。在此之前，黄娥并不知道，她并非单相思，她所牵挂的男子心中并非没有她的身影。早在当年黄娥写下一首《玉堂客》之后，她就在杨慎心里就留下了深刻的印象：

东风芳草竟芊绵，何处是王孙故园？梦断魂萦人又远，对花枝空忆当年。愁眉不展，望断青楼红苑。合离恨满，这情衷怎生消遣！

这首散曲是黄娥在父亲辞官回乡后所写。嘉靖皇帝一心求道，根本不管朝廷中事，朝中奸臣当道，腐败不堪。黄珂不忍心看到朝廷腐败成这个样子，于是辞官，举家返回了老家四川。黄娥知道父亲的心思，然而想起自己生活多年的京城，还有京城的亲朋好友，不免有些伤感，挥笔写下了这一首散曲。

杨慎妻子去世，黄娥待字闺中，两家是世交，门当户对，简直就是上天注定的姻缘。杨慎找人去黄家提亲，正为女儿终身大事发愁的黄珂欣然应允，于是杨慎和黄娥的亲事就这样定下了。才女嫁才子，当时在杨慎的家乡十分轰动，黄娥也终于了却心愿，嫁给了她仰慕多年的人。

可想而知，婚后的黄娥心中是十分甜蜜的。他们不仅恩爱，而且有共同的兴趣爱好，夫妻俩在月下赏花喝酒，说文赋诗，不知道羡慕死了多少闺阁少女。他们二人的结合，很像元代楷书四大家之一的赵孟頫和妻子管道升。

赵孟頫和管道升是同乡，都是浙江吴兴人。管道升和黄娥一样，也属于晚婚女子，而且比黄娥更晚。黄娥好歹过了二十就嫁了，管道升二十八岁才嫁人，女孩子这个年纪结婚，搁现在也算比较晚的了。管道升的头衔很多，她是书法家、画家，也是诗人，算是全能型才女了，和赵孟頫同样为天作之合。

黄娥和杨慎的甜蜜生活过了几年后，朝廷发生了“大礼议”事件，这是杨慎命运的转折点，也是黄娥悲剧的开始。杨慎和朝中大部分官员一样，不支持嘉靖皇帝追封自己的生父献王为恭穆皇帝，嘉靖皇帝是个暴戾性子，惹急了管你有才没才，全部抓起来一顿廷杖。打完之后，杨慎被发配云南充军。黄娥听说了这个消息，带着巨大的悲痛前去追赶杨慎的囚车，誓死要与丈夫在一起。然而路上艰苦，云南边境的生活环境更是恶劣，杨慎不忍心连累黄娥，她从小生长在富贵之家，哪里吃过这样的苦！

在杨慎的一再坚持下，黄娥不得不听他的话，回到了老家。分别时，二人泪眼迷蒙，心里说不出的难受。黄娥不会想到，这一分别，居然成了她和杨慎的永别。

《寄外》就是黄娥在思念丈夫的情况下写的。古代男子称妻子为“内子”，妻子则称呼丈夫为“外子”。“寄外”的意思就是寄给丈夫的信。在诗中黄娥用了衡阳回雁峰的典故，字字血泪，写出了她思念丈夫却锦书难托的悲哀。只恨造化弄人，原本恩爱有加的一对鸳鸯，硬生生被迫分离，相隔两地的他们因为思念而愁断了肠。她日日夜夜盼着丈夫回来，然而一天天过去了，始终等不到他回来的消息。“曰归曰归愁岁暮，其雨其雨怨朝阳”写的正是她在等待中的心情，这样的愁，何时才是个头啊？

杨慎最终死在了云南，当他去世的消息传到黄娥耳中，已是两鬓斑白的黄娥心如死灰，她等了这么多年，等来的却是一具棺木！她想就这样跟着丈夫去了，又觉得不能这么自私，她要是走了，谁来料理丈夫的身后事，谁来帮他继续打点这个家？在煎熬中，黄娥前往云南奔丧，后来在途中遇到杨慎的灵柩，她一路扶灵还乡，悲恸欲绝。杨慎的家人本欲厚葬杨慎，然而黄娥知道嘉靖皇帝不会这么轻易罢休的，坚持葬礼从简。果然，嘉靖皇帝派人来检查了杨慎的棺木，他们找不到借口，只好悻悻而回，杨家人也因此免去了一场劫难。

黄娥等了那么多年才如愿嫁给杨慎，没想到幸福来得突然，去得更突然。说好了要相守到白头，他们等到了白头，却没有实现一生相守。

才子佳人的爱情，竟是以这样悲剧收场，不由一阵哀叹。

良辰美景奈何天，赏心乐事谁家院

——生死不离，只为相守

原来姹紫嫣红开遍，似这般都付与断井颓垣，良辰美景奈何天，便赏心乐事谁家院。朝飞暮卷，云霞翠轩，雨丝风片，烟波画船，锦屏人忒看的这韶光贱。

——明·汤显祖《牡丹亭·皂罗袍》

不知怎的，我对昆曲有一种特殊的执着，每当看见那画着浓厚戏妆戴着夸张头饰在台上依依呀呀吟唱的女子，就忍不住想走近她。在我很小的时候，跟爷爷奶奶一起住在乡下老家，那会儿经常有戏班子在祠堂演出，每次碰上我都会兴冲冲跑去凑热闹。当时就觉得，那些穿着华丽戏服，头戴珠钗，一步一婀娜的女子好美好美，仙女也不过如此吧。她们在台上，笑起来眼睛都是亮晶晶的，演悲剧时会真的流出一串一串的泪花，她们的一举一动，一颦一笑，都牵动着我年幼的心。自那时起，我就觉得戏曲是一种再美不过的艺术。

我喜欢昆曲那复杂的妆容、那华丽的戏服、他们轻柔的唱腔，更喜欢其中催人泪下的爱情故事。而昆曲中最有名的曲目就是《牡丹亭》了，喜欢昆曲者，无人不识《牡丹亭》。

早在汤显祖创作出这部戏剧的时候，她所带来的影响就是惊人的。明朝文学家沈德符在《顾曲杂言》中说:“《牡丹亭梦》一出,家传户诵,几令《西厢》减价。”《西厢记》在当时是非常流行的一部戏,然而《牡丹亭》一出来，几乎撼动了《西厢记》的地位。可见《牡丹亭》的影响力。至于她为什么受欢迎，当然不只是因为故事好看，还因为她所表达的深沉含义。

细看来,《牡丹亭》和《西厢记》之所以能有这样的影响力，是因为她们所阐述的思想是相近的，那就是青年女子对自由爱情的追求和向往，对封建礼教和封建婚姻制度的抗拒。生活在那个年代的青年男女们，尤其是深闺中的小姐，稍有自我意识，对“父母之命媒妁之言”的婚姻安排都会不满。凭什么不管她们的意愿，随随便便安排一个男人她们就得嫁？她们确实从小受封建传统文化的熏陶，但这并不代表她们不会反抗。哪怕表面上不反抗，心里也会别扭一阵子。就是因为他们的这种抗拒心理，《牡丹亭》才会如此红火，杜丽娘那一腔唱词，唱出的是所有深闺女子的心声。

《游园》是《牡丹亭》中我最爱的片段，而《皂罗袍》则是《游园》中我最爱的一段唱词。不仅仅是我，估计绝大部分喜爱《牡丹亭》的人都钟爱这段文字，“良辰美景奈何天，赏心乐事谁家院……”字字华丽，字字珠玑。

杜丽娘是南安太守杜宝的独生女儿，杜宝对她很疼爱，但是深受封建文化影响的他一直坚持用他所谓的正确方式来教育杜丽娘。为了让杜丽娘知书达理，以后嫁入好人家，杜宝不许她出门，还专门请了一位上了年纪的老秀才陈最良当她的私塾先生。有一次陈最良给杜丽娘上《诗经·关雎》一课，念道：“关关雎鸠，在河之洲。窈窕淑女，君子好逑。”杜丽娘受到诗的影响，埋藏在心底的春情慢慢荡漾开了。她不正是窈窕淑女吗，可是她的君子呢，为什么一直没有出现？十几岁的女孩最容易想这些东西了，她们正值花样年华，对爱情又好奇又向往。

杜丽娘有一个丫鬟名叫春香，是一位非常活泼的女孩，她偶然发现了杜府的后花园很美，于是兴致勃勃地引了杜丽娘前去。当然，她们的这种行为是背着杜丽娘父母的，要是被发现，少不了一顿责骂。

来到后花园中，常年被关在深闺的杜丽娘见到了大好春光，又惊喜又感慨，仿佛她之前那十几年是白活了。一座绣楼限制了她的自由，也困住了她的心灵。在春光的感召下，杜丽娘声情并茂地唱了一曲《皂罗袍》。

她从来不知道，原来园中有这么美丽的春色，可是景色再美有什么用呢？花草们的姹紫嫣红没有真正喜爱她们的人来欣赏，白白断送在断井颓垣之上。而她灿烂的青春年华也跟园子里的花一样，不知不觉中就会凋谢。现在是她一生中最美的年华，父亲却把她关在闺房中，硬生生把美丽的春色藏了起来，白白浪费了。就好比杜秋娘《金缕衣》中所写的那样，“好花堪折直须折，莫待无花空折枝”。再这样下去，等到她和花儿一样凋谢了，她也等不到她理想中的折花人。良辰美景、赏心乐事，四者为何就不能并存？

“朝飞暮卷，云霞翠轩，雨丝风片，烟波画船，锦屏人忒看的这韶光贱”，这段文字很美，然藏在绮丽文字背后的却是闺中女子一颗寂寞的心。“锦屏人”是杜丽娘自指，她一直生活在闺阁中，房中陈设除了桌椅床榻，就是一张华美的屏风了。她日日坐在屏风后面，深受拘束，无论她再向往外界的美好春光都是徒劳的，因为父亲不允许，封建制度也不允许。“朝飞暮卷，云霞翠轩”的美景，“雨丝风片，烟波画船”的乐事，她这个锦屏后面的人是看不到的啊！

《牡丹亭》的故事很浪漫，也很梦幻。因为在那个年代，若没有那一段不可思议的“梦幻”事件，杜丽娘是永远不可能和柳梦梅在一起的。《倩女离魂》中的张倩女也是一样，哪有人的灵魂随随便便就能离开身体？可是若不离魂，她就不能追随心上人而去，也就没有后来的大团圆了。现实不允许他们追求自由的爱情，作者们就创造梦幻的条件，让他们被命运眷顾，通过这种离奇的方式与爱情邂逅。当时的青年男女们看了这些故事，估计会激动得连连拍手叫好。

拍断手都没用，故事只是故事，深闺中的小姐们还是得按“父母之命媒妁之言”嫁人，穷苦书生们也因为“门当户对”的局限，考不上功名就休想娶大家闺秀。

就算得不到理想中的爱情，至少这些戏曲故事可以告诉他们，自由的爱情是存在的，不仅存在，而且很浪漫很完美。《西厢记》中，张生和崔莺莺十里长亭分别后，一考就考中了状元，有情人得以终成眷属。《倩女离魂》中，王文举状元及第，带着张倩女的灵魂还乡，张倩女魂魄躯体合二为一，二人欢宴成婚。《牡丹亭》中，柳梦梅由阶下囚一跃翻身成了状元郎，和杜丽娘结为连理。这三部当时流行的戏曲有个共性，那就是男主人公和女主人公要在一起的前提条件都是男主人公考中了状元。

假设一下，要是这些穷书生都没有高中，那会怎样？小姐们的父母还会同意他们在一起吗？答案必须是否定的。

待约个梅魂，黄昏月淡，与伊深怜低语

——红颜自古多薄命

有怅寒潮，无情残照，正是萧萧南浦。更吹起，霜条孤影，还记得，旧时飞絮。况晚来，烟浪斜阳，见行客，特地瘦腰如舞。总一种凄凉，十分憔悴，尚有燕台佳句。

春日酿成秋日雨。念畴昔风流，暗伤如许。纵饶有，绕堤画舸，冷落尽，水云犹故。忆从前，一点东风，几隔著重帘，眉儿愁苦。待约个梅魂，黄昏月淡，与伊深怜低语。

——明·柳如是《金明池·咏寒柳》

柳如是号称“秦淮八艳”中才气第一的奇女子，她的一生跌宕起伏，命途多舛，经历了许多坎坷。

她从小被卖入青楼，后被人买走为妾，在封建大家庭中遭受加害和折磨，又被卖入勾栏院。

她的才情很快便被人知晓，常与一些士子饮酒作对，题字吟诗，成为当时颇具艳名的艺姬。

不久她便认识了她的夫君钱谦益，钱谦益明媒正娶将她迎进门，从此琴瑟和弦，倒也算是圆满。

但是她的心底其实一直压抑着一段难以忘怀的情感，她在年少之时，认识了当时颇有才情的复社领袖陈子龙，并与他一见钟情。

柳如是对陈子龙用情颇深，但这段感情的结局却是凄苦收场，他们两人的性格脾气完全不合，再加上青春年幼，总有些意气用事，两人最后草草分手，之后陈子龙参加反清起义，最终战死。

这段惨败恋情，在她心底刻下了难以磨灭的伤痕，她受激于陈子龙对她的知遇之情，却又伤感于对她不争取不尽力，按陈子龙《上巳行》中“垂柳无人临古渡，娟娟独立寒塘路”的意境，写下了颇具盛名的《金明池·咏寒柳》。

这首词语境凄婉，通过咏寒柳，来表达自己对爱情执着追求却又不得不做着送往迎来的事。

她的心如行云流水般漂泊不定、无所寄托，这样的生活，她已经厌倦了，在感情受到深深伤害后，她最终选择了钱谦益。

虽然感情有了寄托，但是那些深刻入心底的回忆，还时不时会闪现眼前，那些风流少年事，那些略含清愁、唏嘘惆怅的旧日情怀，都让她无法割舍。

所以她才会想要“约个梅魂”，邀来做自己的知音，与她深怜低语，纵然在风尘中沉浮已久，却始终保持着一颗清高冷傲的心。

她的清高冷傲最终让她找到了钱谦益，但她和钱谦益的结局也并不完美，除开那些政治分歧不说，钱谦益死后的日子，柳如是过得非常艰辛。

钱家人要分柳如是的家产，她只能靠着钱谦益留下的一点资产度日，现在要被分走，柳如是的生活陷入了困境。

最终她用一根白绫结束了自己的生命，从此香消玉殒。

但是，“秦淮八艳”中有一人却是过得幸福的，她就是“八艳”中的董小宛，不管是正史或是野史中，都对她进行过详细的描述。

董小宛是明末的“秦淮八艳”中最具情调的女子，她沦落风尘却洁身自好，窈窕美艳、倾国倾城，与复社四才子之一的冒辟疆一见钟情，嫁入冒家。

据说董小宛与冒家人相处非常融洽，不管是婆媳关系，还是与冒辟疆正室的关系，都堪称和谐。

董小宛性格温和、才华横溢，她是个聪明异常的女子，她懂得嫁入冒家必须谨言慎行，要顺从婆婆和正妻，所以她曲意逢迎，所以她才得以与冒辟疆一起品茶品酒，赏花赏景，讨论诗词歌赋。

董小宛的生活过得富有情趣、浪漫温馨，她和冒辟疆的每一天都过得精致优雅，搁现代她就是一个十足的小资女子，各种文艺，各种小清新，她最令人心折的，是把琐碎的日常生活过得浪漫美丽，饶有情致。

她是“秦淮八艳”中最幸运的一个，得遇一良人厮守终身，更多女子的命运依然跌宕，她们为爱人付出所有，全意只为一人，满心以为可以跟着良人过从此安稳快乐地生活，却谁知良人对她的恩情犹如流云聚散，如月盈亏。

嫩黄花有些蝶飞，新红叶无个人瞧
——日暮尽出，云散烟也消

问秦淮旧日窗寮，破纸迎风，坏槛当潮，目断魂消。当年粉黛，何处笙箫？罢灯船端阳不闹，收酒旗重九无聊。白鸟飘飘，绿水滔滔，嫩黄花有些蝶飞，新红叶无个人瞧。

——清·孔尚任《挑花扇·折桂令·问秦淮》

几年前曾去过南京，因行程紧，不过是匆匆而过的一瞥，并未如愿将印象中的景致细细游览一番。南京，我还是喜欢称之为金陵，这两个字中，有声色犬马的过往，有纸醉金迷的繁华，有灯火阑珊的绮丽，还有国破家亡的苦难。那段埋藏在金陵城中的斑驳记忆，一直安静地停留在泛黄的纸张中，等着我去翻阅。当年的六朝金粉，何其耀眼，昔日的秦淮八艳，何其夺目。花开花落，灿烂的往昔终究随着岁月的流逝而零落成泥，为我留下了一抹余香。

秦淮八艳似乎从未离开过我们的记忆，秦淮河畔，画舫奢华，灯火阑珊，她们肆意绽放在那个临近苦难的年代，绚烂、闪耀，成了当时昏暗中为数不多的色彩。对于秦淮河的衰败，我始终记得《桃花扇》结尾的这段唱词：“俺曾见金陵玉殿莺啼晓，秦淮水榭花开早，谁知道容易冰消！眼看他起朱楼，眼看他宴宾客，眼看他楼塌了！这青苔碧瓦堆，俺曾睡风流觉，将五十年兴亡看饱。那乌衣巷不姓王，莫愁湖鬼夜哭，凤凰台栖枭鸟。残山梦最真，旧境丢难掉，不信这舆图换稿！诌一套《哀江南》，放悲声唱到老。”

这就是《桃花扇》的最终结局，明朝灭亡后，南曲师傅苏昆生回到了金陵，面对满布疮痍的萧条景象，又回忆起昔日繁华的秦淮河，今昔对比如此明显。只因国破家亡，朝代更替，一切都变了样。秦淮水榭的花，再不复当时芬芳。

《桃花扇》这部戏曲在清代是十分有名的，和《西厢记》《牡丹亭》等杜撰的故事不一样，《桃花扇》是一部历史剧，虽然也有为了推动故事发展而加入的戏份，但里面几乎所有的人和事都是真实存在、发生过的。为了写出这部戏，孔尚任花了十余年时间，多次考证、修改、易稿，费尽了心血。对于他人而言，或许这只是一部戏剧，但是之于孔尚任，这是历史的缩影。从秦淮河畔的爱情故事还有金陵城的衰败，他想让人看到的是明朝的覆灭还有百姓的苦难。爱情是主线，而孔尚任最想表达的心声，并非爱情。

《桃花扇》问世之前，李香君虽然是秦淮河畔的名妓，但在秦淮八艳中光环并不是最闪亮的。秦淮八艳，哪一个不是响当当的人物。陈圆圆能让见惯了美人的吴三桂冲冠一怒为红颜，相貌自是不在话下；董小宛和冒辟疆的爱情故事也一直被人津津乐道。李香君和秦淮八艳的其他几位，旗鼓相当，但是和名头最盛的陈圆圆、董小宛相比，可能还稍微逊色那么一点。然而《桃花扇》一唱，她一下子成了众所周知的义妓。

因为当时的社会大背景，李香君和侯方域的爱情跟崔莺莺和张生，还有杜丽娘和柳梦梅不同，自始至终都蒙上一层悲剧色彩。乱世的爱情，又有几个能够圆满的？在孔尚任的笔下，李香君和侯方域重逢，但感慨于国家覆灭，江山易主，二人看破红尘，双双出家去了。不论结局怎样，李香君的命运都是以悲剧收场的。若换作其他的时代背景，她和侯方域或许能有情人终成眷属，奈何大明江山毁于一旦，能为他们创造幸福生活的前提都随之化为灰烬。

苏昆生是《桃花扇》中十分重要的一个人物，他是当时著名的南曲歌唱家，和李香君亦师亦友，李香君和侯方域所经历的一切他都看在眼里。苏昆生就像摄像机的镜头，孔尚任通过他将明朝灭亡后的秦淮景象展现在众人的面前。故事的结尾，苏昆生重回金陵，和当时另一位艺人柳敬亭有了一段让人心酸的对话：

“我三年没到南京，忽然高兴，进城卖柴，路过孝陵，见那宝城享殿，成了刍牧之场。”

“那皇城如何？”

“那皇城墙倒宫塌，满地蒿菜了。”

孔尚任在苏昆生的话语中加入了“满地蒿菜”一句，他想表达的，正是《黍离》的悲哀。周大夫经过昔日的宗庙，只见曾经神圣庄严的地方长满了糜子，一片萧瑟。同样，苏昆生眼中，昔日华丽的宫殿倒塌，只留下满地的蒿菜。《折桂令·问情怀》所唱的，是苏昆生心中的悲哀，也是生活在当时的万千百姓的悲哀。

当年苏昆生在秦淮河表演，秦淮水岸何其繁华，没想到几年后回来，看见的却是破纸窗迎风萧瑟作响，凄凉光景任谁见了都会觉得辛酸。当年美丽多才的歌女们无影无踪，再也听不到丝竹的余音。即便是碰上端阳、重九这样盛大的节日，也不见曾经一半的热闹了。谁能相信，眼前门可罗雀的地方就是六朝金粉繁盛地，纸醉金迷的秦淮河呢？远看秦淮河两岸，黄花开放，蝴蝶在花丛中飞舞，这本该是生机勃勃的春天景色，还记得往日的春天，秦淮河也是一派旺盛的“春”色啊。

四季风景不停地变化，春天依旧充满朝气，从来不会为人事的改变而有一丁点的改变。人事的衰败和自然界的繁盛一对比，更体现出一种凄凉之感。可生逢乱世，谁有能力去改变什么呢？当年粉黛，何处笙箫。物是人非，空余寂寥。

千古艰难惟一死，伤心岂独息夫人
——桃花美人殇

楚宫慵扫眉黛新，只自无言对暮春。千古艰难惟一死，伤心岂独息夫人。

——清·邓汉仪《题息夫人庙》

桃花夫人息妫的传说，我在很小的时候就曾听说。最敬佩的，是“不共楚王言”的决绝，却常常忽略了故事本身的婉转曲折。

这个传说，还要从她的出嫁开始。

息妫原为妫姓，因嫁于息国，故而被称为息妫。自幼便有美名，容貌上佳，目如秋水，脸似桃花，极早就为一国国君求娶。她没有决定自己婚姻的权利，只是带着娇羞和期盼，踏上了前往息国的道路。然而她的人生的轨道，就从这一次送嫁开始。

春秋时期，交通不便，往往国与国之间的路程要耗费几个月的过程，所以在途经别国时，车队都会停下来休整。而这一次，息国的婚车，停在了蔡国——妫氏的妹妹出嫁之地。

蔡国的国君前来迎接，他第一眼看到的，便是华服下秀美安静的息妫，她如同满月的面庞，轻垂的眉睫，她笑起来眼里的一泓秋水，都让他醉了。

在蔡国王宫之中，她受到了此生的第一次侮辱，轻佻好色的蔡侯动手动脚，令得息国接嫁的使臣愤而离席，次日便离开了蔡国。

羞愤的息妫心中第一次产生了担忧，美貌对于一个女人来说，究竟是福是祸？

果不其然，在息妫到达息国后不久，息侯听说了这件事，勃然大怒。

他派出使臣前往楚国，怂恿楚文王出兵假攻息国，息再向蔡国求救，诱其出兵，再由楚息两国合力，剿灭蔡国，俘虏了蔡侯。

当息妫醉心于丈夫的英武之时，她并没有料到蔡侯这个卑鄙小人，会做得更绝，她只是幸福地依偎着丈夫，以为找到了一生的依靠。

可是事情远远没有结束，蔡侯因为息妫而国破家亡，自然不会认为是自己好色误国，反是将所有过错都推到了息妫的身上。他向楚王进言，说息妫容色貌美，面若桃花，灼灼清艳，举世无双。

楚王心动了。借着巡访之名，楚王再度来到了息国。不明缘由的息侯，以对待贵宾的礼仪相迎接。

按照春秋时的礼节，在接待王侯贵族之时，当令正妻出席，以示敬重，而若携美妾，则有相赠之意。于是，息妫出场了，她带着她的绝色芳华，款款走到了楚王的面前。

楚王惊为天人，当机立断，借口次日设宴答谢息侯夫妇，一举攻城俘虏息侯，息妫至此尚且还不知自己的命运，只想慷慨赴死，与夫君同命，然而楚王含笑，提出了一个要求，只要息妫入楚宫，他便留下息侯的性命。

这个女子迟疑了，她注视着相处不久的夫君，犹豫着，徘徊着。而就在此时，息侯最得力的臣子跪了下来，牵住了她的衣袖，深深叩首，他说："夫人不欲存息侯之命乎？何为夫妇俱死？"

息妫沉默了，妥协了，带着她自以为对夫君深厚的爱，到了楚王宫。楚王宠爱她非常，三年之内，息妫为楚王诞下了两个儿子，却始终不曾开口说过一句话。

看花满眼泪，不共楚王言。

楚王问她，她只默默写出了答案：吾一妇人而事二夫，纵弗能死，其又奚言？她说，我只是一介弱质女流，前后有了两个丈夫，却不能以死示忠烈，又有什么面目开口说话？楚王却思考了片刻，笑答她说："这是蔡侯的过错，哪里是夫人的错？"

而这一切，只在历史上留下了这样一句话：

楚子以蔡侯灭息，遂伐蔡。秋七月，楚入蔡。

而息夫人的故事，还有另一个版本：

据说在息夫人来到楚王宫后不久，楚文王出城打猎，预计两三天后才能回宫。息妫趁此机会，悄悄地跑到城门处私会自己的丈夫，两人见面，恍同隔世，她边哭边说："妾在楚宫，忍辱偷生，初则为了保全你的性命，继则为了见你一面，如今心愿已了，死也瞑目。"

息侯伤心欲绝，安慰妫氏说："苍天见怜，必有重聚之日，我甘任守城小吏，还不是等待团圆的机会么！"但息妫心愿既了，再不愿忍辱偷生，干脆以死明志，头撞城墙而死，息侯阻拦不及，顿时万念俱灰，也撞死在城下。

当楚文王打猎回来，知道了这件事，竟也以诸侯之礼将息侯与妫氏合葬在汉阳城外的桃花山上。

诗佛王维曾经怜惜这个女子，"莫以今时宠，能忘旧日恩。看花满眼泪，不共楚王言。”

王维的诗，有一种佛的高高在上，他悲悯万物，却很难将自身投入其中。而邓汉仪，却带着深深的自怜，从第一句就能看出来他此刻惆怅挣扎的心情。

楚宫慵扫眉黛新，只自无言对暮春。

他首先写了息夫人在楚王宫里可能的场景，她懒懒地描着眉，画着新的妆容，却只能沉默地面对着窗外明媚春光，那些春意进不了她的内心，在那里，依旧千里冰封，落雪飘摇。千古以来，人最难面对是一个“死”字，像息夫人这般，欲死却不能死的人，又何止她一个？

邓汉仪是明清交替之时的诗人，明朝灭亡之后，他放弃了自己的博士弟子员身份，不肯出仕清朝。在心中，也许他以息夫人自比吧。

所以他才能够发出“千古艰难惟一死，伤心岂独息夫人”的感叹。

死，能够结束一切，可有时候，并不是死，就能解决一切。

有时候，活着，更是一种无声的坚持。

而今才道当时错，心绪凄迷
——我所错过的最美的你

而今才道当时错，心绪凄迷。红泪偷垂，满眼春风百事非。
情知此后来无计，强说欢期。一别如斯，落尽梨花月又西。
——清·纳兰容若《采桑子》

风飒飒而吹，惊起的落雪旋然落下。温暖的帐内，他提笔凝神，笔下无端漏出几分愁绪，挥笔成泪。

风一更，雪一更，聒碎乡心梦不成，故园无此声。隔着风雪，深夜的星光暗淡，而他在千里之外，化为惊鸿，仿佛被窗染白，出尘独立。

旁人问，有什么无法满足呢？财富、权势、美眷、才华，哪一样他缺？他自嘲，又有什么满足的呢？权财身外物，恋人成宫妃，空有才情却因父亲的权倾朝野而被君王提防，无处施展！

他似乎拥有被人艳羡的一切，却又好像总差了一步，天生温和脆弱的性子，在病时将他带入濒死的境地。不知何事萦怀抱，醒也无聊，醉也无聊。

抱憾长逝——这个词成为了他生命的末端，被定格成后人对他唯一的注解。他留下的三百多首词成为绝响，闻之令人泣血击节。那些妙笔生花的诗词，在三百年的岁月里积淀，如春日里的青草，缓慢而坚韧地成长，经历漫长的时间之河，成为水中及腰长的芦苇，飞絮满头，成就为极致的美丽。

纳兰容若生长于富贵之家，乃权倾朝野的大学士明珠之子。他的一生注定是富贵荣华，繁花似锦的。也许是造化弄人，纳兰偏偏是“冷处偏佳，别有根芽，不是人间富贵花”。

适时，他是满朝清誉的少年才子，是帝王器重的随身近臣，更是前途无量的达官显贵。 然而正是这种身份与心境上的巨大反差，让他愈加厌倦官场的尔虞我诈和卑躬屈膝的侍从生活。自古文人多傲骨，纳兰容若或多或少，也继承了这样的秉性。身在高门广厦，常有山泽鱼鸟之思，这使得纳兰容若不得不将满腹心事诉情于笔端。他把自己的词作编选成集，名为《侧帽集》，而后又著《饮水词》，一时洛阳纸贵。时人云："家家争唱《饮水词》，纳兰心事几人知？"

三百年后的今天，纳兰词在沉寂之后，再度进人们的视线中，"人生若只如初见""一生一代一双人"等词句，早已耳熟能详。

最初让我惊艳的，却非是这几句，而是他写与顾贞观的一句"然重诺，君须记"。顾贞观乃是江南汉族布衣文人，亦是生得一身傲骨，袭了一身文人傲气，自然与纳兰容若志趣相投。其实那段时期，纳兰容若结交的江南文人并不在少数，皆是当时名噪一时的青年才俊，与世俗颇有些格格不入。因纳兰的不同于一般贵族子弟的纨绔张狂，江南的名士才子惺惺相惜，也愿与之结交，多有文人雅集，令纳兰容若所居住的渌水亭因此而清名远播。

文人间的交往，讲究志趣、心意。纳兰以诚相待，自能得其一番回报。顾贞观不仅与纳兰容若有诗词上的交流，纳兰容若的第三位妻子、江南才女沈宛，也是经由顾贞观介绍与纳兰容若的。这位字御蝉的江南女子，与纳兰亦是一段风月传奇。

沈宛的悲剧，乃是因纳兰容若家庭之故。而纳兰容若的悲剧，却要从他的第一任妻子说起。

纳兰容若二十岁时，娶两广总督卢兴祖之女为妻。成婚后，二人夫妻恩爱，感情笃深，但仅三年，卢氏便因难产而亡，这对本就情感细腻的纳兰容若来说，无疑是一种毁灭性的打击，悼亡之吟不少，知己之恨尤深。

少年夫妻最是情重，鹣鲽情深换来的却是红颜薄命。自卢氏亡后，纳兰容若词风中的哀婉凄艳犹胜先前。非文人不能多情，非才子不能善怨，私以为，卢氏的病故，才是纳兰容若心病郁结的伊始，而历史上盛传的表妹入宫、痛失所爱一说，终究没有正式的历史文献可考，只能从他留下的只言片语寻觅芳踪了。

这首《采桑子》有许多人解读为纳兰悼念亡妻卢氏之作。私以为，此诗乃是纳兰后期怀念第三任妻子——因家庭原因而无法白头到老的江南才女沈宛之作。

"现在想来当时不能与你共白首之憾，心绪翻滚，恰如雨打风吹，凄迷之处，自难以言语。"——这在纳兰看来是一种"错"，古人谓之夫妻同心，妻者，齐也，一与之齐，终身不改。纳兰与这位自己所选的妻子之间，必定也是山盟海誓，相约白头，奈何短暂的相聚之后，便是漫长而茕然的孤守。

沈宛所受到的来自贵族的压力和轻视可想而知，作为江南才女的沈宛，必定也有其清傲心气。如陆游与唐琬一般，在错的时间遇见对的人，当真也是一种错！

第一句是由纳兰的处境而发，第二句则是纳兰揣度了沈宛的境遇而产生的想象。

“想念你，却无法明说，亦无法相见，只能背过身，偷偷拭去沾了胭脂的眼泪，望之一片殷红，竟似血泪。纵使春风依旧，桃李依旧开了漫山遍野，那陪我看花的人早已不在，物是人非。”——其物存，其人不存。这又与陆游的那句“春如旧，人空瘦，泪痕红浥鲛绡透；桃花落，闲池阁，山盟虽在，锦书难托”彼此心有灵犀，大抵人世间被迫拆散的情人，心情也是一般伤感懊悔的。

红泪一词，说的乃是带着胭脂斑迹的泪痕。这也正说明了纳兰揣度中的沈宛，应当也是如他一般“心绪凄迷”，满眼是泪，那些红泪，不仅是她的“凄迷”，还有她的怨，她的恨。而这个“偷”字，则更凸显了女子的无可奈何。那种不想不能笑的时候还要强迫自己笑靥如花的感觉，是怎样一种残酷。

如果说上阕在叙说两位当事人的凄迷处境的话，那么下阕则显得更哀感伤艳。

“当我知道，今次一别，后会无期，却还要哄着你约定下一次的相见，即便我们都知道，这分明是生死永诀的别离。”横亘在他们面前的是满汉两族不得通婚的朝廷禁令，是君与父的层层重压，这是纳兰不得不面对的事实，也是沈宛不得不面对的现实。所谓最痛，便是这两相自欺，话中道着再见，却真正是生不见、死无别。

“梨”谐音“离”，古人多有以梨花比喻离情之典。梨花落尽，满地残花照水，映出赏花人孤独而憔悴的面容。世情薄，人情恶，雨送黄昏花易落。人如花，花若离枝，只能落地，无可回头。

纳兰与沈宛之间终究是一场悲剧，这位给纳兰容若生命里带来最后曙光的女子，也终于不得不迫于世俗与他分别。张爱玲说，每个男人都有一枝红玫瑰和白玫瑰。娶了红玫瑰，久而久之，红玫瑰就变成了墙上的一抹蚊子血，白玫瑰还是“床前明月光”；娶了白玫瑰，白玫瑰就是衣服上的一粒饭渣子，红的还是心口上的一颗朱砂痣。

沈宛于纳兰容若来说，究竟是红玫瑰还是白玫瑰，毕竟是不得而知的，然而这玫瑰上的刺，却会长久地留在他心里，结成一道难以愈合的疤。

经历了大悲大喜的纳兰容若，犹如一块渐渐温暖的玉石，一点一滴地透出从容而沧桑的色彩。一支细豪写就无数流光溢彩的文字，他的生命如诗如歌。

才子纳兰，一生痴念皆付纸上，情之所钟，正是我辈。

一生一代一双人，争教两处销魂

——相守不如相忘

一生一代一双人，争教两处销魂。相思相望不相亲，天为谁春！

浆向蓝桥易乞，药成碧海难奔。若容相访饮牛津，相对忘贫。

——清·纳兰容若《画堂春》

这首《画堂春》是一首典型的旁征博引之词。第一句取自骆宾王的《代女道士王灵妃赠道士李荣》:“相怜相念倍相亲，一生一代一双人。”而销魂却是魂魄离体之意，显见诗人伤思之深。相思相望不相亲，天为谁春？

春日是万物复苏之时，然而恋人不在身边，再好的春日又有什么用呢？

“浆向蓝桥易乞”,则出自有名的《太平广记》,讲秀才裴航乘船至蓝桥时，口渴求水，得遇云英，一见倾心，遂向其母提亲，其母要求以玉杵为聘礼，方可嫁女。后来裴航终于寻得玉杵，得以成婚。而“药成碧海难奔”，出自李商隐的“嫦娥应悔偷灵药，碧海青天夜夜心”。

这一首词应当是纳兰容若自悔之作，前片说自己与爱人分离，而后提到婚约的典故以及嫦娥的传说，由此可推断，是在写亡妻卢氏。在纳兰成婚的初期，与卢氏的感情并不十分和谐，少年夫妻，总有争吵之时，而纳兰提及嫦娥，深含悔恨之意。

牛津即天河，按《博物志》载：“天河与海通，有人居海上，年年八月，见浮槎去来不失期。多赍粮乘槎而往。十余日至一处，见城郭屋舍俨然，宫中多织妇，又见一丈夫牵牛，渚次饮之。遂问此地何处，答以君还蜀郡问严君平则知。其人还至蜀间，问严君平，曰:‘某年某日有客星犯牵牛渚。’计年月，正此人到天河时也。”

纳兰与亡妻生死之隔，恰如牛郎织女相隔天堑。人人都说纳兰词字字泣血，汇各方典故，集悲情之最，读之果然恻然。然而这一次，我想借纳兰之词，写一对悲凉夫妻。

便是康熙第八子——爱新觉罗·胤禩。

仔细说来，他同纳兰，亦不是全无干系，惠妃那拉氏，乃纳兰容若之族妹，而爱新觉罗·胤禩自出生起，便被抱养至惠妃身边成长，其柔婉个性，不乏纳兰世家的言传身教。

这位惠妃那拉氏，便是传说中纳兰容若百般思慕而为康熙横刀夺爱的表妹，当然，这不过是后人的捕风捉影。

“爱新觉罗·胤禩，系清朝圣祖仁皇帝康熙第八子，生于康熙二十年二月初十日（公元1681年3月29日）未时，卒于雍正四年九月初十日（公元1726年10月5日），享年45岁。”短短几句话就勾勒了一生。无论生时如何，这样一个败在雍正手下的人，在史书上写来，那惊心动魄的生命不过只是寥寥几笔罢了。成王败寇，也不过如此吧。

这位康熙的第八子出身并不高贵，生母卫氏身份低微，胤禩却用自己的才华一步步登上高位。据闻胤禩自幼聪慧，通晓世故，亲切随和。无奈，却在多年后被康熙斥为阴险奸诈，甚至还借口其谋害太子将之锁拿。至此，皇八子胤禩注定了他在九王夺嫡这一纷争中的失败地位与悲惨命运。

雍正还未正式登基，便封胤禩为和硕廉亲王，又将理藩院尚书等职位交于他，可这只不过是表面风光罢了。封胤禩为亲王时，其福晋对来祝贺的人说：“何贺为？虑不免首领耳！”

雍正四年（公元1726年）二月初七日，雍正下令囚禁胤禩。九月初八，胤禩病死，在同一月间，其妻自尽，焚尸扬灰。这对夫妻，是清史上少有的一生一世一双人。

赌书消得泼茶香，当时只道是寻常
——此生笔中度流年

谁念西风独自凉，萧萧黄叶闭疏窗，沉思往事立斜阳。
被酒莫惊春睡重，赌书消得泼茶香，当时只道是寻常。
——清·纳兰容若《浣溪沙》

纳兰性德生于顺治十一年（公元1654年），字容若，其父是康熙时期权倾朝野的大学士明珠，母亲觉罗氏为英亲王阿济格第五女，一品诰命夫人。而其家族那拉氏隶属正黄旗，为清初满族最显赫的八大姓之一，即后世所称的“叶赫那拉氏”。

纳兰性德的曾祖父名金台什，为叶赫部贝勒，其妹孟古姐姐，于明万历十六年嫁努尔哈赤为妃，生皇子皇太极。其后纳兰家族与皇室的姻戚关系也非常紧密。可以说，他的一生注定是富贵荣华，繁花著锦的。

也许是造化弄人，纳兰容若偏偏是“虽履盛处丰，抑然不自多。于世无所芬华，若戚戚于富贵而以贫贱为可安者。身在高门广厦，常有山泽鱼鸟之思”。

纳兰性德因生于腊月，小时称冬郎，自幼天资聪颖，读书过目不忘，数岁时即习骑射，十七岁入太学读书，为国子监祭酒徐文元赏识，推荐给其兄内阁学士、礼部侍郎徐乾学。他十八岁参加顺天府乡试，考中举人，十九岁准备参加会试，但因病没能参加殿试。尔后数年中他更发奋研读，并拜徐乾学为师。在名师的指导下，他在两年中，主持编纂了一部1792卷编的儒学汇编——《通志堂经解》，受到皇上的赏识，也为今后发展打下了基础。他又把熟读经史过程中的见闻和学友传述记录整理成文，用三四年时间，编成四卷集《渌水亭杂识》，其中包含历史、地理、天文、历算、佛学、音乐、文学、考证等方面知识，表现出他相当广博的学识基础和各方面的意趣爱好。

而他的诗词不但在清代词坛享有很高的声誉，在整个中国文学史上，也以“纳兰词”在词坛占有光采夺目的一席之地。

他生活于满汉融合的时期，其贵族家庭之兴衰具有关联于王朝国事的典型性。他虽侍从帝王，却向往平淡的经历。这一特殊的生活环境与背景，加之他个人的超逸才华，使其诗词的创作呈现独特的个性特征和鲜明的艺术风格。

“人生若只如初见，何事秋风悲画扇？等闲变却故人心，却道故人心易变。”这一首诗词流传至今，被众多人喜爱，并且引用。

“谁念西风独自凉”，源自秦观《减字木兰花》当中的“天涯旧恨，独自凄凉人不问”一句，“沉思往事立斜阳”源自李珣《浣溪沙》词“暗思何时立残阳”。

词的上篇意思为，在芸芸众生中，当你独自站立在夕阳西下的照影中，独自感怀于爱人的天涯相隔，秋风吹过，心中凄凉，又有谁能理解你的心？

下阕“被酒”指的是醉酒，程垓《愁倚阑》当中曾写到“昨夜酒多春睡重，莫惊他”与“被酒莫惊春意重”相似相近，“赌书消得泼茶香”一句描写了李清照与其夫赵明诚之前的生活片段，借由李清照和她丈夫之间的恩爱点滴，来抒发自己对已故妻子悼念。

纳兰从别人的故事当中想到了自己生命里重要的故人，想到了与自己感情笃深，知书达理又善解人意的妻子卢氏，虽然不像李清照一般善于诗词，但她却带给了他美满的婚姻生活，对他温柔相待，对公婆孝敬爱戴。

旧日里，他执笔立于案前作诗词，东窗里照进来暖融融的日光，将他清瘦卓然的身影投射在地面上。因为低首，细致的眉眼染上了暗色，却无损他清俊的容颜，时而轻轻扇动着眉睫，阳光下，衬得他的容色半明半暗，不是那么清晰。

这时门被轻轻推开，他一抬首，便瞧见她小心翼翼端着的茶，温婉地朝着他笑：“见你在里头待得久了，进来瞧瞧。”

他浅笑，眉目间俱是暖色，看她走近，将茶盏放下，目光一刻也不曾离开。刚欲放下手中的笔，她已伸出了手迅速地接在笔端之下，一滴墨落入了她的掌心，顺着掌纹细细晕开，她轻轻呼了一口气，得意于自己的动作敏捷，而后是两人默契地相视而对，如泽如兰。

这样的场景几番在我脑海中闪现，细细碎碎的片段，美好如初阳。

“紫玉钗斜灯影背，红绵粉冷枕函偏，相看好处却无言”，纳兰容若曾经在《浣溪沙·十八年来坠世间》中这样写道。这首词，有人说他是写给青梅竹马的恋人的，又有人说他是写给新婚之后的妻子卢氏的，而我更偏向于后者。

一时间言语尽了，情意仍使他们相看两不厌，她卧在红棉枕上，发间的紫玉钗在灯影下轻轻摇曳。他细细端详着她的容颜，那是恰到好处的令人舒心，是用再美好的言语都无法表达得尽的。

此词上阕重在沉思往事，下阕记述往事，因此有“当时”之说，而从借用李清照《金石录后续》中的故事可看出，词乃悼亡之作。

赌书消得泼茶香，当时只道是寻常。

背灯和月就花阴，已是十年踪迹十年心

——灯影幢幢，人影憧憧

银床淅沥青梧老，屧粉秋蛩扫。采香行处蹙连钱，拾得翠翘何恨不能言。

回廊一寸相思地，落月成孤倚。背灯和月就花阴，已是十年踪迹十年心。

——清·纳兰容若《虞美人》

读这首词的时候，我常常都会想起纳兰曾写的“人生若只如初见”一句词，若是两人相处，所有的一切都可以保持最初的模样，那该多好？无论生老病死，无论情意变迁都不会再有。一生的情缘，一世的悲切，也不会如此令人唏嘘。

眼前所见，仍是十年前的旧迹，胸口跳动的，仍是十年前的那颗心。我把对你的记忆和感情，顽固封存，如同藏入铁盒深埋土底。那铁盒表面会因雨水的侵蚀和氧化形成锈渍斑斑，但封存在当中的记忆却是簇新，如三月新盛桃花。又或许，十年光阴坚硬有痕，我已经萧瑟老去，以同你的离去一样迅疾的速度老去。我站在这里，你还认得出我来吗？我已不是十年前的那个人。时光划破我的胸口，叫你看清我的十年踪迹十年心。

这首词在开头用“银床淅沥青梧老”与结尾所提到的“十年”遥相呼应，接着描写了当时的场景，在深秋的清寂的庭院里，井阑、庭树、落叶，还有秋虫的叫声和幽幽的芳草小经，可是蓦然发现，昔日的伊人芳踪已不在。

从幽思和回忆当中回归现实，走到曾经和恋人相伴走过的小径之上，已经长满了野草和青苔，在草丛间偶然见到了她曾经佩戴过的翠翘玉簪，却可恨不能与人诉说心中的遗憾。

下阕主要说纳兰在故地重游时，在花阴月影之下，相思着他故去的恋人，然而如今却是物是人非，只能将这一段感情深深地埋藏在心底。十年时间恍然已去，纵使自己再依恋不舍，也只能感叹时光飞逝，远远不是人事所能及的。

有人曾对这首词中纳兰写及的昔日恋人是谁而提出了疑问，到底是他年少时的恋人，还是他的亡妻？有人觉得“何恨不能言”，隐隐透出此词悼念的并非卢氏，而是纳兰青梅竹马的恋人。由此，才有拾得翠翘不可言的遗恨。

而在《饮水词笺校》中，对《虞美人》有过这样的说明：纳兰和卢氏结缡于康熙十三年（公元1674年），当时纳兰二十岁，卢氏嫁与纳兰之后的第三年因难产而死，致使这对恩爱的夫妻从此阴阳两相隔，这给纳兰造成了极大的痛苦。纳兰二十六岁时，续娶官氏。这首词的上阕内容说的是他和官氏夫妻二人于深秋季节游于后花园中，走在旧时的园中小路上，捡拾到了亡妻的玉簪，少年夫妻，鹣鲽情深。卢氏的早亡让他常常哀感万千，然而因新人在侧无法言说对亡妻的伤怀之情。

如此看来，悼亡妻更为合情合理一些。

这首词中，最为脍炙人口的两句应当是“背灯和月就花阴，已是十年踪迹十年心”。最后一句“已是十年踪迹十年心”引借苏轼那首同样怀念亡妻的《江城子》。

苏轼十九岁与同郡王弗成亲，嗣后出蜀入仕，夫妻琴瑟调和，甘苦与共。十年后王弗亡故，归葬于家乡的祖茔。这首词是苏轼在密州一次梦见王弗后写的，距王弗之卒又是十年了。生者与死者虽然幽明永隔，感情的纽带却结而不解，始终存在。

这世间最令人心痛悲切的当属相爱的人阴阳相隔了，我不相信鬼神之说，有时候却又宁愿鬼神之说确实存在。就像《聊斋》当中的故事那样，即便人鬼殊途，也许还有另外的奇遇发生。

这首词似乎恰恰好与纳兰当时的心境如出一辙，卢氏与他曾经一起度过了一段非常美好的时光，苏轼因为梦境而写下《江城子》，而纳兰因拾到旧物而写下这首《虞美人》，纳兰借由苏轼和王弗的典故来自喻，由此我更加对于这首词是纳兰悼念亡妻卢氏而作一说深信不疑。

纳兰生于贵胄却一生淡泊名利，与党争倾轧的污浊相比，他更向往温馨自在，吟咏风雅的生活。“后生缘恐结他生里”，漫天飞花，镜花水月，转身只剩下他消瘦落寂的身影。任西风多少恨，却吹不散眉间的哀愁。

与苏轼的《江城子》相比而言，两者虽有异曲同工之妙，但是我更觉得“已是十年踪迹十年心”一句更直指人心。其中所表之意，更加凄凉悲切。

纳兰和卢氏之间虽是父母之命媒妁之言而成，卢氏却以温婉的性子将纳兰这位偏偏佳公子的心俘虏了，无可厚非地成为了他生命当中最重要的女子。

忆来何事最销魂，第一折技花样画罗裙
——死生契阔

曲阑深处重相见，匀泪偎人颤。凄凉别后两应同，最是不胜清怨月明中。半生已分孤眠过，山枕檀痕涴。忆来何事最销魂，第一折技花样画罗裙。

——清·纳兰容若《虞美人》

纳兰性德的词基本以一个“真”字取胜，写情真挚浓烈，写景逼真传神，但细读却又感淡淡忧伤。

这是纳兰怀念亡妻卢氏的又一首作品，读来凄凉婉转，甚至令人恻然。他想象了在梦里见到卢氏的场景，梦见曾经娇小楚楚的妻子偎依着他，一如昨日，而梦醒之后，月光依旧冰冷，他依旧孤身一人躺在床上，一切不过黄粱一梦。

纳兰与卢氏的感情深厚，在《饮水词》中随处可见，他记得她微笑的样子，记得她赌书泼茶的模样，记得她低首画罗裙的娇羞……一切的一切，在他眼里，都是旧梦一场。

对于这样一个出身在贵族中的痴情种，地位对他来说，反倒是一种拖累。而这阕《虞美人》，让我想到了另一个贵族里的悲剧，那就是顺治帝。

提到顺治，便有无数的传说，出家？自杀？比比皆是，然而这一切，都系在了董鄂妃的身上——这个名传千古的美人，永恒地与顺治并肩而立。

一个是万人之上，本该天下在手，无所不能的青年天子，一个是才情容貌俱佳的温婉佳人。这样的组合本来就不该有完美的爱情，所谓最薄幸是天家人，可是这爱新觉罗家的男儿，偏偏竟出痴情种，先有皇太极为海兰珠悲痛欲绝，后有顺治为董鄂妃遁入空门。

身为青年天子的顺治有诸多的烦恼和不幸。在治国的大政方针上，他与他的母亲孝庄太后有根本的分歧，往往是一见面就争吵不休，这样的母子关系，让顺治极为恼火和憋闷。政见不合姑且放过，偏偏婚姻上，母亲也不让他如愿。

顺治皇帝的后宫还是挺丰富的：两个皇后，十五个妃子；并且和她们生了一大堆的孩子。可是偏偏顺治也是个有些拧巴的孩子，顺治皇帝的第一个皇后，是他母亲孝庄皇太后的侄女。最糟的是这门婚姻是由摄政王多尔衮作主，然后命令他册为皇后的。顺治皇帝仇恨多尔衮，世人皆知，他也恨他的母亲跟多尔衮的亲近，所以连带着也就讨厌他的正宫皇后，虽然这位皇后是科尔沁出了名的美女，却架不住她娇生惯养，脾气暴躁，花费奢侈。本来顺治就看她不顺眼，再加上骄横无理，注定了这位皇后被废的悲惨命运。

包办婚姻，让顺治的后宫生活极为不顺，甚至为了报复母亲，做尽小孩子的混闹之举。在这样不顺和郁闷的万难时刻，青年天子遇见了温婉的董鄂氏，一见倾心，爱情之火如燎原之势让两个人招架不住。《清史稿》记载，天子在遇见董鄂氏后，恶习尽改，专宠一人——长信宫中，三千第一；昭阳殿里，八百无双。

董鄂妃生下皇四子，顺治欣喜若狂，颁诏天下"此乃朕第一子"，对这个孩子的待遇如同嫡出，大有册封太子之意。结果这个男孩儿命不好——不足百日夭折。顺治下令追封其为和硕荣亲王，为他修建了高规模园寝，并亲笔写下《皇清和硕荣亲王圹志》，抒发对皇四子的宠爱和痛惜之情：

"……呜呼！朕乘乾御物，敕天之命，朝夕祇惧，思祖宗之付托，冀胤嗣之发祥。惟尔诞育，克应休禛。方思成立有期，讵意厥龄不永！兴言鞠育，深轸朕怀……"

这是一种怎么样的痛惜之情呀。

接着本来就体弱多病的董鄂妃，因皇四子不足百日而殇，这种打击使得她一病不起。同时她又有感顺治对于爱子逝去的悲伤而内疚不已，总觉得是因自己的身弱，而让这个好不容易出生的孩子离开了人世，郁结于心，久不能舒，终于在顺治十七年（公元1660年）八月十九日，香消玉殒，病逝于东六宫之一的承乾宫，年仅22岁。

失去董鄂妃的顺治，悲恸欲绝。史料记载，失去爱妃爱子的顺治帝寻死觅活，不顾一切，人们亦步亦趋地守着他，唯恐他自杀跟随董鄂妃而去。顺治皇帝辍朝五日，不理朝政，不管一切。接着追谥董鄂妃为孝献庄和至德宣仁温惠端敬皇后，并在户部资金极为短缺的情况下，在景山建水陆道场，大办丧事。

顺治皇帝令全国服丧，官员一月，百姓三日。让学士撰拟祭文，"再呈稿，再不允"。后由张宸具稿，"皇上阅之，亦为堕泪"。以顺治皇帝名义亲制的董鄂妃《行状》数千言，极尽才情，极致哀悼，历数董鄂氏的嘉言懿行，洁品慧德。甚至荒唐得要将宫中太监与宫女三十人赐死，让他们在阴间侍候自己的爱妃。

这一系列的行为，让世人看出顺治钟情于这位董鄂氏，这种爱情如烈火一般地灼烧着所有的一切，同时也灼烧了顺治自己。在痛失爱子爱妃的接连打击下，在不幸婚姻和不顺政治环境下，悲恸欲绝，几近崩溃的顺治帝，万念俱灰，看破红尘，弃江山社稷如敝屣，执意要出家为僧。后因病，在董鄂妃逝去三月后，也追随而去。

虽然那段历史现在看起来犹如闹剧一般，鸡飞狗跳，混乱不堪，但顺治对董鄂妃的爱却是不能磨灭的事实，好一派惊天动地，这在封建帝王中少之又少，他不但生前要给董鄂妃争名份，死也要给她争，亲自写了怀念她的“行状”，为了她能生能死，黄泉碧落相随，有如此丈夫，董鄂妃也不算薄命了。女子求得这样的男子，还有什么好遗憾呢?

也许在另一些人心中，认为董鄂妃应该是属于祸乱后宫的红颜祸水，其实不然。就顺治亲笔书写的《行状》来看，洋洋达四千言，展现了董鄂妃的美言、嘉行、贤德。她文雅、谦恭的书卷气，温柔而善解人意，对顺治帝不是一味迎合、奉承，而是尽心尽力辅佐、督促和鼓励，不仅是顺治帝的爱侣，而且还是知己。董鄂皇贵妃对顺治的饮食起居照顾得无微不至，当皇帝打猎时叮嘱他要注意身体，劝皇帝勤于政事自己却不干预政事，皇帝夜里批阅章奏她常在一旁服侍，皇帝听讲经史后她常劝皇帝及时复习，她生活节俭而又喜读儒经，颇通书法。

她善良，富有仁爱之心，生性节俭，衣饰简朴，不尚华彩，即使簪钗耳环也不用金玉，而以骨、角等物代替，与废后的豪华奢侈形成鲜明对照。同时识大体顾大局，谦逊宽和，从不恃宠而骄，也不以皇贵妃身份自矜，宫闱眷属，一视同仁，年长者呼之为媪，年少者称之为姊，就是对福临的乳娘保姆也以礼相待，从无怠慢。就连宫女太监得罪招致福临发怒时，她也出面为这些奴仆拜求，请福临看在他们往昔勤劳效力之处，原谅他们并息怒宽怀。

皇贵妃原有副后之称，董鄂妃才干超群，弥补了小皇后的少不更事。后宫的各种事务，在她的调理下井井有条，各得其所。

尤其使顺治帝感慨不已的是，董鄂妃从无丝毫嫉妒，其他嫔妃有优长处，她总是最先向皇帝禀奏称道；而嫔妃们有了过错又替她们遮掩。这使得顺治帝反倒对她一往情深，并把后宫所有事务都委托给她。

人们常说婆婆与媳妇是天敌，可知关系之难处。皇家也是一样，何况预先就存有偏见、存有戒心的皇太后对董鄂妃了，但董鄂妃并没有放弃和退缩，她以婉静谦恭的气质应对宫中各种繁复的礼节，每日晨省昏定，侍奉周到，太后想到的事，无论多困难，她都毫不迟疑、费尽心力地办好；

太后生病时，她从来都寝食俱废、昼夜侍奉，以至于太后竟挑不出她的毛病。

试问这样一个妻子，怎么会让人不珍惜呢，又怎么能让人不从心内疼爱呢，所以顺治爱董鄂妃，也是人之常情，无可厚非的。得妻如此，一生足矣。

而相对于纳兰来说，卢氏也正是如此，即便是再美再好的女子，也比不上卢氏，因为他永远记得卢氏最初的笑模样，记得这个从少年时期就陪伴在他身边的女子，与他一同体会喜怒哀乐，分享一切，本以为他们能够白头偕老，却最终生死相隔。

虽然这段爱情是以有些悲凉的境地结束，虽然没有历史上其他爱情故事流长久远，但是在我看来却是一出完美的绝唱。

等闲变却故人心，却道故人心易变
——只是不见故人心

人生若只如初见，何事秋风悲画扇。等闲变却故人心，却道故人心易变。
骊山语罢清宵半，泪雨霖铃终不怨。何如薄幸锦衣郎，比翼连枝当日愿。

——清·纳兰容若《木兰花令·拟古决绝词》

已经忘记了是从何时开始喜欢的纳兰容若的诗词，却始终清晰地记得“人生若只如初见”这一句诗是我知道的容若的第一句诗，这一首《木兰花令·拟古决绝词》也是我第一首会背的容若的诗。

在悠悠历史长河当中，纳兰容若是我最喜欢的词人之一，每每念及他的诗词，我就叹息一次，也仿佛穿透了三百多年红尘岁月，在繁华旧梦当中看到了那个清静冷凝的男子，那个一生都执着于情的男子，身着青衫，手执书卷立于窗前，风轻轻打着衣衫，微微而动。

那样的感觉，是用多少华丽的辞藻都无法来形容我对他的喜爱的。

妻子的早逝对其打击至深，悼亡之词不少。他的《饮水词》风格清新隽秀，哀感顽艳，有南唐后主遗风，王国维有评：“北宋以来，一人而已”。

《木兰花令》此调原为唐教坊曲，后用为词牌。始见《花间集》韦庄词。有不同体格，俱为双调。但《太和正音谱》谓：《花间集》载《木兰花》、《玉楼春》两调，其七字八句者为《玉楼春》体。故本首是为此体，共五十六字。上、下片除第三句外，余则皆押仄声韵。

词题说这是一首拟古之作，其所拟之《决绝词》本是古诗中的一种，是以女子的口吻控诉男子的薄情，从而表态与之决绝。如古辞《白头吟》：“闻君有两意，故来相决绝。”唐元稹有《古决绝词》三首。这里的拟作是借用汉唐典故而抒发“闺怨”之情，有的刻本于词题“拟古决绝词”后有“谏友”二字，由此而论，则这“闺怨”便是一种假托了，这怨情的背后，似乎更有着深层的痛楚，无非借闺怨作隐约的表达罢了。

“人生若只如初见”，纳兰以假设的口吻，设想女子和心爱的人初相见，两人郎情妾意，女子温婉静好，情郎对她疼爱有加，两人一起度过了温馨浪漫的恋爱时光。然而世事变迁，如今已是物是人非，“何事秋风悲画扇”一句，借汉朝班婕妤被弃的典故，当初汉成帝对班婕妤也是宠爱有加，后被赵飞燕陷害，她无心后宫的争宠，淡泊与清高的性子让她选择了明哲保身，退居冷宫，后有诗《怨歌行》。

班婕妤以秋扇为比喻，抒发失宠被弃的哀怨之情，咏物言情，后世遂以秋扇喻女子被弃。纳兰在此引用班婕妤的典故，将女子和情郎先前的恩爱与后来的相弃做对比，更加凸显了人生若只如初见的美好。

“等闲变却故人心，却道故人心易变”，意思是说等到如今轻易地变了心，就说恋人之间相爱的心原本就是容易改变的。当初的海誓山盟成了奢侈，所有的誓言也抵不过时光的变迁，“一生一代一双人”这样的誓言，又有多少人是能做到的呢？

“骊山语罢清宵半，泪雨霖铃终不怨”二句，又引用了唐明皇与杨贵妃的故事，而这个故事也是词牌名“雨霖铃”的由来。

“何如薄幸锦衣郎，比翼连枝当日愿”，化用唐李商隐《马嵬》：“如何四纪为天子，不及卢家有莫愁”之句意。锦衣郎，指唐玄宗。意思是你怎比得上当年的唐玄宗呢，他总还是与杨玉环有过比翼鸟、连理枝的誓愿，纵死而分离，也还是刻骨地念念不忘旧情。而你，却是负心薄情。

错过了的永远是最好的，得不到的永远是最想要的，绚烂绮丽的开始，永远都不能预见最终的结局。

人生如饮水，冷暖自知。这样的感情或许我不曾经历过，但是类似的心灵感受我曾有体验过。人生若只如初见，这是纳兰的至情至性，是他的坦率落拓，是他最最期盼的美好。

红尘旧梦，三百多个年岁已去。悠悠尘世，迷离间飘逝了风华年少的心。从史册之内读他的生平，在史册之外臆想他的人生。记忆里永远是温暖的春日，杨柳依依，桃花缀满枝头，他抬首浅笑如兰，在桃花树下舞剑，挑起花雨纷杂，在柳树下吟诗作对，摒弃了所有烦恼。

一切都定格在那一刻，一切还是最初干净美好的模样。

十年来，深恩负尽，死生师友
——人生得一知己足矣

季子平安否？便归来、平生万事，那堪回首！行路悠悠谁慰藉，母老家贫子幼。记不起、从前杯酒。魑魅搏人应见惯，总输他、覆雨翻云手。冰与雪，周旋久。

泪痕莫滴牛衣透。数天涯、依然骨肉，几家能彀？比似红颜多命薄，更不如今还有。只绝塞、苦寒难受。廿载包胥承一诺，盼乌头、马角终相救。置此札，君怀袖。

我亦飘零久，十年来，深恩负尽，死生师友。宿昔齐名非忝窃，试看杜陵消瘦。曾不减，夜郎僝僽。薄命长辞知己别，问人生，到此凄凉否？千万恨，为君剖。

兄生辛未我丁丑，共些时，冰霜摧折，早衰蒲柳。词赋从今须少作，留取心魂相守。但愿得，河清人寿。归日急翻行戍稿，把空名料理传身后。言不尽，观顿首。

——清·顾贞观《金缕曲》

每每读起开篇的那句“季子平安否？”就有落泪的冲动。至交、知己，每个故事拉出来都是一段说不完的歌，可是我偏偏独感触于顾贞观对知己吴兆骞的那份知己情谊。一句知己，二十年的营救，他到底还是个痴人呀。

清顺治十五年（公元 1658 年），其好友吴兆骞因科场舞弊案被株连而流放宁古塔，顾贞观为好友蒙受不白之冤感到怨痛，立下“必归季子”的誓言。

康熙二十年（公元 1681 年），经纳兰容若、徐乾学、顾贞观等诸多友人戮力营救，终醵金两千，以认修内务府工程名义赎罪放还。七月底，还乡诏下，十一月中抵京师，前后历经二十三年。

吴兆骞后因细故与顾贞观有嫌隙，明珠将他延入书房，上书“顾梁汾为吴汉槎屈膝处”几字，不由大恸，声泪俱下，方知顾贞观为他的生还竭尽了心力。

一段耗尽心血，二十年的营救，在历史的记载下不过寥寥数笔。放下历史，细细掂量这二十年的情谊，人生有几个二十年，他顾贞观为了知己，二十年就这样挥出，无怨无悔，感动了精明的明珠，感动了纳兰性德，也感动了世人。

顺治钦定的案子，康熙本没有昭雪之意，如此为难的一件案件，对于一个当时没有权势的文人来说，简直是不可能完成的任务。而贞观就靠那股赤子真情，一腔为知己的热血，投入了一场几乎无望的营救里，他甚至都没有想过自己会不会因此受到牵连。

吴兆骞从戍边寄来一信:“塞外苦寒，四时冰雪，鸣镝呼风，哀笳带血，一身飘寄，双鬓渐星。妇复多病，一男两女，藜藿不充，回念老母，茕然在堂，迢递关河，归省无日……”

时顾贞观在北京，读信后，凄伤流泪，深知身居绝塞的好友再经不起风霜雨雪的摧残，他连日奔走于这些权贵之门，希望他们顾念旧情，能为营救吴兆骞助一臂之力，谁知人情淡薄，世态炎凉，这些已飞黄腾达的士林隽秀根本不愿为人解难,顾贞观一筹莫展,百感交集,于是挥笔写下了《金缕曲》，哀怨情深，被称为“千古绝调”。

看通篇，好似只是在话家常，叮咛、嘱咐、宽慰、婉转反复，实则字字泣血，声声滴泪，一字一句都在诉说着真挚的情谊。

正是这两阕词，“纯以性情结撰而成，悲之深，慰之至，叮咛告诫，无一字不从肺腑流出，可以泣鬼神矣！”深深感动了纳兰容若，成就了千古绝唱。

而纳兰也正是一个视友情至上的男子，他当即向顾贞观回赠了这样一首《金缕曲》：

德也狂生耳。偶然间、淄尘京国，乌衣门第。有酒惟浇赵州土，谁会成生此意。不信道、遂成知己。青眼高歌俱未老，向尊前、拭尽英雄泪。君不见，月如水。

共君此夜须沉醉。且由他、蛾眉谣诼，古今同忌。身世悠悠何足问，冷笑置之而已。寻思起、从头翻悔。一日心期千劫在，后身缘、恐结他生里。然诺重，君须记。

因为顾贞观，因为《金缕曲》，让所有人记住了铮然一声“然诺重，君须记”。

顾贞观也因为两阕词，换来了纳兰容若的理解和同情，甚至结为生死之交，拼尽全力地营救，续了吴兆骞的命。

都说这两阕词是续命词，我却说这两阕词是换命词，顾贞观耗尽心血换回了知己吴兆骞的命，这分明是贞观用自己的命在换知己的命，融入生命的词若还不是千古绝唱，那又该是什么呢?

世间之人本有不同，有人慷慨赴死，有人苟且偷生，有人蝇营狗苟，有人碌碌无为……是人就会有朋友，但不是每个朋友都可以称为知己。何谓知己？高山流水觅知音，管鲍之交，羊角哀舍命全交，公孙杵臼与程婴默契如手足，同样顾贞观一跪，都是知己的典范，荡气回肠。千金易得，知己难求。怪不得古人都说人生得一知己足以。

是呀，得这样一知己，足以，无憾!

辜负此时曾有约，桂花香好不同看
——遗世帝王爱

翻飞庭院叶初干，怅怏难禁独倚栏。两地西风人梦隔，一天凉雨雁声寒。
惊秋剪烛吟新句，把酒论文忆旧欢。辜负此时曾有约，桂花香好不同看。

——清·爱新觉罗·胤禛《仲秋有怀》

落叶翻飞，雁声凄寒，又到了仲秋时节，身边飘散着桂花的香气，是你淡雅的气息。

很久没有和你一同把酒言欢，天一日凉过一日，你却在遥远的他乡，只愿你一切安好。

历史上的雍正帝留给人们暴戾严苛、不近人情的形象，甚至在很多人眼里，他是个无情的君主，随着越来越多的史料被发现，他在人们心目中的形象也渐渐柔和起来。

他的很多诗作，都透露着细腻的心思和温柔的情感，他的真性情、小情趣、冷幽默都透过句句诗文表露出来，显示出他除了治国功业外的另一番才华。

这首《仲秋有怀》很多人都说是他写给怡亲王胤祥的诗作，但是我宁愿相信，他是写给一位远方的姑娘。

偶尔的一次出宫，他邂逅了一位美丽的女子，她的美貌和似水柔情，都让他深深倾倒。

碍于种种原因，他无法坦诚说出自己的身份和名字，只能暗暗付出自己的思恋。

仲秋时节本就让人伤情，想到自己无法陪伴在她的左右，曾经的欢乐场景尽显眼前。

曾经跟她约好要一起赏桂花，如今也只是徒增伤感罢了。

我一直相信，这是雍正帝带着细腻的情感，写下的一首情诗，送给那位触不到的恋人。

他忍而不发的情感，都融入这首诗当中，形象瞬间完满了起来，他不再是那个世人眼中冷酷的铁腕帝王，而是有着万般柔情，思念心上人的一个普通男子而已。

表达他这种思慕之情的诗另有一首《寒夜有怀》：

夜寒漏永千门静，破梦钟声渡花影。梦想回思忆最真，那堪梦短难常亲。

几坐谁教梦更添，起步修廊风动帘。可怜两地隔吴越，此情唯付天边月。

午夜梦回时，我想到了你，那些难忘的点滴，更让我无法入眠，夜寒露重，四周冷寂无声，我独自思念远方的你，唯望你见到天边明月，能明了我的思慕之心。

深秋寒夜，本就容易让人产生怅然若失的心绪，“破梦钟声”让人有种寂寥的感觉，漫漫长夜，只有自鸣钟的声响回荡在身边，心中的人却不在，满腔热情无法抒发，那种愁怨和思念更为动人。

你在我触不到的地方，只有梦中你才会来与我相会，我不知道你在做什么，是不是也会想起我，我甚至已经快要不记得你的模样了。

我不能来见你，我有许多的牵绊让我不能守在你的身边，可是我的心会一直陪着你，就像挂在天际的明月时常陪伴你左右。

也许是那女子自己不愿意吧，不愿从此与众多后妃分享一个丈夫；不愿被锁在深宫，苦苦等着帝王的偶尔临幸。

最是无情帝王恩，她也许深深明白这一点，再美丽的娇花一旦锁入深宫，都会迅速枯萎，所以宁愿远离深宫，她宁愿成为他心头的一点朱砂痣，让他时时挂念，让他永远记在心间。

得不到的，才会心心念念地想着，才会让他知道，这世间总有一个人，是你无法触及的，你只能在深夜独自一人想得痛入心扉。

身为一国之君的雍正帝，何种女子得不到？可是他却苦苦隐忍，忍受着思念，却始终无法将她召临自己身边。

他内敛含蓄、形不外露，任何人都无法看穿他的真正心思，他对任何事物的喜好都非常节制，也包括人。

他有很多需要操心的事，遥远的心上人不能来身旁，唯有寄情于诗句，抒发怅然若失的思念之情。

雍正帝留给我们的，不止有铁腕的政治手段，更有他一腔的细腻柔情。

九重三殿谁为友，皓月清风作契交
——厚积薄发的孤世帝王

对酒吟诗花劝饮，花前得句自推敲。九重三殿谁为友，皓月清风作契交。

——清·爱新觉罗·胤禛《花下偶成》

这是一首表达雍正帝内心失落的诗，他满怀抱负又不得不隐忍他对皇位的渴望和对权力的向往，没有人能够明说，没有人能交流，唯有寄于清风明月，一同对酌。

雍正是康熙的第四子，人称四阿哥，他之所以会被关注，最大原因是很多人都觉得他的皇帝位继承的不清不楚，关于他承袭康熙皇位的方式，历史上有很多说法，而传播最广的，莫过于他篡改了康熙的遗诏，将“传位十四阿哥”，改成“传位于四阿哥”。

在很长时间里，人们传播雍正篡位的故事，情节越来越丰富，《十三朝宫闱秘史》中说雍正稍小无赖，游荡江湖，在康熙弥留之时潜入皇宫，偷偷修改遗诏。《清史演义》则说，康熙病危时，召见隆科多要传召十四皇子，隆科多矫诏传位四皇子，等皇子们面见康熙时，康熙已经说不出话来了。

种种的推测和臆断，都将雍正帝推上了篡位者的高台，但其实从众多的真实历史细微末节来看，皇四子胤禛篡位的可能性并不大。

在康熙统治的最后二十年，由于废太子和储位悬空，产生了一波又一波的夺储斗争，从皇太子胤礽初次被废开始，一直到康熙驾崩，众皇子们对权力的抢夺从来没有停止过，当然皇四子胤禛也不例外。

早在一废太子的时候，胤禛就看的很清楚，最初似乎胤禔最为得意，接着八阿哥胤禩被推举为太子人选，这些他都明白，自己不妨独善其身，保持原有的样子，采取四方讨好的策略，周旋于这场残酷的皇族争斗。

胤禛采取的态度是面面俱到，他为废太子求情；与胤禩集团保持着若即若离的关系；在康熙面前为包括胤礽在内的诸兄弟说好话，打圆场；对康熙皇帝表现出最大程度的关心，这些都获得了康熙的好感和信任，所以康熙说他度量过人，深明大义。

二废太子后，更多的皇子参与到了皇位的竞争中，胤禛制定了详细的纲领、策略和措施，以争取各方面的好感和支持，他在康熙面前不卑不亢，既要表现出有才能，又要让康熙感到可亲；对待兄弟也亲和友善，对百官也是有意无意中拉拢，不管是汉人还是满人，都要和好相处。

他做了那么多的准备，却几次三番地说，他对皇位没有兴趣，所以不收党羽，不与舅舅家和妻族来往过密。

康熙帝曾说过胤禛喜怒不定，劝道他“戒急用忍”，胤禛以这句话自勉，并且在二废太子后，韬光养晦，将这四个字发挥到了极致。

人对胜利有多渴望，那么在忍耐时的克制就有多么顽强，胤禛正是完全做到了这一点，他采取了坐山观虎斗的策略，以退为进，时时表现出退居田园，与世无争的态度，甚至在圆明园中开辟了一块农耕之所，整日醉心田园，让康熙以为胤禛从此远离了皇权的竞争，一心只享受天伦之乐，父子间偶有矛盾也很快解除，父子感情向亲密方向发展，甚至还代康熙进行祭天大典。

这段时间他写了许多诗歌，都是描写花鸟虫鱼，田园乐趣，修生养性的生活，如《春暮登楼》：

坐惜芳华晚，登楼独举觞。眼看春色暮，行踏落花香。

藻密鱼堪隐，林深鸟易藏。凭栏无限思，新月逗清光。

傍晚的时候，举着酒杯独上小楼，眼看着渐渐进入暮春了，百花渐渐凋落。

水藻多了鱼儿能够隐藏其中，树林深茂飞鸟就容易隐藏。凭栏望去，一弯新月似钩挂在天际。

表面上看这是又一首描写景物的诗作，但其实从一点一滴来看，不难看出来他心中的真实想法，“藻密鱼堪隐，林深鸟易藏”，只要将自己的心计隐藏再隐藏，就不会有人看出来，只要隐藏得够深，就能够达到自己的目的。

事无巨细，凡是康熙交给胤禛做的事情，他必能恪守职责，办理完善。储位争夺中，不同派别的皇子泾渭分明，胤禛却成功欺骗了康熙，把自己排除在了结党营私之人外。

康熙是讲宽仁的帝王，在他后期纵容许多腐败之事的发生，按说他不会欣赏胤禛处事威严不苟言辞的风格，但是他也知道当时要料理的事情实在太多，有一个胤禛那样严肃的人来弥补一下，也未尝不好。对于父子关系，康熙说他很满意胤禛，说胤禛能体会自己的意思，有爱戴之心，又能殷勤小心，是真正孝顺的儿子，这一点符合他挑选太子的条件。

至此看来，在康熙的心目中，胤禛是个有能耐有才干的好儿子，或许是他选择胤禛成为皇位继承人的最主要原因。

康熙反对皇子结党谋位，要求皇位继承人能做到诚孝，再加上成为帝王所具备的才华和能力，这些都是他衡量一个皇子是否能成为接班人的必要条件。而胤禛正是掌握了这些，并且尽量投其所好，在康熙暮年时期得到了重视，成为皇储的候选人之一。

康熙六十一年（公元 1722 年）十一月初七，康熙病重，命胤禛到天坛祭戒，行祭天仪式。十三日康熙病危，立刻召见七位皇子和隆科多，诉说指定胤禛为继承人的遗命，同时从斋所召他回来，当晚康熙便驾崩，隆科多向胤禛宣布康熙遗命；十六日公布康熙遗诏；二十日雍正称帝。

至此，隐忍不发多年的雍正帝才算真正得到了帝王的宝座，他将自己隐藏了那么多年，将一切都潜入水下，藏入密林，为的就是登基称帝那一天。

天孙犹有约，人世那无情
——生活在帝王背后的薄命女子

万里碧空净，仙桥鹊驾成。天孙犹有约，人世那无情？
弦月穿针节，花阴滴漏声。夜凉徒倚处，河汉正盈盈。
——清·爱新觉罗·胤禛《七夕》

这是一首描写七夕时节，有情人鹊桥相会的诗，诗中用词细腻柔和，感情丰沛，是雍正帝为数不多描写细腻情感的诗，所以有人推测，这首诗应该是写给他心爱女子的。

说到雍正帝心爱的女子，便不得不提到一个颇有争议性的人物，年妃。

年妃在康熙四十七年（公元 1708 年）入雍邸。她是当时雍正府邸中最年轻的姬妾，自然得到了雍正的宠爱，并在康熙五十九年（公元 1720 年）到雍正元年（公元 1723 年），连续生下四个孩子，可见她在这几年颇为受宠。

但人们似乎对这位得宠的年妃非议颇多，很多人认为雍正之所以宠爱年妃，只不过为了依靠她的哥哥年羹尧而已。

年羹尧是汉军镶黄旗人，康熙三十九年（公元 1700 年）的进士，康熙四十八年（公元 1709 年）任四川巡抚，五十九年挂“平西将军”印，他在雍正夺嫡的策划中处于核心人物，和隆科多一起协助雍正登上帝位，可以说是雍正朝的元老级功臣。

但是年羹尧最后的结局却非常凄惨。一个受重用的朝臣，为何会招致灭顶之灾？

年羹尧掌握着非同一般的用人权，他上报的有功人员，吏部必须特殊对待，优先授职任用，在用人上，年羹尧滥用职权，肆意妄为。年羹尧妄自尊大，不守臣道，贪赃枉法。他仗着受宠，目空一切，对任何事都满不在乎，他贪污过甚，结党营私，对雍正帝也是傲慢无礼，雍正帝实在看不过去了，在雍正三年（公元 1725 年）四月，免了他的大将军总督之职，调任杭州将军，到了十月，便将他抓捕来京。

在前期，雍正对年羹尧确实倚重，所以不排除他为了做给年羹尧看而特意专宠年妃，但是若年妃真是如世人说的那样，按照雍正帝的脾性来看，他不可能容忍一个善妒争宠的女人与他生活那么久，甚至生了四个孩子，在雍正元年便进了贵妃，若年妃脾气差，应该不会这么得宠。

在我看来，雍正帝对年妃确实是真心喜欢的，她在雍正元年便封贵妃，地位仅次于孝敬宪皇后乌拉那拉氏。而和她在藩邸并肩的另一位侧福晋李氏，入府比她早，年龄也比她大，却只封了齐妃。

年妃的身体不太好，连雍正都说她"体素羸弱"，她在怀皇九子福沛时，正好是康熙的大丧。这时候举哀磕头行礼之事，数不胜数，年妃便就此动了胎气，导致难产，福沛生下就死了，她自己的身体也是一落千丈。

甚至于他的哥哥也受到她的庇佑，多活了一个月，雍正三年十一月年妃弥留，雍正帝下旨：晋封贵妃年氏为皇贵妃，但是年妃没等到加封之礼就死了。谥号为敦肃皇贵妃。

年妃死后，雍正立刻对年羹尧下手，十二月，朝廷议政大臣在雍正帝的授意下，向雍正提交审判结果，给年羹尧开列 92 款大罪，请求立正典刑。雍正开恩，赐年羹尧狱中自尽，年羹尧死时，距离自己的妹妹之死只隔了一个月。

或许帝王的宠爱从来都不会长久，因为夹杂了太多政治因素在其中，鲜少有帝王会真心实意摒弃一切，全心全意地喜欢一个女子。

其实说到底，深宫中的女子无论有多受宠爱，都是靠依附帝王而活着。她们因为种种原因而受宠，又因为种种原因而失宠，这一切都取决于帝王的喜好，就像只在黑夜出现的月亮，靠着太阳的光和热，却永远只能出现在阳光的背面，生活在阴影之下。

偷得梨蕊三分白，借得梅花一缕魂
——洗尽铅华，写尽神韵

半卷湘帘半掩门，碾冰为土玉为盆。偷来梨蕊三分白，借得梅花一缕魂。
月窟仙人缝缟袂，秋闺怨女拭啼痕。娇羞默默同谁诉，倦倚西风夜已昏。
——清·曹雪芹《咏白海棠》

忘记了是从什么时候开始喜欢上《红楼梦》的，只记得那时候还很小，所关注的根本不是小说的背景以及有什么现实意义，尚在爱幻想年代的我，眼中只有贾宝玉和林黛玉的爱情。当时曾想，为什么作者那么残忍，不让宝哥哥和林妹妹在一起，而是非把宝姐姐配给他？

林黛玉和薛宝钗是最常被拿出来评论的两个人物，有人喜欢薛宝钗，觉得她聪明识大体，而林黛玉太纤细敏感，动不动蹙起眉头愁啊愁的。喜欢林黛玉的人则觉得薛宝钗心思太过深沉，做人太过圆滑。不得不说，薛宝钗确实比林黛玉更能胜任“宝二奶奶”这一职位，若让她来掌管荣国府，绝对不会比王熙凤差。相反，林黛玉只适合和贾宝玉共读西厢，共话诗书，做一对无忧无虑的小情人，以林妹妹的性子，是万万扛不起管理荣国府的重任的。林黛玉和薛宝钗的性格，从她们的为人处世中能看出来，从她们所作的诗中也能看出来。

喜欢看《红楼梦》的人，自然会对填诗作词的场景感兴趣。无论是元春省亲时众人一齐写诗，还是海棠诗社成立时大家纷纷咏白海棠，相比贾府没落后的萧条凄冷，热闹的场面总是让人留恋。

林黛玉的诗永远和她的人一样，带着一丝清高，一丝忧愁，而她笔下的白海棠正是她本人的化身。林黛玉生于书香门第，父亲林如海进士出身，任苏州巡盐御史，母亲贾敏更不用说了，堂堂贾家的女儿，岂会是毫无学识之人？林黛玉青出于蓝而胜于蓝，天生一颗七窍玲珑心，才华横溢，聪慧高洁。她咏白海棠，首先描写了白海棠的生存环境：半卷湘帘半掩门，碾冰为土玉为盆。“湘帘”是用湘妃竹做的帘子，穷苦人家是不会有心思置办这样的装饰的，只有富贵人家才会有此雅致的闲心。林黛玉的家境虽不贫穷，但也算不得富贵，富贵的是贾府，不是她自己的家，所以诗中所写的是“半卷湘帘半掩门”，一个“半”字，道出了她的尴尬处境：她只是寄宿在贾府之中，不是真正的贾府小姐。

普通的花草生长在泥土和瓦盆里，白海棠却以冰为土，以玉为盆，远不是野花所能比的。这让我想到了明代诗人张潮对美人的定义：“所谓美人者，以花为貌，以鸟为声，以月为神，以柳为态，以玉为骨，以冰雪为肤，以秋水为姿，以诗词为心，吾无间然矣。”白海棠以冰为土，以玉为盆，这样的条件下所栽培出来的花朵，岂能不美？不仅美，她还集高洁、雅致、贵气等为一体，俨然就是花中的林黛玉。

全诗中最具灵气的，当属“偷得梨蕊三分白，借得梅花一缕魂”，林黛玉没有把花当成植物来写，在她眼中，花就是她自己。和梨花有关的诗词中，我最喜欢岑参的“忽如一夜春风来，千树万树梨花开”，其实这句诗咏的是雪，并非梨花，岑参把雪花满树的景象形容为“千树万树梨花开”，在岑参眼中，梨花洁白就像白雪一样。所以林黛玉说以“偷得梨蕊三分白”来形容白海棠，既写出了她的颜色洁白，同时又给予了她灵气，而这一灵气在后半句中更为明显。卢梅坡有诗云，“梅须逊雪三分白，雪却输梅一段香”，对卢梅坡而言，雪和梅各有优势。

雪花比梅花洁白，梅花比雪花多一段香味，之所以有香味，是因为雪花无根，没有灵魂，梅花有生命，她是有灵魂的。除此之外，凌寒傲雪的精神一直为人赞颂，这也是她灵魂所在之一。白海棠从梨花那里得到了洁白的颜色，又从梅花这儿借来了灵魂，同时拥有了梨花和梅花最美的精华，傲视群芳。

白海棠冰清玉洁，美丽高贵，也正因为她比其他的花儿优秀，她成了独立于花丛之外的那一株。这跟林黛玉的形象也吻合，她不像薛宝钗那么圆滑，能讨所有长辈的欢心。清高的林黛玉也不喜欢往人堆里凑，去逢迎讨好，所以她一直觉得自己是孤独的，这一份孤独，她也写在了诗中，借白海棠的愁来诉说她心中的愁。

“月窟仙人缝缟袂”中的月窟指的就是月宫，自然，这位仙人就是广寒宫的仙子嫦娥了。和丈夫后羿分开后，嫦娥一直孤零零生活在月宫里，虽有玉兔陪伴，但玉兔终归不是人，不能和她分享喜悦与孤独，再者，她所需要的不仅是一个人，而是一个能给她关爱给她温暖的人，可惜她和后羿天人永隔，她的孤独和寂寞会永远持续下去。嫦娥一直都是寂寞的代名词，闺中寂寞害相思的女子，都喜欢自比月宫嫦娥。林黛玉咏白海棠时提到嫦娥，她想表达的是白海棠的孤独，也是她自己的孤独。除了嫦娥之外，林黛玉还塑造了另一个形象——秋闺怨女。怨女为何要怨？自古以来，诗词中和“怨”字沾边的女子，皆因寂寞。嫦娥代表的是白海棠的愁，秋闺怨女代表的自然是白海棠的怨了，她是孤独的，虽然阳光下的她开得很美丽很灿烂，但是没人看得到她内心的孤独。因为孤独，所以愁，因为寂寞，所以怨。

白海棠既然是林黛玉的化身，纵使孤独寂寞，也绝不会影响她本身的完美。要不然也不会有这么多人挚爱林黛玉这一形象了。她是孤独的，同时也是清高的，她是花一样美好的女子，她爱花，葬花，甚至为花而流泪，就如《葬花吟》：

花谢花飞飞满天，红消香断有谁怜？游丝软系飘春榭，落絮轻沾扑绣帘。
闺中女儿惜春暮，愁绪满怀无处诉；手把花锄出绣帘，忍踏落花来复去。
柳丝榆荚自芳菲，不管桃飘与李飞；桃李明年能再发，明年闺中知有谁？

黛玉可怜花儿落了一地，心中不忍，要亲手把她们埋葬。而她对花所流露出的情感，其实也是对自身命运的感慨。

再来看薛宝钗的《咏白海棠》，和林黛玉笔下的花是全然不同的两个形象：

珍重芳姿昼掩门，自携手瓮灌苔盆。胭脂洗出秋阶影，冰雪招来露砌魂。
淡极始知花更艳，愁多焉得玉无痕？欲偿白帝宜清洁，不语婷婷日又昏。

和林黛玉一样，薛宝钗所写的白海棠，也能反映她的性格。林黛玉写的是“半掩门”，薛宝钗写的却是“昼掩门”，她虽然也寄宿在贾府，但是薛家乃是红楼四大家族之一，家中富贵非常，薛姨妈和王夫人又是亲姐妹，薛宝钗不会有林黛玉那种寄人篱下的尴尬。

写完了诗，肯定是要赏诗评诗的，《红楼梦》中，诗社众成员看了林黛玉的诗之后，都觉得她写得最好，唯独李纨说：“若论风流别致，自是这首；若论含蓄浑厚，终让蘅稿。”且不论李纨评价得对不对，她对薛宝钗和林黛玉二人所写的诗的定义却没说错，林黛玉的风流别致，薛宝钗的则含蓄浑厚。说的是诗，其实又何尝没有她们二人的影子呢？

盛世无饥馁，何须耕织忙

——千红一哭，万艳同悲

杏帘招客饮，在望有山庄。菱荇鹅儿水，桑榆燕子梁。
一畦春韭绿，十里稻花香。盛世无饥馁，何须耕织忙。

——清·曹雪芹《红楼梦》

“落红不是无情物，化作春泥更护花。”

落红，本指脱离花枝的花，但是，并不是没有感情的东西，即使化做春泥，也甘愿培育美丽的春花成长。不为独香，而为护花。

每次看到这句，就会想起《红楼梦》中“两弯似蹙非蹙笼烟眉，一双似喜非喜含情目。态生两靥之愁，娇袭一身之病。泪光点点，娇喘微微。闲静似娇花照水，行动如弱柳扶风。心较比干多一窍，病如西子胜三分”的林黛玉。

记得在第十八回《皇恩重元妃省父母，天伦乐宝玉呈才藻》中，元春省亲时令大家作诗。宝玉是她的亲弟，自然特别喜欢，心内也是有点算计的，想宝玉在众人面前展示才华，大放异彩。所以别人只写四句，轮到宝玉偏偏要写四首，弄的宝玉苦不堪言，那一副扎耳挠腮的样子，简直好玩儿极了。

黛玉本就诗词俱佳，又心性极高，本想在这会儿大显手脚，却因为只能作一首，而不得不作罢。宝玉和黛玉自幼长在一起，青梅竹马，默契十足，两人又暗生情愫，早已是你中有我，我中有你。看见宝玉的窘态，不禁就起了为其分担的念头。

这首便是林黛玉为宝玉作弊而写的。诗歌描画了一幅极为美丽的丰收祥和画卷。鹅儿在长满菱荇的池中嬉戏游水，燕子从桑榆林中衔泥飞出，筑巢于屋梁之间。新绿的韭菜，金色的稻谷，迎风浮动。好一派理想中的太平田庄，盛世之歌。

尾联“盛世无饥馁，何须耕织忙”更彰显了黛玉的聪慧。元春省亲，其实颇有代表天子而来的意思，写出的诗歌带着歌功颂德的意味，歌颂太平盛世，会让元春觉得宝玉长大了，懂得人情世故，事态分寸，自然是极为高兴和满意。

这首诗也是元春对宝玉写来的几首诗中评价最高的。可见，在短短的四句诗内，林黛玉的聪慧和机敏。她本可以直接大放异彩的，却选择了让自己心爱之人代替自己取得头筹。她默默地站在宝玉的身后，关注着他的点点滴滴，适时解脱他的困境，她就好似那落红一般，飘落成泥，化为春泥，护着花。

同时林黛玉又是个爱花惜花护花之人。她觉得花落以后埋在土里最干净，说明她对美有独特的见解。《红楼梦》第二十三回《西厢记妙词通戏语，牡丹亭艳曲警芳心》中写道：

宝玉一回头，却是林黛玉来了，肩上担着花锄，锄上挂着花囊，手内拿着花帚。宝玉笑道："好，好，来把这个花扫起来，撂在那水里. 我才撂了好些在那里呢。"林黛玉道："撂在水里不好. 你看这里的水干净，只一流出去，有人家的地方脏的臭的混倒，仍旧把花遭塌了。那畸角上我有一个花冢，如今把他扫了，装在这绢袋里，拿土埋上，日久不过随土化了，岂不干净。"

肩上担着花锄，锄上挂着花囊，手内拿着花帚。这个形象如今成了黛玉最为经典的一个样子，葬花的林黛玉有一种清远浅淡的悲剧之美。她不忍枝头美好的花朵，在飘落后成为人人脚下践踏的腌臜之物，由此看得出她清冷孤傲却又自怜自哀的复杂性子。在她的眼中，美丽无瑕的物什到最后一刻都该依旧无瑕。

也许是因为书中林黛玉是一株仙草的化身，她生来就对这些花花草草充满常人不能理解的感情。在她看来，这些无情无欲的草木倒是最真的存在，高洁、不随波追流，却有着不能对外人道的无可奈何。好似花朵再美，都逃不过芳华刹那后的飘零命运。同时也暗自把这些花花草草比作了自己，"尔今死去侬收葬，未卜侬身何日丧？侬今葬花人笑痴，他年葬侬知是谁？"要怎样的凄凉悲苦能问出这样催人落泪的话语来！

她要的也不过是愿得一人心，白首不相离罢了，不过是一生一代一双人，却总是欲求而不得。她太忠于自己的心，自己的情，这样一个七窍玲珑的人，怎会没看见自己的结局呢？

真是应的那句：他是甘露之惠，我并无水还他，但把我一生所有的眼泪还给他。那甘露一般的晶莹泪珠便是黛玉所有的精灵之气。至少，她还做到了质本洁来还洁去，这一生心愿已了，纯洁地来，干净地去，最完美不过。

句句愁人，句句愁人处

——雨打梨花深闭门

曲栏干，深院宇，依旧春来，依旧春又去；一片残红无著处，绿遍天涯，绿遍天涯树。

柳絮飞，萍叶聚，梅子黄时，梅子黄时雨；小令翻香词太絮，句句愁人，句句愁人处。

——清·吴藻《苏幕遮》

当华夏历史进行到清朝的时候，才女们的身影似乎不像以前那样频频出现在文字中了。也难怪，明清两朝对女子的约束比较深，在“女子无才便是德”这一传统思想的影响下，莫说女子不怎么被允许舞文弄墨，就算女儿家真的很有才华，家中父母也未必会觉得很光荣。

其实明清时代也出过不少有才华的女子，明朝才女，除去秦淮八艳中的几位不算，还有杨慎的妻子黄娥，著名文学家沈璟的侄女沈宜修，沈宜修的表妹张倩倩、女儿叶小鸾，等等。清朝的才女，最著名的就是纳兰容若的红颜知己沈宛，此外，嫁给皇亲贵族的女性小说家顾太清，自幼聪慧却命运凄惨嫁于俗人的贺双卿，生在富贵之家一生无忧却找不到知音之人的吴藻，等等，都是历史上十分出色的女子。

吴藻生在才子才女辈出的江南，是杭州仁和人。吴藻的父亲是一位丝绸商人，家里的生意做得非常大。有这样的家世，而她又是家中的独女，父母自然把她宠到天上去，恨不得把星星月亮都摘下来给她。吴家大概一直以经商为业，祖祖辈辈没有出过什么文化人，吴藻是唯一一个，而且是个女子。

吴家与清代著名文学家厉鹗家是邻居，大概是受厉家书香气的影响，常年耳濡目染，吴藻的父亲并没有像其他老顽固的家长一样，认为女孩子家读书读太多了不好，反而觉得以女儿的聪明才智很适合读书写字。而且吴藻自己对诗文感兴趣，视女儿为掌上明珠的吴父当然不会拂她的意。吴藻很小的时候，吴父就请了先生来家里教她读书写字，写诗填词。

吴藻本身就很聪明，是块读书的料，多年的文化熏陶使得她在及笄之年就能写出比一般人好得多的作品。这阕《如梦令》就是她最早期的作品之一：

燕子未随春去，飞入绣帘深处，软语多时，莫是要和侬住？延伫，延伫，含笑回他：不许！

或许有些人觉得这阕词没有什么特别之处，要知道，当时的吴藻还只是个十几岁的小丫头，估计也就上中学的年纪。少女时代的吴藻写的词也是十分轻快明丽的，风格跟李清照的“倚门回首，却把青梅嗅”差不多。

但是那时候的女孩子太有才华了确实不是特别好的事，因为很难找到知音。像吴藻这种什么都不缺的大家闺秀，她不需要为生计发愁，也不急着嫁人，每天打发时间能做的只有读书、写诗、填词。然而同时代的女孩子，穷人家的要帮家里干活儿带孩子，富人家的大多绣绣花扑扑蝴蝶，家中父母长辈也都不懂这个，没有人可以跟吴藻交流写诗心得，她总不致去跟一群大老爷们混吧。《苏幕遮》就是吴藻在这种心情下写的，充分体现了她的寂寞和无奈。

庭院深深，她独自倚着栏杆发愁，找不到可以说知心话的人，只能孤零零地看着春去春来，光阴流逝。她觉得自己就像凋落一地的花瓣，又像随风飘荡的柳絮，随水飘动的浮萍，不知道自己的归宿是哪里，偶尔翻开书页，总觉得一句句的诗词都是那样愁人。究竟是诗词愁人，还是根本就是她自己的心在愁？是她的心在愁吧。

我喜欢吴藻这阕《苏幕遮》，不是因为词的意境，写惆怅写烦忧的诗词太多了，吴藻这首算不得其中最好的，我只是爱她的心思细腻，像这样看似重复却又不一样的句式，很少有人能写得这么有感觉。尤其是最后一句，“句句愁人，句句愁人处”，看得我都跟着惆怅起来了。

转眼，吴藻大小姐已经到了适婚年龄。她有一个富甲一方的老爹，自己又是远近闻名的才女，而且长得也很漂亮，这么多条件加起来，只要她爹表个态，意思一下女儿该嫁人了，来提亲的媒婆都能把吴家的门槛踩烂了。可是吴藻的眼光太高，她可不想像朱淑真一样嫁个没见识的老公，她理想中的伴侣要和她一样通晓诗文，夫妻二人没事可以读读诗写写词，你评论一下我写的，我圈点一下你写的，多有意思。江南才子多，偌大的杭州城当然不可能找不到这样的男子。但是，旧时嫁娶讲究门当户对，吴家在当时是杭州城首屈一指的富商，光肚子里有点墨水家里穷得没米下锅的家庭，吴藻的父母肯定不乐意。要找一个既符合吴家选女婿条件，又要满足吴藻选夫婿条件的男子，实在太难了。有钱人家的公子哥，会吃喝嫖赌的比较多，会写诗填词的太少太少了。就这样，吴藻毙掉了一个又一个的提亲对象。吴老爷子对吴藻这个女儿的疼爱在这里也看得出来，一般人家挑女婿，哪里容得女儿插嘴，父母之命媒妁之言说了算。

吴藻的婚事一拖再拖，一直拖到她二十二岁，还没有定下满意的人选。这可把吴家人急坏了，吴家好歹也是杭州城有头有脸的人家，吴藻条件又不差，再这样下去就成了笑话了。其实，二十二岁在那时候已经算是老姑娘了，同龄女子家里的小孩都能上街打酱油了。由不得吴藻答不答应，吴老爷最后选中了同做丝绸生意的黄家的公子。

客观评价，这位黄公子算得上是一位好丈夫了，虽然不懂诗书。这也怪不得他，他出生在商贾世家，估计从小就被家里教着打算盘看账本，毕竟黄家的生意以后是要交到他手上的。成亲之后，吴藻意外发现丈夫为她准备了一间宽敞的书房，各类书籍和文房四宝一应俱全，当下十分高兴，以为丈夫跟自己一样，虽生在商人家庭却是个通文墨的人。黄公子为了讨妻子开心，有时候也会夸她几句。一旦吴藻写了诗词给他看，他都会夸奖，但让他进一步点评，他就语塞了。这下吴藻才知道，原来丈夫并非她所想的那样。她越想越觉得自己可怜，每每独自一个人就伤心地流泪，还写过一些婚后寂寞的诗词，比如这首《祝英台近》：

曲栏低，深院锁，人晚倦梳裹；恨海茫茫，已觉此身堕。那堪多事青灯，黄昏才到，又添上影儿一个。

最无那，纵然着意怜卿，卿不解怜我，怎又书窗依依伴行坐？算来驱去应难，避时尚易，索掩却，绣帷推卧。

个人觉得，吴藻的愁大部分还是她自己找的。商贾之家的公子小姐，哪能各个像她一样对诗书如此感兴趣。黄公子生在商人家庭，以后要继承家中生意，他不需要考取功名，自然也不会废那么多心思去读书写诗词。况且黄公子能处处为妻子着想，肯讨好她，已经算是很不错了。要是让吴藻去看看同时代的才女贺双卿过的是什么日子，估计她就不会整日愁眉苦脸了。

丈夫不懂风雅，深闺寂寞的吴藻就把目光放到了外面，她做出了一个在当时算得上是惊世骇俗的举动，那就是女扮男装去参加她所结识的那些文人的聚会。在那群文人中，绝大部分是真正的文人雅士，吴藻很快就融入其中，跟他们相处得非常愉快。有了一次就有第二次，久而久之，吴藻天天扮作男子往外面跑。她对这样的生活状态十分满意，甚至已经习惯了。

我们在电视里看到很多公主、郡主、大小姐女扮男装带着丫鬟出去玩儿，那都是演戏给人看的，旧时规矩这么严，谁敢扮成男子招摇过市啊。还是那句话，吴藻被宠坏了，从小父母什么都依着她，也就没有她不敢干的事。也许有人会觉得奇怪，黄公子怎么不管管他媳妇，管的前提是他敢管。黄公子不是看不出来，眼高于顶的妻子根本看不上他，要不是因为家里的压力，吴藻根本不会嫁给他。

连丈夫都不敢吭声，其他人就更不用说了，吴藻就这样在文人圈子里玩得风生水起，乐趣无边，恨不得自己就是男儿身。她还写了这样一首《金缕曲》来抒发自己不能成为男儿的愁：

生本青莲界，自翻来几重愁案，替谁交代？愿掬银河三千丈，一洗女儿故态。收拾起断脂零黛，莫学兰台愁秋语，但大言打破乾坤隘；拔长剑，倚天外。人间不少莺花海，尽饶他旗亭画壁，双鬟低拜。酒散歌阑仍撒手，万事总归无奈！问昔日劫灰安在？识得无无真道理，便神仙也被虚空碍；尘世事，复何怪！

除了频频参加文人的聚会，吴藻还女扮男装去逛过几次妓院。有眼拙的青楼女子将她误认为美少年，吴藻就将错就错，与她调起情来，还写了一首词送给她。虽不能成为男人，但吴藻却过了一把男人的瘾。也正是因为如此，有好事者还怀疑吴藻的性取向。其实吴大小姐多半是在家里憋坏了，想找点新鲜刺激的乐子。

接下来的日子，吴藻大概也是这样过下来的，那个家带给她的是死气沉沉的空虚，唯有如此惊世骇俗她才能找到真正的自我。

成亲十年之后，吴藻的丈夫生了场重病，不久之后就去世了。十年间夫妻俩没有生下一儿半女，感情也不是很深，所以丈夫的死并没有给吴藻带来太大的悲伤。但是时间一长，吴藻渐渐体会到了丈夫的重要性。或许在不知不觉中，她已经习惯了丈夫的存在。他包容她，谅解她，允许她在外面胡闹，她却从来没有站在他的立场为他想过。她开始慢慢想念他，甚至开始后悔自己以前的行为，为什么她不多陪陪他呢？她留下来的诗词中，有这么一首《南乡子》是为丈夫写的：

门外水粼粼，春色三分已二分；旧雨不来同听雨，黄昏，剪烛西窗少个人。小病自温存，薄暮飞来一朵云；若问湖山消领未，琴样樽，不上兰舟只待君。

失去了才会懂得珍惜，然而等你想去珍惜的时候，为时已晚。要是给她一次机会，让一切从头开始，她必定会多体谅丈夫，就像丈夫包容她一样，在他算账的时候帮他端个水，扇扇风，哪怕陪他说几句也行啊。这是十年的光阴教会吴藻最深刻的道理。

失去丈夫后的吴藻改掉了以往的随性，她不再参加任何聚会，在南湖边的一处小房子里过着自己的清静日子。她将自己以前的作品全都收集起来，编撰了两本诗集，分别是《花帘词》和《香雪北词》。

晚年的吴藻生活十分简单，一代才女，胸中笔墨无数，却像是作茧自缚的飞蛾，自己将自己给困了起来。

谁望欢欢喜喜，偷素粉，写写描描
——玉树琼枝作烟萝

寸寸微云，丝丝残照，有无明灭难消。正断魂魂断，闪闪摇摇。望望山山水水，人去去，隐隐迢迢。从今后，酸酸楚楚，只似今宵。

青遥，问天不应，看小小双卿，袅袅无聊。更见谁谁见，谁痛花娇？谁望欢欢喜喜，偷素粉，写写描描？谁还管，生生死死，暮暮朝朝？

——清·贺双卿《凤凰台上忆吹箫·赠邻女韩西》

李煜《破阵子》中有一句词，“凤阁龙楼连霄汉，玉树琼枝作烟萝”，如今我想用“玉树琼枝作烟萝”来形容贺双卿。她就是这样一位女子，美好得如同烟雾中的琼枝玉树，只可惜她的家人没有吴藻父亲那样的眼光，根本没有在意她的一身才气，竟为了三石谷子的聘礼将她嫁给了一个俗不可耐的粗暴农民，这不啻将她推入万劫不复的深渊。

贺双卿被比作清朝的李清照，被后人称为清朝第一女词人，然而令人瞠目结舌的是，这样一位才华横溢的女子居然没上过一天学！据说贺双卿的舅舅是当地私塾的杂役，借着这一层关系，小双卿经常去私塾学馆的窗外听先生讲课，她天赋异禀，自幼聪明伶俐，一点就透，听了多年的课之后，居然能够自己写诗作词。倘若生在富贵人家，贺双卿估计跟吴藻一样，成为方圆百里有名的才女，来提亲的人足以把他们家的门槛踩烂。奈何生在乡野农家，周遭的村民只会挖地种菜，大字都不识一个，更别说懂得欣赏贺双卿的才华了。贺双卿就像一株长在草丛中的鲜花，美丽异常，芳香四溢，野草却不懂得欣赏，还认为她跟自己一样也是普通的杂草。

咏絮才女谢道韫认为丈夫王凝之太平庸，朱淑真嫌丈夫粗俗想要离婚，吴藻觉得丈夫不够风雅只会打算盘，要是让这几位姑娘来看看贺双卿的丈夫，她们就不会这样抱怨了。同为才女，贺双卿的命运比她们不知道惨多少倍，家境贫寒也就罢了，还嫁了那样一个粗俗不堪的丈夫。

贺双卿的丈夫名叫周大旺，名字跟他的人一样俗，他比贺双卿整整大了十几岁，是个除了砍柴种地赌博打老婆之外什么都不懂的庄稼汉。像贺双卿这样的女子，再没文化的人见了也懂得怜惜，可偏偏周大旺不会，他稍不顺心就会对贺双卿又打又骂。要是碰上他赌输了钱或者喝醉酒，贺双卿的日子就更不好过了，可怜贺双卿，一朵鲜花插在了牛粪上。

周大旺的父亲一早就死了，他是被母亲一手带大的。看周大旺的人品就知道周母是个什么样的人了，动不动就打骂贺双卿。贺双卿累死累活做完一天农活，非但得不到任何安慰，还得忍受这母子俩的侮辱，身体和心灵上的双重折磨使得身体本来就不怎么好的贺双卿一天比一天消瘦。而这满腔的愁苦，她找不到人倾诉，只能以诗词的形式写下来，聊以自慰，有一首《浣溪沙》：

暖雨无晴漏几丝，牧童斜插嫩花枝。小田新麦上场时。

汲水种瓜怒嫌早，忍烟炊黍又嗔迟。日长酸透软腰肢。

从中就能看出贺双卿平时的生活有多苦了，下阕的“汲水种瓜怒嫌早，忍烟炊黍又嗔迟，日长酸透软腰肢”写的很直白，明眼人都看得出来贺双卿怨恨的是什么，幸好那对粗俗的母子看不懂，不然被他们发现了，少不了又是一顿暴打。

虽然看不懂，但是周母和周大旺都很厌烦贺双卿写字，又是折她的笔又是烧她的诗词，打骂更是少不了的。即便如此，贺双卿也从没放弃过写词，那是她可以抒发心中愁苦的唯一方式，也是她此生最大的爱好，要是连这一点权利都给剥夺了，那她就真的生不如死了。因为家里穷，买不起纸笔，她也不敢用家里的钱去买这些东西，于是就以碳代笔，写在树叶上。她天生就是该当诗人的，在这样恶劣的环境下尚且能创作出如此清丽的词。

如果说贺双卿的一生都活在黑暗当中，那么邻家女子韩西则是照亮她生活的唯一一盏明灯。韩西是周家的邻居，和贺双卿很投缘，身为农家女子的韩西不认识字，但是她和周家母子不一样，认为会写字作诗是件很了不起的事，所以对贺双卿多多少少有点崇敬。《凤凰台上忆吹箫》是贺双卿写给韩西的词，也是她所有诗词中我最喜欢的一首，颇有李清照的风格。

词的上阕，“寸寸微云，丝丝残照，有无明灭难消”虽是写景，却透出一丝淡淡的哀愁，她为什么哀愁呢？因为韩西要嫁人了，眼看好友就要离开自己，生活中唯一的一盏灯要灭了，以后她的生命就真的是一片黑暗。“望望山山水水，人去去，隐隐迢迢”写的正是韩西的离去，此一别，山长水阔，再见不知是何年。她心中酸楚难耐，又不知向谁人诉说。

所以贺双卿下阕才会写“问天不应”，生在这样的乡野，嫁给这样是粗暴之人，实非她所愿，她心里无限愁苦，向天诉说天却不能给她回应。而唯一可以倾诉的对象韩西也要嫁人了，从今以后没人会在乎她关心她，也没有人陪她一起说说笑笑，她只能背着丈夫和婆婆，偷偷将心事写在树叶上。生活已经痛苦到这种地步，谁还有心思去管以后的生死呢？

贺双卿的词就跟她的人一样清新自然，没有绮丽的语言，没有华丽的辞藻，她也不想用太美的话语写出什么旷世之作，写诗词不过是她宣泄心中愁苦，聊以慰藉的一种方式。换句话说，贺双卿写东西不会像其他人那样去炼字，去琢磨这样写好不好美不美，每一句诗词都是发自她内心的，想到什么就写什么，反正写了只是给自己看，没准下一刻就会被恶婆婆烧掉。

这一阕《凤凰台上忆吹箫》十分凄美，贺双卿巧妙地用了一连串的叠字，使得整首词感染力非常强，读完也会有一种意犹未尽的感觉，甚至不知不觉被她的情绪所影响，心里跟着发起愁来。清代学者陈廷焯在《白雨斋词话》这样评价贺双卿这阕词："其情哀，其词苦。用双字至二十余叠，亦可谓广大神通矣。易安见之，亦当避席。"陈廷焯对贺双卿的评价是相当高的，尤其是"易安见之，亦当避席"这句话。韩西的离去令贺双卿写出如此哀怨凄美的词，可见韩西在她心中的意义，对她来说，韩西不仅仅是一个好朋友，更是照亮她生活的明灯。

贺双卿的事迹之所以能够被后人知道，皆因清朝学者史震林的写实笔记《西青散记》，书中详细介绍了贺双卿的苦难生活以及诗词创作，对她的好友韩西也略有描述："邻女韩西，新嫁而归，性颇慧，见双卿独舂汲，恒助之。疟时，坐于床为双卿泣。不识字，然爱双卿书。乞双卿写心经，且教之诵。是时将返其夫家，父母得饯之。召双卿，疟弗能往，韩西亦诸食。乃分其所食自裹之遗双卿。双卿泣为此词，以淡墨细书芦叶。"

这段文字写的是韩西嫁人后回娘家所发生的一件事。当时贺双卿天天被周家母子折磨，得了很严重的疟疾，行动不方便。韩西回娘家住了几天后要走了，父母为她饯行，请了贺双卿去参加，贺双卿因病不能前往，韩西便亲自去看她，还给她送去了食物。贺双卿十分感动，流着泪又写了一首赠韩西的词，《摸鱼儿·谢邻女韩西馈食》：

喜初晴，晚霞西现，寒山烟外青浅。苔纹干处容香履，尖印紫泥犹软。人语乱，忙去倚柴扉，空负深深愿。相思一线，向新月搓圆；穿愁贯恨，珠泪总成串。

黄昏后，残热谁怜细喘。小窗风，射如箭。春红秋白无情艳，一朵似侬难选。重见远，听说道，伤心已受殷勤饯。斜阳刺眼，休更望天涯，天涯只是几片冷云展。

除了对韩西只言片语的介绍，史震林在《西青散记》中也叙述了自己和贺双卿相识的过程。那一年，举人史震林和段玉函等几个文人来到贺双卿所在的小山村，正好碰见贺双卿出门倒垃圾，他们觉得好奇，没想到乡野山村中居然有这样美貌的女子。再一看贺双卿所倒的垃圾中有很多写有诗词的树叶，叶子上的诗词无不清丽优美，令他们大为震惊，于是便向人打听贺双卿。在听说了贺双卿的悲惨命运后，这几个文人对她甚是同情，都想帮助她。

可是贺双卿是在封建传统思想下长大的女子，她不敢和史震林等人来往，多说句话都怕被丈夫发现。当时史震林等人想帮贺双卿摆脱痛苦的生活，只怪贺双卿胆子太小，把送上门的机会往外推。她对史震林说："田舍郎虽俗，乃能宛转相怜，何忍厌之，此生不愿识书生面矣。"意思是说，丈夫虽然粗俗，她还是要跟着他的，不忍心弃他而去，这一辈子不愿意和史震林他们再有来往了。倘若她跟着史震林等人离开，以后的命运肯定大不一样了，不管怎么样肯定比她原先的生活要好。也不能怪贺双卿传统，换做同时代的其他女子，十个有九个会拒绝，更何况贺双卿家中还有那么凶恶的丈夫和婆婆，她早就被他们打骂怕了，哪里有胆子接受史震林的好意。

史震林一行人离开后，贺双卿继续过着她的凄惨日子。丈夫和婆婆的打骂加上日益严重的疟疾，贺双卿二十岁就去世了。若非史震林的《西青散记》，她的事迹永远不可能被人知道，更别说留下作品了。死对于贺双卿来说，大概是唯一的解脱。

玉树琼枝作烟萝，只怨天命不由人。

落红不是无情物，化作春泥更护花
——轮回是一道劫

浩荡离愁白日斜，吟鞭东指即天涯。落红不是无情物，化作春泥更护花。

——清·龚自珍《己亥杂诗》

说起龚自珍，也许不少人会记得曾经编入中小学教材的一首诗："九州生气恃风雷，万马齐喑究可哀。我劝天公重抖擞，不拘一格降人才。"这也是《已亥杂诗》中的一首。很少有人能想到，那样刚烈意气的少年，会写出这样一首略带缱绻的诗词。他的诗里有着强烈的生气，那是渐渐衰退的晚清所不曾拥有的。

晚清，是一个许多人不愿去回想的时代。19 世纪初的中国，危机四伏，内有农民起义，此起彼伏，外有列强环视，虎视眈眈，几千年的封建大帝国，就像根基动摇的老屋，处在风雨飘摇中。可是屋子里的人却自认为安稳得很，朝廷依旧花天酒地，歌舞升平，官僚们只求能日日升迁，唯有极少数头脑清醒，目光远大的人，才能感到盛世已经转为衰世了。

龚自珍便是这极少数人中的一个，他的政治理想和主张，对后来的改良主义思想的形成起了先驱作用。

龚自珍出生于浙江杭州一个世代儒学的官僚家庭，祖父和父亲曾在北京做官，因为一时东南名士汇集门下，龚自珍身为贵公子而才华出众，常与宾客游宴赋诗，俨然以"陈思王"自命，早年的诗词著作闻名江南。

少年时的他爱好经世之学，以后成了一位极有抱负的爱国者，如在嘉庆二十五年（1820 年），为抵制列强对西北的入侵，他上奏建议朝廷在西北设置行省管理，当时他的建议朝廷不予采用，一直到数十年后才得以实施，他的境遇，就好似南宋时的陆游。

少年时，龚自珍仕途坎坷，十九岁起考功名，四次乡试才得到举人的资格，接着便是连续五次会试落第，直到三十八岁才勉强考上三甲进士，他三十八岁中进士后殿试时，当着道光皇帝的面，在《对策》答卷中以王安石变法思想讨论天下事，他很自负，结果他的“直陈无隐”使得阅卷的诸公皆大惊，以当时朝廷的智商，又怎么会看中一个胸怀变革的异类分子？但是又不得不承认他超众的才华，所以借口他的字写得不够好，压低了他的录取名次。由于资格的限制，他只能当一员六品主事。他想像王安石一样去实施变革的宏愿被阻，他只能空怀经世之才，况且他的性格又是桀骜不屈的，被守旧官僚视为异端人物，断绝了他升迁之路，得不到参与朝政的机会。

当英国利用鸦片入侵，朝廷分为主和与主战两派，龚自珍越位言事，竭力主战，终因“悖其长官”，得罪朝中的权贵穆彰阿，为穆彰阿所恶。于是龚自珍在道光十一年（公元 1831 年），毅然抛弃做了二十年的京官，辞官回乡，在南归途中写了 300 多首七言绝句，并题为《已亥杂诗》。

龚自珍离开北京是农历四月二十三日，他从北京外城东面的广渠门出城，没有带家眷、仆从，雇了两辆车，自己坐一辆，另一辆装他的书籍和自己的一百卷文稿，单身上路。龚自珍自小在北京念书，回杭州乡试后，又回到北京继续念书、考试、做官，祖父和父亲又都在北京做官，对他来说，北京简直就是第二故乡，如今他却不得不离开。

他本是自请辞官，当像陶渊明赋《归去来辞》一样轻松才是，但是想到自己空怀经世之才而无用，对国事日非的担忧，让他恋恋不舍，一步一回头地出广渠门向东走，京城越来越遥远，他的心情也越来越沉重，黄昏日暮，红霞满天，北京城隐没在霞光之中，他回头长久的注视着，一股惜别之情，一种失落之感陡然从眼前扩展开来，漫天铺地，变成一张忧郁的巨网，把诗人紧紧罩住了。

车子向东而走，要到通州才能换船南下，这一回离京，便不再想回来了，踏出北京城就如同走向天涯海角，与京城远远隔绝了。此情此景真使人想到元人马致远《天净沙》中的句子：“夕阳西下，断肠人在天涯。”

树林间缤纷落英，一阵薄暮的晚风吹来，诗人看着一片片飞花离开树枝，纷纷坠落，在那一丛花树下堆砌起舞，化作红泥香尘，大自然这么美的鲜花就这样默默地化作灰尘了，诗人痴迷地看着这种景象，心中猛然一惊：自己如今不也像这一片飘散的落花吗？自己辞别京城，不也如同落花辞世离开枝头了吗？

是“无可奈何花落去”，还是“水流花谢两无情”呢？

不，落花到底不是无情的事物，它回到培育自己成长的土壤里，纵然化作了泥土，不是还能够起到培育新一代，滋润未来的花朵吗？到那时又是一个五彩缤纷的春天。

万人丛中一握手，使我衣袖三年香

——丁香空结雨中愁

游山五岳东道主，拥书百城南面王。万人丛中一握手，使我衣袖三年香。

——清·龚自珍《投宋于庭翔凤》

龚自珍平生最大的遗憾有二：一是骄纵不成器的逆子龚半伦；二是在当时闹得沸沸扬扬的“丁香花公案”。

这桩由一首闲诗引起的“丁香花公案”，便是发生在龚自珍与贝勒奕绘的侧福晋顾太清的身上。而这一切，直接导致了顾太清被逐出王府、流落市井的凄凉结局，可谓龚自珍生平一憾。而龚自珍的去世，也有这丁香花公案的缘由深藏其中。

这位贝勒遗孀本名顾春，因奕绘字子章、号太素，为与丈夫匹配，而字子春、号太清。而顾太清，则是她流传最广的名字。

顾太清身世坎坷，命途多舛，她的祖父鄂昌因文字狱而被乾隆处死，故本姓西林觉罗的她一出生便随祖母顾氏生活，改姓为顾。

顾氏是极为开明的江南女子，她没有强迫顾太清缠足，也没有令她困守闺房，反而亲自教导她的诗词歌赋，顾太清天资聪慧，容貌秀美，甚至还常常扮作男装行走街头，这样的阅历使得她心胸开广，文辞雅致，极富盛名。

满族是出生在马背上的民族，在与汉学的融合上，并不十分完全，而除却“国初第一词人”纳兰容若之后，最为熟知的，便是这位满族第一女词人顾太清。在当时的清朝，有一句“男有成容若，女有顾太清”之说，可见顾太清的笔力深厚。

《名媛诗话》中更评说她：“才华横溢，援笔立成。待人诚心，无骄矜习气，唱和皆即席挥毫，不待铜钵声终，俱已脱稿。……其词气足神完，信笔挥洒，直抒胸臆，不造作，无矫饰，宛如行云流水，纤毫不滞，脱却了朱阁香闺的情切切、意绵绵，吟风弄月之习，词风多近东坡、稼轩。”

譬如她的一首《南柯子》：

溪谷生凉意，肩舆缓缓游，连林梨枣缀枝头，几处背荫蒿挂牵牛。

远岫云初歇，斜阳雨乍收，牧踪樵径细寻求，昨夜骤添溪水绕屯流。

东坡词北宋第一人，而顾太清能得此评，足见其词风清丽端正，宋风十足。而她被奕绘看中，选为侧福晋，也正是因为她的才貌双全。

奕绘与嫡福晋的感情颇为淡漠，在顾太清嫁入贝勒府不久后，奕绘的嫡福晋就病故了，她虽只有侧福晋之名，却实质上是贝勒府的正室，与奕绘夫妻恩爱，互通诗词，很是美满。

幸福如流水，十四年后，正值壮年的奕绘突然病逝，顾太清在一夕之间变成了寡妇，而这一年，她四十岁。

遭受奕绘去世重大打击的顾太清深居简出，郁郁寡欢，这令得许多文人墨客、至交好友纷纷写诗来劝慰，而顾太清也强自打起精神来，以诗相回，但诗中的淡淡忧愁，却终究免不了。

本以为她的一生便就如此了，守着一双儿女，在贝勒府中清闲度日。然而她万万没想到，在她守寡后的第二年，会因为她的才名而给她招来了巨大的祸患。

彼时杭州有一个极其风流的文人，名叫陈文述，他倡导闺秀文学，致力于培养吟诗作对的大家闺秀。

这一年，他突然起了兴致，想出资为一些在当时颇有名声的名女重修墓地，并令他的那些女弟子们纷纷吟诗作对，编纂成诗集刊印成册。

其实这事儿，也就是个虚名。有声势，必要有明星，于是陈文述想到了顾太清。

说来他和顾太清，还有一些八竿子打不着的拐弯抹角的关系——他的儿媳周云林的表姐汪允庄，曾是顾太清的闺中好友。陈文述当下利用这一层关系，托汪允庄替他向顾太清求一首诗，好放进诗集里，为他增色。

陈文述乃长辈，汪允庄是晚辈，更有亲戚关系在其中，汪允庄不敢推辞，立刻从苏州赶来京城，向顾太清求诗。

顾太清一眼便看出了陈文述的意图，她当然是不屑的，甚至这种不屑，她也决不会在汪允庄的面前隐藏，反而表现得坦坦荡荡，这让她更有一种东坡的君子之气。

汪允庄失望而回，但陈文述并没有放弃，他竟寻人做托，冒名顾太清写了两首诗放进了诗集。不但如此，他甚至还将印成册的诗集赠送了两本给顾太清。

顾太清哭笑不得，更觉陈文述此人此行委实太过，当下作诗相回：

含沙小技太玲珑，野鹜安知澡雪鸿；绮语永沉黑闇狱，庸夫空望上清宫。

碧城行列休添我，人海从来鄙此公；任尔乱言成一笑，浮云不碍日头红。

诗中将陈文述庸俗鄙劣的神态刻画得活灵活现，更直言不讳言辞中的鄙薄之意，还说“随你怎么闹怎么笑，你不过是朵浮云罢了，难道能碍到我这红日起落？”

顾太清到底是皇族遗孀，身份摆在那里，如此浅骂，已是矜了风度。若搁在现代，定是一场署名权官司。陈文述又气又急，却因自己亏心无可奈何，但从此将顾太清记恨于心。

就在时光渐渐流逝，顾太清将这些杂事抛诸脑后之后，她重新恢复了往日的灵动，平静淡然地与昔日的文友以诗交流，过去文人墨客常来的贝勒府，重新开始了门庭若市的日子。

而龚自珍，便是顾太清的挚友之一。

龚自珍的文风，并无柔婉惆怅之气，更多的是利落干净，“落红不是无情物，化作春泥更护花”，更是深得顾太清的喜爱，“万人丛中一握手，使我衣袖三年香”此类的对诗友极其尊敬的词句，更让顾太清认为，龚自珍态度谦谨而平和，堪为相交。

龚自珍当时还是宗人府主事，官职清闲，并无他太多的用武之地，他平生所学的治国齐家平天下的理论，得不到任何发展的机会，所以他才会写下那些诸如“我劝天公重抖擞，不拘一格降人才”等的句子，来发泄心中的郁结。

既然才华无法发挥，那么龚自珍选择了古往今来文人都选择的一条路——寄情诗词。

顾太清可称大清第一女词人，与她交流，自然也使龚自珍获益匪浅。

然而两人的君子之交却好景不长，始终记恨着顾太清的陈文述来到了京城。京中谁人不识顾太清呢？陈文述当即咬牙切齿地想给顾太清一个下马威，他仔仔细细地研究了顾太清平时的言行举止，顺藤摸瓜地找到了龚自珍的这一系列《已亥杂诗》。

原本的清高之气落在他眼里却成了捉奸的把柄。什么“缟衣人”，什么“梦见城西门苑春”，不都是与顾太清有私情的淫秽之词吗？

陈文述精神一振，更加仔细地揣摩着龚自珍的诗词。而在这个时候，龚自珍的一首新词又新鲜出炉了：

明月外，净红尘，蓬莱幽谧四无邻；九霄一脉银河水，流过红墙不见人。

惊觉后，月华浓，天风已度五更钟；此生欲问光明殿，知隔朱扃几万重。

这一次，陈文述十拿九稳了。他把写丁香花的“梦见城西门苑春”和这一首新词联系在一起，又添油加醋地做了注解，指出种种龚自珍和顾太清有私情的证据，开始在京城里流传开来。

顿时谣言四起，整个京城被轰动了，一传十,十传百，事情比陈文述预料得还要影响巨大。龚自珍一向是心气极高的人，此事的愈演愈烈，让他觉得愧对顾太清的坦诚相交，而自己更无颜面对京城一众好友，于是，他带着一车书，默默地离开了京城。

而龚自珍这一走，却更弄巧成拙，顾太清百口莫辩，被奕绘与妙华夫人之子载钧以不守妇道为借口，赶出了王府。

身无分文的顾太清在亲友的资助下在西城租住了破旧的平房，带着一双儿女生活。

失去丈夫，随即又失去了安身立命之所，顾太清此刻的绝望可想而知，更不用提这本就是一场无妄之灾。但她到底不是寻常女子,一时的绝望之后，她沉淀下心绪，望着还童稚的儿女，她收起曾经的华服，将首饰收进妆匣变卖，独自艰难抚育着儿女。

但她的内心却意外地平静，在流落市井的时候，她又提笔写了一首令人感慨不已的诗：

一番磨炼一重关，悟到无生心自闲。探得真源何所论，繁枝乱叶尽须删。

从绝境中顿悟了的顾太清，平静地活到了光绪年间，直到七十六岁高龄，才安然离世。

而龚自珍却始终活在愧疚中，因为一起“丁香花公案”，他害了顾太清半生。

从“万人丛中一握手，使我衣袖三年香”之中可以看出，龚自珍对于知己，即便是仅仅只触及到一只手，那文香墨气也能缭绕我身，三年不散。

而对于顾太清的歉疚，也如同这幽香一般，始终不曾离去。

龚自珍这一生，着实可悲可叹。

孔子曰：『小子何莫学夫诗？诗，可以兴，可以观，可以群，可以怨。迩之事父，远之事君，多识于鸟兽草木之名。』

诗词的美丽是永恒的，正像亿万年动听如初的雨声。它是梧桐上的细雨，是暗香醉人的花荫，是小楼微凉的东风，是月光下闪过的鹊影，是稻花香里的蛙鸣，是云涛与晓雾的相连，是落红与芳草的呓语……

一本书读完最美古诗词

（上）

云葭 青黎 著

中國華僑出版社
北京

图书在版编目 (CIP) 数据

一本书读完最美古诗词：全 2 册 / 云葭，青黎著 .
—北京：中国华侨出版社，2012.7（2017.12 重印）

ISBN 978-7-5113-2656-0

Ⅰ.①一… Ⅱ.①云… ②青… Ⅲ.①古典诗歌－诗歌欣赏 －中国
Ⅳ.① I207.2

中国版本图书馆 CIP 数据核字（2012）第 159256 号

一本书读完最美古诗词

著　　者：云　葭　青　黎
责任编辑：荼　蘼
封面设计：凌　云
文字编辑：杨　君
美术编辑：滕　霞
经　　销：新华书店
开　　本：787mm × 1092mm　1/16　印张：46　字数：750 千字
印　　刷：北京德富泰印务有限公司
版　　次：2012 年 9 月第 1 版　2020 年 4 月第 10 次印刷
书　　号：ISBN 978-7-5113-2656-0
定　　价：49.80 元（上、下）

中国华侨出版社　北京市朝阳区西坝河东里 77 号楼底商 5 号　邮编：100028
法律顾问：陈鹰律师事务所
发 行 部：（010）58815875　　传　　真：（010）58815857
网　　址：www.oveaschin.com　　E-mail：oveaschin@sina.com

前 言

古人说，不读诗词，不足以知春秋历史；不读诗词，不足以品文化精粹；不读诗词，不足以感天地草木之灵；不读诗词，不足以见流彩华章之美。

中国是一个“诗歌的国度”，早在3000年前，我们的祖先就创作出了以“诗三百”为代表的优秀诗篇，此后朝代变换，历史更迭，每一个历史时期，诗歌创作都结出了丰硕的成果。从《诗经》开始，历经汉魏六朝，及至唐诗巅峰，宋词妩媚，元曲风流，明诗论理，清词赏情……中国人的每一种心境，似乎都被古诗词吟咏过了。诗歌之中，有温柔与缱绻，有家国与天下，在很长的一段时间里，人们以诗为食粮果腹，以诗为空气呼吸，以诗下酒，以诗会友，以诗传情，最后以诗殒命，以诗殉葬。

诗歌的美，美在用心灵真诚体悟，那一片片情思，一点点忧愁，沁入心中，在四肢百骸里流淌。《诗经》里有“窈窕淑女，君子好逑”，是对无邪爱情最原初的追求；乐府诗里有“恩情中道绝”的伤情；魏晋南北朝有左思与左芬的兄妹情深、昭明太子萧统的情深不寿；大唐有李白的豪情、薛涛与鱼玄机的悲情、黄巢的霸气和罗隐的戏谑；到了两宋，词的婉约与豪放相得益彰；当金元之时，有窦娥奇冤，也有西厢奇情；大明重开日月天，有“浪花淘尽英雄”的史叹，也有“良辰美景奈何天”的情思；待到封建王朝的末代，依然有一世帝王发出“九重三殿谁为友”的慨叹，有“一生一代一双人”的企盼……

打开历史的卷轴，你会发现生活中的“遇”与“不遇”，“幸”与“不幸”，都可以在诗歌中找到，古人与今人，时代虽不相同，情感却是相通的：伤春悲秋，惧怕老之将至；离别之苦，期盼再次相遇；爱而不得，为爱伤神伤心；家国之悲，化为悲愤字句；

亲人温情，字字沁人心脾；宦游羁旅，为生计奔波劳苦……或痴心、或欢欣、或忧惧、或悲戚、或坦荡、或烦恼、或狷狂……“情”之一字，古今皆同，解读古典诗词，你会发现，千年前所描绘的画面、迸发的誓言、展露的情怀……拥有这些的人，分明就是千年后的自己。

千年后的我们，独坐尘嚣，透过这些美丽的诗词，遥想当年的风云际会，胸中自有磅礴的云气涌起。红尘纷扰中，忙碌生活里，倦怠的心灵更需要宁静的港湾。本书收录了自《诗经》以来数千年间美好的字句，用现代人的情感加以解读，辅之以优美的文字，生动有趣的言辞，与古人交流，为今人张目。

目 录

上

下

所谓伊人，在水一方

——那样的爱，如镜花水月

蒹葭苍苍，白露为霜。所谓伊人，在水一方。
溯洄从之，道阻且长。溯游从之，宛在水中央。
蒹葭萋萋，白露未晞。所谓伊人，在水之湄。
溯洄从之，道阻且跻。溯游从之，宛在水中坻。
蒹葭采采，白露未已。所谓伊人，在水之涘。
溯洄从之，道阻且右，溯游从之，宛在水中沚。
——《诗经·秦风·蒹葭》

还记得大一的时候上文化欣赏课，说到《蒹葭》这首诗，导师首先给我们放的是邓丽君的《在水一方》。歌声如清泉涓涓流淌而出：绿草苍苍，白雾茫茫，有位佳人，在水一方。绿草萋萋，白雾迷离，有位佳人，靠水而居。我愿逆流而上，依偎在她身旁。无奈前有险滩，道路又远又长。我愿顺流而下，找寻她的方向，却见依稀仿佛，她在水的中央……

后来我才知道，这是琼瑶的同名电视剧《在水一方》的主题曲，歌词也是琼瑶写的。整首歌哀婉美丽，意思和《蒹葭》如出一辙，俨然是一首现代版的《蒹葭》。

我对琼瑶的书接触不多，但能感觉到她一定是非常喜欢古典文化的人，因为她很善于在她的书名以及歌词中化用古诗词，比如《青青河边草》改编自古诗十九首中的《青青河畔草》；《心有千千结》化用了张先《千秋岁》中的“心似双丝网，中有千千结”；《碧云天》、《寒烟翠》则是从范仲淹的词句“碧云天，黄叶地，秋色连波，波上寒烟翠”中得来。甚至有些人知道《蒹葭》这首诗，也是从她的《在水一方》开始的。

蒹葭即芦苇，在南方，芦苇的生长季节一般是夏季，然诗中所描写蒹葭的颜色是“苍苍”，即深青色，而不是绿色，并且由于天气寒冷，早晨的白露凝结成了霜。由此可以判断，当时已经是秋天了。

在这个芦苇生长的季节，蒹和葭都长得十分茂盛，晶莹的晨露凝结晨霜，所思念的那个女子站在水的彼岸……本来就很唯美的一幅画，因为思念而显得更甚，但是这种美同时又带着一点清冷。思念的人儿明明近在咫尺，看似触手可及，想沿着河流去寻找她，向她表达爱慕之情，可是路上的障碍是那样多，无论怎么走都走不到她的身边。她就像一道朦胧的影子，似真，似假，永远停留在水中央。

白云之下，蒹葭随风摇曳，倒影浮在涟漪阵阵的水面上，婆娑而舞。美丽的姑娘站在彼岸。透过丛丛蒹葭，我能看到你绰约的身影。可是看得到蒹葭，却无法触及你。这是何等的无奈与悲凉。

有一首歌叫《爱如空气》，其中有一句歌词是“幸福隔着玻璃，看似很美丽却无法触及，也许擦肩而过的你，只留下一种痕迹在我生命里”，意境和《蒹葭》极其相似。幸福看似近在咫尺，却远在天边，无论如何努力地想去得到，到头来留下的也只是心中的一道痕迹罢了。

望而不得的爱，飘渺而虚幻，如镜中花，水中月。看得到花的美，却永远触摸不到那样的芬芳；感觉到月的美，伸手却只留下涟漪拂过指尖的微凉。世上有太多这样的爱情，相思之苦，脉脉不得语，只能永远埋藏在心里。譬如“还君明珠双泪垂，恨不相逢未嫁时”；譬如“君生我未生，我生君已老”；譬如《神雕侠侣》中郭襄对杨过的朦胧情意；譬如琵琶弦上诉说着的缕缕相思……

不由得想起了那首被广为传颂的《世界上最远的距离》：“世界上最远的距离，不是生与死的距离，而是我站在你面前，你不知道我爱你。”

很早以前就听朋友感叹，世上哪种爱情的无奈，能超越这首小诗所描写的呢？《蒹葭》中的爱又何尝不是如此。你离我那么近，明明就站在我的面前，仿佛触手可及，我不顾险阻一路追寻你而去，到头来只能远远地望着你停在水中央，我永远都无法告诉你，我爱你。

全诗三章，每章只变换了几个字，以此反复，所表达的意思却如出一辙，那便是对心中所爱之人的可望而不可即。这种镜花水月般的爱情，始于《诗经》，并且被认为“古之写相思，未有过《蒹葭》者”，足可见其在文学史上的影响。

对于《蒹葭》的定义，大多数人都知道这是一首描写爱情的诗。然还有另外两种说法。

《毛诗序》云：“蒹葭，刺襄公也。未能用周礼，将无以固其国焉。”意思是说，周朝的礼仪制度好，若不以此礼治国，必定会遇到很多阻碍，反之则能将国家治理得井然有序，即诗中所指的“宛在水中央”。

还有一种说法是出自姚际恒的《诗经通论》，还有方玉润的《诗经原始》。

他们认为，“所谓伊人”，其实就是贤人，伊人望而不得，暗指的是求贤而不能得。

三种截然不同的说法，世人更愿意相信的自然是爱情之说。所以流传至今，《蒹葭》似乎早已被烙下了“爱情诗”的印记。因为在人们心中，无关过程的坎坷，无关结局的凄凉，纯洁的爱情永远是最美的。不管诗中明指暗喻的意思究竟是怎样，相信爱的人都会固执地去相信，这是一首爱情诗。只有这样，才是对《蒹葭》最美好的诠释。

昔我往矣，杨柳依依

——只道征人盼归乡

采薇采薇，薇亦作止。曰归曰归，岁亦莫止。
靡室靡家，玁狁之故。不遑启居，玁狁之故。
采薇采薇，薇亦柔止。曰归曰归，心亦忧止。
忧心烈烈，载饥载渴。我戍未定，靡使归聘。
采薇采薇，薇亦刚止。曰归曰归，岁亦阳止。
王事靡盬，不遑启处。忧心孔疚，我行不来！
彼尔维何？维常之华。彼路斯何？君子之车。
戎车既驾，四牡业业。岂敢定居？一月三捷。
驾彼四牡，四牡骙骙。君子所依，小人所腓。
四牡翼翼，象弭鱼服。岂不日戒？玁狁孔棘！
昔我往矣，杨柳依依。今我来思，雨雪霏霏。
行道迟迟，载渴载饥。我心伤悲，莫知我哀！
——《诗经·小雅·鹿鸣之什·采薇》

早在尚未读过《诗经》的懵懂年代，我就听过“昔我往矣，杨柳依依。今我来思，雨雪霏霏”。彼时的我并不知道这句话的意思，单纯地觉得这句话很美，如初春拂过脸颊而不觉寒的杨柳微风，如寒冬赛过梅花三分白的皑皑白雪。没有缘由，这句诗给我的第一感觉是在“燕子来时，绿水人家绕”的江南。江南春色里，有“杨柳青青江水平”，有“碧玉妆成一树高”，待到柳絮纷纷时，枝上柳绵吹又少。

我自小在江南长大，记忆中的儿时，经常与玩伴在山野间奔跑嬉戏，追着蝴蝶，采着野花。山坡上密密麻麻长满了野豌豆，起先是绿油油的一片，过了不久那一片绿色之中就会开满星星点点的紫色小花，看在眼中，有种说不出的美。彼时的我只是嫌花太小，摘下来也不好看，根本不知道那就是大名鼎鼎的《采薇》中的“薇”。

“薇”又名大巢菜，又叫野豌豆、野苕子。我们家乡一带习惯叫野豌豆，在山坡，田野，或者山间的路边上经常能看到。这种在我们眼中只是很普通的野草，不仅可以食用，《本草拾遗》中记载其还有药用价值。

“玁狁”又叫“獫狁”，是中国古代的一个少数民族。也许跟“鲜卑”“契丹”等耳熟能详的民族来比，“獫狁”比较生僻，但说起它另外一个名字，可能听过的人就多了，那就是“犬戎”，具体的地理位置大概在现在的山西、甘肃一带。西周进入中期，力量削弱，犬戎经常入侵，边疆战乱频繁。到了周宣王时期，周朝积蓄了一定的力量，并派遣将士出征犬戎，取得了很大的胜利。因此这首诗被认为大约是写于周宣王时期的。

不得不说，《诗经》中的大多数诗都像我们小时候学的儿歌一样，叠字很多，念起来朗朗上口，“采薇采薇，薇亦作止。曰归曰归，岁亦莫止。”若不去认真探究它的意思，恐怕很难理解这竟是一首边塞军旅诗，描写的是戍边士兵从背井离乡上战场到归家的情形。

“采薇呀采薇，薇菜已经发芽了。说回家呀说回家，一年又过去了。”字字坎坷，诉说的尽是士兵对家的思念。出征保家卫国，何时才能还乡？在这烽火连天的战场上，驻地不稳，谁能帮忙把家书带回家？

提到家书，不由想到了杜甫的《春望》：

国破山河在，城春草木深。感时花溅泪，恨别鸟惊心。
烽火连三月，家书抵万金。白头搔更短，浑欲不胜簪。

在硝烟弥漫的战场上，想给家里捎一封家书该有多难。写了不一定能捎回去，捎了家人也不一定能收到，更别说是家里寄来的书信了。

也许只有真正在战场上浴血奋战过的士兵们才能体会到“家书抵万金”的感受吧。

采薇呀采薇，那时的薇菜发了芽，转眼半年过去，薇菜已经变老，回家依然遥遥无期。战争不断，烽火连天，我的心里是那样的苦，不知什么时候才能还乡。那盛开的是什么花？是美丽的棠棣。将军驾着车带着我们往前，军情是那样紧急。还记得当初阔别家乡的时候，杨柳依依，如今回来的路上，白雪纷飞。我的心里伤悲，谁能知道我的哀痛。

内心独白的话语，默默诉说。戍边战士心中的苦，又岂是只言片语能够道得尽的？离开家的时候，想的是保家卫国；在战场上，想的是早日结束战争回到家乡；然而终于踏上了回家的归途，心里却是无限伤悲。近乡情怯，越是离家近，越是思绪千万，感慨万千。

《世说新语》中记载了这样一个故事：

谢公因子弟集聚，问："毛诗何句最佳？"遏称曰："昔我往矣，杨柳依依；今我来思，雨雪霏霏。"

谢公即东晋政治家谢安，"遏"是东晋名将谢玄的字。谢安问谢玄《诗经》中哪一句最美，谢玄的回答是："昔我往矣，杨柳依依；今我来思，雨雪霏霏。"

著名的国学大师王国维也说："'昔我往矣，杨柳依依'，诗人体物之妙，侔于造化。然皆出于离人孽子征夫之口，故知感情真者，其观物亦真。"从古至今，文人墨客对这句诗的评价都是极高的。

关于采薇最早的典故，出自《史记·伯夷列传》。伯夷和叔齐都是商朝孤竹国国君的儿子，国君原本想把王位传给叔齐，可是等他去世的时候，叔齐却想把王位让给伯夷。伯夷认为父亲的遗命不能违背，于是逃走了。叔齐不肯继位，也逃走了。国人只好立孤竹君的另一个儿子为王。

贵族子弟，一旦离了家，便很难生活下去。伯夷和叔齐听说西伯侯姬昌关心赡养老人，就一起去投奔他。可是等他们到了那里，西伯侯已经死了，继位的是后来周武王姬发。姬发正要讨伐纣王，他们拉住武王的马说："父亲死了不安葬，却大动干戈去打仗，这难道是孝道吗？身为臣子却要去杀害国君，这难道是仁义吗？"武王身边的人要杀了他们，被姜太公阻止了，姜太公说："他们都是义人啊！"

后来武王推翻了商朝的暴政，天下易主，伯夷和叔齐为了表示对商的忠诚，拒绝吃周朝的粮食，隐居在首阳山中，采薇菜充饥，并作了一首歌："登彼西山兮，采其薇矣。以暴易暴兮，不知其非矣。神农、虞、夏忽焉没兮，我安适归矣？于嗟徂兮，命之衰矣。"没多久便饿死了。后人都称赞伯夷和叔齐有气节，甚至还有人想去效仿，但是在后世的人看来，其实大可不必如此。

采薇啊采薇，等到薇菜开花的时候，是否能够回到阔别已久的故乡呢？

窈窕淑女，君子好逑

——英雄爱美人，君子也爱美人

关关雎鸠，在河之洲。窈窕淑女，君子好逑。
参差荇菜，左右流之。窈窕淑女，寤寐求之。
求之不得，寤寐思服。悠哉悠哉，辗转反侧。
参差荇菜，左右采之。窈窕淑女，琴瑟友之。
参差荇菜，左右芼之。窈窕淑女，钟鼓乐之。

——《诗经·周南·关雎》

提到《诗经》，很多人脑中冒出来的第一句肯定是“关关雎鸠，在河之洲”。因为这首诗实在太有名了，哪怕不知道它的意思，也一定能背诵；哪怕不会背诵，也一定觉得十分耳熟。

雎鸠是一种水鸟，据说雌鸟和雄鸟的感情十分专一，因而它们的叫声被用来形容爱情。一般认为，雎鸠其实就是鱼鹰，“关关”是它们的叫声。雎鸠在河中的沙洲上关关地叫着，美丽贤惠的姑娘，是君子的好配偶。

诗中的君子含义比后世的要宽泛很多，纯粹指年轻的男子。自古以来，君子爱美人是人之常情，美丽的姑娘自然容易得到男子的青睐。西施捧心，众人皆认为美；东施效颦，众人却不愿靠近。同样是“颦”，美女和丑女的待遇却有天壤之别，可见容貌对女子来说有多重要。遇到一位美丽的女子，对她念念不忘，越是得不到，越是难以忘怀，就连做梦的时候也想着她，醒来的时候依旧想着她，辗转反侧，再也无法入睡。这种感觉，叫作相思。

平心而论，在《诗经》所有的爱情诗中，《关雎》算不上最好的，但它所表达的感情却是最正常最纯粹的。那位女子美丽贤惠，所以思念她；得不到她，所以总是想着她。究竟有多爱呢？弹琴鼓瑟大胆地向她表达爱意；击鼓鸣钟只为博取她的一笑。君子爱美人，一切都是那样合情合理。爱她，就要勇敢地说出来，不管结果如何！

《关雎》之所以流传得最广，或许就是因为它所描述的爱情是生活中最常见的。既没有因地位悬殊而高不可攀的无奈，也没有因身份之虑而无法言说的惘然，有的只是“淑女”和爱她的“君子”。

任何一位少年，都曾深深爱过一个姑娘，梦想着要和她长相厮守。无论最终有没有在一起，所经历的那种忐忑的思念却是相同的。她的一颦一笑，一抬首一回眸，都清清楚楚地印在了脑海中，挥之不去，驱之不散。所以在看到这首诗的时候，他们心里会产生一种共鸣：这写的不就是我心中的感受吗！

因为平凡，所以真实。因为常见，所以纯粹。

然思念之深，还有一个很重要的原因，那就是没有得到。不仅仅是诗中的男子，几乎所有人都有同样的心理——得不到的才是最好的。对于心爱之人，或者心爱之物，越是无法得到，越是想拥有，那种渴望的心理甚至会与日俱增，与诗中男子一样，做梦也会想着，心心念念，念兹在兹。

不禁想到了金岳霖对林徽因的爱。

林徽因不仅是有名的才女，还是一位美女，说她是“窈窕淑女”一点都不过分。这样一位美女加才女，怎么能不让人心动？难怪梁思成、徐志摩、金岳霖三位有名的才子都对她爱得那么深切。最终梁思成抱得美人归，与林徽因结为连理，但是后人最唏嘘叹息的，是金岳霖对林徽因的感情。

情窦初开时，林徽因爱过徐志摩。他们也曾有过婚嫁之意，只因当时徐志摩已经娶了妻子张幼仪，阴错阳差，他们终究只是擦肩而过。徐志摩有妻子，后来又有了另一个他深爱的女人——陆小曼。林徽因不是他的唯一，只是之一。

然而金岳霖不同。他一生只爱林徽因一个，甚至为了她终身不娶，与她比邻而居，只为离她更近一点。林徽因不爱金岳霖，她敬佩他，欣赏他，把他当成了志趣相投的好朋友，或许比朋友更近一步，但这种感情绝对不是爱。对于金岳霖来说，他从未得到过林徽因的爱，也正是因为得不到，他穷其一生都忘不了她。“求之不得，寤寐思服”说的也正是这样一种心理吧。

在岁月的冲刷下，金岳霖对林徽因的这段感情依然没有褪色，后人提到也只忍不住轻轻叹息一声，奈何有缘，却无份。

“参差荇菜，左右流之。窈窕淑女，寤寐求之。”这句话除了提到全诗的中心“淑女”外，还有一种水生植物——荇菜。我没见过真的荇菜，书上说，荇菜可以食用，夏天会开黄色的花，它的叶子浮在水面上，有点像睡莲的叶子。歌颂淑女，先咏荇菜，歌颂人，先咏物，这是《诗经》中常用的一种表达方式，即诗经六义“风、雅、颂、赋、比、兴”中的“兴”。

《诗经》中的大多数诗，都是以植物起兴来引出所要表达的真实情感。比如早在中学时期学的《卫风·氓》中，被弃的女子感叹自己太过沉迷于爱情，先是提到了桑叶和桑葚，“桑之未落，其叶沃若。于嗟鸠兮，无食桑葚。”二者之间本来毫无关系，可放在诗句中却又合情合理，这就是“兴”的妙处。

人们都知道这是一首描写男子追求心爱女子的爱情诗，可古之学者却大多数认为诗中的君子指的是周文王，淑女指的是文王的妃子太姒，全诗的中心思想是歌颂后妃之德。孔颖达在《毛诗正义》中指出 :“言后妃性行合谐，贞专化下，寤寐求贤，供奉职事，是后妃之德也。”

这无非是儒家学者们将自己的意志强加于诗句罢了，他们的思想过于拘束严谨，对他们而言，歌颂情爱有伤风俗，君王礼仪才是重要的，所以他们理直气壮地将诗中的爱情扭曲成了子虚乌有的“后妃之德”。

一直很羡慕《诗经》中的爱情，那样的爱太纯粹太干净，不是因为你位高权重，不是因为你家财万贯，我想与你白头偕老，举案齐眉，只是因为我爱你。

桃之夭夭，灼灼其华

——在容颜最美的年华，嫁给你

桃之夭夭，灼灼其华。之子于归，宜其室家。

桃之夭夭，有蕡其实。之子于归，宜其家室。

桃之夭夭，其叶蓁蓁。之子于归，宜其家人。

——《诗经·周南·桃夭》

桃花自古就被用来比喻女子的美貌，女孩子若是长得漂亮，常会被形容“面若桃花”或“艳若桃李”。似乎桃花天生就该和美人相提并论，春秋时期著名的美人息夫人，别名就叫作桃花夫人。这样的比喻，也是从《桃夭》这首诗开始的。

之所以以桃花喻美人，不仅仅是因为桃花外形的美，还因为那种独特的浪漫气息。在香草美人的遥远年代，一入了春，山坡上，泉水边，还有大户人家的后花园中，大片大片的粉色绽放出令人窒息的美。这就不奇怪为什么很多古装剧中都会出现这样的场景：热恋的男女在桃花林中海誓山盟，人面桃花，花香怡人。

桃之夭夭，灼灼其华。在尚不懂赋比兴的时候，我曾以为《桃夭》中的姑娘是在春天开满桃花的时候出嫁的，后来才知道，这只是以桃比兴，歌颂姑娘的新婚和婚姻的美满。桃树枝叶繁茂，枝头开满了粉色的花朵。这位姑娘就要出嫁了，家庭和顺平安。

桃花的美令我第一时间想到了一度很喜欢的《桃花源记》，这是我所见过的对桃花最美好的诠释，陶渊明写的不仅仅是一篇文章，他为世人编织了一个永恒不变的美好梦境。古往今来，在见惯了尔虞我诈，厌倦了凡尘喧嚣之后，有多少人向往那个“夹岸数百步，中无杂树，芳草鲜美，落英缤纷”的世外桃源呢。

世上美丽的鲜花何其多，桃花，论华贵不如牡丹，论高雅不如兰花，论艳丽不如芍药，可偏偏却成了最美好的象征。我一度觉得，中国的“桃花源”

和西方的“乌托邦”是一样的，它们所代表的都是无忧无虑的美好境界。然“乌托邦”这三个字听起来远没有桃花源来得美好。成片成片的桃林，枝头开满了花，风一吹花瓣就纷纷扬扬飘落，在桃树下置一张石桌，在花瓣雨中品一杯浓茶，光是想想就觉得美得不真实。

的确，桃花源虽美，却不真实。我们根本不知道，究竟有没有这样的地方存在，就算有，也不是轻易就能找到的吧。渔人无意中闯入这个人间仙境，离开后带人去寻找，却再也找不到那条通往桃花源的路了。

南宋诗人谢枋得在《庆全庵桃花》中写道：“花飞莫遣随流水，怕有渔郎来问津。”可见在桃花源中无忧无虑生活的人们，也是怕被打扰了吧。一旦与外界相通了，桃花源也就再也不是桃花源了。

回过头来再说《桃夭》，诗中要出嫁的这位新娘，心里定然是充满美好憧憬的。桃树枝叶繁茂，桃子又大又甜，这位姑娘要出嫁了，家庭幸福美满。无论是哪位新嫁娘，在婚礼当天都会又紧张又期待，因为从这一刻开始，她将不再是一个人，她的喜怒，她的哀乐，时刻会有另一个人去牵挂。

西式的婚礼上，牧师会问新娘子：“无论他将来是富有还是贫穷，无论他将来身体健康或不适，你都愿意和他永远在一起吗？”我曾参加过好几次这样的婚礼，每次听到新娘子微笑着说出“我愿意”的时候，我总觉得这是比“我爱你”更能打动人心的三个字。我愿意，从此把一生的幸福都交给你。

桃树枝叶繁茂，叶子长得浓密。这位姑娘要出嫁了，家庭幸福平安。从桃花到果实再到叶子，都是那样的美好，结婚的新娘子，一定会甜甜蜜蜜，和繁盛的桃树一样。

全诗三部分都以“桃之夭夭”开头，以形容桃树的茂盛。或许大多数人对“逃之夭夭”这个成语会更加熟悉，这也是从《桃夭》中演变而来的，用来形容跑得无影无踪。这可谓是引申的意思与原文区别最大的一个成语了吧，谁能想到它的本意是赞美桃花的美丽茂盛呢。

有一个和桃花有关的爱情故事，从唐朝崔护《题都城南庄》而来：

去年今日此门中，人面桃花相映红。人面不知何处去，桃花依旧笑春风。

清明时节，崔护独自去都城南门郊游，因为口渴敲开了一家人的门。随着门缝渐渐变大，女子美丽的容颜便展现在了崔护的面前，那一刻他便在心里刻下了她的影子。那姑娘给他端来了水，二人相谈甚欢，互相有了好感。分别后，崔护本想忘了她，可是到第二年的清明，他再也无法控制心中的思念之情，直奔城南去找她。然桃花依旧开得灿烂美丽，姑娘却没有在家。崔护心中怅然，在门上留下了这首著名的《题都城南庄》。

几日之后，崔护又去寻找那位女子，走到门口听到里面传来哭泣的声音。敲门之后，一位老者出来将事情相告，崔护这才知道，原来自从去年清明一别，那姑娘心情低落，时常精神恍惚，也不肯嫁给他人。后来看到门上的诗句，她便一病不起，绝食而死。

崔护悲痛异常，请求进门去拜祭死者。他抱着姑娘失声痛哭，谁知姑娘居然睁开了眼睛。姑娘的父亲十分开心，将女儿许配给了崔护。

这原本是一个很悲伤的故事，却因为结局传奇性而成了喜剧。崔护的这首诗也流传千古，不知究竟是故事丰富了诗句，还是诗句点缀了故事。不过无论如何，“人面桃花相映红”成了千古名句。后人说女子美丽，也经常会以“人面桃花”称赞之。

我总觉得这个故事太过圆满而显得不真实，有人说，其实是后人为了让崔护和姑娘有个美好的结局，特意为故事增添了传奇色彩。不过从另一方面看，爱情往往会因为传奇而更浪漫。

桃花这种充满浪漫气息的植物，用来比喻美人和爱情再合适不过。残缺的爱情也好，美满的婚姻也罢，在花朵烂漫的桃树下，唱一曲清歌，许一个白首不相离的誓言，总是很唯美的。

桃之夭夭，灼灼其华。我愿意在容颜最美好的年华，嫁给你，宜室宜家。

南有乔木，不可休思

——即使单恋也无妨

南有乔木，不可休思；汉有游女，不可求思。
汉之广矣，不可泳思；江之永矣，不可方思。
翘翘错薪，言刈其楚；之子于归，言秣其马。
汉之广矣，不可泳思；江之永矣，不可方思。
翘翘错薪，言刈其蒌；之子于归，言秣其驹。
汉之广矣，不可泳思；江之永矣，不可方思。
——《诗经·周南·汉广》

在《诗经》中，水边就是一个邂逅爱情的神奇地方，比如《关雎》，比如《蒹葭》，再到这首《汉广》，三首诗中的男主人公都是在水边遇到了他们心仪的姑娘，其中有在河之洲的窈窕淑女，有在水一方的所谓伊人，还有不可求思的汉江游女。且不论结果如何，在时光荏苒中，沧海化作桑田，物是人非，那从古流到今的江河之上，依旧洒下了他们的一缕相思。

一直很羡慕古人的生活，他们不用从小就被家里逼着上一整天的繁琐课程，不用一结束学业就削尖了脑袋往各大企业中钻，从此开始朝九晚五赶早班车上班族的生活。他们只需在清晨第一缕阳光照进窗户的时候起床，日出而作，日落而息。遇上心仪的姑娘或者小伙，唱唱山歌，抒发一下心中的相思，若是两情相悦，那就是一段佳话，若是单相思，便只能像《汉广》中的樵夫一样，不可求思，不可休思。古诗词中的许多爱情就是因此而产生的。

似乎古人不似现代人这般含蓄，喜欢就是喜欢，喜欢就会大胆地说出来，男子如此，少女也不例外。西晋有名的美男子潘安驾车上街的时候，不仅少女喜欢他，就连老妇人也为他的美貌所着迷，纷纷往他的车上扔果子，等他到家的时候，车里的果子已经满了，因此便有了“掷果盈车”这个成语。

当然，这也要长得美貌的男女才行，君子喜欢窈窕淑女，少女们喜欢的自然也是相貌英俊的男子。潘安上街可以“掷果盈车”，是因为他长得好看，若是长得丑，便会适得其反。《世说新语》中记载：“思貌丑悴，不持仪饰。亦复效（潘）岳游遨，于是群妪齐共乱唾之，委顿而返。”

“思”指的就是与潘安同时代的大文学家左思，他的一篇《三都赋》造成了“洛阳纸贵”的现象。左思虽然才华横溢，但是相貌奇丑，他听说了潘安的事之后，也想艳遇一番。于是，他没有做任何打扮，故作潇洒地走在洛阳的街上。结果一群妇女围着他吐口水，他只好垂头丧气地回家了。这个故事很像男版的“东施效颦”，不过不难看出，古人表达感情的方式要简单得多，明了得多。

《汉广》中的男主人公不是什么绝世美男子，也不是什么大文学家，只是一个普通的青年樵夫。某一天出门砍柴的时候，他在江边偶然遇到了汉江中的游女，从而害上了相思，唱出了这首情意缠绕的诗歌。这好比徐再思的《折桂令·春情》所云：“平生不会相思，才会相思，便害相思。”

《折桂令·春情》以思念心上人的少女的口吻写的，所流露出的感情单纯而美好。以前的她从来都不知道“相思”为何物，一旦知道了，就害上了相思。相思中的男女都是一样的，身似浮云，心如飞絮，气若游丝。《汉广》中的这位樵夫害的不仅是相思，而且是单相思。至于“单”的原因，那就不得而知了。也许游女另有所爱，也许她已经嫁给他人，又或许，她仅仅是不喜欢樵夫而已。都说爱是没有理由的，那么不爱也可以是没有理由的吧。

对方再好，但终究不是三千弱水中属于你的那一瓢。曾经沧海难为水，除却巫山不是云。若我只钟情巫山的云雨，那么其他再美的云彩，于我而言也只是过眼云烟罢了。

南山的乔木又高又大，树下不可歇阴凉。汉江上有位游女，想去追求她却不可能。诗的开头以乔木起兴，比喻的却是对游女的单恋。高大的树下不能休息，因为它不属于我；汉江的游女不可追求，因为她也不属于我。汉江滔滔，又宽又广，乘筏渡过不可能，所以我只能在远处仰望着你，独自承受心中的这份思念。

有时候，爱不一定是拥有，不一定是长相厮守。能看着自己爱的人一生平安幸福，又何尝不是一种欣慰。

柴草丛丛错杂生，用刀割取那荆条。姑娘就要出嫁了，赶快喂饱她的马。这段描写的正是樵夫的内心独白，心爱的姑娘要出嫁了，他没有嫉妒或者怨恨，而是幻想成为姑娘的仆人，喂饱她的马，好好送她嫁人。尽自己一份绵薄的力，让所爱的人幸福，倾慕之情如此深切，打动人心的同时又令人心酸不已。

汉江滔滔，江面宽广却不能渡过，说的是汉江的宽度，却也是人心的距离。

关于“游女”的身份，也有多种不同的说法。最普遍的，也是被大多数人认同的就是，她是一位已经名花有主的女子。也有说，她的身份相对于樵夫而言比较高贵，所以樵夫在没追求她的情况就已经认为她是“不可求思”的。

还有一种说法，说“游女”其实就是汉水女神，认同这种说法的人也颇多。汉水女神的说法，给这首诗增添了梦幻的色彩，虽唯美，但似乎不太符合《诗经》一贯的写实风格。因而《汉广》流传至今，仍然被定位为一首樵夫单恋游女的写实版爱情诗。

得不到回应的思念，茫然无边际，在现实中，也许很多人都会选择放弃。因心中那份执念而默默坚守的，少之又少。樵夫的思念，虽则怅然，依旧美丽。

我爱你，只是我自己的事，与你无关。即使单恋又何妨。

摽有梅，其实七兮
——青春即逝，真爱何时

摽有梅，其实七兮。求我庶士，迨其吉兮。
摽有梅，其实三兮。求我庶士，迨其今兮。
摽有梅，顷筐塈之。求我庶士，迨其谓之。
——《诗经·召南·摽有梅》

孤身的少男少女们总是渴望得到爱情，然而翘首等待中，却不能确定谁才是那个对的人。我有个朋友，身边流连的异性一直很多，可直到大学毕业他还没有谈过一次恋爱。喝茶闲聊的时候他感叹："我愿意用一辈子的桃花运去换一个对的人。"

听了后我不禁想到了曾在网上看见的一个笑话。女生甲对女生乙说："等我找到男朋友了，我要做的第一件事就是扇他一个巴掌！"女生乙问："为什么？"女生甲说："谁叫他那么晚出现！"

原来大家都是一样的，男人思娶，女人恨嫁。

不过男人的胆子比女人要大得多，也直率得多。自古以来，大多数女孩从小就会被教育要矜持，要内敛，即便有什么事情，女孩子们也都喜欢藏在心里。遇到喜欢的人，男生敢于大胆表露出来，甚至死缠烂打，软磨硬泡，不怕脸皮厚，就怕女孩不点头。所以在大学里经常可以看到这样的场景：男生在女生宿舍楼下大声表白，引来重重围观。可是我们几乎看不到女生这样做，这应该算是男女心态的差别吧。

《摽有梅》中的女子无疑是勇敢的。她不像一般女孩子那样瞻前顾后，畏首畏尾，想爱就敢大胆表达出来。看见枝头的梅子熟了，良人却还没出现，内心迫切的她忍不住唱出了这首歌：

梅子纷纷落在地上，树上还剩下七成。想追求我的小伙子，请不要耽误时辰。

梅子纷纷落在地上，树上还剩下三成。想追求我的小伙子，现在就是好时辰。

梅子纷纷落在地上，背着竹筐去拾取。想追求我的小伙子，请告诉我一声。

开篇是诗经惯用的起兴手法，以此衬托姑娘渴望爱的心情。梅子成熟了，时光逝去了，可是我生命中的那个他，为什么你还是迟迟没有出现？

这种迫切的心情是依次递进的，当梅子落地，树上还剩下七成的时候，姑娘渴望的是有小伙子来追求她。到了树上只剩下三成梅子的时候，她不免开始急了，追求我的小伙子，请不要再迟疑了，现在就是最好的时辰啊！直到梅子全部落下，该背着筐去拾取了，姑娘总算按捺不住了，干脆直率而言：那个小伙子，你怎么还不开口呢？

看表面意思，好像是姑娘等着小伙子追，是在等人来“求”，实际上却是她在求“人”。再勇敢的女孩，内心深处也还是会有些小小的骄傲的吧，明明心里想着，却喜欢用相反的方式来表述。女孩多多少少都是有些爱面子的，若是爱上一个男生，相信大多数人会选择问对方“你喜欢我吗”，而不是直截了当告诉他“我喜欢你”。

梅子的成熟，暗喻的是青春的逝去。梅子成熟一般是在六月中旬到七月上旬，这段时间江南正阴雨绵绵，因而便有了“梅雨季节”说法。贺铸的“一川烟草，满城风絮，梅子黄时雨”描述的正是这时候的景象。

一向很喜欢梅这种植物，无论是凌寒傲雪的梅花还是酸甜可口的梅子。在中国文化中，梅花不像桃花来得婉约浪漫，但一向被当做坚忍不拔的化身，如果说桃花胜在意境，那么梅花就胜在风骨。《摽有梅》中的这个女子的内心想必也是如梅花一般的坚强吧。一直等着所爱之人的出现，想爱就敢说出来，无所谓旁人的眼光。只可惜，良人至今不知何处。

那枝头的梅子熟了，四季已经过去一半，寂寞的女子不由得感慨青春即将流逝，恼岁月无情，叹真爱无期。至于她一直没有等到良人的原因，也许是以前的她太过矜持，羞于表达；也许是高傲的她眼光太高，没有遇见喜欢的人；又或许碍于当时的文化风俗，毕竟古代男女的交往远远没有现在那么平常。

但是比起封建礼教时代，先秦的民风要开放得多。无论这位姑娘到底有没有求到她爱的人，她能够毫不遮掩地表达出来，已经是很难得了。封建礼教盛行之后，深闺中的女子只能在绣楼中消磨她们的青春，就算心中再渴望爱情，她们也不敢开这个口。比如郑光祖的《倩女离魂》，女主人公张倩女只能靠灵魂离开躯体来追随爱人。

这是个带有梦幻色彩的故事。张倩女和王文举从小指腹为婚，互相喜爱。但是张家嫌弃王文举落魄，没有考上功名，于是悔婚。王文举不得已，只好独自一人上京赴考。他离开后，倩女思念成疾，一病不起。而卧病在床的那段时间，她的灵魂离开了躯体，追随爱人一同到了京城。二人在一起生活多年，直到王文举考上状元，带着倩女衣锦还乡，倩女的家人才恍然察觉真相。

离魂之事也只能发生在故事里，真正生活在封建礼教束缚下的女子们自然是不可能做到的。思嫁也好，恨嫁也罢，她们不敢做，甚至不敢言。所以，生活在诗经时代的女子无疑是幸福的，只要她们愿意，她们可以从筐中抓一把梅子向心仪的男子投去，毫不做作地说："若是喜欢我，千万别错过良辰！"

镂空的雕花窗前，是谁在苦苦等待爱情？梅子已落，青春即逝，真爱何时？

我心匪石，不可转也

——涓涓心事说给谁人听

汎彼柏舟，亦汎其流。耿耿不寐，如有隐忧。微我无酒，以敖以游。

我心匪鉴，不可以茹。亦有兄弟，不可以据。薄言往愬，逢彼之怒。

我心匪石，不可转也。我心匪席，不可卷也。威仪棣棣，不可选也。

忧心悄悄，愠于群小。觏闵既多，受侮不少。静言思之，寤辟有摽。

日居月诸，胡迭而微？心之忧矣，如匪澣衣。静言思之，不能奋飞。

——《诗经·邶风·柏舟》

“我心匪石，不可转也。我心匪席，不可卷也。”第一眼，我的注意力便被这句话吸引了。我的心并非石头，不能随便转动；我的心并非草席，不能随便翻卷。总觉得这像一位女子的内心独白，向爱人述说着她的忠贞。绵长的画卷在眼前渐渐展开，一对青年男女乘着柏木船顺流而下，执子之手，山盟海誓，以内心的坚韧给爱情定一个永久的保质期。

至于为什么会有这样的感觉，或许是因为中学时曾学过的一首长诗，《孔雀东南飞》。里面有一句话：君当作磐石，妾当作蒲苇，蒲苇纫如丝，磐石无转移。这是诗中的女主人公刘兰芝被婆婆遣送回家时对丈夫焦仲卿说的，意思是，即使被迫分离，她的心会像蒲苇一样结实牢固，而丈夫一定要像磐石一样坚硬不可转移。短短的话语，包含的却是二人忠贞不渝的爱情。

虽然意思有差别，但我还是觉得这两句话有种相似的含义，那便是内心的坚贞不屈。

然而，事实上这首诗并非和爱情有关。关于诗的具体思想，有两种说法。一说，这首诗写的是妻子被丈夫遗弃，又被他人欺负，却不甘屈服。一说，这首诗表达的是君子怀才不遇，为小人所欺辱，难以舒展心中抱负的情感。

若是单从字面上理解，那样直白的倾诉话语，似乎更贴近第一种。古时候的女人地位没有现在这样高，更别说什么男女平等了。女子必须遵守三从四德，不仅要讨好丈夫，还要讨好夫家的所有人，尤其是公婆。就像林黛玉进贾府一样小心翼翼，不能多说一句话，多行一步路，哪怕犯一点小小的错误，都会有领到休书的风险。

《孔雀东南飞》中，刘兰芝“十三能织素，十四学裁衣，十五弹箜篌，十六诵诗书”，已经算得上是贤妻的典范了，可纵然如此还是被“鸡蛋里面挑骨头”，遭到了婆婆的嫌弃。足以见得那时候的女子活得很不容易，被夫家嫌弃也就罢了，回娘家后还得被娘家人看不起。

《柏舟》中的这位妇人不知是何原因被丈夫遗弃，不过她的下场比刘兰芝可惨多了。刘兰芝回到娘家虽然也被兄长嫌弃，但因为长得貌美，即便是被休也还是被太守家的公子看上了。《柏舟》没有描写妇人的长相，不过可想而知，生活在古代的女子，纵使再好看，被休之后地位还是很低的。她的娘家有亲兄弟，却不能作为依靠，对兄弟们诉苦非但不被同情，反而惹来怒火连连。她的心中忧愁痛苦缠绕，却无法排解，还要遭到群小的欺辱。

即便在这样的情况下，妇人也还是没有屈服，她依旧坚持己见，以诗来表达心中的愤懑和矢志不渝的忠贞。

同样作为“弃妇”，《上山采蘼芜》中的妇人则卑微得多：

上山采蘼芜，下山逢故夫。长跪问故夫，新人复何如？
新人虽言好，未若故人姝。颜色类相似，手爪不相如。
新人从门入，故人从閤去。新人工织缣，故人工织素。
织缣日一匹，织素五丈余。将缣来比素，新人不如故。

这是东汉时期的一首乐府诗，出自《玉台新咏》，写的是一位被休的妇人偶遇前夫，二人之间的行为和对白。被丈夫遗弃是件十分耻辱的事，女子必然会心怀怨恨，换做现在，与前夫偶遇不上前扇他一个巴掌已经算很好了，顶多冲他皮笑肉不笑一下，以表示自己心胸宽广，不计前嫌。

可诗中的这位妇人却跪在地上和前夫对话，内容还是关于前夫的现任妻子。最最可气的是，前夫还故作大方地说新妻子比不上旧的，忍不住想骂一句，比不上你还休妻？

不过也有人认为，通过前夫的话语可以看出他内心也很难受，可见他对这位妻子还有感情的，休妻另娶或许不是他的本意，他很有可能和《孔雀东南飞》中的焦仲卿一样，因为家长的强制干涉而被迫与妻子分离。

无论是哪种情况，受伤最大的始终是女人。再多的烦恼苦闷，她们也只能烂在心里，不知道对谁诉说。

古人心事难说的时候，总喜欢借其他事来言志，比如《聊斋志异》中，蒲松龄以狐仙鬼神之事来暗讽当时的社会制度，比如《楚辞》中，屈原借和渔父的对话来表明自己的高洁，不与世俗同流合污。所以，若是说这首诗借妇人的遭遇来比喻君子怀才不遇，为小人所欺，也是很有说服力的。

韩愈在《马说》中写过，“千里马常有，而伯乐不常有”。从古至今，有不少有识之士满腔热血，想一展抱负，却苦于没有人欣赏自己的才能而郁郁不得志。他们得不到明君的赏识，还要遭到奸臣小人的诬陷。明君就好比是抛弃妇人的“丈夫”，奸臣小人则像是欺辱妇人的“群小”。君子估计是碍于世俗，只得借“妇人”之口，以被丈夫遗弃，被群小欺负来比喻自己内心的苦闷，纵有心事口难开，唯有如此，才能勉强抒愤吧。

我觉得这位君子的处境像极了屈原，君主不赏识自己，同时又被奸臣所害，心中忧愁愤懑不知道该向谁倾诉，最终以魂归汨罗江来作为对自己的解脱。

举世混浊而唯我独清，众人皆醉而唯我独醒。我有一腔心事，到底该说给谁人听?

绿衣绿衣，绿衣黄里

——斯人已逝，魂归何处

绿兮衣兮，绿衣黄里。心之忧矣，曷维其已？
绿兮衣兮，绿衣黄裳。心之忧矣，曷维其亡！
绿兮丝兮，女所治兮。我思古人，俾无訧兮。
絺兮绤兮，凄其以风。我思古人，实获我心！
——《诗经·邶风·绿衣》

看到“绿衣”二字，我脑子里鬼使神差冒出来竟然是聊斋中《绿衣女》的故事。

书生半夜灯下读书，有绿衣女子推门而入。书生明知绿衣女不是人类，但二人还是相处得十分开心，自那以后夜夜相会。直到有一天，绿衣女心中感到不安，天亮后她刚离开，书生便听到了她的呼救声，然而寻遍四周未见到人影，最后在屋檐下发现一只蜘蛛在捕捉一只绿蜂。书生将奄奄一息的绿蜂救了出来，绿蜂苏醒后，沾了砚台里的墨水在桌上写了个“谢”字就飞走了。从此绿衣女再也没有出现。

诗和故事之间没有任何关联，仅仅因为题目中相同的“绿衣”二字，让我产生了这样不靠谱的联想。

绿衣，即绿色的衣服。从古至今，学者们一般都认为《绿衣》是悼亡诗，这一说法也被后世认可。诗中描写的场景是，丈夫抚摸着妻子留下来的衣服，反复端详，睹物思人，回忆起妻子生前的种种，不禁心生愁苦，凄凉哀婉。

绿衣服啊绿衣服，绿色的外衣黄色的里，心中忧伤又愁苦，忧愁何时能停止？

绿衣服呀绿衣服，绿色的上衣黄色的裳，心中忧伤又愁苦，忧愁何时能忘？

妻子永远离开了，只留下这件绿色的衣服。而这对丈夫来说不仅仅是一件衣服，是妻子生活的缩影。为什么他看到绿衣会这么难过？因为绿衣是妻子生前亲手为他所织，里面所凝聚的是妻子对他的深深关切。

“绿兮丝兮，女所治兮”。无论是绿色的外衣还是黄色的里衣，一丝一线都经过妻子的手。丝者，思也。丝丝缠绕的，是我思念的心。

明朝冯梦龙采集编纂的诗歌总集《山歌》里面有一首诗叫《素帕》，就是以“丝”喻“思”：

不写情词不写诗，一方素帕寄心知，心知接了颠倒看，横也丝来竖也丝，这般心事有谁知？

《山歌》内容朴实，大多数接近口语。这首诗也是很容易理解的，说的是一女子不会写诗，想情郎的时候就寄一方丝帕给他。情人拿到丝帕后，反复颠倒着看，无论横着还是竖着，看见的都是丝。“横也丝来竖也丝”，其实就是“横也思来竖也思”啊。虽只是一方素帕，承载的是女子对情郎浓浓的思念。

素帕也好，绿衣也罢，它们已经不仅仅是件死物了，而是思念的代表。可我觉得《绿衣》中这种天人永隔的思念，带着一点残酷的意味。无论我有多想你，你永远不可能知道，更不可能再回到我的身边。

在古代的悼亡诗中，《绿衣》算是很有代表性的，《诗经》中另一首很有名的悼亡诗是《葛生》：

葛生蒙楚，蔹蔓于野。予美亡此。谁与独处！
葛生蒙棘，蔹蔓于域。予美亡此。谁与独息！
角枕粲兮，锦衾烂兮。予美亡此。谁与独旦！
夏之日，冬之夜。百岁之后，归于其居！
冬之夜，夏之日。百岁之后，归于其室！

这也是一首悼亡爱人的诗，一般认为这是妻子悼念逝去的丈夫。妻子默默站在丈夫的坟边，看着丛生的葛藤，顿觉伤感。诗中描写的虽是丈夫的孤独，实际上想表达的是妻子自己的孤独和凄凉。活着的人，远远比死去的人痛苦。

我的爱人葬在这里，谁来陪伴在他身边？他只能孤独地安息着。等我百年之后，再回到坟墓里和你相聚。这和著名爱情故事《梁祝》的结局很像。梁山伯死了，祝英台悲恸欲绝，在成亲当天跳入他的墓穴。

合墓而居，生住在一起，死葬在一起。这样的爱，完全足以超越生死。

同样是悼亡爱人，《葛生》和《绿衣》有着不同的意味，但其中所蕴含的生者的孤独忧愁和对亡者的思念却是相同的。

在生活节奏日益加快的今天，似乎很少有人再去重复“悼亡”的古典情怀了，但是在古代，这是一件很普遍的事，很多我们熟知的诗人都曾写过关于悼亡的传世名诗。

关于《绿衣》的具体含意，争议还是颇大的。在我们这个时代，普遍都已经接受悼亡诗的说法，但是《毛诗序》却认为这是庄姜夫人感叹自己被卫庄公冷落而作。

提到庄姜，不得不提的是《诗经》中歌颂她的名篇《硕人》，从《硕人》中可以明显看出庄姜的身份，她是春秋时齐国的公主，后嫁给卫庄公。她前半生可谓活得风光无限，但是因为婚后无子而遭到了卫庄公的冷落，最终在深宫中孤独地度过了一生。

后世对庄姜夫人的评价很高，宋理学家朱熹甚至认为她是中国历史上第一位女诗人，《柏舟》《绿衣》《燕燕》《击鼓》《凯风》这五首诗都是出自庄姜之手。他在《诗集传》中写道："庄公惑于嬖妾，夫人庄姜贤而失位，故作此诗，言绿衣黄里，以比贱妾尊显。正嫡幽微，使我忧之不能自已也。"

朱熹的说法和《毛诗序》差不多，或许这种说法和诗的表面意思相差较大，在时间的浪涛中渐渐失去了大部分支持的声音，而悼亡诗的说法却一直屹立不倒。

斯人已去，魂归何处？我在思念你，可你并不知道。有时候，世界上最遥远的距离，恰恰就是生与死的距离。

燕燕于飞，差池其羽
——多情自古伤离别

燕燕于飞，差池其羽。之子于归，远送于野。瞻望弗及，泣涕如雨。
燕燕于飞，颉之颃之。之子于归，远于将之。瞻望弗及，伫立以泣。
燕燕于飞，下上其音。之子于归，远送于南。瞻望弗及，实劳我心。
仲氏任只，其心塞渊。终温且惠，淑慎其身。先君之思，以勖寡人。

——《诗经·邶风·燕燕》

按照《毛诗序》中的说法，《燕燕》的作者也是庄姜，而诗的主旨是“卫庄姜送归妾也”，即庄姜送别卫庄公的妾室戴妫时所作，说白了也就是妻送妾。

古代男子都会娶多个妻妾，帝王就更不用说了。庄姜虽然身份高贵，端庄貌美，但也避免不了丈夫再娶的命运。由于婚后无子，一度被卫庄公冷落。后来，卫庄公又娶了陈国女子厉妫。

《左传·隐公三年》记载道：“卫庄公娶于齐东宫得臣之妹，曰庄姜。美而无子，卫人所为赋《硕人》也。又娶于陈，曰厉妫。生孝伯，蚤死。其娣戴妫生桓公，庄姜以为己子。”

厉妫即厉妫，她嫁给卫庄公之后生有一子孝伯，但孩子很早就夭折了。而后卫庄公又娶了厉妫的妹妹戴妫。自那以后庄姜彻底成了不受宠的妃子，在感情方面完全算是被打入冷宫了。

按理说，即便是娶了侍妾，对美丽的原配妻子也不该如此冷淡吧，好歹庄姜的娘家齐国也算是中原强国，不看僧面也得看佛面啊。若是在现代，这一说法或许成立，但古人崇尚“母以子贵”。一个女人，即便无才无德，只要能生出儿子她的地位就高，反之则会被夫家嫌弃。

庄姜不能生孩子，卫庄公冷落嫌弃她，齐国人就算再生气也不敢说什么，大概是觉得理亏吧，毕竟他们的公主没能给人家怀上孩子，他们又能奈何。

不过庄姜夫人被后人赞咏也不是没有原因的。戴妫为卫庄公生了儿子姬完，或许是因为没有自己的孩子吧，庄姜一直对姬完视如己出。戴妫也算是庄姜的情敌了，自古以来，有几个女人能真正做到对情敌给自己丈夫生的儿子疼爱有加？如此看来，庄姜的度量还真不是一般大。

《燕燕》的背景是庄姜送别戴妫，这一“送别”也是有历史背景的。卫庄公的另外一个侍妾生了公子州吁，州吁从小好武，深得卫庄公喜爱。大夫石碏劝卫庄公，让他尽快定好太子的人选，以免发生动乱。但是卫庄公不听，一如既往地偏爱州吁。

等到卫庄公死后，公子姬完即位，即卫桓公。州吁和石碏的儿子石厚联手杀死了姬完，自立为王。姬完被杀，他的生母戴妫受到牵连，被遣送回陈国。临行前庄姜为戴妫送行，作了这首诗。

忍不住插个题外话，众所周知的成语“大义灭亲”也出自这一典故。州吁和石厚谋反之后，石碏对石厚的行为深恶痛绝，便联合了陈国国君陈桓公将二人除去。他的行为被卫国百姓传颂，“大义灭亲”的成语也流传至今。

《燕燕》是庄姜送别戴妫所作，这是最早的一种说法。按照这种说法，诗的前两句大概意思就是：燕子飞呀飞，羽毛长短不齐。她马上要回娘家，我送她到郊外。“之子于归”的“归”在这解释为回娘家的意思。

辛弃疾的《贺新郎·别茂嘉十二弟》中有一句“看燕燕，送归妾”，就是取之于这一说法：

绿树听鹈鴂，更那堪、鹧鸪声住，杜鹃声切。啼到春归无寻处，苦恨芳菲都歇。算未抵、人间离别。马上琵琶关塞黑。更长门翠辇辞金阙。看燕燕，送归妾。

将军百战身名裂。向河梁、回头万里，故人长绝。易水萧萧西风冷，满座衣冠似雪。正壮士、悲歌未彻。啼鸟还知如许恨，料不啼清泪长啼血。谁共我，醉明月？

这阕词是辛弃疾送别堂弟茂嘉时所作，分别用了昭君出塞远嫁匈奴、汉武帝皇后陈阿娇幽禁长门宫、庄姜送别卫庄公妾室戴妫、李陵投降匈奴后送苏武归汉、燕国太子丹在易水送荆轲刺秦等五个典故。可见，辛弃疾也同意《燕燕》出自庄姜之手。

然而随着时间的流逝，这种说法被后人否决了。究其原因，似乎是因为诗中有一句“瞻望弗及，泣涕如雨”，意思是庄姜送走戴妫后，渐渐望不见她的身影，忍不住泪如雨下。无论多大度的女人，能做到与妾室和平共处，对妾室的儿子视如己出，已经很了不起了，犯不着妾室回娘家她还哭得眼泪哗啦吧？

所以又有了这样一种说法：《燕燕》描写的是男子送心爱女子远嫁的场景。我爱的那个她要嫁人了，新郎却不是我，怎么能不伤心难过？

送情敌和送爱人，哪种情况会出现“泣涕如雨”的场景？显然，后者更加合乎常理。

若是按照“男子送爱人”的说法，诗句翻译过来又是另一种意思了。燕子飞呀飞，羽毛长短不齐。姑娘就要出嫁了，我送她到郊外。远远地望不见她的身影，我的眼泪如雨水滑落……按此意思，“之子于归”的“归”应解释为“出嫁”。

不得不感叹中国语言文字的博大精深，同一首诗，改变一个字的意思，整首诗的意思也随之改变，也难怪后世对《诗经》中许多诗真正含意的争议一直很大。

至于《燕燕》，我个人也是比较偏向后一种说法的。身为女人，我实在无法理解，送情敌回娘家居然会哭。怕是再心胸宽广的人也做不到吧，如果说是高兴得哭出来，可信度倒还高一点。

心爱的姑娘离开了，我远远望着她，一步三回头，忍不住泣泪涟涟。这令我想到了柳永《雨霖铃》中的一句话：执手相看泪眼，竟无语凝噎。只可惜《燕燕》中的这个男主人公太可怜，离别在即，这一别很有可能是一辈子，他却连姑娘的手都不能拉。他能做的只有远远地望着爱人，直到她的身影消失在视线的尽头。

多情自古伤离别。这一次送你远去，也许，后会无期。

新台有泚，河水弥弥

——长得太美也是罪

新台有泚，河水弥弥。燕婉之求，籧篨不鲜。
新台有洒，河水浼浼。燕婉之求，籧篨不殄。
鱼网之设，鸿则离之。燕婉之求，得此戚施。
——《诗经·邶风·新台》

女人长得不美会被人嫌弃，长得太美，有时候却是一种罪。举个很简单的例子，中国古代四大美女之一的杨贵妃就是因为长得太漂亮而被公公唐玄宗看中，强纳为妃，虽集万千宠爱于一身，但最终落得个惨死马嵬坡的下场。

之所以举杨贵妃的例子，是因为《新台》是一首讽刺公公筑新台强占儿媳的山歌。这里的“公公”是春秋时卫国的国君卫宣公，“儿媳”则是春秋著名美女齐宣姜。宣姜的遭遇和杨贵妃相似，甚至更凄惨。杨贵妃不得已嫁给了公公唐玄宗，但好歹入宫后婚姻生活很幸福，她和唐明皇之间的爱情也是有目共睹的。

宣姜是齐国的公主，她长得十分漂亮，和姐姐文姜都是当时出了名的美女。卫国派使者为他们的太子姬伋求娶美丽的宣姜公主。姬伋比宣姜大不了几岁，儒雅俊朗，才华横溢，宣姜的父亲齐僖公毫不犹豫就答应了这门亲事。

姬伋和宣姜，一个太子一个公主，一个帅哥一个美女，本该是天造地设的一对，他们若真成亲了，不知道会令多少人羡慕。估计连老天爷也觉得这对组合太完美了，所以没有让他们在一起。

求亲的使者回到卫国后，将宣姜的美貌传开了。卫宣公本就是个好色之徒，他年轻的时候曾勾引过父亲卫庄公的妃子夷姜，二人私通生下了姬伋，碍于伦理，只好偷偷养在宫外。卫庄公一死，他马上把夷姜纳进了自己的后宫，并立夷姜的儿子姬伋为太子，可见当时他对夷姜还是十分宠爱的。

卫宣公乃好色之徒，他一听准儿媳妇宣姜是个绝色美女，马上打起了歪主意。经过和心腹大臣的一番密谋，他把太子姬伋派去出使宋国，自己则在迎亲的必经之路淇水边修建了行宫新台，准备将宣姜占为己有。

可怜的宣姜公主蒙着盖头稀里糊涂和卫宣公拜了堂，等入洞房揭盖头的时候才发现，新郎不是英俊的太子，而是个丑陋的糟老头子。只可惜她一个弱女子，又远在异国他乡，只能做俎上鱼肉任人宰割了。

美丽的公主嫁给了年迈的卫宣公，简直就是一朵鲜花插在牛粪上，齐国百姓怎么能咽下这口气？宣姜的父亲齐僖公气得不行，两国也差点因此开战，无奈考虑到政治方面的种种问题，而且宣姜嫁给卫宣公直接就是王后的身份，对齐国只有好处没有坏处，齐僖公只得接受这门亲事，骗婚的事也就不了了之了。

两国的矛盾解决了，皆大欢喜，卫宣公也如愿抱得美人归，可怜的只有公主和太子。对于宣姜来说，她本人肯定是极不愿意接受这个安排的，爱人居然成了自己的继子，换做谁都受不了。至于姬伋，此后话越来越少，经常独自发呆，或许他也只敢在心里默默地想着心上人吧。

卫宣公大概觉得对不起儿子，于是在自己的后宫里挑了几个女人塞给姬伋，就当是补偿了。自从有了新欢，卫宣公把旧爱夷姜抛到了一边，天天带着宣姜在新台寻欢作乐，他们很快就生下了长子姬寿和次子姬朔。卫宣公爱屋及乌，对姬寿和姬朔的爱渐渐超过了姬伋，也产生了将王位传给姬朔的想法。

姬寿和姬朔虽是一个娘胎里出来的，品德却有着天壤之别。姬寿生性温和仁慈，和大哥姬伋的关系也很好。姬朔却是个不折不扣野心家，阴险而狡猾，他担心姬寿和姬伋影响到自己的地位，便向母亲宣姜告状，说姬伋没有忘记当年的夺妻之恨，一心想着报复。

宣姜本就担心卫宣公百年之后自己两个儿子的安危，听姬朔这么一说，立马就急了，也不管真相如何，急匆匆跑去找卫宣公诉苦。卫宣公听完大怒，把夷姜找来痛骂了一顿，指责她教子无方，夷姜有苦难言，当晚就自缢死了。

出了这种事，不杀姬伋卫宣公内心不安。为了掩人耳目，他派姬伋出使齐国，并在路上安排好了杀手，以姬伋使用的旌旗“四马白旄尾”为标志，准备除掉他。

善良的姬寿知道了父亲和弟弟的阴谋，立刻如实告诉了姬伋。可是姬伋认为这是他的命运，既然父亲要他死，他就不得不去死。姬寿见劝不动哥哥，就在送行的宴会上将姬伋灌醉，自己则带上“四马白旄尾”代替哥哥出发了。

杀手只认旗不认人，二话不说把姬寿的脑袋给砍了下来。姬伋醒过来之后立刻去追赶，可是等他赶到的时候姬寿已经死了。他痛心疾首，对杀手说："你们杀错人了，父亲让你杀的人是我，不是公子寿。"杀手一听，管他谁是谁，两个都杀了准没错，于是又把姬伋给杀了。

宣姜听到儿子和心上人死去的消息，悲伤不已。《诗经·邶风·二子乘舟》记载的就是宣姜对他们的思念：

二子乘舟，泛泛其景，愿言思子，中心养养！

二子乘舟，泛泛其逝，愿言思子，不瑕有害！

卫宣公看见杀手带来的两个首级，很快就悲伤过度死了。宣姜也等于死了一样，成天愁眉苦脸，少言寡语。只有姬朔躲在暗处开心，他可谓是一箭双雕，一下子除掉了两个竞争对手。

卫国百姓自然是不同意姬朔继承王位的，于是贵族们发动了一场政变。姬朔仓皇逃亡齐国，宣姜则被留了下来。她没了活下去的希望，一心求死。不过卫国不敢得罪齐国，居然接受了宣姜的哥哥齐襄公提出的荒唐建议，让宣姜嫁给姬伋的同胞弟弟公子顽。

就这样，姬朔在齐襄公的帮助下顺利坐上了王位，可怜的宣姜再次成为政治的筹码，被逼成就了一段荒唐的婚姻。不过据说她和公子顽婚后生活还是很幸福的，他们生有五个子女：公子齐子、卫戴公申、卫文公毁、宋桓夫人、许穆夫人。

《新台》全诗反复赞颂"新台有泚"、"新台有洒"，其实是以新台的美丽壮观来反衬卫宣公干的丑事，可见百姓对卫宣公强占儿媳之事也是非常不满的。只可惜了美丽的宣姜，一朵鲜花就这样被摧残了。

载驰载驱，归唁卫侯

——谁说女子不如男

载驰载驱，归唁卫侯。驱马悠悠，言至于漕。
大夫跋涉，我心则忧。既不我嘉，不能旋反。
视而不臧，我思不远。既不我嘉，不能旋济。
视而不臧，我思不閟。陟彼阿丘，言采其蝱。
女子善怀，亦各有行。许人尤之，众稚且狂。
我行其野，芃芃其麦。控于大邦，谁因谁极？
大夫君子，无我有尤。百尔所思，不如我所之。

——《诗经·鄘风·载驰》

许穆夫人是我国有历史记载的第一位爱国女诗人，长大后嫁给了许国国君许穆公，因此被称作许穆夫人。

许穆夫人是上篇提到过的宣姜和公子顽婚后生的女儿，青出于蓝的她不仅继承了母亲的美丽，还拥有母亲所没有的气概。她不光长得漂亮，而且极富才气，是美女加才女的典型代表。在《诗经》之中，《竹竿》《泉水》《载驰》等三篇的作者据说都是许穆夫人，其余两篇尚存在争议，但毫无疑问的是，这首《载驰》是许穆夫人赶回去吊唁卫国的途中所写。

相传许穆夫人年轻的时候长得特别漂亮，许国和齐国同时派人来提亲。许穆夫人年纪不大却很有远见，她认为，齐国不仅强大，而且临近自己的祖国卫国，一旦发生意外也好支援，而许国相对弱小，离卫国也远，无论从哪方面看嫁到齐国益处都比较多，更何况齐国还是自己母亲宣姜的祖国。但是在父母和国君的坚持下，她最终嫁给了许国的国君许穆公，故号称许穆夫人。

不得不说，许穆夫人挑人的眼光比她父母强多了，如果按照她自己的意愿，她的夫君就应该是名垂青史的春秋五霸之一的齐桓公。相比许穆公，齐桓公和聪明美丽又坚强的许穆夫人配多了。

当时卫国的国君是卫惠公的儿子卫懿公，这位卫懿公也是个极品，他没别的爱好，就喜欢养鹤。喜欢到什么程度呢？他不理朝政，在宫廷大规模养鹤，还给鹤封官拜侯，封了一大堆的“鹤将军”。

北狄入侵卫国，卫懿公这才急了，他准备带兵抵抗，可是早就心存怨言的大臣们落井下石，对他说：“你不是喜欢养鹤吗？不是封了一大堆鹤将军吗？那就让鹤将军们去打仗吧。”无奈之下，卫懿公只好带着少数兵马去迎战，最后兵败被杀。所以有了“卫懿公好鹤而亡国”的说法。

卫懿公死后，卫人又立许穆夫人同父异母的哥哥戴公为王，不久戴公就死了，之后的国君是许穆夫人的另一个哥哥文公。卫国遭遇浩劫，许穆夫人就是在这种情况下从许国千里迢迢赶回去吊唁的。

许穆夫人和卫懿公的关系让我有点风中凌乱。名义上，许穆夫人是卫宣公和宣姜的女儿，但是宣姜在卫宣公死后又嫁给了宣公和夷姜的儿子公子顽，许穆夫人正是宣姜和公子顽所生。而卫懿公的父亲卫惠公姬朔也是宣姜的儿子，按照父亲方面的关系来算，许穆夫人是卫懿公的堂妹，但是按照母亲方面的关系，卫懿公还得叫许穆夫人一声姑姑。

说了半天，总算把卫国王室混乱的亲属关系勉强厘清。

《载驰》翻译成白话，意思大致如下：

驾着车子奔驰，回国吊唁卫侯。驱车赶路路途遥远，恨不能马上到漕邑。许国大夫跋涉前来，他们的阻止令我心忧。

就算你们不赞成我，我也不能返回许国。你们置身事外，我却一心想着祖国。就算你们不赞同我，我也不能渡河回许国。

登上那个高山冈，采摘贝母治忧伤。女子虽然多忧思，自有道理和头绪。许国大夫责备我，实在狂妄又幼稚。

我走在祖国田野上，麦苗长得很旺盛。想去大国求支援，谁能来让我依靠？许国的大夫们，不要再责备我。你们虽然主意多，不如我亲自走一趟。

从诗中可以看出，许国的大夫是不主张支援卫国的。许穆夫人无法，她不能眼睁睁看着祖国灭亡，所以她只能亲自出马，去其他国家请求支援。谁知许国的大夫们还是不肯善罢甘休，他们接二连三指责许穆夫人一个妇道人家不该插手这些事，说她抛头露面不成体统。

按照当时的观点，女人嫁到哪儿就该是哪儿的人了。在许国人眼里，卫国出再大的事也和许穆夫人没关系了。许穆夫人面对重重指责，依旧坚持自己的信念。

事实证明许穆夫人的坚持是对的，在她的奔波下，齐桓公派兵到漕邑，又让他的儿子公子无亏率领三千士兵和三百战车前去卫国支援。不厚道地猜测一下，齐桓公此举，是不是包含了对本该成为他妻子的许穆夫人的情意在里面呢？

既然齐国都出面了，其他国家也不好意思坐视不理，之后，宋国、许国等国纷纷派兵支援，帮助卫国收复失地。卫国的局面虽然有所好转，也恢复了诸侯国的地位，但经此一役，卫国元气大伤，从大国变成了小国。

卫国得以恢复，和许穆夫人的奔走周旋是分不开的。以现在的眼光来看，许穆夫人不外乎是一位出色的外交家。

红颜女儿，巾帼不让须眉。谁说女子不如男？

有女同车，颜如舜华
——自古美女话题多

有女同车，颜如舜华。将翱将翔，佩玉琼琚。彼美孟姜，洵美且都。
有女同行，颜如舜英。将翱将翔，佩玉将将。彼美孟姜，德音不忘。
——《诗经·郑风·有女同车》

看过《封神榜》的人对这段历史都不陌生：武王姬发推翻了暴君纣王的统治，建立了周王朝。周武王得天下后论功行赏，“封师尚父于齐营丘”，这里的“师尚父”就是大名鼎鼎的姜子牙，也是齐国最早的君王。

小时候看电视剧版的《封神榜》，里面演姜子牙的老先生仙风道骨，年轻时肯定是位帅哥，就是不知道历史上的太公到底长啥样。不过，就凭齐国姜氏一族出了那么多有名的美女，身为祖先的太公应该也丑不到哪儿去。

姜家的姑娘中，除了《硕人》中手如柔荑的大美女庄姜外，最出名的当属文姜和宣姜这对姐妹花了。姜家这三位美女的事迹，在《诗经》中都有记载，比如《新台》讽刺的是老色鬼卫宣公强占儿媳宣姜的丑事，《有女同车》则是郑国百姓为歌颂文姜而作，只可惜文姜辜负了他们最初的美好期望。

文姜和宣姜姐妹都是倾国倾城的美人，放眼整个春秋，很难找出比她们更漂亮的姑娘了。这对姐妹花在当时惹出了不少事端，她们的婚姻甚至影响了东周很长一段时间的历史。

当时，齐国是很强大的国家，而且有着越来越繁荣的趋势。如此强大的国家的公主，长得又漂亮，各国诸侯自然纷纷前去提亲。文姜的父亲齐僖公挑中了郑国年少英俊的公子姬忽。

郑国百姓对这位未来的国母都很欢迎，还特意做了《有女同车》这首诗来歌颂她：

有个姑娘和我同坐一辆车，她的脸蛋好像盛开的木槿花。跑啊跑啊像在飞，身上佩戴着玉佩。姜家大姑娘不一般，真是美丽又漂亮。

有个姑娘和我一同出行，她的脸蛋像木槿花一样水灵。跑啊跑啊像在飞，身上的玉佩叮当响。姜家大姑娘真漂亮，美好品德我们不能忘。

郑人在作这首诗的时候，应该是融入很深的感情的，文姜的美在诗中体现得淋漓尽致，想必他们也渴望着公子姬忽能够早日把美丽的文姜公主娶回家吧。

清朝学者姚际恒在《诗经通论》中指出，后世赞美美女的诗篇有很多受到了此诗的影响。比如曹植那篇有名的《洛神赋》，其中“翩若惊鸿”“若将飞而未翔”两句，还有宋玉《神女赋》中的“婉若游龙乘云翔”，灵感均来源于此。

就好比妹妹宣姜被许配给公子姬伋一样，文姜和姬忽的这段婚姻也是天作之合。可是这对难姐难妹也不知触了什么霉头，一个个婚姻全出岔子，妹妹被骗婚，姐姐则被退婚。

公子姬忽退婚的理由很牵强——齐大非偶。意思是说，你们齐国太强大啦，我高攀不上。这话一听就知道是托词，他退婚的真正原因，很可能是听说了文姜不检点的私生活：她和她同父异母的亲哥哥姜诸儿有私情。

为了避免儿女的不伦之恋败露，齐僖公赶紧在文姜众多求婚者中挑了一位对此事不怎么清楚且年纪又大的鲁桓公，急着想把她嫁了。鲁桓公不顾大臣的反对，欢天喜地答应了这门亲事。

或许是为了在妹妹出嫁前最后和她亲近一下，姜诸儿主动提出送妹妹去鲁国。齐国民间流传的《诗经·齐风·南山》讽刺的就是姜诸儿和文姜的畸恋：

南山崔崔，雄狐绥绥。鲁道有荡，齐子由归。既曰归止，曷又怀止？
葛屦五两，冠緌双止。鲁道有荡，齐子庸止。既曰庸止，曷又从止？
艺麻如之何？衡从其亩。取妻如之何？必告父母。既曰告止，曷又鞠止？
析薪如之何？匪斧不克。取妻如之何？匪媒不得。既曰得止，曷又极止？

齐僖公真是可怜，两个美丽的女儿都摊上这种事儿，偏偏儿子又不争气，居然跟自己的妹妹暧昧，静下心来想想，难免心生郁闷。所以文姜嫁到鲁国之后，齐僖公不许她回娘家，以免这两兄妹见了面又生出什么事端。

文姜嫁到鲁国的这段时间还算平静，她一共给鲁桓公生了两个儿子，姬同和姬季友，姬同就是后来的鲁庄公。

鲁桓公十五年，齐僖公去世，姜诸儿顺理成章继承王位，成了齐襄公。三年后，齐襄公向周庄王求婚，周庄王答应将自己的妹妹嫁给他。齐襄公邀请和周庄王同姓的鲁桓公为自己主持婚礼，鲁桓公自然不会拒绝。

十八年没跟哥哥见过面的文姜一听这个消息，比谁都激动。鲁国大臣们对文姜兄妹的私情有所耳闻，所以都不同意文姜同行。但是鲁桓公拗不过美貌的妻子，他不顾大臣的反对，最终还是带上了文姜。

齐襄公对文姜朝思暮想，一别十八年，文姜还是那么美丽动人，他们的旧情很快就复燃了，而且又是在自己的地盘齐国，这对兄妹便更加肆无忌惮。文姜甚至深夜都不回鲁国使者住处，直接住在了哥哥的寝宫。

鲁桓公知道后大怒，对之前的传闻不得不信。他狠狠责骂了文姜一顿，还怀疑姬同是文姜和齐襄公的儿子。文姜受了委屈，哭哭啼啼地跑到哥哥面前去告状。齐襄公一听，气得不行，心想这老头子竟敢欺负我心爱的妹妹，把他解决了我就能跟妹妹长相厮守啦。

这一想法很快就被付诸行动。齐襄公宴请鲁桓公，趁鲁桓公喝醉的时候派手下彭生把他给杀了。鲁国百姓要求惩治凶手，为了平息民怨，齐襄公就把彭生给处死了。彭生有苦难言，临死前还发誓要化成厉鬼索命。

没有了障碍，文姜兄妹便光明正大地过着属于他们俩的缠绵日子。《诗经·齐风·载驱》记载了他们一起乘车出游的情形：

载驱薄薄，簟茀朱鞹，鲁道有荡，齐子发夕。
四骊济济，垂辔沵沵，鲁道有荡，齐子岂弟。
汶水汤汤，行人彭彭，鲁道有荡，齐子翱翔。
汶水滔滔，行人儦儦，鲁道有荡，齐子游敖。

鲁国继任国君是文姜的儿子——鲁庄公姬同，他承受不住外界的舆论压力，派人去接文姜回国，文姜没办法，只好依依不舍地告别了齐襄公。车子行至齐鲁边境禚地，文姜不想走了，她说："这里非齐非鲁，我住在这正好。"鲁庄公无法驳回母亲的请求，就在禚地为文姜修了一座宫殿。齐襄公听到此事，马上在禚地附近修建了一座行宫，每每借打猎之名与文姜相会。

再后来，齐襄公被手下设计杀害了。关于齐襄公的死，还有一种说法是，当年枉死的彭生报仇索命来了，这多半是真凶散布的谣言。

丈夫死了，情人也死了，文姜没有了精神寄托，就收了心，帮儿子处理政事。出乎很多人的意料，文姜不是个光有美貌的绣花枕头，她有着非常敏锐的政治嗅觉和军事才能，处理起国家大事游刃有余。在她的帮助下，鲁国迅速崛起成为了政治经济强国。

文姜去世后，鲁庄公大赦天下，鲁国的百姓对她心存感激，丝毫没计较她年轻时候的那些荒唐事。就连郑国的百姓也觉得，当年公子姬忽不该退了和文姜的亲事，如果文姜成了郑国的国母，如今强大的还不知道是谁呢。

《诗经》中对文姜的事迹记载得比较详细，主要还是因为她不怎么检点的私生活。她那些风流韵事听起来的确荒唐，但这没有影响到她在百姓心中的完美形象。比起后世那些因为放荡而被口诛笔伐的后妃们，风流的文姜要能干得多，因为她卓越的政治才能，她最终得到了百姓的认可和尊重。

什么是美女？真正的美女，话题再多又怎样？

手如柔荑，肤如凝脂
——千古美人第一绝唱

硕人其颀，衣锦褧衣。齐侯之子，卫侯之妻。
东宫之妹，邢侯之姨，谭公维私。
手如柔荑，肤如凝脂，领如蝤蛴，齿如瓠犀，
螓首蛾眉，巧笑倩兮，美目盼兮。
硕人敖敖，说于农郊。四牡有骄，朱幩镳镳。
翟茀以朝。大夫夙退，无使君劳。
河水洋洋，北流活活。施罛濊濊，鳣鲔发发。
葭菼揭揭，庶姜孽孽，庶士有朅。
——《诗经·卫风·硕人》

《硕人》是《诗经》中非常有名的一篇，所歌颂的美女是卫庄公的夫人庄姜。

古书上记载女子很少直接记名字，有些以丈夫的封号和她们娘家的姓氏来命名，比如齐国女子姓姜，嫁给卫庄公的就叫庄姜，嫁给卫宣公的就叫宣姜。又有以国名和娘家姓氏来命名的，比如令周幽王不惜烽火戏诸侯的美女褒姒就是褒国人，姓姒。而《南山》中文姜的情况比较特殊，她虽然嫁给了鲁桓公，按理应该叫桓姜的，但是她才华横溢，对鲁国帮助很大，所以被称为“文”。

毋庸置疑，庄姜是美丽的。她不仅拥有花一样的容貌，还拥有高贵的身份。齐国在诸侯国中的地位很高，齐国的公主出嫁，排场自然小不了。《硕人》描写的就是庄姜嫁到卫国时候的盛大场面。

“硕人”即高大的人，可见庄姜高挑修长，搁现在估计就是模特身材了。长得漂亮，身材又好，家里有钱又有权，庄姜这些条件加在一起，足以让所有女人自卑到泪流满面。对于她的美丽和高贵，诗中详细描述了：

身材高挑的美女，穿着华丽的裙子和罩衣。她是齐王的爱女，是卫王的娇妻。她是太子的妹妹，是邢侯的小姨子，谭公是她的妹夫。

“东宫”是太子的住处，后来成了太子的别称。“邢”和“谭”都是诸侯国的名字，按诗中的意思，庄姜的姐姐和妹妹应该分别嫁给了邢侯和谭公。

诗的篇幅不长，条理却很清楚，在交代清楚了庄姜的身份后，紧接着开始歌颂庄姜的美丽。她究竟美到什么程度呢？“手如柔荑，肤如凝脂，领如蝤蛴，齿如瓠犀，螓首蛾眉，巧笑倩兮，美目盼兮。”

“柔荑”意为植物初生的叶芽。几千年下来，柔荑已经成了女子美手的代名词，不过我还是很难把手指和草木的嫩芽联系在一起，相比之下，《孔雀东南飞》中的那句“指如削葱根”似乎更形象。葱根，又白又细，恰似美女白嫩纤细的手指。

后世很多诗篇都有借用“柔荑”一词，应该也是受到这首诗的影响吧。三国大才子曹丕的《弹棋赋》中有一句“平如砥砺，滑如柔荑”；南朝王融的《三月三日曲水诗序》也写道：“杂夭采于柔荑，乱嘤声于绵羽。”

“凝脂”即凝固的油脂，洁白而柔润，一直被用来比作女子的皮肤。不过人的皮肤上总归是有毛孔和细纹的，能做到肤如凝脂该是多难，估计再好的名牌化妆品也难有此功效吧。

用柔荑和凝脂夸奖美女都还可行，不过“领如蝤蛴”就比较难想象了。“领”指的是脖子，“蝤蛴”是天牛的幼虫，黄白色，肉乎乎的，是寄居在树木里的一种害虫。长得像天牛幼虫的脖子……自从我在网上见了蝤蛴的照片之后，每次想到这个比喻就忍不住皱眉头。

现在我们夸姑娘的牙齿长得整齐好看，会说“贝齿”，在诗经时代，他们说的则是“瓠犀”，也就是瓠瓜的子。瓠瓜很多人应该都见过，就是西葫芦，用西葫芦的子儿来比喻洁白整齐的牙齿，倒也贴切。

不同的时代有不同的审美标准，唐朝崇尚丰满，据说四大美女之一的杨贵妃就长得白白胖胖的。再比如，《战国策》中记载“楚王好细腰”，楚灵王喜欢腰身纤细的人，楚国的士大夫们为了讨好他，全都节食减肥，以求能让腰变细，为此还饿得站不起来。看来，君王的一句话也是能决定审美标准的。

按照现代人的眼光，姑娘长得前凸后翘才叫美，具体说来大概就是胸部丰满，双腿修长，皮肤白皙，瓜子脸儿樱桃嘴，等等。显然，庄姜的容貌还不是很符合我们这个时代的审美，因为她“螓首蛾眉”，也就是说，庄姜是个额头很宽的姑娘。

不过，不管怎么说，庄姜能坐稳当时第一美女的宝座，比现在的那些所谓选美小姐，不知道强多少倍呢。我们在赞美她的美貌的同时，千万不能忽略一点，人家还是公主，是公主啊！古代的公主们长什么样我们不知道，但是显然，公主在很多女孩子心中是比美女分量还足的赞美之词。

大美女出嫁，车队浩浩荡荡，估计在地里干农活儿的百姓一听到仪仗队鼓乐声，全都丢下锄头跑去围观了。

身材高挑的美女啊，停车休息在城郊。匹匹驾车的马高大雄壮，马勒上红绸飘扬，翎羽装饰的车到王宫。卫国的大夫退朝就早点散了吧，别让国君太劳累了。

看看，连百姓都迫不及待要让卫庄公早点去陪新娘子了，上朝之事容后再说吧。只可惜卫庄公辜负了百姓们的好意，娶回了美人，腻了之后就晾在一边了。

庄姜嫁得很风光，可是婚后生活却是不幸福的。由于她不能生子，卫庄公对她越来越冷落，而后又娶了陈国的姐妹花厉妫和戴妫。庄姜空有美丽，却只能孤芳自赏，作为女人这算是件很可悲的事了。

清人姚际恒评价这首诗，曰："千古颂美人者无出其右，是为绝唱。"千古歌颂美人的诗篇，没有能超过《硕人》的，因此《硕人》可谓是千古绝唱了。

这么高的评价，让我想到了宋玉在《登徒子好色赋》中所写的："天下之佳人莫若楚国，楚国之丽者莫若臣里，臣里之美者莫若臣东家之子。东家之子，增之一分则太长，减之一分则太短；著粉则太白，施朱则太赤；眉如翠羽，肌如白雪；腰如束素，齿如含贝；嫣然一笑，惑阳城，迷下蔡。"

"东家之子"一直我心中美女的极致，很好奇，也不知道庄姜和东家之子相比，谁更胜一筹。

有匪君子，如切如磋

——谦谦君子，温润如玉

瞻彼淇奥，绿竹猗猗。有匪君子，如切如磋，如琢如磨。
瑟兮僴兮，赫兮咺兮。有匪君子，终不可谖兮。
瞻彼淇奥，绿竹青青。有匪君子，充耳琇莹，会弁如星。
瑟兮僴兮，赫兮咺兮。有匪君子，终不可谖兮。
瞻彼淇奥，绿竹如箦。有匪君子，如金如锡，如圭如璧。
宽兮绰兮，猗重较兮。善戏谑兮，不为虐兮。

——《诗经·卫风·淇奥》

看了那么多歌颂美人的诗，终于来了一首歌颂君子的，不容易啊。

一般来说，形容美人我们用得最多的比喻就是花，桃花、梨花、莲花、木槿花，等等，因为只有花的娇艳才能比得上姑娘的倾城容貌。而形容君子，用得比较多的就是玉啊，竹子啊，玉石光滑温润，恰似君子的儒雅的品德；竹子虚心有节，一如君子宽广的心胸。

淇奥（“奥”念“玉”）意思就是淇水的曲岸，全诗每段均以淇水起兴，又以绿竹和美玉做比喻，赞美君子的高雅和美好品德。淇水在今天河南省的北部，古时为黄河的支流。貌似先秦的人们都钟爱这条河流，《诗经》中有很多首都提到淇水。

《诗经·卫风·氓》里面的“淇水汤汤，渐车帷裳”，“淇则有岸，隰则有泮”，《诗经·卫风·有狐》中的“有狐绥绥，在彼淇厉”，《诗经·邶风·泉水》中的“毖彼泉水，亦流于淇”，这些“淇”指的均是淇水。此外，《诗经·邶风·新台》中提到的卫宣公为骗娶宣姜而建的宫殿新台，也在淇水边。

看那淇水河弯弯，碧绿的竹林片片。有位高雅的君子，像切磋过的象牙，像琢磨过的美玉。看他器宇轩昂，看他光明磊落。这样一位高雅的君子，常记心中不磨灭。

看那淇水弯弯，绿竹青葱茂盛。有位高雅的君子，美丽的玉石垂在耳边，帽上的宝石像闪烁的星星。看他器宇轩昂，看他光明磊落。这样一位高雅的君子，常记心中不磨灭。

看那淇水弯弯，绿竹葱茏一片。有位高雅的君子，好像金锡璀璨，好像玉璧温润。宽宏大量又豁达，靠着车向前驰骋。妙语连珠又活跃，对人温柔又体贴。

诗中用了绿竹、玉石、金锡等一连串的比喻，从各个方面赞美了君子德才兼备、温润如玉、心胸开阔、宽厚幽默等美好品德。

早在醉心于《楚辞》的年纪，我就觉得古人特别会赞美人，那些形容和比喻用得太赞了。屈原喜欢用香草比喻君子美人，比如江离啊辟芷啊薜荔啊，的确很贴切，如此高洁的品德，也只有香草能与之媲美。

屈原的弟子宋玉继承了师父的才华，他的《神女赋》和《登徒子好色赋》中，形容美人的那些修辞和比喻，流传几千年，鲜有能超越者。

以竹子喻君子，恐怕也是从诗经时代开始的。竹子四季常青，虚心有节，就好比君子的正直和虚心，因而竹子和梅、兰、菊被一起称为四君子。初读《淇奥》，脑子里仿佛有位身穿青衣的君子从书中走出，玉冠束发，儒雅而谦和。

“有匪君子，如切如磋，如琢如磨”，此句把高雅的君子比喻成切磋琢磨过的象牙和美玉，而“如切如磋，如琢如磨”也成了后世常用的一个成语，用以比喻学问上的研究和探讨。不过令我印象最深的还是小时候看金庸古龙古装武侠剧，两位高手相遇，通常会互相用眼神厮杀一番，然后其中一个开口：这位大侠武功多么多么厉害，打遍天下无敌手呀，不如我们来切磋切磋？所以一直以来，在我脑子里“切磋”就成了“比画”的代名词，只不过不知道意思最初出自何处。

既然这首诗是赞美人的，那肯定会有个被赞美的对象。从诗的本身来看，赞美的大概是当时一位品德高尚的贤人，并没有实指是哪个人。

《淇奥》属于卫风，在那个时代，卫国的历任国君大多很荒唐很无能，比如强娶儿媳的卫宣公，比如阴险狡诈害死两个哥哥的卫惠公姬朔，比如好养鹤而亡国的卫懿公……所以卫国的百姓就无比期待能有一位品德高尚的统治者，哪怕是位士大夫也行啊，只希望这位“君子”能以他的贤能给卫国带来光明。

不过也有人说，《淇奥》所赞美的是春秋时期卫国的武公，武公曾担任过周平王的卿士，他为人宽容，廉洁从政，能虚心接受别人的意见，因此很受人们爱戴。

此说法源自《毛诗序》:“《淇奥》,美武公之德也。有文章，又能听其规谏，以礼自防，故能入相于周，美而作是诗也。”大概意思是，《淇奥》赞美的是武公的品德。武公才华横溢，又善于听人劝谏，以礼要求自己，所以能入周辅佐天子，百姓为了赞美他而作了这首诗。

真正的君子有的不只是优秀的外表，他不能“金玉其外败絮其中”，他应该是表里如一的。他不仅有着玉石般温润儒雅的外貌，品德更加高尚出众，值得所有人尊敬他，爱戴他。有句话叫“英雄惜英雄”，也就是说，不管是否对立，真正的英雄是互相欣赏的。君子也一样，若是真的德行出众，哪怕不喜欢你的人也会由衷佩服你。

中国古代的美男子中，才貌双全的确实有不少。我们最熟悉的莫过于大帅哥潘安了，他一出门，只要是女的，不管老少都对着他的车扔水果，以此来表示对他的喜爱。潘安不仅貌美，而且才华横溢，是西晋有名的文学家。

和潘安齐名的另一位美男是宋玉。宋玉是屈原的弟子，他写的《高唐赋》、《神女赋》和《登徒子好色赋》都是传世名篇。

此外，像竹林七贤中的嵇康，《邹忌讽齐王纳谏》里面的邹忌，都是有才有貌有德之人。按照《淇奥》的标准，把这些人称为君子，想必大家应该都会服气吧。

谦谦君子，温润如玉。真君子者，当如修竹，如美玉。

愿言思伯，甘心首疾

——战争所带来的

伯兮朅兮，邦之杰兮。伯也执殳，为王前驱。
自伯之东，首如飞蓬。岂无膏沐？谁适为容！
其雨其雨，杲杲日出。愿言思伯，甘心首疾。
焉得谖草？言树之背。愿言思伯，使我心痗。
——《诗经·卫风·伯兮》

《封神榜》中有个最悲剧的角色——伯邑考，也就是周文王姬昌的大儿子。在小说中，他为妲己所害，被剁碎了做成肉饼给自己的父亲吃。这一下场实在太过悲情了，所以给我留下的印象很深刻。那时候不明白为什么伯邑考和他的父亲还有亲弟弟不是同一个姓，我总以为他姓伯。

其实他的全名叫姬考，“伯”是排名，也就是老大的意思，邑则是他被封的官名。古时候长幼按照“伯、仲、叔、季”排列，老大叫“伯”，又称“孟”，比如《有女同车》中称文姜为孟姜，“彼美孟姜，洵美且都”，因为文姜在齐僖公的女儿中排名老大。孔子排名第二，所以叫“仲尼”。

“伯兮”的“伯”也是这个意思，翻译过来就是“大哥”。

我的大哥真威猛，他是邦国的英雄。我的大哥拿长殳，做了君王的前锋。
自从大哥东行后，我头发乱如飞蓬。膏沐哪样还缺少？为谁修饰我容颜！
天要下雨就下雨，却出太阳太灿烂。一心想着我大哥，想得头痛心也甘。
上哪去找忘忧草？把它种在屋北面。一心想着我大哥，使我伤心病恹恹。

诗的主旨很明显，写的是妻子思念出征的丈夫。这位妻子称丈夫为“大哥”，听起来比较亲切，我不禁想到了《射雕英雄传》，黄蓉不就一直称郭靖为“靖哥哥”么。叫习惯了，到了《神雕侠侣》中，已经是三个孩子的妈的黄蓉还是改不了口。古时候妻子对丈夫的称呼其实有很多，比如良人、郎君、相公、官人等，最常见的就是相公。

战争给百姓带来了无限的痛苦。有些新人还没来得及过洞房花烛夜，新郎就可能被带走。传说中哭倒长城的孟姜女就是被迫与丈夫生生别离，不得已踏上漫漫寻夫路。

杜甫的三吏三别(《新安吏》《石壕吏》《潼关吏》《新婚别》《无家别》《垂老别》)描写的也是战争所带来的灾难，将战争的残酷和百姓的疾苦刻画得入木三分。

不过《伯兮》跟后期描写战争的诗还是有所区别的，它并没有突出战争的残酷，而是以一种很自豪的口吻在叙述妻子的心情。

丈夫远在边疆，我无时无刻不在想念他，虽然也希望他能赶快回来，但是他肩负的是保家卫国的重任，这是无上的光荣，即使想他想得头疼，我也觉得心甘。

“妻子怀念征夫”这一类型的诗实在太多了，但是《伯兮》中的妇人却是其中少有的坚强的女子。一场战争，不管它本身正义与否，它对百姓来说肯定是残酷的。一旦爆发，就意味着离别的上演，而这一离别的期限有可能是永远。

丈夫离开后，这位妇人仿佛失去了生活的意义，都无心打扮自己了。头发可谓是女性身体装饰最重要的一部分，她的长发却散乱如飞蓬；化妆的膏脂一应俱全，她却一样也用不上。打扮得再漂亮给谁看呢？女为悦己者容，“悦己”的人不在，谁适为容？如此不珍视自己的外貌，可见她对丈夫的忠贞。丈夫不在，再美丽也是白搭。

这里的“飞蓬”是一种常见的野草，开白色或桃红色的花，我经常见到这种植物，只是不知道它的名字。

在对丈夫牵肠挂肚的前提下，妇人还能考虑他是保家卫国而去，就是想他想得头疼也甘心。如此深明大义，的确令人佩服，很少有女人能做到这样。不过从另一角度考虑,这恐怕也是她安慰自己的一种方法。想丈夫了，就联想一下国家，化小爱为大爱，以此减轻心中的悲痛。

她甚至想到了要用忘忧草来帮自己忘记忧伤。思念太重，她已经无法承受了，最好的办法就是忘记。这好比现在的女孩子失恋后太痛苦，就想着干脆让自己失忆，我也曾经有过这样可笑的想法，不过没想过用忘忧草，因为我从来都不相信有忘忧草的存在。

事实上，忘忧草是真的存在的，它的名字叫作萱草，也就是诗中提到的“谖草”。当得知大名鼎鼎的萱草就是我们常吃的金针菜时，我很惊讶。我家乡的后山上，种了好多金针花，开花时一片橙黄，特别漂亮。这些花被摘下来晒干之后就成了金针菜，也叫黄花菜。超市里榨菜专柜上摆着的那些“黄花什锦”，用的原材料就有金针花。

忘忧草这个名字太美太神秘了，神秘到我们认为只有仙人住的地方才会有它的存在。一下子降级到金针菜，落差未免也太大了，就好像美好梦瞬间破灭一样。

古人认为萱草是可以使人忘忧，《博物志》记载："萱草忘忧。"嵇康的《养生论》也写："合叹蠲忿，萱草忘忧，愚智所共知也。"所以萱草被赋予了"忘忧草"这么一个美丽的名字，难怪它的花语是"遗忘的爱"，听起来又浪漫又忧伤。

不过很多人不知道的是，萱草其实还是中国的母亲花。

萱草忘忧当然只是传说，心中若有忧伤，除非真正失去记忆，否则又怎能轻易忘记。妻子的思念，远在战场的丈夫不可能不知道，只是他们都无能为力。战争所带来的，岂止是离别?

投我以木瓜，报之以琼琚
——只想和你永结同心

投我以木瓜，报之以琼琚，匪报也，永以为好也。
投我以木桃，报之以琼瑶，匪报也，永以为好也。
投我以木李，报之以琼玖，匪报也，永以为好也。
——《诗经·卫风·木瓜》

不知道有没有人跟我一样，对《木瓜》这首诗印象最深的是“琼瑶”二字？

《木瓜》是一首描写青年男女互赠礼物表达爱情的诗，和《摽有梅》相似，不同的是，《摽有梅》中的女子是一厢情愿，《木瓜》中的男女则是两情相悦。年轻的姑娘有了中意的小伙子，嗯，很好，从筐子里拿出一个水果扔给他，梅子也好，木瓜也罢，只要小伙子懂就行。

写到这儿，我又想起了“掷果盈车”的典故。大帅哥潘安在街上驾着车，不管是年轻姑娘还是老妇人都把水果往他车里扔。扔水果表示爱慕的做法，没准就是投木瓜的诗经时代开始的。幸好潘帅哥是个专情的人，如果要给每个投水果给他的姑娘送块美玉，大帅哥肯定破产。

我家小孩子多，男孩更多，小时候在表哥表弟们的抗议下被迫换台看《灌篮高手》，然后我理解了一个词：投篮。不管是樱木花道还是流川枫，帅哥们都高高跳起把篮球往框子里砸去……再然后，“投”在我心中的定义就跟“砸”没什么两样了。

知道《木瓜》这首诗是在看《灌篮高手》之后，所以不能怪我会有这样错误且奇怪的想法：这位姑娘看上了人家小伙子，于是掏出一个木瓜使劲砸过去，如果不幸打中，小伙子就捂着淤青的脸朝她嘿嘿笑，这还不算，还得掏出块美玉递过去，讨好地说：亲，永远爱你哦。

不过我又自相矛盾地想，既然这姑娘喜欢小伙子，干吗要砸他呀？

朋友的一番话让我自认聪明地以为解惑了，她说，你知不知道学生时代的男生可别扭了，越是喜欢一个女孩子就越喜欢欺负她，比如在桌子上画个三八线不让她出界啊，比如上课回答问题故意把她凳子拉开害她摔跤啊。我想，哦，原来如此，这姑娘原来和现代不成熟的男生一样，喜欢小伙子就欺负他呀。这一奇怪想法被朋友知道了，可没少取笑我。

“投我以木瓜”，当然不是“用木瓜砸我”，大概就是轻轻地丢过去吧，类似于抛绣球的那种丢，一边丢一边脸上还带着羞涩的微笑。意思是，帅哥，我看上你了哦，给点反应哦。小伙子不是木头疙瘩，心里顿时就明了了，马上给了回音：

她把木瓜送给我，我拿琼琚回报她，不是为了报答，而是想永远爱她。

她把木桃送给我，我拿琼瑶回报她，不是为了报答，而是想永远爱她。

她把木李送给我，我拿琼玖回报她，不是为了报答，而是想永远爱她。

木瓜、木桃、木李都是水果，而且一个比一个小，琼琚、琼瑶、琼玖却都是美玉，大小就不得而知了，反正很值钱。姑娘赠送给小伙子的是普通到不能再普通的水果，小伙子回报的却是美玉，这代价未免太大了些，一块玉少说能换好几卡车水果！

不过人家小伙子乐意，送礼的画外音是，姑娘，我送给你玉石可不是为了报答呀，而是要永远和你在一起，永远爱你。多深情的表白呀，贵重礼物和甜言蜜语的双重攻击，姑娘怎么能不动摇，更何况，好像是姑娘你先动的心吧。

有句话叫“滴水之恩，当涌泉相报”。《木瓜》中这种送水果返美玉的做法，跟这句话形容的差不多，但含义却差远了。送美玉不是要报赠水果之恩，而是表达爱的一种方式。爱你，才会不拘于形式，因为送什么根本不是关键，只要你明白我的心，足矣！

我觉得，小伙子送那么贵重的礼物，并不是想体现所送礼物的价值，他或许只是想让姑娘知道，他不看重这些身外之物，木瓜和美玉在他心中都是一样的，是传递爱情的一种媒介。甚至很有可能，姑娘所送的水果在他眼中比美玉值钱多了。

相比一份真心，再贵重的礼物又算得了什么呢？美玉珍宝，或许价值连城，但是我爱你的一颗心，却是无价之宝。

《诗经·大雅·抑》中有“投我以桃，报之以李”这么一句，如果抛却东西的价值，意思和“投我以木瓜，报之以琼琚”差不多。我们现在常用的成语“投桃报李”，也是由此演化而来的。

“投桃报李”常用来比喻双方友好往来，互相赠送东西，还带着点知恩图报的意思，正所谓来而不往非礼也，朋友之间，礼尚往来再正常不过。不过也有说“君子之交淡如水”的，这得看个人的想法了。

木瓜成熟一般是在九月到十月，正好是秋天。四季之中，我总觉得春和秋是最浪漫的，春天山花灿烂，秋天枫叶红透，这样的季节正好适合孕育爱情。在这个时候相遇的姑娘和小伙子们,多多少少会受季节气氛的感染，身上浪漫细胞也会张开，趁此机会，当然要谈一场算不上轰轰烈烈但却浪漫真诚的恋爱。

你送给我木瓜,我送给你美玉,不是为了报答你,而是想与你永结同心，生生世世，白首不相离。

知我者谓我心忧，不知我者谓我何求
——物是人非事事休

彼黍离离，彼稷之苗。行迈靡靡，中心摇摇。
知我者谓我心忧，不知我者谓我何求。
悠悠苍天！此何人哉？彼黍离离，彼稷之穗。
行迈靡靡，中心如醉。知我者谓我心忧，不知我者谓我何求。
悠悠苍天！此何人哉？彼黍离离，彼稷之实。
行迈靡靡，中心如噎。知我者谓我心忧，不知我者谓我何求。
悠悠苍天！此何人哉？

——《诗经·王风·黍离》

黍是一种农作物，又叫糜子，稷是指高粱。作为一个土生土长的江南人，我见过的粮食作物也仅限于稻谷、小麦和玉米，甚至曾经把高粱误认为是小米，因此自然不知道黍到底长什么样。不过在古代，黍貌似是占主导地位的粮食，在很多诗中都有出现，例如《诗经·魏风·硕鼠》的第一句“硕鼠硕鼠，无食我黍”。

“离离”就更好理解了，儿时背诵的古诗“离离原上草”，离离就是长得茂盛的意思。主人公行走在长满糜子的地里，突然心生忧愁，于是作了这样一首诗：

糜子一行行茂盛排列着，高粱长出苗儿来。我慢慢地走着，心中忧伤不安。了解我的人说我心忧，不了解我的人说我有所求。高高在上的苍天啊，这是谁造成的呢？

糜子一行行茂盛排列着，高粱抽出穗儿来。我慢慢走着，心如醉酒一样昏沉。了解我的人说不了解我的人说我有所求。高高在上的苍天啊，这是谁造成的呢？

糜子一行行茂盛排列着，高粱结出粒儿来。我慢慢走着，心如气逆发咽一般疼痛。了解我的人说我心忧，不了解我的人说我有所求。高高在上的苍天啊，这是谁造成的呢？

普遍认为这首诗的作者是一位周朝大夫，西周灭亡之后，他路过旧都镐京，见昔日的宫殿宗庙全都不见了，取而代之的是遍地的糜子，不免感到悲凉。故国不堪回首明月中，物是人非，这一切又能怪谁呢？他曾向君王进谏，了解他的人都知道他是在忧国忧民，不了解他的人却认为他是以此讨好君王。

曾经的西周是多么强盛，民风淳朴，百姓安居乐业。然而这一切全在昏庸无能的周幽王手上结束了，都城迁往洛邑，西周变为东周，繁华的一切不复存在。这首诗正是在西周灭亡，故都不在的背景下写成的。

周幽王的残暴昏庸虽没夏桀殷纣那般出名，但是提起他那可笑的“烽火戏诸侯”，恐怕无人不知。

周幽王是西周最后一位君王，他的王后是西周重臣申侯的女儿，史称申后。他刚即位的时候，也不知是不是上天对他太不满，自然灾害频繁，可是他非但不闻不问，还重用奸臣虢石父，专门听信谗言，朝中大臣对他很不满。他的统治地位本就很不牢固，而真正的灾难开始是在褒姒出现的时候。

褒姒原是一名弃婴，被一对做买卖的小夫妇收养。长大后的她越来越漂亮，有倾城之貌。周幽王攻打褒国，褒国抵挡不住，便把褒姒献了出来。周幽王一见褒姒就被迷住了，对她百依百顺，宠爱有加。褒姒生了儿子伯服，周幽王爱屋及乌，不惜废了申后和太子宜臼，改立伯服为太子。他的这一行为令周朝大夫们十分气愤，但君王胡来，大臣再愁也是没办法阻止的。

褒姒被周幽王捧上了天，尽管如此她还是开心不起来。或许美女天生就多愁善感，又或许离开故国，太想念家乡的亲人，褒姒进宫后天天愁眉不展。于是周幽王发出重赏，谁能让褒姒笑就赏赐千金。

大奸臣虢石父躲在暗处奸笑，总算找到赚钱的好机会了。他给周幽王出了个馊主意——“烽火戏诸侯”，昏君周幽王一听，觉得这主意实在太棒了，二话不说就在骊山燃起了烽火。各地诸侯看见火光，都以为出大事了，纷纷带着兵马赶往镐京，没想到却是闹剧一场，又得赶回去。褒姒看着这么多兵马乱成一团，忍不住笑出声来。周幽王很开心，重重赏了虢石父，之后又玩儿了好几次这样的恶作剧游戏。

申后和太子宜臼被废，申侯憋着一肚子气，正好趁着周幽王民心涣散之机，联合缯国和犬戎大举进攻西周。周幽王慌乱之中又燃起了烽火，不过诸侯们都以为这是周幽王讨好美人的手段，全都懒得搭理他。这就像“狼来了”的故事，一个谎话说一次两次还行，说多了谁信你啊，就算狼真的来了也没人管你，谁让你咎由自取。

镐京的兵马不多，诸侯又不来救援，都城很快就被攻了下来。诸侯们拥护被废的太子宜臼当天子，将都城迁往洛邑。至此，西周画上了句号，东周历史拉开序幕。但东周早已没了西周的强盛气势，四分五裂，诸侯之间的竞争也很大。

周朝虽延续了下去，但是名存实亡。昔日的大夫路过故地，心中积蓄的忧愁在看见遍地糜子之后，仿佛一下子被激发了出来。黍只是一种常见的植物，若搁在平时，他看到了只会想，哦，糜子快熟了，可以酿酒了。这就好比一杯水，平时看到它也就是一杯不值钱的水，但是在沙漠徒步的时候看到它，它就是救命的甘露。

昔日的宫殿，华丽壮观，昔日的宗庙，庄严肃穆。可是这一切在镐京被攻破之后，全都化成了尘土，灰飞烟灭。在糜子地里，再也看不到半点往昔的影子。

亡国之痛，如刀子一下下划在身上，铭心刻骨。《黍离》的悲凉，又有几个人能真正读懂呢？它好像已经成了感叹家国兴亡之诗的典范，南宋文学家姜夔的《扬州慢》，开篇便道："淳熙丙申至日，余过维扬。夜雪初霁，荠麦弥望。入其城则四顾萧条，寒水自碧，暮色渐起，戍角悲吟。予怀怆然，感慨今昔，因自度此曲。千岩老人以为有《黍离》之悲也。”可见，后人也都认为《黍离》之悲难以超越。

不过一转眼，沧海却早已变成桑田。故人不在，故国难寻，物是人非事事休。

一日不见，如三月兮

——思念，让我度日如年

彼采葛兮，一日不见，如三月兮！
彼采萧兮，一日不见，如三秋兮！
彼采艾兮，一日不见，如三岁兮！
——《诗经·王风·采葛》

我们现代有句使用率很高的话叫“一日不见，如隔三秋”。意思是，一天不见，就像过了三个季节一样漫长，这句话一般是用来形容恋人之间的思念。分隔两地的情侣，彼此朝思暮想，无时无刻不想马上见到对方，不在一起的日子仿佛度日如年那般难熬。而这句话的出处正是《采葛》，诗中的原话是“一日不见，如三秋兮”。

《采葛》算是《诗经》中比较通俗的一首山歌了，稍微懂点古文的人都能读懂它的意思：

那个采葛的姑娘啊，一天不见她的身影，就像过了三个月！
那个采蒿的姑娘啊，一日不见她的身影，就像过了三个秋季！
那个采艾的姑娘啊，一日不见她的身影，就像过了三年！

“葛”即葛藤，可以编篮子，可以织布，还可以入药，是一种用处比较多的草本植物，穷人家用得比较多。在我们刚背着书包上学的年纪，古代那些家里条件不好的小姑娘们就背着筐子上山采葛去了。

《诗经·唐风·葛生》里写道“葛生蒙楚，蔹蔓于野”，那时候的自然环境没遭到破坏，漫山遍野都能找到葛藤，不像现在，到处都是钢筋水泥筑起的城市，很少有原始的绿色了。

“萧”和“艾”指的是同一种植物，即艾草，也叫艾蒿。在我印象中，一提到艾草我会第一时间把这种植物和两个节日联系在一起，一是清明节，一是端午节。很多地方有清明节吃青团的风俗，而青团就是用嫩艾草的汁加入米粉中制作而成的。至于端午节，艾草则被插在门上，有说是驱鬼辟邪，也有说是用来避瘟疫。《荆楚岁时记》有提到“采艾以为人，悬门户上，以禳毒气”。除此之外，艾草还可以用来驱蚊子、针灸、拔火罐，等等。

总之，葛和艾是古时候常用的两种植物，难怪姑娘们上山劳作经常要去采摘它们。我发现在古诗词中，经常会有采什么采什么的句式，比如乐府诗《上山采蘼芜》的第一句就是“上山采蘼芜”，蘼芜是一种香料。《诗经·周南·卷耳》中写“采采卷耳，不盈顷筐”。在那个民风淳朴的年代，人们过的就是男耕女织，日出而作日入而息的生活，男人们上山打猎，下地干活儿，女人们则在家带带孩子织织布，还有就是上山采草药、采香料，等等。

有些地方的人以黑为美，以胖为美，原因是勤劳贤惠的姑娘会经常下地干活，时间一长，皮肤晒黑了，腰杆子也变粗了，但是这样的姑娘适合娶回家当老婆，也就是他们眼中的“美”。

先秦百姓的审美标准虽然不是黑与胖，但当时的男人们肯定也觉得适合娶回家的姑娘必须要勤劳贤惠，而勤劳贤惠的评定标准就是干活儿的多少，如果能像刘兰芝一样“十三能织素，十四学裁衣，十五弹箜篌，十六诵诗书”就更好了。

《采葛》中的男主人公这么思念那位姑娘，证明姑娘肯定漂亮又贤惠，有值得他牵肠挂肚的地方，而他最喜欢的，或许正是姑娘的勤劳。

采葛、采萧、采艾应该都是泛指，姑娘平日干的活儿肯定不止这些，有可能男主人公想念姑娘的时候，他脑子里浮现的恰好是这些采集的场景。不仅男人如此，很多以女子口吻写的山歌所描绘的也是这样的画面，典型的比如《诗经·周南·卷耳》：

采采卷耳，不盈顷筐。嗟我怀人，寘彼周行。
陟彼崔嵬，我马虺隤。我姑酌彼金罍，维以不永怀。
陟彼高冈，我马玄黄。我姑酌彼兕觥，维以不永伤。
陟彼砠矣，我马瘏矣！我仆痡矣，云何吁矣。

丈夫出征长时间未归，妻子牵肠挂肚，就连采卷耳的时候也不忘思念。这里的卷耳我一直弄不清楚是什么东西，很多年以后才知道，原来正是苍耳，果实长得像枣核，上面有钩刺，可以粘在动物身上，以此传播繁殖。

《苍耳》是以女子口吻写的，《采葛》是以男子口吻写的，内容却都和思念脱不了干系。思念其实是件很可怕的东西，一旦害上相思，也许那会成为最严重的一种病。我们去 KTV 唱歌的时候，男生们最喜欢点的歌之一就是张震岳的《思念是一种病》，“我想我的思念是一种病，久久不能痊愈……”

思念不分古今，后世《秋风词》中就有一句非常有名的诗，“入我相思门，知我相思苦”：

秋风清，秋月明，落叶聚还散，寒鸦栖复惊。
相思相见知何日？此时此夜难为情！
入我相思门，知我相思苦，
长相思兮长相忆，短相思兮无尽极，
早知如此绊人心，何如当初莫相识。

走入了相思之门，便知道了相思之苦。永远的相思，永远的回忆，早知道相思如此令人牵肠挂肚，还不如当初就不知道。可有时候人的心却是不受控制的，就好比在恋爱之前，每个人都会对未来的另一半有无数憧憬，有人希望对方长得好看，有人希望对方有钱，然而一旦遇上对的那个人，无论他有多穷困潦倒多丑陋不堪，你都无法阻止自己的心。思念更是如此，要不然就不会有“相思成疾”这一说法了。

热恋中的情侣最无法忍受的就是分离，他们恨不得睁开眼就能见对方，甚至时时刻刻黏在一起，一旦对方没有出现，心里就特别牵挂。《采葛》中的男主人公想必也是处在热恋期，不然他的相思也不会越来越浓烈，一日不见，由原来的“如三月兮”到“如三秋兮”再到“如三岁兮”，层层递进。

思念是一种病，思念之苦让我度日如年。

既见君子，云胡不喜

——爱是幻想，还是现实

风雨凄凄，鸡鸣喈喈。既见君子，云胡不夷？
风雨潇潇，鸡鸣胶胶。既见君子，云胡不瘳？
风雨如晦，鸡鸣不已。既见君子，云胡不喜？
——《诗经·郑风·风雨》

人在最孤独的时候，总是很容易受环境的影响。在阳光下行走，即使内心有阴霾也会渐渐消散。风雨交加之中，哪怕心情不错也会容易感伤，更别说原本就一肚子烦恼了。痛苦之时，想起最在乎的人，仿佛瞬间能忘掉一切，爱就是幸福的源泉。

小时候看安徒生童话《卖火柴的小女孩》，小女孩在风雪中冻得瑟瑟发抖，她点燃火柴看到了很多自己渴望的东西，但她最想要的还是已经去世的奶奶。虽然那并不是真实的，但是小女孩的心灵还是得到了慰藉。

真实也好，虚幻也罢，只要想到爱，心中就充满幸福和快乐。

《风雨》的女主人公也是抱着这种心态。在风雨飘摇的日子，她孤独寂寞，无依无靠，心里最想见到的人自然是她的情郎：

风吹雨打多凄冷，窗外鸡叫声不停，既然见到心爱的人，心中怎能不安宁？

风吹雨打多萧瑟，窗外鸡叫声不停，既然见到心爱的人，心病怎能不痊愈？

风雨交加天地昏，窗外鸡叫声不停，既然见到心爱的人，心中怎能不欢喜？

“既然见到心爱的人”，其实是没见到。姑娘幻想着，在这样风雨交加的日子，我一个人如此孤苦无依，若是心爱之人能突然出现，那该多好！若是见到了，我心中该多欢喜，所有心病都能不药而愈。

可见，姑娘的情郎不在她身边，而且很有可能已经离开很久了。在思念中苦苦煎熬的姑娘，等了又等，还是没有等到情郎的出现。她只能靠幻想支撑着心中的信念，总有一天，他会回到她的身边。

看这首诗的时候，我有过尝试幻想姑娘的处境。乌云滚滚遮住了天，如黑夜一般昏暗，风呼呼地刮着，雨点频繁地敲打在地上，发出啪啪啪的声音，远处树影摇晃……女孩天生胆小，这种天气她本该偎依在心上人的身边，享受他所带来的温暖。可惜完全相反，烛火照在地上，只照出了她一个人的影子。

若是在闺怨诗中，思妇大抵是双手托腮坐在窗前，看着摇曳的树影，听着凄厉的风雨声，眉头深锁，唉声叹气，悄悄埋怨情郎怎么还不回来。不过这位姑娘的内心很坚强，她和一般女子的想法不一样，她没有感叹自己的处境悲凉，也没有杞人忧天地想象心上人若是不会来会怎样，而是用自勉的方式幻想他回来时的场景。既见君子，云胡不喜。云胡不喜？

写女子等待情人归来的诗，从古至今都有，不胜枚举。不过给我印象比较深刻的是现代诗人郑愁予的《错误》：

我打江南走过，
那等在季节里的容颜如莲花的开落。
东风不来，三月的柳絮不飞，
你地心如小小的寂寞的城，
恰若青石的街道向晚。
跫音不响，三月的春帏不揭，
你地心是小小的窗扉紧掩，我达达的马蹄是美丽的错误。
我不是归人，是个过客。

《错误》和《风雨》不同，这首诗不是以女主人公为第一视觉来写的，而是通过“我”，一个普通的路人，以“我”的所见所闻所感来反映姑娘的心理。首先，这位姑娘肯定是个忠贞之人，心上人不在，她的心不会对其他人敞开，只是一味坐在窗前痴痴等待。偶尔，马蹄声响了，姑娘像雀跃的小鸟，欢天喜地地跑出来看，可是等到的却不是她日思夜想的人。“我”不是归人，只是个过客而已。等待的日子，时间总是那样漫长，一瞬间，一流年；等待却不知结果的日子，时间更漫长，一刹那，一辈子……能在等待中一如既往坚强下去的人，少之又少。女子心思细腻，相比较男子而言，更容易多愁善感。

像《诗经·王风·采葛》中的男子，虽然也思念着分隔两地的心上人，但毕竟是男子，或许只是在心里感叹着“一日不见，如三月兮”，而不会如女子一般相思成疾。

古之思妇，在等待丈夫回家的日子中天天以泪洗面的屡见不鲜。古代女子和现代女子不一样，她们没有固定工作，没有其他值得她们分心的事，丈夫和家庭就是她们的所有。这样的关系，有点类似于恒星和行星，突然有一天恒星不在了，她们该围绕什么而转动?

风雨交加的晚上，你不在，我该如何面对这样的凄凉?

这位姑娘一定是个乐天派，遇到什么事首先往好的方面想，没有表现出一丝负面情绪。虽然明眼人都看得出来，她心里其实非常落寞，落寞到不得不靠幻想来支撑自己。个人感觉，这样的情绪已经到了边缘，谁都不能保证，在幻想破灭后，她的世界不会轰然坍塌，连尘埃都不剩。

“风雨凄凄”和“风雨如晦”现如今都已经被当作成语使用,尤其是“风雨如晦”，意思也有了变化，用以形容政治的黑暗和社会的不安。

我最早看见“风雨凄凄”一词不是在《诗经》里，而是在杜牧那篇脍炙人口的《阿房宫赋》中:“歌台暖响，春光融融。舞殿冷袖，风雨凄凄。”意思是，人们在台上唱歌，歌乐声响起来，好像充满着暖意，如同春光那样融和。人们在殿中舞蹈，舞袖飘拂，好像带来寒气，如同风雨交加那样凄冷。在这里，杜牧主要是为了表现阿房宫的奢华壮观，词语的意思虽差不多，所表达的情感就大相径庭了。

《风雨》中的这位姑娘没有等到心上人的归来，她究竟能不能等到，结局不得而知。不过故事到这里并没有结束，精诚所至，金石为开，美好的结局总是人人渴望的，所以我相信，她最终会在风雨中见到心爱之人。爱是幻想，也是现实!

纵我不往，子宁不来
——约会时间，请勿放鸽子

青青子衿，悠悠我心。纵我不往，子宁不嗣音？
青青子佩，悠悠我思。纵我不往，子宁不来？
挑兮达兮，在城阙兮。一日不见，如三月兮。
——《诗经·郑风·子衿》

“一日不见，如三月兮”在先秦使用率还蛮高的，或许跟现在的俗语差不多，也不知道到底是谁先开始用。《诗经·王风·采葛》中就有这句话，还有由此句延伸的“一日不见，如三秋兮”和“一日不见，如三岁兮”。

《采葛》属于王风，“王”即“王畿”，也就是当时东周王朝直接统治的地区，大约在今河南洛阳一带，“王风”中所收录的都是东周王畿的山歌。《子衿》属于郑风，即郑国的山歌，春秋时期的郑国在今河南郑州一带，郑国和东周王畿既然是接壤的，风俗文化肯定会相互受影响。也难怪《采葛》和《子衿》这两首分别属于王风和郑风的山歌会有同样的话语出现。

青青子衿，很美的字眼，仿佛第一时间就能从字面上读出女子内心的柔软。这位郑国的女子在城楼上等待心上人的到来，她望眼欲穿，等了好久却没看到那个令她惊喜的身影，于是便有了这样一段内心独白：

青青的是你的衣领，悠悠的是我的心。
纵使我没有去找你，你怎么不给我音信？
青青的是你的佩带，悠悠的是我的思念。
纵使我没有去找你，你怎么不来见我？
我来回徘徊踱步，在高高的城楼上张望。
一天没见到你，就像过了三个月那样漫长。

她既然在城楼上等着男子的到来，肯定是事先约好了的。也不知是什么原因，姑娘心心念念，男子却放了鸽子，忍不住替姑娘埋怨一句，有什么事比和心上人约会还重要？让一个女子痴痴等着，你就忍心？

“青衿”是周代学者的服饰，一般指读书人，引申为贤士，因为《子衿》这首诗，现在又指恋人的衣领。男子穿着青衿，他的身份或许是读书人吧。

另外，“青青子衿，悠悠我心”在曹操的《短歌行》中也出现过。不过意思相差很大，《子衿》中指的是姑娘的心上人，《短歌行》中则比喻曹操所渴望的文人贤士。

高中课本上有这首诗，学那一课的时候我们曾闲来无聊，开玩笑猜测着男子为什么失约，有人戏称，如果是在韩剧中，男子应该是得了不治之症，为了让姑娘放弃他，故意爽约；如果是在台湾苦情戏中，可能是因为男子的家长不同意他和姑娘在一起，横加阻拦；如果是在现代言情小说中，男子可能在赶去约会的路上被车撞了，呃，那时候没有车，那就马车吧；如果是在穿越小说中，他可能穿越了……

这些都是无聊说着玩的笑话，他失约的原因，要么是临时有事耽搁了，要么就是类似于“襄王有梦，神女无心”，他对姑娘没意思，姑娘只是一厢情愿。

曾经有人对我说过，恋爱之中的男女双方，女人总是越陷越深，而男人则会越来越烦。这令我想起了《诗经·卫风·氓》中的一句话，“于嗟女兮，无与士耽！士之耽兮，犹可说也。女之耽兮，不可说也。”女人啊，不要太迷恋男人！男人若是沉迷于爱情，尚能解脱，女人一旦沉迷于爱情，就不能解脱了。

爱情不是比赛，也不是赌局，可偏偏有人说，恋爱中的双方，谁爱得多一点谁就输了。虽然我很不赞同这种想法，但转念想想，其实不无道理。谁陷得深，谁就容易受伤。而女子感情比男子更细腻，一旦遇上爱情，很容易会到无法自拔的程度。所以我担心，这位郑国姑娘会不会有一天也陷入这样的境地呢？

水边是产生爱情的神奇地方，现在看来，城阙应该是约会圣地了。闻一多先生在《风诗类钞》提道：“城阙，是青年们常幽会的地方。”比如《诗经·邶风·静女》，其约会地点就是在“城隅”。城隅即是城上的角楼，城阙则是城门楼，位置差不多：

静女其姝，俟我于城隅。爱而不见，搔首踟蹰。

静女其娈，贻我彤管。彤管有炜，说怿女美。

自牧归荑，洵美且异。匪女之为美，美人之贻。

这也是一首描写男女约会的诗，静女约了心上人见面，故意躲起来，“爱而不见”。见不到静女的男子又挠头又徘徊，心中焦急。

“踟蹰”和“挑达”都是徘徊的意思。《子衿》中等不到男子的郑国姑娘和《静女》中找不到姑娘的“我”心情是差不多的，着急而迫切。不过“我”比郑国姑娘要幸运多了，好在静女只是调皮，躲起来逗“我”，而没有放鸽子。

我抱着一丝侥幸，青衿男子之所以没有出现，是不是和静女一样，故意躲起来想逗一逗姑娘呢？对于他的爽约，姑娘一方面有轻微的自责，一方面心里也存在着对他的埋怨。就算我没去找你，你怎么不给我个音信？就算我没去找你，你为什么就不能主动来找我？

女孩子都是要面子的，不可能一味主动。太过主动，对方没准还会觉得自己不够矜持。所以姑娘没有去找男子，她既已透出喜欢的意思，男子应该一点就透才是。人家姑娘看上你了，都约你在城阙见面了，你干吗放人鸽子呀？

心烦意乱的姑娘没办法，除了等还是等。她在城墙来来回回走个不停，走几步就抬头看看远处。总觉得才一日没见心爱之人，时间就像过了三个月那么漫长。

《子衿》的写作手法类似于现在我们所说的心理描写。全诗均是女子心中的想法，她叙述与心上人约会这样一件事，焦急中带着一丝埋怨，埋怨男子不够主动。

有时候，恋爱中的人总是别扭的。女子觉得自己要矜持，太过热情主动可能会给对方留下不好的印象。男子觉得不能太主动，若付出太多，很可能得不到对方的珍惜……就好比两个人之间有十一步距离，两个人都讲求平等，都只肯迈出五步，剩下那一步距离有可能成为他们之间永恒的距离。虽近在咫尺，却远在天涯。再怎么相爱，却永远都走不到对方的心里。

恋爱中的人啊，都主动一点吧，多迈出一步换来的也许是永远的幸福。所以，与人有约，千万不要再放鸽子了。

月出皎兮，佼人僚兮
——难以忘怀的美丽

月出皎兮，佼人僚兮，舒窈纠兮，劳心悄兮！
月出皓兮，佼人懰兮，舒忧受兮，劳心慅兮！
月出照兮，佼人燎兮，舒夭绍兮，劳心惨兮！
——《诗经·陈风·月出》

这又是一首关于美人的诗。

我一直觉得，《诗经》中歌颂美人最极致的莫过于《硕人》和《月出》。《硕人》通过正面描写庄姜美丽的外貌，以此赞美她的绝色。《月出》则更注重意境和韵味，“月出皎兮，佼人僚兮”，这样一个与月光交相辉映的美女，见之而忘俗，怎能让人不为之所动？

无疑，月亮是美丽的。所以古人歌颂美人，或多或少会联想到皎皎明月。和月亮有关的美人，我第一个联想到的是三国时期的貂蝉。貂蝉和西施、王昭君、杨贵妃并称为古代四大美女，至于她美到什么程度，有一段这样的传说。貂蝉在后花园拜月，突然一阵风吹来，云把月亮给挡住了。她的义父王允看见，于是就对人说，他的女儿和月亮比美，月亮都自惭形秽，躲到云后面去了，因而貂蝉被后人称作“闭月”。

能与月亮媲美，想必《月出》中这位姑娘定有不俗的容颜，又或者说是“情人眼里出西施”，心上的姑娘总是最美的：

月亮出来多么明亮，美人容颜多么漂亮。
身姿窈窕步履轻盈，让我思念心中烦忧。
月亮出来多么洁白，美人容颜多么美好。
身姿窈窕体态婀娜，让我思念心中忧愁。
月亮出来光照四方，美人容颜多么美丽。
身姿窈窕姿态优美，让我思念心中烦躁。

试着联想了一下这样美妙的场景：银色的月光如一层轻纱蒙在大地上，明亮皎洁，美人踩着一地月光，身上像镀了一层柔光，又像披了一层薄如蝉翼的纱衣，她的身影婀娜多姿，举手投足，一抬眼，一回眸，都透出十足的韵味，仿佛是从月中走出来的仙女。

见到这样的美人，男主人公不动心才怪。美人步履轻盈，每一步都像是走在他的心上，惹得他又激动又忧愁。这种心情和《关雎》中的男子很像，同样是爱上窈窕的姑娘，同样是还没得到姑娘的垂青，也同样心中烦忧。这两位男子若是相见，肯定会互相引为知己，坐下来一起把酒言欢，谈论心上人的美丽。

不过我感觉《月出》中的佼人比起《关雎》中的淑女，似乎多了几分仙味。淑女出现的地点在河边，她再窈窕再美丽，给人的感觉都是一位温柔清秀的凡间女子。而佼人的出现是以月出为前提的，月亮出来了，银光倾泻而下，佼人婀娜多姿地踩着月光缓缓行走。这场景就像仙女下凡，天空中会有很多花瓣飘下来一样。无论怎么品味，都觉得她身上带着不食人间烟火的感觉，不似凡人，似仙人。

宋玉在《神女赋》中形容巫山神女："其始来也，耀乎若白日初出照屋梁；其少进也，皎若明月舒其光。"巫山神女刚出现的时候，灿烂得像旭日初升照亮屋梁；当她走进一些的时候，皎洁得像明月洒下的光芒。这样的神女，简直美得无可挑剔，让人不敢直视，仿佛多看一眼都是对她的亵渎。其中"皎若明月舒其光"这句，正是将神女的美与明月的光芒作对比。

《洛神赋》中，曹植笔下的洛水女神"髣髴兮若轻云之蔽月，飘飖兮若流风之回雪。远而望之，皎若太阳升朝霞。迫而察之，灼若芙蕖出渌波"。意思是说，宓妃时隐时现像轻云笼月，浮动飘忽似风吹落雪。远而望之，明洁如朝霞中升起的旭日；近而视之，鲜丽如绿波间绽开的新荷。

同是描写仙女的千古名篇，宋玉和曹植在描写笔下仙女时都提到了太阳和月亮。他们想要表达的意思无非是仙女很美，美得与日月同辉。的确，月亮本是天上物，能与之相提并论的就算不是仙女，也该是貌若天仙的。

想必《神女赋》和《洛神赋》在写作上都受到了《月出》的影响，以明月喻美人，缥缈朦胧，梦幻迷离，有着浓厚的浪漫主义色彩。

所有歌颂美人的诗词中，只要用到"皎皎"一词的，我总是会不由自主地联想到仙女身上。不单单是因为《神女赋》和《洛神赋》，留给我印象最深的还是古诗十九首《迢迢牵牛星》中的那句"皎皎河汉女"。读起来朗朗上口的一句话，很容易就会记在心上。诗中的"河汉女"就是最有名的仙女之一——织女。

《月出》中的佼人美则美矣，可是她美得太不真实，仿佛高高在上的仙女，无论怎么努力都无法追求到她，所以男主人公心中又是烦躁又是忧愁。正如李白《长相思》中所写的，美人如花隔云端。一个在天上，一个在地上，如此遥远的距离，岂是轻易就能追求到的?

就是因为觉得希望渺茫，男主人公只能在月下痴痴思念，脑中尽是意中人的倩影。她和月亮似乎已经融为了一体，一样的梦幻迷离，美丽虚幻，那体态的轻盈，婀娜的身子，时刻拨动着他的心弦。

除了崇尚丰腴的唐朝之外，中国历代似乎都以体态轻盈为美。先秦，《关雎》中的淑女窈窕婀娜，使得男子朝思暮想，辗转反侧。汉朝，赵飞燕轻盈，能掌上起舞，因而得到汉成帝的专宠。更不用说是个女人就会把减肥当口头禅的现代了。

而佼人的美不仅在外表的窈窕婀娜，更在气质和神韵，可谓兼顾外在美和内在美。她那优美的姿态和雍容的举止比月光还引人注目，只消一眼便能让人神魂颠倒，永远记在心上。

男女之间的爱情，大致可分为一见钟情和日久生情两种，像佼人这样的女子，恐怕不想让人一见钟情都难吧。

乘我乘驹，朝食于株
——红颜兮，祸水兮

胡为乎株林？从夏南。匪适株林，从夏南。
驾我乘马，说于株野。乘我乘驹，朝食于株。
——《诗经·陈风·株林》

古人的八卦细胞一点都不输给现在的人们，相比之下他们八卦得更有内涵。现代人八卦劲儿上来了大不了就是写写花边新闻，如“某某明星和某某恋情曝光啦”之类。古人则会正正经经地作一首诗，等这首诗传唱开来之后，大家就都知道了，哦，原来某某和某某有私情啊！我一直觉得先秦人民的八卦天赋是最高的，《新台》和《南山》就是很好的例子，完完全全八出了宣姜和文姜姐妹的丑事，却没有给人一种低俗的感觉。《株林》也属于这种情况，他们用优雅的语言唱着：（陈灵公）为什么去株林啊？是去见夏南吗？NoNoNo，他其实是去跟夏姬幽会的……

夏姬是郑国的公主，父亲乃是郑穆公。诗名“株林”是地名，即“株”这个地方的郊区一带，也是夏姬的儿子夏南（夏征舒）的封地。夏姬的丈夫死后，她带着儿子寡居株林，陈灵公不好好待在他的宫殿里，没事跑到株林这样的郊区去干吗？《株林》一开头便采用设问的方式，将答案公布了出来：私会夏南的老妈夏姬！闻一多的解释是，“食”在古代有“性”的意思。写这首诗的人也挺坏的，故意小小地吊一下胃口，然后如此露骨地将答案告诉我们，看样子他也很看不惯夏姬的作风。

能让一国之君自降身份跑去找她，夏姬的姿色就不用多着墨了。春秋的公主们似乎都很漂亮，像齐国的文姜宣姜姐妹，秦穆公的女儿弄玉公主，还有许穆夫人，等等。夏姬之所以这么出名，长得美是其次，最主要的原因还是她的“乱”。

年轻时候的夏姬犯了跟齐文姜同样的错误，她和异母哥哥公子蛮私通了，两人的丑事在郑国几乎不是秘密。后来郑穆公把她嫁给了陈国的大夫夏御书，不明白郑穆公是怎么想的，居然把她嫁给了一位身份并不高的大夫，而且是个小国家的大夫。或许他觉得女儿做的那些事太荒唐，身份稍微高点的人都不愿意戴这个绿帽子吧。

夏姬嫁人的时候，公子蛮死了，不然他们俩还真有可能重复齐襄公和文姜的命运。在嫁人不到九个月的时候，夏姬生下了儿子夏征舒（夏南）。这一微妙的怀孕时间使得夏御书不得不怀疑儿子究竟是不是自己的，不过他这个绿帽子既然戴了就没那么容易摘下来了。十几年后，夏御书也死了，于是有这么一个传说：夏姬及笄的时候梦见自己与天上的神仙交合，那人教给她采集男子精气的方法，可以永葆青春。夏姬四十多岁的时候，皮肤还跟十几岁的少女一样光滑，双眼有神，勾魂夺魄，于是更增强了这一传说的说服力。

美艳的夏姬同学最大的本事在于，她不仅同时和好几个男人来往，还可以让她的男人们彼此相处融洽。那些家里有很多妻妾争风吃醋的男人们要是能做到夏姬的一半，也就没有大宅院里的家长里短了。

寡居株林的夏姬不甘寂寞，和陈国两位大臣孔宁、义行父私通了。据说孔宁和义行父老早就觊觎夏姬的美貌，碍于夏御书还在，不敢乱来。夏御书一死，这两人便堂而皇之地成为了夏姬的入幕之宾。一次夏姬和孔宁行乐之后，把自己的贴身衣物送给了他。孔宁甚是得意，拿着夏姬的内衣到义行父面前去炫耀，义行父气得肝颤，他不甘心输给孔宁，深思熟虑一番之后，把夏姬推荐给了陈灵公。

陈灵公听说夏姬如此有魅力，第二天一早就微服去株林看夏姬。夏姬怎么会不知道陈灵公的来意，当晚就成了好事。这以后，君臣三人经常出入株林，不仅如此，他们居然还能做到和平共处，君不像君臣不像臣。更荒唐的是，三人还拿着夏姬送的内衣去上朝，在朝堂之上当着文武百官的面堂而皇之地讨论夏姬，文武百官们听得面红耳赤，他们却浑然不觉，自得其乐。

陈灵公不会想到，他的荒唐行径会害自己丢了性命。一次他和孔宁、义行父在夏姬家喝酒，酒后失了分寸，竟然丝毫不避讳夏征舒在场，对他的相貌评头论足，猜测他是谁的儿子，最后义行父下了个结论，说夏征舒是杂种。夏征舒气得脸都绿了，他一直不满母亲的行为，碍于陈灵公国君的身份不敢发作，但是这一次他是真的被戳到软肋了，管他国君不国君的，照杀不误！他找来十几个杀手，趁着三个淫贼酒没有醒，直接杀了进去。陈灵公当场毙命，孔宁和义行父则吓得逃去了楚国。

夏姬的这一经历跟卫灵公的夫人南子差不多，南子也是个名声很不好的女人，人们评价她“美而淫”，不同的是，夏征舒对母亲不满所采取的行动是刺杀母亲的奸夫，南子的儿子蒯聩他居然命人在朝会上刺杀自己的亲生母亲，被南子发现之后才逃去了宋国。南子本身没什么名气，她为后人熟知，除了被亲生儿子刺杀之外，还有就是大名鼎鼎的“子见南子”一事，大圣人孔子见了南子之后，甚至一度被怀疑和南子有绯闻。

陈灵公被杀后，夏征舒对外宣称陈灵公是因为酒后暴毙而死，文武百官对陈灵公的死心知肚明，只不过死了个昏君对谁来说都不是坏事，夏征舒弑君的行为从另一方面来说还算是拯救了陈国，他们干脆睁一只眼闭一只眼。

孔宁和义行父两个小人就没那么容易善罢甘休了，他们为了报仇，一个劲儿地在楚庄王面前说夏征舒如何如何大逆不道，竟敢公然弑君，请楚庄王一定要站出来主持公道。楚庄王早就听闻夏姬的美貌，于是打定主意，假公济私地派兵伐陈去了。陈国哪里是强大的楚国的对手，他们把夏征舒推出来顶罪，以求楚国不再追究此事。

楚军包围株林，把夏征舒杀了，又把夏姬活捉送给了楚庄王。楚庄王见夏姬比传闻中的还要漂亮，打起了歪主意。这时楚国大臣巫臣极力阻止，说夏姬是不祥之人，克死丈夫又克死儿子，和她有关系的男人都逃不掉一死。楚庄王为了保命，只好忍痛割爱，把夏姬赐给了大臣尹襄。结果不到一年，尹襄就死在了战场上，连尸首都找不到。

尹襄还在世的时候，夏姬就跟他的儿子黑腰好上了，尹襄一死，他们就更加肆无忌惮。楚国大臣们看不下去了，纷纷上奏楚庄王要把夏姬赶回去。早就惦记夏姬美貌的巫臣趁机火上加油，楚庄王无奈，只得把夏姬遣送回了郑国。巫臣借着一次出使的机会，假借楚庄王命令向郑国求娶夏姬，郑国国君答应之后，巫臣为了保命便带着夏姬逃去了晋国。

得知真相后的楚庄王幡然醒悟，终于明白了巫臣的用心。他一气之下灭了巫臣在楚国的九族，曾经跟继母私通的黑腰也没能逃掉一死。

巫臣听说自己的亲戚朋友全被楚庄王杀了，悲恸欲绝，也展开了他的报复行动。他带着夏姬又去了吴国，游说吴国国君并且帮其出谋划策攻打楚国。也不知巫臣是真聪明还是受了灭九族的刺激，他在吴国使出了浑身解数，教授吴国军队，把楚国打得落花流水。再加上后来同样被楚国逼到吴国的伍子胥的又一轮报复，楚国元气大伤，实力直线下滑，就像安史之乱后的大唐一样，再不复往日兴盛。

蜉蝣之羽，衣裳楚楚
——人生何必太匆匆

蜉蝣之羽，衣裳楚楚。心之忧矣，于我归处？
蜉蝣之翼，采采衣服。心之忧矣，于我归息？
蜉蝣掘阅，麻衣如雪。心之忧矣，于我归说？
——《诗经·曹风·蜉蝣》

蜉蝣算是世界上寿命最短的生物了，生于春夏之交，朝生暮死，寿命不过短短几小时，活得最长的也不过数日。《淮南子》中提道："蚕食而不饮，二十二日而化；蝉饮而不食，三十日而蜕；蜉蝣不食不饮，三日而死。"又将蜉蝣的生命与长寿的鹤作对比："鹤寿千岁，以极其游，蜉蝣朝生而暮死，尽其乐，盖其旦暮为期，远不过三日尔。"

曹操《龟虽寿》有云："神龟虽寿，犹有竟时。螣蛇乘雾，终为土灰。"世上生物千万，寿命各异，无论可以存在多久，到头来终究化为尘埃，随风消散。蜉蝣虽朝生暮死，但只要充分享受有限的生命，长寿短寿，意义又有什么区别呢？

由于生命短暂，蜉蝣的婚配产子全在一天内完成。春夏之交，从午后开始，成群的蜉蝣便开始"婚飞"，各自进行交配，将卵产于水中。做完这一切，它们便毫无遗憾地等待生命的逝去。

第一次知道世上存在着蜉蝣这样一种生命，没由来的心中竟然有些感伤。朝生暮死，这个词带着迷离虚幻之感，似有着难以参透的寓意，好像只有在神仙幻界才会出现。曾有一段时间，我十分沉迷于庄子的文章，当时我便觉得，若是世间万物都需要分派别，那蜉蝣一定是属于道教的，因为蜉蝣的生命本身就含着无限寓意。

和蜉蝣相比，人算得上非常长寿了。一般来说，人的寿命有百年，这百年之中可以做的事太多了。但是人和动物不同，人是一种非常聪明的生物。越是聪明，需求的越多，也越不能满足自我。在大多数人眼中，百年太短暂，如沙子从指缝漏下，匆匆便没有了。比如历史上赫赫有名的秦始皇，统一六国，称霸天下，一生风光无限。可正因为太风光了，他才会越发留恋这个世界，异想天开地要求取不死药。而中国历史上欲长生不死，沉迷炼丹的皇帝又何止他一个！

光阴易逝，人生短暂，所以人们对蜉蝣才会发出这样的感叹：

蜉蝣展开翅膀，衣裳鲜明又漂亮。我的心很忧伤，哪里才是我的归宿？

蜉蝣展开翅膀，衣服华美又闪亮。我的心很忧伤，哪里才是我的归息？

蜉蝣来到人间，像穿着麻衣洁白如雪。我的心很忧伤，哪里才是我的归结？

若蜉蝣也有自己的思想，不知它们是否也觉得在人世间的日子太短暂。但蜉蝣毕竟不是人，它们没有那么多的想法，过一秒就是一秒，尽完生育后代的责任，也就成就了它们来到这世上的意义。

以前的我不曾对生老病死有什么感慨，直到上高中时的那次车祸，生死一线时我突然有了深深的恐惧，从未觉得自己对生命竟是这样留恋。虽然受伤很轻，但还是有了后怕，每次上街看到大货车就想躲。

和朋友聊天提起这事，她说自己也曾碰到过这种情况，感觉自己要死的一瞬间，心里想的是，哎呀我还没谈恋爱还没结婚生孩子，怎么可以就这样死了呢？听完我不觉笑了，每个人的想法果然是不一样的。生死一线，我脑子里一片空白，吓得连思考的能力都没有了，又哪来那么多想法？

朋友是个很懂得享受生活的人，她的想法很简单，人活着就要开心，就要及时行乐，不能把遗憾带进棺材。这令我想到了曹操的“对酒当歌，人生几何”，还有李白的“人生得意须尽欢，莫使金樽空对月”。也许，肆意洒脱，懂得享受生活的人才能真正领悟到生命的真谛吧。与其平平淡淡过完一百年，不如轰轰烈烈享受五十载。

不知是不是受到朋友的影响，还未真正进入社会，我便开始排斥朝九晚五的上班族生活。有时候想，如果我是一只蜉蝣，只有一天的寿命，在这一天我该干什么？是沿着被安排好的轨迹，默默走完一生，还是听从自己的内心，肆意一把？后来便壮起胆子，一毕业就瞒着父母到处行走，这样的生活是我以前想都不敢想的。

旅居香格里拉的日子开心而充实，每天都能看到不同的惊喜。在这里，我遇到了形形色色的人，听他们说各自旅行的故事，我讶于生命竟然可以如此多姿多彩。在父母辈的眼中，他们或许都不是听话的孩子，但是他们活得比那些所谓“听话”的人要开心多了。

给我印象最深的是生活在高原的藏民，他们信仰虔诚，会对着神山一路磕头至山顶；他们敬畏大自然，就连死后也要完完全全回归到自然中去。这种生活态度，似乎又与道教的天人合一有些相似。

苏轼的《赤壁赋》有句话："寄蜉蝣于天地，渺沧海之一粟。哀吾生之须臾，羡长江之无穷。"千万年之后，当沧海已经化作桑田，天地依旧存在着。人生百年，于天地来说，也不过像蜉蝣一样渺小，转瞬即逝。在我们看来，百年的寿命似乎很长了，可是和天地存在的时间相比，或许连"朝生暮死"都算不上，也难怪那么多人经常感叹人生短暂了。

光阴到底是长是短？有时候我们觉得度日如年，有时候又觉得岁月匆匆，人生天地之间，若白驹之过隙，忽然而已。归根结底，其实还是要看人的态度。

有句话我非常喜欢，"一刹那者为一念，二十念为一瞬，二十瞬为一弹指，二十弹指为一罗预，二十罗预为一须臾。"若按此细细算，人生该有多少个刹那？听起来该有多漫长。然而时光真的荏苒而去，也不过是眨眼间的事。

岁月易老，光阴易逝，人生何必太匆匆。

七月流火，九月授衣
——西周百姓生活实录

七月流火，九月授衣。一之日觱发，二之日栗烈。无衣无褐，何以卒岁！三之日于耜，四之日举趾。同我妇子，馌彼南亩。田畯至喜。

七月流火，九月授衣。春日载阳，有鸣仓庚。女执懿筐，遵彼微行，爰求柔桑。春日迟迟，采蘩祁祁。女心伤悲，殆及公子同归。

七月流火，八月萑苇。蚕月条桑，取彼斧斨。以伐远扬，猗彼女桑。七月鸣鵙，八月载绩。载玄载黄，我朱孔阳，为公子裳。

四月秀葽，五月鸣蜩。八月其获，十月陨萚。一之日于貉，取彼狐狸，为公子裘。二之日其同，载缵武功。言私其豵，献豜于公。

五月斯螽动股，六月莎鸡振羽。七月在野，八月在宇，九月在户，十月蟋蟀入我床下。穹窒熏鼠，塞向墐户。嗟我妇子，曰为改岁，入此室处。

六月食郁及薁，七月亨葵及菽。八月剥枣，十月获稻。为此春酒，以介眉寿。七月食瓜，八月断壶，九月叔苴，采荼薪樗。食我农夫。

九月筑场圃，十月纳禾稼。黍稷重穋，禾麻菽麦。嗟我农夫！我稼既同，上入执宫功。昼尔于茅，宵尔索绹，亟其乘屋，其始播百谷。

二之日凿冰冲冲，三之日纳于凌阴。四之日其蚤，献羔祭韭。九月肃霜，十月涤场。朋酒斯飨，曰杀羔羊。跻彼公堂，称彼兕觥：万寿无疆！

——《诗经·豳风·七月》

七月流火，指的是农历七月，差不多就是阳历的八月。在这段时间，火星从西方落下，天气渐渐转凉……这让我心里小小地不平衡了一下，凭什么西周的天气这么好，八月就开始变凉快。要知道现在的天气，十一黄金周出去旅游还热得发闷呢！不过那已经是几千年的事了，都说物是人非沧海桑田，气候的这一变化再正常不过了。

西周王朝始于众所周知的“武王伐纣”，那以后，武王姬发又征服了四周的许多小国家，土地疆域越来越辽阔。国家统一了，疆土变宽了，统治起来自然会变麻烦了。商王朝的政治那么腐败，要管理好手底下的百姓，怎么说也得来一次制度的大换血吧。

为了方便对被征服土地和人民的统治，周王朝的统治者推广了井田制，另外，又推出了新的制度——分封制。分封制的内容大致就是，周王把土地分给诸侯，世代享有，但是不可以转让和买卖，需缴纳贡税。奴隶们就在诸侯被分到的土地上劳作，为他们创造财富。

说了这么多关于西周土地制度的话，总算可以步入正题了。西周属于奴隶制度社会，那时候人们之间的关系，主要是奴隶和奴隶主贵族，也就是诸侯大臣。奴隶无偿地为奴隶主劳动，所换来的就是一年忙碌却平静的生活，也就是《七月》描写的场景。

每个朝代都会出现贫富悬殊的现象，西周更是如此，别说奴隶过得不好，就连他们的人也是属于别人的。一年到头，他们都要做各种各样的农活儿。九月，妇女们开始裁制冬日御寒的衣服。来年一月，他们要修理劳作的工具，二月就得下地劳作。男人耕田，女人带着孩子一起去送饭。

我出生在江南鱼米之乡，每年春耕秋收的时候，这种画面很常见。之于我，举家在地里劳动的场景很温馨，然而换一个环境，意义也就完全变了。西周的百姓并非为自己而劳作，一切不过是主人给他们的任务。看到他们那样卖力地劳动，前来探查的农官们非常开心，回去眉开眼笑地上报奴隶主：大家都很卖力，看来今年的收成又要涨啦！奴隶主开心了，百姓们的生活也就会好过一点。

到了农历三月，天气开始变暖，年轻的姑娘们提着筐子去采摘桑叶。乐府诗《陌上桑》中，美女秦罗敷在采桑的时候碰到了想将她带回府的太守，这种“强抢民女”在西周同样也会出现。所以那些采桑的姑娘们每次出门都很担心，怕遇到出门游玩打猎的贵族公子，将她们强行带走。看看，贵族们是多么蛮横啊！

四月植物开花了，五月蝉在树上鸣叫，八月开始收庄稼，十月草木枯黄。春始冬末，无论季节怎么变化，百姓们还是有忙不完的农活儿。等到庄稼收割完毕，十一月他们要捕捉野兽，取狐狸皮给公子做御寒的皮衣。十二月会有围猎，这对百姓来说是件值得高兴的事。因为他们自己可以拥有小野兽，比如山鸡、兔子之类的。尽管得到的很少，但是他们已经很满足了，运气好的话还能攒下过冬的肉。

西周这种劳作制度，和中世纪欧洲的庄园类似。一个庄园就是一个农村自制单位，庄园里土地、果园一应俱全，均属于庄园主，农奴们依附于庄园主，没有庄园主的同意不得随意离开庄园，必须完成既定的工作。

由于这首诗的篇幅实在太长，很多内容都记不住，我最喜欢的是其中描写蟋蟀的那一段："五月斯螽动股，六月莎鸡振羽。七月在野，八月在宇，九月在户，十月蟋蟀入我床下。穹窒熏鼠，塞向墐户。嗟我妇子，曰为改岁，入此室处。"

五月斯螽发声，六月莎鸡发声。蟋蟀七月在田野里鸣叫，八月在屋檐下唱，九月进到了房屋里面，十月钻到我床下藏起来。用烟熏出老鼠，堵住老鼠洞。塞好朝北的窗子，用泥涂抹门的缝隙御寒。干完活儿喊我的妻子和孩子，马上就要过年了，我们要在这个房屋居住。

蟋蟀从田野到床底的移动，从侧面反映出了天气越来越冷。到了年关，他们要将屋子清理干净，就像我们年前的大扫除一样，收拾好了才能过个好年。

这里的"斯螽"指的是蝗虫一类的鸣叫昆虫，夏天的晚上会在田野中不断发出叫声。莎鸡俗名纺织娘，又叫络纬，李白《长相思》"络纬秋啼金井阑"一句中，所提到的也就是莎鸡。

秋天一到，农民们便开始了一年最忙碌的时候。九月打谷场，十月收稻谷，把稻谷搬进粮仓。冬天风大，为防止粮仓漏风漏雨，还得修理好屋顶。完事之后，来年春天又得继续播种。

他们每年的生活都一样，平凡、繁重、单调，周而复始。《七月》一直都被认为是反映奴隶社会贫富悬殊的诗，也许是我迟钝，从中我反而看出了百姓们井井有条的生活。每个时代的人都有属于他们的生活方式，我们不该以现在的思想去局限他们。或许，他们认为这样的日子才是充实的，日出而作，日落而息。妻子孩子陪在身边，饿了有人去地里送饭，收工回家的时候有人在门口迎接，烟囱里飘出了袅袅炊烟，屋子了飘出了饭菜的香味。

到了祭祀的日子，大家又宰羊又摆酒宴，登上贵族们的公堂，举起酒杯祝贺，一生长寿健康。大家各得其所，其乐融融，一年也就风调雨顺平平安安地过去了。来年，将是更美好的一年。

皎皎白驹，食我场苗

——远方的客人请你留下来

皎皎白驹，食我场苗。絷之维之，以永今朝。所谓伊人，于焉逍遥。

皎皎白驹，食我场藿。絷之维之，以永今夕。所谓伊人，于焉嘉客。

皎皎白驹，贲然来思。尔公尔侯，逸豫无期。慎尔优游，勉尔遁思。

皎皎白驹，在彼空谷。生刍一束，其人如玉。毋金玉尔音，而有遐心。

——《诗经·小雅·白驹》

白驹就是白色的骏马，在我记忆中，唯一能想到的白驹就是《西游记》里面的白龙马了。电视剧里，白龙马高大壮实，载着唐僧一路西行，这一画面在八零后的我们心中都留下了很深刻的印象。或许是因为白马跑得太快了，渐渐的它与光阴有了联系。

庄子的《知北游》有这样一句话："人生天地之间，若白驹之过隙，忽然而已。"而后便有了"白驹过隙"这个成语，形容时间如日影在缝隙前跑过，匆匆即逝。《魏书·列女传》中这样写道："人生如白驹过隙，死不足恨，但夙心往志，不闻于没世矣。"

不过《白驹》这首诗和"白驹过隙"却没有任何联系，至于诗的主题是什么，也存在着争议。《毛诗序》认为，这是士大夫为讽刺宣王不能将贤者留于朝廷而作。也有人觉得这是大夫骑着白马为武王践行的诗。这两种说法相差很大，但似乎都有一定道理。

东汉蔡邕，也就是大才女蔡文姬的父亲，说："《白驹》，失朋友之作也。"即，这是一首关于朋友离别的诗。后世学者也普遍赞同这种观点：

毛色洁白的马，吃我菜园里的嫩豆苗。绊住马腿拴住缰绳，尽情欢乐在今朝。贤人来到这里，做客逍遥又开心。

毛色洁白的马，吃我菜园里的嫩豆叶。绊住马腿拴住缰绳，尽情欢乐在今夜。贤人来到这里，做客心中又惬意。

毛色洁白的马，马蹄驰骋来这里。本在朝堂为公侯，为何安乐没终期。逍遥度日要谨慎，避世隐居多可惜。

毛色洁白的马，在深谷中留身影。喂马吃一束青草，他的品德美好如玉。不要太珍惜音讯，别疏远这段友情。

作诗之人和白马的主人肯定交情匪浅，要么就是很欣赏他的品德，否则怎么会如此煞费苦心？又绊马腿又拴缰绳，就是不肯让他走。拴马留客，让我想到了元曲《西厢记·长亭送别》的一句话：柳丝长玉骢难系，恨不倩疏林挂住斜晖。

不管是朋友之间还是恋人之间，拴马都是留客的其中一种方式。古人留客的方式多种多样，据说还有将客人车上的辖扔到井里，让他走不了的，这种方法叫作"投辖于井"。

白马的主人究竟是什么样的人，为何主人公这么想让他在自己家多留一段时间？从诗中来看，他应该是位博学多才的有识之士，按照他的德行，本该成为公侯。但是贤人已经有了归隐之心，不想再涉足朝堂。

古代的人归隐山林，我觉得一般有这样三个原因：一是朝廷腐败，他们不想与世俗同流合污，宁可粗茶淡饭，了此一生；二是他们本身就不喜欢参与政治权势之中，向往闲云野鹤的自由生活；三是通过隐居让自己"归隐的贤者"名号传入统治者耳中，以此作为走入朝堂的前提。

最有名的隐士，莫过于东晋的陶渊明了。他似乎已经成了隐士的代表，一提到归隐，几乎所有人都会想到他那"采菊东篱下，悠然见南山"的清闲生活。不过我最敬佩的还是春秋的介子推。公子重耳逃难时，他不离不弃，忠心耿耿，不惜割股为重耳充饥。等到重耳成了晋文公，他却隐居山林，不再食君之禄。晋文公听信小人谗言，为逼介子推出来，竟下令放火烧山，最后在柳树下发现介子推母子的尸体。晋文公后悔不已，他将烧焦的柳木带回去做了一双木屐，望着木屐感叹"悲哉足下"，后世"足下"的称呼就源于此。

白马的主人为何不愿入朝为官，原因不得而知。不过主人觉得他有这么好的才华和品德，归隐山林实在太可惜了，再三劝他不要轻易做避世的决定。可见主人对他的德行很是欣赏，又是挽留又是劝谏。但客人去意已决，主人无法，只得喂他的马吃一束青草，送他远去。望着空谷中远去的身影，主人心中不舍，希望客人能再次回来，并且和自己保持联络。

如此深厚的友谊，令人很是羡慕。得朋友如此，此生也该无憾了。汪伦踏歌送别李白的时候，李白感慨道，"桃花潭水深千尺，不及汪伦送我情"。朋友之间友情深不深，在分别的那一刻很能体现出，而真正深厚的友谊是无价的。

关于送别的诗太多了，我特别喜欢岑参的《白雪歌送武判官归京》。大雪天在城门口送别友人，友人离开的时候，大雪铺满了天山的路，直到他的身影消失在路的尽头，雪地上留下的只有一排马的脚印……这场景有种说不出的感觉，私以为岑参和这位武判官的交情肯定匪浅。我的朋友若是在分别时候目送我，直到我的身影消失还注意到我的脚印，我肯定会感动得掉眼泪。

朋友之间本来就聚少离多，而今友人远去，心中自是不舍，若可以的话恨不得他一直留在自己身边。送他远去，只能饮一杯浊酒聊表心意。

写到这我突然想到了周杰伦的《千里之外》：我送你离开，千里之外，你无声黑白……在一起的时光总是短暂的，当分别来临，我们终究无能为力。

今夕何夕，见此良人

——新婚那些事儿

绸缪束薪，三星在天。今夕何夕，见此良人。
子兮子兮，如此良人何！绸缪束刍，三星在隅。
今夕何夕，见此邂逅。子兮子兮，如此邂逅何！
绸缪束楚，三星在户。今夕何夕，见此粲者。
子兮子兮，如此粲者何！

——《诗经·唐风·绸缪》

我一直不明白描写新婚之夜的诗为什么一开篇提到的却是捆绑柴草，难道古今文化差异真的就这么大？都说春宵一刻值千金，如此浪漫的洞房花烛夜，犯得着干这些粗活么！

而后我恍然大悟，生活在现代社会的我们思想太过于狭窄了，古人的生活方式，我们自然不可能第一时间就理解透彻。要知道古代可不比现在，那时候没有酒店，没有礼堂，更没有几千瓦的白炽灯把礼堂照得亮如白昼。当时照明的工具也只有蜡烛、火把。伟大的爱迪生同志没出生前，世上的光明都是最原始的。

而且，古代也没煤气灶和电饭煲，人们做饭熬汤靠的都是烧柴禾，每家每户多多少少会囤一些柴草在家里。柴房就是大户人家堆柴禾的地方，穷人家没有固定的柴房，一般都是堆在院子或简易的棚屋里，若是不小心溅到火星子，很容易就会烧起来。成语“曲突徙薪”说的就是把烟囱弯曲，把柴禾挪个位置，以防柴禾被烟囱里飘出的火星烧着。

扯远了，继续回过头来说《绸缪》。

在中国，成亲又叫洞房花烛，当天晚上红烛肯定是少不了的。也不知是曾发生过新婚之夜后院起火的事，还是聪明的古人考虑得太周全，那么多的红烛一直燃着，万一不小心把家里柴草点燃怎么办？如此一来，开篇的问题解决了，成亲前捆柴草的目的就是——预防火灾。把诗的内容翻译成白话，就是这样：

把柴草捆紧些，三星高挂在天上。今天是什么日子？让我看见这么好的人。你呀你呀，这样好的你，叫我该怎么办？

把柴草捆紧些，三星高挂在东南，今天是什么日子？让我有这么美的邂逅。你呀你呀，这样好的良辰美景，叫我该怎么办？

把柴草捆紧些，三星挂在门户上。今天是什么日子？让我看见这么灿烂的人。你呀你呀，你这样美丽，叫我该怎么办？

久而久之，束薪成了古代婚礼的风俗之一。《诗经》中描写男女婚事的，大多都会提到“薪”字，比如《南山》就写“析薪如之何”。

绸缪即捆绑缠绕，为预防火灾发生而事先把柴草捆绑好，提前做好一切准备，我觉得这可以直接叫“未火绸缪”了。再后来，绸缪又有了修补的意思。“未雨绸缪”意思就是在下雨之前修补好门窗，以防雨水打进屋子。这个词常被用来形容人有远见，懂得事先做好一切准备。

不过“未雨绸缪”并非出自《绸缪》，按照成语的确切意思，它的出处应该是《诗经·豳风·鸱鸮》，诗中原句为“迨天之未阴雨，彻彼桑土，绸缪牖户”。翻译成白话，大概就是说，趁着天上还没下雨，寻找桑树的根皮，修补好门和窗。

中国语言文字博大精深，一个词语常常会有多种含义。绸缪除了捆绑和修补之外，也被用来形容男女缠绵欢好。元稹的《莺莺传》中就有“绸缪欢好”一词。蒲松龄的《聊斋·白玉玉》也有写“继而衾枕之爱，极尽绸缪”。我想，虽然诗中的“绸缪束薪”只是很纯洁地想表达一下要去捆绑柴草，但是把在男女缠绵的意思加在这样一首描写新婚之夜的诗中也不为过吧。

洞房之夜，良辰美景，新婚夫妇该是什么样的一种心情呢？

“良人”是古时候妻子对丈夫的称呼，所以《绸缪》无疑是出自女子之手。黄昏之后，三星高挂，房内的红烛被点燃，如此美好的新婚之夜，新娘子又喜悦又激动，她发出了这样的感慨。今天是什么日子呢，让我看见这么好的人。你呀你呀，叫我该怎么办？

可以看出新娘子的语气是欢乐且带着娇羞的。幸福来得这么简单，快得有些不真实。面对如此良辰美景，她有些无所适从。毕竟对女孩子来说，嫁人是一辈子最重大的事，说不紧张那是假的。每个新娘在入洞房后，看着要跟自己度过一生的男子，多多少少都会产生这种感觉。今夕何夕，见此良人。子兮子兮，如此良人何！

今夕何夕，我一生最美的事就是遇见了你，得此良人，终成美眷，我还有什么不满足的呢？世上最幸福的事莫过于此。

袅袅兮秋风，洞庭波兮木叶下
——望眼欲穿的神祇之恋

帝子降兮北渚，目眇眇兮愁予。袅袅兮秋风，洞庭波兮木叶下。
登白薠兮骋望，与佳期兮夕张。鸟何萃兮苹中，罾何为兮木上？
沅有芷兮澧有兰，思公子兮未敢言。荒忽兮远望，观流水兮潺湲。
麋何食兮庭中？蛟何为兮水裔？朝驰余马兮江皋，夕济兮西澨。
闻佳人兮召予，将腾驾兮偕逝。筑室兮水中，葺之兮荷盖。
荪壁兮紫坛，播芳椒兮成堂。桂栋兮兰橑，辛夷楣兮药房。
罔薜荔兮为帷，擗蕙櫋兮既张。白玉兮为镇，疏石兰兮为芳。
芷葺兮荷屋，缭之兮杜衡。合百草兮实庭，建芳馨兮庑门。
九嶷缤兮并迎，灵之来兮如云。捐余袂兮江中，遗余褋兮澧浦。
搴汀洲兮杜若，将以遗兮远者。时不可兮骤得，聊逍遥兮容与。

——战国·屈原《九歌·湘夫人》

除了屈原，再无任何人的笔下能出现如此具有浪漫情怀的奇幻世界，芷若木兰绽放，杜若芳香萦绕，透过云梦泽上的水雾，浮现的是一个又一个神秘离奇的传说。

在神话世界里，每一条江河都有属于自己的水神，比如东海海神叫海若，黄河水伯是冯夷，洛水女神为宓妃，就连《西游记》中的通天河也有个叫灵感大王的妖怪镇守着。

湘夫人是守护湘水的女神。湘水即湘江，在今湖南省境内。林黛玉号潇湘妃子，“潇湘”指的就是湘水和它上游最大的支流潇水。《山海经·中山经》记载：“又东南一百二十里，曰洞庭之山，其上多黄金，其下多银铁，其木多柤、梨、橘、櫾，其草多荄、蘪芜、芍药、芎䓖。帝之二女居之，是常游于江渊。澧沅之风，交潇湘之渊，是在九江之间，出入必以飘风暴雨。”

古代流传下来的关于湘水女神的说法很多，除屈原笔下的湘夫人之外，也有说她的名字叫湘灵。《楚辞·远游》中“使湘灵鼓瑟兮，令海若舞冯夷”，写的就是湘水女神，东海海神和黄河水伯。苏轼《江城子·湖上与张先同赋时闻弹筝》中“烟敛云收，依约是湘灵”一句，将他听到的乐曲比喻成出自湘水女神湘灵之手的仙乐，可见湘灵这一形象在人们心目中的美好。

不过最普遍的版本就是“娥皇女英”的传说。有人认为，《九歌·湘君》中所写的湘君和本篇中的湘夫人指的就是舜和他的两个妃子。这一观点跟很多文献记载的事件、地域吻合，因而流传也最为广泛。

传说舜南巡的时候死于苍梧，娥皇、女英为寻他而溺死湘水，她们的眼泪洒在竹子上，化成了湘妃竹。今天湖南岳阳的君山岛上有座湘妃祠，所供奉的就是娥皇、女英。我有幸在君山斑竹园见过湘妃竹，青竹之上，黑点斑斑，虽明知那只是竹子的品种，我还是固执地相信了“泪洒青竹”的神话。在这个世界上，总有人是愿意相信美的，不管是真是假，哪怕只是为了成全自己心中的一个臆想。

屈原称湘夫人为“帝子”，即帝王的女儿，恰好娥皇、女英又都是尧帝之女，这使得“湘夫人就是舜帝二妃”的说法可信度增加了不少。

最初把湘夫人和娥皇女英融合在一起的是《史记·秦始皇本纪》，在那之前并没有这一说法。娥皇女英出现的时代比屈原早多了，按理说如果二者有关联，诗中不可能不涉及吧？但是从《湘夫人》和《湘君》两首诗的内容来看，似乎并没有任何提到她们的迹象。

不管湘夫人的真实身份如何，按照诗中的意思，有一点是可以肯定的，湘夫人是湘水女性之神，是湘水男性之神湘君的配偶。但《湘夫人》是以湘君的口吻来唱的，它的主人公是湘君，表达了湘君赴约却未见湘夫人时心中的怅然。

楚国百姓在祭祀湘夫人时，以男性扮演湘君来迎接湘夫人，反之则以女性扮演湘夫人来迎接湘君。古往今来的诗文，主题大多离不开爱情。湘夫人和湘君虽是神祇，却依旧逃不开爱情之网。看来神仙的恋爱和凡人差不多，也有悲欢离合，也有喜怒哀乐。湘君在洞庭等候湘夫人而未见对方，这跟《子衿》中所描写的场景不是很像么？

诗的开篇写到“帝子降兮北渚”，但湘夫人其实并未到来，这只是湘君心中所想的情形。他是那么渴望见到湘夫人，她的身影还未出现，他却早已望眼欲穿，迫不及待。

秋风吹皱了湖面的水，水波粼粼，岸上的树叶纷纷落下。在这样美好的画面之中，独独缺少了我思念的她。我们约好了在这里相见，可是直到黄昏她还未依约前来。

水泽畔的白芷和幽兰散发出香气，正如我心中对你的思念。流水潺潺，时光逝去，我骑着马在江边一边奔驰一边寻你，恍惚中好像听到了你的呼唤，我多想与你一同乘车而去。

看，景色如此浪漫而美好。才短短的几句话，就把情与景，虚与实紧密结合起来了。我仿佛看见湘君在洞庭湖畔焦急远望的身影，等不到爱人的他双眉皱起，在江边策马狂奔，甚至出现了幻听和幻觉。身为神祇，却表现得如热恋中的小伙子，还真是应了一句话：神仙也有七情六欲。要不然，仙女为什么放着高高在上的神仙不做，跑到凡间寻找真爱呢？

我们的湘君大人可不是一般痴情，他骨子里透出的都是对湘夫人浓浓的爱恋，说他相思成疾一点都不为过。随着思念的加深，他想象中的世界也越来越丰富多彩：水边建了一座别致的宫殿，所用材料全是奇花异草，荷叶、香荪、紫贝、辛夷、白芷、薜荔、杜衡……九嶷山的神仙全来了，就像天空中聚集的云彩，湘君和湘夫人把神仙们迎到宫殿中来，大家一起为他们庆祝。

香草美人永远是屈原笔下文字的主题，光是看着都觉得芳香扑鼻。

湘君沉浸在他自己想象的世界之中，他觉得又喜悦又幸福，仿佛美梦已经成真。一个人在什么情况下才会幻想尚未拥有的幸福？我曾说过《诗经・风雨》的女主人公在孤苦无依的情绪边缘才会幻想在风雨中见到心上人，湘君的情况其实和她差不多，若非等待的痛苦到了极限，他又怎会去凭空想象这一切？梦一旦醒来，所有的美好全都烟消云散，不留一丝痕迹。那时候的他才不得不去正视心中的痛苦。

梦终归是梦，湘君最终醒过来了。意识到湘夫人不会出现了，他把身上的夹袄脱下来扔进了湘江，又把单衣留在了澧水之滨。因为有说夹袄和单衣是湘夫人送给他的，等不到爱人，他心中懊恼，又找不到别的发泄办法，只得扔了恋人的信物，以寻求心理的平衡。

不过湘君对湘夫人的爱实在太深了，根深蒂固，无法剔除。在短暂的抱怨和恼怒之后，他又开始回心转意了。他飞往水中的绿洲采摘杜若，把它送给远方的恋人。这个恋人不是别人，正是湘夫人。湘君觉得，欢乐的时光难以马上到来，于是他暂且放松心情。

也不知是爱得太深还是心态太好。湘君的这种想法，在我看来其实是自我安慰。他不确定能不能再见到湘夫人，但他同时又坚信一定能再见。他后悔将湘夫人送他的衣服扔了，别无他法，只得去采了香草杜若，等将来见面的时候送给湘夫人。可能一是为了赔罪，二是为了让湘夫人知道，他曾经在洞庭之畔痴痴等待过她，希望湘夫人能明白他的苦心。

湘君离开得很逍遥很豁达，在做完决定之后，他的心也得到解脱了。张小娴说，有时候，我们愿意原谅一个人，并不是我们真的要原谅，而是我们不想失去，不想失去，唯有假装原谅。我想，湘君的心情大抵也是如此吧。他对湘夫人，不可能一点怨恨都没有的，不然也不会一气之下扔了她送的衣服。但是他不想就此失去湘夫人，唯有说服自己，他才能心平气和去期待下一次见面，才可以理直气壮地继续爱她……

从约好见面到看似逍遥地离去，湘君经历了期待、焦急、喜悦、懊恼、怅然等一系列的心情变化，爱使他忘却了身份和面子。忘了哪个朋友曾跟我说过这样一句话，再要强的人，在爱情面前也会变得卑微。湘君就是如此。

无论你什么时候到来，我始终等着你。我相信，总有一天你的身影会出现在湘水的尽头。

若有人兮山之阿，被薜荔兮带女萝
——天地间最美的精灵

若有人兮山之阿，被薜荔兮带女萝。既含睇兮又宜笑，子慕予兮善窈窕。
乘赤豹兮从文狸，辛夷车兮结桂旗。被石兰兮带杜衡，折芳馨兮遗所思。
余处幽篁兮终不见天，路险难兮独后来。
表独立兮山之上，云容容兮而在下。杳冥冥兮羌昼晦，东风飘兮神灵雨。
留灵修兮憺忘归，岁既晏兮孰华予。
采三秀兮于山间，石磊磊兮葛蔓蔓。怨公子兮怅忘归，君思我兮不得闲。
山中人兮芳杜若，饮石泉兮荫松柏。君思我兮然疑作。
雷填填兮雨冥冥，猿啾啾兮狖夜鸣。风飒飒兮木萧萧，思公子兮徒离忧。

——战国·屈原《九歌·山鬼》

一提到鬼，我脑子里浮现出的总是青面獠牙的怪物。后来看了王祖贤演的电影《倩女幽魂》，又恍然觉得，原来鬼也可以这么漂亮。山鬼不是鬼，却也是一样的漂亮多情，她披着薜荔香草，骑着赤豹在山林间游走，是天地间最自由的精灵。

《山鬼》是屈原《九歌》之中我最喜欢的一篇，山鬼也是我最喜欢的神话形象之一。她身上既有神仙的美丽与梦幻，又有精灵的野性和神秘。按照最普遍的说法，她是一位山神，因未获得天帝的正式册封，所以还不能称为神，只能称之为“山鬼”。我记得《西游记》里面的山神大多是瘦瘦的白胡子老头，相比之下，山鬼应该算是最美的山神了。

清人顾成天认为，山鬼就是巫山神女瑶姬，这一说法得到了郭沫若的认可。郭沫若的解释是，“采三秀兮于山间”这一句中的“于山”即巫山，因为《楚辞》中的“兮”字具有“于”字的作用，若于山非巫山，那么“于”字就是累赘了。还有，值得一提的是，“于”字在古代就念“巫”。郭沫若这一解释说服力很强，以至于“山鬼是巫山神女”的观点迅速得到了许多人的认可。仔细想想也对，像屈原这样伟大的文学家，他所创造的作品又怎么会在炼字方面留下瑕疵？

相比山鬼，巫山神女的名号可就响亮多了，一般人都听过“楚襄王梦中遇神女，神女自荐枕席”的故事，宋玉《高唐赋》和《神女赋》中的女主角也正是巫山神女瑶姬。

传说瑶姬是天帝的女儿，她曾帮大禹治水，后来化作神女峰守护楚地的百姓。还有一种说法是，瑶姬是炎帝的女儿、精卫（原名女娃，淹死后化作鸟填海的那个）的姐妹，她未嫁而死，葬在巫山脚下，精魂成了守护巫山的神灵。《山海经·中次七经》记载：“又东二百里，曰姑瑶之山。帝女死焉，其名曰女尸，化为瑶草，其叶胥成，其华黄，其实如菟丘，服之媚于人。”菟丘即菟丝子，又名女萝，是一种藤蔓植物，常依附在其他植物身上。

我一直觉得瑶姬挺冤，她没犯什么错误，就因为楚襄王的一个春梦，她一下子由高高在上的神女沦落为“自荐枕席”的荡妇，以至于“巫山云雨”“高阳台”也成了男女欢好的代名词。

宋玉《高唐赋》中有这么一段：“昔者先王尝游高唐，怠而昼寝，梦见一妇人曰：‘妾，巫山之女也。为高唐之客。闻君游高唐，愿荐枕席。’王因幸之。去而辞曰：‘妾在巫山之阳，高丘之阻，旦为朝云，暮为行雨。朝朝暮暮，阳台之下。’”

这段话把瑶姬描写得大胆奔放，在面对楚襄王时，她的姿态亦是谦卑的，根本不像是一个高高在上的神祇该有的表现。很显然，这不过是楚襄王一厢情愿罢了。

为帝王者总是贪婪的，拥有人间的美女还不够，连神女也想染指。个人觉得，楚襄王这一行为跟《封神榜》中题诗亵渎女娲的纣王没什么两样，女娲一怒之下可以策划“武王灭纣”，瑶姬却只能背着这个黑锅，简直比窦娥还冤！

山鬼之所以被认为是瑶姬，除了郭沫若的解释外，还有一个因素就是她的装扮和生活环境。她“被薜荔兮带女萝”，女萝正是菟丝子，也就瑶姬所化之“瑶草”；她“表独立兮山之上，云容容兮而在下。杳冥冥兮羌昼晦，东风飘兮神灵雨”，这一场景，和瑶姬“旦为朝云，暮为行雨”的形象也十分吻合。

山鬼这一形象被屈原赋予了极强的生命力，比《九歌》中的其他神仙，像湘君、湘夫人、云中君等都要灵活生动，她有着人、神还有精灵的共性，痴情、神秘、灵动，然而最吸引我的还是她的自由烂漫。她披着薜荔、女萝、石兰、杜衡，骑着赤豹在山间游走，身后还跟着“随从”文狸。山中就是她的地盘，她可以无拘无束，无忧无虑。

屈原《九歌》里面写的全是祭祀神仙的乐歌，《山鬼》如题，祭祀的正是山鬼。她的遭遇和湘君相似，与情人有约，满怀喜悦地赶到了目的地，情人却没来。她在风雨中痴痴等着，直到天色完全变黑，她的内心开始忧伤，甚至绝望。

无疑，山鬼是美丽的。她周身香草环绕，赤豹当坐骑，文狸为跟班，美丽的同时可以说还挺威风。女为悦己者容，约会的时候总想以最美的形象出现在恋人的面前。山鬼的美足以令女人都为之动容，更不用说男人了。只可惜她的情人太不识好歹，美女的鸽子也要放。

等不到爱人的山鬼幽幽感叹：

我在幽深不见天日的竹林中穿行着，道路艰难险阻，我独自来得迟。孤身一人伫立在高高的山巅，看雾海茫茫，云卷云舒。白昼昏暗如同黑夜，东风狂舞，神灵降下了大雨。我痴痴地等着你，甚至忘记了回去。红颜凋零，岁月老去。道路的险阻，天气的恶劣，一切的一切都不能阻止我追寻你的步伐。

山鬼的爱情如此坎坷，比起湘君有过之而无不及。湘君在等待的时候好歹能看看洞庭的美丽风景，策马狂奔发泄一番。山鬼历尽艰险来到约会之地，不仅情人没出现，上天也没因此怜悯她，她在狂风暴雨中痴痴守候，凄冷而孤独。

我相信一种说法，女人比男人更容易在爱情中沦陷，女神也是如此。湘君等不到湘夫人，可以安慰自己，豁达离去；山鬼等不到情人，却依旧苦苦等待，忘了回家。

她在山间采集能延年益寿的灵芝仙草，岩石陡峭，藤蔓四处缠绕。至于她为什么采灵芝，也许和湘君一样，想把它送给情人吧。善良如山鬼，心里对情人还是存有抱怨的。

我如此思念你，心中怅然忘却归去，你思念我吗？为什么没空来找我呢？

天色渐渐变黑，雷声滚滚而至，雨下得越来越猛烈，山中的猿猴似乎感觉到了山鬼心中的悲哀，开始呜咽悲鸣。在风雨飘摇之中，孤独的山鬼心中定然也是无限悲凉。比起天气的恶劣，恋人失约给她的打击要大得多。

我不明白屈原的真正用意是什么，为何在那些祭祀的山歌中，他塑造的都是等不到恋人而惆怅独悲的神仙形象，以此来迎接神灵。他生活的楚地是个充满神话传说的国度，那儿的百姓都信奉神灵，尊重神灵，在他们心中，诸如湘君、湘夫人、云中君，定然也如山鬼一般美好。

若有人兮山之阿，被薜荔兮带女萝。如果可以，我愿化作山鬼，做这山间最自由的精灵。

山有木兮木有枝，心悦君兮君不知
——沉默而卑微的爱

今夕何夕兮，搴舟中流。今日何日兮，得与王子同舟。
蒙羞被好兮，不訾诟耻。心几烦而不绝兮，得知王子。
山有木兮木有枝，心悦君兮君不知。

——无名氏《越人歌》

春秋是一个纯真无瑕的时代，它开放而赤诚，原始而混沌。

这是一个典型的王子与灰姑娘的故事，只是它还带着春秋时期特有的清雅和矜傲。我所想到的鄂君子皙，应当是个清瘦文雅的少年，并不十分俊秀，却温润谦和，自有一番气度。

这是一个天色垂暮的傍晚，当子皙风姿绰然地临步河边之时，山风款款拂过他的衣袂，少年清瘦的下颚微微抬起，负手而立。他感受着群山苍翠的起伏，倾听着千水一河的波澜，当他停下脚步的时候，脚边是一声船桨的轻撞。

他应该有一双狭长的凤眼，盛着少年应有的欢愉和玉石一般的沉静，而此刻他微微笑着，与撑船的少女道：此河甚宽，娇娇欲度我否？

越女清脆地应下了，转身划桨，河上轻风拍打着她的衣袖，或许她的手腕上还系着铃铛，轻一声重一声地响着。

子皙敛了衣襟坐下，而越女却一清喉，开始歌唱：

“今夕何夕兮，搴舟中流。今日何日兮，得与王子同舟。蒙羞被好兮，不訾诟耻。心几烦而不绝兮，得知王子。山有木兮木有枝，心悦君兮君不知。”

今晚是如此美好的夜晚，我能有幸在这里划这一叶小舟，今天是如此美好的一日，能够让王子您上到我的小舟上来，我含着羞怯带着娇俏，不顾廉耻地爱慕着您呀，我是这样地爱着您，无时无刻不希望见到您风姿优雅的身影，山间有树，树上有枝，山灵草木都知道我的心意，唯有您，不知道我是如此卑微而沉默地爱着您。

搴者，取之意也，意会为划船的动作。而訾，则是非议的意思，通句“不訾诟耻”的意思就是不介意那些非议、诋毁、侮辱，连用了三个相类似含义的词语，显见诗中少女情谊之坚定，心念之勇毅。

歌声略略带着颤抖和喘息，音色清越而婉转，在山河之间被一波波的水纹慢慢送出，仿佛天地之间都是这颗忐忑的心在跳动，素衣纯朴的少女托出她最真挚的情感，惶恐地奉到心上人的面前，轻轻说一句，盼君垂怜。

鄂君子皙侧过头，静静听着，他秀气安静的面庞出现了一丝困惑，楚人不明越语，却分明感受到少女歌声里的忐忑与欣喜。

没有得到子皙回应的越女并未感到失望，她欢喜地用歌声唱着心意。

我喜欢你，是我一个人事，与你无关。你回应也罢，不回应也罢，我都这样喜欢着你。

鄂君子皙匆匆下了船，当他洁白的衣袖消失在越女目光中的时候，越女才觉出心里的一丝失落来——便只是这样望着你，也是一种幸福。

子皙乃楚王胞弟，他极轻易便寻到了精通越语的楚国臣子，子皙将臣子唤到面前，请他与自己同去河畔。

越女依旧在水上摇着桨，对子皙的去而复返欣喜非常，她目光明亮，笑靥如花，张口便是清歌一曲：

山有木兮木有枝，心悦君兮君不知。

山林之间有枝桠千万，每一枝每一叶都知道，我心里是这般的欢喜你，而你却坐在我面前，什么也不知道。

或许也正是知道子皙的无法理解，越女才敢如此肆意和大方地表达自己的情谊。春秋如此开放，但我认为诗中的越女，却是一个带着一点羞怯的少女，她想展示自己的心意，却又以越语歌唱，她期盼子皙能读懂她多情的眼神，却又希望子皙不要婉拒她——假如子皙婉拒了她，她宁愿他听不懂她的歌。

鄂君子皙乃楚王的同胞亲弟，官职做到令尹，爵位为执圭，令尹便是当时楚国的首席大臣，大权在握，而执圭，顾名思义，圭者，本是祭祀用具，但通常都用来暗示贵族地位，执圭这一职位，恰恰是楚国的最高爵位。

那个时代的人讲究门第和风度，渴求放达，但却无法彻底摒弃等级观念。对一个撑船的越女来说，一夕之欢也许都只是恩赐，拒绝本就是她预想之中的事。

或许她只是想将心事说出口——此生相见或许只此一次，江上明月清风，只你我二人，我扶桨而立，你倚船静思，再美不过如此一瞬，再欢喜不过如此一刻。

她不愿意错过。

如席慕蓉所写的《送别》那般：

我并不是立意要错过，可是我，一直都在这样做。

错过那花满枝桠的昨日，又要错过今朝。

今朝，仍要重复那相同的别离，余生将成陌路。

一去千里，在暮霭里，向你深深地俯首。

然而越女预料的拒绝没有出现，子皙微笑着令臣子为之作解。

少女闪闪发光的眼神瞪大了望着他，看他伸出手邀她下船——获悉了越女心意的子皙，并没有拒绝她，反而以一种珍惜和尊重的姿态接纳了她。

越女后来的故事我们不得而知，但想来并不会那么顺心如意，王宫里女人的争斗永远是一场无法停止的硝烟之战。或许子皙对她的怜惜也不过是一夕之意，如同夜中燃起的烟花，转瞬即逝。

在《越人歌》的出处《说苑》中，这个故事是由楚国大夫庄辛说出的。

那一日襄成君受封，华服盛装立在河畔，庄辛见了他心中欢喜，向之行礼，想要握他的手，襄成君却因为等级观念而拒绝了，认为这是僭越之举，而庄辛便给他讲述了子皙与越人的故事。

在故事的最后，庄辛问疑于襄成君，您的前辈鄂君子皙，身份如此高贵，也可以同一个贫贱低微的越人有相惜交欢之情谊，我为什么不能握一握您的手？

襄成君顿觉惭愧，当下真诚地把手递给了他。

就是这首《越人歌》，如果没有同它一起流传至今的本事，似乎很难从字面断言它是两男相悦之词，还是男女相悦之词，它甚至被很多史学家认为，这是古代同性恋的鼻祖，比龙阳之好的出处还要早上几百年，然而至今没有任何资料来证明，这位划桨的越人究竟是男是女，这无疑在证明，那个时代的人，对爱的理解已无关性别，无关年龄，甚至无关一切——天地高远，岁月辽阔，爱也是坦坦荡荡毫无掩饰的。

在春秋战国时代，美是无法用性别来区分的。爱美之心，人皆有之，在他们的概念里似乎并没有具体的男性女性之分，只要是美好的，便想亲近，这恰恰是一种天性的解放。

越女的故事不仅成全了她自己，也成全了百年后的庄辛。

沉默的爱终究需要说出口才会有意义，但却并不必须要得到回应——我爱你，是我一个人的事，与你无关。

风萧萧兮易水寒，壮士一去兮不复还
——一歌赴死，终成绝唱

风萧萧兮易水寒，壮士一去兮不复还。
探虎穴兮入蛟宫，仰天呼气兮成白虹。
——战国·荆轲《易水歌》

“易水歌”是后人起的名字，荆轲刺秦，太子丹在易水为他送行，这首歌作于易水，故名《易水歌》。有个成语叫“图穷匕见”，说的也是荆轲刺秦的故事。

我一直都以为荆轲姓荆，后来才知道原来他是姓姜的。荆轲的职业大概会令男士很热血，他之前是一名侠客，后来又成为了一名刺客。在前往燕国以前，很多人都知道荆轲为人慷慨豪爽，因此他结交了不少朋友，其中就有燕国著名侠客田光。

这群喜欢结交朋友的侠客让我想到了司马迁《史记》中的游侠郭解，郭解武功高强，行侠仗义，在当时为很多人尊敬。游侠们的生活很令人羡慕，他们结交群雄，对酒当歌，劫富济贫，行侠仗义，豪气万千……但同时也要时刻担心生命危险，朝廷才不会放任游侠们乱来。郭解就是因为名气太大，愿意对他唯命是从的人太多了，汉武帝担心这群游侠的势力越来越大，便下令将他们除去。郭解豪气一生，最终落得个满门抄斩的下场。当然，如果侠客们肯归顺朝廷，那就另当别论了。荆轲的命比郭解要好些，至少不用到处流亡，当了一阵子侠客之后，他被田光推荐给了燕国的太子丹。

那时候秦国虽然还没灭掉六国，实力在六国中却是最强的，太子丹之前就在秦国做过人质。古代的人质跟我们在警匪片中所看到的又有所区别，那时候国家与国家之间订立盟约，为了让对方放心就会派人过去当人质，又或者两国交战求和时，为了表示臣服也会派人质去赢的一国，有资格成为人质的不是太子就是公子，总之身份地位很高就是了，不然对方怎么可能放心。

太子丹在秦国受了侮辱，回到燕国之后心里十分不甘。眼看秦军就要逼近易水，他找了一帮人来商量对策，商量出来的最终结果就是刺杀秦王。射人先射马，擒贼先擒王嘛，只要秦王一死，王族们为了争位还自顾不暇，哪有空来管别人。可是秦王不是说杀就能杀的，这是一步险棋，需要周密的计划和合适的人选。有大臣向太子丹推荐田光，说他是个有见识的人，于是太子丹派人去请田光，还亲自跪着迎接他，足见诚心。

通过田光的介绍，太子丹和他的智囊团一致同意让荆轲去执行这次任务。从中也能看出荆轲是个什么样的人，刺秦是多大的一件事啊，不成功便成仁，执行任务的刺客不仅需要高强的武功，关键还需要临危不乱的心态，别一看见秦王宫中的守卫就吓得掉刀子。荆轲符合以上多个条件，所以刺秦的重任非他莫属。还有很关键的一点，那就是不管刺杀成不成功，荆轲都得死，你都把人家的国君杀了，要是被你活着走出王宫，秦国的军队还怎么混，说出去都丢人，更别谈什么灭六国了。荆轲答应太子丹的时候，就已经抱着必死的决心了。话说回来，不管答不答应，荆轲横竖都是一死，太子丹既然把这样天大的机密告诉他了，那也就由不得他拒绝，万一他想靠这个秘密去秦国换个一官半职，燕国就彻底完了。

当时秦国有位将军叫樊於期，犯了罪之后逃到了燕国，太子丹收留了他。荆轲向太子丹进言，说要用樊於期的脑袋和燕国的督亢地图作为献给秦王的礼物，因为秦王悬赏千两黄金和万户封邑来求樊於期的头颅，要是能献上这件礼物，秦王必定会很开心，因而放松警惕。太子丹一开始不忍心，后来还是荆轲私底下去见了樊於期，樊於期听了他一席话之后，自刎而死。

为了保证刺秦任务能够完成，太子丹还给荆轲安排了一个助手，叫秦舞阳。这位秦舞阳也是个厉害角色，十二岁的时候就敢杀人。十二岁，搁现代还是上小学的小朋友呢。而且他长得也很凶悍，他一瞪眼，人们都不敢抬头去看他。

等到一切都安排妥当，荆轲和秦舞阳一起上路了。太子丹带着他的朋友穿着白衣戴着白帽为荆轲送行，为什么是白颜色，不用说也都知道。反正荆轲和秦舞阳铁定是回不来的，这一次送行等于是提前为他们服丧。荆轲有个好朋友叫高渐离，他应该算是位音乐家吧，十分擅长击筑（筑是当时的一种乐器）。他是个很讲义气的人，荆轲刺秦失败后被秦王所杀，高渐离为了替荆轲报仇，隐姓埋名，靠着高超的击筑水平得以被秦王召进宫，被认出来后又被弄瞎了眼睛。有一次宴会上，高渐离事先把铅块装进了筑里面，击筑击到一半他举起筑朝秦始皇砸去，可惜因为眼睛看不见，砸偏了。他的下场跟荆轲一样，被秦王给下令处死了。

太子丹在易水为荆轲送行的时候，高渐离也在场，这两位好搭档之前一定合作过，一个击筑一个唱歌，曲声很悲凉，唱得同行之人无不流泪。荆轲所唱的，正是“风萧萧兮易水寒，壮士一去兮不复返”。四周风声萧萧，易水冰冷刺骨，在这样肃杀的环境下，他即将前往秦国，也即将踏上黄泉路。

据说荆轲唱完这句后，仰天长叹一声，天上居然出现了一道彩虹。于是他又接着唱道：“探虎穴兮入蛟宫，仰天呼气兮成白虹。”他把秦王宫比作龙潭虎穴，而他即将前往这个龙潭虎穴，有去无回

荆轲和秦舞阳是以替燕王送贡品的名义去的秦王宫，所谓的“贡品”就是燕国的督亢地图和樊於期的头颅。秦王听了他们的来意之后，果然很开心，让他们把贡品呈上来。荆轲和秦舞阳一步步向前，秦舞阳毕竟是个孩子，到了真正关键的时刻也知道怕了，吓得浑身发抖，荆轲就笑着解释说，秦舞阳是荒野粗人，没见过什么大世面，估计是被大王的威仪震慑到了。秦王听了，也就没有怀疑。姜果然还是老的辣，光会杀人没用，还得需要一颗会随机应变的心，这一点荆轲比秦舞阳小朋友老练多了。

等到给秦王展示燕国督亢地图的时候，荆轲将卷轴慢慢打开，“图穷而匕见”，他拿着匕首向秦王刺去，结果没刺中。秦王想拔剑抵抗，结果剑卡住了，他只得赶紧逃。于是秦王宫中出现了十分戏剧性的一幕，大臣们没料到会发生这种场面，都吓傻了，而且规定入宫不准带兵器，大臣们也不知道怎么对付荆轲。荆轲在后面追，秦王在前面绕着柱子跑，总之场面非常混乱。不过荆轲刺秦的结果众所周知，他最终还是失败被杀了。秦王对这次刺杀事件十分气愤，马上派兵攻打燕国，五年后，燕国被灭。再后来，齐国被灭，秦王正式统一六国，成了始皇帝。

且不说当时战争各国的立场，荆轲明知是死路一条却还抱着视死如归的决心去执行如此危险的任务，大概也是为了报答太子丹的知遇之恩吧，他的气概和胆识，当是英雄无疑。易水一歌也因他这位英雄而成千古绝唱。

力拔山兮气盖世，时不利兮骓不逝
——英雄的末路挽歌

力拔山兮气盖世。时不利兮骓不逝。
骓不逝兮可奈何！虞兮虞兮奈若何！
——秦·项羽《垓下歌》

英雄、美人，这两个词注定会被放在一起相提并论，谁也离不开谁。项羽和虞姬也是如此，他们的名字在同一时间同一地点出现的频率实在太高了，一如众所周知的牛郎配织女，白素贞配许仙。一曲京剧《霸王别姬》，早已把他们的爱情故事唱得家喻户晓。

“虞兮虞兮奈若何”指的就是虞姬。没有人知道虞姬的真名叫什么，就连“虞姬”的称呼也是到唐朝才出现。古代的女人，能在史册上留下全名的少之又少。若非“霸王别姬”的传说，想必虞姬也会和她的人一样，一起湮没在历史的浩海之中。

《史书·项羽本纪》有提到，楚汉之争项羽兵败，他心知大势已去，在突围前夕和虞姬诀别。关于虞姬的最后结局，并没有详细的记载。不过按常理想，虞姬肯定是不可能苟且偷生的，因此民间便有了虞姬自刎殉情的说法。以悲剧收尾的爱情，往往都会比喜剧更容易被人铭记于心。想想现在那些卖座的爱情片，十有八九都是赚足观众眼泪的。

相传虞姬不仅长得倾国倾城，舞姿也曼妙无比，舞剑更是动人心弦。她经常随军出征，常伴项羽左右，深得项羽宠爱。有这样一位美丽且识大体的女子相伴，项羽的戎马生涯也算是有所安慰了。后世常用的词牌名《虞美人》也来源自虞姬。

项羽常被拿来和刘邦作比较。这两个人，一个是豪气冲天的勇者，一个是心机深沉的君王，论实力不相上下，甚至项羽还略胜一筹。虽然最终的胜者是刘邦，但是在很多人心中，项羽的形象要高大得多。西汉司马迁就很敬重项羽，在他所著的《史记》中，把项羽放在了“本纪”一类。通常只有帝王才能被归类于此。可见在司马迁的心中,项羽的身份和帝王无异。

另，李清照也曾在她的《夏日绝句》中表现出对项羽的高度赞扬：

生当作人杰，死亦为鬼雄。至今思项羽，不肯过江东。

李清照这首诗还挺通俗的，意思一目了然。她认为人活着要成为豪杰，就算死了也应该成为鬼中的英雄，项羽的一生就像是这两句诗的写照。不过她主要目的还是想以项羽的事迹来讽刺南宋朝廷的苟且偷生，软弱无能。

对于项羽“不肯过江东”一事，褒贬各半。有人认为，留得青山在不怕没柴烧，正所谓大丈夫能屈能伸，韩信都能受胯下之辱，为什么项羽就不能正视自己的一次失败？若他肯听从部下劝告东渡乌江，没准还有东山再起的希望。他这一死，非但绝了后路，还辜负了部下的一片苦心。但是项羽有他自己的想法，自古成王败寇，他注定已经失败，又何苦拖累江东百姓？以他的性格是定然不会容忍自己苟且偷生的，就算活了下来，他下半辈子也决计不会开心，还不如成全自己的信仰，以死明志。

项羽最终被困垓下（今安徽灵璧东南），兵败刘邦。英雄末路，当前路一片黑暗，项羽留下的除了对虞姬的思念之外，还有这样一首绝命词：

我的力气可拔山，豪气可以盖世。
时运不济，连乌骓马也不肯走了。
乌骓马不走，我能怎么办？
虞姬啊虞姬，我该把你怎么办？

显然,项羽不甘心失败。身为一个英雄,他对自己的能力十分自信。《史记·项羽本纪》评价项羽“力能扛鼎，才气过人”，如此能力，一点都没有对不起他“霸王”的称号。他有着一切英雄该有的条件，曾经的西楚霸王多么风光，多少人一度认为他会是最终一统天下的那个人。然而，这一切如飘然远去的浮云，最终烟消云散。当面对滚滚乌江，他心中亦是感慨万千。

成功的不一定是英雄，英雄也不一定会成功。我个人就不认为刘邦是英雄,他只是一个帝王。还是诸葛亮的想法正确,凡事都要讲天时地利人和,缺一不可。项羽虽实力过人,他拥有太多能够成功的条件,可偏偏时运不济,败给了刘邦。这是他自己认为的，也是很多人所认为的。“人定胜天”这四个字不是在每个人身上都能实现，有时候你不得不信命。

跟随自己多年的乌骓马也不跑了，似乎连它也意识到末日将至。多年的相伴，项羽相信乌骓马是能了解他的内心的。可能乌骓对他来说不仅仅是一匹马，而是一起风餐露宿打天下的伙伴。如今他兵败将死，乌骓马也不走了，他能怎么办呢？

宝马和宝剑对于英雄的意义一样，不是其他东西所能够比拟的。除了乌骓之外，我所知道的另一匹宝马就是赤兔了。传说赤兔在关羽被杀后怀念旧主,绝食而死。如此重情重义,比很多人都强上百倍。所以我能够理解，为什么那些英雄侠客那么看重自己的马。

除了乌骓马之外，项羽的另一件宝贝就是虞姬了。为帝王者，很少能有对一个女子专情的。在项羽的故事里，我们唯一能读到的女子便是虞姬。项羽征战沙场，虞姬甘愿陪在他身边，形影不离，无怨无悔。

有你的地方就是我的家。这句话用来形容虞姬对项羽的感情，再合适不过。风餐露宿，日晒雨淋又怎样，因为有你，所有的痛苦都变得甜蜜。

项羽也算是死得其所了,有一群忠心耿耿的部下,有一匹通灵性的宝马，有一位爱他至深的女人。他败了，名字却载入史册，被世世代代千千万万的人敬仰膜拜。失败的英雄中，又有几人能胜过项羽?

命中注定的结局，谁都无能为力。

大风起兮云飞扬
——胜利者的悲哀

大风起兮云飞扬，威加海内兮归故乡，安得猛士兮守四方。

——西汉·刘邦《大风歌》

历代开国皇帝，除了和尚出身的朱元璋外，最牛的非刘邦莫属了。刘邦是个十足的地痞流氓，从小就不学无术，他的父亲、老师都很不喜欢他，当地人管他叫无赖。可就是这样的一个无赖混混，最后成了历史上第一个平民皇帝，开创了历史上时间最长的大一统王朝。在这个结果到来的时候，相信之前嘲笑过他的人全都要大跌眼镜。

突然想起另一个很牛的人物——曹操，他小时候也是个不学无术的主儿。《三国志》裴注引《曹瞒传》:“太祖少好飞鹰走狗，游荡无度。”意思是，曹操年少的时候不学无术，游手好闲。看，和刘邦简直是哥儿俩。如果他们生活的年代相同，没准还能成为志同道合的好哥们儿。

《大风歌》是刘邦称帝后，衣锦还乡时所作。世人评价说刘邦聪明，我觉得最主要的是他懂得为帝之道，知道笼络人心。比起项羽，刘邦更适合当皇帝。假设楚汉之争最后取胜的是项羽，不出意外他应该会继续打压刘邦的残余势力。但是刘邦不同，他把项羽的盟军和下属部队的首领封官拜侯，各自统治自己的封地，等他们放松警惕安于现状以后再各个击破。

大汉王朝初建，欲推翻取而代之的人比比皆是。刘邦先后平定临江王、燕王的叛乱，而后又亲自带兵，镇压淮南王英布的反叛势力。他是历史上第一位御驾亲征的皇帝，如果说一次两次的胜利是侥幸，刘邦能一而再再而三成功平乱，恐怕没人敢再质疑了。

平定英布之乱后，刘邦途径故乡沛县，带着半感慨半炫耀的心态，他把昔日的朋友长辈全聚集了起来，一起分享他所取得的成就。家乡父老都很开心，一定会有人想着：现在的皇帝可是咱村的人，说出去咱脸上也有光；皇帝陛下还是我当年一起混的好朋友呢；这小子游手好闲，怎么就走了狗屎运当上皇帝了，我怎么没这么好的运气……

刘邦可不管那些人怎么想，他当上皇帝是不争的事实，别人再怎么不服气再怎么羡慕嫉妒恨也是白搭。在和家乡父老喝酒的时候，他一时兴起，击筑而歌：

大风刮起来了，云随着风翻腾飞扬。

威武地凌驾海内，平定天下，终于荣归故里。

怎样得到勇猛的士兵去守卫边疆？

有句话叫守业更比创业难，刘邦正是考虑到此才会即兴作了这首《大风歌》。有人说“大风起兮云飞扬”正是形容天下大乱，群雄争霸的场面。联想当时的背景，秦始皇驾崩，即位的皇帝秦二世胡亥残暴不仁，陈胜吴广相继发动起义。再加上其他各路想推翻秦朝统治的势力，天下可谓一片混乱。

在所有争夺天下的势力中，最厉害的当属项羽，西楚霸王的名号可谓威震四方，没有人会料到他最后会败在混混刘邦手上，或许连刘邦自己都未曾料到。世事无常，尤其是在那个乱世之中。

刘邦的天下来之不易，也难怪他会感慨“威加海内兮归故乡”。成功之后再去回忆那段奋斗的岁月，确实有种不一样的感觉。“威加海内”四个字，说出来容易，谁又能知道这背后的血泪史。在我看来，刘邦的成功还真应了一句话：一个成功的男人背后总会有一个默默支持他的女人。他的妻子吕雉，也就是历史上赫赫有名的吕后，才智谋略一点都不在他之下。

吕雉嫁给刘邦的时候还不到二十岁，而刘邦已经四十好几了。他们婚后生有一子一女，吕雉带着儿女下地干活，没有任何怨言。后来刘邦起义，她跟着丈夫长途跋涉，颠沛流离，吃了不少苦头。好在结局是好的，丈夫成了皇帝，她也摇身一变由平民百姓成了天下最尊贵的女人。

刘邦和吕雉这对夫妻，我怎么看都觉得是天生一对，一样的聪明有心计，一样的心狠手辣。不过能当皇帝的，没几个心肠不硬的。刘邦为了皇位连亲生儿女都可以舍弃，其他人又算得了什么。

据说楚汉之争的时候，有一次刘邦败得很惨，他带着为数不多的随从逃了出去，而楚军则杀向沛县欲擒拿他的家人作为人质。刘邦和吕雉的一双儿女（后来的鲁元公主和汉惠帝）在逃难中遇到了刘邦，本以为有父亲的保护就安全了，谁知道多带了两个人之后马车超重了，怎么跑也跑不快。眼看着楚军要追上来，刘邦又着急又害怕，他心一狠，居然把两个小孩子推了下去。他的随从夏侯婴看不下去，停下来把孩子们抱上车。刘邦又把孩子推了下去，夏侯婴又把孩子抱上车……

公元前202年，刘邦建立了汉朝，正式称帝。他一个无所事事的小混混儿，最终打败那么多强敌夺得天下，心里肯定也是担心的。要守住如此大的基业，比他当初打天下要难得多。打仗的时候他可以一鼓作气，报着不成功就成仁的态度拼到底。

打完仗以后呢？怎样才能得到勇士去守护边疆呢？这恐怕是刘邦当了皇帝之后最大的心病了，谁不希望自己的天下能被子孙世世代代守下去？辛辛苦苦好不容易建立了大汉朝，若是没几年就被取代了，说出来没面子，后人听了也会笑掉大牙。

所谓高处不胜寒，站得越高，心里负担也就越重。古代那么多帝王称自己为孤，为寡人，也正是这个意思。他们心里是孤独的，同时要顾忌的东西也太多。刘邦是胜利者没错，可谁又能肯定，胜利者就没有他的悲哀呢？

守业更比创业难，谁能帮我守住这天下？

凤兮凤兮归故乡，翱游四海求其凰
——奈何尔当了真

凤兮凤兮归故乡，翱游四海求其凰。时未遇兮无所将，何悟今夕升斯堂。
有艳淑女在闺房，室迩人遐毒我肠。何缘交颈为鸳鸯，胡颉颃兮共翱翔。
凤兮凤兮从我栖，得托孳尾永为妃。交情通体心和谐，中夜相从知者谁。
双翼俱起翻高飞，无感我思使于悲。

——西汉·司马相如《凤求凰》

大凡说起凤求凰，第一概念就是求爱。《凤求凰》素来是琴曲中的名曲，幼时学琴抚琴，只知该曲曲调隽永，初始浅缓，有徐徐道来之意，渐入佳境，音阶高昂，一时犹如飞流直下的瀑布，喷涌而出，接着是婉转波折，隐隐含有淡淡的忧伤。

年纪大些，再次抚琴，会有感：最初抚此曲的人，一定带着三分忐忑、三分忧郁、三分期盼和一分欢喜。有满心的启盼，也有忐忑不安的局促，甚至还有对求爱若不成的淡淡哀伤，但这一切都阻止不了对于想念之人热切的爱。

又会想，若司马相如遇见的不是卓文君，仅仅是一个木头美人，怕也听不懂他那一曲《凤求凰》之深意吧。司马相如，何其幸也，遇见了一个才貌双绝的女子，那般的高洁。在那个父母之命媒妁之言的定亲年代里，习惯了盲婚哑嫁，一个读书人遇见一个相貌、举止、才情都相当的女子，是多么的不易呀。抛开世俗，抛下一切，私奔而去，该是如何的震撼呀。

一个是文采斐然、相貌俊朗的翩翩书生，一个是胜过仙姬、琴文非凡的才情佳人，所谓郎才女貌，千百年来也不过如此。直到如今，多少女子心内没有奢望盼望过这么一个才貌无双的郎君呢？

只是说起司马相如，突然有些不知该如何下笔了。这个男人，想来会让人有些咬牙切齿的爱，爱他之才华，他之样貌，也恨，恨他的三心二意，恨他的不懂珍惜。

《史记·司马相如列传》记载：他由京师、梁国宦游归蜀，应好友临邛令王吉之邀，前往作客。当地头号富翁卓王孙之女卓文君才貌双全，精通音乐，青年丧夫寡居。一次，卓王孙举行数百人的盛大宴会，王吉与相如均以贵宾身份应邀参加。席间，王吉介绍相如精通琴艺，请他弹奏，相如就当众弹了两首琴曲，意欲以此挑动文君。“文君窃从户窥之，心悦而好之，恐不得当也。既罢，相如乃使人重赐文君侍者通殷勤。文君夜亡奔相如，相如乃与驰归成都。”

接着，不事生产的两人，花光了所有的钱银，素布粗衣，借了司马族内兄弟的钱，开起一家酒肆，闹得远近闻名，轰动不已。逼得极好面子的老丈人不得不出手相助，奉上铜钱百万，仆百个，并将嫁妆一并给足。两个人过上了抚琴作赋的逍遥生活。童话故事一般会在这个时候嘎然而断，所谓王子和公主幸福地生活在了一起……可是现实不是故事，童话只是童话而已。

司马相如因一篇《上林赋》，很快仕途得意，风光无限。

男人往往是这样，一旦功成名就，劣根性就会不自觉地冒出来。翩翩佳公子，盛名满朝，知交天下，渐渐就生出了寻花问柳的闲情来了，声色犬马自然强过空守一人，即便是才貌双绝如文君，也不过是渐渐变成了明日黄花，最后成了一颗心口的朱砂痣。

当渐渐长大，不再少女情怀后，再细看司马相如和卓文君的故事，忽觉得不再似最初的向往和震撼。现实便是如此，生活就要妥协，不论当初做了怎么样惊世骇俗之举，最后要承担的也还是自己。司马相如这样的男子，本就不是被束之人，他有自负的容貌，有惊世的才华，怎会没有二心，即便是一辈子不出轨，不代表从来不曾想过。

思想出轨和行为出轨，在我看来一样可恶。虽然卓文君的《怨郎诗》、《白头吟》《诀别书》，换回了浪子回头金不换，司马相如终究是选择回来，选择永远地陪在文君身边。一生只守得了她一人，幸福与否，怕除了两人，便是谁也不知了吧。

司马相如，写得一手好赋，后来被列为“汉赋四大家”之首，但是他又不仅仅会写赋，还极聪明善变通。

家徒四壁，能让富家女卓文君和他夜奔，虽然苦了一阵，最后逼得岳丈不得不出手相助；一篇《长门赋》，犀利地探出了陈阿娇幽怨凄婉的心，感动了陈阿娇，亦感动了世人，虽唤不回武帝的心，却为司马相如赢得了一笔不菲的财富，同时却没有因《长门赋》而触怒武帝。遣小妾，回转心意，这不得不说又是一大定力——世人在唏嘘司马相如的才华横溢之时，未尝不会赞他一声有情有义，只可惜，这样的有情有义，背后却是另一个女人的伤情伤怀，这又何尝公平？

“君不见豪富王孙，货殖传中添得几行香史；停车弄故迹，问何处美人芳草，空留断井斜阳；天崖知已本难逢；最堪怜，绿绮传情，白头兴怨。

“我亦是倦游司马，临邛道上惹来多少闲愁；把酒倚栏杆，叹当年名士风流，消尽茂林秋雨；从古文章憎命达；再休说，长门卖赋，封禅遗书。”

这幅在四川邛崃文君井旁的对联，百千年来依旧见证着文君与相如那段传奇曲折的爱情……然而这份爱情，千回百转，亦需要一个女子坚定不移的守护，以及另一个男子同样报以的深情，还算好，司马相如终究不是负心薄情之人，否则恐怕，只有一曲《凤求凰》，再无后来卓文君才情惊人的三封家书了。

斯人已云亡，过往种种也不过一粒漂流在历史长河里的尘埃罢了。

北方有佳人，一顾倾人城，再顾倾人国
——暗香流曳的爱情

北方有佳人，绝世而独立。一顾倾人城，再顾倾人国。

宁不知倾城与倾国？佳人难再得！

——西汉·李延年《佳人曲》

《佳人曲》无疑是历史上最成功的广告，因为它推销的不是物品，而是一个活色生香的美人，并且这位美人在整个王朝的天空里，艳冠天下。

李延年是一位宫廷琴师，历史有太多的路途都由琴师指引而出，比如嵇康，比如王维，又比如，这位李延年。

李延年最大的成功就是把自己的妹妹推销给了汉武帝刘彻，使得李夫人在汉武帝的盛世王朝里成了一颗点缀的明星，熠熠生辉。

彼时的汉武帝已是壮年，正是一个男子最好的时候。

年少时，他有金屋藏娇的意气，青年时，他有宠爱卫氏的独裁，而现在，他需要一个善解人意并且毫无威胁的女子，来为他的江山妆点姿色。

于是，李夫人应运而生。

在一次宫廷歌会上，李延年获得这样一个机会，他拢着衣袍，拨着琴弦，用喑喑低沉而让人沉醉的声音唱出了一首歌：

在帝国的北方，有一位美好的女子，回眸可倾城，一笑可倾国，可笑世人不明白，城池天下唾手可得，美人却稍纵即逝。

《佳人曲》生动且形象，一顾，再顾，给了人无限的遐想。

就是这样一首歌，令刘彻醉了。

此时，平阳公主进言说，延年的族妹便是如此的美人。

冰肌玉骨，容色天成，更重要的是，她足够娇柔，足够温顺，足够聪颖。

李夫人自此宠冠后宫，李家也随之风生水起，李延年更是一步登天，得到了汉武帝的宠爱。

这是一场何等成功的演出，与李家的兄妹同侍帝王备受恩宠相比，卫子夫的独宠算什么？

“生男无喜，生女无怒，独不见卫子夫霸天下！”

从歌女变皇后，卫子夫已是一个传奇，最后落得一个悲剧收场，而李延年兄妹之名，却扶摇而上，甚至于，李夫人之名，传颂千古，后人多对其美貌心驰神往，而给予卫子夫的，大多是同情和怜惜。

至于李延年，《汉书·佞幸传》是这样记载的：

李延年，中山人，身及父母兄弟皆故倡也。延年坐法腐刑，给事狗监中。女弟得幸于上，号李夫人，列《外戚传》。延年善歌，为新变声。是时，上方兴天地祠，欲造乐，令司马相如等作诗颂。延年辄承意弦歌所造诗，为之新声曲。而李夫人产昌邑王，延年由是贵为协律都尉，佩二千石印绶，而与上卧起，其爱幸埒韩嫣。久之，延年弟季与中人乱，出入骄恣。及李夫人卒后，其爱弛，上遂诛延年兄弟宗族。

对能够列入正史的宠臣，司马迁的解释就是“柔曼之倾意，非独女德，盖亦有男色焉”，明确地指如女子般用男色来谄媚获得皇上宠幸的男子。李延年本是宦官，却如此一人之下，万人之上，与刘彻同卧同坐，早已令诸多大臣深恨鄙夷。

汉武帝刘彻时“今天子中宠臣，士人则韩嫣，宦者则李延年”“非独女以色媚，而士宦亦有之”，他不过是“以色幸者”的男色而已，“进不由道，位过其任，莫能有终，所谓爱之适足以害之者也”。

与哥哥的遗臭万年不同，李夫人却为自己留下了一个极其香艳的背影。

在生下昌邑王之后，李夫人的身体开始衰弱，所谓红颜薄命，在她身上尽释无疑。

但刘彻却并没有忘记她，依旧日日宿在她的宫殿，对其他嫔妃毫无兴趣，包括皇后卫子夫。然而李夫人很清楚自己时日无多，她必须为自己，为襁褓中的儿子，甚至为了李家，争取一席之地。这个女子的智慧在此时完全显露，病态怏怏中的她自始至终拒绝以真容面见刘彻。

刘彻心焦忧虑，执意要看，李夫人却以面纱相遮，异常固执。她没有给刘彻一丝妥协的余地，只是随意地与刘彻聊一些平时他们曾轻声细语的情话。

病中的李夫人娇怯无力，更显柔美，而刘彻竟然也尊重着她的心愿，不强迫她露出面容来，只是百般劝导，万般许诺。

这已经是一个帝王能给的所有爱情了，他的心太大太大，包容着江山天下，只能留这一部分给她。

然而这一小块，已经足够，足够李夫人牢牢抓住机会，保全自己和自己的亲人。

凡是以容貌取悦于人，色衰则爱弛。

李夫人很清楚地明白这个道理，所以直到她死，刘彻都没有再见到她的面容，因为连离去之时，她都为自己盖着面纱。

刘彻伤心欲绝，亦守着她的遗愿，不去看她的容貌，并以皇后之礼营葬，亲自督饬画工绘制他印象中的李夫人形象，悬挂在甘泉宫里，旦夕徘徊瞻顾，低回嗟叹。

传说，刘彻还曾令奇人异士招来李夫人的魂魄相见，李夫人依旧隐在帘幕后不肯出现，唯有袅袅清香，提醒着刘彻自己的存在。

得不到的，才是最好的。

这位大汉朝最英明的帝王抱憾终天，李夫人和她的才智，从此长留于史书，成了刘彻生命里无法抹去的一笔亮丽墨迹。

生当复来归，死当长相思

——生不离，死不弃

结发为夫妻，恩爱两不疑。欢娱在今夕，嬿婉及良时。
征夫怀往路，起视夜何其？参辰皆已没，去去从此辞。
行役在战场，相见未有期。握手一长叹，泪为生别滋。
努力爱春华，莫忘欢乐时。生当复来归，死当长相思。
——西汉·苏武《留别妻》

汉，是一个妙绝的时代。它拥有太多太多不离不弃、生死如一的爱情传说，在封建王朝里，有无数的人前仆后继地要求着一生一世一双人，唯有汉，坦坦荡荡地平等了。

正是长烟落日，飞马凌啸，这是个由玄黑与明黄构筑的天地。

在这个拥有着卫青、霍去病的时代，飞扬跋扈是对它由衷的赞美。

彼时，美人如花，剑如虹，策马大漠，黄沙北去，辉煌难再。

苏武，便诞生于这样一个时代。

匈奴虎视眈眈，却屡屡被镇压，只得对大汉俯首称臣，然而这样的妥协，掩盖的只是他们更大的野心。

当汉武帝刘彻派遣苏武出使匈奴之时，匈奴爆发了内乱，对汉朝妥协的单于被新的霸者所替代，这位匈奴的新主并不愿意接受这样的结局，他扣留苏武，要求他背叛汉朝，臣服于自己。

在丰厚的俸禄和高官面前，苏武严词拒绝了。

单于便将他关押进天牢，无衣无食，天寒地冻，尚且不能使苏武低头。

软硬兼施，俱都失败。

单于将他流放至贝加尔湖，命令他为匈奴牧羊。

苏武临行前，单于如是说，我给你这些公羊，若它们能生羊羔，你便能回归大汉。

苏武应许了，他孤身一人，带着这些公羊，徘徊在贝加尔湖。

在这个荒芜的地方，没有人烟，没有别的活物，只有永恒流淌着的湖水，静默地观望着他。

与其说在这里牧羊，不如说是苦刑，苏武身边唯一拥有的，只有那根代表汉朝的使节，以及他身后懵懂无知的羊羔们。

在贝加尔湖，苏武牧羊达十九年之久。

十九年后，当初下命令囚禁他的匈奴单于已去世了，汉武帝亦病故，汉昭帝即位。

此时的匈奴越加衰退，新单于执行与汉朝和好的政策，汉昭帝立即派使臣寻找苏武。

当时，汉朝使者到了匈奴地区，终于得知苏武依然健在，于是扬言说，汉朝的天子在上林苑中射到一只大雁，雁的脚上系着帛书，帛书中清楚地写着苏武在北方的沼泽之中。单于只好把苏武等九人送还。

在昭帝始元六年，苏武终于回到了阔别了十九年的长安。

这个刚毅坚持的男人，用他长达十九年的枯守，在中国的历史上永远留下了属于自己的一笔。

然而他依旧是谦逊的，低调的。这从来不是一个高姿态的人，即便是在当时出使时，也没有丝毫的自傲，他从来没有意识到，这是一场让他青史留名的征途，相反，他说自己是“征夫”，是王朝下的一名普通征夫，他如一个最低等的士兵一样，眷恋着家庭、眷顾着妻子。

在这首出发前留下的《留别妻》里，没有对前途未卜的忧虑与焦急，没有对王命一丝一毫的不满和怨言，他只是那样沉默而坚决地说着自己的誓言。

这是一个温和敦厚的男人，他心里深藏的缱绻从不掩饰，他所有的柔情都给予了故国与妻子，他的背后站着他能守护的一切，所以他能够在匈奴面前傲节死守，不卑不亢：

能够与你结为夫妻，是我一生之幸，为此，我从未怀疑过自己会与你恩爱到老。

每一个像今夜一样的晚上，我们执手相爱，情意缱绻，岁月美好如同停止。

然而你我皆知，明日便是别期，天色熹微，我就要启程。

当星光沉落之时，我便要离开你，踏上这条无边无际的道路。

我无法许诺何时才能与你团聚，就像现在这样，握着你的手，抚过你微乱的发丝，也是我莫大的幸福，然而我却无法克制地泪流满面。

相对无言，泪千行，却不知这会不会是你我此生最后的相会。

现在的每一分每一秒，都是奢侈，无论走多远，我都不会忘记这些和你相爱的时光，是我一生最美好的时光。

若我平安归来，一定守在你身畔不离不弃。

若我不幸身死，我的思念也会在你身边，如影随形。

只可惜，苏武守着这样的承诺，跋涉千里而归，面对的却是妻子的改嫁。

妻离子散，昔日夫妻的恩爱与别离还在眼前，你却已经是别人的妻，我再也无法像过去那样握着你的手，看着你的眉眼，相携而笑。

十年生死，两相茫茫，生当复来归，死当长相思。

我做到了，你却失约了。

时光寥落，茫茫冰雪，苏武在这一刻，是否想起了贝加尔湖安静沉默的冰山与雪湖，那些山川河流的静默，终会将一切荡涤而去，留下的，只有一声几不可闻的叹息。

新裂齐纨素，皎洁如霜雪
——深宫几度知冷暖

新裂齐纨素，皎洁如霜雪。裁作合欢扇，团团似明月。
出入君怀袖，动摇微风发。常恐秋节至，凉飙夺炎热。
弃捐箧笥中，恩情中道绝。

——西汉·班婕妤《怨歌行》

那里有最精致的楼台水榭，花林曲池，绿萍浮水，雕梁画栋，飞阁流丹……那里聚集着天底下最美的一切。住在高墙之内的她们，衣着奢华艳丽，妆容娇美动人，举止风情万种，笑起来如明月皎皎入华池，泣泪时若细雨绵绵曳涟漪。每日，燕地的歌女吟唱起美妙的歌声，赵地的艺伎吹奏起绝妙的乐曲，舞女们各展所长，红绸舞动，灿灿若虹，如日落时的云蒸霞蔚，琴弦上的声色犬马，比芳香甘甜的美酒更加醉人。

她是她们之中最出色的女子，容颜倾城，知识渊博。就连她的整个家族，在历史上也是浓厚的一笔。她的父亲是为大汉江山立下汗马功劳的越骑校尉班况，她的后辈们更是了不得，其中有《汉书》作者，著名历史学家班固，还有才女中的佼佼者班昭。大名鼎鼎的古代女子德行教科书《女诫》就出自班昭之手。

由于美貌和贤德，她一入宫就被封为婕妤，深受宠爱。在朝堂上遇到不开心的事，汉成帝第一个想到的倾诉对象就是她。聪明博学如她，每每都能让帝王皱起的眉头舒展，展颜欢笑。她就是西汉女辞赋家，汉成帝的解语花——班婕妤。

除诗词歌赋外，班婕妤还精通音律，是十足的美女加才女。这样的女子最难让男人拒绝了，皇帝也是男人，还是最懂得享受的男人，所以成帝专宠班婕妤一点都不让人感到意外。

一般来说，皇帝喜欢的女子太后都不会喜欢，甚至可以说讨厌。至于原因，其实也很容易理解。后宫的女人们，长得再美也不可能天天把皇帝拴在自己身边，一山还有一山高，没准哪天就有个比你更美更媚的女人把你的地位抢了。而后宫一向都是美女的集中地，众美女天天翘首盼着皇帝到自己宫中溜一圈，哪怕挥一挥衣袖不带走一片云彩也行。得不到皇帝的宠爱，她们只能把心思放在子女的身上，尤其是儿子，等到皇帝一命呜呼，儿子也就是她们生命的全部了，说白了就是恋子情节。对于儿子特别宠爱的女人，我们的皇太后们往往会板着一张老脸，恨不能将其打入冷宫终身不能出来。

但班婕妤是个例外,汉成帝的母亲——皇太后对她的德行交口称赞,曰:“古有樊姬，今有班婕妤。”樊姬是春秋楚庄公的妃子，历史上有名的贤妃，因为她的劝谏，楚庄公才得以成就霸业，跻身“春秋五霸”之列。

汉成帝要出行了，特意吩咐:“要把辇做大一些哦，朕要带婕妤一起去。”不过他的一番好意却遭到了班婕妤的拒绝。班婕妤认为，古之贤君，陪在他们身边的都是名臣,只有夏桀商纣那样的亡国之君,身边常带的才是妃子,她若是和汉成帝同乘车辇出行，就跟人们口中的那些“红颜祸水”没什么区别了。

皇帝出行派头都很大，身边宦官啊宫女啊肯定都围了不少，当着那么多人的面被自己的妃子拒绝，汉成帝脸色一定很不好看。后宫妃子，有哪个敢对皇帝说个不字？不过汉成帝觉得班婕妤说的还是很有道理的，也就没有为难她。

就是这件拒绝与皇帝同辇出行的事,使得班婕妤成了皇太后口中的“樊姬”。皇太后给予如此高的评价，可见她对班婕妤是十分喜爱的。

有了太后的赞赏和皇帝的宠爱，班婕妤在宫中的地位一直很稳固，直到那一天，赵飞燕姐妹出现了。

赵氏姐妹原是阳阿公主府上的舞女，后被汉成帝看中才得以入宫，姐妹俩专宠后宫，风头一时无两。汉朝也挺有意思，公主府就像是皇宫美女以及妃子皇后的生产地，汉武帝的皇后卫子夫是平阳公主府上的舞女，汉成帝的皇后赵飞燕也是公主府的舞女。汉朝的姑娘们若是想飞上枝头当凤凰，去公主府跳舞似乎是个很不错的选择啊。搁现在的话，公主府招舞女的广告还可以这样打：你想成为灰姑娘吗，你想得到皇帝的青睐吗？如果你的答案是肯定的，那就来公主府跳舞吧！

话说回来，能让皇帝一眼看中的女人，自然不是庸脂俗粉。赵家这两姐妹都是出了名的美女，姐姐飞燕体态轻盈，舞姿优美，可以“掌上起舞”，妹妹合德风情万种，被汉成帝称作“温柔乡”（愿醉死温柔乡，不慕武帝白云乡）。

有了赵氏姊妹的陪伴，汉成帝和其他喜新厌旧的帝王一样，很快就把班婕妤抛到了脑后。班婕妤看尽宫中的人情冷暖世态炎凉，伤心之下写下了这首《怨歌行》，又名《团扇歌》：

夏日炎炎，扇子正是最有利用价值的时候，它可以时常出入怀袖，被主人所记挂。然而秋天一到，天气转凉，扇子也就不再被需要了，无论它曾经多么有用，也逃不开被抛弃的命运。深宫的女人也是如此，君王喜欢她们的时候，她们高高在上，动动嘴皮子就能拥有想要的一切。然而一旦失宠了，就失去了一切。

以诗写扇，亦是写自己。班婕妤自比团扇，她曾是汉成帝最宠爱的妃子，赵飞燕姐妹这股“秋风”到来之后，她也就不再被需要了。深宫高墙之内，有多少红颜还未经历最灿烂的时候就已零落成泥？班婕妤好歹得到过圣宠，常伴君王左右，有很多女子甚至到死都没见过皇帝一面，如花般的青春就这样葬送在那个最华丽的牢笼之中。

历史上如班婕妤这样的宫妃不计其数，汉武帝的第一任皇后陈阿娇也有着类似的遭遇。她和武帝青梅竹马，武帝对她特别喜爱，曾对他的姑姑，也就是阿娇的母亲馆陶公主说：若得阿娇作妇，当作金屋贮之也。“金屋藏娇”的典故也由此而来。

长大以后，阿娇得偿所愿，成了大汉朝最尊贵的皇后。据史料记载，她和汉武帝前期的婚姻生活还是很美满的，然时间一长，两人之间渐渐有了嫌隙。皇帝身边是永远不缺美女的，卫子夫一出现，阿娇很快被武帝抛之脑后，再加上其他的一些因素，她的皇后之位也被废了，从此幽禁长门宫。

馆陶公主见女儿失宠，不惜花千金请大才子司马相如作了一篇《长门赋》，将陈阿娇在冷宫的哀怨与苦闷刻画得入木三分，就连武帝也对此赋赞赏不已。

和陈阿娇相比，班婕妤是睿智的。在许皇后被赵氏姐妹设计陷害之后，她心知汉成帝的心已经不在自己身上，为避免成为第二个许皇后，她向汉成帝请命，自愿前往长信宫侍奉皇太后，从此远离后宫纷争。

《怨歌行》的作者究竟是不是班婕妤，还缺乏证据，一说是颜延年所作。但魏晋六朝学者们都认为此诗与班婕妤的身世、遭遇十分吻合，当是班婕妤所作无疑。另外，班婕妤留下的作品还有《自悼赋》和《捣素赋》，文笔才华无不被世人赏识。

后世文学作品很多都有提到班婕妤，对她的态度大多是赞赏和同情的。清朝纳兰性德的《班婕妤怨歌》直接以班婕妤的口吻诠释了她的《怨歌行》：

团团望舒月，皓皓冰蚕绢。欲却炎天暑，比月裁成扇。

望舒圆易缺，金风换炎节。风凉秋气寒，匣扇复谁看。

扇弃何足道，感妾伤怀抱。对月泪如丝，君恩异旧时。

质地再美的团扇也终有被弃的一天，君王之爱，大抵就是如此吧。宫廷内院，世态炎凉，在那个没有硝烟的战场，每个女人都是可怜可悲的。她们被禁锢了自由，更被禁锢了心。一旦走进那个华丽的牢笼，她们也就永远失去了飞翔的资格。

深宫几度知冷暖，红颜零落碾作尘。

行行重行行，与君生别离

——是离愁，别是一般滋味在心头

行行重行行，与君生别离。相去万余里，各在天一涯。
道路阻且长，会面安可知。胡马依北风，越鸟巢南枝。
相去日已远，衣带日已缓。浮云蔽白日，游子不顾反。
思君令人老，岁月忽已晚。弃捐勿复道，努力加餐饭。

——《古诗十九首·行行重行行》

古人常说生离死别。生离死别，活着分离，死后永别。

死别者，如苏轼的千古绝唱《江城子》。妻子王弗撒手而去，纵有再多思念他也只能独自哀叹：十年生死两茫茫，不思量，自难忘。有人说，活下来的人才是最痛苦的。人死后究竟有没有魂魄我们不得而知，若是有，过了那奈何桥之后，生前的烦恼苦闷也都随着记忆的失去而烟消云散了，而活着的人却要一辈子饱受煎熬，相思之苦，何以为解？

生离者，如牛郎织女，二人倾心相爱却终敌不过王母娘娘的一根金簪。隔着浩瀚的银河，二人痴痴相望而不得见，空有一缕相思无处倾诉。相见之日遥遥无期，却又不忍放弃，靠着心中的执念继续苦苦守候。

在我看来，较之死别，生离的痛苦更甚。至少死去的那个人可以解脱，痛苦只是一方的。生离的人却互相思念着，牵挂着，肝肠寸断。

行行重行行，与君生别离。这个“生”字用得太折磨人了，似心中带着哀怨与不甘。就连屈原也觉得，悲伤莫过于活生生的别离。你走啊走啊一直不停地走，我们就这样活生生地分开了。从此你我相隔千万里，我在天的这头，你在那头。我们之间，隔着的是一方天地啊！

余光中在《乡愁》中写道：乡愁是一湾浅浅的海峡，我在这头，大陆在那头。虽诉说的情感不同，但是和诗中的“各在天一涯”有着异曲同工之妙。这样的思念，倒是和李之仪《卜算子》中所说的一样：“我住长江头，君住长江尾，日日思君不见君，共饮长江水。”我们的离别之苦就像这江中的水，永远不能停止。唯有彼此的相思才能支撑着我继续活下去，但愿，你爱我如我爱你一样。

有一句歌词：尽管呼吸着同一天空的气息，却无法拥抱到你。柏拉图式的爱恋虽然动人，有几个人真的喜欢这种虚无缥缈的思念？又有几个人能真正做到？至少诗中的这位妇人是做不到的，她对丈夫日思夜想，恨不能立刻飞去与他相见。

路途是那么艰难又遥远，要到什么时候才能见面呢？胡马到了南方却仍然依恋着北风，越鸟飞到了北方筑巢却朝着南面的枝头，这一切，合情合理，正如妇人和丈夫分别之后始终日日思念着他，从不间断。

“胡”是古代对北方少数民族的称呼，来自北方偏远民族的人就叫胡人，马就叫胡马。“越”指的则是古代南方百越一带，卧薪尝胆灭吴的勾践，就是越地的君王。“胡马依北风，越鸟巢南枝”这句，写胡马和越鸟眷恋故土，为的是衬托人的思念。鸟兽尚且有情，何况是人？

古代交通可不像现在这样发达，想见恋人了一张机票就可以搞定。在那个时代，夫妻分离几年甚至十几年都是常有的事。相爱的人天各一方，劳燕分飞，因而才会留下这么多思妇怀念远行丈夫的诗歌。比如南朝萧衍的《东飞伯劳歌》，正是“劳燕分飞”这个成语的出处：

东飞伯劳西飞燕，黄姑织女时相见。
谁家女儿对门居，开颜发艳照里闾。
南窗北牖挂明光，罗帷绮帐脂粉香。
女儿年几十五六，窈窕无双颜如玉。
三春已暮花从风，空留可怜与谁同。

伯劳是一种鸟，伯劳和燕子各飞东西，从此分道扬镳，天各一方，比喻的是爱人的分离。这首诗的作者是梁武帝萧衍，南梁政权的建立者。梁武帝很有文采，不过他为人所知最著名的事件就是他信佛，不近女色，甚至心血来潮好几次出家当和尚。

我一直很纳闷儿，这样一位清心寡欲一心向佛的皇帝，到底是怎么写出“东飞伯劳西飞燕，黄姑织女时相见”这种表达男女相思的诗句的？又一想，他终究年轻过，也许内心深处总有一股柔情吧。

你我分离的日子越长，思念使我日益消瘦，衣服越来越宽大。飘荡的浮云遮住了太阳，远在他乡的游子还是不想回来。因为过度思念你，我日渐苍老，一年又是这样过去了。我还有很多心里话就不说了，只希望你多加保重，切勿受了饥寒。

妇人的这种思念是无私的，不管自己憔悴苍老成什么样了，她心里惦记的始终是丈夫，事事都为丈夫考虑。只要孤身在外的丈夫能无灾无难，三餐温饱，她也就放心了。

“相去日已远，衣带日已缓”，这句诗的艺术成就是很高的，或许很多人对这一句不是很熟悉，但肯定都听说过柳永的“衣带渐宽终不悔，为伊消得人憔悴”。柳永的这句诗就是源于此，不过他青出于蓝，笔墨点金，将“衣带渐宽”的思念写得更能打动人心了。

《古诗十九首》是梁代昭明太子萧统所编撰的诗集，每首都没有具体的诗名，均以第一句为名，作者也不详。这些诗中，中心思想为夫妻离别的居多，从侧面反映出了那个社会的动荡。

彼此相爱却不能相守，活生生的别离，这才是最残忍的。相思之苦，原来真的可以使人憔悴。

青青河畔草，郁郁园中柳

——阁楼中的离愁别绪

青青河畔草，郁郁园中柳。盈盈楼上女，皎皎当窗牖。
娥娥红粉妆，纤纤出素手。昔为倡家女，今为荡子妇。
荡子行不归，空床难独守。

——《古诗十九首·青青河畔草》

阁楼上倚窗远眺的女子，无论她的穿戴有多华丽，容颜有多精致，我总会先入为主地认为她眼角眉梢凝结着哀愁。美丽与哀愁，这两个词总是会结伴一起出现，仿佛美女天生就该多愁善感。病如西子的林妹妹，不就天天蹙着眉头的么？难怪宝玉初次见她就替她取字为“颦”。到了后来，宝钗等人也都喊黛玉为颦丫头，“颦”即皱眉的意思。

为何皱眉？心中有愁，眉头也皱。

男子愁，大抵是为家事国事，也或许是为前程理想，但女子愁来愁去，无论如何总逃不过一个“情”字。

诗中的女主人公长得很美，单看外貌描写，应该和《孔雀东南飞》中的刘兰芝不相上下。她体态轻盈，婀娜绰约；容颜皎皎，宛若明月；妆容艳丽，明媚动人；素手纤纤，肤若凝脂。美丽如斯，她本该是幸运的，然而一旦触碰到“情”字，所有的美丽都会成为铺垫。

就是带着这样一种心情，她站在窗边凝视远方。河畔，青草离离一直蔓延到天际，却不见心中那个人的身影。园中的柳树郁郁葱葱，长得格外茂盛。折柳意味着离别，那满树的柳枝等于几次分离？万物复苏的春天，草青柳绿，百花争艳，尽是一派繁盛的景象，唯独她的心如秋日里凋谢的花朵，零落成泥碾作尘，不知是否伊香如故？

回忆过去，她的出身并不好。她曾是倚楼卖笑的倡家女，日日载歌载舞，笑容满面，心中却一片凄凉。生活所迫，无论多么不情愿，她也只能强颜欢笑。

《说文解字》中说：倡，乐也，即从事歌舞表演的艺人。隋唐时期，娼业发展迅速，“倡”也有了“娼”的意思，卢思道《夜闻邻妓》一诗中就有“倡楼对三道，吹台临九重”这么一句，以致到现在我们对倡女的理解经常停留在“妓女”这一印象当中，其实这是很片面的。

在隋唐之前，倡女虽然和妓女有很大的差别，但地位却一样低贱，常被人看不起。

对于倡女们来说，她们最大的愿望无非是寻一户好人家，不求大富大贵，只愿离开那个华丽的牢笼，哪怕一生平淡。汉武帝的宠妃李夫人在进宫之前就是一位地位低下的歌女，她因其兄李延年的一首《佳人曲》而被封为妃子，从此一跃飞上枝头，集万千宠爱于一身。另外，曹操的卞夫人也是倡女出身。

像李夫人、卞夫人这样的例子终归还是少数，绝大部分的倡女的生活还是很坎坷的。

说到歌女，很多人第一时间想到的恐怕是白居易《琵琶行》中那位“犹抱琵琶半遮面”的女子。琵琶女本是长安城内炙手可热的歌女，常有五陵少年为她一掷千金，风头一时无两。然红颜易老，岁月无情，时光荏苒，绝色的少女容颜渐渐衰老。

以色侍人者，色衰而爱弛，已经失去往日风光的琵琶女后来嫁给了贩卖茶叶的商人。商人常年在外跑生意，对琵琶女并不怎么看重，婚后的日子聚少离多。

这位女主人公的遭遇和琵琶女可谓如出一辙，同是倡女出身，同是丈夫常年在外，聚少离多。她们一样日夜盼望着丈夫的归来，然希望越大，失望也越大。独守空床的寂寞就像一块堵在心头的冰，冰冷而坚硬，不知何时才能融化。她们就这样一天天，一夜夜，一直守候着。

在闺怨诗中，常能看到这样的场景描述：女子独立搂头，举目远眺，愁容满面，等待着心上人（丈夫）的归来。离愁别绪，往往只有当局者才能明白其中的苦楚。

诗的篇幅不长，就像用剪刀截取了生活中一个很小的片段，咔嚓一声，却足以反映这位倡女日日的愁怨。细细品味她的妆容，不难发现她是做过精心打扮的，而这样的打扮自然是为了她的丈夫。她希望丈夫回来，第一眼就能看到她美丽的容颜，在这百花争艳的春天里，她愿为他成为最灿烂的那朵花。

河畔青草离离，园中柳树郁郁，何时，她的爱情才能如这青草和柳树一样茂盛?

青青陵上柏，磊磊涧中石

——人生得意须尽欢

青青陵上柏，磊磊涧中石。人生天地间，忽如远行客。
斗酒相娱乐，聊厚不为薄。驱车策驽马，游戏宛与洛。
洛中何郁郁，冠带自相索。长衢罗夹巷，王侯多第宅。
两宫遥相望，双阙百余尺。极宴娱心意，戚戚何所迫。
——《古诗十九首·青青陵上柏》

记得很早以前就听过这样一组似有禅意却令我无法真正理解对话：你是谁？我是我。从何处来？从来处来。到何处去？到去处去。而后，我又听过由这引发出来的另一个问题：人生是什么？

其实，谁也不能解释清楚，人生究竟是什么，若要知道答案，需要用漫长的一生去体会。苏轼说："人生到处知何似，应似飞鸿踏雪泥。"东坡博学，所谓完美的一生，在他看来或许就是为后人留下一些什么。李白云："人生得意须尽欢，莫使金樽空对月。"太白嗜酒，传闻他因醉酒下水捞月而溺死，于他而言，人生匆匆，与其患得患失，不如把握好当下，及时行乐。

这首诗所阐述的"人生"和李白的想法倒是挺像的。诗中的主人公抬头望见四季常青的青青翠柏，低头看见水中沉积万年的磊磊巨石。柏树和石头可以年年岁岁，长此以往，没有生命到头的那一天，那么人生呢？他想到自己活在这天地之间，如远行的游客一般，匆匆而来，匆匆而去。想必这个时候，他心中也会有此一问：人生，究竟是什么？

我天生好动，喜欢在外面四处游走，二十年来足迹踏过的地方在同龄人中应该算是比较多的了。因而我并不能理解朋友对我说的话，他说，在世上有许许多多这样的人，他们一辈子或许都无法离开出生的地方，所以他们很少考虑生存之外的事，更别说是感慨人生苦短了。

古往今来的学者，但凡写出惊世之作的，往往都是经常在外游历之人。走得多了，也就见得多，见得多，自然就会想得多。偶尔游走文字间，走神的时候我会想起范仲淹和他的岳阳楼，王勃和他的滕王阁，崔颢和他的黄鹤楼，李白和他的凤凰台……诗中的主人公正是在进京游历的时候，写下了这样一篇文字。

陵墓上翠柏青青，溪水中石头磊磊。人一生活在天地间，就好像远行的过客。区区斗酒却足以娱乐，量少但胜过豪华的宴席。驾着车驱赶着拙劣的马，在南阳和洛阳之间游历。

宛，即南阳，是东汉时期的南都，洛阳则是当时的京城，二者皆是极尽繁华的城市。主人公驱车在两地游玩，一路所见所闻皆让他感慨万千：洛阳城里是多么的热闹。达官显贵彼此拜访串门，大路中又夹杂着小巷子，四处都是王公贵族的豪华宅院，南北两处宫殿遥遥相对，楼高达百余尺，达官贵人们尚且享受着欢乐，我心中又何必忧愁不知何所迫呢。

他所看到的景象，无一不彰显着洛阳城的繁华。路上人来人往，络绎不绝。街边商铺林立，所卖物品更是千奇百怪，无一不有。还有贵族们的豪宅啊，远处皇宫中高高的宫殿啊，等等。

比如，唐中宗的女儿安乐公主有一个私人度假场所叫“定昆池”，占地四十九里，她的姐妹长宁公主更夸张，婚后所建的私家园林西起长安，东濒洛阳。

初次进京的人，见到这般繁华的场景，自然会在心里感叹一番。比起华丽的京城，他们几十年活的又算得了什么呢，也难怪主人公会产生及时行乐的想法。正所谓人外有人天外有天，所追求的永远没有止境，好的之外还有更好的，与其无休止地去追求去幻想，还不如趁年轻好好享受。以主人公的想法，虽不至于像李白那样，把什么好东西都拿出来换酒喝，恨不能醉倒在月光之下，但也总该有所行乐吧。

他想着，那些达官显贵们要什么有什么，生活极尽奢华，他们尚且心怀忧虑，和他们相比我又算得了什么？在这个乱世之中，他们食君之禄，尚且没做到忠君之事，还有什么是值得我去忧心的？

当然，这是主人公用以宽慰自己的话，他越是劝自己不要去忧国忧民，就越是证明他心中是这样想的。身为一个平民百姓，他的力量很小，不能为国家做些什么。所以在看到达官贵族们如此享乐的生活之后，他心中更加忧虑。写到此，全诗的主旨也就出来了。

朝代更替，江山易主，每朝每代都有令人心忧的事，穷尽一生也担心不完。一个朝代可以是几百年，人生却只有短短几十年。人生得意须尽欢，与其日日忧心，还不如及时行乐。

西北有高楼，上与浮云齐
——谁能听懂我的弦外之音

西北有高楼，上与浮云齐。交疏结绮窗，阿阁三重阶。
上有弦歌声，音响一何悲！谁能为此曲，无乃杞梁妻。
清商随风发，中曲正徘徊。一弹再三叹，慷慨有余哀。
不惜歌者苦，但伤知音稀。愿为双鸿鹄，奋翅起高飞。
——《古诗十九首·西北有高楼》

“知我者谓我心忧，不知我者谓我何求。”这是我特别喜欢的一句话。唯有真正理解我的人，才能读懂我的内心。然世间茫茫众生，何处觅知音？

小时候听《高山流水》的故事，俞伯牙山中抚琴，樵夫钟子期偶然路过，竟然能领悟曲中深意，巍巍乎志在高山，洋洋乎志在流水。从此这两个地位悬殊之人成为好友。钟子期死后，俞伯牙痛失知音，摔琴绝弦，终身不再弹琴。世上唯一的知音之人已经不在，对于俞伯牙来说，琴也就失去了它的意义。

我一直无法理解，钟子期一介樵夫，照理说应该没念过什么书，纵使他能听懂伯牙的琴音，又怎么能脱口便说出“巍巍乎志在高山，洋洋乎志在流水”这样文绉绉的句子？难道他和五柳先生陶渊明一样，是位幽居山中的隐士？又或许可以用现在很流行的一句话来解释：高手都在民间。

内行看门道，外行看热闹。有些声音在知音之人耳中是天籁，于其他人而言，或许就是对牛弹琴了。《西北有高楼》这首诗所表达正是这样一种“无人知我心中愁苦”的心理，就像是高楼听曲，真正能听懂的又有几人呢。

西北方矗立着一座高楼，它高耸得能与浮云相齐。
镂着花纹的木条交错成窗，楼阁建在有三层阶梯的高台上。
楼上飘下了弦歌之声，这声音让人如此悲伤！
谁能弹奏这样的乐曲？莫非是哭倒长城的杞梁妻那样的人。
清商悲切之音随风飘荡，乐曲旋律徘徊不止。

琴声中夹杂着叹息声，抚琴之人感慨不已。

不叹惜琴声中的苦楚，更悲痛的是对知音者的呼唤。

愿我们化作结伴的鸿鹄，一起展翅高飞在蓝天之上。

念着诗，浮现在眼前的仿佛是一位林妹妹般蹙眉不语，忧伤抚琴的绝代佳人。纤纤十指在琴弦上轻拢慢捻，心中的哀伤随着清音飘散出来，久久不能散去。她为什么而悲伤？是思念远行的心上人？还是因为高处不胜寒的寂寞？这些我们都无从猜测，只有她的知音之人才能从琴声中听出来吧。

作者写高楼听曲，心中所想的和那抚琴的佳人一样，是知音难求的悲哀。他渴望有一个能知他懂他的人，就像俞伯牙有钟子期一样。这恰好印证了韩愈《马说》中的一句话："千里马常有，而伯乐不常有。"没有人赏识我的才学，我该如何舒展抱负，报效国家？

诗的作者正是一位在政治上失意的人，高楼听曲或许是真事，或许只是他想象的情形。听着琴声，他油然而生一种和高楼上抚琴佳人惺惺相惜的感觉：抚琴者需要知音，他需要伯乐。借着听曲之事，引出了他满腔愁怨无人倾诉的惆怅。这也是为何诗中的曲声如此悲伤的原因，其实，悲伤的不是乐曲，是抚琴者的心，更是听者的心。

能弹奏出如此悲伤乐曲的人是谁呢？换句话说，什么人才能有这样的悲伤呢？大概是像哭倒长城的杞梁妻那样的人吧。

知道杞梁妻的人或许不多，但是这位杞梁妻还有另外一个大名鼎鼎的称呼——孟姜女。杞梁妻的故事最早见于《左传》，齐国的大夫杞梁出征莒国，战死在莒国城下，他的妻子悲恸不已，在城墙下连着哭了十天十夜，连城墙都因此倒塌了。时间一长，这个传说渐渐演变成了孟姜女哭长城的故事。

连城墙都为之动容，这哭声该是有多么的悲伤！

既然提了孟姜女，不得不说另外一个和声音有关的故事。古代有一个特别擅长唱歌的人，名叫韩娥，她是韩国人，路过齐国的时候，因为盘缠用光了，只能用她的一技之长换取食物。她在齐国都城雍门卖唱，声音悠扬动听，吸引了很多人。她走了之后，歌声的余音仍然缭绕在房梁之间，久未散去，很多人以为她还没有离开。后来韩娥经过一家旅店，旅店里的人欺辱她，她就在店门口哭，那悲伤的哭声连附近整条街的老人小孩都为之动容，跟着她一起伤心流泪，三天不吃饭。

就因为歌声动人，《论曲》把韩娥列为古代最擅长声乐的五个人之一，其余四人分别是秦青、薛谭、沈佑之、李存符，其中秦青和薛谭是一对师徒。和韩娥相比，这些人的知名度稍稍逊色，因为我们常用的成语"余音绕梁"就出自韩娥的典故。韩娥卖唱的故事看似有些夸张，但完全能理解，孔子闻韶乐可以三月不知肉味，足以见得声音的感染力。就好比一位绝色美女，完全能让旁人看得移不开眼睛。

那琵琶女弹奏的乐曲太过清脆哀婉，如珍珠落玉盘，白居易因此而泪湿青衫，感叹一句“同是天涯沦落人”。优美的曲声有时候就是有这样的力量，能让人闻之泣泪，能让风云为之停留，恰如王勃在他的《滕王阁序》中所写的：“爽籁发而清风生，纤歌凝而白云遏。”

王勃这句诗引用的正是薛谭向他师父秦青学唱歌的典故。秦青虽没有韩娥来得名气大，但他唱歌也是一绝，《列子·汤问》中记载，秦青唱歌的时候，歌声振动了林子里的树木，天上飘着的云也徘徊不前。

不过，无论琴声和歌声有多么动听，那都是次要的，再动人的曲子也得有懂得欣赏它的人。有人欣赏的美，才能称得上是真正的美。和氏璧在被重视之前还不是被当做一块一文不值的石头？

若没有刘备的三顾茅庐，诸葛亮再聪明也不会有人知道他。毛遂可以自荐，却不是人人都有毛遂这样的勇气和机遇。作者觅知音，也觅伯乐，他的满腔抱负纵有天时地利，尚缺一个人和，他所等的，无非是一个被人认可和赏识的机会罢了。然而有太多像他那样的有识之人被朝廷拒之门外，不能一展所长，心中愁怨也找不到人倾诉。

茫茫人海，知音难求，怕是没人理解我心中的苦啊。

生年不满百，常怀千岁忧
——应满足时就满足

生年不满百，常怀千岁忧。昼短苦夜长，何不秉烛游！
为乐当及时，何能待来兹。愚者爱惜费，但为后世嗤。
仙人王子乔，难可与等期。

——《古诗十九首·生年不满百》

我想说说蝜蝂的故事。

蝜蝂是一种喜欢背东西的小虫，看见东西就喜欢捡起来背着，直到被压得爬不起来。有人因为可怜它而替它拿掉，它却一如既往地捡东西背，最终逃不掉累死的命运。

蝜蝂是柳宗元笔下的一种昆虫，至于究竟是不是他杜撰出来的，还不是很清楚。柳宗元写蝜蝂，实则讽刺那些贪得无厌的人，不满足于现状，不自量力地想获得更多，最后定然是没有好下场的。

记得小时候大人给我们一群孩子分糖果，我们总是惦记着他们包里是不是有更多更好吃的东西。遇到这种情况，我妈经常会推一下我的脑门儿，说我，你怎么吃着碗里瞧着锅里啊。后来我觉得，其实我们年少时的这种行为和蝜蝂倒是有些相像。

人大多是贪婪的，只是贪的东西不同而已，或是财富，或是名利，或是其他更多的。那些古代的帝王们，他们有钱有权有后宫佳丽三千，照理说应该知足了吧，可他们却惦记着永生永世享受当下的一切，于是便开始炼丹，求长生不老药。且不说秦始皇，就连汉武帝、唐太宗这样出类拔萃的明君，晚年也犯了这样的错误。难怪古人常说，人心不足蛇吞象。

皇帝们惦记着长生不老，那些王公贵族们则想着封妻荫子，希望后世子孙能够像他们一样享受荣华富贵，一生无忧。所以诗人才会发出这样的感慨：生年不满百，常怀千岁忧。

人活在世人通常不满百岁，心中却为千万年后忧愁，这又是何苦。

白天短暂黑夜漫长，为何不秉烛夜游呢？

人活着就该及时行乐，为何总是等到明年？

愚昧的人才会总想着积攒财富，连后世子孙都会嗤笑他们不懂享受。

像王子乔那样的仙人，恐怕很难再等到了。

此番陈述，令我想到了那些生前就忙着为自己死后选一块风水宝地的人。人生苦短，活着的事尚未完成就想着死去以后如何如何，未免考虑得有些“周到”过头了。就像忧天的杞人，天还没塌呢，何必总是想着它要塌？有这忧心的时间，还不如多享受享受快乐。

《生年不满百》想表达的思想，和《青青陵上柏》大体上还是一致的：把握当下，及时行乐，莫要辜负宝贵的光阴。昭明太子所编选的这十九首诗都是东汉晚期的作品，时间背景符合，这些诗的作者经历的或者看到的，很有可能都差不多，所以他们诗中透露出一致的想法，也就不足为奇了。

还是李太白概括得好：人生得意须尽欢，莫使金樽空对月。

成天瞻前顾后担心这担心那的人，心理上就背着比一般人更大的包袱，他们是无法真正活得开心的，即使有再多的财富再大的权力，也只会徒增他们的烦恼罢了。因此作者讽刺他们，这么不懂得享受，连子孙后代都会嗤笑啊！只是在那个时代，有太多太多这样的人，社会越是动荡，他们考虑得也就越多，日日忧夜夜愁，也不怕愁得白头。像王子乔那样能够死后成仙的人，世间恐怕再也没有了。

王子乔又叫王乔鹤，他本名姬晋，东周时周灵王的太子，因为直言相谏得罪了周灵王，被废除了太子身份，贬为庶人，三年后郁郁而终。他生前跟师旷说过，三年后将上天到玉帝之所。由于他能预知生死，后人都认为他真的上天到玉帝那儿当神仙去了。

关于王子乔成仙后的事，《列仙传》有所记载：

王子乔者，周灵王太子晋也。好吹笙，作凤凰鸣。游伊洛之间，道士浮丘公接以上嵩高山三十余年。后求之于山上，见桓良曰：“告我家，七月七日待我于缑氏山巅。”至时，果乘白鹤驻山头，望之不得到。举手谢时人，数日而去。亦立祠于缑氏山下，及嵩高首焉。

有人羡慕王子乔能成仙，不过他的名字被人提起，还有一个原因就是他的德行能够服众，比如，屈原有诗云“轩辕不可攀援兮，吾将从王乔而娱戏”。

至于王子乔究竟是不是成仙，那就不得而知了。后世之人常羡慕他的际遇，他们希望自己死后也能像王子乔一样，羽化成仙。然成仙和长生不老一样，都是人在得到权势和财富之后不满于现状而构想出来的，人死如灯灭，有没有灵魂尚且不知道，又何来成仙之说？作者借王子乔之事，所讽刺的正是那些不知满足，幻想着要当神仙的人。若是能活得开心，成仙又算得了什么呢！

《西门行》和《生年不满百》在措辞和诗意上都十分相似：

出西门，步念之。今日不作乐，当待何时。
夫为乐，为乐当及时。何能坐愁怫郁，当复待来兹。
饮醇酒，炙肥牛。请呼心所欢，可用解忧愁。
人生不满百，常怀千岁忧。昼短而夜长，何不秉烛游。
自非仙人王子乔，计会寿命难与期。人寿非金石，年命安可期。
贪财爱惜费，但为后世嗤。

人生百年，光阴匆匆飞逝，谁都无法预料下一刻会发生什么事。既然如此，还不如好好享受现在的生活。此时不行乐，更待何时？

我欲与君相知，长命无绝衰

——一念起，万水千山

上邪！我欲与君相知，长命无绝衰。

山无陵，江水为竭，冬雷震震，夏雨雪，天地合，乃敢与君绝！

——乐府《上邪》

乐府的这首《上邪》，流传委实太广，以至于几乎人人朗朗上口。这其实并非情人之间的互誓，而是某一方的自誓。她只是想向上天起誓，海枯石烂，爱情仍然坚贞不变。“山无陵”以下连用五件不可能的事情来表明自己生死不渝的爱，深情奇想，确是“短章中神品”。

乐府民歌的一大特色就是浅显易懂、大胆坦诚，其中不乏各色情歌，甜言蜜语的有，大胆示爱的有，羞怯暗示的也有，一一被记载下来，落在后人眼里，仿佛也能窥见当时那些或甜美或活泼或娇柔的少女们，读来似有当时清风迎面而来，耳目一新。

古人以鬼神为尊，常以卜卦来定国家大事。而古人对天的敬畏是与生俱来的，非深思熟虑，不会以上天开口，而在一开始，作者就以上天相誓。她说：

上天啊，我想同我的心上人相知相惜，此心长存永无断绝之日。即使巍巍群山失去高峰，即使滔滔江水流尽干涸，即使轰鸣的冬雷响彻耳边，即使炎炎夏日里雨雪纷飞，天与地不再有分明的界限，我才敢与你分离。

在清代张玉谷的《古诗赏析》中，曾评论起这首《上邪》，它说：“首三，正说，意言已尽，后五，反面竭力申说。如此，然后敢绝，是终不可绝也。迭用五事，两就地维说，两就天时说，直说到天地混合，一气赶落，不见堆垛，局奇笔横。”

先是山无陵，再是江水竭，而后是冬雷夏雪，最后是天地合一，这种种毁灭般的迹象，一层比一层更难发生。而《上邪》以这五种递进的夸张，来形容女子感情真挚之深。前有对天起誓,后有千万艰难险阻亦不改其初衷,情深可见一斑。

一念起，万水千山，一念灭，沧海桑田。

传说,《上邪》的作者，是吴王夫差的第五世孙长沙王吴芮的王妃毛苹。

吴芮身为百越领袖，勤政爱民，深得百姓爱戴，他因生在秦汉交接之时，前有秦王焚书坑儒牵连，后起兵领江西之军，最后于归服刘邦手下，连年征战，乱世谋生，他要在风雨飘零的乱世之间护住自己的子民，也是苦心孤诣呕心沥血。

在这样的情形下,他和王妃毛苹之间必然聚少离多,待到他四十岁这年，大汉王朝已暂时稳定了根基，战乱得以平息，而他和王妃都已是年华老去。这一年生辰，怀着愧疚和感慨，吴芮携着爱妻泛舟湘江，想弥补一些两人相处的时光。

望着湘江北去，水波涌动，吴芮思念着家乡瑶里，回忆起当年妻子在瑶里河畔款款而来的高贵典雅，再回头看看身边的女子，面容微微憔悴，眉目依旧秀丽，却已不再年轻了。人说英雄美人，真实摆在面前的是，美人自古如名将，不许人间见白头。

战乱，比什么都催人老。思念、担忧，甚至是满目疮痍后的疲惫，足以让一个女子在等待中垂垂老去。

想到这一切，吴芮是愧疚的，也是沉默的。

而毛苹读懂了丈夫的心意，她回首看向一水湘江，微微笑着吟咏了这首诗。

连天地毁灭也无法消减我对你的爱，更何况是区区的战乱，区区的年华更迭?

吴芮大恸，只道“芮归当赴天台，观天门之暝晦”，我已做完了我该做的事，也应当返回家乡的天台，仰看朝日跃金东升，附送日月西沉。

说得更明白一点就是，政事已了，凡尘已离，有你相伴，我此生足矣。

就在这一年，吴芮和毛苹双双离世，无疾而终。

两人的同时离世，是历史上的一大不解之谜。许多学者读解吴芮的两句回应，皆以为，有要葬于家乡之意。私以为，可以浪漫地解读成两人携手返回天台隐居，为什么呢? 首先，在夫人表白之时，却言及自己应当寿终正寝，更不用提吴芮当时才四十，正是男子壮年之时，无论怎么想，都不稳妥。若说战乱令他的身体已经病弱，那也不会有后来的无疾而终了。

其次，夫妻双双猝死，这本身便是一种给人无限遐想的结局。我们可以理解为，毛苹的一番剖心表白之语，令本就倦于战争、意欲退出官场的吴芮确定了自己的决心。更何况，朝廷趋向平稳，江西也逐渐安定，他的前四十年人生已经奉献给了家族和天下，余下的人生，更要补偿给不离不弃的妻子了。

所以，寻到合适结局的夫妇二人，以死亡为终局，远遁山林，逍遥人生。

当然，这也仅仅是一种猜测，任何一个美丽的爱情故事，都应该都有一个美丽的结局。

千帆过尽，家国天下，无一可负，当一个人的生命已挥洒到极致时，他对国家的义，对民族的情，都已了断，如哪吒那样削肉还母、削骨还父一般，尽数回报。

而剩下的，便是他与她的时光。

山无陵，天地合，乃敢与君绝。

秦氏有好女，自名为罗敷

——千古犹记陌上桑

日出东南隅，照我秦氏楼。秦氏有好女，自名为罗敷。

罗敷喜蚕桑，采桑城南隅。青丝为笼系，桂枝为笼钩。头上倭堕髻，耳中明月珠。湘绮为下裙，紫绮为上襦。

行者见罗敷，下担捋髭须。少年见罗敷，脱帽著帩头。耕者忘其犁，锄者忘其锄。来归相怨怒，但坐观罗敷。

使君从南来，五马立踟蹰。使君遣吏往，问是谁家姝？

“秦氏有好女，自名为罗敷。”“罗敷年几何？”“二十尚不足，十五颇有余。”使君谢罗敷：“宁可共载不？”

罗敷前置辞：“使君一何愚！使君自有妇，罗敷自有夫。”

“东方千余骑，夫婿居上头。何用识夫婿？白马从骊驹；青丝系马尾，黄金络马头；腰中鹿卢剑，可值千万余。十五府小史，二十朝大夫，三十侍中郎，四十专城居。为人洁白晰，鬑鬑颇有须。盈盈公府步，冉冉府中趋。坐中数千人，皆言夫婿殊。”

——乐府《陌上桑》

这首诗是汉乐府中的名篇，属《相和歌辞》，写采桑女秦罗敷拒绝“使君”即太守之类官员调戏的故事，歌颂她的美貌与坚贞的情操。故事很简单，语言也浅近。

这个类似于民歌的故事，最早被《宋书·乐志》所收录，题名《艳歌罗敷行》，“艳歌”二字顿时令人有一种浮想联翩的遐想，然而在《玉台新咏》中，它已经被更名为《日出东南隅行》。不过更早在晋人崔豹的《古今注》中，已经提到这首诗，称之为《陌上桑》，所以还是以《陌上桑》为准。

我更喜爱《艳歌罗敷行》这个名字，有隐约的风情流转浮动，然而却不适合罗敷的个性，大约也正是如此，最后晋人才未曾采用这个名字。

题目取名“陌上桑”，意即大路边的桑林，这是故事发生的场所。因为女主人公是在路边采桑，才引起一连串的戏剧性情节。

在历史的长河中，不乏美人的出现。烽火戏诸侯的褒姒是美人，亡商的妲己也是美人，汉武帝倾国倾城的李夫人是美人，为国家安定远嫁匈奴的王昭君是美人，传奇失踪的李师师是美人……古往今来多少美人都湮灭在历史的长河里，多少美人的结局都令人叹息扼腕。

古代的中国，女人的命运往往联系在男人身上。她们被视为男人的私产，只有规规矩矩的份儿，不得有丰富的感情、明确的判断。一旦才情横溢，便会有所谓女子无才便是德这样的规矩来束缚。而越是美的女人，越是结局悲惨，最后只得落下个红颜薄命。纵是有倾城的容颜、绝艳的才华、聪明的机变，依旧也逃不出沦落成男人玩物的命运，抗争的结果唯有更加悲凉而已。

所谓红颜祸水，不过是男人为自己辩解的借口，不过是所谓的解脱之词罢了。在他们的眼中，女人被软禁在深深庭院和层层衣衫里。可是他们却又不能放下对野花的向往……而女子千百年来也习惯了被女诫束缚，遵从所谓的三从四德，一生规行矩步。

透过历史的幔帐，却出现了一个不一样的女人，她叫秦罗敷。

她美丽不可方物，“行者见罗敷，下担捋髭须。少年见罗敷，脱帽著帩头。耕者忘其犁，锄者忘其锄。”过路人放下了担子，伫立凝视。许是年岁较大，性格也沉稳些，所以只是手捋着胡须，流露出赞叹的神气。血气方刚的小伙子们便沉不住气，有的脱下帽子，整理着头巾，像是在卖弄，又像是在逗引，想引得美人流波一转。种田的农人，看得失了神，活儿也不干了。这样的罗敷可见是美得鲜亮、明丽、动人心魄的。

最为难得的，这样明艳动人的美人，不是哪家养在深闺的小姐，不是哪里的伶人，仅是一个普普通通的采桑女。“罗敷善蚕桑，采桑城南隅”一句话就点名她的身份，她就是一个勤劳的劳动者。

她不仅美丽，还机智、坚贞、勇敢。她不畏惧使君的身份，大胆地回应使君不怀好意的调戏，嘲讽了使君的邪恶目的，并用一个虚构的丈夫让使君畏惧和无地自容，转而落荒而逃。面对权势恶霸，罗敷没有唯唯诺诺，没有软弱逃跑，她选择了面对，并用自己的机智化解了一场危机，让她的美得到了升华。让世人看见她不仅仅有外在的美丽，还拥有一颗美丽的心灵。她言语顽皮，带着些微的嘲讽，是一个开朗大方且自信的女子。

这样的女子，就算没有倾世的容颜，也终会有一日如日月般耀眼。

一个勤劳、勇敢、机智、坚贞、美丽的女子，无疑是炫目的。她似乎就是所有人心中想要的那样，好似一个被塑造出来的完美的标本。

罗敷在作者的笔下简直就是完美的化身，这样的完美的人，几乎是不存在的。所以这么久以来，无数的人在探讨罗敷是否真有其人。

其实存不存在，又有什么关系呢？在我看来，写诗的人该是一个女子吧，能用这么细腻的笔触，写出如此动人心魄的人物，如此活灵活现，是不是代表着作者想成为这样的人呢？

无论罗敷是否真的存在过，我宁愿相信她活在每一个想成为如她一般美好的女子的心中。

做女子，当做罗敷女。

郎艳独绝，世无其二

——生死歌哭皆快意

白石郎，临江居。前导江伯后从鱼。

积石如玉，列松如翠。郎艳独绝，世无其二。

——乐府《白石郎曲》

大约不少人提起“郎艳独绝，世无其二”这一句词，想到的都是嵇康，我也不可免俗。

而初读这句，我脑海里第一个晃过的身影却不是嵇康，竟是王维了，再细读前两句，不由哂笑。

《白石郎曲》是乐府神弦曲十八首之一，清商曲辞，多由样貌秀美端庄的女巫唱之以悦鬼神。《图书集成·博物部》将其统归之“杂鬼类”，杂鬼多为地方性鬼神，如今已不可考。

当得起艳鬼这一称号的人，想来也只有嵇康了。初觉得王维神似，但想他号诗佛，且为人清静淡泊，与鬼神毫无相干，却是我亵渎了偶像。

魏晋是一个清狂绝妙的时代。在这个令人无比倾心的时代下，有这样一群人，他们自由并且骄傲，竹下煮酒论英雄，生死歌哭皆快意，不屑俗世任一词。而嵇康，无疑是这一群人中最耀眼的一颗明星。

晋书说他“龙章凤姿、天质自然”，赞他“萧萧肃肃，爽朗清举”，然而这些的背后，高悬着一个“远迈不群”，正是这“远迈不群”，令他时时徘徊在死亡的边缘。

在我的印象里，他应当是一位琴师，在天为盖地为庐的山间奏歌，以清风为弦、明月为谱，在山水之间纵情长歌。

像石块堆积而成的玉山，巍峨清远；似群松排列的满目苍翠，傲然挺立。

山涛是这样形容嵇康的：“刚正如孤松独立，醉态如玉山崩塌。”与《白石郎曲》竟有了一种跨越时空的异曲同工之妙。这就像是为他而写的词，每一字每一句读来，都好似在描绘他那已消失在历史中的轮廓。

当时的上层贵族崇尚阴柔之美，非常重视个人修饰与装扮，出门前不但要敷粉施朱、熏衣修面，还要带齐羽扇、麈尾、玉环、香囊等各种器物挂件，于此方能“从容出入，飘飘若仙”，不啻于现今那些化妆保养的男士们，恐怕出门也要被说一句妖媚，然而当时，这却是美的代言。

在与那些脂粉扑面、轻移莲步的阴柔之美相比，嵇康的清润高远是多么令人神清气爽。

他的美，是一种惊心动魄且心旷神怡的美。

他有一位身为长乐亭主的妻，曹操的玄孙女，在当时亦是赫赫盛名，然而留下姓名的终究不是世家贵族的曹氏女，而是她远迈不群的夫君。

嵇康此人，傲视群雄，蔑视权贵，而他的妻，却恰恰出身权贵，自小锦衣玉食娇身惯养。

从曹氏女的身份来看，嵇康虽崇尚清淡，却心向旧朝，对司马氏篡位而来的政权颇为不屑。

然而少年夫妻的恩爱，敌不过新朝旧朝更替。

在晋书里，除却一句“与魏宗室婚”外，这位曹氏女几乎在嵇康的人生里销声匿迹，她像他生命里的一道光，刹那地盛开过之后，变作满地凋零的尘埃，即使是在夫君天下折服的镇魂曲之下，也没有她一声一息的低吟。

她被掩盖在嵇康的光芒万丈之下，低眉俯首。

魏晋同样是一个生不自由、死亦不自由的时代。

向秀在《思旧赋序》中说：“余与嵇康、吕安，居止接近。其人并有不羁之才。然嵇志远而疏，吕心旷而放。”

嵇康的志向并不在做官，权贵的妻子、才华的盛名，一切对他来说皆是枉然。

无论多少人赞他玉人，无论多少太学生为他下跪，又无论他有多才华傲世，也依旧无法与刀锋相抗。

钟会向司马氏进言说，康，卧龙也。

他是沉睡着的龙啊，一旦惊醒，将是光华飞跃的夺目。

司马氏大惊，终于痛下决心，绝了招揽嵇康的念头，赐他一死。

这是他避世锻铁、远离朝堂也无法逃开的结局。

仿佛一局棋被下到了最后，落子的一瞬间，尘埃落定，落棋无悔，冥冥注定。

我相信嵇康是对这一结局心知肚明的，然而不到最后一刻却又不甘。

那个时代的名士，风度第一，性命第二。

他绝交山涛，将好友推出了旋涡之外，以稚子相托，可他自己却甘愿为兄弟奔走争言，最终得罪了大批的权贵，落到不得不死的结果。

我曾想过这样的场景。

那种琴音瞬间从指间呼啸而出的凌厉之感，如同折枝的松柏，铮铮铁骨的骄傲溶进了血液里，每一个音都极其用力弹拨着，穿云裂石一样的声响，振得人耳膜生疼。

他虽不能像一个武夫那样去战斗，却可以作为一个有尊严有理想有骄傲的人，从容不迫地赴死。

那琴音铿锵有力，如千军万马在奔驰，滚滚黄沙淹没了视线，尘土在翻滚，连呼吸都能感受到空气里的狰狞。

然而就在这一瞬，连绵不断的琴音，戛然而止。

郎艳独绝，世无其二，最终只是一片血色的殊艳。

魏元帝景元四年（公元 263 年），《广陵散》在这个尘烟拂乱的朝代上空响彻云霄。

昔日风华姿容清绝无双的少年，如今只能化为狼狈的血水，洒落街头。当王戎经年归来，遥望着当年饮酒的旧庐，潸然泪下，久久无以成言。昔日宿栖同心裳，丹青明誓不相忘，到头来物是人非、各自飘零。

临江而居的白石郎，如玉如翠的少年郎，他的艳色如云破日出一般瑰丽，凝聚成世间独一无二的美。

然而若是离去，便如玉山轰塌一般，顷刻碎裂，振聋发聩，恍如大厦将倾。

不，他不会离去，只是被需要。

因为这样的人，连神都需要。

蒲苇纫如丝，磐石无转移

——我心匪石，不可转也

序曰:汉末建安中,庐江府小吏焦仲卿妻刘氏,为仲卿母所遣,自誓不嫁。其家逼之，乃投水而死。仲卿闻之，亦自缢于庭树。时人伤之，为诗云尔。

孔雀东南飞，五里一徘徊。“十三能织素，十四学裁衣，十五弹箜篌，十六诵诗书。十七为君妇,心中常苦悲。君既为府吏,守节情不移,贱妾留空房,相见常日稀。鸡鸣入机织，夜夜不得息。三日断五匹，大人故嫌迟。非为织作迟，君家妇难为！妾不堪驱使，徒留无所施，便可白公姥，及时相遣归。”

府吏得闻之，堂上启阿母：“儿已薄禄相，幸复得此妇，结发同枕席，黄泉共为友。共事二三年，始尔未为久，女行无偏斜，何意致不厚？”

阿母谓府吏：“何乃太区区！此妇无礼节，举动自专由。吾意久怀忿，汝岂得自由！东家有贤女，自名秦罗敷，可怜体无比，阿母为汝求。便可速遣之,遣去慎莫留！”府吏长跪告:“伏惟启阿母,今若遣此妇,终老不复取！”

阿母得闻之，槌床便大怒：“小子无所畏，何敢助妇语！吾已失恩义，会不相从许！”

府吏默无声，再拜还入户，举言谓新妇，哽咽不能语：“我自不驱卿，逼迫有阿母。卿但暂还家，吾今且报府。不久当归还，还必相迎取。以此下心意，慎勿违吾语。”

……

其日牛马嘶，新妇入青庐。奄奄黄昏后，寂寂人定初。“我命绝今日，魂去尸长留！”揽裙脱丝履，举身赴清池。

府吏闻此事，心知长别离。徘徊庭树下，自挂东南枝。

两家求合葬，合葬华山傍。东西植松柏，左右种梧桐。枝枝相覆盖，叶叶相交通。中有双飞鸟，自名为鸳鸯。仰头相向鸣，夜夜达五更。行人驻足听，寡妇起彷徨。多谢后世人，戒之慎勿忘！

——乐府《孔雀东南飞》(节选)

孔雀东南飞，五里一徘徊。

古今第一长诗，却无关官场政治，只是一场风月惆怅。

东汉末建安年间，庐江太守衙门里的小官吏焦仲卿的妻子刘兰芝被焦仲卿的母亲赶回娘家，兰芝情深意重，立誓绝不改嫁，在娘家的逼迫下，依旧不改其初衷，刚烈投水而亡。

焦仲卿闻说后，悲恸欲绝，不愿辜负兰芝的深情厚爱，在庭前大树下投缳而死。

孔雀向着东南方向飞去，飞上五里便徘徊一阵，久久不愿离去。

“自我十三岁起，便学会了缝纫编织，诗书皆能琅琅诵读。十七岁嫁你为妻，却未曾开怀，郁结于心。夫君啊，你是官府吏员，勤恳治下，严守官则，专心不移，日夜不归，独独留下我一个人守着这空荡荡的房间。

“这满屋的清冷寂静，你可曾有过体会？清晨鸡鸣，晨光熹微，我便要上机织布，日夜不休，一日三五匹布，如此尚且遭婆婆嫌弃，并非我懒惰无能，而是媳妇难为。既得不到夫君一家的理解，我又何苦留在此处呢？若夫君同婆婆一样，便将我送回娘家吧。”

兰芝是极聪慧的女子，她这一段话，看似在向丈夫诉说自己的不忿，实际却将一切交代得明明白白：我每日勤恳做事，日织三匹布，为夫君解后顾之忧，错非在我，而是你家的媳妇太难做！

焦仲卿明了自己母亲的刁难，只能抱歉地向着妻子，无颜以对。

少年夫妻，患难相爱，焦仲卿思虑再三，还是去寻了母亲。

他说：“母亲，您的儿子没有做高官的才貌，还能娶到这样贤良的妻子，如今琴瑟和谐，百年之后也要携手与共，奈何如今短短相聚三年，也无任何差错，您为何要强逼儿子夫妻分离，不得善终呢？”

焦仲卿的母亲听完后，果然动了怒：“你真是太没有见识了！女子无才便是德，她正是太有才华太有见识了，才不将我们母子放在眼里！她不入母亲之眼，便是她之错，母亲我早已听说邻家有一个名叫罗敷的女子，姿容优美，行为端庄，母亲希望你娶这样的女子，还不速速将刘兰芝休去，另娶贤妻。”

焦仲卿直身跪下，诚恳地说道：“孩儿恭敬禀告母亲，如今假如您要逼迫我休掉兰芝，我这一辈子将终生不娶！”

焦仲卿的母亲又惊又怒，拍案道：“你这孩子如今越发无礼，帮着刘兰芝说话，不将母亲放在眼里，我与她婆媳之情已断，是万万不能再相处的了！”

焦仲卿沉默了，百善孝为先，这是他永远无法抗拒的悲哀。

这是个怯懦的男子，他流着泪向刘兰芝说：“今日令你离去，并非我本意，母亲一意孤行，多次逼迫，我也无可奈何，但我向你发誓，日后定当接你回来，决不辜负你的情谊，也请你等着我。”

刘兰芝像是预料到了这样的结局，她难掩心头的悲痛，却又持有着女子特有的恭顺与清明，一字一字地说道：“那一年冬末，我离家嫁来焦家，孝顺侍奉婆婆，一举一动从不敢怠慢，日以继夜地劳作，夫君不在身旁，又怎么知道我孤身一人的劳苦？如此便罢，现下只因婆婆不喜，夫君便要将没有过错的我赶出家门，我有何面目再回来？”

刘兰芝的话愈加掷地有声，她像一只骄傲的凤凰，在最后的时刻依旧保持着自己的骄傲。

“我有绣花的齐腰短袄，光彩照人，我有红色罗纱的斗帐，四角挂着香袋，盛衣物的箱子六七十个，箱子上都用碧绿色的丝绳捆扎着。样样东西各自不相同，种种器皿都在那箱匣里面。在你们焦家，我人微言轻，这些物件自也是眼不见为净，不配拿去迎接你日后再娶的妻子，但我万万没有拿回去的道理，这些就留着给夫君做纪念吧，从此你我二人，相见无期，只希望你永远记得，我刘兰芝从未负你。”

这是那个时代的女子最大的气节。

我相信兰芝是恨的，甚至是怨的，她恨焦仲卿的懦弱和孝顺，她恨婆婆的自以为是，然而她没有立场去说，此时的她就像被困在枯井里一般，走投无路，唯有一身骄傲。

但她依旧爱着焦仲卿，这便是情之一字最大的魅力。

再不值得如何，再不甘心如何，哪怕我失望透顶，哪怕我心冷如死，可我依旧爱你，这是连我自己都痛恨着的事实。

至高至明日月，至亲至疏夫妻。

三年情谊不过如此，兰芝将自己打扮得秀雅从容，穿上少女时最美的衣裙，脚穿丝鞋，头戴玳瑁，腰束白绢，耳坠如明月，纤纤素指，宛如白玉，唇红齿白，如点朱砂。

她对自己的容貌太有信心，却又太过灰心。

这一刻，她拂开帘幕，从容走出，冷眼看着这个自己委曲求全了三年的家。

焦仲卿的马走在前面，刘兰芝的车行在后面，车子发出隐隐甸甸的响声，一起会合在大路口，焦仲卿下马坐入刘兰芝的车中，两人低头互相凑近耳朵低声说话。焦仲卿紧紧握着他的手，恳切地说：“我发誓不与你断绝关系，你暂且回娘家去，我现在有公事要远行，你且等我回来，我必定要接你回家！”

此时的刘兰芝再度心软了，只娓娓道：“夫君你一定要像磐石那样坚定不移，我必定如蒲草一般坚韧如初。”

这是女子的悲哀，因为深爱，所以能够轻易原谅。

哪怕上一刻还决绝如冰，下一刻依然会望着他的眼睛泪如泉涌。

她爱得这样卑微，骄傲地卑微着。

兰芝走进了家门，来到内堂，上前后退都觉得没有脸面。

母亲端坐堂上，只问她："十三岁就教你纺织，十四岁就能裁剪衣裳，十五岁会弹箜篌，十六岁懂得礼节，十七岁送你出嫁，总以为你不会有什么过失。你现在究竟有什么过错，没有人迎接你就自己回来了！"

兰芝惭愧地对母亲说："女儿实在没有什么过错。"

母亲听后难掩悲伤，只得接受。

十多天后，县令派了媒人上门来，替自己的三公子求娶刘兰芝。

听说那少年人文雅俊秀，世上无双，年不过十八，却已才华动人。

兰芝却不为所动，坚定地回绝道："兰芝才回来时，仲卿再三嘱咐我，立下誓言，永不分离。今日我是不会违背曾经的诺言的，三公子之事，往后再说吧。"

你再优秀又有何用，你的好不是我的好。

兰芝幽幽地望向窗外，只是沉默。

兰芝的兄长听说了这件事，心中烦躁不安，开口对妹妹说："你作这样打算怎么不好好考虑！前次出嫁得到的是一个小官吏，这次出嫁得到一个贵公子，运气的好坏相差得像天上地下一样，这样的才俊够使你终身荣耀富贵，他尚且不嫌弃你被弃之身，你又能有什么怨言？"

兰芝只是苦笑："既然哥哥坚持，那便如此吧。"

一言定终身，婚事迅速被办得热火朝天。

送聘礼来的船绘有青雀和白天鹅的图案，四角挂着绣有龙的旗幡，轻轻地随风飘荡。金色的车子白玉镶的车轮，缓步前行的青骢马，套有四周垂着彩缨、下面刻着金饰的马鞍。赠送的聘金有好几百万，都用青色的丝线穿着，各色绸缎有好几百匹，从交州广州采购来的山珍海味。跟从的人有四五百，热热闹闹来到庐江郡府门。

望着这样的热闹，兰芝默默不作声，用手巾捂着嘴哭泣，泪如雨下。

她好似一个局外人，这样的热闹，这样的繁华，都不是自己的。

然而她就要出嫁了，再也见不到那人笑起来的模样，听他偶尔几句轻语。

本以为自己早已麻木，却不知，什么都罢了，唯有记忆和感情，是永远无法舍弃的事物。

焦仲卿听说有此变故，于是请假暂时回来，到兰芝家还有二三里的地方，人伤心，马也哀鸣。

兰芝熟悉府吏的马叫声，轻步快跑去迎接他，悲伤失意地望着，知道是他来了。

焦仲卿又惊又怒，只对兰芝说："一步登天，祝你永如今日富贵。曾经我这块磐石，方正又坚实，我曾为你坚持，千万年也宁愿，而蒲草呢？一时的柔韧，转眼又攀附他人。什么生死不离，不过笑话一场，你自去你的富贵，我下我的地狱，你我从此再无干系！"

兰芝失声痛哭，她说："既然如此，你我同被逼迫，这世间本就无所留恋，不若我们同下地狱，在天愿为比翼鸟，在地愿为连理枝，此生此情，永不断绝！"

此言一出，两人反觉平静。

这却更像是梁祝，生不同衾，死同穴。然而他们却没有化蝶的凄美，有的更多只是无奈、沉静，以及阴差阳错。

焦仲卿归家之后，郑重拜别了母亲，母亲泪流不止，直说他固执。

而兰芝，却更坦然，依旧梳妆，备嫁，穿上她鲜红的嫁衣，点上最艳丽的胭脂，这一刻的她，明艳不可直视。

清清河边之水，她含笑低首，将自己投入一片冰凉。

愿我用这清洁之身，换得与你永生永世的相守。

潋滟水波，到底东流去，焦仲卿只望着那流水，自庭下投缳相随。

蒲苇纫如丝，磐石无转移。

我心匪石，不可转也。只愿你我，永世为好。

若没有看整个诗作，光凭着没有任何情绪的序，我不仅会恨焦仲卿的怯弱，也会恨刘氏的软弱。两个相爱的人，若是都强势一些，也许就不会有这个悲剧发生了。

"孔雀东南飞，五里一徘徊"，诗歌一开篇就造就了一个悲戚的场景，孤单的孔雀往东南飞去，每五里就徘徊一阵。就好似一对相守的鸟，其中一只离开，另一只悲戚鸣叫徘徊不去，久久不肯离开，那种发自心内的悲鸣，让人撕心裂肺。孔雀东南飞，最后是飞去了天涯，再也回不来了，万般爱恋柔情，不过是化成灰烬，随风飘散了。

"十三能织素，十四学裁衣，十五弹箜篌，十六诵诗书。"好一个淑女，这般的女子，若我是男子，恨不得日日相守，怎么可放弃呢？上得厅堂下得厨房，好女工通音律会书写，简直就是好媳妇的无双标本，若得这样的女人为妻，此生何求？

可偏偏是这样一个女子，得到了丈夫的爱，得到了世人都在祈求的爱情，却得不到婆婆的认同。从嫁人焦家开始，就被婆婆百般刁难，无论做的多好、多快，得到的都是婆婆看不上和不满意。而刘氏心内有不满，却不能言说，只能一次又一次屈服退让。在那个时代里，做一个好媳妇是不能顶撞长辈的，纵然长辈刻意刻薄。

汉代到如今，千百年来婆媳问题依旧在家庭矛盾中占着主要的位置，多少人努力，却依旧找不到一个行之有效的方法，看看现代人婚姻中的婆媳关系，便可窥见一斑，姑且就当做是历史遗留吧。现在都不能处理好的，怎么可以强求当时的刘氏做的好呢。

身为丈夫的焦仲卿，他不过是一个小吏，长期生活在强悍母亲的阴影下，虽有反抗之心，却做不到真的去抗争。焦母不过狠狠拍下桌子，他就不敢吱声了。有人说焦仲卿并不爱刘兰芝，我却不这么认为。我想焦仲卿是爱刘兰芝的，他们之前必然也有一段美好的恋情，花前月下，山盟海誓，晨起画娥眉，盼举案齐眉。也曾盼执子之手，与子偕老，相伴白头。

只是焦仲卿是一个男子，还是个官吏，孔孟之道，道德伦理，他比谁都还要清楚，在他看来不违背母亲的意愿即为孝，这样一个男子，在妻子与母亲之间痛苦地活着，他明白妻子的苦，也懂得母亲的百般刁难，却无能无力。若说他不爱，他又为何肯舍去生命，只为黄泉碧落生死相随呢？若说爱，他却怯弱，只守着教条，让所有人都痛苦。纠来纠去，也不过是不够爱。

因为不够爱，不能为妻子不顾一切地挣破一切教条；因为不够爱，不能在母亲的刁难下，掷地有声地反驳；因为不够爱，明知妻子要改嫁是被逼迫，却只枯坐等着奇迹发生；也因为他的不够爱，造就了这样一个悲剧的结局。

男人就该有担当有抱负懂得取舍，对于焦仲卿，我是不予的，他没有在母亲无理取闹的时候站出来保护自己心爱的人，也没有在母亲和妻子之间做一个决断，要么当孝子一辈子顺从母亲，唯命是从，不再给刘兰芝任何希望；要么站在妻子面前，选择守护两个人的爱情，不离不弃。而他既放不下刘兰芝，许下不能实现的空洞誓言，又不敢真的违逆母亲，这样左右摇摆的男人，真是不要也罢。

而刘兰芝呢，我真是为她惋惜，这样的女子，就算是被夫家休回，依旧有无数的人来提亲，且一次比一次好。可见她的贤惠之名，早就名贯乡里，让多少人因她嫁人而扼腕。就算如今被休回娘家，依旧有人肯娶她。这是多大福分呀，若是她肯屈就一个，想来未来的生活也不见得会差到哪里去，当然这只是我无根据的猜想。

她呢，偏偏也是痴人，她挚爱焦仲卿，因为这一片痴情，明明知道焦仲卿的胆怯懦弱，却选择蒙蔽双眼，爱情呀，往往就美在蠢得无怨无悔上。因为她太爱焦仲卿，轻易就相信了焦仲卿说的："不久当归还，还必相迎娶，以此下心意，慎勿违吾语。”这些话就成了刘兰芝的枷锁，让她一再拒绝了提亲的人家。她爱他，所以相信他一定还会迎回自己的。

我真不知道是该狠狠骂醒刘兰芝呢，还是该痛惜她的痴情呢。在焦家多少个日日月月，怎能还是如此不切实际地奢望呢？焦仲卿的至孝怯弱，焦母的无理苛刻……这些竟然都不能让她看清所有。

女人呀，便是这样，一旦深陷，就是撞了南墙也不回头，头破血流，抽筋剥骨亦无怨无悔，只能等浴火重生的一日。“君当作磐石，妾当作蒲苇，蒲苇纫如丝，磐石无转移”，这样美好的一句誓言，却最终被辜负干净。

青青子衿，悠悠我心

——风骨依旧心怀

对酒当歌，人生几何？譬如朝露，去日苦多。
慨当以慷，忧思难忘。何以解忧？唯有杜康。
青青子衿，悠悠我心。但为君故，沉吟至今。
呦呦鹿鸣，食野之苹。我有嘉宾，鼓瑟吹笙。
明明如月，何时可掇？忧从中来，不可断绝。
越陌度阡，枉用相存。契阔谈讌，心念旧恩。
月明星稀，乌鹊南飞。绕树三匝，何枝可依。
山不厌高，海不厌深。周公吐哺，天下归心。
——东汉·曹操《短歌行》

“白骨露于野，千里无鸡鸣。生民百遗一，念之断人肠。”

曾经的繁华都城，被肆意践踏，饥寒交迫处处可见。没有夕阳下的万里炊烟，没有秋风里的硕果累累，他站在旷野中看向苍茫大地，隐在被风舞动宽袖下的双手，紧紧握住，带着不能言语的哀痛。

都说他阴险、残忍、狡诈、狠毒，他却不屑一顾，便是无人理解又如何，他要的不过是安居的民众，坚固的城池，安定的家国……就算这一切需要鲜血堆砌城墙，需要尸骨成为土地，需要一个千古罪人，他选择毫不迟疑地站在风口浪尖上，站在被人唾骂的顶端，只为了一个信念。

幼主少年怯弱，群雄妄自尊大，他一个人撑起整个国家的重量，支撑起这个繁华不再、摇摇欲坠的国家，风雨飘摇中屹立不倒。屯田北方、兴水利、利民众，纠奢华之风，改官场制度，不拘一格降人才，逐鹿四野，收复北方……他担得起治世之能臣。

豪气万古观沧海，漫漫长路短歌行。千秋霸业传百世，唯有英雄堪比君。

都说一将功成万骨枯，却总是不曾去细细思量那功成的百般费思量。反正世人看见的不过是谁谁当了皇帝，谁谁成就了功业。因为《三国演义》，曹操成功地在大众心中成了一个不折不扣的奸雄。

在我看来，他却是个不折不扣的枭雄。何为枭雄？古往今来，逐鹿四方，平定天下者，皆是英雄，亦是枭雄。刚毅、思贤若渴、有勇有谋，方可安国定天下，曹操亦在其列。他不惧评说，不说空话，不说豪言壮语，只是脚踏实地地做好每一件小事，聚水成海。他大气磅礴，也自负无惧。

无论是在《三国志》，还是演义小说《三国演义》里，曹操都是一个思贤若渴，求贤礼贤敬贤之人。

“青青子衿，悠悠我心。但为君故，沈吟至今。呦呦鹿鸣，食野之苹。我有嘉宾，鼓瑟吹笙。”缠绵悠长，好似在耳边轻声呢喃着迫切的思念，思念那些穿着青色衣领的才子们，快些来到自己的身侧，诉说着自己会如何爱护和珍惜。

在绵长的调子里，似看见了一个踌躇满志的曹丞相，站在夜凉如水的庭院中，看皎皎月光如洒，手中酒杯内是流光的美酒，等待着与他共建大业之人的到来。这样的日日夜夜，盼着念着，孤独着……

每每读到这里，我都会不禁莞尔，心中素来豪气潇洒的曹阿瞒，竟然也有如此小女儿心态，对于才子，有着如此婉转的渴求，好似求的不是才子，而是暗恋的情人，走得近了，怕会吓跑人家；退得远了，又搁不住如水的思念。进退之间，局促不安，好似初涉情思的毛头小子，对着美人痴迷，相拥入怀，却怕破坏了美人的美好，只得在一侧折磨自己本就不坚实的心绪。

“明明如月，何时可掇？忧从中来，不可断绝。越陌度阡，枉用相存。契阔谈讌，心念旧恩。”贤才就好比那天上的明月，可望而不可即，何时才能得到呀？曹操把每一个贤才都看得很高，他总是很尊敬每一个有才华之人，不论对方是不是对他友善。

“月明星稀，乌鹊南飞，绕树三匝，何枝可依？山不厌高，海不厌深，周公吐哺，天下归心。”用周公的典故，讲述自己的愿望，求有志之士，如良禽择木一般，选择他，和他建功立业，统一天下。

不可否认，这是首政治性很强的诗作，是为了配合当时曹操的政治策略服务的。他用诗歌表达了自己的需求，并不厌其烦，一遍一遍地讲述自己是多么需要贤才，越多越好。然而政治意向又全然融入了诗作的情绪中，使读到的人引起强烈的共鸣，让人陶醉在诗作的浓郁情感中。

而很多人将此诗解读为曹操对美人的渴求，也未尝不可。曹操爱美人，对他来说，这是一种美的欣赏。

他的“宁教我负天下人，不教天下人负我”，亦是一种真实，他毫不掩饰他的野心，他的能力，甚至在郭嘉死后的哭灵，也是真真切切的，他确实多疑而嗜杀，爱美而野心勃勃，也确实求贤若渴。

这样一想，顿时觉得他近了。再读那句“青青子衿，悠悠我心，但为君故，沉吟至今”，不由觉得轻风拂面，满心通彻。

无数人将它视为一首告白的情诗，只消一读，便能理解其中心意。曹操若是知道，恐怕也会哑然失笑的吧，但他亦会自豪，这便是他的真性情，他的真胸襟。

寓理于情，以情感人，将唯才是举深深刻画进人心。若是能回到那个时代，读曹丞相之诗作，我必然会不顾一切地投奔而去。

未知身死处，何能两相完
——沙徙白骨的悲泣

西京乱无象，豺虎方遘患。复弃中国去，委身适荆蛮。
亲戚对我悲，朋友相追攀。出门无所见，白骨蔽平原。
路有饥妇人，抱子弃草间。顾闻号泣声，挥涕独不还。
未知身死处，何能两相完？驱马弃之去，不忍听此言。
南登霸陵岸，回首望长安。悟彼下泉人，喟然伤心肝。
——东汉·王粲《七哀诗》

王粲是个妙人。

《世说新语》里曾说：王仲宣好驴鸣。既葬，文帝临其丧，顾语同游曰："王好驴鸣，可各作一声以送之。"赴客皆一作驴鸣。

三国多名士，名士多风流，王粲文秀而质羸，偏好驴叫，在那个曹氏的天下里，独领风骚。

我深深地喜爱着王氏家族，因其代代簪缨高戴，却又四平八稳，他没有许多名流的死节，有的是源远流长的沉默与变通。

王粲亦是如此。

他是建安七子之首，刘勰在《文心雕龙》中赞誉王粲为"七子之冠冕"。少时即有才名，博闻强记，有过目不忘之才。

《三国志》说他"性善算，作算术，略尽其理。善作文，举笔便成，无所改定，时人常以为宿构，然正复精意覃思，亦不能加也"。

这个出身于官僚家庭的少年，出仕极早，十四岁入长安，十七岁因董卓余党作乱，南下避难，依附刘表，但在荆州十五年，一直不得重用。曹操攻下荆州时，刘表已死，他劝服刘表之子刘琮依附曹操，被任命为丞相掾，赐爵关内侯。

因为董卓之乱，身在长安的少年王粲为了躲避祸患，不得不四处避难。他天生身体孱弱，经不起太多的奔波，是以病由心生，内外交困。

在他十七岁那年，正是一个人最是意气飞扬的时候，春日薄寒料峭，蛰伏多时的董卓终于向汉室王朝发难，将傀儡汉献帝劫持至长安。

这个生性残忍的莽将，带着部下将长安洗劫一空，繁花似锦一朝成灰，苦难的现实迫使身为贵公子的王粲一再逃难，在颠沛流离的生活中，他内心的悲愤可想而知。

初平三年（公元 192 年）五月，董卓部下李傕、郭汜合围长安，耗时一月入城，屠民一万，令人触目惊心。可以想象，当一个衣食无忧，自以为天下为己任的贵公子，第一次面对这些鲜血淋漓白骨嶙峋的场景之时，内心的震撼和悲鸣。

朱门酒肉臭，路有冻死骨，千年后杜甫的悲叹，不过是无数历史的重演罢了。

声声泣，字字泪，王粲在登上汉文帝陵墓的刹那，潸然泪下。

伤心莫问前朝事，重上越王台。鹧鸪啼处，东风草绿，残照花开。怅然孤啸，青山故国，乔木苍苔。当时明月，依依素影，何处飞来？

长安已乱，漫城烽烟，一眼望去，全无人道。如董卓一般的豺狼野虎比比皆是，满目疮痍。

在战争的面前，没有高低贵贱，没有王公贵族，只有生与死。

亲人相别离，彼此牵袖戚戚，却不得不各奔东西，远避他处，长安繁华一时，却终究不过如烟碎。

王粲百感交集，病体难支，只能望洋兴叹。

在他离开长安，前往荆州的遥遥路途中，入目皆白骨，路边皆是号哭之声，甚至有些妇人被迫将孩子遗弃在草丛里，直到临走，还拉着孩子的手凄厉啼哭，再三狠心，才挥袖离去。

王粲不由大恸，站在这样的地方，满眼血泪，他说出了最令人痛彻心扉的一句话：

未知身死处，何能两相完？

我甚至不知自己将葬身何处，如何能保全你？或许放手，你还能有一条别样的生路，哪怕这机会，微乎其微。

《文选纂注》引吴淇语曰：“人当乱离之际，一切皆轻，最难割者骨肉，而慈母幼子尤甚。写其重者，他可知矣。”

此情此景，谁能直视？

这两句最是动人心弦，读来字字凝血，难以忘怀，不禁叫人想起汉武帝的钩弋夫人，为了幼子刘弗陵的帝位，不惜含恨饮下一杯毒酒，以死来保全儿子的荣华富贵。

这样身在深宫中的女子，如此妙龄芳华就要枉死，甚至连孩子都还幼小，但她却为了这个孩子，要放弃自己的生命，何其残忍，这又何尝不是“未知身死处，何能两相完”呢？

王粲弃马狂奔而去，不忍再看。登上霸陵的高地继续向南，回过头远望着西京长安。

再想起汉文帝的风光高远，实在不忍卒看。

《七哀诗》，所谓“七哀”，七重哀思，何等深重。

从王粲到张载，再到杜甫，悲天悯人的七哀诗始终未曾停歇，它一声声高歌，一声声悲泣，不过是对天下的质问，对每一个杀戮者的愤怒，对芸芸众生的怜悯和仰叹。

血泪凝华，痛彻心扉，到头来依旧不过一句，未知身死处，何能两相完。

俯视清水波，仰看明月光

——温良如玉，一世冷清

漫漫秋夜长，烈烈北风凉。辗转不能寐，披衣起彷徨。
彷徨忽已久，白露沾我裳。俯视清水波，仰看明月光。
天汉回西流，三五正纵横。草虫鸣何悲，孤雁独南翔。
郁郁多悲思，绵绵思故乡。愿飞安得翼，欲济河无梁。
向风长叹息，断绝我中肠。

——三国·曹丕《杂诗》

曹丕是个极其冷静却又温良的人，几乎是一见到“俯视清水波，仰看明月光”这一句，我就醉了。

他像是月夜下的一壶清酒，沉而醇，饮得久了，便梦里不知身是客了。

曹丕的“杂诗”乃徒歌，均为游子诗，《诗品》推重它们“率皆鄙质如偶语”，即语言质朴，感情淳厚。取材于“闾里小事”；感于哀乐，缘事而发；语言明白如话。

此时的曹丕，还是一个风姿正盛的少年，建安动荡，令他颠沛流离，四处奔波。战乱繁多，乱世的悲鸣在耳边回响，作为一个士人，他怜悯着，悲怆着，不动声色地沉默着。

他曾写过许多游子诗，这便是其中之一。

“漫漫秋夜长，烈烈北风凉”，曹丕开篇即写秋夜。

秋，历来都有萧索孤独之意，漫漫长夜，烈烈北风，写出了孤身一人的游子所处的悲凉之境。

因着这萧瑟的秋风和漫长的黑夜，游子“辗转不能寐”，而后，“披衣起彷徨”，当他久久彷徨，独立良宵之时，却发觉白露已不知不觉地沾湿了衣裳，却不知这是游子之泪，还是白露清冷。

这是每一个身处这个时代的人的悲泣。

故国战火弥漫，朝廷天翻地覆，军阀混战，人命如草芥，转瞬即逝。

有家不能回，有国无处归，难免彷徨，难免要感伤。

而这个时候，天地之大，无处不苍茫，只能低下头，看着脚下清水荡漾的河水，再抬头看向天空中的皎皎明月，就这样徘徊着，彷徨着，直到“天汉回西流，三五正纵横”。

“三五正纵横”指的是星象上的变化，“三”指的是心星，而“五”指的是噣星，“三五”则是指四更天。

而在四更天的时候，天色还灰暗，野旷天低，四处无人，只有“草虫鸣何悲，孤雁独南翔”，在寂静的夜空中，草虫凄厉地一声声惨叫着，失群的大雁孤独地从头顶上飞过，此情此景更叫人“郁郁多悲思，绵绵思故乡”。

但是，再思念又有什么用？战火割断了回乡的路，自己恨不能“愿飞安得翼，欲济河无梁”。若有一双翅膀，便可以飞越一切险阻，跨过千山万水，回到故乡。但现实何等残酷，如今的他也只能在“向风悲叹息”中，伤心地“断绝我中肠”了。

曹丕此诗，写得唯妙至极，却暗含清冷，一句“俯视清水波，仰看明月光”，便透着冷意。

秋夜是多么漫长，烈烈的北风在耳边吹过，风声入耳，叫我不能安睡。

在床上辗转反侧，终不能入睡，不由拾衣而披，走出屋外徘徊不定。

走着走着，也不知道走了多久，直到白露渐渐沾湿了衣裳，方才惊觉时间已经过了很久很久。

低下头，能够看到清澈的水波，抬起头，能看到皎洁的月光。

银河向西，心噣纵横，只听见草虫在不知疲倦地叫着，鸿雁孤独地飞向南方，好不凄凉。

此时此刻，谁能读懂我内心的惆怅？我心内有着对故乡绵绵不断的思念。

只恨自己没有一双宽大的翅膀，能高飞还故乡，想要过河还乡，河上却再无桥梁。

如今只能面对着夜风长长地叹息，然而我心中的忧思却是无论如何也说不尽的。

曹丕一生都是一个极为冷清的人，即使是他的诗，也颇多的孤芳自赏以及清高独立。这是个即使在热恋中也保持着冷静的人，譬如甄宓，也譬如日后的郭女王。

与弟弟曹植的华美亮丽不同，他的诗清逸动人，自有一番动情之处。

刘勰曾在《文心雕龙》中这样称赞他：“魏文之才，洋洋清绮，旧谈抑之谓去植千里。然子建思捷而才俊，诗丽而表逸；子桓虑详而力缓，故不竞于先鸣。而乐府清越，《典论》辩要，选用短长，亦无懵焉。但俗情抑扬，雷同一响，遂令文帝以位尊减才，思王以势窘益价，未为笃论也。”

他的清绮，是低头俯视泠泠水波的冷，是淡看皎皎月光的静。

就连他对第一位妻子甄宓的感情，也是如隔岸观花，此一时，彼一时，再热烈的时候也带着冷意。

建安九年（公元 204 年），曹操举兵攻下邺都，曹丕前往袁绍府中善后，在这里，他见到了惊慌失措的甄宓，这位原本是袁绍儿媳的女子，蓬头垢面，面目惊慌，但即便是如此之下，也依旧有一种惊心动魄的美。

曹丕回到曹府后立即向曹操求娶了甄宓。

其实，与其说是一见钟情，不如说曹丕是一种惊艳，那种被惊慑了的美，是无人可以抵抗的。

甄宓嫁给了曹丕，陆续生下了儿子曹叡和女儿东乡公主，东乡公主是曹丕唯一的女儿，备受曹丕宠爱。而此时的甄宓，因为连生两个孩子，而令得曹操和夫人卞氏对她赞不绝口。

子嗣是女子唯一的利器，甄宓是聪慧的，也是柔顺的，她顺从地接受了自己的命运，并试图将它变得更令人期待。

但是太过顺从的她，在曹操去世后，因为没有了公婆的依仗，很快失去了曹丕的宠爱。

曹丕生性清淡，他对甄宓的喜爱，充其量不过是出于对美人的欣赏——这是魏晋时代所有名士的通病。

而此刻，一个更美丽更年轻的女子出现了，这就是后来的文德皇后，郭照，郭女王。

郭女王没有任何子嗣，但她并不满甄宓这样一个已经嫁过人的女人凌驾于自己之上，而她自取女王之字，本就是一个骄傲至极的人。

于是，郭女王利用曹叡是不足月生下来的，诬称甄宓怀孕二月才与曹丕结婚，曹丕以此事询问甄宓，长期的温顺下，甄宓终于爆发了，这一次，她没有再低头，反而怒斥曹丕疑心太重，对自己亲生骨肉无端怀疑，有损曹门家风。曹丕愤而赐甄宓自尽，立郭女王为皇后。

不得不说郭女王这一招用得实在太妙，适时曹丕因为曹植之事，备受舆论贬嘲，皆言其猜疑太重，而甄宓的直截了当，无疑是拂了他的面子。

帝王之怒，流血千里。甄宓似乎真的忘了，眼前的男子，不再是那个袁绍府中扶她起身的文雅少年，而是一个皇帝，手握政权的魏国开国皇帝。

她在曹丕的生命里，竟然真的只如同那一丝水波，在涟漪之后，重归于静。而曹丕依然从容低首，淡淡而笑——他真的是一个合格的帝王，而不是一个重情的丈夫。

明月皎皎照我床，星汉西流夜未央
——闻歌如晤

秋风萧瑟天气凉，草木摇落露为霜。
群燕辞归雁南翔，念君客游思断肠。
慊慊思归恋故乡，何为淹留寄他方？
贱妾茕茕守空房，忧来思君不敢忘，
不觉泪下沾衣裳。援琴鸣弦发清商，
短歌微吟不能长。明月皎皎照我床，
星汉西流夜未央。牵牛织女遥相望，尔独何辜限河梁？

——三国·曹丕《燕歌行》

《燕歌行》是曹丕最为人所熟知的代表作。这首诗仿柏梁体，句句用韵，于平实的节奏中见摇曳之态。王夫之称此诗“倾情，倾度，倾声，古今无两”，足见其秀雅绝伦。

曹丕是一个同曹操相差极大的人，父子两人唯一共同之处就是野心，曹操的心很广，也很冷，但是曹丕年少时，还保有一点少年的忧郁在其中，甚至他还很有生活情趣。

曹丕有一个爱好，便是嗜吃葡萄，此于史书有记：“三世长者知被服，五世长者知饮食。此言被服饮食，非长者不别也……中国珍果甚多，且复为说蒲（葡）萄。当其朱夏涉秋，尚有余暑，醉酒宿醒，掩露而食。甘而不饴，酸而不脆，冷而不寒，味长汁多，除烦解渴。又酿以为酒，甘于鞠蘖，善醉而易醒。道之固已流涎咽唾，况亲食之邪。他方之果，宁有匹之者。”

“南方有龙眼荔枝，宁比西国葡萄石蜜乎？”

如果说一定要找出哪一个皇帝与他相似的话，非雍正皇帝莫属了。

两人皆是喜怒不定，沉稳有谋的胜者，有一定的生活乐趣，当然更有喜新厌旧的通病，如曹丕之于甄宓，如雍正之于年贵妃，当然，这是笑谈而已。

人非草木，孰能无情？

曹丕毕竟是有七情六欲的凡人，并且爱好写一些小诗，如此而已。

这首《燕歌行》，是现存最早的一首七言诗，不仅最早，还贵在完整。它以女子的视角，刻画了一位盼望丈夫归来的思妇的形象。

前三句描绘了天气，曹丕写诗，惯以如此顺序，事实上大多寄情诗，都是以景入人，再由人入情的。秋风萧瑟，天气渐亮，正是百草衰败，万物凋敝之时，白露为霜，凄凄不复旧日温暖，停驻在北方的雁群已经开始了南归的旅程。

这秋天悲凉的景象，却叫我想起夫君你客宿他乡，远游在外，实在令我难掩思念。人们常说，在外容易思念家乡，有归巢之心，为何你还迟迟不归，逗留在他乡呢？这三句写的是思妇对离人深深的思念，一个“断肠”，便衬托得淋漓尽致。

我独自一人守着空荡荡的房间，没有一刻能停止思念，就如同我没有一刻能停止对你的牵挂一般，每每想着，想着，泪水便湿透了衣裳。当我弹着琴，撩拨着琴弦之时，那清越的琴音，只能断断续续地响着，竟也泣不成声。皎皎明月光，日复一日地照着我的床榻，星河西移，牛郎织女业已到了相会的时刻，为何你独独不归来？

这一词一句，娓娓道来，由细微处见真情，情到深处，自是难以自抑。

而这独特的行文韵脚，也堪为叠韵歌行之祖。

曹丕此人，对于感情虽冷淡，伴在他身边的，却都不是平凡女子，前有笑倾三国的甄姬，后有聪明泼辣的郭女王，更有无数红袖添香，可以说他对女人的情感，也算是捉摸通透，而这些细腻的心思，更让人惊觉，曹丕这样一个历来以冷漠绝情著称的帝王，亦有百转柔肠，心有深情厚爱。

曹丕另有一首《燕歌行》也同样精妙绝伦：

别日何易会日难，山川悠远路漫漫。郁陶思君未敢言，寄书浮云往不还。

涕零雨面毁形颜，谁能怀忧独不叹？展诗清歌聊自宽，乐往哀来摧肺肝。

耿耿伏枕不能眠，披衣出户步东西。仰戴星月观云间。飞鸟晨鸣声可怜，

留连顾怀不自存。

两首《燕歌行》如双璧对观，更显小女儿娇态，“思君未敢言”，“涕零雨面毁形颜”等，无一不衬托出，思妇的忧愁和伤怀，而第七句的“展诗清歌”，思苦歌伤，和“援琴鸣弦发清商，短歌微吟不能长”有异曲同工之妙，清商之琴音凄苦不堪，无丝竹相伴的清唱也格外凄冷。

曹丕这两首《燕歌行》无怪被称作七言诗之鼻祖，而他也确实当得起“天资文藻，下笔成章”的赞美。

捐躯赴国难，视死忽如归

——少年侠客行

白马饰金羁，连翩西北驰。借问谁家子，幽并游侠儿。
少小去乡邑，扬声沙漠垂。宿昔秉良弓，楛矢何参差。
控弦破左的，右发摧月支。仰手接飞猱，俯身散马蹄。
狡捷过猴猿，勇剽若豹螭。边城多警急，虏骑数迁移。
羽檄从北来，厉马登高堤。长驱蹈匈奴，左顾凌鲜卑。
弃身锋刃端，性命安可怀？父母且不顾，何言子与妻！
名编壮士籍，不得中顾私。捐躯赴国难，视死忽如归！
——三国·曹植《白马篇》

在王世懋的《艺圃撷余》中有一句极其有趣的话："古人云：秀色若可餐也。余谓此言唯毛嫱、西施、昭君、太真、曹植、谢朓、李白、王维可以当之。"

前四位乃毛嫱、西施、王昭君、杨贵妃四位大美人，后四位，却是曹植、谢朓、李白、王维四位男子。

曹植当首位，足见其容貌俊秀。

这篇《白马篇》属于《杂曲歌·齐瑟行》，是曹植少年时的作品，意气风发，挥斥方遒，极有代表性。

与曹丕的清淡婉约不同，曹植的诗风向来"骨气奇高，词采华茂"，他是曹操的幼子，因为年幼而从未上过战场，亲眼看着战争呼啸、父亲年老的曹植，那种渴望出征战斗的心情，全都寄托在了他的诗歌上。

真正的诗篇，应该是诗人的心声——曹植高昂坚毅的少年之心，也如白马奔驰。

高大纯白的骏马，配着金色的马鞍，向着西北奔驰而去，

若要问是谁家的男子，乃是幽并两地的游侠。

自幼就离家去往战乱之地，名扬边陲。

幽并，是指幽州和并州，是过去燕国和赵国的领地，曾经有很多游侠都出自这两国，包括当年“风萧萧兮易水寒”的荆轲。点名幽州和并州，则是为了说明这位游侠有很深的家学渊源。

从白马的飞驰姿态，脑海中便自然而然地出现了骑马之人英武高大的形象。而白马更有忠烈、坚定的意象，对渴望“立功于圣世”的曹植来说，白马这个意象，用得巧妙无比。

而“连翩西北驰”则显示了战争的急迫、军事的紧急。白马飞驰而过，西北尘烟纷纷起，仅两句，就有了身临其境的战争气氛。

每天无论是早晨还是晚上，手上都握着弓箭，箭矢纷纷而出，从无落空。

左手控着弓，右手发羽箭，左右开弓，皆游刃有余。

仰手能接住飞来的弓箭，俯身可以射乱敌军的坐骑。

敏捷胜过猿猴，彪悍英勇像是豹子和蛟龙。

这个游侠练骑射技艺非常刻苦，并且警觉性非常高，弓不离手，一为勤奋，二为警惕。射出的箭矢连续不绝，纷纷疾驰，说明游侠杀敌之多。

而且他骑射技术高超，左右开弓，仰射俯射，或动或静，箭无虚发。

短短四句，既赞扬了游侠的勤奋刻苦，又说明了他的经验丰富，为国杀敌名声何来，又赞美了他高超的骑射技术，还说他敏捷胜过猴子，英勇堪比豹子和蛟龙，一瞬间，一位骑着宝马的英武少年的形象，就在眼前跃然而出。

边城多有紧急的战事，敌军数次来袭，常常有羽信从北方传来，一旦收到传信，便要上马冲上高堤，长驱直入匈奴之地，凌驾于鲜卑之上。

“数”说明了战事的频繁，“厉马登高堤”说明了游侠上马之快，为国而战的义不容辞和英勇无畏。

其实匈奴与鲜卑都只是意象，并非具体敌人，曹植此刻点名这两个在历史上颇为凶悍的民族，又让游侠“蹈”和“凌”，更加突出了这位骑着白马的游侠的英勇。

将身家性命放置刀尖，性命何曾属于过自己？

父母尚且无法顾及，更不用说妻子儿女。

既然已经被编入了壮士的名册，参与到战争中来，就不能在心中存有顾念和私心。

为国而战斗，随时准备因为国难而捐躯，把死亡看作自己的归宿。

情动于中而形于言，不得不一吐为快。这是曹植心声的自然流露。也正因如此，我们读来不只没有空泛之感，反觉句句真切，震撼心灵。

曹植一生都没有机会真正地上战场，在他年少得意之时，因为年纪最幼而被留在军后，在曹丕登基之后，他更没有发挥所学的机会，军权必须掌握在帝王手中，他心里再清楚明白不过。

所以他所有的抱负、所有的才华，全都投注笔端，在政治上的无所适从，让他在文学上走上了巅峰。南朝宋的文学家谢灵运更有“天下才有一石，曹子建独占八斗”的评价。

他曾经也想过，白马为骑，腰佩宝剑，为国捐躯，视死如归，然而这却是一个连战死机会也无的男子，他直到死，都被困在封地里，挣脱不了半分。

也许对他来说，死更是一种解脱——在梦里，我化长风，我执长剑，我牵白马，无拘无束。

利剑不在掌，结友何须多
——天与地的崩塌

高树多悲风，海水扬其波。利剑不在掌，结友何须多？
不见篱间雀，见鹞自投罗？罗家得雀喜，少年见雀悲。
拔剑捎罗网，黄雀得飞飞。飞飞摩苍天，来下谢少年。
——三国·曹植《野田黄雀行》

曹植的人生，以曹丕的登基为界限，分割成了天与地。

在他的前半生，风光得意，受尽宠爱，文辞斐然，多作华美豪气之词；而在他的后半生，飘零孤寂，被排挤，被猜疑，终身困守封地不得出，文风也一路急转直下，偏向悲愤与凄哀。这首《野田黄雀行》，便写在天与地的交替之时。

他聪颖灵慧，曾经深得曹操喜爱，甚至曹操多次表示曹植在诸子中“最可定大事”，几次想要立他为世子，但是这个被宠坏的幼子，又是不被拘束的一个。他行事放荡，不拘礼法，和曹丕的严谨沉稳相比，更令曹操多次感到愤怒。

一个帝王，不仅需要才华，还需要自制——曹操最终选择了曹丕，怀着失望放弃了曾经视为珍宝的幼子。

曹操不仅懂得如何培养一个王者，甚至他会不惜为此斩断曹植的所有羽翼——他先后以各种借口杀死了曹植的军师、挚友、妻子，几乎令得年少的曹植一夜之间遍失所有。

《野田黄雀行》正是在这种心情下的杰作。

曹植一生娶了两位妻子，他的第一位妻子崔氏，系名门大家闺秀出身，其叔父崔琰曾任曹魏尚书，一度得到曹操的信任。不久后，崔夫人就因为“衣绣违制”而令曹操震怒，被曹操勒令回家并赐死，而崔琰又因“辞色不逊”而被处死。

彼时恰逢建安二十四年（公元219年），曹操确定了曹丕的世子之位后，再次寻找借口杀了曹植亲信杨修，令他痛失左膀右臂。

失去了杨修的智谋，心地清白明朗的曹植根本不是曹丕的对手，很快，曹操去世，曹丕继位，曹丕在继位后，担心曹植的势力，又陆续杀死了曹植的挚友丁氏兄弟。

爱妻被杀，军师被杀，挚友被杀，曹植的心情可想而知，而更让人愤怒的是，他根本连申诉的机会也没有。

他的父亲是霸主，他的兄长是帝王，他们寻到了最好的借口，最完美的理由，最冠冕堂皇的方式，斩断了自己的左右手，而他却找不到一丝一毫的证据，哪怕找到了，他便真的能够挽回吗？

答案当然是否定的。

于是，在这样的悲苦之下，连遭打击的曹植不得不寄情于诗，在悲愤交加的心情下，写下了这篇《野田黄雀行》：

高高耸立的树，孤独地立在原野，除了呼啸而过的风之外，什么也没有。

海水默默地卷着波浪，无言无语。

这两句，毫无疑问地暗示了曹植身处的政治环境，暗潮涌动，表面的平静下，深埋漩涡，而此刻的他，就像这棵树一般，孤独站立，只有风声鹤唳。

没有利剑在手，结交的朋友再多又如何？

曹植悲愤于自己的无能为力——倘使得到世子之位的是自己，亲人挚友怎么会无端丧命？没有权力，枉他身为王侯公子，连身边的人也保护不了。

你没有看见篱笆上面的黄雀，为躲避凶狠的鹞却又撞进了网里。

张设罗网的人见到黄雀是多么欢喜，少年见到挣扎的黄雀却不由心生怜惜。

善良的少年拔出利剑刺向罗网，黄雀挣脱了罗网，展翅飞翔，逃离了危险之地。

获救的黄雀向高空飞去，却又飞来向少年表示谢意。

因为曹丕的称帝，曹植的生活天翻地覆，曹操在世时，虽然削弱了他的势力，却终究还给了他人身的自由，而曹丕却直接限制了他的人身自由，甚至动过要杀之以绝后患的念头，这才有了“本是同根生，相煎何太急”的名传千古。

对曹植来说，曹丕便是那个设置罗网的人，他便是那只自投罗网的黄雀，但可悲的是，他的生命里，并没有出现一个可以挽救他的人。为黄雀写出这样一个结尾的曹植，其实是希冀有人能够改变他的命运的。这一次，他把希望寄托在侄子曹叡的身上。

公元226年，曹丕病逝，曹叡继位。但是，曹植又一次错了，曹叡没有丝毫的放松，反是加强了对他的防范和限制，甚至还多次迁封，防止他壮大自己的势力。

可怜曹植这只才华横溢的黄雀，后半生完全在颠沛流离中度过，虽然锦衣华服，却如一只笼中雀，性命全握在他人手中，没有自由，没有快乐，只能静静地在笼子里踱来踱去，努力制造出一种平静妥协的假象。

曹植渴望的，始终都是“我生如飞蓬”的洒脱，但他的前半生，是一个备受宠爱的贵族王子，后半生，是一个华服盛装的木偶，最恨生在帝王家，大约便是如此了吧。

愿为西南风，长逝入君怀

——吹不散眉弯

明月照高楼，流光正徘徊。上有愁思妇，悲叹有余哀。
借问叹者谁？云是宕子妻。君行逾十年，孤妾常独栖。
君若清路尘，妾若浊水泥。浮沉各异势，会合何时谐？
愿为西南风，长逝入君怀。君怀良不开，贱妾当何依？

——三国·曹植《七哀诗》

王粲的《七哀诗》，声声动人，字字如诉，然而人们知道得更多的，是属于曹植的《七哀诗》，而确实是曹植，开创了七哀这一体裁。

七哀，七哀，以“哀”字为题，以七哀为体裁，这样的诗歌，开篇就让我们看到愁思。

早在了解三国那段纷争历史之前，我便读过这首诗，彼时我看到的是一位哀怨忧愁的女子，一心想打开丈夫胸怀的女子。

在如今看来，这样的女子或许会为广大女性所不齿，然而在曾经统治了中国几千年的封建社会里，这样的女子如同茫茫尘埃，已无法细数。

诗人唯独选了这样普通的人物来寄托自己的心念，平凡，却也更深入人心。

明月洒向高楼，对月思念更添愁思，开头就为全诗渲染了如此哀愁的气氛。于是“愁思妇”的出现便也在情理之中。而那位叹息声不止的女子又是何人？她是异地旅人的妻子。

古时女子不似如今，可以用自己的双脚踏上世间大好河川，闺阁花园便是她们世界的全部。而历来的诗歌中，从来也不乏在家默默等待丈夫归来的女子。然那些女子所等待的良人，大抵是去了纷争的战场，独留她们在家提心吊胆。

可是此诗中的女子却不同，她的良人并非出征，而是外出流浪。他的离去，并非迫不得已。

这位丈夫离开了十余年，音讯全无。

曾经读到此处，我一度以为她的丈夫兴许是遭遇了不测，这位妻子只是无法忘怀自己的丈夫，是以日日在高楼徘徊等待。直至读到最后，看到“君怀良不开”一句，方才恍然大悟。

这位女子是不幸的，她并不仅仅是孤独的等待，她甚至从未得到过丈夫的喜爱，从未打开丈夫的胸怀——那位出行十余载的丈夫，或许从未想过要回来。

而当我由这首诗去了解诗人，便会发现写诗的初衷不难理解。

关于曹丕、曹植两兄弟，我们最熟悉的莫过于《七步诗》，相信那也是大多数人最早接触曹植了。

曹植素有文采抱负，可是兄长继位后，便与他疏远，甚至放逐。

满腹文采无处施，正是诗人苦闷之处。

本是手足，却互相猜忌，原是兄长，却不愿将心扉敞开。

诗中女子的心理，正是诗人心思最好的写照。

“愿为西南风，长逝入君怀。”女子都已经不惜将自己化作西南风，只愿随风而去，能融入丈夫的胸怀，以此表明心迹，却依旧得到的是君怀不开。

十年的分离，无论是时间或是空间，都已是挽不回的跨度。即便女子心迹日月可表，她的丈夫又怎会知道。所以，也不过是一腔哀怨无处诉说罢了。

诗人既已被兄长疏远，心意便也传不到兄长耳中。

曹丕生性猜忌，心性更是冷清孤僻，而曹植则如日光明朗，兄弟两人本就如日月无交隔，清辉相照。而后来的王位之争，更是成了兄弟之间的死结，也正因为兄弟性格的迥异、朝政的险恶复杂，才会有后来的七步成诗，有曹植的那一声“相煎何太急”！

曹植的诗，大多都是借题发挥，他曾经少年意气风发，宝马名剑，来去如风，而如今却只能借酒浇愁，借物抒情，因为他的兄长总是多疑且阴沉，不复儿时亲近。

“君若清路尘，妾若浊水泥。”丈夫是路上飞扬的尘土，而自己是污浊的水和泥，二者相去甚远，又怎会有会合之期。

曹植做如此比方，正是摸不透兄长的心思，兄长一心猜忌，又怎会理解自己的一番苦心。

这首七哀，最终的结局是迷茫而无措的，女子看不到自己与丈夫的未来，正如诗人看不到兄长将对自己所做的行为。

此时的曹植或许还抱着一丝希望，是以结尾处虽迷茫，却依然留着一分期盼。

然而这些希望，终究如同落入尘埃的水滴，慢慢消融，不复可见。南风正好，却吹不去他眉眼里的那缕缕忧愁。

如何金石交，一旦更离伤
——竹林七贤的不羁与悲哀

二妃游江滨，逍遥顺风翔。交甫怀环佩，婉娈有芬芳。
猗靡情欢爱，千载不相忘。倾城迷下蔡，容好结中肠。
感激生忧思，萱草树兰房。膏沐为谁施，其雨怨朝阳。
如何金石交，一旦更离伤。

——西晋·阮籍《咏怀诗八十二首之二》

这首诗，蕴藏着一个美丽的故事。

两位江妃年轻貌美，浑身散发着迷人的芬芳，一日她们去江汉之滨游玩，自由逍遥地顺风飘舞，偶然与郑交甫相遇。郑交甫见她们如此美貌风雅，心里很喜欢，对她们一见钟情，便上前请她们解下腰间环佩作为信物送给他，二妃欣然答应，将环佩交给交甫，他们相亲相爱，情意绵绵。以至于离别后，郑交甫还在不断想念着二妃，二妃倾国倾城的容貌，已经深深印在交甫的心里。

而二妃也因为感动于交甫的情意而产生忧思的情绪，想见见不到，头发散乱不施脂粉，懒得梳理自己的容颜，心中期盼着交甫，却怎么都等不到，就好像干旱无雨的天气，却只见得到太阳一般，只好到兰房栽种萱草，以慰藉自己的忧思。

这个故事，出自于刘向《列仙传》，阮籍对二妃和交甫的交往进行了想象，把他们三人的感情写得坚贞无比，缠绵悱恻。而其实《列仙传》中对交甫的结局写的很简单：交甫得到了玉佩后，欣喜地向前走，却突然发现怀中的环佩不见了，而刚才见到的二妃也消失不见了。

这只是一个神话故事，凡人与神仙是不会有交集的，但是阮籍却借着这个故事，抒发了自己心中的感想，最后一句便是点睛之笔：“如何金石交，一旦更离伤。”为什么明明像金石般牢固的情意，却会在旦夕间便恩断义绝呢？

其实阮籍是借感情的反复，来比拟同道的背弃和君臣间的离合，犹如阴晴不定的感情，在朝夕间便轻易绝断。

阮籍是著名的“竹林七贤”之一。他生长在单亲家庭,年少时博览群书，好学不倦，且容貌长得秀美，和嵇康、山涛、向秀、阮咸、王戎、刘伶并称为“竹林七贤”，也是其中的核心人物。

他是一个生性放荡不羁，任性而为的人，就因为听说当时的步兵营中的厨师擅长酿酒，储存了三百斛美酒，他便申请去做了步兵营的校尉，就为了每天都能喝到美酒，所以世人也称他为“阮步兵”。

他的行为，在现代人看来是真挚、随性，但在当时世人的眼中，确实完全不合礼数。他的嫂嫂回娘家，他去送行；兵家的女儿未嫁先亡，他并不认识她的家人，也会去哭丧；他邻居的主妇长得非常漂亮，在酒垆卖酒，他时常去那里买酒喝，喝醉了就睡在她身边。

他驾车喜欢率性而为，时常不问去路，一条道走到底，路不通便哭着返回；司马氏要与他通婚，他不答应，还大醉了两个月，让使臣无话可说，直到司马氏放弃这个念头；他的母亲去世，他蒸了一只猪仔，喝了两斗酒，向母亲的遗体告别时，他才哭了一声，却吐了很多血，伤了元气。

这些任性、痴傻，甚至违背礼数的行为，其实都是阮籍对现世的逃避和不满，他心中苦闷，却无法直白地说出来，于是便有了那些出格的行为。

可其实阮籍一点都不傻，他是个非常聪明的人，他与人谈话，从来不涉及具体的人或事，对政治时局也闭口不提。

他为司马氏服务过三代，并且为司马氏写下了《劝进表》，很多人都说这是阮籍一生的耻辱，我却觉得，这其实是一个交换，用来交换他平和的生活，交换他生存的自由。

阮籍的聪明，在于他对于世事的变化看得很透，当面对无法逃避的危机时，稍许的低头让步，是让自己免于危机的方法，这并没有触及他的原则，他也只是要活下去而已，处那个乱世，他们要生存，就必须放弃一些东西。

“竹林七贤”躲入了山间竹林，说一些世人听不懂的话，用超越常理的举动蔑视礼法，用暴露自身的丑陋和扭曲来展示这个社会的扭曲，用自己的行为来抗拒着对他们的压迫。

“竹林七贤”都是肆意妄为的人，除嵇康外都做过官，为朝廷供职，他们用聪明才智，让自己在乱世中得以存活下来，脱离灾祸、化险为夷，得以寿终正寝。

这其中又以山涛为官时间最久，累积为朝廷服务了十多年，在当时那个动荡的时局，已经很不容易了。

山涛是个清官，曾被人称为“悬丝尚书”，他身居高职，难免会收到别人的贿赂，某次有人来送贿赂，正巧他不在家，等他回去见了，便命人把别人送来的真丝挂在房梁上，等到有人举报，朝廷来查封时，发现那些真丝还在山涛家的房梁上，虽然积满了灰尘，但是布匹上的封印却纹丝未动。

山涛是“竹林七贤”中最为“正常”的一个，真正的伯乐，是他发现了阮籍、嵇康和向秀，可以说他是“竹林七贤”的发起者和领袖。

景元二年（公元 261 年），山涛升职了，他很想提拔下自己的朋友，所以想请嵇康来接任他原来的职务。

山涛知道嵇康是个很正直的人，为人正派又非常有才华，一定能够胜任，所以才推荐了嵇康，这在我们看来是无可厚非的事，也完全符合常理。

但是性格刚烈的嵇康却拒绝了，不光拒绝，还言辞激烈地写了一篇《与山巨源绝交书》来奚落山涛。

山涛的后悔和郁闷，我们无从知晓，好心被当成驴肝肺，任谁碰上了，心里都不会好受，最起码也会骂两句泄愤，但是他并没有对嵇康采取报复行为，而是容忍了他这种喜怒无常的个性，他的大度与宽容可见一斑。

山涛曾经评价过嵇康：“岩岩若孤松之独立，傀俄若玉山之将崩。”

短短两句话，将嵇康的性格、形象和神态很贴切地描述出来，不是非常了解嵇康的人是做不到的。

山涛之于嵇康，就像长者与小辈，大哥和小弟，他对嵇康的包容和原谅，其实嵇康都看在眼底，嵇康也明白山涛有许多不可免俗的难处，更明白山涛对他的照顾与体贴都是发自内心的，所以他在临死前将儿子独独托付给了山涛，大概他心底知道，唯有山涛才会全心全意地照顾好他的儿子，也唯有山涛才是他值得托付的人。

嵇康的脾气是“七贤”中最硬最耿直的，对于出仕这条路，他不像山涛那般游刃有余，也不像王戎那样张弛有度，更不愿意像阮籍和向秀那样能屈能伸，他的耿直最终还是害了他的性命。

嵇康精通音律、才华横溢，长的又是仪表堂堂，堪称人中龙凤，他娶了曹操的曾孙女，所以得了一个闲差，得以和一些志同道合的朋友一起游山、喝酒、清谈。

司马氏当政后，早就对“竹林七贤”不满了，所以便向其中风头最劲的嵇康下手。

正巧碰上嵇康的朋友吕安家出了点事，吕安的妻子是个美人，觊觎她美艳容貌的人不在少数，其中就包括吕安的哥哥吕巽，趁吕安不在时将她奸污了。

终于东窗事发，吕巽却恶人先告状，诬告吕安不孝，吕安当然要辩驳，并且引用了嵇康的话做论据，结果却被有心之人利用，有人向朝廷进了谗言，司马昭利用此事大做文章，将嵇康和吕安一并入狱，并且处死了。

嵇康将要行刑的时候，三千多名太学生来为他请愿，司马昭不允许，嵇康大概也看明白了当时的形势，所以并不感到哀怨，反而要求给他一把琴，在临刑前弹奏一曲，弹完后感叹道："《广陵散》从此绝灭了。"

他的洒脱和不凡的气度，给后人留下了难以磨灭的印象，他曾在给自己的哥哥写的诗《赠兄秀才入军之十八》中写下了"生若浮寄，暂见忽终"，来感叹生命的短暂，没想到却一语成谶，他的生命才活了短短的三十九年：

流俗难悟，逐物不还。至人远鉴，归之自然。
万物为一，四海同宅。与彼共之，予何所惜。
生若浮寄，暂见忽终。世故纷纭，弃之八戎。
泽雉虽饥，不愿园林。安能服御，劳形苦心。
身贵名贱，荣辱何在。贵得肆志，纵心无悔。

这诗是嵇康写给他哥哥的，他的哥哥颇有才华，被推荐步入仕途，当上了司马。这是与哥哥分别时所的一首诗，他一共写了十八首，可见他跟哥哥的感情非一般的好。

而他写的最完美的诗，便是这一组送给哥哥的诗，完全真情流露，表达了他对哥哥的不舍和深厚情感，也借这事，感叹着时局的动荡和混乱，他看透了朝政交替对普通民众的伤害，也厌倦了高压政治下无法畅所欲言的社会，所以躲入了竹林。

嵇康的行为并没有太过分之处，他只是有点"痴"，痴迷于自己的世界，痴迷于他所营造出来的类似"乌托邦"的社会。

他还有点"傻"，学不来阮籍隐于心，喜怒不形于色，他的性格一贯耿直豁达，所以很容易得罪人，特别是当他有了一定的知名度后，又不愿向统治者低头臣服，因此才惹上了杀身之祸。

司马氏杀了嵇康后，便向其他人开刀：刻意提升山涛，要求向秀出仕，要让全天下的名士们知道，影响再大又有什么用？不合作一样会掉脑袋，只有为司马氏服务了，才能保命，才有安稳的生活。

有了嵇康的悲剧在前，面对司马氏的淫威，"七贤"们不得不低头，这才有了向秀赴洛阳应征，阮籍写《劝进表》这样的举动，"竹林七贤"的抗争以精神全灭而告终。

虽然在当时那个时代，"竹林七贤"崇尚自由的精神敌不过封建统治势力，但是他们的事迹却始终为后人铭记。与此同时，他们写下的诗作也为后人传阅，可以说"竹林"精神以另一种方式延续了下来。

何时当奉面，娱目于书诗

——一入深宫苦，不如骨肉亲

自我去膝下。倏忽踰再期。邈邈浸弥远。拜奉将何时。披省所赐告。
寻玩悼离词。仿佛想容仪。欷歔不自持。何时当奉面。娱目于书诗。

——西晋·左芬《感离诗》

左芬是西晋著名辞赋家左思的妹妹。左思虽然长得丑陋，却有着极出众的才华，他用十年时间写成了千古名篇《三都赋》，一时间“豪贵之家，竞相传写，洛阳为之纸贵”。一篇《三都赋》居然影响到了当时的物价水平，可以想象左思的文章写得有多好，完全对得起他的十年心血了。有这样一个才华横溢的哥哥，左芬自然不会差。当时的皇帝晋武帝司马炎听说了左思的妹妹是个才女，于是一纸诏书把她纳进了后宫，封为修仪，后来又升为贵嫔。

女子能入宫当妃子，要么就是靠家族的势力，要么就是凭借出众的美貌，左芬得以入宫，则是因为她的才华。但是，基因遗传不仅仅在才学上，外貌也是很受基因影响的，一对丑陋的夫妻生出帅哥美女的几率小得不能再小了。左思长得丑在历史上是出了名的，左芬也漂亮不到哪儿去。有史为证，《晋书》记载，左芬“姿陋无宠，以才德见礼。体羸多患，常居薄室”，也就是说，左芬姿色平平，体弱多病，得不到晋武帝的宠爱，住的地方也很简陋。

一般来说，妃子的住所有多华丽，跟她的受宠程度成正比。陈后主宠爱妃子张丽华，张丽华居住的宫殿是奢华如人间仙境的结绮阁；萧宝卷宠爱潘玉儿，专门为潘玉儿建了一座玉寿殿，就连地面上也贴上了黄金打造的莲花花瓣。左芬得不到晋武帝的宠爱，待遇也远远比不上其他妃子。晋武帝封她为妃不过是附庸风雅，想让人知道他也是文化人，也知道惜才，就跟那些在家里修建了华丽的书房，在书架上摆上一堆书，却一本都没看过的人一样。晋武帝当然不会想到，他这么一附庸风雅，却耽误了一个女子一生的幸福。

左芬和左思兄妹俩自小感情就很好，左思是聪明人，他不会不知道左芬一旦进了深宫日子有多凄苦，所以他写了《悼离赠妹》诗两首，以此表达了对妹妹的思念：

其一

郁郁岱青。海渎所经。阴精神灵。为祥为祯。峨峨令妹。应期挺生。如兰之秀。如芝之荣。总角岐嶷。龆龀夙成。比德古烈。异世同声。厥德伊何。塞渊其虑。厥声伊何。日新其誉。幽思泉涌。乃诗乃赋。飞翰云浮。摛藻星布。光曜邦族。名驰时路。翼翼群媛。是瞻是慕。匪惟见慕。善诱善导。斟酌诸姬。言成典诰。匪唯辞章。多才多巧。黼黻文绣。几微要妙。积德弥高。用心弥奥。伊我之闇。睎妹之曜。惟我惟妹。寔惟同生。早丧先妣。恩百常情。女子有行。实远父兄。骨肉之思。固有归宁。何悟离拆。隔以天庭。自我不见。于今二龄。岂唯二龄。相见未克。虽同京宇。殊邈异国。越鸟巢南。胡马仰北。自然之恋。禽兽罔革。仰瞻参商。沉忧内塞。何以抒怀。告情翰墨。

其二

穆穆令妹。有德有言。才丽汉班。明朗楚樊。默识若记。下笔成篇。行显中闺。名播八蕃。以兰之芳。以膏之明。永去骨肉。内充紫庭。至情至念。惟父惟兄。悲其生离。泣下交颈。桓山之鸟。四子同巢。将飞将散。悲鸣忉忉。惟彼禽鸟。犹有号咷。况我同生。载忧载劳。将离将别。置酒中袖。衔杯不饮。涕洟纵横。会日何短。隔日何长。仰瞻曜灵。爱此寸光。何以为赠。勉以列图。何以为诫。申以诗书。去去在近。上下欷歔。含辞满胸。郁愤不舒。燕燕之诗。伫立以泣。送尔涉涂。涕泗交集。云往雨绝。瞻望弗及。延伫中衢。愊忆呜咽。既乖既离。驰情仿髴。何寝不梦。何行不想。静言永念。形留神往。优思成疚。结在精爽。其思伊何。发言流泪。其疢伊何。寤寐惊悸。咏尔文辞。玩尔手笔。执书当面。聊以永日。

左芬这一入深宫，很难再走出来了，说是离别，其实跟永别差不多。所以左芬伤感于他们的别离，写下这两首诗。左芬的《感离诗》正是为答左思《悼离赠妹》所写。

她离开兄长进了宫，一晃两年过去了，却没能见上哥哥一面，心中非常惆怅，却又无可奈何。骨肉至亲别离之苦，痛彻心扉，她在宫中郁郁寡欢，想着哥哥的音容笑貌，读着哥哥写给自己的诗，忍不住流下了伤心之泪。她不知道什么时候才能见到兄长，日日期盼，想着进宫前的快乐日子，宫中的岁月是如此漫长。她厌恶这个华丽却限制她自由的宫廷，无比怀念跟哥哥一起读书写诗的那段日子。自进宫后，她度日如年，却找不到人倾诉，唯有将一腔愁苦写在诗中。

晋武帝也真是的，后宫妃子都这么多了，既然左芬长得不好看入不了他的眼，干吗要把人家关进后宫这个黄金鸟笼？他是个妻管严，很惧怕皇后杨艳。历史记载，晋武帝也是个好色之人，他下令从宫外选美女，杨艳就对那批进宫的女子挑三拣四，总之就是不许把漂亮的招进来，以免夺了她的宠。晋武帝虽然很生气，但也不敢跟皇后叫板。选妃这件事的最终结果还是杨艳妥协了，晋武帝选了几十个美貌女子充实后宫，其中就有他最宠爱的胡芳。

胡芳长得很漂亮，很得晋武帝的宠爱，而被晋武帝冷落了的皇后杨艳则一病不起，病情越来越重，晋武帝请了很多名医为她医治，最终还是没能把她治好。杨艳这一死，晋武帝开始无法无天了，他派人下江南选妃，稍微有点姿色的女子全都带回了宫中。后来灭了吴统一全国后，他又把吴国的公主和贵族女子抢了回来。

如此一来，后宫的妃子越来越多，为了安置她们，晋武帝又派人修建了更大更华丽的宫殿。而美女一多，晋武帝也开始头疼了，不知道该去谁那里过夜。后来他想出了一个办法，每天驾着羊车在后宫晃荡，羊在哪个妃子的宫殿外停下来，他就去哪里过夜。上有政策，下有对策，不知谁最先想出个办法，就是在宫殿中的竹叶上洒盐水，用来吸引拉车的羊。此风一开，众妃子争相效仿。清高如左芬，断不会和那些没见识的女子一起胡闹，她也未必乐意跟着晋武帝过花天酒地的生活。作为一个长得不漂亮，家世背景不够硬，也没有争宠野心的女子，左芬在美女如云的后宫算是被彻底淹没了。

可怜一代才女，却被晋武帝如此糟蹋。倘若她嫁的是普通男子，丈夫胡作非为她尚且可以像谢道韫那样，回家对着哥哥抱怨说，我们家那位太平庸了，只知道吃喝玩乐云云。谁让她嫁的是皇帝呢，皇帝要冷落你，要胡作非为，你再气愤也只能往肚子里咽。

晋武帝也不是从来都不理左芬，每当得到什么好东西或者遇到什么好事，他就会把左芬召来写写文章，写得好的话估计也就夸几句，赏赐点东西。

等到晋武帝去世，继承皇位的就是听说百姓没饭吃，问大臣“他们没饭吃怎么不吃肉”的那个傻皇帝司马衷，号晋惠帝。他的皇后贾南风也很有名，长得丑也就罢了，关键是人品很差，八王之乱就是因她而起。贾南风一手遮天，饿死太后，打死宫女，从民间选美少年入宫淫乱，等等，把后宫搞得乌烟瘴气。左芬惆怅了一生，最后在这个混乱的时候默默死去。

一入深宫苦，不如骨肉亲。如果命运可以由自己选择，哪怕终身不嫁人，左芬也不会愿意踏进宫廷这座牢笼的。

峨峨东岳高，秀极冲青天

——东岳高掩不住咏絮才

峨峨东岳高，秀极冲青天。岩中间虚宇，寂寞幽以玄。
非工复非匠，云构发自然。器象尔何物？遂令我屡迁。
逝将宅斯宇，可以尽天年。

——东晋·谢道韫《泰山吟》

大诗人李白写过同名诗：

四月上泰山，石平御道开。六龙过万壑，涧谷随萦回。
马迹绕碧峰，于今满青苔。飞流洒绝巘，水急松声哀。
北眺崿嶂奇，倾崖向东摧。洞门闭石扇，地底兴云雷。
登高望蓬瀛，想象金银台。天门一长啸，万里清风来。
玉女四五人，飘摇下九垓。含笑引素手，遗我流霞杯。
稽首再拜之，自愧非仙才。旷然小宇宙，弃世何悠哉。

出于对谢道韫的喜爱，爱屋及乌，我看她这首诗也特别顺眼。东岳泰山从古至今被无数文人写诗歌颂过，每个人眼里的泰山都有别具一格的美。魏晋的诗还没有后世那么工辞藻，所以谢道韫用词深为质朴：巍峨的东岳，山高万丈，直冲云霄，如此瑰丽的高山美景不是人工雕刻，而是鬼斧神工的大自然的功劳……这样的评价让我想起了小学时老师在成绩单上写的评语，不会刻意去夸你有多聪明绝顶，只消一句“这次考得很好，又进步了”，就足以让父母乐开花。谢道韫这首《泰山吟》有的正是这样的效果。

跟谢道韫本身的名气相比，她的《泰山吟》似乎有点黯淡，确实，有这样的高贵的出身和卓越的才华，她不想出名都难。谢道韫生在东晋最大的名门望族之一的谢家，父亲谢奕是当时的安西将军。她的叔叔谢安更了不得，曾任东晋宰相，在著名的淝水之战以八万军队的绝对弱势大败前秦苻坚带领的百万雄师，双方兵力相差如此之大，敢应战已经很不容易了，更何况是大获全胜，重创前秦！每次提到谢安的淝水之战，我总忍不住热血沸腾，难怪李白那么崇拜他。话说回来，李白似乎对谢家人都很有好感，比如谢灵运，再比如谢朓。

有谢奕和谢安这么好的基因，谢道韫一家子兄弟姐妹自然也都不是泛泛之辈。谢道韫的兄长谢玄和谢安一样，都是十分骁勇善战之人。《世说新语·雅量》记载：

谢公与人围棋，俄而谢玄淮上信至，看书竟，默然无言，徐向局。客问淮上利害，答曰："小儿辈大破贼。"意色举止，不异于常。

这则故事的背景就是淝水之战，当时谢玄任主帅，把苻坚的军队打得落花流水。谢安一句"小儿辈大破贼"也因此流传了下来。不过大家对谢玄另一个称呼一定很熟悉，那就是"谢家宝树"。有一次，谢安曾问子侄："子弟亦何豫人事，而正欲使其佳？"在场诸人不能答，唯谢玄回答："譬如芝兰玉树，欲使其生于庭阶耳。"谢安很高兴，从此把谢玄称为谢家宝树。

魏晋风骨一向被后人崇拜，在那个清流高洁的时代，谢家的公子小姐们闲来无事就会谈论谈论诗文，对一对诗句，和红楼女儿成立海棠诗社学作诗差不多。其中一次，下起了大雪，谢安笑着问："白雪纷纷何所似？"谢朗答曰："撒盐空中皆可拟。"谢道韫接道："未若柳絮因风起。"谢安听了之后，高兴得不得了。

"未若柳絮因风起"是谢道韫的成名句，她也因此被称作咏絮才女。《红楼梦》金陵十二钗判词中，对林黛玉、薛宝钗的判词是："可叹停机德，堪怜咏絮才。玉带林中挂，金簪雪里埋。"曹雪芹先生这句"堪称咏絮才"正是将心如七窍的林黛玉比作才女谢道韫。

才华卓著若此，谢道韫却很少有诗作流传下来，不免可惜。除了《泰山吟》之外，我们现在能看到的还有这一首《拟嵇中散咏松诗》：

遥望山上松，隆冬不能凋。愿想游下憩，瞻彼万仞条。
腾跃未能升，顿足俟王乔。时哉不我与，大运所飘飖。

谢安对谢道韫这个才华横溢的侄女很是喜欢，决心要为她找到一个能与之匹配的丈夫。这个想法一冒出来，谢安首先想到的自然是王家的公子。王家是当时唯一能与谢家媲美的大家族，也出过很多名人，像大书法家王羲之，还有他的儿子王献之。王家少年气度翩翩，英俊不凡，不少人打他们的主意，连简文帝的女儿新安公主都看上王献之了，硬是逼得他休掉妻子郗道茂与自己成婚。

谢安最开始看上的是王羲之第五个儿子王徽之，但中途发生的一件事令谢安改变了主意。这件令谢道韫和王徽之“擦肩而过”的事就是后人常津津乐道的“雪夜访戴”。

一个下雪天的晚上，王徽之从睡梦中醒来，命令仆人上酒。他心情很好，一边慢步一边念左思的《招隐诗》。念着念着，他忽然想到了好友戴逵。当时王徽之住在山阴，而戴逵住在剡县，离他还是挺远的。王徽之想到就马上付诸行动，连夜乘船前往剡县，经过一整夜才到戴逵门前，可这时候王徽之却转身回去了。有人问王徽之为什么回去，他回答说：“我本来就是乘着兴致而去，尽了兴就回来，为什么一定要见到戴逵呢（吾本乘性而行，兴尽而返，何必见戴）？”

在我看来，王徽之这一行为是十分潇洒不羁的，但谢安担心他不能贯彻始终，不适合当一个好丈夫，于是选了王徽之的哥哥王凝之。

谢道韫清高，对丈夫未免有些挑剔。一次回娘家的时候，向谢安抱怨道：“我们谢家个个都是杰出的人才，没想到竟然有像王凝之这样平庸的人！”这也怪不得谢道韫，她在这样一群卓尔不群的兄弟中间长大，上面又有谢奕、谢安两位出色的长辈，眼光难免会高。再说王凝之跟他的兄弟王献之、王徽之一比，确实稍微逊色。

谢道韫之所以眼高于顶，还有一个原因就是她本人太出色了。她的才华不仅体现在作诗上，而且能出口成章。据说有一次王献之与友人谈论诗文，处于下风，谢道韫看不下去了，主动请缨帮他解围。她顺着王献之的话题往下说，把在座一干人说得哑口无言，众人对她的口才交口称赞。《世说新语》中有这么一个故事，很能体现时人眼中的谢道韫：

大家族张家的女儿张彤云嫁到顾家，张彤云的哥哥张玄经常夸妹妹有才气，能和谢道韫相提并论。为了证实张玄的话，有人向经常出入王家和顾家的济尼发问，谢道韫和张彤云相比，谁更胜一筹。济尼回答说：“王夫人神清散朗，故有林下之风；顾家妇清心玉映，自有闺房之秀。”两句话虽然都很好听，但济尼对谢道韫的评价显然在张彤云之上，一般人谁能有林下之风啊。

后人眼中的谢道韫也是十分出色的，宋人蒲寿宬在他的《咏史诗》中就高度评价了谢道韫：

当时咏雪句，谁能出其右。雅人有深致，锦心而绣口。此事难效颦，画虎恐类狗。

如果人真的是女娲造的，那她对谢道韫确实太偏心了，谢道韫无论是家世、才华、气质，还是婚姻，都让人羡慕嫉妒恨得牙痒痒。这样的大才女，怕是几千年才能出一个吧。

桃叶复桃叶，桃树连桃根
——桃之夭夭

桃叶复桃叶，桃树连桃根。相怜两乐事，独使我殷勤。

——东晋·王献之《桃叶歌》

《桃叶歌》是一首极其旖旎的情歌，王献之曾以此来讨得他爱妾桃叶的芳心。琅琊王氏多爱江南风流，此诗便带了江南民歌的风韵，轻快又直接，两晋风流，一看便知。

王献之其实是个妙人，这也是除却王戎外，我最喜爱的一位王氏子弟。他是一位酷爱竹子的名士，在当时社会中，越是离经叛道，越会被称赞为风流名士，而王献之，显然是其中佼佼者。

有一次他望见有一户人家竹子生得极好，便不闻不问，径直闯了进去。主人也是一个高傲的人，听了王献之的名号后，不但没有迎接的意思，反倒斥责他无礼。

王献之却丝毫没有放在心上，大摇大摆地欣赏完竹子后拂袖而去。

这是一个不守礼节却又极守礼节的人。为何如此之说呢？为了赏竹，他可私闯民宅，为了讨得爱妾欢心，写了多首桃叶歌流传江南，但他却尊师重道，对谢安的知遇之恩极为感激，与王徽之更是兄弟情深。

在这个人身上，仿佛一切都是自然的、随心的，你说不出他的不是，却又说不出他的好，只觉得一切都是赏心悦目的，放任自达的。

然而王献之如此人物，感情上留下的，却是两个悲伤婉转的故事，其一便是《桃叶歌》。

传说王献之有一位爱妾，名叫桃叶，深得宠爱，两人感情深厚，难舍难分，而王献之临死前，亦是桃叶陪伴在左右。

桃叶本是幸运的，遇到了王献之，并令他深深沉醉于其中，但是，她的不幸，也正在于此。她的爱，她的幸福，完全是因为另一个女子——王献之的前妻，他的表姐郗道茂。

王献之与郗道茂是青梅竹马长大的情人，两人年少时情谊甚笃，王羲之便为小儿子向郗家求娶了郗道茂，书信俱在。

两人成婚后，亦是甜蜜恩爱，如胶似漆。王献之书法一流，亦爱作画，泛舟山水之间，而这一切也恰投郗道茂的喜好，夫妻二人少年情热，不久便生有一女，名为玉润，只可惜，极早便夭折了，这给了郗道茂一个不小的打击，在很长一段时间内，她都郁郁寡欢。然而有一天，王家却突然提出了离婚。

王家这一行为，无异于令郗家颜面尽失，两家不久后就交恶，再无往来，而郗道茂也备受家族的排挤，不得已寄人篱下，一生孤苦，再无音讯。

王献之在离婚后，本不愿再与他人成婚，但皇帝下旨令他尚新安公主，王献之为抗旨，不惜以艾叶烧伤双足落下终身足疾，即便如此也还是不得不迎娶新安公主为妻，而后又有了爱妾桃叶。

据说，王献之与新安公主的婚姻并不美满，前有郗道茂，后有桃叶，新安公主几乎是一生都在丈夫的冷落中度过，并且是一种客客气气的疏离和敬重，当真是相敬如冰，而非相敬如宾了，直到王献之四十一岁的时候，才与新安公主生有一女，取名为神爱。

王献之对王神爱可谓疼爱至极，前有玉润早夭，后有被迫离婚，他的心迫切需要被一种新的活力来治愈，在这个时候，酷似郗道茂的桃叶，以及幼女神爱，无疑是最佳人选。在他后来短短的六年生命里，最终有了另一段天伦之乐。

所以后世多有人猜测，是否是权高位重的新安公主爱慕王献之的风度，借皇室之力，逼迫王献之与郗道茂和离（即指离婚）呢？

王羲之这一脉，皆信奉五斗米道。根据教义，信徒在临死前要“首过”，即检讨自己一生所犯的过错，王献之临死前，当回首过错之时，他只是牵起桃叶的手说：“不觉余事，唯忆与郗家离婚。”

那时的他，神思已然混沌，却依旧念念不忘地说：“其他的事没有，唯独后悔与郗家离婚。”桃叶听闻后，不由放声痛哭。

读之不觉令人心酸，想来当年的离婚一事，王献之心中必定有苦衷，王权的胁迫，家族的重压，都落在他一人肩上，纵他千般风流，万般潇洒，却依旧抛不开血脉里的责任，然而到底是他先松开了妻子的手，令郗道茂一生凄苦，这也是他终其一生都难以释怀的心结。

王献之还有一幅写给郗道茂的字帖：“虽奉对积年，可以为尽日之欢，常苦不尽触类之畅。方欲与姊极当年之足，以之偕老，岂谓乖别至此！诸怀怅塞实深，当复何由日夕见姊耶？俯仰悲咽，实无已无已，惟当绝气耳！”

我曾想同你白头偕老，却万万不曾料到会有分别的一天，如今一切早已无可挽回，只能来世再见了。这一幅字帖被认为是王献之的临终遗笔，其中蕴含的悔恨与悲苦，又岂是一言一语能够说尽的。

而这首《桃叶歌》或许也正是他对郗道茂的心声：

桃叶相连，枝繁叶茂，桃树下连着桃根，彼此相互依附，岂不是人间乐事？

他曾经愿意做郗道茂依存的一棵参天大树，却不料，梦想轰然倒塌之后，将她的整颗心都连根拔起，半丝不剩。

所谓两伤，便是如此，不由又想起陆游那首《钗头凤》里的句子来，放在王献之与郗道茂的身上，却也再合适不过：

春如旧，人空瘦，泪痕红浥鲛绡透；桃花落，闲池阁，山盟虽在，锦书难托，莫、莫、莫。

双兔傍地走，安能辨我是雄雌

——休言女子非英物

唧唧复唧唧，木兰当户织。不闻机杼声，惟闻女叹息。问女何所思，问女何所忆。女亦无所思，女亦无所忆。昨夜见军帖，可汗大点兵。军书十二卷，卷卷有爷名。阿爷无大儿，木兰无长兄。愿为市鞍马，从此替爷征。

东市买骏马，西市买鞍鞯，南市买辔头，北市买长鞭。旦辞爷娘去，暮宿黄河边。不闻爷娘唤女声，但闻黄河流水鸣溅溅。旦辞黄河去，暮至黑山头。不闻爷娘唤女声，但闻燕山胡骑鸣啾啾。

万里赴戎机，关山度若飞。朔气传金柝，寒光照铁衣。将军百战死，壮士十年归。

归来见天子，天子坐明堂。策勋十二转，赏赐百千强。可汗问所欲，木兰不用尚书郎，愿驰千里足，送儿还故乡。

爷娘闻女来，出郭相扶将；阿姊闻妹来，当户理红妆；小弟闻姊来，磨刀霍霍向猪羊。开我东阁门，坐我西阁床。脱我战时袍，著我旧时裳。当窗理云鬓，对镜帖花黄。出门看火伴，火伴皆惊惶。同行十二年，不知木兰是女郎。

雄兔脚扑朔，雌兔眼迷离；双兔傍地走，安能辨我是雄雌？

——南北朝《木兰诗》

提到花木兰，只会让我想起秋瑾。

想到她那首《鹧鸪天》，想起那句“休言女子非英物，夜夜龙泉壁上鸣”，看到这句子，我在秋瑾的身上看到了木兰的影子。

学生时代就耳熟能详的《木兰诗》，心中鲜明得无法再描述的花木兰，我更愿意将她看作一个没有任何神话色彩的故事——一个普通少女踽踽独行的一生。

当她还是一介稚龄少女的时候，便已开始了劳作生涯，而这生涯，却也不长久。

当唧唧的织布声从窗槛内传来的时候，木兰正穿着浅色麻布的衣裙坐在织布机边。

她的双手并不十分白皙纤细，而是带着长年做活儿的细茧，肤色是小麦一样健康的颜色，漆黑的长发松松挽着，正如每一个待嫁闺中的少女一样，邻家的清新气质犹在，却又带着早熟的沉稳和安静。

此刻的她，忽然停了手，手指轻轻支起下颌，望向窗外。机杼声渐渐轻下去，耳畔余音尚留，她已将手中梭子一推，长长地叹息了一声。

一个“推”字，说明了她此刻的忧愁。

对一个古时女子来说，谋生之计也是决定她们生存的根本，在家要干活，出嫁后也要干活儿，如果太过无能，是会被夫家休弃的。如《孔雀东南飞》中刘兰芝被休的原因，也是婆婆嫌弃她做的活少。

而在这样的情况下，木兰居然没有继续织布，而是长久地停下了，并且只有轻叹声伴随在她身边，可见此愁之深。

问之不答，回之不应——究竟是什么样的烦心事能够让勤劳的木兰这样忧虑呢?

昨夜父亲收到征兵之帖，可汗即将点兵出征，军书十二卷，卷卷都写着父亲的名字，这一人之数避无可避。

再看看自家的庭院，父母年迈，小弟还不知人事，妹妹犹在襁褓之中，木兰又没有兄长可佑护。

她束起头发，去东市买了白马，去西市配了马鞍，南市买了辔头，北市买了长鞭，换上戎装，叩别父母，踏上征途。

清晨天还微亮的时候，便已离家去乡，往黄河边而去，睁眼迎接晨曦的每一滴清露，合眸与黄河日月同睡，耳畔再无阿爹阿娘含着疼爱的责骂声，也没有日复一日想着的机杼声，她是一介男子，她这样告诉自己。

辞别泱泱黄河之水，纵马黑山巍巍群峰，远目而望，燕山烽火飘扬，胡人铁骑铮铮，空气里已带着血光含着杀气。

十年征战，十年生死，木兰以一介女子之身，徘徊在血肉拼杀之间，不能不让人心生敬畏，她蹉跎的，并不止是女子青春的年华，更多的是一种心灵的强大——当你在腥风血雨之间拼杀之时，你身后是茕茕白骨，万千战友。

自古一将功成万骨枯，木兰能平安归来，必然见了许多生离死别，这样一种心灵的磨难，才是比岁月还要强大的力量。

这并非是语言所能形容出的战乱。十年生死两茫茫，她快忘记了自己的姓名，从每一场战役里活下来，从每一个战友残破的尸身下爬出来，在每一个受伤的夜晚独自在帐篷里舔舐伤口，满营男儿气概冲天飞扬，她的面前只有生与死，没有男与女。

这是一场死亡的饕餮盛宴，然而一切，都结束了。

荣归故里的女子已然年近三十了，十年风霜浸染，千里铁马金戈，都将她打磨得疲惫而坚强。

可以想象战争对女子容颜的摧残，十年岁月犹能催人老，更何况是十年战乱。

而后来木兰归家的那一段，便是美化了。当木兰归家之时，爹娘出门相迎，姐姐听说后欢喜地精心装扮起来，弟弟更是宰猪宰羊地大肆庆贺。而木兰呢，只是微笑着拥抱过亲人，走进自己阔别了十多年的闺房。

解下红袍，着了云裳，挑了发髻，贴了花黄，描眉绘脂，俨然亭亭玉立一女子。

然而眉间却有掩不去的风霜，眼角的细纹变作了勋荣的印记，粗糙的手指已拿不稳画眉之笔。木兰敛衣起身，推门而出，笑吟吟地去见门口等候她的同伴。

木兰的这一行为，还带着少女的天真和狡黠，仿佛这十多年血与火的光阴，不过是闲憩榻上时做的一个梦，黄粱梦醒，自己依然是织布的青涩少女。

这里的十年、十二年，都是虚数，然而离家去国多年，其中的艰涩苦痛，并非十年二字所能说尽的。

雄兔脚扑朔，雌兔眼迷离；双兔傍地走，安能辨我是雄雌?

其实，花木兰的身世之谜，也是历史上颇为著名的谜团。

关于她的姓氏，有人说是姓朱，有人说是复姓木兰，有人说是姓魏，明代的徐渭在《四声猿传奇》中说她是姓花，名木兰，父亲花弧是一个后备役军官，大姐花木莲，幼弟花雄，母亲姓袁，一家五口，这是至今仍为大家所接受的一种说法。

还有木兰姓魏的说法，侯有造的《孝烈将军祠像辨正记》中说："将军魏氏，本处子，名木兰。历年以纪，交锋十有八战，策勋十二转。朝觐，天子喜其功勇，授以尚书。隆宠不赴，恳奏省视。拥兵还谯，造父室，释戎服，复闺装，举皆惊骇。咸谓自有生民以来，盖未见也。卫兵振旅还，以异事闻于朝。召复赴阙，欲纳宫中，将军曰:臣无媲君礼制。以死誓拒之。势力加迫，遂自尽。所以追赠有孝烈之谥也……"

姚莹在《康輶纪行》中说她是北魏孝文帝至宣武帝时人，但宋翔凤在他的《过庭录》中则说她是隋恭帝时人，相隔更远的是，程大昌在他的《演繁露》中说花木兰乃是出生于唐朝初期的女子。

姓氏和朝代尚且众说纷纭，更不用说她的籍贯故乡了。

然而不管怎么说，考证这些无稽之谈，实在没有一顾的价值，我们只要知道花木兰是一个北方英勇女性的代表就够了。

她只需要是一个丰碑，一个照耀在民族上空永不坠落的明星。

而许多电视剧和小说中，作者都不约而同地在花木兰的生命中杜撰了一位名叫李勇的将军，然而翻遍历史，读罢《木兰诗》，都发现，名叫李勇的人太多太多，甚至已不被记载，他或许是一位小卒，或许是一位名不见经传的将军，又或许是木兰真正的夫君，但其真实事迹，毕竟不得而知了。

对一位女英雄怀有美好的幻想，几乎是每个人的天性，所以不约而同地为她安排了李勇这个角色的存在。

这是所有人对花木兰身为一个女子最高的赞赏——希望她有人爱，有事做，有所依托。

人生方得圆满。

亭亭山上柏，悠悠远行客

——君似骄阳

亭亭山上柏，悠悠远行客。行客行路遥，故乡日迢迢。
迢迢不可见，长望涕如霰。如霰独留连，长路邈绵绵。
胡马爱北风，越燕见日喜。蕴此望乡情，沈忧不能止。
有朋西南来，投我用木李。并有一札书，行止风云起。
扣封披书札，书札竟何有。前言节所爱，后言别离久。

——南朝·萧统《饮马长城窟行》

南朝四百八十寺，多少楼台烟雨中。

萧衍一定从未想过，他亲手主持修建的寺庙，成了爱子一生之伤。

隐约在香山观音禅寺的烟雨之后的，那个少女秀丽缥缈的身影，被埋没在《昭明文选》中，仅仅落下红泪一滴。

他是一人之下，万人之上的太子，心存悲悯，怜爱万物，独独对文卷爱不释手。

顾山红豆树下，相思泪成血，却是他情之所钟。

慧如。

他这样轻轻唤着。

那秀雅的身影转过头来，轻轻为他研墨。

这里是江南水秀之地，日出江花红似火，春来江水绿如蓝，他已在此编纂文集数月，宫中诸事繁多，父皇多次急催，他都不舍离去。

每每走进寺内，烟火之后，焚香净手，佛龛前跪着素衣黑发的女子，默默叩首。

如庄周梦蝶，如大梦初醒，他静默地望着，微微带笑。

这里如同世外桃源一样安静，红尘之外，与卿相伴，浑然不似俗世中人。

她慢慢回首，合十默念之后，向他伸出手，素白的手心里，俨然一点殷红。

红豆，又名相思子。

她淡淡说着，维摩，你当归去了。

杨柳如荫，点翠流连，他握着她的手，只殷殷道，慧如，你等着我。

她收回手，只低声喃喃道："罪过，罪过。"

一别经年，他重游故地，方不见当日清淡笑容，唯有黄土，掩一缕香魂。

他痛彻心扉，久恨平生，枉他身为太子，却无法与心仪的女子相爱相守。

慧如啊慧如，红豆相思，嫣红如你轻抿的唇瓣，恍若你脉脉如烟的眼眸，此生未平，江山未定，请你原谅我，不能与你相守此地，唯有此树，代我之心，与你相伴这蓬莱之地。

他弯下腰，含泪种下红豆，蹒跚离去。

这就是萧统，美姿貌、善举止的萧统。

少年天才、热爱山水的萧统，他有着萧氏血脉里残存的善良敦厚孝顺，他是至孝之人，生母病故可以不吃不喝数日，最后形销骨立，他是至善之人，翻看案卷之时也会留意细节，为冤屈之人翻案。京城饥荒之时，也亲自去分发冬衣。

萧统这太子，当得委实尽心尽力，但他身在宫廷，心却依旧在漂泊。

这个爱民如子的太子，唯一的爱好便是青山绿水，常常独自一人泛舟后池。

甚至关于这山水，还有一个典故，当时一位下属为了讨得萧统欢心，提出要在萧统泛舟时进行歌舞表演，而萧统却笑而婉拒，只说"何必丝与竹，山水有清音"。

在他眼里，山与水便是音乐，只要轻风一拂，便是风华万千的篇章。

仁者爱山，智者爱水，萧统却是两者兼得。只可惜，这样的人仅仅只活了三十一岁，甚至终身都居于太子之位，从未掌过江山万里。

这无论是对梁武帝萧衍还是对百姓来说，都是一件痛心疾首之事。萧统在东宫的下属王筠为之写了一篇极长的《哀策文》，连连呜呼哀哉，甚至据说写到最后，痛哭不能言。

……云物告徵，祲沴褰象；星霾恒耀，山颓朽壤。灵仪上宾，德音长往；具僚无廕，谘承安仰。呜呼哀哉！皇情悼愍，切心缠痛；胤嗣长号，跗萼增恸。慕结亲游，悲动氓众；忧若殄邦，惧同折栋。呜呼哀哉！首夏司开，麦秋纪节；容卫徒警，菁华委绝。书幌空张，谈筵罢设；虚馈餩餩，孤灯翳翳。呜呼哀哉！……

可这却是他的幸运，有时候，死亦是一种上天的眷容。

在他死后，整个梁朝霍然倾塌。父亲昏庸，兄弟残杀，一片战乱，内外交困，每况愈下，直到他的七弟萧绎承袭大统，踏着萧家人的血前行，最终万人朝拜。

我常常想，是不是萧衍在地下也会想，倘使萧统不亡，梁朝是否能绵延百年，不致在父子兄弟征战中自取灭亡。

历史有时便是冥冥注定，上天带走了他，不忍他再流连人世，受战乱之苦。

又或者，他本就为《昭明文选》而来，他笔墨当书，一生心血皆付纸上，而他此生心愿已了，便再无牵挂。

他的一生都奉献给了《昭明文选》,奉献给了顾山红豆树下的一刹那回眸。

当我踏遍万水千山，离开故乡万里迢迢之时，想起的依旧是当年顾山上的依依松柏，绿树常青。

我曾说我爱你，却不知转身便是久别离。

佛说，人生有八苦。

短短二十年，我却一一尝遍。

慧如，你常说，君如日，妾如月，日月相携，方有流光。

这天下之大，我往何处寻你?

这两人的别离,教我想起范成大的“愿我如星君如月,夜夜流光相皎洁”。一个如星光清冷干净，一个如月温润皎洁，却因为身份、地位、时间而错过，何尝不是一种遗憾?

萧统有萧统无法摆脱的责任，他血脉里流淌着王朝的负担，他从出生起就是太子之命，怜爱百姓，博爱众生，他护得了万千百姓，却独独护不了他的慧如。

而自幼出家的慧如呢?清水出芙蓉，天然去雕琢，她的干净像是乱世里盛开的一朵白莲花，目光干净而透彻，带着对世事的淡薄，带着对众生的怜悯，也带着对自己的厌弃。

她思念着离开的萧统，却也深恨自己的情根深种。她是佛祖脚下的信徒,她是从小便要舍弃俗世红尘执念的女尼,却到底受不了情之一字的诱惑,深深堕落。

萧统与慧如注定是一场悲剧，他们之间并非牛郎织女一般隔着天地，却比那还长，比那还远，相思成血，生与死的距离，才是世间最残酷的东西。

秋风吹木叶，还似洞庭波

——百世卿族，一朝而坠

秋风吹木叶，还似洞庭波。常山临代郡，亭障绕黄河。
心悲异方乐，肠断陇头歌。薄暮临征马，失道北山阿。
——南朝·王褒《渡河北》

如果说王献之的时代，正是王家的辉煌，王肃的时代，开始渐渐衰落，而到了王褒的手里，这个百世公卿家族，已然到了黄昏将落之时。

在琅琊王氏开创之初，他的先祖曾得过先知的预言，说“淮水绝，王氏灭”。

在那时的人看来，淮水滔滔不尽，永无干涸之日，正是好兆头，而到了南梁后期，战事繁多，朝不保夕，王褒这个才华横溢的少年，将王氏的夕阳之光展现得淋漓尽致，而他的摧眉折腰，却也令王氏家族逐步走向末日的黄昏。

萧瑟的秋风吹拂着树叶，那袅袅风姿，令人想起秋日的洞庭水。屈原在《湘夫人》中曾说：“袅袅兮秋风，洞庭波兮木叶下。”王褒正是化用了这一句。

常山与代郡都是当时北方的地名，黄河之水不绝，绕过那些战火弥漫的城池，悠悠流去。当时天下四分五裂，洞庭之所在，正是江南，而在江北，已被异族所占领，王褒以此感慨故国山河变化之沧桑。

王褒此时正在北上的途中，望着由南向北的变化，江山易主，烽烟不断，内外交困，王氏家族走向没落，他心头的悲鸣之声越发响亮。诗中的“肠断”也正是说明了这种悲痛之深、之切。

在日暮时分，他牵着马继续往北方行进，却在群山之间迷失了方向。

这一句无疑是王褒的心声，他的心同他的脚步一样迷茫，不知所向。西魏虎视眈眈，南梁的朝廷却如同回光返照一般，有了一瞬间的强硬，而这种强硬，却来自于当时的皇帝萧绎的武断和冲动。

两朝军队在江陵交锋，萧绎令王褒领军出战，奈何王褒一介书生，毫无作战经验，南梁节节败退，西魏的军队蜂拥而上，直逼江陵。身在江陵的萧绎无可奈何之下，只得准备投降。

就在此时，西魏的将领于谨要求以南梁的太子为质子，而内外交困的萧绎，也只得同意，他将太子交托给了最信任的心腹大臣，也就是王褒，令两人同去。

王褒出身琅琊王氏，王氏血脉里的书法天赋在他身上也得到了充分的延续，在签写投降协议之时，于谨为侮辱南梁朝廷，以太子为威胁，令王褒亲笔书写投降书。王褒无奈，含着血泪在落款处写上“柱国常山公家奴王褒”，方得以全身而退。

这一落款,在南梁朝廷掀起了轩然大波,王褒作为王氏士族的当家之人、萧绎最得力的重臣，竟然不得不低首承认自己是胡人的家奴，这是一种奇耻大辱，更是给所有南梁人的一记响亮的耳光。

难怪当时无数士大夫痛心疾首，连声哀叹“百世卿族，一朝而坠”，遥想他的前辈王羲之、王献之，也难免令人唏嘘，然而将王氏的兴衰尽数怪罪于王褒身上，也是一种错误，属于琅琊王氏的时代已经临近尾声，这是任何一个个人也无法阻止的。

而在投降后，萧绎也并没有得到生存的机会，反而被西魏立即杀害，而王褒等朝臣，则作为战俘，被西魏军人押往北方。这首《渡河北》便是那时的作品，可见王褒当时的心境。作为一个士族子弟，从小被当做丞相之才来培养的王褒，做梦也未曾想到，自己会有亲手毁灭王氏家族荣耀的一天，也没有想到，他这个丞相如今已是异族的阶下囚，生死由天。曾经的他，也曾意气风发，写下诸如“蔷薇花开百重叶，杨柳拂地数千条”的瑰丽佳句，那时春莺婉转，繁花似锦，而今一片凄哀。

在王褒入北之后，北方的政权也多次更替，战乱繁多，在战争的颠沛流离中，他失去了一次次回归江南的机会，终其一生都不曾再回过故国。

为此，他只能将希望寄托在留在江南的子孙后辈，在北方的风霜雨雪之间，他写了一本《幼诫》以告诫后人，它的最后一句是：“吾始于幼学，及于知命，既崇周、孔之教，兼循老、释之谈。江左以来，肄业不坠。汝能修之，吾之志也。”

这算是交代遗言了，这位本来是王氏家族希望之光的少年，他的才华，他的风雅，他的遗憾，都流落在北方的土地之上，无法归来。

魂兮归来，哀江南！

余霞散成绮，静江澄如练

——二百年来无此诗

灞涘望长安，河阳视京县。白日丽飞甍，参差皆可见。
余霞散成绮，澄江静如练。喧鸟覆春洲，杂英满芳甸。
去矣方滞淫，怀哉罢欢宴。佳期怅何许，泪下如流霰。
有情知望乡，谁能鬒不变？

——南朝·谢朓《晚登三山还望京邑》

最初记得谢朓，是因为李白那句“蓬莱文章建安骨，中间小谢又清发”，他将谢朓的诗，同整个建安风骨相提并论，不由让人对这位“小谢”心驰神往，可细细读来，却发现完全不是那么回事。

谢朓的五言律诗，确实精妙，他是东晋著名宰相谢安的子侄，承前启后，清新自然，对王维和杜甫的影响，也是极其深远的，更不用说李白这个忠实崇拜者了。

李白有一首《独坐敬亭山》，常有人传言说此诗乃是李白写给玉真公主李持盈的情诗，更有甚者，还传说李白与王维是彼此疏离的情敌：

众鸟高飞尽，孤云独去闲。相看两不厌，只有敬亭山。

其实不然，这首诗，其实正是李白向偶像谢朓的致敬之作，敬亭山在李持盈修行之前，在魏晋时期，就已经是谢朓其人的代表了，提到谢朓，必要提到敬亭山，同样，提到敬亭山，也一定会想起谢朓。

相传谢朓在守宣城时，素爱敬亭山水，而宣城那座谢朓楼，便坐落于敬亭山上，李白“一生低首谢宣城”，所以自然“相看两不厌，只有敬亭山”了。

其实有很长一段时间，我都百思不得其解，为何豪爽侠义的李白，会崇敬谢朓这样一个畏死而出卖亲族的人，这似乎与他的“安能摧眉折腰事权贵，使我不得开心颜”大相径庭。或许，他真正瞩目的，只有谢朓的才华，而非他的品格吧，其他的，也许不过只是浮云而已。

谢朓的前半生，极为顺风顺水。他出身于陈郡谢氏，这个与琅琊王氏齐名的家族，人才辈出，风华难掩。

陈郡谢氏，在谢安之后，几乎达到了巅峰，然而盛极必衰，家族的跌宕起伏，丝毫不亚于琅琊王氏。

在谢朓中年之时，萧鸾登上了皇位，这个夺走侄子齐武帝皇位的帝王对一切都充满了疑心和猜忌。而谢朓的岳父王敬则是齐武帝的心腹重臣，萧鸾因此想方设法要将他除去，时时以重兵把守，王敬则对此心知肚明，当即派第五个儿子王幼隆奔赴谢朓所在向他求救。

谢安当年一朝风流宰相，谢氏更是能人辈出，同王氏的散漫不同，谢家的人似乎更精通治国权术，王敬则此番求救于谢朓，也是因为他盛名在外，可是他万万没有料到的是，谢朓担心自己被卷入这一场祸患里，竟将王幼隆扣押起来，向萧鸾告发了这件事。

这是谢朓最受争议的一场风波，他的妻子自此与他反目，常常佩刀于身侧，想为父亲报仇，而谢朓却始终不敢出现在她面前。

他心里并非不愧疚，然而这愧疚之念，被他的贪生怕死牢牢压制着，令他内心始终不安。然而属于他的报应，也随之而来，萧鸾死后，谢朓拒绝了一些佞臣立萧遥光为帝的要求，最终被诬陷致死，那一年，也才三十六岁。

再看谢朓的这首诗，不禁多了些感叹。

在这首诗里，谢朓点出了两位前辈，一位是写出了《七哀诗》的王粲，另一位则是美男子潘安。他说，此刻的他，像王粲在霸陵遥望长安，像潘安在河阳回顾洛阳一般，登上三山，回望京城。

古人有登高望远之习，谢朓写出这两位先贤，却是为了说明自己同他们一样为国家而忧愁。

灿烂的阳光照在屋脊上，令那檐角飞扬的屋檐显得色泽明丽，京城内高低不齐的屋顶，参差可见，历历在目。残余的晚霞铺散伸展开来，如同一条五彩的锦带，澄澈明净的江水，如同白练一样平静清澈。喧闹的鸟儿们整个小洲都是，充满了春日的气息。百花齐放，香气扑鼻，开了漫山遍野。

我将离开京城去往远方，我将会怀念那些欢庆的宴会，即便它们早已停歇。不知道回京的佳期会是哪一天，如今，我只能面对故乡泪如雨下。有情之人都会思念故乡，又有谁的鬓发能不慢慢变白呢？所谓少小离家老大回，乡音无改鬓毛衰，谢朓此言，也正是如此。

“余霞散成绮，澄江静如练”正是此诗的千古名句，我曾经有一瞬间的恍惚，将它误会为王维的作品，而后才醒悟，这是小谢的佳作。可见诗佛的文风，习得谢朓的几分。

李白亦对这句赞不绝口："月下沉吟久不归，古来相接眼中稀。解道澄江静如练，令人长忆谢玄晖。"

然而在了解了谢朓的行事，观望了他一生之后，再回首翻看这一首诗，心境却又不同了，不免在心里对其有些鄙薄，深觉此人实在不值得诗仙李白如此推崇、膜拜。

人非草木皆有情，却能够对妻子一家下此狠手，固然是为了自保，但到底折损风度，败了品行，纵然诗写得再好又如何，依旧遭人唾弃。

谢朓其人可废，其诗不可废，他清丽的五言小诗，依旧还是令人爱不释手，赏心悦目。

针是贯线物，目中恒纴丝

——错过即永恒

针是贯线物，目中恒纴丝。得帛缝新去，何能衲故时？

——南北朝·陈留长公主《无题》

这是一首情敌之间的宣战诗，乃是南齐首屈一指的儒学家王肃的妻子陈留长公主写给王肃前妻谢氏的宣言。这个故事，还要从琅琊王家说起。

这个家族在世人眼里多带着传奇色彩，在它的怀抱里，诞生了王导、王羲之、王献之等一系列两晋南北朝的重臣。它似乎总能在乱世中屹立不倒，看着天下改朝换代，我自依旧岿然不动。

琅琊王氏，百世盛名。

而王肃，便出生于此，他的命运也同许多先辈一样，历经坎坷。在他三十岁那年，王家这一支旁系遭遇了灭顶之灾，他的父亲王奂以及几个弟弟相继被杀，王肃不得已，抛弃了妻子和一双儿女逃往北地。

在一路几近于乞丐的流浪路途中，他逐步走进了北方辽阔的土地，在这里，他遇见了他的明主——孝文帝元宏。

元宏识才且有野心，他迫不及待地想要探索汉文化的神秘，知己知彼，方能百战百胜，他是整个北魏最英明的帝王，而他的孝文帝改革，也充满了王肃的身影。

王肃对汉文化的了解，以及对南方朝廷的憎恶，成为了他在北魏生活的力量，他竭尽所能地教会孝文帝更多的东西，更改官制，大推汉化政策，步步高升，这一切都将王肃在北魏的地位推到了一个最高点上。

王肃毕竟是一个汉人，元宏是鲜卑人，他欣赏王肃的才华，并且想留下这个人才。自古帝王采纳最多的方法是什么？尚公主。

在孝文帝的极力挽留之下，王肃无可奈何地尚了陈留长公主。

王肃在南齐的妻子，是陈郡谢氏的女儿，便是谢安的那个谢氏，名门闺秀，风骨自高，王肃料想在那般惨剧下，妻子已绝无幸存之理，再加之自己回南齐无望，便也安心与陈留长公主过起了日子。

纵有千般无奈，王肃身为一个儒家文化熏陶下的士族，再娶总是有千百条理由可以说服自己——明明是他弃她在先，却能自以为是地转身娶了新人。

王肃虽文采出众，才能无双，可在人品这一项上，首先便跌了一层，与他的前辈王献之相比，既异曲同工，却又让人感慨他的无情和冷漠。

然而谢夫人出自谢家，又岂是一般女子，她不仅想方设法活了下来，还千辛万苦带着一双儿女来到了王肃在北方的驻地寿阳。

相见不如不见，谢夫人悲愤交加，但她到底不是男子，没有舍弃的勇气，只写了一首诗转送给王肃：

本为箔上蚕，今作机上丝。得络逐胜去，颇忆缠绵时？

原本是桑叶上蚕儿吐出的蚕丝，现在却是机杼上的丝线，现在你走上了高升的道路，可还记得当初恩爱的时光？

王肃自然无言以对。

男人便是如此，如司马相如，如焦仲卿，哪一个不是有情有义的男子？到最后面对妻子亦是愧无言说。

少年夫妻的恩爱，自然胜过以往，衣不如新，人不如故，但却也是他抛弃了妻子儿女独自逃亡，现今又有什么面目将他们拒之门外呢？王肃的心中充满了挣扎和惭愧。

就在王肃犹豫不决之时，他现在的妻子，北魏的陈留长公主却是个果决而坚持的女子，她毫不犹豫地提笔以王肃的名义，回了谢夫人这样一首诗。她说，丝本来就是穿针用的，针眼里总是有丝线，现在已经有了新的丝线缝衣服，又怎么能穿进旧线呢？

言下之意便是：木已成舟，王肃已是我的丈夫，怎么能接纳你？

谢夫人读之悲恸欲绝，心冷如死，索性绞了头发出家为尼。

情理之上，我怜悯谢夫人的坚毅柔韧，但我更欣赏陈留长公主的魄力，她的言行充满了浓浓的女性意识——我的东西，你别碰，我的男人，你离远一些。她不在乎王肃过去如何，她只知道，这个男人现今是她的丈夫，谁都不能夺走，谁也不能动摇。

倘使谢夫人也有这样的勇气和决心，恐怕也不会是这样一个结局，毕竟在那个年代，平妻，或者接纳旧人，都是一种风度的展示，一旦摆在了明面上，陈留长公主再无反对的立场。

而这两首诗，又何尝不透露着两个同样优秀的女子的智慧？以比兴说事而不直接说破，含蓄委婉，无论结果如何，颜面不伤。

谢夫人固然是谢家养出的风度傲骨，陈留长公主也未尝不是一当世奇女子，只可惜这样的女子终究还是要依附于男人，还是要为一个其实并不值得的男人，斗得死去活来。

这就是乱世的悲哀，也是那个王朝的悲哀，谢夫人是牺牲品，陈留长公主又何尝不是呢？谢夫人以遁入空门这样的方式决然离去，令得王肃愈加悔恨交加，不久就英年早逝，死时仅仅三十八岁。这对陈留长公主来说，想必也是痛苦难言的，倘若她知道了结局，又是不是会接纳谢夫人，忍气吞声呢？无论哪一种，她都不会快活。

人世间痴缠爱恋，又有哪一样不折磨人？

乱世、烽火，不过是以情为刃的战场而已，权力、野心，统统抵不过一个情字，只这一字，只一言一语，便足以伤人刻骨。

秘洞遍仙卉，雕房锁玉人
——何曾吹落北风中

秘洞遍仙卉，雕房锁玉人。毛君真可戮，不肯写昭君。

——隋·侯夫人《自遣》

先秦有诗经，春秋有楚辞，汉朝有乐府，唐朝有唐诗，宋朝有宋词，且以上这些文学体裁中，不乏旷世名篇。隋朝这个短暂的朝代，很少有给人们印象很深刻的名人佳作。说到隋朝，人们的目光大多放在薛道衡、杨素、卢思道等人身上，他们是隋朝为数不多的才子中的佼佼者。另外，隋炀帝杨广虽然是个昏君，才学还是挺不错的，后世文人对此也持肯定态度。然而在杨广庞大的后宫群中，有一位侯姓女子，玲珑蕙质，颇有学识，却一直被埋没，她就是这首《自遣》的作者侯巧文，一般都称她为侯夫人。

历朝历代的皇帝，没有几个不好色的，就连唐太宗、汉武帝这样的明君，后宫中的美女也不在少数。隋炀帝是出了名的好色皇帝，连他老爹的女人也照收不误。隋文帝有个妃子号宣华夫人，本是南朝陈的公主，“破镜重圆”这一故事的女主角乐昌公主就是宣华夫人的姐姐。宣华夫人因为长得貌美，被隋文帝纳入了后宫。在隋文帝生病期间，杨广经常前去探视，隋文帝还没咽气的时候他就对宣华夫人动手动脚，宣华夫人告到了隋文帝那里，隋文帝被气得半死，不久就驾崩了。这样一来，杨广顺理成章占有了心仪已久的美人。但宣华夫人被杨广这么一闹腾，郁郁寡欢，三十一岁就离开了人世。

宣华夫人不过是隋朝荒淫宫廷的牺牲品之一，但她好歹得到了两朝皇帝的宠爱，侯巧文的命运远比她凄惨得多。当时隋炀帝在后宫中建了华丽无比的西苑十六楼，他广征天下美女，以充实西苑。这行为就好比买了个精美的匣子，然后非得用同样精美的珠宝将其填满，其实这么多珠宝放着只是摆设。西苑中的美女们也是，大概也就几个运气好点的，要不就是有本事点的，才有机会被杨广宠幸，大多数女子只有对着墙壁垂泪的份儿。

为什么有这么多宫怨诗？说白了都是皇帝惹的祸。

杨广为了荒淫享乐，花样百出。他让人造了一辆奢华无比的马车，车里有十分宽大舒适的床榻，马车一边前行，他就在里面和美女们寻欢作乐。后宫中有个地方叫神秘境，杨广命人在宫殿室内的墙壁挂上铜镜，以此照出他和美女们欢娱时的场景。杨广的萧皇后也是个有不少歪主意的人，她造了一个硕大的床，配上宽大的被褥和枕头，供杨广一夜和数十位美女同寝。以上只是杨广众多享乐花样中的九牛一毛，其荒淫程度直逼汉灵帝刘宏和宋前废帝刘子业。

以杨广对美女的热衷程度，照理说美丽的侯巧文不该被忽略，偏偏侯巧文天生就是个清高孤傲的姑娘，她的命运和王昭君很像，因为不肯贿赂为皇帝挑选美女的许延辅而得不到面见皇帝的机会，一直孤零零待在深宫之中。这首《自遣》就是在这样的情况下写成的，诗中侯巧文以王昭君自比，哀怨异常。

秘洞遍仙卉，雕房锁玉人，其中的"秘洞"和"雕房"指的就是高墙内的深宫，"仙卉"和"玉人"意味美女，在诗中指王昭君，同时也暗喻自己。玉人顾名思义就是和玉一样剔透美丽的女子，比如杜牧的"二十四桥明月夜，玉人何处教吹箫"。王昭君身为四大美女之一，用"仙卉"和"玉人"来形容她再合适不过了，把这两个词用在侯巧文身上，也一点都不过分。

侯巧文出生书香世家，先祖曾是北魏的文学近臣，父亲是北周皇帝信任的大臣。当隋朝统一天下，侯家人便隐居乡野，日子过得宁静安稳。生在这样的家庭中，侯巧文日日受文化熏陶，渐渐长成了一位美丽的才女。隋炀帝征美女的时候，侯巧文被选中入宫，封了个才人，和武则天初入宫时候的品级一样。

既然入了宫，侯巧文自然希望得到皇帝的宠爱。起初侯巧文很自信，觉得以她的才貌和学识，被皇帝看上不是什么难事。所以当许延辅来替隋炀帝挑美女的时候，其他宫女争相贿赂他，唯独侯巧文很不屑。侯巧文不屑，许延辅也不屑，他管你是不是美女才女，没银子的话你在他眼里就是个丑女。眼看着那些比自己逊色的女人一个个飞上枝头，侯巧文却连皇帝的面都没见上。她越想越愁，一腔烦恼无人倾诉，只得写在纸上，题为《自感》：

其一

庭绝玉辇迹，芳草渐成窠；隐隐闻箫鼓，君恩何处多？

其二

欲泣不成泪，悲来反强歌；庭花方烂漫，无计奈春何？

其三

春阴正无际，独步意如何？不闻闲花草，反承雨露多！

这一组《自感》是她感于自己悲惨的命运而作，她空有一副花容月貌，空有一腔才气，却没人懂得欣赏，可怜她一生都要被这宫墙困住，这样的命运，和西汉美人王昭君何其相似。所以侯巧文在《自遣》中写道，“毛君真可戮，不肯写昭君”，意思是，毛延寿你真是可恶，为什么不肯把王昭君画得美一点呢！而侯巧文真正想表达的其实是：许延辅你真是可恶，为什么不给我机会让我见一见皇上，害我幽闭深宫，独自哀怨！

《自遣》是侯巧文留在世间最后的作品。她不甘心就这样老死宫中，与其在绝望中继续等待，还不如以死来陈述她对这种深宫的痛恨。这种想法一产生，就像附骨之疽，一直停留在她脑海中。终于一天，侯巧文将生平所写的诗全部抄在了彩笺上，然后悬上三尺白绫，含恨离开了人世。

侯巧文自缢的消息不知怎么传到了隋炀帝耳中，当他看到侯巧文留在彩笺上的诗文，又惋惜又气愤，当即下令处死了许延辅。隋炀帝痛心与侯巧文这样的女子擦肩而过，追封她为四品夫人，并亲自为她撰写了深情的祭文：

长门五载，冷月寒烟；妃不遇朕，谁将妃怜？妃不遇朕，晨夜孤眠；朕不遇妃，遗恨九泉；朕伤死后，妃若生前。

侯巧文的死，罪魁祸首并非许延辅，而是那座高墙中的深宫。千百年来，默默死于深宫的女子不计其数，侯巧文的命运很凄惨，但是相比那些一生默默无闻老死深宫的女子来说，她又是幸运的。一入深宫难回首，可叹上阳白发人。

旧爱柏梁台，新宠昭阳殿

——一朝恩宠，几度泪流

旧爱柏梁台，新宠昭阳殿。守分辞方辇，含情泣团扇。
一朝歌舞荣，夙昔诗书贱。颓恩诚已矣，覆水难重荐。

——唐·徐惠《长门怨》

长门怨的典故，出自汉武帝的第一任皇后陈阿娇，其母馆陶公主乃是窦太后最宠爱的女儿。我一直觉得馆陶公主和武则天的女儿太平公主完全可以相提并论，她们都是公主中的公主，一样深受皇恩，一样骄傲跋扈，一样为所欲为，甚至以女子之身干预朝廷政事。有这样一个母亲，馆陶公主的女儿陈阿娇自然不会安静到哪儿去。陈阿娇的身份虽然是翁主，即王侯的女儿，但是她的尊贵程度一点都不亚于真正的公主。

馆陶公主一心想让陈阿娇成为未来的皇后，当时的太子是汉景帝宠妃栗姬的儿子刘荣，她便向栗姬开了口。《史记·外戚世家》记载："长公主嫖有女，欲与太子为妃，栗姬妒，而景帝诸美人皆因长公主见得贵幸，栗姬日怨怒，谢长主，不许。长主欲与王夫人，王夫人许之。"栗姬心胸狭窄，在皇宫中树立了一堆敌人，早就有人对她不满了，她仗着景帝的宠爱，从来不把任何人放在眼里。不过栗姬也是个有徒有美貌没脑子的人，得罪谁不好偏偏得罪了最有权势的长公主。馆陶公主还从来没看过别人的脸色，栗姬的拒绝把她给气坏了，心想我女儿要当皇后，但并不一定非要嫁给你的儿子，我可以让你儿子当不成皇帝！就这样，馆陶公主和王娡王美人联手了。

王美人外表谦逊和善，却比栗姬聪明多了，知道审时度势。她一早看出了馆陶公主的心思，所以当馆陶公主试探她的时候，她欣然接受。汉武帝和陈阿娇的婚事就在两位母亲的算计中给定了下来，当时的刘彻还不叫刘彻，而叫刘彘，封胶东王。彘是猪的意思，我一直搞不懂为什么要给小孩取这个名字，大概就跟现在听到了什么二狗子之类的小名差不多，据说小孩子名字取贱一点好养活。关于刘彘和陈阿娇这段婚姻，有个很浪漫的典故，也就是众人所熟知的“金屋藏娇”，出自班固的《汉武故事》：“帝以乙酉年七月七日生于猗兰殿。年四岁，立为胶东王。数岁，长公主嫖抱置膝上，问曰：‘儿欲得妇不？’胶东王曰：‘欲得妇。’长主指左右长御百余人，皆云不用。末指其女问曰：‘阿娇好不？’于是乃笑对曰：‘好！若得阿娇作妇，当作金屋贮之也。’”几岁的小孩子哪懂什么金屋藏娇，照我看来，多半是他那个聪明的老妈王美人教的，馆陶公主一听这话，高兴得不得了，自然铁了心要把刘彘扶上皇帝的宝座。

馆陶公主和王美人强强联手，斗败栗姬不费吹灰之力。汉武帝即位后，立刻跟陈阿娇完婚，兑现了金屋藏娇的诺言。据记载，二人婚后还是过了一段很甜蜜的日子的，只是时间一长，汉武帝越来越受不了陈阿娇的烈性子，而陈阿娇是个被宠坏的姑娘，从小骄纵率真，她认为陈家对汉武帝有恩，所以像只骄傲的凤凰般一点都不肯让步，汉武帝就这样慢慢冷落了陈阿娇，等到卫子夫一进宫，陈阿娇彻底失宠，不得不从她的“金屋”里搬出来，迁至冷宫长门宫。

为了让汉武帝回心转意，馆陶公主花千金请大才子司马相如为陈阿娇作了一篇《长门赋》，此赋感情真挚，淋漓尽致地反映了陈阿娇在冷宫的凄苦和抑郁，连汉武帝也赞叹不已，不过最终还是没能让陈阿娇走出长门宫。陈阿娇的一生，留下了“金屋藏娇”和“千金买赋”两个故事为后人熟知，还成就了古乐府诗题《长门怨》，后人常以此为题写宫怨诗。

这首《长门怨》的作者是唐太宗的妃子徐惠，也就是世人口中的徐贤妃。徐惠生于盛产才女的江南，自小熟识书经，是江南一带出了名的才女。十一岁那年，徐惠的才名传进了京城，唐太宗听说了之后，一纸诏书将她封为才人，纳进了后宫。十一岁搁现在小学都没毕业，在古代却已经是皇帝的妃子了，有些哭笑不得。

徐惠不负才名，聪慧可人，常常能用自己的聪明才智为唐太宗分忧，是朵温婉的解语花，唐太宗非常宠爱她。照理说，徐惠能得到唐太宗的欣赏，不应该写出如此悲戚的诗，但后宫这个鸟笼往往让人身不由己，这一刻在天堂，下一刻就到了地狱，谁能看清楚自己的明天呢？徐惠身为后宫女子的一员，有这样的感触是正常的。

诗的第一句“旧爱柏梁台，新宠昭阳殿”中的柏梁台，是汉武帝所筑宫殿，徐惠借此想表达的正是陈阿娇失宠之事。而昭阳殿则是汉成帝皇后赵飞燕的住所，赵飞燕一入宫，班婕妤就受了冷遇，新欢旧爱，只在一夕之间。看来徐惠想要引出的人就是班婕妤了，后一句“守分辞方辇，含情泣团扇”大致概括出了班婕妤的一生。班婕妤和徐惠一样，都是有贤名的妃子，她恪守本分，拒绝与汉成帝同坐一辇，被成帝的母亲王太后比作古之贤妃樊姬。但是这样的谨慎与贤惠并没有给她带来皇帝的恩宠，赵飞燕姐妹一出现，她的下场和陈阿娇差不了多少。班婕妤作《怨歌行》，又名《团扇诗》，写尽了人情冷暖和世态炎凉，君王的宠爱不过是一朝一夕之间的事，生活在后宫中，不能走错一步路，说错一句话，哪怕你没有一点过错，也不一定逃得过被打入冷宫的命运。

赵飞燕能歌善舞，得到了汉成帝的万般宠爱，徐惠便将自己与赵飞燕作对比，“一朝歌舞荣，夙昔诗书贱”，她没有赵飞燕轻盈的舞姿，虽然曾以诗词打动过唐太宗的心，但是谁能保证她不是下一个班婕妤呢？自古君王之爱反复无常，陈阿娇、班婕妤，她们都是曾经备受宠爱的女子，纵使唐太宗是个明君，但徐惠明白，以色侍君，色衰而爱弛，待自己容颜老去，诗词写得再好也比不过新人的语笑嫣然啊。

徐惠和班婕妤的共同之处就是，她们都是有见识的才女，班婕妤失宠后自愿请求前往长信宫侍奉太后，实则让自己远离了后宫是非，也不会像其他妃子那样受到赵飞燕姐妹的陷害。班婕妤是个明智的女子，徐惠以她为自己的目标，“颓恩诚已矣，覆水难重荐”表明了她与班婕妤一样的决心，既然已经覆水难收，就不会和陈阿娇那样乞求君王回心转意，而是要洁身自爱，不再理会世事纷争。

“覆水难收”说的是汉朝人朱买臣的故事。昔日朱买臣穷苦，受到妻子崔氏的嫌弃。崔氏一心为自己谋求出路，她请媒婆帮自己说了新的丈夫，便逼朱买臣写下休书，任凭朱买臣苦苦哀求也不为所动，她放话说，就算将来朱买臣封官拜相，自己沦为乞丐，也不会去求他。朱买臣没办法，只得照办。后来朱买臣出人头地，当了太守，崔氏找上门来苦苦哀求，朱买臣让人泼了一盆水在地上，说，如果崔氏能把地上的水收回盆中，就与她重修旧好。覆水难收的成语由此而来，意思是事情已成定局，无法再挽回了。可惜陈阿娇不懂这个道理，千金买赋，再华丽的辞藻又有何用，覆水终究是收不回来的。

徐惠心思细腻，深受恩宠之时就想到了失宠后的处境，这也是她贤名在外的原因，以她的聪慧是不会让自己说错任何话，做错任何事的。也亏得唐太宗是位明君，不会让徐惠重复班婕妤的悲惨命运。不过徐惠红颜薄命，唐太宗驾崩后不久，她就追随而去，年仅二十四岁，正是女子最美的青春年华。

落霞与孤鹜齐飞，秋水共长天一色

——水落云天一线间

豫章故郡，洪都新府，星分翼轸，地接衡庐。襟三江而带五湖，控蛮荆而引瓯越。物华天宝，龙光射牛斗之墟；人杰地灵，徐孺下陈蕃之榻。雄州雾列，俊采星驰。台隍枕夷夏之交，宾主尽东南之美。都督阎公之雅望，棨戟遥临；宇文新州之懿范，襜帷暂驻。十旬休假，胜友如云；千里逢迎，高朋满座。腾蛟起凤，孟学士之词宗；紫电清霜，王将军之武库。家君作宰，路出名区；童子何知，躬逢胜饯。

时维九月，序属三秋。潦水尽而寒潭清，烟光凝而暮山紫。俨骖騑于上路，访风景于崇阿；临帝子之长洲，得天人之旧馆。层峦耸翠，上出重霄；飞阁流丹，下临无地。鹤汀凫渚，穷岛屿之萦回；桂殿兰宫，即冈峦之体势。

披绣闼，俯雕甍，山原旷其盈视，川泽纡其骇瞩。闾阎扑地，钟鸣鼎食之家；舸舰迷津，青雀黄龙之舳。云销雨霁，彩彻区明。落霞与孤鹜齐飞，秋水共长天一色。渔舟唱晚，响穷彭蠡之滨；雁阵惊寒，声断衡阳之浦。

……

——唐·王勃《滕王阁序》（节选）

唐是一个包容万物的朝代，有李白那样的侠客，亦有杜甫那样的苦行僧，名流公子更是数不胜数，而王勃显然就是其中之一。

若非要说相似的话，生于初唐的王勃更像少年时代的曹植，意气风发，少年得意，才华横世，宝马名剑，锋芒毕露。

《滕王阁序》正是他崭露的锋芒之最。

这本是一场已经设计好的宴席，当时滕王阁宴会的主人阎公本意是让其婿孟学士作序以彰其名，但文人注重形式，不愿落人口舌，遭人诟病，便假意让大家推举人选来写这一篇序。

古人作序，大多有抛砖引玉之效，譬如王羲之当年的《兰亭序》，亦是如此，文采不必过于出众，但贵在首列。席上众人都对阎都督的心思了然于胸，因此都假意推脱，不料，王勃这个意外的闯入者，竟毫无相让之意，提笔便作。

阎公倒也是个真性情之人，见此情景，愤然离席，但他却不甘心，派人去偷偷看王勃，颇有一番“我倒要看看你能写成什么样子”的幸灾乐祸之意在其中。

初闻“豫章故郡，洪都新府”，阎公觉得“亦是老生常谈”；接下来“台隍枕夷夏之郊，宾主尽东南之美”，公闻之，沉吟不言；及至“落霞与孤鹜齐飞，秋水共长天一色”一句，乃大惊道：“此真天才，当垂不朽矣！”

一语成谶，《滕王阁序》之后，王勃当真是不朽了。

《唐才子传》中也曾描绘过这样的场景：“勃欣然对客操觚，顷刻而就，文不加点，满座大惊。”

“落霞与孤鹜齐飞，秋水共长天一色”一出，再无人能出其右。

那火红的飞霞之下，孤鹜腾飞，如浑然一体，秋水绵长，天色清远，恍若一色。这更像是一幅画，从高阁楼台，到辽阔山水，王勃一点点地细磨淡描，最后点上浓墨重彩的一笔，让整个天下都看到了他笔下的光芒。

唐代文人段成式在《酉阳杂俎》中形容王勃的作词之态：“王勃每为碑颂，先磨墨数升，引被覆面卧，忽起一笔数之，初不窜点，时人谓之腹稿。”

王勃有他骄傲的资本，他即笔挥墨便可成章，临风一笔便是绝唱，文不加点，实在是少年天才。初唐的文风，多数都受梁朝的影响，偏向奢华旖旎，华而不实，而王勃独辟天地，令人耳目一新。

他的诗风干净利落，仿佛挥进文坛的一把剑，壮而不虚，刚而能润，雕而不碎，按而弥坚，剑气四射，寒光凛冽。

然而在当时，除了这篇《滕王阁序》外，王勃并不被世人所接受，齐梁奢艳的余风还大肆渲染着整个初唐的文化天空，《滕王阁序》一出，方令“落霞与孤鹜齐飞，秋水共长天一色”横空出世，千古绝唱。

而附在《滕王阁序》后的那首小诗，其中也包含了一个不为人知的故事：

闲云潭影日悠悠，物换星移几度秋。
阁中帝子今何在？槛外长江（空）自流。

王勃故意空了一字，然后把序文呈上阎都督，便起身告辞，众人皆百般猜测，无果后，方请人留住王勃，询问其空出一字为何，

王勃笑道：“空者，空也。阁中帝子今何在？槛外长江空自流。”

一字千金，不过是王勃与这些权贵们开的一个玩笑，我更愿意将它看作是王勃对于起先被轻视的回击——这是一个诗人的回敬。少年意气，挥斥方遒，正是他这种目空一切的高傲，让他如同一只高昂起头的白鹤，独

立初唐。

不鸣则已，一鸣惊人，用他最响亮的啼叫，惊醒了初唐的诗坛。只可惜，王勃在《滕王阁序》之后，因出海溺水惊悸而亡，留下了他生命的惊鸿一瞥。

然而又忍不住想，如果王勃没有死，那他是不是能有更多的“落霞与孤鹜齐飞，秋水共长天一色”留给后人，又是否会让俗世埋没了他的才华，磨去了他的戾气，让他变得普通而淡漠?

一切都不得而知，甚至，也正因为他的早夭，而令得那些曾经留下的诗篇，变得瑰丽而孤绝，带着少年人的意气风华，永恒地张扬着。

一身白衣，青丝玉冠，少年翩翩，然而行走于水边之时，衣袂飘飞，飒然乘风归去，恍若化仙。

这样恃才傲物的少年，我宁愿相信他已化仙归去，不与群芳同列，自有一派天地——他像是生于水里的神明，自是要归去水中的，不可滞留凡世。

人生代代无穷已，江月年年望相似

——往事不可追

春江潮水连海平，海上明月共潮生。滟滟随波千万里，何处春江无月明。
江流宛转绕芳甸，月照花林皆似霰。空里流霜不觉飞，汀上白沙看不见。
江天一色无纤尘，皎皎空中孤月轮。江畔何人初见月？江月何年初照人？
人生代代无穷已，江月年年望相似。不知江月待何人，但见长江送流水。
白云一片去悠悠，青枫浦上不胜愁。谁家今夜扁舟子？何处相思明月楼？
可怜楼上月徘徊，应照离人妆镜台。玉户帘中卷不去，捣衣砧上拂还来。
此时相望不相闻，愿逐月华流照君。鸿雁长飞光不度，鱼龙潜跃水成文。
昨夜闲潭梦落花，可怜春半不还家。江水流春去欲尽，江潭落月复西斜。
斜月沉沉藏海雾，碣石潇湘无限路。不知乘月几人归，落月摇情满江树。

——唐·张若虚《春江花月夜》

一曲春江花月夜，以孤篇压倒全唐，如临水照花，在盛唐的诗坛里，流光潋滟，艳光四射：

春天的江潮水势浩荡，与大海连成一片，一轮明月从海上升起，似是同潮水一起涌出来的，缓缓照耀了整个海面。月光照耀着春江，随着波浪闪耀千万里，水波潋滟，浮光如彩，无论哪一处的江水都被月光照得明亮动人。

江水曲曲折折地绕着花草丛生的原野流淌，月光照射着开遍鲜花的树林好像细密的雪珠在闪烁。月色如霜，那霜轻薄得好似要腾空欲飞。洲上的白沙和月色融合在一起，看不真切，混沌一片，盈盈相协。

江水、天空凝成一色，一丝尘灰也无，整个天空中，只有一轮皎洁的孤月高悬空中。是谁在江边第一次见到月亮升起？又是什么时候，这月轮第一次照在人的身影上？

人生一代代地无穷无尽，只有江上的月亮一年年地起起落落，总是那样相像，好似从来不曾改变似的。不知江上的月亮等待着什么人，只见长江不断地流淌着，流水一浪送一浪。游子像一片白云缓缓地离去，只剩下思妇站在离别的青枫浦不胜忧愁。哪家的游子今晚坐着小船在漂流？什么地方有人在明月照耀的楼上相思？

可怜楼上不停移动的月光，应该照耀着离人的梳妆台。月光照进思妇的门帘，卷不走，照在她的捣衣砧上，拂不掉。这时互相望着月亮，可是互相听不到声音，我希望随着月光流去照耀着你。

鸿雁不停地飞翔，而不能飞出无边的月光；月照江面，鱼龙在水中跳跃，激起阵阵波纹。

昨天晚上随意谈着梦中落下的花，可惜的是春天过了一半还不能回家。江水带着春光将要流尽，水潭上的月亮又要西落。斜月慢慢下沉，藏在海雾里，碣石与潇湘的离人距离无限遥远。不知有几人能趁着月光回家，唯有那西落的月亮摇荡着离情，洒满了江边的树林。

《春江花月夜》全诗，最著名的便是那几句“江畔何人初见月？江月何年初照人？人生代代无穷已，江月年年望相似”。

这个问题，堪称千古一问。

唐汝询曾在《唐诗解》中这样剖析此诗：

此望月而思家也。言月明而当春水方盛之时，随波万里，靡所不照。霜流沙白，状其光也。因言月之照人，莫辨其始。人有变更，月长皎洁，我不知为谁而输光乎？所见惟江流不返耳。又睹孤云之飞而想今夕，有乘扁舟为客者，有登楼而伤别者，已与室家是也。遂叙闺中怅望之情，久客思家之意。因落月而念归路之遥，恨不能乘月而归，徒对此江树而含情也。

所谓景中有情，情中有景，此诗几乎已达极致，而其中典故的化用，也都灵活恰当，妙笔生花。

“鸿雁长飞光不度”一句中化用了鸿雁的典故，意思是，鸿雁早已离去，无法替我传达思念。鸿雁是候鸟，往返有期，古人想象鸿雁能传递音讯，因而书信又被称作“飞鸿”“鸿书”等。

而“鸿雁”这一典故，最早却是在汉书中记载，《汉书·苏武传》上记载：“教使者谓单于，言天子射上林中，得雁，足有系帛书。”苏武在贝加尔湖牧羊十九年后，大汉要迎他回归故国，单于却扣留不放，声称苏武已死，而苏武却凭借自己的智慧，利用鸿雁传递了自己的讯息，向汉昭帝证明了自己的存在，“鸿雁传书”由此而来。

“鱼龙潜跃水成文”，则指，鱼龙潜入水中藏了起来，水面上只留下浅浅水纹。这里的鱼龙，也是一种传递信息的工具，传说古代剖鲤鱼时，看见鱼肚里有书信，汉乐府《饮马长城窟行》中有“客从远方来，遗我双鲤鱼。呼儿烹鲤鱼，中有尺素书”，后来人们便把书信叫作鱼书了。

将典故化用于无形，可见张若虚用词之巧妙。

王尧衢对此诗，则另有别解：

此篇是逐解转韵法。凡九解：前二解是起，后二解是收。起则渐渐吐题，收则渐渐结束。中五解是腹。虽其词有连有不连，而意则相生。至于题目五字，环转交错，各自生趣。春字四见，江字十二见，花字只二见，月字十五见，夜字亦只二见。于江则用海、潮、波、流、汀、沙、浦、潭、潇湘、碣石等以为陪，于月则用天空、霰、霜、云、楼、妆台、帘、砧、鱼、雁、海雾等以为映。于代代无穷乘月望月之人之内，摘出扁舟游子、楼上离人两种，以描情事，楼上宜月，扁舟在江。此两种人，于春江花月夜，最独关情。故知情文相生，各各呈艳，光怪陆离，不可端倪，真奇制也。

细细读来，当真如此，越是品味，便能琢磨出更多的意味。

而在此之前，隋炀帝杨广就已写过一首同名《春江花月夜》的诗：

暮江平不动，春花满正开。流波将月去，潮水带星来。

《春江花月夜》本是陈后主做创作的艳曲，但在杨广的笔下，却是清正刚健，雅云天成，虽只四句，却与张若虚的《春江花月夜》有异曲同工之妙，而很少有人知道，正是杨广的这首短小精悍的《春江花月夜》，如抛砖引玉一般，令张若虚如梦初醒，一扫唐初的艳媚词风，写出了这一曲名动古今的唐诗孤篇。

起句首写暮霭下的江面，令人想起那一句“千里烟波，暮霭沉沉楚天阔”，而此时的江面，水波不兴，江边春花开得正好，正是“日出江花红似火，春来江水绿如蓝”，好一番江南好风光。

“流波将月去，潮水带星来”则更为刚健和开阔，月光随水波摇曳，星光映着潮水，寥寥几句，将水波浮光，春江月夜的景色一笔写尽。

再细看张若虚的《春江花月夜》，字里行间，无不有杨广这四句诗的踪迹藏匿其中。

“春江潮水连海平，海上明月共潮生。”更是深得其精髓。

牛顿曾说，他是站在巨人的肩膀上看世界。张若虚未必不是如此，若无杨广的“流波将月去，潮水带星来”，便没有他的“江畔何人初见月，江月何年初照人”。

或者，这个“人”便是杨广也未可说。

然而杨广的诗里到底带着帝王的王者之气，“将月”“带星”，豪气万千，而张若虚的诗则显得纤美而细致许多，透着一个诗人的浪漫。正是因为如此，《春江花月夜》才有如此经久不衰的魅力。

看朱成碧思纷纷，憔悴支离为忆君

——一代女皇，千古唯一

看朱成碧思纷纷，憔悴支离为忆君。不信比来长下泪，开箱验取石榴裙。

——唐·武则天《如意娘》

她是开天辟地以来的第一位女帝。

唯她一人，自名为曌，上有日月，下有天地——明空。

《乐苑》上说："《如意娘》，商调曲，唐则天皇后所作也。"

从称谓上便可看出，至少在封建时代，后人并不认可她作为皇帝的地位，依旧称她为皇后，甚至更多的是讳莫如深。

这个撼动天下的女子，亦曾有失意之时。

在感业寺的四年，是她人生中最失意的四年，但祸兮福之所伏，武则天在感业寺的日子也充满了命运的转机。在感业寺，武则天写下了她最有名的诗歌《如意娘》，史载这首诗是写给唐高宗李治的。或许，正是这首诗，使得李治才忽然想到尚在削发为尼的旧情人武媚。

曾经明媚放肆地驯服烈马的少女，在感业寺里惴惴不安，她并不愿意在这里终老，但李治生性多情，他可以喜爱一个武媚，就可以喜爱其他的美人，然而这种多情，又令自己有一丝挽回的机会。

这首《如意娘》，是武则天最巧妙的手段。

短短四句，既昭显了自己的才华，又引得李治怜惜，可说为一个绝佳的计谋。

她引用了梁王僧孺诗《夜愁示诸宾》中提到的"谁知心眼乱，看朱忽成碧"。既有忧思过度之意，又暗示了春光的流逝，象征着春日的朱红花色已经开始褪却，绿色的嫩芽又开始了萌发，日复一日，时光已逝，转眼便是下一个春夏秋冬。

曾经我们相识之时，春花正好，日光明媚，姹紫嫣红开遍，正是一年好时节，而如今，天气森寒，眼前只有青碧寥落，独留我一人在此苦苦思念。

一日日的思念令我越发憔悴，你可知道，这般虚度光阴，这般度日如年，只因为想念你我当时的恩爱。

若你不相信我近来因思念你而流泪，那就打开我曾经用过的箱子，去瞧一瞧我石榴裙上的斑斑泪痕，你便会明白，我对你的心意。

武则天一定从未想过，“看朱成碧”这个词，到后来成为唐宋文人常用的成语。李白的“催弦拂柱与君饮，看朱成碧颜始红”，辛弃疾的“倚栏看碧成朱，等闲褪了香袍粉”。

而后两句“不信比来长下泪，开箱验取石榴裙”，则更是广为流传。

李白的《长相思》一诗中有“昔日横波目，今成流泪泉。不信妾肠断，归来看取明镜前”之句，据说李白的夫人看了这首诗，对他说：“君不闻武后诗乎？‘不信比来长下泪，开箱验取石榴裙’。”李白听了后“爽然若失”。因为溯其本源，他终究无法超越武则天的这两句。

就是靠着这精妙绝伦的四句诗，武则天重新引得了李治的注意，为其打破世俗，接其回宫。

武则天回宫后，迅速夺走了当时李治的宠妃萧淑妃的身份和地位，并想方设法为李治生下了儿子李弘。

重回宫廷的武则天，有了能让她站稳根基的儿子，母凭子贵后，便要开始扫除她的对手——萧淑妃与王皇后。

永徽六年（公元655年）十月十三日，唐高宗在李勣等朝廷重臣的支持下，终于颁下诏书：以“阴谋下毒”的罪名，将王皇后和萧淑妃废为庶人，并加囚禁，她们的父母、兄弟等也被削爵免官，流放岭南。七天以后，唐高宗再次下诏，将武昭仪立为皇后。

这个女子太狠，太聪慧。

从皇后，到太后，再到废皇帝自立为帝，她几乎是踏着李氏皇族的血在前行。唐高祖、太宗的子孙几乎被其诛杀殆尽，甚至连她的六个亲生子女中的一个女儿、两个儿子，也成为她夺权斗争的牺牲品，而被她贬逐软禁的庐陵王李显，也就是后来的唐中宗，也曾吓得几次欲寻短见。

而她的孙辈惨遭毒手的，更是数不胜数，其中才华横溢的，也大有人在。

李显的嫡子，曾经的皇太孙懿德太子李重润，亦在其中。

《新唐书》中曾提到：“重润秀容仪，以孝爱称，诛不缘罪，人皆流涕。”

大举杀伐之后，武则天终于在血与火之中，建立了她的大周，为此她踏着儿子、女儿、孙子、孙女的尸体，走上了最高位。

光宅元年（公元684年）九月，改东都洛阳为神都，垂拱四年（公元688年）五月十八日，武太后加尊号“圣母神皇”，在打击反对派的同时，武则天还造祥瑞，建万象神宫，并在佛教经典《大云经》中找到了女人称帝的依据，为自己称帝大造舆论。

载初元年（公元 689 年）九月，武则天 67 岁高龄时，在则天门宣布改唐为周，称“圣神皇帝”，改元天授。并降皇帝李旦为皇嗣，赐姓武氏，武则天正式登上“皇帝”宝座，成为中国历史上唯一的女皇帝，改国号为周，定都洛阳，建立武周王朝，从此“武周”取代了“李唐”。

作为一个帝王，她无疑是成功的，平定边患，改革内政，整个王朝一片繁盛。而在这些背后，更是无数人的鲜血染就的。

在她称帝后，先后重用酷吏二十七人，以严刑峻法排除异己，大兴告密之风，大批朝臣被无辜株连，朝野上下人人自危，官员上朝如同赴刑场。酷吏中最血腥的人物是来俊臣，在其为官二十年间，经其手杀害的大小官员近两千人，其中有李唐亲王、郡王、国公等几十位，有宰相五位，有大将军十几位，委实触目惊心。

到最后，她显然已经忘却了曾经的少女情怀，忘记了她曾那样柔弱而乖巧地依附着李治，这天下，是她的主宰，这天下男子，无不听她之命，她何须再低眉垂首？

她广纳男宠，荒淫后宫，并振振有词，朕乃帝王，男儿可有后宫三千，朕亦可有！

她的“忆”，她的“看朱成碧”，尽付给了那些年轻而野心勃勃的男人。她的嚣张，她的强悍，让整个李唐的江山风中摇曳。

如此女子，如此天下，当真是前无古人，后无来人，中华五千年，只此一人！

而这样一个女子，每当忆及她的“看朱成碧思纷纷”，便多了几分不寒而栗。

她仿佛是戴着面具的妖，一哭一笑，都似是天生计谋，一言一语，便是流血万里，谁还记得她少女般的娇俏与活泼？

无字碑下，众生静默。

昔时人已没，今日水犹寒
——悲情才子骆宾王

此地别燕丹，壮士发冲冠。昔时人已没，今日水犹寒。

——唐·骆宾王《于易水送人一绝》

战国末年，群雄割据，秦国大肆征战，眼看就要吞并六国，原本在秦国做人质的燕国太子丹，从秦国逃回燕国，和太傅商议该怎么办。经过深思熟虑，太子丹最后决定派荆轲和秦舞阳去刺杀秦王。而这首《于易水送人一绝》前两句所描述的，正是太子丹在易水边送别荆轲的场景。

骆宾王用这首诗送友人，并没有讲述与友人间的依依惜别，也没有说送的是哪位友人。他只是借送友人这件事借题发挥，用易水寒的激昂，来抒发自己郁结的情感。

骆宾王的一生可谓历经磨难，他七岁便写下名篇《咏鹅》，让世人惊叹。二十二岁时参加第一次的科举考试，却以失败告终。

又过了几年潜心苦读的生活，他终于踏上了仕途，并被道王李元庆赏识，道王对他另眼相看，委以重任，让骆宾王着实过了一段舒心日子。

因为唐朝的官员制度规定，一位官员在王府任职不能超过四年，期满后骆宾王从道王府出来，又陷入了茫茫宦海，他一度迷茫，不知所措。他的性格太过刚直不阿，无法参与到官场上那种尔虞我诈的争斗，他对这种勾心斗角的日子也觉得厌倦，便选择了逃避，逃回了自己老家。

躲在家中的日子虽然闲适，却日渐困顿，没有了经济来源，一家人吃饭都成问题，迫于无奈，骆宾王只能以四十九岁“高龄”再度出仕，被拜奉礼郎，为东台祥正学士。咸亨元年，因事被谪，从军西域，戍守边疆。

从西域返回后，他担任武功、长安两县主簿，写下了著名长诗《帝京篇》，这首诗描述了京城的繁华景象、宫阙殿堂的豪华、权势贵族的奢侈、官场的倾轧和黑暗、世事的反复无常、个人的失意等，气势磅礴、荡气回肠，当时传遍了京城，被誉为“绝唱”。

吏部侍郎裴行俭看到了他的诗，将他提升为明堂主簿，又因为他性格耿直，从来就不向旁门左道屈服，经人推荐做上了侍御史，多次上书讨论天下大事，并且语带讽刺，触怒了武则天，被诬陷以贪赃罪名入狱。

在狱中，他写下了名作《咏蝉》：

西陆蝉声唱，南冠客思侵。不堪玄鬓影，来对白头吟。

露重飞难进，风多响易沉。无人信高洁，谁为表予心？

诗的一开始便用秋蝉高鸣来点题：秋天的蝉声喧闹不已，我却在狱中思念着故乡，现在看到的秋蝉，还是两鬓乌玄，看到这不禁想起自己历经折磨，已经生出了白发。

因为露水过重，蝉无法飞行，风声太响而听不到蝉鸣声，我也是如此想飞，却飞不出去，想说话，却没人会听，没有人相信我是清白的，更不会有人来替我申冤。

这是诗人发自内心的呐喊，他明知自己是清白的，是遭人陷害的，却没有办法申冤，以蝉自喻，表现自身的高洁。

他的牢狱之灾没有多久，第二年便因为高宗立英王为太子大赦天下而释放，出狱之后去临海县做了一个县丞。

临海傍山依水，一条大江蜿蜒流过城外，山明水秀，风景十分优美。它虽是台州州治所在地，属大县，但因地处东南边隅，远离中原，当时交通不甚方便，轩冕冠盖少有经过。倒是一批文人学士、高僧隐逸，被这美丽的山水形胜所吸引，经常远道来这一带探幽猎胜，有的甚至结庐长居。骆宾王与他们畅游山水，时常斗酒拼诗，寄情于山水，毫无烦忧绕心。

但是骆宾王并没有就此沉迷，他依然关注着朝廷的变化。高宗驾崩，皇太子李显即位，尊武则天为皇太后。但武则天不甘心就此成为皇太后，在李显即位还不到三个月，就把他废为庐陵王，另立小儿子李旦为皇帝，最后还是觉得不过瘾，索性在嗣圣元年自立为帝。

骆宾王在临海任上因事进京，述职结束后，他没有回临海，而是取道扬州，与徐敬业等人密谋，武装推翻武则天统治。

徐敬业在扬州起兵，反对武则天称帝，骆宾王为其幕属，掌管文书机要，并写下了著名的《代李（徐）敬业传檄天下文》。

不久，徐敬业兵败被杀，骆宾王也下落不明，有传言说他也在起兵中被杀；也有说他投水自尽；更有传言说他去了灵隐寺出家。

不管怎么样，骆宾王虽然仕途坎坷不尽人意，但是作为文学方面的贡献却是空前巨大的，作为“初唐四杰”之一，他留下的诗篇最多，风格各异、格调高美、文采斐然，带动了写实主义的新诗风。

露浓香被冷，月落锦屏虚

——一纸彩书怨，不下须眉才

叶下洞庭初，思君万里余。露浓香被冷，月落锦屏虚。

欲奏江南曲，贪封蓟北书。书中无别意，惟怅久离居。

——唐·上官婉儿《彩书怨》

传说上官婉儿快出生的时候，她母亲郑夫人梦见有个巨人递给她一杆称，道：“持此称量天下士。”郑夫人很开心，认为腹中必定是位能成大器的男孩，谁知生下来却是个女儿，不免令她失望。彼时的郑夫人当然不会想到，自己的女儿长大后果然如梦中巨人所说，称量天下士。

上官婉儿是唐朝极富盛名的才女，她的爷爷上官仪就是位极富才名的士人，深受唐高宗和武则天的赏识。后来上官仪因不满武则天妇人干政，向高宗提出了废后。唐高宗本来就没什么主见，大臣一起哄，他也觉得武则天的气焰实在太盛了，得压制一下，于是命上官仪草拟废后诏书。结果武则天哭着一闹腾，唐高宗立马收回了废后的意思。以武则天的性子，这件事当然不会就这样算了，她不会找高宗算账，而是把矛头指向了上官仪。上官仪获罪，家里的男人全被杀了，上官婉儿和母亲郑夫人则被发配到了内廷为奴。

命中注定上官婉儿不会碌碌无为地度过一生。十四岁那年，上官婉儿已经出落得亭亭玉立，她熟读诗文，通晓事理，才名渐渐传播开来。武则天召见上官婉儿，当场命题让她作诗，上官婉儿毫不胆怯，按照武则天的意思作诗一首，其文采斐然，令武则天大悦，当即便下令免去她的奴婢身份，留在身边帮忙处理宫中事务。此后多年，上官婉儿俨然是武则天身边的大红人，深受信任，朝中官员都不敢不卖她面子。武则天死后，唐中宗李显复位，封上官婉儿为昭容。按照当时妃子的品级，昭容仅次于皇后、四妃（贵妃、淑妃、贤妃、德妃）和昭仪，在宫中的地位已经是极高的了。她和武则天的侄子武三思，还有中书侍郎崔湜都有私情。而武三思不仅和上官婉儿有私情，和唐中宗的皇后韦氏也常常混在一起。唐中宗本就是个妻管严，明知老婆有外遇，压根不敢吭一声，最后还死在韦后跟女儿安乐公主手上，也算是历代皇帝中最窝囊的一个了。

且不说上官婉儿那些荒唐的情史，她的文采是毋庸置疑的。《全唐诗》中一共收录了她三十二首作品，这首《彩书怨》是被提及较多的。上官婉儿以闺中思妇的口吻，塑造了一位思念丈夫的妻子形象。上官婉儿一生困于皇宫之中，虽说后来成了唐中宗的妃子，但是平常女子对丈夫的思念，她从来没体会过，这也是上官婉儿作为女人所缺少的经历。

诗的开头模仿屈原《湘夫人》“袅袅兮秋风，洞庭波兮木叶下”的意境，说明诗中的思妇生长在洞庭湖边，她看着纷纷落下的树叶，感受到了深秋的萧瑟，继而又想起了远在万里之外的丈夫。春秋之际，是最容易感伤的季节，也是最容易牵动妇人心中相思的季节。没有丈夫的陪伴，妇人闺中寂寞，孤枕难眠，更深露重之时，更觉得被子都是冰冷。因此妇人一夜难眠，索性起床，走到窗户边看月亮。她和丈夫抬头看见的是同一个月亮，可偏偏相隔甚远，无法见面。等到月亮落下，空留房中华丽的织锦屏风。没有丈夫的日子，妇人如此空虚寂寞，梦中都想着团聚。可以想象，武则天在世的时候，上官婉儿处于女子最美的花样年华，却不能找个心爱的男子嫁了，过普通女子该过的日子，眼看着同龄女子都成婚了，婉儿心中肯定是有羡慕和遗憾的。

上官婉儿《彩书怨》中的闺怨，比一般诗人所写的要直白得多，这种寂寞或许就是她前半生所感受的。到了出嫁年纪的女孩却因命运的捉弄，享受不了平常女子该有的幸福，虽然深受武则天的宠信，但上官婉儿何尝不想有个疼爱自己的男人时刻陪伴着她呢！诗中的妇女虽然深闺寂寞，但好歹心头有一份牵挂。身在南方的妇人想着远在蓟北的丈夫，想弹奏一曲热闹的江南采莲曲，却怕曲中的热闹跟自己的寂寞反差太大，惹起心中的愁绪。若要安慰寂寥的心，只能一封又一封地往蓟北寄书信。信中没有写别的，只是写了长久以来的相思与惆怅。妇人希望丈夫看了信之后，能够早日回到自己身边。

宫廷生活的寂寞与苦闷，其实远胜过闺怨的女子。后宫佳丽三千，皇帝却只有一个，尽管她们拥有荣华富贵的生活，但却得不到一份真挚的感情。与闺思的妇人相比，可以说宫怨的女子更加可怜。她们被关在这座黄金牢笼之中，没有人身自由，也很难得到皇帝的眷顾，只能在空虚和寂寞中了此残生。上官婉儿是宫中少有的处于权力巅峰的妃子，可她终究是女人，女人最想要的，永远都是一份真挚的爱情，而她终其一生都实现不了这个愿望，她只能从其他地方寻找刺激，包括情感方面和政治方面。

除了武三思和崔湜，上官婉儿还有不少男宠，这些事唐中宗未必不知道，他不敢管，也管不了，他身边的女人，像韦后、太平公主、上官婉儿、安乐公主，没有一个是省油的灯。上官婉儿和韦后联手，把武三思推上了权力的高峰，这令身为李家子孙的太子李重俊气愤不已。李重俊不是韦后的亲生儿子，当然不可能跟她一个鼻孔出气，他早就不满这些女人的胡作非为了，于是发动兵变，杀了武三思和武崇训父子。李重俊没打算放过上官婉儿，不过上官婉儿在这个紧要关头表现出了镇定，她对唐中宗说："观太子之意，是先杀上官婉儿，然后再依次捕弑皇后和陛下。"唐中宗觉得有理，就下令让羽林军去对付李重俊，李重俊兵败被杀，上官婉儿也逃过了一劫。

上官婉儿的失败，在于她在权力巅峰玩得太风生水起了，后来又和另一位权势极大的女人太平公主起了冲突。据说太平公主看上了上官婉儿的情人崔湜，两个女人为了一个男人闹翻了脸。就这样，上官婉儿加入了韦后和安乐公主一派，太平公主则联手李隆基，也就是后来的唐玄宗。等到韦后和安乐公主毒杀了唐中宗后，李隆基带着大军冲进宫中，捕杀韦后党羽，韦后和安乐公主都死于这场兵变中。在这样的生死关头，上官婉儿却还是一副从容不迫的样子，她梳理好妆容，带着她的宫女仪仗队前去迎接李隆基，她拿出了事先准备好的先帝遗诏，以表明自己与韦后立场是不同的。李隆基可不像唐中宗那么糊涂，管你是不是真的无辜，该杀的时候还是得杀，以儆效尤。

就这样，上官婉儿在权力场中厮杀的一生匆匆结束了。唐玄宗即位后，派人收集上官婉儿生前的诗作，整理成文集。可见，不管上官婉儿的生活作风如何，她的文采是毋庸置疑的，唐玄宗既然肯编撰她的诗作，必定也很欣赏她的才华。上官婉儿虽然做到了称量天下士，却还是没能把握自己的命运。

深宫女子皆寂寞，纵有七窍玲珑的心，不下须眉的才，上官婉儿还是和其他宫中女子一样，一生都没逃出宫墙所筑起的囹圄。

年年岁岁花相似，岁岁年年人不同
——唱给迟暮美人的歌

洛阳城东桃李花，飞来飞去落谁家？洛阳女儿惜颜色，坐见落花长叹息。
今年花落颜色改，明年花开复谁在？已见松柏摧为薪，更闻桑田变成海。
古人无复洛城东，今人还对落花风。年年岁岁花相似，岁岁年年人不同。
寄言全盛红颜子，应怜半死白头翁。此翁白头真可怜，伊昔红颜美少年。
公子王孙芳树下，清歌妙舞落花前。光禄池台文锦绣，将军楼阁画神仙。
一朝卧病无相识，三春行乐在谁边？宛转蛾眉能几时，须臾鹤发乱如丝。
但看古来歌舞地，唯有黄昏鸟雀悲。

——唐·刘希夷《代悲白头翁》

美人自古如名将，不许人间见白头。

我们总希望将美好的事物定格在最美好的瞬间，而不愿去记得美人终会迟暮这一事实。初读这首《代悲白头翁》，心觉不过又是一位风流才子感叹美人迟暮，韶华不再，亦或者是诗人借此来寄托一番怀才不遇的心境。

美人如花，岁月如刀，去年今日此门中，人面桃花相映红。

然而此后每每看到这首诗，却总能读出些不一样的味道。我们最熟悉的莫过于诗中“年年岁岁花相似，岁岁年年人不同”一句，而此句无论怀着怎样的心情去念，都抹不掉一声叹息。

花开花落是不停的轮回，而我们的年岁却无法经历轮回。所以这句诗的心境却也并非只适用于悲叹美人的老去，就如我们故地重游，也同样会生出这样一声叹息。

故地可以重游，可是曾经的人却不一定可以再聚，即便重游的依旧是曾经的伙伴，却还有永远抹不去的时间跨度。记得前阵子经常看到一组对比照片，同样的人物在同样的地点合影留念，而中间却横亘了十几年甚至几十年的岁月。而我们也往往在失去的时候才发现事物是美的，继而开始追忆，开始感叹。

刘希夷这首《代悲白头翁》，虽说也是字字怜惜，句句哀叹。可在此之前，必然先描绘一番白头翁年少时的姿态。我们如今看到的白头翁，曾经也是位绝色芳华的美少年。如今独坐观落花的白头人，曾经也与公子王孙对歌对酒。

此诗虽然以“悲”字为基调，却时时将年少时的情景展现于世人面前。我曾一度觉得，能在垂暮之时回忆起乐景的人，想必是对人生抱着希望的。

之后我也曾试着去了解作者，才知道写出这首诗的并非原先以为的风流才子，刘希夷算得上是才子，可命运却并未赋予他风流的条件，相反，诗人虽留下了一些传唱千古的诗句，自己却不幸英年早逝。

有传说刘希夷的舅舅宋之问因嫉妒其才华，求诗不得而将其害死。不过毕竟没有确凿的证据，因此我也不愿在同情一位诗人的同时，给另外一位文人冠上如此恶毒的罪名。

历史如何早已无法评说，唯有诗人所留给我们的词句，才能让我们偶尔窥探一下他们当时的心境。史料中有关刘希夷的介绍不多，却记载了他的词句多为悲苦，在那盛世大唐并不为人所推崇，因此也注定了诗人一世的怀才不遇。

人们往往喜欢美好的事物，而国人更是自古推崇喜庆。然而在如今看来，世上著名的文学作品却多为悲剧，可这些也都是现今人们为作品所作出的评价。是以如今我们所津津乐道的文学，与古人却并非完全在一条直线上。我们可以从悲歌中看出世事无常，读出人情冷暖，甚至研习彼时的社会风气。而当时的人们只是想读一些悦耳优美或者磅礴的词句。诗人替白头翁做一声叹息，兴许也只能引起白头人的共鸣。

浪漫的大唐人善于发现生活中的各种美，我们熟知的李白更是将那些美[illegible]首[illegible]首流传至今。而那些年华老去，美丽不再的人们，难道不需要有人为他们叹息一声吗？诗人或许是因为自己的遭遇才会这样的诗句，亦或许是诗人本身就想替垂暮之人颂一曲悲歌。总之，他切切实实为我们留下了证据，来见证当年那些白头人一生的遭遇。

然而读这样的诗，我们往往将基调定得很是悲凉。眼里看到的总是白头女子的不幸，对往昔的追思。洛阳女儿昔日的风流，如今只能转为“坐见落花长叹息”。

从少女到白头，实际不过短短数十载，诗人却将之比作沧海桑田。这样的描述时间跨度，为的不过是衬托白头女子晚年的孤独与凄凉。

都说乐景哀情更显哀，诗人特意在诗中描述洛阳女儿年轻时的轻歌曼舞，文采锦绣，也将那白头之人衬得愈发惹人生怜。而诗中开头所说“洛阳城东桃李花，飞来飞去落谁家”，依稀让我们看到垂暮女子的孤独与无助。

当年青春少艾自是不愁去处，如今垂垂老矣，则满是迷离与彷徨。一个“谁”字写满了无助，所以最后诗人才说，古来歌舞升平之地，到最后无非只剩下一声叹不尽的悲。

这一曲传唱白头女子的悲歌，仿佛印证了古往今来无数女子的一生。那一句传唱千古的“年年岁岁花相似，岁岁年年人不同”，既是我们观景之时所能感受到的景象，也是自古以来无数女子从青春走向迟暮的写照。

行人刁斗风沙暗，公主琵琶幽怨多

——军行万里出龙庭

白日登山望烽火，黄昏饮马傍交河。行人刁斗风沙暗，公主琵琶幽怨多。
野云万里无城郭，雨雪纷纷连大漠。胡雁哀鸣夜夜飞，胡儿眼泪双双落。
闻道玉门犹被遮，应将性命逐轻车。年年战骨埋荒外，空见蒲桃入汉家。

——唐·李颀《古从军行》

打从有历史起，战争就没有消停过，哪怕在进入君王统治欲望强盛的封建社会之前，国与国之间也是一直打来打去的。上古有蚩尤和黄帝的涿鹿之战，后有商灭夏，周灭商，刘邦项羽楚汉相争……战事一起，百姓就得服兵役，去国离家，不少人在离乱中妻离子散，生活过得特别凄苦。无论是百姓还是将士，最怕看到的场景莫过于烽火台狼烟四起。烽火一点燃，就意味着边境告急，马上要有战争爆发了，所以周幽王为博得美人褒姒一笑，随意点燃烽火台的时候，各地诸侯才会急得策马奔腾，乱作一团。

烽火台是古代最重要的军事警报器，有专门的士兵日夜看守，就像诗中所说的那样，“白日登山望烽火”。边塞是最需要士兵的地方之一，大批的士兵甚至常年戍边驻守，一旦有战事爆发，他们就更回不了家了。怨不得古人这么怕，也这么恨战争，生在和平年代的我们是难以真正明白的。

大概是因为出了李广、卫青、霍去病这些猛将的缘故吧，汉朝在我的印象中就是个战争频繁的时期，征匈奴、征大宛、征夜郎……不想打的话，那就讲和，和亲就是这样来的。昭君出塞和亲的事算得上人尽皆知了，她长得美，又是四大美人之一，以至于一提到和亲，大多数人脑子里冒出的第一个人就是王昭君，包括我自己在内。但是很久以后我才知道，王昭君并非和亲的第一人。和亲之风在汉唐很盛行，历史上第一个有姓名记载的和亲公主是汉武帝时期的江都公主——刘细君。“公主琵琶幽怨多”所指的“公主”正是刘细君。

刘细君是江都王刘建的女儿，刘建生性残暴，没做过什么上得了台面的大事，若非生了刘细君这么个女儿，他的名字估计也就湮没在光阴之中了。值得一提的还有一件事，据说赵飞燕赵合德姊妹的生母姑苏郡主就是刘建的孙女。

刘建谋反失败后，自杀而死，刘细君一下子由高高在上的郡主沦为罪臣之女，流落民间。当时汉武帝正要联合乌孙抵抗匈奴，为了表示友好，武帝表示愿意嫁一位公主到乌孙去。刘细君被找到之后，武帝封她为江都公主，嫁给年迈的乌孙王。两年后老乌孙王死了，按照当地的风俗，刘细君又嫁给了老乌孙王的孙子新乌孙王。当时很多民族都有“父死，妻其后母”的风俗，刘细君也不得不遵从这种风俗。

和亲公主们出嫁后的生活远没有我想的那么好，身份尊贵又如何？离开家乡的她们就像没有水的鱼儿，日子过得十分艰难。刘细君在乌孙语言不通，日日在寂寞中度过，思乡心切，悲歌连连。她曾作《悲愁歌》，远在长安的汉武帝听闻之后，也忍不住心生伤感：

吾家嫁我兮天一方，远托异国兮乌孙王。穹庐为室兮旃为墙，以肉为食兮酪为浆。居常土思兮心内伤，愿为黄鹄兮归故乡。

嫁出去的女儿就是泼出去的水，和亲远嫁的女子们无论有多思念故乡，几乎是没有可能回去的。她们哀怨心伤，每日以思乡之泪洗面。公主琵琶，幽怨几何！

年年不断的战争，使得百姓流离，公主和亲，将士征战。西北荒芜之地条件艰苦，甚至比不得中原的普通乡村。李颀一句“胡雁哀鸣夜夜飞，胡儿眼泪双双落”，恰如其分地描绘出了边塞的凄苦，土生土长的胡雁、胡儿尚且为环境的恶劣而哀叹，更何况是千里迢迢去戍边的战士呢。征战之苦，在百姓，也在士兵。为了保家卫国，他们在蛮荒之地忍受着恶劣的气候，粗糙的伙食，思乡的痛苦，还有无尽的寂寞。军旅生活千百年如此，谁都无能为力，军旅题材的诗也往往读之令人心酸落泪。除了李颀的这首《古从军行》之外，北朝诗人卢思道的《从军行》也很能体现行军之苦：

朔方烽火照甘泉，长安飞将出祁连。犀渠玉剑良家子，白马金羁侠少年。
平明偃月屯右地，薄暮鱼丽逐左贤。谷中石虎经衔箭，山上金人曾祭天。
天涯一去无穷已，蓟门迢递三千里。朝见马岭黄沙合，夕望龙城阵云起。
庭中奇树已堪攀，塞外征人殊未还，白雪初下天山外，浮云直上五原间。
关山万里不可越，谁能坐对芳菲月？流水本自断人肠，坚冰归来伤马骨。
边庭节物与华异，冬霰秋霜春不歇。长风萧萧渡水来，归雁连连映天没。
从军行，军行万里出龙庭，单于渭桥今已拜，将军何处觅功名！

历代皇帝中，汉武帝好战是出了名的，他的谥号“武”字就很能体现他的性格。武帝雄才大略，早在继位前就有彻底灭匈奴的雄心，他不喜欢屈辱性的和亲来换取国家安宁，堂堂大汉王朝，为什么非得牺牲一个女子来委曲求全！虽然他也曾派江都公主刘细君和亲乌孙，但不能否认，他骨子里流淌的是征服的血液。在汉武帝的思想中，唯有战胜匈奴，让匈奴臣服于大汉，才是最有利的解决办法。所以他在位期间，派卫青、霍去病三次大规模攻打匈奴，最终解除了匈奴的威胁。

汉武帝给我印象最深的，除了三战匈奴之外，就是为了汗血宝马出兵大宛一事了。张骞出使西域回来说，大宛的汗血马奔跑速度如风驰，出汗如血，是难得一见的宝马。汉武帝听完不淡定了，以他的性格，不弄上几匹汗血宝马是不会罢休的。最初他派使臣带着用纯金打造的和真马一般大小的马前往大宛，希望能换回马种。可大宛非但不换，还杀掉了使臣，夺走了金马。汉武帝大怒，当即就派李广利带着数万骑兵征讨大宛。

李广利不像卫青和霍去病，他压根儿就不是带兵打仗的料，这一点汉武帝未必没看出来，只是李广利是他最爱的宠妃李夫人的哥哥，趁着这次机会正好让李广利表现一下，他就能心安理得地给李广利封官拜侯了。

在李广利的带领下，士兵们饿死的饿死，累死的累死，到大宛已经损失惨重，几仗下来更是损兵折将。李广利无奈，灰溜溜带着剩下的士兵返回敦煌，给汉武帝上书请求退兵。汉武帝气得不行，派人去玉门关下令说，李广利一行人有谁敢踏进玉门关就砍掉谁的脑袋。几个月后，汉武帝又派兵支援李广利，并让周边小国也出兵帮忙。李广利沾了汉武帝的光，这才得胜而归。“闻道玉门犹被遮，应将性命逐轻车”说的就是汉武帝把李广利堵在玉门关外的典故。

只是这样的征战，带来的是什么呢？年年有无数士兵战死沙场，尸骨遍野。无数百姓失去亲人，流离失所。换回来的只是西域的葡萄被传入中原，满足了王侯贵族们的享受欲望。百姓的苦难和统治者的享受，对比异常讽刺。

军行万里出龙庭，然而自古以来的征战，有几人能平安回来呢？

羌笛何须怨杨柳，春风不度玉门关

——忆往昔，又唱玉门曲

黄河远上白云间，一片孤城万仞山。羌笛何须怨杨柳，春风不度玉门关。

——唐·王之涣《凉州词》

王维一句“劝君更尽一杯酒，西出阳关无故人”，令阳关闻名千古；王之涣一句“羌笛何须怨杨柳，春风不度玉门关”，使玉门关留名至今。很巧的是，阳关和玉门关离得很近，直线距离不过八十多公里。阳关的遗址保存得还比较全面，但是玉门关早已不复盛况，只剩下一座孤零零的木质关门，独自屹立于茫茫戈壁中。如今玉门关能被那么多人所熟悉，王之涣功不可没。

“凉州词”和长相思、行路难一样，被不少诗人写过，唐朝有曲名为“凉州”，《凉州词》是专门为这首流行曲填的唱词。凉州还有另外一个名字——西凉。清人所著小说《说唐三传》中的女主人公，唐朝名将薛丁山的妻子樊梨花，就是西凉国的女将军。

纵使汉唐王朝的都城长安离凉州很近，至少在当代人的眼中是相当近的，但凉州依旧算是偏远之地。古代不兴旅游，那时候凉州的人气远没有现在这么旺盛。诗名为凉州词，诗中所写的却是凉州以西的玉门关。凉州尚且偏远，玉门关就更不用说了，除了戍边的战士还有前往西域的商旅，谁会闲来无事往那边跑。古时候出玉门关的概念跟现在出国是一样的，出国需要护照，出关也需要关照。关照又叫通关文牒，《西游记》中唐僧师徒去西天取经，每经过一个国家就得在通关文牒上盖当地的国玺，不然就无法前行。

在王之涣的眼中，“一片孤城万仞山”就是玉门关的写照。周遭没有繁华的城阙，没有密集的人口，玉门关就这样孤零零地坐落在戈壁滩上，萧瑟孤独。汉武帝派张骞出使西域，设河西四郡，立关卡。而西域盛产玉石，向中原运输玉石必须经过玉门关，玉门由此得名。汉武帝好战，曾派卫青、霍去病多次西征匈奴，后又派李广利征大宛夺汗血宝马，所以在汉朝历史上，玉门关是出现频率极高的一个关名。

去敦煌旅行的时候，我因"春风不度玉门关"这句诗，特地跑了趟玉门关。和莫高窟相比，玉门关的游人实在是少得可怜。

玉门关门是木质的，比一般的牌坊都小。关门不远处有汉长城的遗址。汉长城和我们所熟悉的万里长城不一样，不是用巨石所筑。戈壁中少有绿洲，树木极其珍贵，巨石也很难运送到如此偏远的地区，于是古人就用当地比较常见的植物红柳为原料，编制框架，中间置入沙石，一层一层往上堆积。经过千年的风吹雨打，汉长城早已不复旧貌，走近看还能清楚地看到泥土堆积的城墙里面有干枯的柴草。断墙残壁，甚是凄凉。面对此般情形，当时我想起的竟是《诗经·卫风·氓》中的一句：乘彼垝垣，以望复关。

戍边的将士们年复一年守在玉门关，离家千万里，思而不得回，他们的心中该有多苦。好不容易说服自己定下心来，哀怨羌笛声似有似无传入他们的耳中，所奏之曲正是《折杨柳》。吹羌笛的或许是当地的百姓，或许是送亲友出关至此的人，又或许是戍边的其他士兵，偏偏这曲声被思乡将士听到了，他们心中的愁苦又被勾了起来。

古人有折杨柳送别的风俗，北朝乐府《折杨柳枝》中就有这样一句歌词："上马不捉鞭，反拗杨柳枝。下马吹横笛，愁杀行客儿。"

听到这么哀怨的送别曲，将士们的离愁别恨顿时全涌上心头。于是诗人劝他们，何必要去怨恨呢，怨了也是没用的呀，因为春风根本吹不到玉门关，玉门关也没有杨柳可折。不只是将士们无奈，王之涣的诗也是很无奈的。谁都不想离开家人到这么远的地方来，奈何形势所逼，再怨再恨也是徒劳。

和王之涣相比，唐代诗人王翰的《凉州词》又是另一种情感：

葡萄美酒夜光杯，欲饮琵琶马上催。醉卧沙场君莫笑，古来征战几人回？

凉州一带盛产葡萄酒，夜光杯是当地人用来喝葡萄酒的专用杯，用墨玉（祁连玉）所造。当初的我以为夜光杯和夜明珠一样，在晚上会发光。其实不然，只是因为夜光杯轻薄如纸片，葡萄酒倒在里面就跟水一样，在月光下剔透鲜亮，如发出奇异的光芒，故有此叫法。

诗词之中记载了太多的历史，秦时明月汉时关，那么慷慨那么辉煌的曾经，如今留下的只有这孤独的残垣断壁。千年之后的我们，也只能从文字中聆听历史的只言片语。

安能摧眉折腰事权贵

——洒脱一点，再洒脱一点

海客谈瀛洲，烟涛微茫信难求。越人语天姥，云霞明灭或可睹。天姥连天向天横，势拔五岳掩赤城。天台四万八千丈，对此欲倒东南倾。

我欲因之梦吴越，一夜飞度镜湖月。湖月照我影，送我至剡溪。谢公宿处今尚在，渌水荡漾清猿啼。脚著谢公屐，身登青云梯。半壁见海日，空中闻天鸡。千岩万壑路不定，迷花倚石忽已暝。熊咆龙吟殷岩泉，栗深林兮惊层巅。云青青兮欲雨，水澹澹兮生烟。列缺霹雳，丘峦崩摧。洞天石扉，訇然中开。青冥浩荡不见底，日月照耀金银台。霓为衣兮风为马，云之君兮纷纷而来下。虎鼓瑟兮鸾回车，仙之人兮列如麻。忽魂悸以魄动，恍惊起而长嗟。惟觉时之枕席，失向来之烟霞。

世间行乐亦如此,古来万事东流水。别君去兮何时还？且放白鹿青崖间。须行即骑访名山。安能摧眉折腰事权贵，使我不得开心颜！

——唐·李白《梦游天姥吟留别》

我是土生土长的浙江人，然而对天姥山却陌生得很，在接触这首诗之前还未听说过浙江境内有这么一座山。确实，天姥山并不出名，它位于浙江省新昌县境内，是一座再普通不过的山，若非李白的这首诗，恐怕就无人问津了。但是在古代，天姥山似乎饱受文人墨客的喜爱，除却李白，杜甫、白居易等人也造访过这座山，并留下了相应的诗句。可见天姥山在古代还是一座文化名山。

李白是我最喜爱的诗人之一，他文武双全，据说是唐朝的武林高手，也不知是真是假，但可以肯定的一点是，李白除了诗人之外还有一重身份是侠客。《唐才子传》上就记载:"(李白)喜纵横，击剑为任侠，轻财好施。"

我一直觉得李白骨子里流淌着的都是充满浪漫色彩的血液，他为人又豪放不羁，这种浪漫与豪放在他的诗中体现得淋漓尽致。原本极其普通的一座天姥山，在他笔下就突然变了样，如梦似幻，宛若仙境。

蓬莱、方丈、瀛洲是传说中东海上的三座仙山，秦始皇派徐福东渡求取仙药，找的就是这三个地方，然而大海上烟波渺茫，一般人是难以找到的。诗的开篇，李白就将天姥山与瀛洲仙山相提并论，先入为主地就给天姥山蒙上了一层神秘的面纱。她云霞明灭，灿烂若锦，不似人间颜色。她高耸得超过了五岳，掩盖了赤城山，附近的天台山再高，在她面前也像是要倾倒一样。寥寥数语，一下子将天姥山的形象提得高不可及。

诗的题目中有“梦游”二字，自然，描写的也是梦中所看到的景象，难怪如此飘渺，堪称游仙诗中的巅峰之作。在梦中，太白到了吴越一带，他飞越镜湖到了剡溪，找到了谢公的故居。

这里的谢公即东晋著名诗人谢灵运，他开创了山水诗一派，文字清新恬淡，尤得李白喜爱。谢灵运出身于东晋大家族，刘禹锡有诗云“旧时王谢堂前燕”，写的就是魏晋最大的士族王家和谢家。这两家都出过不少名人，王家有著名书法家王羲之、王献之等，谢家就更多了，谢灵运的姑婆是大名鼎鼎的“咏絮才女”谢道韫，祖父谢玄是当时的名将，“谢家宝树”所说的就是谢玄。谢灵运和王羲之的关系也非同寻常，他的母亲刘氏就是王羲之的外孙女，姑婆谢道韫则是王羲之的儿媳妇。王谢两大家族强强联手，足见关系不一般。

生在这样一个人才辈出的大家族，谢灵运基因肯定不会差，也难怪李白一直以他为目标，就连做梦的时候都不忘记。他梦见自己穿着谢灵运特制的木鞋，一路攀登直上云霄，在半山腰看见了海上升起的太阳。

此般描述，让我想到了在德钦飞来寺看梅里雪山日出的情形。阳光划破清晨的薄雾，在山顶洒下浅浅微光。随着太阳的高升，那一缕阳光由浅黄转变为金黄，随即变成赤红色，慢慢扩散，直到将整座山脉笼罩。那是我至今见过最美的日出，云蒸霞蔚，仿佛不在人世间，而是一跃飞到了仙境。

想必在看到海上日出的那一刹那，太白也是这般，根本分不清自己是在梦中还是现实，抑或是在梦中又做了一个梦。

美丽如斯，唯有仙境。而梦中的天姥山，就是一个真正的仙境。山间小路盘旋，泉水叮咚，烟雾升腾，忽而又听见熊啸龙吟，雷鸣电闪，仙界的门就此訇然打开，天色昏暗看不见底，日月照耀着金银做的宫阙，云中的仙人们穿着彩虹做的衣服，乘风而来，一排排仙人密密麻麻，直教人看花了眼。仙人们何等气派，老虎弹着琴，鸾鸟拉着车，浩浩荡荡一路飞来。

这段仙人出场的描写和屈原《山鬼》中的意境倒是颇为相似。仙人降临时“虎鼓瑟兮鸾回车”，山鬼出行时则“乘赤豹兮从文狸，辛夷车兮结桂旗”。仙人出场前的天气变化是“云青青兮欲雨，水澹澹兮生烟。列缺霹雳，丘峦崩摧”，山鬼在竹林穿行时，“表独立兮山之上，云容容兮而在下。杳冥冥兮羌昼晦，东风飘兮神灵雨”，这样的场景，可不就有着异曲同工之妙？同是神仙，自然都有神仙的派头。

不过梦终归是梦，醒来的时候，无论是天姥山啊烟霞啊还是仙人们，统统都消失了。眼前熟悉的枕席提醒自己，一切都不是真的。太白回忆着梦境，长长叹了一口气。这样的场景，也只有在梦里面才能看见了。

从梦到现实，过度得极其自然，也瞬间点明了诗的主旨。太白写诗经常是话中有话，他写梦中的诸多美好，目的正是为了反衬现实中的诸多无奈。人世间的欢乐和梦中的美景一样，瞬间便如东流之水，一去不复返。美好的东西总是这样，来得快，去得更快。

这首诗看似写梦游仙境，实则暗示李白在朝廷的经历。登山看到诸多美景，比喻的是他最初受到的重视。然唐玄宗之所以重视他，不过是因为他诗写得好，以供娱乐，并非真正看重他的才能。再加上他本来就狂傲不羁，从来不把任何人放在眼里。“力士脱靴，贵妃捧砚”，除了李白之外，谁还能有这样的胆子和魄力？这也是为什么他会受到权贵们排挤的原因了。人家可不管你有没有才华，谁得罪他们，他们就能让谁吃不了兜着走。因而诗的后面不再是梦幻般的美景，而是“裂缺霹雳，丘峦崩摧”了。

至此，李白才真正明白朝廷非自己的久留之地，在朝廷的一切不过是梦一场。“忽魂悸以魄动，恍惊起而长嗟”，既是从梦中惊醒，也是从现实生活中醒悟过来。他长叹一声，似乎明白什么才是自己真正想要的。与其在朝廷中饱受煎熬，还不如潇洒地遨游世间，骑着白鹿访遍名山大川。

凡尘之中，人的坐骑无非是马和毛驴。太白就是不一样，人家才看不上这些俗世之物，他要骑就骑白鹿，以彰显他的与众不同。白鹿是山间的精灵，骑着白鹿在山间游走，多么潇洒豪放，比那倒骑毛驴的张果老都像真正的神仙。

这才是诗仙李白，自始至终都是那样的狂妄清高，在朝廷的种种经历并没有磨平他的棱角。俗世一圈行走下来，他依旧还是原来的他。一句“安能摧眉折腰事权贵，使我不得开心颜”，正是他内心的写照。荣华富贵算得了什么，只要活得开心，他根本不管对方是达官显贵还是皇族子弟，照样我行我素。他那种高高在上的姿态仿佛藐视俗世的一切，没有什么能真正入他的眼。由衷地赞叹一句，诗仙就是诗仙！

蜀道之难，难于上青天
——足下险，心中忧

噫吁嚱！危乎高哉！蜀道之难，难于上青天。蚕丛及鱼凫，开国何茫然！尔来四万八千岁，不与秦塞通人烟。西当太白有鸟道，可以横绝峨眉巅。地崩山摧壮士死，然后天梯石栈相钩连。上有六龙回日之高标，下有冲波逆折之回川。黄鹤之飞尚不得过，猿猱欲度愁攀缘。青泥何盘盘！百步九折萦岩峦。扪参历井仰胁息，以手抚膺坐长叹。问君西游何时还，畏途巉岩不可攀。但见悲鸟号古木，雄飞雌从绕林间。又闻子规啼夜月，愁空山。蜀道之难难于上青天！使人听此凋朱颜。连峰去天不盈尺，枯松倒挂倚绝壁。飞湍瀑流争喧豗，砯崖转石万壑雷。其险也若此，嗟尔远道之人胡为乎来哉？剑阁峥嵘而崔嵬，一夫当关，万夫莫开。所守或匪亲，化为狼与豺。朝避猛虎，夕避长蛇。磨牙吮血，杀人如麻。锦城虽云乐，不如早还家。蜀道之难难于上青天，侧身西望长咨嗟。

——唐·李白《蜀道难》

去西安看兵马俑的时候，曾一时冲动想去爬附近的华山。五岳之中，华山以险著称，被称为“奇险天下第一山”，山上的栈道窄的地方不过二尺，栈道下面是万丈深渊，稍有不慎就会粉身碎骨。身为一个胆子并不大的人，最终还是没有去挑战这一极限。当时听朋友描述山上极险的长空栈道，我心中不免将其与李白笔下的蜀道相比较。蜀道之难，难于上青天。华山长空栈道和蜀道相比，究竟哪个比较险？

蜀地之人惊讶时常常会感叹一句：噫吁嚱！相当于普通话中的“哎呀呀”。所以在正式描写蜀道是如何“难”之前，李白沿用了当地方言，感叹了一句：噫吁嚱！危乎高哉！蜀道为什么难？首先就是因为它足够高，高得让人啧啧称奇。能让李白耗费笔墨描写得如此神乎其神的究竟是哪几座山呢？还是这里的高其实是泛指，借“危乎高哉”来表现蜀道的险和难？郭茂倩《乐府题解》提到：《蜀道难》备言铜梁、玉垒之阻。意思是说，李白《蜀道难》写的是铜梁、玉垒两座山的艰险。铜梁和玉垒都是四川境内的高山。

李白写诗喜欢夸张，而且是极度的夸张。从整首诗来看，好多地方的描写完全是言过其实，但就是这样的夸张使得他笔下的景物更加传神，一句诗就是一幅画，仿佛从诗句中就能看出他想体现的人间绝境。像“尔来四万八千岁，不与秦塞通人烟”，还有“天台四万八千丈，对此欲倒东南倾”，都是极其夸张的描述。

蜀道艰难险阻，因此千万年来都没有和秦塞有所往来。如此绝境，蜀地的开国君王蚕丛还有鱼凫是怎样在这里建立起国家的呢？这两位先秦的蜀国君王名字都很奇怪，蚕丛是第一个把野蚕变成家养蚕的人，因此而得名。传说蚕丛的眼睛和螃蟹一样向前突起，这令我想到了虞舜、项羽还有李煜这三位君王的眼睛都有两个瞳孔。为君王者，大概就是和普通人不一样吧。

古蜀国大概就是现在的四川平原一带，我没去过四川，对蜀国的印象除了三国时期的魏蜀吴，剩下的就是陆游的《入蜀记》了。我甚爱陆游，上学的时候还特意翻字典把他这篇游记给看完了，印象最深的是这么一段：

抛大江，遇一木筏，广十余丈，长五十余丈。上有三四十家，妻子鸡犬臼碓皆具，中为阡陌相往来，亦有神祠，素所未睹也。舟人云，此尚其小者耳，大者于筏上铺土作蔬圃，或作酒肆，皆不复能入夹，但行大江而已。

江中的竹筏上能住三四十户人家，并且各种生活用具应有尽有，还有神祠和大小道路，的确神奇。能容纳这么大的竹筏，这江定然不会窄。不过此等情形若是在江南一带倒不奇怪，毕竟江南多河流，有许许多多的水上人家，但是出现在蜀地就令人惊讶了。我实在很难将陆游笔下这样的蜀地和李白诗中难于上青天的蜀道画上等号。不过细想也对，李白描写的蜀道主要在山区一带，和江河完全是两码事。

古蜀道果然对得起“险”这个字。别说是人了，黄鹤都不一定能从上面飞过，动作最敏捷的猿猴要攀爬也有一定难度。猿猱是蜀山之中是最擅长攀爬的猴类，在李白看来，就算猿猱在蜀道上行走也会发愁。为此，他还用了五丁开山和六龙回日这两个典故来增强说服力。

《华阳国志》中有这样一个故事。蜀王好色，秦惠王便送了他五个美女，蜀王派了五个壮士去接美女们。到了梓潼，壮士们看见一条蛇钻进洞穴，就去抓蛇的尾巴，没想到这一拽，顿时地崩山摧，所有壮士和美女全被山给压死了，而山也一分为五，打开了和外面的通道。据说这是秦惠王使的美人计，以此来打通蜀地与外界的联系，便于他攻打蜀国。开山之后的蜀道尚且如此险要，那之前就更不用说了。

蜀地的山之高，足以挡住太阳的车驾。神话传说中的太阳神名叫羲和，她驾着六条龙拉的车在天上值日，这便是“六龙回日”。《山海经》记载：“东海之外，甘泉之间，有羲和之国。有女子名羲和，为帝俊之妻，是生十日，常浴日于甘渊。”山峰高耸入云，足以挡住太阳；山下的川流激荡，拍打着崖壁。万丈深渊，艰难险阻，震撼人神。这样的路，有谁敢走？

入蜀要道青泥岭绕着山峦盘旋，百步之内居然有九个弯。曲折迂回，简直迷晕了人的眼睛。从前听到那首歌唱的，“这里的山路十八弯”，我根本不能理解什么样的山路能如此迂回。去云南丽江的时候，顺道去了趟泸沽湖，路上有个景点就叫“山路十八弯”。从山岭上眺望，下面的山路来回盘旋环绕，车行驶在上面，能把人的脑子给活生生绕晕。然而青泥岭的迂回程度，比这十八弯的山路还要更胜一筹。

元人张可久在他的散曲《殿前欢·客中》中就化用了李白“青泥何盘盘”这一句诗，以表现青泥岭的险：

望长安，前程渺渺鬓斑斑。南来北往随征雁，行路艰难。青泥小剑关，红叶湓江岸，白草连云栈。功名半纸，风雪千山。

这首散曲对仗工整，用典很多。“青泥小剑关”，指的就是入蜀要道青泥岭和天险小剑关。“红叶湓江岸”出自白居易《琵琶行》中的“住近湓江地低湿，黄芦苦竹绕宅生”。“白草连云栈”则化用岑参的诗句“燕支山西酒泉道，北风吹沙卷白草”。这些地方都是天险，张可久写天险用意则是讽刺仕途的劳累。

当然，李白写蜀道难于上青天也另有深意。他在诗中就有写“问君西游何当还，畏途巉岩不可攀”，如此夸大蜀道的艰险，为的就是让好朋友早日回来，莫要再留念蜀地。因为蜀地不仅道路艰险，更有无数的食人猛兽早晚徘徊在蜀道之上，磨牙吮血，杀人如麻。所以，锦城虽云乐，不如早还家啊。

也不知哪位朋友如此幸运，能让李白写这样一篇传世名作来规劝其还乡。有一种说法是，李白是暗示房琯、杜甫二人早日离开四川，以免遭到毒手。又有说，这首诗是为逃到蜀地的唐玄宗而作，劝他早日返回长安。

蜀道不仅险要，更是凄凉的。悲伤的鸟儿在树林间来回哀鸣，叫声凄惨悲凉。月亮出来时，杜鹃鸟凄厉地啼叫着，一声声回荡在空山之中。那杜鹃鸟传说是蜀国君王杜宇死后所化，叫声异常凄凉，因而白居易有诗云“杜鹃啼血猿哀鸣”。

平日里我走夜路，听到巷子里的猫叫声都会感到害怕，更何况是这道路艰险且充满悲鸟啼叫声的荒山。月影洒在树上，风一吹就跟鬼魅似的，恐怕胆子再大的人也会起鸡皮疙瘩吧。

这还不算什么，走在蜀道上你还能看到一座座相连的山峰，距离天不过一尺的距离，枯死的松树倒挂在绝壁之上，悬崖上还有飞转的瀑布发出喧嚣之声，水石相接如雷鸣一般，让人不觉停下脚步，深怕一不小心就栽下万丈深渊。那枯松倒挂的现象我曾在攀登三清山时见到过，松树因为枯死从中折为两段，倒挂在崖壁上，偏偏不往下掉，风一吹，欲坠不坠，看见那摇晃的枯枝，恍然有种自己被倒挂在崖壁的感觉，担心得都不敢前行……走这样的路，简直是比登天还难，胆小的人光听到恐怕都要吓得脸色发白。

世上最难走的路，莫过于此啊！

卷帷望月空长叹，美人如花隔云端

——相思唱不完，欲断肠

长相思，在长安。络纬秋啼金井阑，微霜凄凄簟色寒。孤灯不明思欲绝，卷帷望月空长叹。美人如花隔云端。上有青冥之长天，下有渌水之波澜。天长路远魂飞苦，梦魂不到关山难。长相思，摧心肝。

——唐·李白《长相思》

我所知道的古诗之中，夸美人夸得最直接并且传诵率最广的，除了“美人如玉剑如虹”便是“美人如花隔云端”了。前者出自龚自珍的《夜坐》，由于他那句“我劝天公重抖擞，不拘一格降人才”实在太出名，潜意识里我已经把他归为像苏轼那样豪放派的诗人了，很难想象他也写过如此瑰丽梦幻的诗：

春夜伤心坐画屏，不如放眼入青冥。一山突起丘陵妒，万籁无言帝座灵。
塞上似腾奇女气，江东久殒少微星。从来不蓄湘累问，唤出嫦娥诗与听。
沉沉心事北南东，一睨人材海内空。壮岁始参周史席，髫年惜堕晋贤风。
功高拜将成仙外，才尽回肠荡气中。万一禅关砉然破，美人如玉剑如虹。

春天的夜晚，诗人心情不是很好，独自坐在屏风前远望天空，然后有了“美人如玉剑如虹”这一脍炙人口的诗句。

至于李白的这首《长相思》，诗意如题，是描写相思之苦的。果不其然，爱情是亘古不变的主题，古人写诗词也好，今人写故事也罢，很少有脱离男女情爱话题的。就算是谪仙李太白，也逃不出这个规律。

“长相思”亦是词牌名，自唐代开始，尤其是宋代的文人很喜欢以“长相思”为题拟写词作。比如白居易（汴水流，泗水流）、李煜（一重山，两重山）、陆游（暮山青，暮霞明）、欧阳修（花似伊，柳似伊），等等，其中有我最喜欢的清朝词人纳兰性德的《长相思》，那句“夜深千帐灯”让我从中学铭记至今，一直奉为经典。

当然，李白的这首不是词，“长相思”也不是词牌名，这三个字最早出自汉代的无名氏古诗《古诗十九首·孟冬寒气至》：

孟冬寒气至，北风何惨栗。愁多知夜长，仰观众星列。
三五明月满，四五蟾兔缺。客从远方来，遗我一书札。
上言长相思，下言久离别。置书怀袖中，三岁字不灭。
一心抱区区，惧君不识察。

相比李白的诗，这首来得更加直白。不过汉代古诗通俗易懂是出了名的，跟白话也差不了多少了。妻子怀念出门在外的丈夫，收到丈夫的书信，“上言长相思，下言久离别”。

太白写相思，跟汉代古诗不同，别有一番滋味。

长相思啊长相思，我相思在长安城。秋天莎鸡在金井阑边鸣叫，薄霜寒冷连竹席也发凉了。夜晚对着孤灯思念她，卷起窗帘对着月空叹息。美人如花似玉，仿佛相隔在云端。上边是无边无际的蓝天，下面是浩浩汤汤的波澜。天长地远，灵魂飞越是如此辛苦。关山重重，就算是灵魂在梦里相见也很艰难。长相思，直摧人心肝。

太白的相思，是男思女。想着心中的美人，相思之苦直摧人心肝，那井边的莎鸡似乎也知道“我”的心中愁苦，不停地鸣叫着。诗中的“络纬”指的就是莎鸡，又叫纺织娘，类似于蟋蟀的一种昆虫，夏秋季节的晚上每每躲在角落里鸣叫。小时候，我还经常跟着年纪稍大的孩子在草丛里循着叫声去抓纺织娘玩儿，印象特别深刻，甚至在夏天的晚上，非得听到田野间小昆虫小青蛙的叫声才能安然入眠。古代这类昆虫还是很多的，只是在如今这个钢筋水泥的城市，怕是很难再听到络纬秋啼了。

似乎李白很喜欢写“上有什么什么下有什么什么”这样的句子，比如《蜀道难》中的一句，“上有六龙回日之高标，下有冲波逆折之回川”，这个句型确实有颇有气势，不过我想，若是换个人来写，未必能写出李白的感觉。在这样一首诉说相思之苦的诗中，他想表达的倒不是气势，而是相思而不能相见的愁苦。天地广阔，无边无际，高山远川重重阻隔，相见是如此艰难，令人想都不敢想。这样的苦，难怪会摧人心肝了。

李白笔下的美人，在我看来和白居易笔下的琵琶女倒有几分相似。不过这个相似和长相无关，纯粹是那种朦胧的感觉。琵琶女“千呼万唤始出来，犹抱琵琶半遮面”，正如我们常说的“吊胃口”，半遮半掩的，带着几分神秘。而《长相思》中的美人，如花似玉，却仿佛在遥远的云端，隔着云层遥遥相望，越想看越看不真切，不也给人一种神秘的感觉么？至少对看诗的人来说，李白写这样一个令人相思得摧心肝的美人，却对她的长相没有着墨，潜意识里就会让人觉得美人很美很遥远，并且还很朦胧。

有人问我，李白的所有诗里面最喜欢哪一句。我回答，如果是整首诗，最喜欢的是《梦游天姥吟留别》，如果只是句子，最喜欢的就是“美人如花隔云端”了。至于原因，其实我也说不上来，对方若是不加“最”字的话，我很有可能会贪婪地回答：全喜欢。

诗仙的诗，自然有独特的吸引人之处。而诗仙笔下的相思，怕是更能令人肝肠寸断吧。

西来青鸟东飞去，愿寄一书谢麻姑
——吾望仙界，望而不即

我思仙人，乃在碧海之东隅。海寒多天风，白波连山倒蓬壶。长鲸喷涌不可涉，抚心茫茫泪如珠。西来青鸟东飞去，愿寄一书谢麻姑。

——唐·李白《有所思》

一向很向往神话传说中的仙界，很小的时候我就喜欢看《山海经》，那会儿认识的字不多，就看白话注音版的，上面还带着各种彩色图画，特别有意思。我一直想，按照古书上说的，很早很早以前该是有神仙存在的吧，他们生活在我们看不到的地方，也就是仙境，因为我们看不见所以才会觉得神仙都是大人编出来骗小孩子的，就跟西方圣诞老人的传说一样。那么，世上究竟有没有神仙呢?

李白觉得，神仙是有的，他们住在遥远的碧海东面。这里的碧海不是碧绿的海，而是一个海的名字。志怪小说集《海内十洲记》记载，碧海在东海东面的一万里，那里的海水不咸也不苦，反而是香甜的，水的颜色是碧绿的，故而得此名。一看这描述，一般人肯定都觉得碧海肯定是古人虚构杜撰的，世上怎么会有这样的海？再说了，东海往东是一望无际的太平洋，哪来碧绿的海?

若真要这么计较的话，那《山海经》中的一切都不是真的了，谁能知道千万年的沧海桑田，世界发生了什么变化呢？庄子在《逍遥游》中写道："北冥有鱼，其名为鲲，鲲之大，不知几千里也……"莫说是鲲和鹏了，就连北冥的存在都是一个谜。

相信神话的人，不会去计较它的真实性，而是把诸多美好的传说放在心里，哪怕只是一个美好的幻想。李白应该就是这样的人，所以在他的诗中，东海之东一万里有个碧海，海上天风很大，能把海上的波浪吹得涌上天去，就像蓬莱倾倒一般。

茫茫大海之上，巨大的鲸鱼喷射出白浪，汹涌不可涉足。这巨鲸似乎是专门给神仙看门的，守在大海之上不让凡人接近。西王母的青鸟在大海上飞来飞去，李白就想着，是不是可以让青鸟帮忙带封信给仙女麻姑呢。如此虚实结合的情景描述，很引人入胜。

“西来青鸟东飞去，愿寄一书谢麻姑”这一句就涉及了两个神话人物，分别是西王母和麻姑，青鸟正是西王母的传信神鸟。《山海经·西山经》记载：“又西二百二十里，曰三危之山，三青鸟居之。”

传说这三只青鸟是凤凰的前身，住在三危山上。现实中也有座三危山，就在敦煌附近，也不知是不是就是神话传说中三青鸟所住的地方。三只青鸟是西王母养的，它们的主要任务就是帮西王母传递书信，都是有灵性的神鸟。我们谁也没见过凤凰，但大致知道凤凰是什么样的，三青鸟既然是凤凰的前身，自然会很漂亮。然而养着这么漂亮鸟儿的西王母，在《山海经》中却不堪入目，这也是《山海经》留给我印象最深的地方。

通常想来，西王母是一位衣着华贵的美貌妇人，而《山海经》中却这样形容这位贵妇人：西王母其状如人，豹尾虎齿，善啸，蓬发戴胜，是司天之厉及五残。说白了，西王母就是一个长得像人但是有着豹尾虎牙，且头发散乱穿着盔甲，喜欢咆哮的怪物。这跟我所幻想的大相径庭，应该不只是我一个人认为，神仙不仅可以长生不老，而且都长得很好看，女的漂亮男的帅！对神仙抱着如此大的幻想的我，怎么能接受西王母是个丑陋的怪物呢？但是，要知道《山海经》中长得丑的神仙不只西王母一个，有很多很多，有些神仙身上甚至根本没有人的特征。

不过到了魏晋南北朝，西王母的形象来了个天大的转变。魏晋南北朝的人喜欢把所有事物都理想化，美好化，再加上魏晋多才子美男，我身边很多朋友都崇尚魏晋风骨，包括我本人在内。所以，他们把西王母美化一点都不奇怪。去嘉峪关旅行的时候，我曾特意跑去看了附近出土的魏晋墓壁画，墓的男主人棺材盖上绘有伏羲和女娲，女主人棺材盖上则绘有东王公和西王母。棺木盖子上所画的西王母十分好看，衣着华丽，姿态优雅，雍容华贵。

另外，在《穆天子传》里，西王母也是一位华贵的妇人。美好的事物总是容易被人接受，相比豹尾虎齿的怪物，人们肯定更喜欢美貌妇人，哪怕她还有另外一重身份，就是在《牛郎织女》中棒打鸳鸯的无情统治者。

和西王母一比，麻姑的知名度就低了很多。麻姑不像西王母、玉皇大帝、太上老君等神仙“出镜率”那么高，关于她的神话传说相对较少，若真要说出个所以然来的话，估计比较有名的应该就是京剧《麻姑献寿》了，古代的人过生日都要演这个节目，就跟我们现在唱“祝你生日快乐”一样。

光听名字，我曾以为麻姑是一个三四十岁且长得不怎么好看的中年妇女，这一片面的定义其实跟麻姑的真实形象相去甚远。根据《神仙传》记载，麻姑是一位外表十八九岁的美貌仙女，她曾三次看见沧海变成桑田，因而被作为长寿的代表人物，这也是“麻姑献寿”的由来。

所有的一切在诗仙太白笔下构成了一幅飘渺虚幻却美丽的仙境图。无论写碧海也好，写青鸟、麻姑也罢，他想要描绘的就是这么一个多姿多彩的神仙世界。仙界或许存在或许不存在，但不管有没有这么一个地方，他对仙道生活依然是无比向往的。现实越是黑暗和坎坷，他越是渴望自己能处于太平的神仙幻境。然而自古以来，向往神仙生活的人不计其数，神仙究竟存不存在依然是个未知数。梦幻的仙界，始终可望而不可即。

小时不识月，呼作白玉盘

——是谁打破了儿时的梦

小时不识月，呼作白玉盘。又疑瑶台镜，飞在青云端。
仙人垂两足，桂树何团团。白兔捣药成，问言与谁餐？
蟾蜍蚀圆影，大明夜已残。羿昔落九乌，天人清且安。
阴精此沦惑，去去不足观。忧来其如何？凄怆摧心肝。
——唐·李白《古朗月行》

看到这首诗，记忆一下子倒退回了年幼时期。那时候家里没有电脑，每天写完作业之后唯一的娱乐活动就是跟隔壁小朋友一起玩儿各种游戏，老鹰捉小鸡啊，捉迷藏啊，钻稻草堆啊，等等。到了夜幕降临，明月升起，几个人一起围坐在小溪边数星星看月亮。对着星星讲牛郎织女的故事，对着月亮讲嫦娥奔月的故事。

儿时的我并不知道月亮的概念究竟是什么，大人们告诉我，月亮里面住着一位很美丽的仙女，名字叫嫦娥，月亮上有一棵桂花树，有个叫吴刚的男人每天拿着斧子砍树，嫦娥养的玉兔就把掉下来的桂皮拿来捣药。然后我似懂非懂地仔细盯着月亮看，看到上面颜色暗的部分还惊喜地宣布，我能看见那棵桂花树，就是不知道嫦娥什么时候出来。直到现在，我还是没有等到嫦娥出来。长大后我才明白，月亮上颜色暗的部分是环形山的阴影，并非桂花树。

我们虽然长大了，童话却再也不存在了。任何我们认为很神奇的东西，总会有一个科学的解释来打破我们的幻想。

古人和今人差不多，也有着儿时望月的记忆。年幼时的李白还未如后来那般博学多才，他不认识月亮，便把月亮唤作白玉盘。夜空之中唯一的亮色，叫白玉盘确实挺形象的。而他同时又怀疑这个白玉盘是飞在空中的瑶台。瑶台是传说中神仙居住的地方，即仙界。古代诗人大多向往神仙世界，歌颂瑶台的诗句也有不少。

遥望着高空中悬挂的月亮，年幼的李白心想，那月中的神仙是垂着双脚的吗？月中的桂花树为什么是圆圆的？月中玉兔捣药是要给谁吃？这一连串都是儿时困扰我们的问题。不过这里的“垂两足”一开始令我感到疑惑，我不能想象神仙们“垂两足”是怎样一种状态，难不成是坐在树上挂着两条腿？这也未免太不端庄了吧。古代的神话中有这样一种说法，月亮出来的时候，最先能看到的是神仙的两只脚，然后是全身，紧接着才是桂花树和捣药的玉兔。李白所问的“垂两足”，应该就是这个意思。至于月中的桂花树是圆的这一说法，我觉得大概因为月亮是圆的，桂花树长在月亮里面，所以看上去才会像圆的吧。

不过月亮也不是每天都圆的，苏轼也说，月有阴晴圆缺。不过年少无知时谁也不知道这个道理，我小时候听过最多的说法就是天狗吃月亮，说的是月蚀。李白诗中所说的是蟾蜍把月亮啃得残缺不全，因而月亮就没有圆的时候那样明亮了。《五经通义》中说，月亮里面住着玉兔和三条腿的蟾蜍，因此嫦娥住的广寒宫被叫作蟾宫，也有用蟾宫来指代月亮的。

也是因为月中有蟾蜍的这一传说，月亮由圆变弯的时候，才会被认为是蟾蜍所啃食。有人认为，李白写蟾蜍啃食皎洁的月亮，其实是暗讽唐玄宗晚年时期的昏庸，把国家治理得不够好，不再像大唐盛世那么光明。

诗的前半部分还是很轻快的，讲述的是小时候一些天真的想法，写到蟾蜍啃食月亮之后，整首诗也像是来了一个转折。在写完月亮之后，继而又提到了后羿射日的典故。

后羿是嫦娥的丈夫。传说当年天上出现了十个太阳，把土地烤得都快焦了，人间寸草不生，百姓也都活不下去了。这时后羿横空出世，他一下子射下了其中的九个太阳，人间又恢复了太平。

然而像后羿这样的英雄也只有神话故事中才会出现。朝廷昏暗，奸臣当道，整个大唐盛世被搞得乌烟瘴气，一派混乱。这样的乱世，却没能生出一位拯救江山社稷的英雄，有识之士有心无力，只能眼看着国家一日日衰落。

月亮已经模糊不清，还有什么可看的呢？还是远远地走开吧。这是太白心中的哀叹，国家就如同这被啃食而变模糊的月亮，越看越令人感到心忧。可是身为臣子的他却无能为力，心中想着放下却始终放不下，没有一日不为国家的未来所担忧。这样的忧伤愁苦是如此折磨人，直教人肝肠寸断。

似乎从“蟾蜍食月”之后，情感一下子由轻快转变为沉闷，所叙之事也由月亮仙境变成昏暗的时世。在叙述国家衰落的同时，诗人也瞬间从儿时的美好回忆中脱离出来，为江山为社稷心忧、断肠。

“朗月行”原是乐府诗题，南北朝诗人鲍照曾写过《朗月行》：

朗月出东山，照我绮窗前。窗中多佳人，被服妖且妍。
靓妆坐帷里，当户弄清弦。鬟夺卫女迅，体绝飞燕先。
为君歌一曲，当作朗月篇。酒至颜自解，声和心亦宣。
千金何足重，所存意气间。

鲍照的这首诗，主要描写月亮升起的时候，美丽的女子临窗而坐，抚琴而歌的情形。到李白之时，作了同样的题目的乐府诗，因而在“朗月行”前加了个“古”字，以示区别。

整首诗，李白延续了他一贯的浪漫主义风格，天马行空的想象，浪漫神奇的神仙世界，天真无邪的儿时幻想，叙事抒情合二为一，把夜空中的月亮刻画得十分传神，同时又以蟾蜍食月暗讽了昏暗的朝廷，也表达了他的忧心和愁苦。

年幼时的世界总是那样纯净无瑕，长大以后，该变的全都变了，月亮却没变，依旧皎洁无瑕，夜夜光洒人间。望着那一轮圆月，多多少少会想起儿时的纯洁和美好。

玉阶生白露，夜久侵罗袜
——一入宫墙深门闭

玉阶生白露，夜久侵罗袜。却下水精帘，玲珑望秋月。

——唐·李白《玉阶怨》

宋代传奇小说《流红记》说的是这样一个故事。一个叫于佑的书生晚间漫步宫墙外，偶然在御沟中捡到一片红叶，叶子上题了四句诗："流水何太急，深宫尽日闲。殷勤谢红叶，好去到人间。"诗的伤感让他无限感慨，他猜到是寂寞的宫女所写，于是找来一片红叶，题诗道："曾闻叶上题红怨，叶上题诗寄阿谁？"写完放进了御沟上游，让它随着流水漂回宫中。后来于佑娶了宫中放出的宫女韩夫人为妻，韩夫人无意间发现了题诗的红叶，惊讶地告诉于佑，红叶上的诗是她题的。她又将自己在沟中捡到的红叶拿给于佑看，那上面的两句诗正是于佑所题。后来，于佑和韩夫人红叶传情的事被传为一段佳话。

不过，不知当时的人在感叹这段姻缘的同时，是否从中看到了宫中女眷的孤寂生活？

后宫女子无数，能封品级成为妃子的很少，成为妃子后能被皇帝宠幸的更少，像杨贵妃那般恩宠不衰的少之又少。班婕妤才貌双全，深得汉成帝宠幸，最后却也落得个凄凉的下场。因而古代有不少描写深宫女子幽怨的诗词，这类诗词被称为宫怨诗。比如王维的《秋夜曲》、王昌龄的《西宫秋怨》、白居易的《上阳白发人》，等等。令我诧异的是，诗仙李白居然也写过宫怨诗。

"玉阶"一词出自班婕妤《自悼赋》中的"华殿尘兮玉阶苔"。自班婕妤写此赋后，玉阶似乎成了宫怨的代名词，很多诗中都有提到这两个字。如西晋诗人陆机的"寄情在玉阶，托意唯团扇"。另外，南朝诗人谢朓也写过题为《玉阶怨》的诗。

李白的这首《玉阶怨》描述了一个深宫女子的生活片段。玉石台阶上生起了露水，女子独自站在台阶上直到深夜，露水将她的罗袜都浸湿了。她幽幽地回到房间放下水晶帘，但仍然心生哀愁，无法入眠，痴痴地望着天上的月亮。

罗袜指丝织的袜子，不过跟我们现在所说的“丝袜”不是同一概念，“罗袜”二字出自曹植《洛神赋》中的“凌波微步，罗袜生尘”。诗中这位女子能穿罗袜，并且半夜三更能自由行动，房间里面还有水晶帘，说明她的身份不低。或许是一位无缘得见皇帝的妃子，又或许像班婕妤一样，被皇帝宠幸之后又弃之不理。所以她心生愁怨，半夜三更无法安心入眠，只盼那个高高在上的帝王能看自己一眼。

还有一种可能，这位女子并非真心想进宫，只是身不由己地迈进了这个牢笼，她日思夜想能出宫和家人团聚，对自由的向往和对家人的思念使得她夜不能眠，只好望月以慰寂寥。

深宫高墙，禁锢了多少红颜。无论有多向往自由的灵魂，进了这个金鸟笼也只能听天由命。我有个朋友曾开玩笑把深宫比作美人冢，她觉得，古代帝王隔几年都会从民间选美女入宫，身份尊贵的或者特别漂亮的得以封品级，剩下的则充为宫婢，这些女子身不由己，只能老死深宫之中，因而深宫不是美人冢又是什么？天底下怕是没有一个地方能比宫墙困住更多红颜。

唐代崔郊有诗云，侯门一入深似海。不管侯门还是宫门，道理是相同的，一旦进了那高墙深院，再见就难了。达官显贵家尚且如此，更不用说皇宫了。皇帝有后宫佳丽三千，他宠爱的也就那么几个，其余的不过是摆设罢了，这些女子的生活几十年如一日，像一潭死水，毫无生气，寂寞又无聊。望着那一堵宫墙，有些人想出宫和家人团聚，有些人则期望皇帝能看上自己，从此摆脱孤苦的命运，只是这两种想法都只是奢望，要做到谈何容易。

在所有宫怨诗中，我觉得张祜的《何满子》最是入木三分：

故国三千里，深宫二十年。一声何满子，双泪落君前。

短短二十个字，写出了一位宫女凄凉的一生。她离开故乡来到千里之外的深宫，一待就是二十年，见不到故乡的父母亲人，看不到外界的精彩世界，得不到美满的婚姻生活，甚至还失去了自由，灵魂也被深深禁锢。像她这样的宫女，深宫之中多不胜数，或许她还不是最可怜的一个，那些病死或者因其他原因而死的宫女，死后连坟墓都没有，或许被运出宫随便找个地方埋了也不一定。年年岁岁，一批又一批的女子继续重复着同样凄惨的命运。

宫中的一切看似华丽，却都是冰冷没有温度的。相信心甘情愿入宫的女子肯定少之又少，但她们不愿意也好，不甘心也罢，命运就是这样，谁也逃不掉。

清冷的夜晚，更深露重，深宫之中有多少个女子站在不同的角落被寒露湿了罗袜？亭台楼阁之中，水晶帘后面，又有多少位红颜痴痴地对月哀愁？她们身在宫中，心却在各种不同的地方。命运就是一张剪不开的网，把她们困得死死的，从此再无自由可言。

天生我材必有用，千金散尽还复来
——今朝有酒今朝醉

君不见黄河之水天上来，奔流到海不复回？君不见高堂明镜悲白发，朝如青丝暮成雪。人生得意须尽欢，莫使金樽空对月。天生我材必有用，千金散尽还复来。烹羊宰牛且为乐，会须一饮三百杯。岑夫子，丹丘生，将进酒，杯莫停。与君歌一曲，请君为我倾耳听。钟鼓馔玉不足贵，但愿长醉不复醒。古来圣贤皆寂寞，惟有饮者留其名。陈王昔时宴平乐，斗酒十千恣欢谑。主人何为言少钱，径须沽取对君酌。五花马，千金裘，呼儿将出换美酒，与尔同销万古愁。

——唐·李白《将进酒》

李白应该很喜欢汉乐府，他写的很多诗用的都是乐府诗题，如《古朗月行》《玉阶怨》《古有所思》，还有这首脍炙人口的《将进酒》。《将进酒》是一首劝酒歌，也是李白的代表作之一，很能体现李白狂傲不羁的性格和肆意洒脱的生活态度。

劝酒歌也就是喝酒时用来助兴的，和行酒令差不多，不同的是，酒令是一种游戏，输的人要罚酒，而劝酒歌则是想办法让对方喝酒的一种方法。我们国家的许多少数民族的劝酒歌都很有名，在云南大理旅行的时候，我曾有幸见过这样一幕：打扮得漂漂亮亮的姑娘端着酒杯唱歌，歌声婉转嘹亮，十分动听，等她唱完之后，桌上其他人都很给面子地将杯中的酒一饮而尽。

中国酒文化历史悠久，可追溯到先秦的禹帝时期。传说最早酿酒的人是仪狄，《战国策》记载，“昔者，帝女令仪狄作酒而美，进之禹。禹饮而甘之，曰，后世必有以酒亡其国者”。

大禹之所以认为后世会有人因酒亡国，一点都不奇怪。连曹操都说，“何以解忧，唯有杜康”（杜康是酒的别称，传说春秋时期的杜康是最早用粮食酿酒的人，所以酒又被称为杜康），证明酒确实有让人忘记烦恼的功效。喝醉之后那种晕乎乎的感觉让人飘飘欲仙，任何烦恼都可以抛之脑后，若是统治者长期饮酒，势必会因此而耽误政事。虽有大禹警言在前，但还是有不计其数的人喜欢喝酒。李白就是个出了名的酒鬼，他常常喝得烂醉如泥，据说他喝醉之后会灵感突发，很多传世名篇都是在他醉酒之后写出来的。作为一个资深的酒鬼，李白写出来的劝酒歌定然会比一般人高出几个段数。

诗的开篇似乎就有着“翻江倒海”的豪放。君不见，黄河之水天上来，奔流到海不复回。君不见，高堂明镜悲白发，朝如青丝暮成雪。从无边无际的广阔自然景物写到渺小如沧海一粟的人，气势却一点没减弱。不知为何，每次读《将进酒》，我总是会不由自主地联想到苏轼的《念奴娇·赤壁怀古》，大抵是“黄河之水天上来”和“大江东去浪淘尽”那种浩浩汤汤的气势是一样的吧。太白的诗总是这样，以夸张显山水。他在《秋浦歌》中所写的“白发三千丈，缘愁似个长”，就以极度的夸张征服了古今无数人。

在感慨完黄河之水和满头青丝后，李白在第三句就把主旨写了出来，那就是“人生得意须尽欢，莫使金樽空对月”。

及时行乐是汉代古诗中重复了无数遍的话题。相比之下，李白比汉代那些诗人要直白得多，他说，人在得意之时就赶紧行乐吧，莫要辜负了美酒金樽，人生下来都有他的用处，千金挥霍完依旧能够回来。画外音就是，不要舍不得兜里的银子，都拿出来喝酒享乐吧，钱花掉还是能赚回来的，但光阴错过就再也回不去了。趁着年轻，一边大口喝酒一边大口吃肉，多么惬意多么欢乐，若是遇上知己好友，就痛痛快快喝他个三百杯，不醉不归！

说明自己的意思后，太白的劝酒也就正式开始了。他端起酒杯，吆喝道：岑夫子和丹丘生，你们快喝酒吧，千万别停下，我为你们高歌一曲，你们千万要仔细听啊。这里的歌未必是真正的歌，大概是助酒兴的诗词吧，李白最擅长的就是这个。他引经据典，说了一大通为什么要喝酒的理由，目的真是为了劝在座的人举杯痛饮。而他的理由就是，荣华富贵的生活都不是真正珍贵的生活，自古圣贤之人都是寂寞的，只有喝酒的人才能留下美名，你看当年陈王曹植在平乐观设宴的场景，宾主喝得多么开心。

“惟有饮者留其名”这一说法似乎有些牵强，不过古代有才华有贤能的人中，的确有不少是酒鬼。李白自然不必说了，欧阳修嗜酒也是出了名的，一句“醉翁之意不在酒”流传千古。白居易不仅喜欢喝酒，还善于酿酒。除此之外，还有“把酒问青天”的苏轼，“青梅煮酒论英雄”的曹操，醉酒后“天为被地为席”的竹林七贤之一刘伶。

杜甫曾为长安城中的嗜酒者写下了一首传神之作《饮中八仙歌》，可谓入木三分，十分形象：

知章骑马似乘船，眼花落井水底眠。汝阳三斗始朝天，道逢麴车口流涎，恨不移封向酒泉。左相日兴费万钱，饮如长鲸吸百川，衔杯乐圣称避贤。宗之潇洒美少年，举觞白眼望青天，皎如玉树临风前。苏晋长斋绣佛前，醉中往往爱逃禅。李白一斗诗百篇，长安市上酒家眠，天子呼来不上船，自称臣是酒中仙。张旭三杯草圣传，脱帽露顶王公前，挥毫落纸如云烟。焦遂五斗方卓然，高谈雄辩惊四筵。

诗中所写的酒中八仙，分别指大诗人贺知章、唐玄宗的侄子汝阳王李琎、左丞相李适之、吏部尚书崔日用之子崔宗之、户部侍郎苏晋、诗仙李白、“草圣”张旭以及因嗜酒闻名的平民焦遂。其中我觉得，还是写李白的那段最为精彩，一看描写就知道是李白的作风，如此肆意洒脱的他不仅是诗仙，还是位酒仙。

擅长写劝酒诗的当然是喜欢喝酒的人，李白这首《将进酒》如此有名，看来不是没有原因的。

抽刀断水水更流，举杯销愁愁更愁

——杜康所不能解之忧

弃我去者，昨日之日不可留；乱我心者，今日之日多烦忧。长风万里送秋雁，对此可以酣高楼。蓬莱文章建安骨，中间小谢又清发。俱怀逸兴壮思飞，欲上青天揽日月。抽刀断水水更流，举杯销愁愁更愁。人生在世不称意，明朝散发弄扁舟。

——唐·李白《宣州谢朓楼饯别校书叔云》

“昨日像那东流水，离我远去不可留，今日乱我心多烦忧。抽刀断水水更流，举杯销愁愁更愁……”歌的名字叫《新鸳鸯蝴蝶梦》，曲中含情，如溪水流淌，涓涓动听。许多歌的歌词里面都含有诗句，但我最喜欢的还是这一首，或许是因为李白的这两句诗吧。

古人为朋友送行时很喜欢写诗，因此送别诗长盛不衰，其中比较出名的如王维的《送元二使安西》、岑参的《白雪歌送武判官归京》、李白的《送孟浩然之广陵》、王观的《卜算子·送鲍浩然之浙东》，等等。送别诗的诗名大多都很直白，李白这一首《宣州谢朓楼饯别校书叔云》题目虽言明是送别诗，内容却并未直言送别。天宝末年，李白在宣州与秘书省校书郎，也就是他的族叔李云，二人一同登上谢朓楼，心中万分感慨，遂写下了这首饯别诗。诗云饯别，却将他怀才不遇的愤懑愁苦倾注其中。

弃我而去的昨天不可挽留，扰我心绪的今天令我烦忧。这两句直言心中的烦恼，说的虽是昨日和今日，实则泛指每一日。这么多年来，李白每一天都心有烦忧，郁郁寡欢。为什么会有这样的烦恼？身为男儿，理想大多离不开家和国，李白心中所想的自然是“国”。他胸怀大志，博学多才，却得不到重用。眼看朝廷日益腐败，唐玄宗却依旧日日与杨贵妃寻欢作乐，重用奸臣，使得大唐盛世日益衰败，李白心有余而力不足，只得寄情于诗，以此抒发心中愤懑。

据说，贺知章读完李白的诗后，为他的才学所震惊，称其为谪仙。仰慕李白才华的人不计其数，就连唐玄宗也对他称赞有加，对于自己的学识他自是比谁都更清楚。他以谢灵运为偶像，谢灵运可以自信满满地说：“天下才共一石，曹子建独得八斗，我得一斗，自古及今共用一斗。”他自然也少不了这份自信。登上谢朓楼，望着眼前的万里秋空，鸿雁南归，李白突然有种想开怀畅饮的冲动。他想到了蓬莱宫中所藏的书文，还有魏晋时期的建安文学风骨，自认为不比他们差。

“小谢”即魏晋诗人谢朓，也是诗名中“谢朓楼”的建设者。谢朓生于魏晋大家族谢家，和谢灵运也有亲戚关系，他们两人并称为大小谢，都是李白十分敬佩的诗人。李白不止一次登上谢朓楼，并有不同的诗作留下，如另一首《秋登宣城谢朓北楼》：

江城如画里，山晓望晴空。两水夹明镜，双桥落彩虹。
人烟寒橘柚，秋色老梧桐。谁念北楼上，临风怀谢公。

这首诗的情感相对平缓很多，主要写自己登上谢朓楼之后看到的湖光山色，想到了逝去的大诗人谢朓，有感而发。在谢公楼上远眺，景色如此之美，不知何时看景的时候，心情也能如景色一般美呢？

在大多数时候，心中有烦恼都可以通过喝酒来解决。然而，此刻立于谢朓楼上，望着广阔的天地，李白觉得自己就像沧海一粟，渺小而毫无可用。比起有才而无处施展更加可悲！他想用酒来麻痹自己，可越喝心中却越清醒，就像拿刀去切水，水非但不断还流得更快了，他喝那么多酒，却使自己愁上加愁，满腔烦忧。也难怪他发出这样的感慨：人生在世既然这么不如意，还不如披散头发乘着小舟在河上漂流。

披头散发意味着不束发，不做官，表达的是一种肆意悠闲的生活。而独自乘舟漂流，则显示出了心中的无限寥落。古代文人失意时似乎都喜欢乘舟在河上漂流，李白想“散发弄扁舟”，杜甫在《登岳阳楼》中也写道“亲朋无一字，老病有孤舟”。或许是因为广阔江河上孤零零飘荡着的小舟看上去格外凄凉，使得他们想到了自己的孤苦命运。

托尔斯泰的《安娜·卡列尼娜》中有这样一句话：“幸福的家庭都是相似的，不幸的家庭却各有各的不幸。”同样的道理，幸福的人也都是相似的，不幸的人却各有各的不幸。从古至今，怀才不遇学而无处用的大有人在，相比较而言李白已经算是很洒脱的了，只是他终究没有彻底放下，因为他一直有着“仰天大笑出门去，我辈岂是蓬蒿人”的决心。没有人会自甘平庸，尤其是像李白这般满腹学识之人，埋没民间的确可惜，他自己也是不甘心的。

人生在世，要做到无忧无虑实在太难了！

我本楚狂人，凤歌笑孔丘

——悟以往之不谏，知来着之可追

我本楚狂人，凤歌笑孔丘。手持绿玉杖，朝别黄鹤楼。五岳寻仙不辞远，一生好入名山游。庐山秀出南斗傍，屏风九叠云锦张。影落明湖青黛光，金阙前开二峰长，银河倒挂三石梁。香炉瀑布遥相望，回崖沓嶂凌苍苍。翠影红霞映朝日，鸟飞不到吴天长。登高壮观天地间，大江茫茫去不还。黄云万里动风色，白波九道流雪山。好为庐山谣，兴因庐山发。闲窥石镜清我心，谢公行处苍苔没。早服还丹无世情，琴心三叠道初成。遥见仙人彩云里，手把芙蓉朝玉京。先期汗漫九垓上，愿接卢敖游太清。

——唐·李白《庐山谣寄卢侍御虚舟》

公元756年，永王李璘夺位失败，李白因牵涉其中，被流放至夜郎。遇赦后，他从夜郎回来，途经江西庐山，遥望庐山美景，恨不能寄情山水，归隐田园,从此做一个逍遥闲人。因有此感,他挥墨留下了又一首千古名作。

这首诗最有名的莫过于开头两句，对李白略有了解的人恐怕都会知道他那“我本楚狂人，凤歌笑孔丘”的狂傲和不羁。楚狂人并非虚构，在历史上确有其人。春秋时楚国人陆通，因对当时社会不满，他剪掉头发，狂傲不羁，无心仕途，被称为楚狂。

《论语·微子》记载，楚狂接舆歌而过孔子曰：“凤兮凤兮！何德之衰？往者不可谏，来者犹可追。已而，已而！今之从政者殆而！”孔子下，欲与之言。趋而辟之，不得与之言。

大概意思就是，陆通从孔子车前经过，对着车子唱这样的歌：“凤凰啊凤凰，你的德行为什么衰退了呢？过去的事情已经不能挽回，未来的事情还来得及。算了吧，算了吧。现在从政的人都危险啊！”孔子下车想跟陆通说话，谁知陆通却避开走了，因而无法跟他交谈。

陶渊明在他的《归去来兮辞》中引用了陆通的两句话：“悟以往之不谏，知来者之可追；实迷途其未远，觉今是而昨非。”他知道以前出仕做官是错误的，但是这个错误已经无法改正了，他能做的就是在未来挽救这个错误，即入山为隐士。陶渊明的思想跟陆通是一致的，入仕为官有太多的无可奈何，即便位极人臣，依然“以心为形役”。他有这样的想法，并且很快付诸现实，从此采菊东篱下，悠闲自在，不受约束，这样的生活才是他期望已久的。

李白在诗中提到陆通，证明他的想法也是如此。在朝廷这么多年，什么都没得到，反而弄得凄惨落魄，遭遇流放之苦。如今得以回来，面对庐山美景，他顿时觉悟，实在不该蹚朝廷这趟浑水啊！

在《梦游天姥吟留别》和《古有所思》这两首诗中，李白就透露出他对仙道生活的向往。时隔几年，这种向往愈发强烈，尤其是见到如仙境一般美丽的庐山，他开始幻想自己寄情山水的悠闲生活。手中拿着绿玉杖，清晨辞别黄鹤楼，去五岳寻访仙人的踪迹，路途再遥远也无所谓，只要能在山水中忘却忧愁。传说绿玉杖是神仙才有的，李白想着自己能够手持绿玉杖在山中寻访仙人，另一重意思就是渴望能有仙人那般逍遥自在的生活。寻访仙人，又何尝不是寻找逍遥美好的日子呢？

古代诗人中，渴望仙道生活的人太多太多，屈原和李白有着相似的心情，他在《离骚》中也有写到过自己想象中的神仙世界：

跪敷衽以陈辞兮，耿吾既得此中正。驷玉虬以桀鹥兮，溘埃风余上征。
朝发轫于苍梧兮，夕余至乎县圃。欲少留此灵琐兮，日忽忽其将暮。
吾令羲和弭节兮，望崦嵫而勿迫。路曼曼其修远兮，吾将上下而求索。
饮余马于咸池兮，总余辔乎扶桑。折若木以拂日兮，聊逍遥以相羊。
前望舒使先驱兮，后飞廉使奔属。鸾皇为余先戒兮，雷师告余以未具。
吾令凤鸟飞腾兮，继之以日夜。飘风屯其相离兮，帅云霓而来御。
纷总总其离合兮，斑陆离其上下。吾令帝阍开关兮，倚阊阖而望予。
时暧暧其将罢兮，结幽兰而延伫。世溷浊而不分兮，好蔽美而嫉妒。
朝吾将济于白水兮，登阆风而绁马。忽反顾以流涕兮，哀高丘之无女。
溘吾游此春宫兮，折琼枝以继佩。及荣华之未落兮，相下女之可诒。
吾令丰隆乘云兮，求宓妃之所在。解佩纕以结言兮，吾令蹇修以为理。
纷总总其离合兮，忽纬繣其难迁。夕归次于穷石兮，朝濯发乎洧盘。
保厥美以骄傲兮，日康娱以淫游。虽信美而无礼兮，来违弃而改求。
览相观于四极兮，周流乎天余乃下。望瑶台之偃蹇兮，见有娀之佚女。
吾令鸩为媒兮，鸩告余以不好。雄鸠之鸣逝兮，余犹恶其佻巧。
心犹豫而狐疑兮，欲自适而不可。凤凰既受诒兮，恐高辛之先我。
欲远集而无所止兮，聊浮游以逍遥。

在屈原的幻境中，他驾着玉虬拉的车在天上飘荡，从苍梧出发又来到昆仑，穿越千山万水，月亮女神望舒为前驱，风神飞廉做跟班，浩浩荡荡前往南天门。继而又解下佩戴做聘礼，欲求娶洛水之神宓妃为妻。恐怕也只有屈原敢这样毫不含蓄地“凌驾”于仙人之上。

李白和屈原不同，屈原的游仙主要以人物为主，或者说以神仙为主更恰当。而李白则着重描写仙境中的景色。《梦游天姥吟留别》中除了“云之君兮纷纷而来下”那一段，其余的也大多是天姥山中的景色。在这首诗中也是如此，只不过地点从天姥山转移到了庐山。

美丽的庐山挺拔在南斗星旁，倒影在鄱阳湖上。山间瀑布倒挂，飞流直下三千尺，如银河倾泻。山峦曲折高耸，林中树木苍翠欲滴。鸟儿不见踪迹，天地茫茫，高山苍苍。登上山顶之后，心中尽是豪情壮志，仿佛自己自由驰骋在天地之间，揽尽万千美景。此景，此情，不啻幻世仙境，或许，这就是真正的仙境！因为他仿佛已经看见仙人在云彩中朝拜玉帝。而他也早已服下仙丹，从此了却尘缘，直上九天，在天地之间来回遨游，不再过问凡尘琐事。

这一切只是美好的幻想，是庐山仙境般的美景使李白产生这样的幻想，也是这昏暗的世道和几十年坎坷的遭遇使他产生的幻想。了却尘世缘，孑然一身地登上九天仙界，怕是真的遥遥无期啊！

一枝红艳露凝香，云雨巫山枉断肠
——一首诗背后的冤案

一枝红艳露凝香，云雨巫山枉断肠。借问汉宫谁得似，可怜飞燕倚新妆。

——唐·李白《清平调·其二》

很小的时候我就喜欢背诗词，从把唐诗当儿歌来念到把它当普通句子来念，再到后来能够完全读懂其中的意思，细算来，接触诗词也有许多年了。相比唐诗，我还是更喜欢宋词，说不上到底是什么原因，不过我有一个癖好，就是喜欢宋词的词牌名。出于兴趣，曾经有一段时间我专门去研究词牌名，也正是因为此，我知道“虞美人”源自项羽的侍妾虞姬；“雨霖铃”出自唐玄宗之手，入蜀后的玄宗因看见霖雨连连，栈道中铃声叮咚，故做一曲名为“雨霖铃”的曲子；“水调歌头”又名元会曲，隋炀帝开汴河时所作《水调歌》，后被唐人演变为曲名，继而为词牌名。

天宝元年，李白结识了贺知章，贺知章对李白的学识佩服不已，又把他推荐给了唐玄宗。几番接触之后，唐玄宗对李白的才华特别赏识，经常召他入宫作诗写词。一日唐玄宗与杨贵妃在御花园观赏牡丹花，一时兴起便要李白以此情此景入诗。李白信手拈来，不一会儿就完成了三首《清平调》。三首诗均是为赞美杨贵妃而作，把杨贵妃比作国色天香的牡丹，十分传神，其中第二首是我最为喜欢的。

唐朝以胖为美，很大一部分原因就是胖代表富贵，有福气。牡丹正是富贵的象征，而杨贵妃体态丰腴，天姿国色，把她比作牡丹再恰当不过。在李白的诗中，杨贵妃就是一朵沾满雨露、芳香怒放的牡丹，既富贵又美艳。为了突出杨贵妃之美，李白用了巫山女神和赵飞燕做对比。

倾国倾城的巫山女神和楚王阳台云雨只是神话传说，杨贵妃蒙受皇恩，宠冠后宫却是不争的事实。所以和杨贵妃比，神女也“枉断肠”。为何能够专宠呢？首先必须要长得漂亮，像那齐宣王的王后钟无艳虽有治国之才，虽被齐宣王所敬重，但齐宣王宠爱的始终是美丽的妃子夏迎春。夸杨贵妃漂亮的人不计其数，估计她都听腻了，暗示她能够得到唐玄宗的专宠，才是最符合她心意的。不过杨贵妃长得漂亮也是事实，“回眸一笑百媚生，六宫粉黛无颜色”，自然不是吹的。

“掌上起舞”的大美女赵飞燕也只有在穿上华丽的舞衣后才能夺人眼球，吸引众人。杨贵妃却天生丽质，不用靠这些身外之物来点缀修饰，纵使不施粉黛也能艳压群芳。有个成语叫环肥燕瘦，指的就是杨贵妃和赵飞燕，常用来形容不同韵味的美女。飞燕善舞，也正是因此而被汉成帝看上，一跃飞上枝头成为凤凰。然李白一句“可怜飞燕倚新妆”，一下子就把杨贵妃捧得老高，大美女赵飞燕在她面前也只能是“可怜”。

李白借用古说今，把杨贵妃吹捧得天上有人间无，再加上诗本身就写得好，对杨贵妃来说十分受用。杨贵妃特别喜欢这三首诗，闲暇时常常吟诵。能让一人之下万人之上的杨贵妃甘心为之捧砚，李白所作之诗有多震撼人心，自是不必说了。

然而就因为这首诗，李白却蒙受了不白之冤。

李白生性狂傲不羁，从不把任何人看在眼中。他醉酒作诗之时，曾当着多人的面让唐玄宗最宠信的大宦官高力士为他脱靴。高力士虽然照做，心里却怎么也咽不下这口气。估计心里想着，我高力士可是专门伺候皇上的人，谁见了我不是恭恭敬敬的，你李白算个什么东西，竟敢让我给你脱靴！

为了出这一口恶气，高力士找到了杨贵妃，说了好多李白的坏话。内容大概就是，娘娘，那赵飞燕体态轻盈，李白在诗中拿她跟娘娘你做对比，不是讽刺你胖吗！而且那赵飞燕可是淫乱后宫之人，李白可不正是借赵飞燕来取笑你？杨贵妃听了这话，果然大怒，从此开始讨厌李白。她经常给唐玄宗吹枕边风，说了不少李白的坏话。

唐玄宗虽然赏识李白的才学，但区区一个李白怎么能跟杨贵妃相比？为了杨贵妃，他只能让李白离开京城。说好听点是赐金让他四处游历，说得难听点也就是赶出长安。

其实明眼人都看得出来李白是冤枉的。唐玄宗又不是傻子，他对诗词也颇有研究，李白若真在诗中嘲讽杨贵妃，他能看不出来？再说李白也没有理由跟杨贵妃作对，人家可是皇上的女人，得罪她能有什么好下场啊！而且我个人认为，杨贵妃未必完全相信高力士那番说辞，只不过她贵为贵妃，又得皇上专宠，眼睛里哪能容下沙子，宁可错杀一万也不能放过一个，反正没了一个李白对她也没坏处。

就因为得罪了一个宦官，李白无端端背了个对杨贵妃不敬的黑锅，真是比窦娥还冤。

长风破浪会有时，直挂云帆济沧海

——千里之行，何其茫茫

金樽清酒斗十千，玉盘珍馐值万钱。停杯投箸不能食，拔剑四顾心茫然。
欲渡黄河冰塞川，将登太行雪满山。闲来垂钓碧溪上，忽复乘舟梦日边。
行路难！行路难！多歧路，今安在？长风破浪会有时，直挂云帆济沧海。

——唐·李白《行路难·其一》

这又是一首借用乐府旧题写的诗，写作时间正是在李白得罪高力士和杨贵妃，被唐玄宗“赐金放还”之后。

李白一生四处游历，广交好友，有不少知己。在他遭遇困恼，被变相贬出长安前，一对好友不惜金钱，设了丰盛的宴席为他送行。李白一改嗜酒如命的酒鬼常态，头一次拿着酒杯却难以下咽。他好不容易被唐玄宗重视，却受权臣排挤，落得如此下场，今后的路怕是更难走了。

联想到自己坎坷遭遇，李白的心情开始低落，他推开了酒杯又撂下了筷子，闷闷不乐地离开座位。他拔出宝剑环顾四周，内心茫然无法平静。蜀道虽难，却只是天险，在这个昏暗的世道中，天险远没有人心那么险恶啊！人生不如意之事仿佛在这一刻全被自己碰到了，想做什么都做不成。

为了体现道路的坎坷，李白在诗中举了两个例子。他想渡过黄河，不料冰雪把河川冻住了；他想攀登太行山，大雪却把山路封住了。冥冥之中，似乎有股强大的力量在跟他作对，总之是做什么都不顺利。

商朝大臣伊尹梦见自己坐着船从日月旁边经过，后来就被商汤重用，辅佐商汤推翻了夏桀的残暴统治，殷商王朝由此开始。遥想当年姜子牙用直鱼钩在河边垂钓，谓之“愿者上钩”。后来周文王真的“上钩”了，他任命姜子牙为丞相，辅佐自己讨伐商纣，最终灭了殷商，成就大周天下。姜子牙和伊尹这两位贤者能被伯乐赏识，干出一番属于自己的大事业，李白自认为自己也有同样的治国之才，奈何就是没有他们那样的机遇。不被君王所信任，实乃有心无力！

此番被贬出长安，一别之后，不知何时才能回来。远看前方道路坎坷，行走起来万分艰难，然而艰难的远远不只是脚下的路啊！他若只想征服脚下的道路，还能使出各种对策：遇水可划船乘舟，遇山可着谢公屐，遇火可以用水灭之，遇冰可用火使之融。可生在这样一个昏暗的世道，君王不信任，权臣来排挤，他一个人的力量如此渺小，怎能敌得过？

然李白终归不是平凡之人，在对自己如此不利的情况下，他依旧可以重拾信心，相信总有一天可以乘风破浪，扬起风帆渡过大海！

姜子牙满腹经纶却熬到白发苍苍，六十岁还未能有所成就。伊尹为了施展抱负，不惜自降身份，成为陪嫁的奴隶。这二人有所成就之前都吃过不少苦，和他们相比，李白一没有到花甲之年，二没有失去自由之身，虽说今日被奸臣陷害不得已离开京城，但是来日方长，留得青山在，不怕没柴烧。只是不知道，这是他自信之说还是仅仅是安慰自己的话语。

在这首诗中，李白所描述的是自己离开长安前朋友为他饯行的情形，以及他的忧心和信心。《行路难》和《清平调》一样，总共有三首。除了这最出名的第一首之外，我觉得第三首也挺有意思的：

有耳莫洗颍川水，有口莫食首阳蕨。含光混世贵无名，何用孤高比云月。吾观自古贤达人，功成不退皆殒身。子胥既弃吴江上，屈原终投湘水滨。陆机雄才岂自保？李斯税驾苦不早。华亭鹤唳讵可闻？上蔡苍鹰何足道？君不见吴中张翰称达生，秋风忽忆江东行。且乐生前一杯酒，何须身后千载名？

“颍川洗耳”讲的是尧舜时期一位叫许由的人，为人高洁，颇有贤名，于是尧就想把帝位禅让给他。谁知许由听了之后就到颍川去洗耳朵，表示不愿意听到这样的话。“首阳采蕨”就是伯夷、叔齐因互相让位不成而逃到首阳山，后来殷商灭亡，他们不愿食用周朝的粮食，采薇食之，最终饿死首阳山。

从一个现代人的角度来看，许由和伯夷、叔齐的行为或许太过迂腐，何必跟自己过不去呢？李白也认为，不能学他们的行为，也别做什么有名的隐士了。自古以来，有多少功成名就者最终还是枉死。春秋有名的军事家伍子胥如此，三闾大夫屈原如此，西晋贤者陆机如此，秦始皇倚重的大臣李斯也是如此。所以，与其蹚浑水而丢了性命，还不如学张翰那样，做官不开心干脆回家过平凡的日子！

题目虽相同，作诗时间也相同，但其三和其一所表现的完全是两种不同的态度，不妨猜测一下，被贬后的李白心情应该是万分纠结的。前路茫茫，何去何从仍然是个未知数。

正是江南好风景，落花时节又逢君

——多年后，我们再相遇

岐王宅里寻常见，崔九堂前几度闻。正是江南好风景，落花时节又逢君。

——唐·杜甫《江南逢李龟年》

诗人词人们都乐此不疲地歌颂过江南的美丽，似乎江南不仅有美丽的湖光山色，更是频频发生故事的地方，比如白蛇和许仙的爱情传说，比如多情的钱塘名妓苏小小。安史之乱后，杜甫流落到了江南，他在这里偶遇曾经享誉长安的宫廷乐师李龟年。江南再一次成了故事的背景，她和以前在任何故事中出现的一样，一如既往的恬淡美丽。可有时候这种美丽却恰恰衬托出了故事主人公的悲哀。风景依旧，物是人非，此刻故人再相见，心中有千言万语却无从说起，一首诗二十八个字，字字透着辛酸。

李龟年擅长各种乐器，所谱的曲子也深受唐玄宗喜欢。大唐还未衰落之时，他常去宫中为唐玄宗表演，很多王公贵族也都经常把他请到家里来。杜甫的经历和李龟年有些相似，他才华横溢，年少时也经常出入王侯府第，因此和李龟年也有过接触。他在唐玄宗的弟弟岐王府上多次看过李龟年的表演，在殿中监崔涤（即崔九）的家中也听过李龟年的演唱。两人虽未深交，但互相都已经颇为熟悉了。也许，当年的杜甫和李龟年做梦都不会想到他们有一天会有“同是天涯沦落人”之悲，就像被贬的白居易和年老色衰遭嫌弃的琵琶女一样，心生惺惺相惜之感。

昔日的太平盛世，长安城繁华昌盛。王公贵族们不用为大唐的江山忧心忡忡，人人家中歌舞升平，一派安宁。那也是杜甫心中尘封的美好记忆，多年的漂泊使他几乎忘记了大唐原来还有这样一段太平时光，直到遇见李龟年。此时的他们已经不复往日风光，凄惨落魄，坎坷艰辛。因为他乡遇故知的缘故，二人既觉得亲切又倍感辛酸，昔日的记忆再一次涌现而出，仿佛就发生在昨天。

唐代自开国以来一直都十分太平，先有贞观之治，后有开元盛世，周边国家无不唯大唐马首是瞻，少数民族的首领甚至把唐太宗称为天可汗。安史之乱就是大唐盛世的转折点，那以后什么都变了，昔日的繁华消失殆尽。李白和杜甫这两位伟大的诗人，一个主要生活在繁盛的开元盛世，一个渡过了长达数年的安史之乱，所以他们的诗也正恰恰能反映所处的社会背景。李白浪漫，杜甫现实；李白有多浪漫，杜甫就有多现实。在杜甫所有诗中，三吏三别（《新安吏》《石壕吏》《潼关吏》，《新婚别》《垂老别》《无家别》）最能体现当时社会的残忍，譬如《石壕吏》：

暮投石壕村，有吏夜捉人。老翁逾墙走，老妇出门看。
吏呼一何怒！妇啼一何苦！听妇前致词："三男邺城戍，
一男附书至，二男新战死。存者且偷生，死者长已矣！
室中更无人，惟有乳下孙，有孙母未去，出入无完裙。
老妪力虽衰，请从吏夜归，急应河阳役，犹得备晨炊。"
夜久语声绝，如闻泣幽咽。天明登前途，独与老翁别。

这首诗，句子真的一点都不美，也没什么意境可言，可偏偏我却牢牢记住了。这首诗其实就是一个故事：杜甫夜宿石壕村，碰见官吏来抓人充军，老翁赶紧躲了出去，老妇开门对官吏说，自己的三个儿子都服役去了，其中两个刚刚战死，小孙子还在吃奶，家里穷得连给儿媳妇穿的一身完整衣服都没有了，最后老妇被官吏带走充当劳役。

这样的世道，所发生的一切都令人无比沉痛。也正是在这样的乱世，杜甫在江南碰见故人，二人回忆起昔日在长安城中的安稳日子，内心唏嘘不已。

落花时间的江南，风吹过，花瓣从枝头飘下，落在镜子一般平静的水面之上……本来是极富意境的美好画面，却生生被时局给打破了。此时相见，任谁都无暇欣赏周遭美景。既是落花，盛放时的风采已然不在，杜甫感慨花的凋落，又何尝不是在感慨国家的衰落？这两个人，一个是有名的诗人，一个是有名的歌唱演奏家，全都亲眼见证过大唐盛世的繁荣昌盛，如今却落到如此地步，对比之下更是心伤。

"落花时节又逢君"这一句被很多人所喜爱，也是全诗的点睛之笔，望之徒增悲凉之感。"君"指的自然是李龟年，也不知李龟年看到这首诗的时候，心里是什么感受。

日子就像流水一样，一旦过了就不会再有返回的时候。昔日的美好也是如此，一旦毁灭就很难恢复。大唐经过安史之乱这一劫，怕是再也回不到当时的繁盛了。

无边落木萧萧下，不尽长江滚滚来
——佳节又重阳

风急天高猿啸哀，渚清沙白鸟飞回。无边落木萧萧下，不尽长江滚滚来。
万里悲秋常作客，百年多病独登台。艰难苦恨繁霜鬓，潦倒新停浊酒杯。

——唐·杜甫《登高》

重阳节在现代社会并不是十分重要的节日，也很少有人会去庆祝。不过在古代，民间百姓却特别重视这个日子。李清照《醉花阴》中写“佳节又重阳”，可见在当时重阳节和中秋节、端午节差不多，都属于比较隆重的“佳节”。

在重阳节这一天，古人以登高远望、插茱萸、喝菊花酒等方式来纪念，王维的《九月九日忆山东兄弟》中的“遥知兄弟登高处，遍插茱萸少一人”描写的就是这一习俗。

唐代宗大历二年（公元767年）重阳节这一天，独居夔州的杜甫登上高峰，远眺秋景。眼前的景象似乎和他的心情一样萧索：天高风急，猿猴的呼啸声中蕴藏悲哀，孤舟沙白，沙鸥在水上盘旋不去。无边的落叶纷纷扬扬飘落，奔腾不止的长江滚滚而来……

写落叶，杜甫没有用“树叶”或“落叶”，用的却是“落木”二字。这令我想到了屈原《湘夫人》中的“袅袅兮秋风，洞庭波兮木叶下”。较之树叶，木叶似乎更符合古典诗词所含有的那种韵味。

前两句十四个字，杜甫写了风、天、猿、渚、沙、鸟，这本是十分常见的六种景物，然而串连在一起，各自后面再加上形容词，一下子就凄凉了很多，尽是萧索的感觉。杜甫出生在河南省巩县，而夔州在四川，二地相隔千万里，在这重阳佳节，他却离家如此之遥远，在异乡饱受思乡之苦。当时的他年事已高（五十六岁在现代并不算高龄，但古人寿命不长，这个年纪已经算比较大了），身体也不好，经常患病，所以就更加渴望能够回到家乡的亲朋好友身边。然而现实和理想永远相去甚远，他独自登上高台，在萧索的景色中哀叹自己的凄凉，因而有了“艰难苦恨繁霜鬓，潦倒新停浊酒杯”的叹息。鬓发已苍苍，家国依然未安定，年老的他心中渐渐失去了希望，不得已放下浇愁的酒杯。

和李白相比，杜甫的遭遇要坎坷许多。后来的事暂且不提，李白前期生活在安逸的世道，被玉真公主所推崇，被贺知章所称赞，被唐玄宗所赏识，一生也算是大大地风光过了。然而杜甫生活的主要年代，国家衰落，战乱四起，百姓流离失所，漂泊东西。他空有一番志向，却被时局所逼迫，唯有用笔记录下自己所看见的。他写的诗大多是反应当时百姓的疾苦，和当时的社会背景有着直接的关系，这也是杜甫的诗被称作“诗史”的原因。

杜甫的晚年生活得十分凄苦，他的生活情境以及心情在诗中都体现出来。写于唐代宗大历三年，也是他重阳登高后一年所写的《登岳阳楼》所表达的感情和这首诗相差无几：

昔闻洞庭水，今上岳阳楼。吴楚东南坼，乾坤日夜浮。

亲朋无一字，老病有孤舟。戎马关山北，凭轩涕泗流。

这是杜甫游岳阳楼时所写，他孑然一身，以前的亲友也很少联系了，年迈多病的他只有孤零零的小舟相伴。关山以北还在打仗，不能回去，他只能倚着窗伤心流泪。

都说人一旦上了年纪就特别渴望亲情，喜欢子孙儿女承欢膝下，共享天伦。处在那样一个动荡的社会，别说天伦之乐了，过几天安逸日子恐怕都是奢望。杜甫很明白自己当时的处境，妻子儿女不在身边，他逃到成都本想能有安定的生活，可惜天不遂人愿，他只能四处漂泊。

“无边落木萧萧下，不尽长江滚滚来”成为千古绝唱，不过杜甫没有想到，就在他在写下这首诗的两年后，病死湘江之上，结束了凄惨的一生。

随风潜入夜，润物细无声
——最美不过雨中情

好雨知时节，当春乃发生。随风潜入夜，润物细无声。
野径云俱黑，江船火独明。晓看红湿处，花重锦官城。
——唐·杜甫《春夜喜雨》

这是杜甫少有的描写景色并且语调欢快喜悦的诗。那一年的杜甫定居成都草堂，他亲自下地干活儿，养花种菜，过了一段还算安稳的日子，所以他这段时间所创作的诗一改往日沉重风格，诗的背景也没那么凄惨。

年幼的我已经知道，春天是个万物复苏的日子，春节过完，就意味着春天到来了。柳树开始吐芽，桃树渐渐开花，夜晚可以听到小雨淅淅沥沥的声音，清早在燕子欢快的叫声中醒来。被大自然的美丽景色所影响，人的心情也会变得好起来，将烦恼和不快抛到九霄云外。

歌颂春天的诗词中，被提到次数最多的莫过于春风和春雨，写春天的名诗也不在少数，比如连小孩子都会背的“春眠不觉晓，处处闻啼鸟”。杜甫这首《春夜喜雨》也是唐诗中的名篇，他将春雨拟人化，赋予了独特的情感。

一年之计在于春，雨似乎也懂得这个道理，所以很是时机地到来了。夜晚当人们还在沉睡，她悄悄滋润大地，无声无息，花草也随之慢慢生长出来。等到人们从睡梦中醒来，锦官城已经开满鲜花，芳香四溢。

杜甫这首诗写春雨写得特别传神，也特别通俗易懂，小孩子都可以摇头晃脑一字不落地背出来。不过在所有写雨的诗里面，我最喜欢的当属宋代和尚诗人志南的《绝句》：

古木阴中系短篷，杖藜扶我过桥东。沾衣欲湿杏花雨，吹面不寒杨柳风。

志南的生平，历史上记载的很少，只知道他的法号叫志南，而他出名的唯一作品就是这首《绝句》，“沾衣欲湿杏花雨，吹面不寒杨柳风”被很多人奉为经典，真是越读越有味道。阳春三月是杏花绽放的季节，细雨绵绵打在身上，似乎也带着花的香气，轻柔而温和。迎面而来的微风之中夹杂着杨柳清新的味道,淡淡的,却一点都不觉得寒冷。这样的春天是柔美的,温和的，芬芳的。

我很喜欢雨天，尤其是淅淅沥沥的小雨。印象中的旧时江南，长长的巷子，雨水从屋檐的青瓦往下滴，落在青石板的小路上，穿一身旗袍的女子撑着油纸伞，静静地在雨中漫步，仿佛是戴望舒《雨巷》中走出来的那个丁香般美丽的姑娘。

有一次约了朋友去灵隐寺，她因为堵车耽搁了，我独自在附近的路上散步。那天刚好下着雨，雨很小，牛毛一般温柔地落在身上，若不仔细去看根本感觉不到。出门的时候我没带伞，就这样淋着雨慢悠悠走着。正值初秋，道路两边的树还很绿，能滴出来的那种绿。在这样的背景下，那场雨美得不可思议，绵绵细雨，诉说着的是西子湖畔的柔情。

我生于江南，长在江南，曾经我认为，雨之最美不过江南，恐怕再难找出一个地方有这么富有意境的雨了。但是出门旅行之后，我发现其实并非如此。

雨的美，可以是斜风细雨，可以是春潮带雨，可以是清明纷纷雨，也可以是黄昏梧桐雨。万里河山，每个地方的雨都包含着不同韵味的美。曾经在香格里拉草原上听雨，每一滴雨水落下，我仿佛都能感觉到脚下的青草挣扎着长大；丽江古城的雨恬淡中夹杂着从两旁店铺中散发出来的缅香的味道；西安的雨滋润着这座千年古都，雨的背后是汉唐恢宏的历史。

不过说来说去，最美还是要数韩愈《早春呈水部张十八员外》中春天的雨：

天街小雨润如酥,草色遥看近却无。最是一年春好处,绝胜烟柳满皇都。

写的都是春雨，韩愈笔下的雨和杜甫却又是两种感觉。皇城的小雨把地面打湿，地面似乎也变得松软了，小草慢慢钻出来，远远看去是一层淡淡的绿色，近看却是空空如也。早春之际，大地万物暮雨着细雨醒来，整座皇城也像洗了个澡，焕然一新。

春天的雨，悄悄地来，悄悄地去，总是那样轻轻柔柔的，不动声色。也许在小憩过后，也许是梦中醒来，打开窗子一开，地上竟是湿的，惹得人心中纳闷儿，咦，什么时候下雨了，竟然都没听到声音呢。

留连戏蝶时时舞，自在娇莺恰恰啼

——花之醉，人之醉

黄四娘家花满蹊，千朵万朵压枝低。留连戏蝶时时舞，自在娇莺恰恰啼。

——唐·杜甫《江畔独步寻花·其六》

在家附近的小路上散散步，看看风景是一件异常惬意的事，如果小路两边能有些花花草草那就更好了。杭州西湖边供游人散步的路上就有很多桃树，三四月份走在树下，风一吹花瓣就纷纷扬扬往下飘落，香气宜人。女孩子肯定都很喜欢这一场景，在落花之中散个步，睡个觉，那得有多浪漫啊。

传说南朝宋武帝的女儿寿阳公主有一次在梅花树下睡觉，她正睡得香，一阵风吹来，枝头的梅花纷纷飘下，落在她的身上，脸上，还有额头上。寿阳公主醒来后对额头上的花瓣浑然不觉，也没拂去。时间一长，由于汗水的浸润，公主的额头上便留下了腊梅花瓣的痕迹。

这一梅花印记非但没有影响寿阳公主的容貌，反而使她看上去比以前更美了。皇后觉得女儿这样很好看，就让她保留着，三天后才洗掉。那以后，寿阳公主经常把花瓣贴在额头上，宫女妃子们也都效仿她，梅花妆便因此盛行起来。同时，这一事件也使得原本默默无闻的寿阳公主在历史上留下了瑰丽的一笔。

落花添新妆，再美不过。也不知那黄四娘家种的都是些什么花，杜甫从花前经过的时候，有没有被落花所洗礼。花瓣落下的姿态大多很轻盈，除了木棉花。木棉花很大，花萼比较厚实，落在头上虽不致会疼但还是会有感觉的。如此美丽的木棉花，看看还好，被砸的滋味就不怎么样了。所以看落花还是轻柔一点比较好，又美又浪漫。

像桃花、梅花都属于木本植物，木本植物的树枝大多质地比较硬，因此很难让人想象出花“压枝低”是一种什么样的场景，若真说有，不免有点夸张了。仔细一想，杜甫诗中“压枝低”的更有可能是草本植物类的花，比如菊花。我家院子里菊花盛开的时候，就会倒在地上，花太重就把茎给压下来了，以前看爷爷养花，他会在花枝旁边的泥土中插一根木条，把花枝绑在上面固定住。

花之美，人看了会心醉，杜甫不是寿阳公主，对花的感知和女子不一样，不过看着那满树的鲜花把枝头都压得垂下来，他心里肯定也是喜悦的。在经过那么长时间的离乱之后，他好不容易在成都草堂安顿下来，过上了安逸稳定的生活，此刻能在路边悠闲地赏花看景，和之前的颠沛流离有了天壤之别。

黄四娘是杜甫在成都草堂居住时候的邻居，年龄不详相貌不详，只知道是个女子，喜欢养花。可以肯定的是，爱花之人心思肯定很细腻，更何况她能把花养得那么美那么茂盛。我也养过花，除了生命力比较强的菊花和吊兰之外，其他大多逃不掉枯死的命运，粗心如我甚至还有过养死仙人掌的记录。如此看来，不是随便一个人都能把自家的院子搞得花团锦簇的。杜甫能和这样的女子做邻居确实是一件幸运的事，自己不会养但也能随时欣赏到花的美，没准隔壁的花枝还会从墙头伸出来，稍一抬头就能看见。

很早就接触过《江畔独步寻花》，当时我还不知道这是组诗，总共有七首。这第六首最出名，也被大多数人所熟悉，其中“留连戏蝶时时舞，自在娇莺恰恰啼”一句最美，又工整又写意，读之脑海就能浮现出一大群蝴蝶在花丛中飞舞的画面，还有黄莺在那婉转地歌唱，有声有色。这一蝶恋花的情景，倒是像极了梁朝简文帝笔下的《东飞伯劳歌》：

翻阶蛱蝶恋花情，容华飞燕相逢迎。谁家总角歧路阴，裁红点翠愁人心。
天窗绮井暧徘徊，珠帘玉箧明镜台。可怜年几十三四，工歌巧舞入人意。
白日西落杨柳垂，含情弄态两相知。

且不论诗到底写什么，“翻阶蛱蝶恋花情”这一句却是实实在在写出了蝶恋花的美，后来的词牌名“蝶恋花”也是由此而来。梁简文帝萧纲是梁武帝萧衍的第三个儿子，他们父子都是梁朝著名的文学家，也都写过《东飞伯劳歌》。父亲的一句“东飞伯劳西飞燕”成就了“劳燕分飞”这一成语，儿子则造出了一个被广泛使用的词牌名，再加上比他们更有名的昭明太子萧统，一大家子也出过不少名人。

我第一次知道诗句的对偶，也源自“留连戏蝶时时舞，自在娇莺恰恰啼”，读起来很工整而且很有趣。都说王维诗中有画，画中有诗，那么杜甫这一首诗可谓是诗中有画又有声了。

此曲只应天上有，人间能得几回闻
——音乐的最高境界

锦城丝管日纷纷，半入江风半入云。此曲只应天上有，人间能得几回闻。

——唐·杜甫《赠花卿》

杜甫夸人的诗不多，不过从《饮中八仙歌》中可以看出，他夸人的本事可圈可点。就拿“此曲只应天上有，人间能得几回闻”这句诗来说，我很早之前就听到过，当时不知道是杜甫写的，似乎很多夸人弹琴弹得好都会借用杜甫的这句话，尤其是男子在讨好抚琴的美貌姑娘时。

把一样东西的出处归结为仙界，无疑是最有效的赞赏。女子长得美，人们会夸她美若天仙或者是仙女下凡。才华横溢如李白被称作诗仙，也是同样的道理。所以曲子动听的话，无论什么溢美之词都比不上一句“天上神仙弹的”。

天上的世界是怎样的没有人知道，也正是因为没人知道，才会有这么多人去描绘去想象。清朝小说家李汝珍的长篇古典小说《镜花缘》开篇描写的就是仙境，和《西游记》中的瑰丽不同，李汝珍勾勒的仙界更多出了几分灵气。而诗人当中，屈原的仙境浪漫、李白的仙境梦幻、李贺的仙境丰富……在如此恢宏瑰丽、浪漫梦幻又丰富多彩的神仙世界中产生的歌曲，那该是有多悦耳！

李贺的《李凭箜篌引》以极其丰富的想象把天上月宫仙人玉兔写入诗中，是我认为写声乐写得最好的一首诗，感染力十足，让人读诗的同时忍不住对李凭演奏箜篌的技艺顶礼膜拜。能使“江娥啼竹素女愁”，“昆山玉碎凤凰叫”，是什么样的一种境界？

说到音乐、神仙和凤凰，有一个有名的故事——弄玉成仙。

春秋五霸之一的秦穆公有个女儿叫弄玉，弄玉公主比他老爸的名气还要大，我们现在所说的“玉女”最开始也是说她的。弄玉很对得起她“玉女”这个称号，长得很漂亮，而且多才多艺，箫吹得特别棒。为此秦穆公还给她修建了一座专门吹箫的场所凤凰台。传说弄玉在凤凰台上吹箫的时候，一位叫箫史的美少年骑着凤从天上飞来，他们天天在一起吹箫，日久生情，后来就结为夫妻,双双成仙去了。词牌名“凤凰台上忆吹箫”就是由此而来。

这又是一个把音乐和仙界联系起来的故事，弄玉的箫声既然能有这么大的吸引力，怕是“此曲天上也难闻”了。

诗中的锦城即锦官城，也就是今日的成都。唐朝时期，锦城之人应该很懂得享受，如若不然李白也不会说“锦城虽云乐”。在这里，丝竹管弦之声时时悠扬，一半随风而去，一半则飘入了云端，天上的神仙听到也会带着赞许点几下头：这么动听的曲子，哪里像是凡间有的，分明是属于我们天上的。

真真是夸人的最高境界。

千载琵琶作胡语，分明怨恨曲中论
——明妃一去一千年

群山万壑赴荆门，生长明妃尚有村。一去紫台连朔漠，独留青冢向黄昏。画图省识春风面，环佩空归月夜魂。千载琵琶作胡语，分明怨恨曲中论。

——唐·杜甫《咏怀古迹·王昭君》

不少诗人都喜欢写怀古诗，其中比较有名的有苏轼的《念奴娇·赤壁怀古》、辛弃疾的《南乡子·登京口北固亭怀古》、皮日休的《汴河怀古》，等等。以上提到的三首都是以某一地点为中心，怀念古人古事。杜甫的《咏怀古迹》组诗一共五首，主题是怀人，五首诗写的分别是诗人庾信、辞赋家宋玉、明妃王昭君，以及刘备和诸葛亮等五人。王昭君身为中国古代四大美女之一的“落雁”，歌颂她的诗词为数不少。

王昭君名叫王嫱，昭君是她的字，古人取名字一般都有名、字和号。“王昭君”这三个字的知名度要比她的大名王嫱要高得多。昭君出塞的故事一直流传了下来，到了魏晋，有个皇帝叫司马昭，就是“司马昭之心路人皆知”的那个司马昭，为了避讳皇帝的名字，将“昭君”改成了“明君”，后人又因此称她为明妃。在那些以王昭君为主题的诗词中，几乎都是以“明妃”二字入诗，而不是昭君，倒是有个词牌名叫“昭君怨”。

昭君出塞和亲的故事，古今人人皆知，北宋王安石的两首《明妃曲》被评为咏王昭君最好的诗：

其一

明妃初出汉宫时，泪湿春风鬓脚垂。低徊顾影无颜色，尚得君王不自持。归来却怪丹青手，入眼平生几曾有？意态由来画不成，当时枉杀毛延寿。一去心知更不归，可怜著尽汉宫衣；寄声欲问塞南事，只有年年鸿雁飞。家人万里传消息，好在毡城莫相忆；君不见咫尺长门闭阿娇，人生失意无南北！

其二

明妃初嫁与胡儿，毡车百辆皆胡姬。含情欲语独无处，传与琵琶心自知。
黄金杆拨春风手，弹看飞鸿劝胡酒。汉宫侍女暗垂泪，沙上行人却回首。
汉恩自浅胡恩深，人生乐在相知心。可怜青冢已芜没，尚有哀弦留至今。

这两首诗差不多将王昭君一生的事迹都写进去了，其中还提到了画师毛延寿、汉武帝皇后陈阿娇还有才女蔡文姬等人，品评历史，写出了王安石个人对昭君出塞一事的看法。虽然很多人对王安石诗中的观点存在非议，但不能否认，诗本身是极好的。

杜甫咏王昭君的这首诗，是他经过昭君村时的有感而发。王昭君生于今湖北兴山附近的宝坪村，因为出了王昭君这么个历史名人，宝坪村后来干脆改名叫昭君村了。杜甫说“群山万壑赴荆门，生长明妃尚有村”，是因为昭君村在唐朝时属于荆门府，他经过千山万壑到了这个地方，想起了这里还遗留着王昭君生长的山村。

汉元帝时期，王昭君以良家子的身份进了宫。良家子顾名思义就是好人家的姑娘，历朝历代都会在民间选女子充实后宫，长得一般的当宫女，长得好看或者讨人喜欢的则有机会成为皇帝的妃子，或者皇帝心情好了，会把她们赏给王侯贵族当妻妾。汉文帝的窦皇后就是良家子出身的。

以王昭君的美貌，被皇帝看中封个妃子什么的，本来是轻而易举的事。但是后宫佳丽三千人，皇帝没工夫一个个都看过去。有一个简单的办法可以让皇帝既能方便地在他庞大的后宫群中发现美女，又不浪费时间，那就是找画师为后宫女子画像。皇帝可以坐在龙椅上一边吃吃喝喝享受着，一边看侍从为他呈上的画像。这样一来，宫廷的画师们就成了后宫女人们争相讨好的对象。毕竟那时候没有相机，不管你长得好不好看，画师笔墨一挥，让你圆你就圆让你扁你就扁，皇帝能不能看上你那是后话，博一个面圣的机会才是关键。不少良家子出身富贵人家，一开始就奔着选妃的目标去的，离开家时身上带了不少好东西。为此，那些宫廷画师们捞了不少油水，大概他们的标准是给的越多就画得越美。

当画师为王昭君画像的时候，王昭君没有像其他良家子一样贿赂他们。画师很生气，后果很严重，于是王昭君就被画成了一个丑八怪。

照王安石“归来却怪丹青手，入眼平生几曾有；意态由来画不成，当时枉杀毛延寿”来看，不肯贿赂画师而被画丑有可能是后人杜撰的，皇宫那么大，宫女那么多，没被皇帝看见也不是没可能，反正不管怎么说，王昭君的美貌被埋没是事实。如果没有出塞和亲一事，王昭君很有可能和白居易笔下的“上阳白发人”一样，在后宫孤独终老。

有一天，呼韩邪单于来了，汉元帝想了想，不太忍心把皇家的女儿嫁到大漠去，但是又不好拂了人家的面子。他想了一个两全其美的办法，那就是在后宫中挑选一个宫女嫁过去。匈奴蛮荒之地，宫女们听到这一消息，都吓得不敢出声。偏偏王昭君主动站了出来，她不想一生埋没，在她看来，与其做个白头宫女，还不如远嫁他乡。

一听有人主动要求和亲，汉元帝很高兴，立刻召见了王昭君。这一见可不得了，汉元帝悔得肠子都青了。汉宫中有这么美的女子他居然不知道，到头来白白便宜了匈奴人！纵使心中有一千个一万个不舍，但说出去的话泼出去的水，收都收不回来了，失信于人可不是一个皇帝该干的事。失去了美人，汉元帝把一腔怒火发到了画师身上，他下令将毛延寿等擅长画人物的宫廷画师全部处斩，这才勉强消了怒气。

就这样，王昭君告别汉宫，随着呼韩邪单于一起去了大漠。“一去紫台连朔漠”中的“紫台”指的就是汉宫。南朝江淹《恨赋》里有写到：“明妃去时，仰天太息。紫台稍远，关山无极。望君王兮何期，终芜绝兮异域。”

嫁到大漠的王昭君受到匈奴人民的热烈欢迎，她跟呼韩邪单于也十分恩爱，单于封她为“宁胡阏氏”。“阏氏”意为美好可爱的女子，是对单于妻子的称呼，相当于中原“皇后”或者妃子的意思。只可惜过了三年，呼韩邪单于就去世了，继任单于是他的大阏氏所生的儿子复株累单于。按照匈奴人的规矩，继任单于要把先单于所有的小老婆都娶了，作为思想传统的汉人，王昭君不能接受这一风俗，她写信请求归汉。但汉元帝的意思是，既然你都嫁到了大漠，那就尊重匈奴人的规矩，继续嫁了吧。于是王昭君又嫁给了复株累单于。

王昭君死后，被葬在大黑河畔，因为秋天塞外草地枯黄，唯有王昭君墓的草是绿的，所以昭君墓被称为青冢。

杜甫所感叹的是，王昭君为了巩固大汉与匈奴的关系，主动请缨嫁去匈奴蛮荒之地，到头来却只留下一座青冢在黄昏的夕阳之中，这就是王昭君的怨与恨。哪有女子真心愿意去国离乡的，她只是不想成为后宫中的白发宫女啊。杜甫在诗中写出了他为王昭君不平的心理，汉元帝昏庸至此，只看画不看人，以致埋没了王昭君这样的美人，让她带着一腔怨恨嫁去了寸草不生的荒漠。

那些咏王昭君的诗词经常提到她的怨恨，李白写过一首关于王昭君的诗，诗名直接就是《昭君怨》，非常直白：

汉家秦地月，流影送明妃。一上玉关道，天涯去不归。汉月还从东方出，明妃西嫁无来日。胭脂长寒雪作花，娥眉憔悴没胡沙。生乏黄金枉图画，死留青冢使人嗟。

李白的诗，意思是说王昭君没有钱贿赂画师，不能被汉元帝纳入后宫，只能凄苦地出玉门关远嫁塞外，到头来，唯留下一座孤零零的青冢。

王昭君擅长弹琵琶，后人所画的“昭君出塞”图中，王昭君一身红色斗篷，怀抱琵琶，美丽非凡。据说在前往大漠的路上，王昭君一直弹着琵琶，南飞的大雁都为这悦耳的曲声所感动，又见王昭君生得这样美丽，居然忘记拍动翅膀，摔到了地上。王昭君因此得了“落雁”的称号。

那大漠的胡琴琵琶曲千年不断，那曲调幽怨，仔细一听，分明就是王昭君的满心怨恨啊！

昔有佳人公孙氏，一舞剑器动四方
——盛世下的霓裳羽衣舞

昔有佳人公孙氏，一舞剑器动四方。观者如山色沮丧，天地为之久低昂。
㸌如羿射九日落，矫如群帝骖龙翔。来如雷霆收震怒，罢如江海凝清光。
绛唇珠袖两寂寞，晚有弟子传芬芳。临颍美人在白帝，妙舞此曲神扬扬。
与余问答既有以，感时抚事增惋伤。先帝侍女八千人，公孙剑器初第一。
五十年间似反掌，风尘澒洞昏王室。梨园子弟散如烟，女乐余姿映寒日。
金粟堆南木已拱，瞿唐石城草萧瑟。玳筵急管曲复终，乐极哀来月东出。
老夫不知其所往，足茧荒山转愁疾。

——唐·杜甫《观公孙大娘弟子舞剑器行》

唐玄宗时，出了一名以剑器舞而著名的女子，名唤公孙大娘，开元五年（公元717年），她在郾城舞剑器，当时的杜甫才六岁，他挤进人群，看到了公孙大娘的绝技，留下了极深的印象。

五十年后，他又再次见到了剑器舞，不过不是公孙大娘，而是她的弟子李十二娘。她的舞跟公孙大娘有着一样的风格，肆意豪放，却已经人近中年。联想到杜甫当时年方六岁，现在已经五十多岁了，想必公孙大娘更为老迈，杜甫感慨万千，写下了这首《观公孙大娘弟子舞剑器行》。

公孙大娘风采别样，每次她一舞剑器，四方轰动，观众密集如山，一个个看得目瞪口呆，大惊失色，只觉得天地都随着她的剑在飞舞。光辉闪耀就像后羿射落的九个太阳，矫夭变化就像天神骑着神龙飞舞在天际。起舞时动作迅疾如雷鸣电闪，收势如江清海碧，平静无波，水光潋潋。当年身姿绰约的公孙大娘已经老了，她珠袖翻飞的舞姿也看不见了，现在只有她的弟子传下了她的技艺。李十二娘在白帝城舞剑器，衣袖飞扬依稀有公孙大娘的风姿，我与她聊起了旧事，知道了当年玄宗皇帝的八千侍女中，公孙大娘的舞剑器一直都是排第一名的。五十年的时光过得真快，安史之乱使王室衰败，长城内的皇家乐工在战乱中流落四方，歌姬舞女们都老了，金粟山上玄宗墓上种的小树现在已经很粗壮了，瞿塘峡白帝城也已经草木萧条的模样。宴会上急促的乐曲声已经停歇，观舞的欢乐情绪也渐渐消散，月亮也渐渐东升。我真不知道该往何处去，走得脚底起了茧在这山中转又有什么用呢?

剑器舞在唐朝属于健舞的一种，这种舞娱乐性强，豪放有力，挥洒自如，看起来相当洒脱，在当时流传甚广，而健舞不单单只剑器舞一种，还有胡旋、柘枝、胡腾，等等。

唐朝前期，西域各国多次向唐朝进贡跳胡旋舞的舞女，很多西域的舞蹈就是从那时传入中原。

胡旋舞是一种与剑器舞风格类似的舞，因为跳起来左旋右转，迅疾如风，在西域流行较早，所以称为胡旋舞。

胡旋舞在天宝年间大为盛行，人人都在学习跳胡旋舞，有白居易《胡旋女》为证："天宝季年时欲变，臣妾人人学圆转。"是说，天宝末年要发生大变乱了，臣子宫女们却还在学胡旋舞，可见胡旋舞在宫内的盛行。

玄宗的宠妃杨玉环就很擅长跳胡旋舞，常常在宫中拉着宫女们一起跳，而当时被唐玄宗荣宠的安禄山，也很擅长跳胡旋舞，据传他肥胖无比，肚子大得垂过了膝盖，体重达到三百多斤，但是他在唐玄宗面前跳起胡旋舞来，轻松自如，迅疾如风。

与胡旋舞类似的另一种舞蹈叫胡腾舞，这种舞和胡璇最大的不同，便是由男子独舞。舞时，头上戴尖尖的帽子，帽子上缀了闪亮的珠子，身穿窄袖的胡服，用绣着花纹的长带子束衣，一端自然下垂，舞蹈的时候随风飘舞。

时人刘言史在观看了胡腾舞的表演后，写下了一首描写胡腾舞者的诗："织成蕃帽虚顶尖，细氎胡衫双袖小。"

在唐代，不管是跳哪种舞蹈的，从事这种职业的人属于地位低下的阶层，以舞蹈为生的人，在唐代被称为"歌舞伎"，他们不是来自西域，就是出生平民，迫于生计，只能选择做舞者。

诗人李翱在驻守潭州时，在府中举办过宴会，席上有一名跳柘枝舞的舞女引起了另一位官员殷尧藩的注意，这名舞者面容憔悴困苦不堪，身形消瘦，神情忧伤。殷尧藩当即认出了这位舞者，原来竟是苏州太守韦应物的女儿。

殷尧藩写了一首诗送给这个姑娘：

姑苏太守青娥女，流落长沙舞柘枝。满座绣衣皆不识，可怜红脸泪双垂。

原来姑苏城的太守之女，现在竟流落到长沙为别人跳柘枝舞，在座锦衣玉食的各位都不知道她是谁，可怜她秀丽的容颜上两行清泪。

这首诗被李翱发现了，他询问过后才知道，这跳柘枝舞的姑娘居然就是大诗人韦应物的女儿，因为父兄早亡，她一个人孤苦无依，实在不知该如何生活下去，才会以跳柘枝舞为生。

李翱知道后很难受，叫姑娘换下舞衣，穿上普通衣服去见自己的夫人，夫人知道姑娘的身世后也非常可怜她，又见她长得容姿不俗，楚楚大方，便由李翱出面，将她嫁给了李翱的一个年轻门人。

其实，不管是柘枝舞还是胡旋舞，或者是剑器舞，都比不上一种舞蹈出名，那便是“霓裳羽衣舞”。

八月十五中秋节，玄宗皇帝和侍从们在宫中的蓬莱池边赏月，万里无云的天空中，明月高悬清辉遍洒。皇帝在半夜时做了一个梦，睡梦中去了月宫，三宫六院的嫔妃们真担心他一去不回。月宫中的仙乐声在半空回荡，只听到玉石叮当作响，埙和篪也和谐地吹奏，皇帝听着美妙的仙乐还没结束就已经回到了人间，等醒来却已经忘记了大半。

玄宗醒来时，正好西凉府进献《婆罗门曲》，玄宗听后觉得曲子的声调和自己在月宫中听到的有很多类似，于是根据他的回忆，结合上《婆罗门曲》，编成了新的《霓裳羽衣曲》。

《霓裳羽衣曲》编成了，自然是皇帝和杨贵妃第一个欣赏，为了达到自己想要的效果，杨贵妃还招来梨园弟子，亲自教习他们演奏乐曲，排练舞蹈。

大诗人白居易曾欣赏过全部的霓裳羽衣舞，特意写了一首《霓裳羽衣歌》来做纪念：

烟蛾敛略不胜态，风袖低昂若有情。上元点鬟招萼绿，王母挥袂别飞琼。

白居易的笔下，舞女们体态轻盈，风姿绰约，穿着特制的舞衣，带着装饰了步摇的花冠，随着音乐翩翩起舞，她们姿态优美，迎着风的衣袖传递出无限情意。就像上元夫人招来了萼绿华，又像是王母娘娘挥动这衣袖告别许飞琼。

霓裳羽衣舞，虽然优美却绝世，安史之乱中，霓裳羽衣曲在兵荒马乱中逐渐失传了，曾经轰动一时的舞蹈，那么精绝的曲调，却在战火中消散殆尽，不由让人为之叹息。

蛾眉山月苦，蝉鬓野云愁
——罂粟美人骊姬的乱晋传奇

骊姬北原上，闭骨已千秋。浍水日东注，恶名终不流。
献公恣耽惑，视子如仇雠。此事成蔓草，我来逢古丘。
蛾眉山月苦，蝉鬓野云愁。欲吊二公子，横汾无轻舟。
——唐·岑参《骊姬墓下作》

国家兴亡，其实本不关女子什么事，不过是君王昏庸，不能明辨是非，国人硬是把罪名扣在女子头上罢了。商纣夏桀，还有那脑子里全是浆糊的周幽王，哪个是合格的君王？牵强地说，唯一自己动手祸乱到国家的，也就一个骊姬。骊姬有多美就有多毒，就像一朵罂粟花，偏偏能让人上瘾。晋献公原本虽算不上明君，但也不算昏庸，晋国在他的统治下还挺强盛，三十六计之一的“假道伐虢”就出自他向虞国借道讨伐虢国的典故，但自从得了骊姬之后，晋献公被她迷得神魂颠倒，对她言听计从，完全像是变了一个人。

岑参的这首《骊姬墓下作》就是在骊姬墓前写的，说的是骊姬死了那么多年了，尸骨都已经化作尘埃，她留下的恶名却永远抹不去。一个女人能完全掌控君王，并且做了那么多坏事，骊姬完全对得起她“妖姬”的称号。

《史记》记载，晋献公攻打骊戎之前请占卜官卜了一卦，卦象特别奇怪，显示的是此战大捷，结局却是大大的不吉利，卦辞云：祸害源自小人的谗言。晋献公思索了一番之后，还是维持先前的决定——讨伐骊戎。

骊戎区区小部落，自然不是晋国的对手，晋献公如卦象所言，大获全胜。为了讨好晋献公，骊戎首领献上了两个美女——骊姬和少姬。得了美人的晋献公自是不亦乐乎，他万万没想到，就是这样一个看似柔弱的美女，生生把强盛的晋国给扰乱了。

骊姬心机颇深，而且异常贪婪。嫁给晋献公之后，她很快就生下了儿子奚齐，晋献公本就宠爱她，得了儿子之后更是把她捧到了天上。不过骊姬还是不满足，她是个聪明人，经常给晋献公吹枕边风，晋献公很信任她，不多久便封她为夫人。

当上晋国夫人之后，骊姬有了另一个如意算盘，那就是让自己的儿子奚齐当上太子。当时晋国已经有了太子，是前夫人的儿子申生。太子申生忠孝两全，对国事也很上心，是个标准的君王之才，朝中大臣们没有不服他的。骊姬知道，要达到自己的目的，申生就必须死。

晋献公有个很宠爱的戏子叫小施，和骊姬有私情。小施是个口蜜腹剑的人，他和骊姬勾结，又拉上了朝中其他几个品行不怎么样的大臣，一齐出谋划策，准备除掉太子申生，再支走公子重耳和夷吾，这样一来，奚齐就能顺理成章当上太子了。

计划好之后，一日上朝，大夫梁五向晋献公进言，建议派人去守曲沃、浦地和屈地，曲沃是晋国祖庙所在地，浦地和屈地也是边境要塞，所以都不能小觑。晋献公深以为然，示意梁五继续说下去。梁五趁热打铁，又提出，像这么重要的三个地方，当然不能随随便便派个人去，曲沃是晋国的第二都城，派太子申生去镇守再适合不过，至于浦地和屈地，就让公子重耳和夷吾去吧。晋献公虽然不忍心让三个儿子去那么远的地方，但深思熟虑之后，又觉得梁五说得对，于是同意了他的请求。

太子前脚刚走，骊姬就开始在朝中散播谣言，说太子之所以会被派到那么远的地方去，是因为晋献公已经不信任他了，太子很快就要换人了。这一谣言愈演愈烈，到后来很多人都信以为真。到了晋国祭祀大典的时候，晋献公因为身体不适没有出席，太子申生无法从遥远的曲沃赶回来，最后大典是由奚齐主持的。按照规矩，只有国君和太子才有资格主持大典，群臣一见奚齐担当了这个重任，再加上之前的谣言，心里立刻就炸开了锅。

我深深佩服骊姬的心计，一箭不知道射下多少只雕，很难说晋献公身体不适不能出席祭祀大典是不是她搞的鬼，晋献公这么信任她，她随便撒个娇，哄老头子喝一杯下了巴豆的茶，易如反掌。

为了陷害太子申生，骊姬和她的“智囊团”可花了不少心思。据说一次她让晋献公召回太子，在花园游玩，骊姬事先在头上涂了蜂蜜，蜜蜂一群一群赶来，骊姬就让太子申生帮她赶走蜜蜂。这一幕被晋献公看见，晋献公想起之前骊姬说的太子想调戏她之事，气得肝都颤了，一怒之下要杀了太子。骊姬却假意求情，说了很多好话，晋献公这才罢休，不过心里已经做了废太子的决定。

又一次，骊姬派人告诉太子，说晋献公梦见晋国前夫人，也就是太子的生母，想让太子回来祭奠一下自己的母亲。太子信以为真，就在曲沃举行了祭奠仪式，并且把祭奠的酒肉送回都城给晋献公吃。骊姬事先在肉中下了毒，等到晋献公要吃的时候，她说以防万一还是要试一下有没有毒，晋献公对她言听计从，自然应允。于是骊姬让人牵了一条狗来，把肉丢给狗吃，狗一吃就吐白沫了。

晋献公以为太子申生要杀他，大惊失色。骊姬火上加油，说了很多太子的坏话，边说边哭。宠爱妻子的晋献公心疼得不得了，这一次果断决定要除掉太子。

在晋献公的人到达之前，太子申生已经接到密报，逃出了曲沃。他心知肚明，要杀他的不是父亲而是骊姬。但是他太孝顺了，知道父亲宠爱骊姬，如果知道骊姬的真面目后肯定受不了。为了顾全大局，他最后选择了自杀。除掉太子申生之后，骊姬又将矛头对准了公子重耳和夷吾，两位公子也不是傻子，知道骊姬是不会放过他们的，于是逃出晋国，四处流亡。

至此，骊姬终于如愿以偿让奚齐坐上了太子之位，不久之后晋献公死了，奚齐就当了国君。但是晋国的大臣终于看不下去骊姬的所作所为，一齐发动政变，把骊姬母子都给杀了。

国不可一日无君，太子申生和奚齐都死了，剩下的只有公子重耳和夷吾。大臣们迎回了夷吾，让他当了国君，也就是后来的晋惠公。不过夷吾命不好，没当几年国君就死了，死后他的儿子晋怀公继位。

那段时间的历史用一个字概括就是“乱”，晋怀公还是太子的时候，在秦国当质子，娶了秦穆公的女儿怀嬴公主。秦穆公既然肯把女儿嫁给他，照理说不会对他怎样，可他一听说老爹晋惠公死了，赶紧从秦国逃了出来，快马加鞭回晋国继位。秦穆公气得要死，为了教训一下这个忘恩负义的女婿，他将流亡在外的公子重耳接回了秦国，把怀嬴公主又许配给了重耳。重耳和夷吾是兄弟，怀嬴是晋怀公的妻子，按辈分该叫重耳叔叔。

得到了强大的秦国的帮助，再加上重耳吃了这么多苦，意志已经被磨练出来了，他很快就成了晋国新任国君，后来又成了春秋五霸之一，史称晋文公。

究其因果，这一切的一切都因骊姬而起。骊姬一个女人能把晋国搅得像一锅粥，手腕还真不是一般的厉害，岑参说她“恶名终不流”是很客观的评价。相比之下，妹喜、妲己、褒姒虽然也有骂名，但比起骊姬“亲力亲为”的坏，还是有区别的。

忽如一夜春风来，千树万树梨花开

——看风吹落天边雪

北风卷地白草折，胡天八月即飞雪。忽如一夜春风来，千树万树梨花开。散入珠帘湿罗幕，狐裘不暖锦衾薄。将军角弓不得控，都护铁衣冷难着。瀚海阑干百丈冰，愁云惨淡万里凝。中军置酒饮归客，胡琴琵琶与羌笛。纷纷暮雪下辕门，风掣红旗冻不翻。轮台东门送君去，去时雪满天山路。山回路转不见君，雪上空留马行处。

——唐·岑参《白雪歌送武判官归京》

也不知道是不是全球变暖的缘故，现在的江南已经不再年年有雪了，至少我生活的地方是这样。曾记小时候，一大早起来，拉开窗帘，外面已是银装素裹，白雪积得很厚很厚，踩下去会嘎吱嘎吱作响。在去学校的路上，年纪相仿的小孩们嬉笑着抓起雪球互相砸来砸去，自得其乐，偶尔被雪球砸中，搓着手跺着脚哈几口气，又滑稽又可爱。后来，雪下得一年比一年少了，有时候整年看不到一片雪花。如果哪天早上起来看见院子里是白色的，第一个发现的人会高兴地尖叫，哇，下雪啦下雪啦。

江南的雪是温柔的，轻飘飘，如柳絮飞扬，用才女谢道韫那句“未若柳絮因风起”来形容江南雪再合适不过。我没有在北方过过冬，也不知道“北风那个吹，雪花那个飘”究竟是怎样一种情形。不过大概可以猜测，跟江南的雪相比，北方的雪肯定要厚重得多。

唐朝的都城在长安，也就是今天的西安，诗人们写雪景，多为北方雪。“燕山雪花大如席，片片吹落轩辕台”，这般来势汹汹的雪，南方的天空怕是承受不起的。至于“千里冰封，万里雪飘”，也不在南方人的视线范围内。读诗如看画，那么大气的雪，那么开阔的意境，若是有机会能亲眼见上一见，也不枉我在脑子里将北方雪和南方雪这么比较一番了。

唐朝天宝十三载（公元 754 年），岑参在新疆轮台为友人送别，当时的西北大雪纷飞，雪满天山路，于是岑参的送别诗中就有了“忽如一夜春风来，千树万树梨花开”的千古名句。

西北给我的感觉是萧瑟的，我到过最西边的地方是玉门关外的雅丹地质公园，放眼望去，千里戈壁，万里黄沙。当然，西北也有大片的绿洲，有肆虐张扬生命的沙漠红柳，有千年不死，死后千年不倒，倒后千年不朽的胡杨木。抵达甘肃是在 10 月底，祁连山上白雪连绵不绝，我瞬间就被震惊了，不过那是积在山上的雪，并非当场下的。若能亲眼见见西北的雪，那才过瘾。

边塞诗总是给人一种心酸的感觉，想那士兵们常年镇守边关，所见之景不外乎风沙蔓延，狼烟漫天。独独岑参这首诗让我眼前一亮，气势磅礴的风，瑰丽浪漫的雪，还有送别时的温情，顿时就让人觉得，他歌颂的不是边疆荒凉，不是战士疾苦，也不是离愁别绪，仅仅是想将当地瑰丽的雪景用文字描绘下来，供人欣赏。

时值八月，江南还是绿树成荫的盛夏，塞北却已经雪花漫天，呼啸的北风吹弯了满地白草。草的颜色非绿即黄，只有降霜的时候草上才会结一层薄薄的白色霜花。八月降霜下雪，在我印象中倒是件神奇的事，难怪有句话叫“十里不同天”，百里千里之外就更不用说了。漫天大雪纷纷扬扬而下，落在树枝上，白茫茫一片，仿佛一夜之间春风将梨花全吹开了。如此相像，又美丽又浪漫，春风既然可以“又绿江南岸”，为什么就不能“又开边塞花”呢。

很小的时候我就知道化雪要比下雪冷，但是南方的雪天再怎么冷都是不能跟塞北比的。塞北温度低，雪的来势又凶猛，一阵风刮来几乎能把人吹跑，轻盈如赵飞燕，恐怕都能像风筝一样吹上天了。

古代没有暖气，也没有空调电热毯，他们的御寒方式只有多穿一点再多穿一点。那时也没有羽绒服，更没有动物保护法，动物的皮毛就是他们最有利的御寒工具，比如狐裘。只是在那么冷的风雪天，狐裘也起不了多大的作用，慵懒如我肯定选择窝在被子里都不出门。但将士们没有别的选择，天再冷雪再大，他们还是得巡逻操练。然后就如岑参诗中所描绘的那样：将军和都护们拉不开弓，盔甲冰得穿不上身，大漠万里全部凝结了寒冰，天空阴暗，难得有阳光出现。

边塞条件如此恶劣，除了西行商人和戍边战士，一般人是不愿意去的。岑参出塞是为了上任，他一到，前任武判官就该卸任返京了。于是岑参带着众将士一起饮酒奏乐，为武判官举行热闹的欢送会。将士们都很豪气，他们弹着胡琴，吹着羌笛，喝着美酒，恶劣的天气并没有影响到他们的高昂情绪。此一别，也许今生今世再无缘相见，他们只求在最后一场酒宴上多喝上几杯，也不枉共事一场。

天下无不散之筵席，酒宴之后，即是别离。将士们送武判官到辕门之外，风雪依旧很大，没有因为有人要离开而停下，旗杆上的红旗被冻得发硬了，呼啸的北风也无法将它们吹得飘起来。

天虽冷，将士们骨子里的血却是滚烫的。他们在边塞见不到亲人，无法享受亲情，因而也就更重视友情。武判官在轮台任职的时候，想必和他们培养了很深的感情。要不怎么离开的时候，将士们会如此依依不舍？他们集体目送武判官上路，直到武判官的身影消失在雪地中，还是不肯离去，眼前白茫茫的雪地上，只留下一行马蹄的痕迹。此时此刻，他们的心里空荡荡的一片……

送君千里终须别，看风吹落天边雪。

战士军前半死生，美人帐下犹歌舞
——狼烟烽火行

汉家烟尘在东北，汉将辞家破残贼。男儿本自重横行，天子非常赐颜色。
摐金伐鼓下榆关，旌旆逶迤碣石间。校尉羽书飞瀚海，单于猎火照狼山。
山川萧条极边土，胡骑凭陵杂风雨。战士军前半死生，美人帐下犹歌舞！
大漠穷秋塞草腓，孤城落日斗兵稀。身当恩遇常轻敌，力尽关山未解围。
铁衣远戍辛勤久，玉箸应啼别离后。少妇城南欲断肠，征人蓟北空回首。
边庭飘飖那可度，绝域苍茫更何有。杀气三时作阵云，寒声一夜传刁斗。
相看白刃血纷纷，死节从来岂顾勋？
君不见沙场征战苦，至今犹忆李将军。

——唐·高适《燕歌行》

诗仙李白和诗圣杜甫并称为“大李杜”，李商隐和杜牧则是“小李杜”。中唐诗人元稹和白居易都是新乐府运动的倡导者，作品风格相近，因而被并称为“元白”。山水诗人谢灵运和他本家的另一位诗人谢朓并称为“大小谢”。高适和岑参擅长写边塞诗，并且都是此中翘楚，杜甫在诗中把他们俩并称为“高岑”。岑参的代表作是《白雪歌送武判官归京》，其中“忽如一夜春风来，千树万树梨花开”一句广为流传，而高适最出名的一句诗大概就是《别董大》中的“莫愁前路无知己，天下谁人不识君”了。

《燕歌行》是高适的代表作之一，近人赵熙称其为“高适诗中第一大篇”。在诗的序言中高适说明了这是一首和诗：“开元二十六年，客有从御史大夫张公出塞而还者，作《燕歌行》以示适。感征戍之事，因而和焉。”这位张公指的是唐朝名将，时任幽州节度使的张守珪。

唐朝诗人经常借汉朝之事来表达对本朝的看法，比如李颀的《古从军行》。《燕歌行》的第一句“汉家烟尘在东北，汉将辞家破残贼”，其实是指唐朝东北边境上燃起了狼烟，扬起了尘土，唐朝的将军离开了家，要去边境上与敌人作战。

高适对东北边塞的军事一直很关心，当时的幽州节度使张守珪立下了战功，仕途有所得意。之后，张守珪又逼迫平卢军出兵契丹，先胜后败。张守珪大概是怕上面责怪，报喜不报忧，隐瞒了败绩只上奏了战功。张守珪的一个幕客为了拍马屁，写了一首《燕歌行》歌颂张守珪的军功。高适看了之后，有感而发，落笔写下了这一首同名诗。

一般都认为高适写这首诗是为了讽刺张守珪，但确切来说，高适是对事不对人，就这件事发表了他的看法而已。诗的真正主旨，意在谴责将领得意忘形，骄傲轻敌，使得败绩连连，士兵和当地百姓都被殃及，身心受到了极大的痛苦。这种事自古有之，有些将军为了自己的仕途，不管士兵的生死，只会一味用蛮力。汉武帝时期，贰师将军李广利对大宛的一战就犯了类似的错误，不过错不全在李广利，汉武帝因李夫人的缘故急着给李广利弄个职位比较高的官当当，于是不管他是不是这块料，给他一批兵马就让他向玉门关出发了，结果头一次攻城输得很惨烈。可惜了那些死去的士兵们，全都成了李广利加官进爵的垫脚石了。

自古男儿热血，常以保家卫国为己任。谁家出了一位比较厉害的将军，祖孙三代都会享受到他的荣耀，如汉朝大将霍去病，即便年纪轻轻就战死沙场，但因为他的赫赫战功，几千年后的今天，还是有不少他的忠实崇拜者。高适也觉得，男儿本就该骑马纵横天下，杀匈奴，保家国。若能一举获胜，将士们的士气也会随之高涨，豪气万千。

然而战争是无情的，胜利可以用几个月甚至几年的谋划去换来，但失败往往会出人意料。若实力相差太大，失败还能接受，毕竟胜败乃兵家常事，今天败了未必明天不会成功。就怕有些将军只会寻欢作乐，到了要上场杀敌的时候，把全部的担子扔在士兵们身上。“战士军前半死生，美人帐下犹歌舞”就是个鲜明的对比，士兵们在战场奋勇厮杀，狂沙卷鲜血，将军们却在营帐里喝酒赏月，看美人翩翩起舞。无论怎么看，这都是一种极大的讽刺。三岁小孩都知道，一场仗能不能打赢，不能完全靠士兵，为啥人家卫青、霍去病能打胜仗李广利就不能？将军如何指挥，如何统筹，这在战场上都是十分关键的。像高适诗中所写的，将军贪生怕死躲在营中享乐，只让士兵去拼命，士兵们本身就憋了一肚子气，打仗时怎么可能发挥出最好的水平。

战争打赢了，功劳大多是将军的，除非表现特别突出的士兵才能晋升。他们在边塞长年见不到家乡亲人，一旦上战场，很有可能今生再也无法回乡，可怜无定河边骨，犹是春闺梦里人。他们家中的妻子正日思夜想，盼星星盼月亮等着他们回去，谁能料到是这样的结局呢？若将军和士兵能齐心协力，同仇敌忾，就像《诗经·王风·无衣》所唱的那样，“岂曰无衣，与子同袍，王于兴师，修我戈矛”，虽败犹荣。

所以在诗的结尾，高适感叹了一句：你没看见拼杀在战场有多惨烈，现在我还思念着用兵如神，爱护战士的李将军！这位李将军指的是西汉大名鼎鼎的“飞将军”李广。李广出生戎马世家，祖上乃是秦朝大将军李信。在当时，李广是公认的勇将，一生不知打了多少胜仗，为时人敬佩。值得一提的是，李广为官清廉，爱兵如子，对受伤的士兵常常亲自慰问，关怀备至。因此士兵们都自愿跟随李广出生入死，士气十足。得将士们如此拥戴，他能立下那么多战功也就不奇怪了。

可惜，几千年来能出多少个李广？不是谁都有李广那样的心胸和谋略的。烽火狼烟中，军行万里，黄沙吞血泪。

红豆生南国，春来发几枝
——相思成灰

红豆生南国，春来发几枝？愿君多采撷，此物最相思。

——唐·王维《相思》

王维总会令我想起江南的山与水，他像是为这天与地而生的画师，一睁眸，一阖眼，皆是风华无双。

红豆，又名相思子。鲜红浑圆，晶莹如珊瑚。传说古代有一位女子，因丈夫死在边地，哭于树下而死，化为红豆。

滴血相思，自然非红豆莫属。这又叫人想起那首歌来：

红豆生南国是很遥远的事情，相思算什么早无人在意。
醉卧不夜城处处霓虹，酒杯中好一片滥滥风情。
最肯忘却古人诗，最不屑一顾是相思，守着爱怕人笑还怕人看清。
春又来看红豆开，竟不见有情人去采，烟花拥着风流真情不在。

最不屑一顾是相思，一言道尽古今多少爱恨情仇。每每听来，都觉得身心都醉了。

在放肆奢华的李唐里，王维一向是洁身自爱的代表，他天生佛性，连号也是摩诘，一手妙笔生花的好诗，一笔无可复制的好画，一张琴，一溪云，便构成了他的世界。这一首《相思》，短小精悍，句句相思，字字如诉。

唐人多爱以采撷来比喻怜惜，颇有“涉江采芙蓉，兰泽多芳草，采之欲遗谁？所思在远道”的汉风。

红豆长于南方，结果艳艳，待到春来，芽发几枝？若你能多采一些，方不负我的相思之意。

陋笔难解王维诗中的百般妙意，只能强作如上解释。我对王维的诗，始终有一种敬畏和赞叹，他似乎是天生为自然而诞的诗人，多一字不多，少一字不少，简洁易明，意味无穷，每每读来，都别有一番风韵于其中。

只是，这样的王维，倒更让人想起辩机来。

唐代最闻名的，除却诗文天下，还有才子佳人，尤其是皇室公主与风流才子之间的妙不可言。而与王维有关的这一位公主，也与佛道有关，那就是玉真公主李持盈。

王维是内敛并且低顺的，他沉默而安静，优雅而从容，关于他同玉真公主的故事，也只能从唐史里隐约捉摸出一些细小的痕迹来。

李持盈是武则天的孙女，但却没有能够得到太平公主那样的礼遇，她的童年，是在战战兢兢中度过的。

自古王权至高，武则天在登基后，始终对太子并不能完全放心，因为她的儿子姓李，在她的信念里，这个太子似乎随时都能抢走她的皇位，所以，她必须让他无所依靠。于是，她唆使婢女毒杀了太子妃刘氏，以及玉真公主的母亲德妃，甚至尸首无存。

那一年，李持盈才三岁，她从三岁起便失去了母亲，还要面对祖母冰冷的杀意，而在此之后，是唐王朝最错综复杂的更替，太平公主的悲剧，在李隆基的手里终结。这是天底下最可怕，最无情的家庭，父不父，母不母，姑侄相争，血亲互谋，大明宫的阴影，始终笼罩在李持盈的身上。

这样的身世，造就了她冷清谨慎的个性，她不是任性刁蛮的娇小姐，从来没有享受过万千宠爱，身为公主，却依旧命薄如柳，更像是《红楼梦》中的惜春，堪破三春景不长——她冷眼看着龙袍下所有的阴霾，笑而不语。

李持盈是位极其聪颖的女子，幼年的经历让她极早地看破世事，提出“请入数百家之产，延十年之命”，她放弃了公主之财，自愿出家做女冠，以避风波，保全性命，她没有太平的贪婪，没有武则天的野心，只有平静与通透。

这样的李持盈与王维相遇了，却晚了十年。君生我未生，我生君已老，那一年，王维二十岁，李持盈却已三十。

一考未中的王维受岐王之邀，临宴抚琴，“妙年洁白，风姿郁美”的少年白衣翩翩，以酒为歌，以花为弦，一曲《郁轮袍》风华绝代。清冷孤高的李持盈愕然于他的才华，方觉口中琅琅诗词，竟都出自眼前少年之手。

一曲清歌动九城，王维自此名扬天下，然而这背后，或多或少都含有李持盈若隐若现的身影。

然而他们彼此又太过通透，李持盈深深明了自己的身份与年龄，王维同样如是。私以为，他们更像是隔水观花，遥遥致意，不需多言一词，不必多说一句，便能明白。

天性清净的王维，有一种与生俱来的平静，亦有一种无与伦比的致命吸引力。

他对李持盈的感情，绝对称不上一个爱字，至多是惺惺相惜，抑或是感激。

而他一贯是冷静的，自制的，想必李持盈也能够明白这一点，这样的人，似莲花，似白玉，只可远观，不可亵玩。

他无疑会是一个合格的丈夫，却不会是一个合格的情人。

王维与李持盈，如同两条平行线，彼此相望，含笑转身。

但是这个女子是成功的，她被永远地与《郁轮袍》连在一起，印刻在这位诗佛冷静而克制的传奇里。而王维的正牌妻子，只在《旧唐书》里留下一句“妻亡不再娶，三十年孤居一室，屏绝尘累”。

他是专一的，只是不知这一个“一”是谁，想必他平静如水的心里，也一定深藏了许多许多的秘密。做他的妻子是幸福的，因为她得到了他始终如一的对待，不论生前还是死后。

玉真公主也是幸福的，因为她遇见他时，是他最好的年华，白衣翩然，少年英姿，那是千金不换的岁月。

而王维呢，这位诗佛看遍了繁花似锦，反倒心生疲倦，更多地向往着山水，那里才是他的归宿，才是他的挚爱。

他作画，妙笔丹青。

他写诗，如梦似幻。

他弹琴，一音辨全曲。

百般风流千般念，千言万语写不尽，王维的少年时期太过风姿绝代，然而他的后半生又太过平静压抑。

似乎永远也看不透这个人，他平静且热情，他冷漠且柔情，矛盾而鲜活着。

相思相望不相亲，红豆泣血，不过锦绣成灰。

大漠孤烟直，长河落日圆

——飞沙走石的观望

单车欲问边，属国过居延。征蓬出汉塞，归雁入胡天。
大漠孤烟直，长河落日圆。萧关逢候骑，都护在燕然。

——唐·王维《使至塞上》

曾经有一位好姐妹孤身去了敦煌，撑了帐篷宿在沙漠里，半夜偶遇野狼，惊险万分。后来问及原因，便是因为这句“大漠孤烟直，长河落日圆”。

她说，最爱王维这一句，因而对大漠魂牵梦萦，拿着微薄的薪水，辞职远走敦煌，好不浪漫。

王维青少年时期极富文学才华，无论是山水诗还是边塞诗，在他笔下都一气呵成，流畅自如。他的诗至美，又能在细处悄然打动人心，苏轼更是称赞他的诗为“味摩诘之诗，诗中有画，观摩诘之画，画中有诗”。

这一首《使至塞上》，是王维写在出使塞上的路上。

这一年的王维，已是三十六岁，经历了安史之乱，官场受到排挤，远走大漠，出使塞上，望着长河落日，飞沙走石，望之兴叹。

他是不适合做官的，更不适合做谏官，《旧唐书》曾说他“退朝之后，焚香独坐，以禅诵为事”，因此而备受訾议。他的人生太过平和，仿佛一条流经繁华大唐的河流，顺势而下，静涌无波，只隐隐流光跃金，折射出些微的粲然。

这些微的璀璨，自然是他的诗文。

在描写自然这一方面，王维似乎有着天生的心有灵犀，无论是山林空寂的幽静，或是大漠偏远的荒凉，又或者是小桥流水的秀雅，都是顺手拈来，流畅自如。

而这一首诗，也是千古绝妙之作，对此，曹雪芹在《红楼梦》里，借了香菱与黛玉之口，点明了此诗之妙：

香菱笑道："我看他《塞上》一首，那一联云：'大漠孤烟直，长河落日圆。'想来烟如何直？日自然是圆的：这'直'字似无理，'圆'字似太俗。合上书一想，倒像是见了这景的。若说再找两个字换这两个，竟再找不出两个字来。再还有'日落江湖白，潮来天地青'：这'白''青'两个字也似无理。想来，必得这两个字才形容得尽，念在嘴里倒象有几千斤重的一个橄榄。还有'渡头余落日，墟里上孤烟'：这'余'字和'上'字，难为他怎么想来！我们那年上京来，那日下晚便湾住船，岸上又没有人，只有几棵树，远远的几家人家做晚饭，那个烟竟是碧青，连云直上。谁知我昨日晚上读了这两句，倒象我又到了那个地方去了。"

他的诗便有如此妙处，令人读之，仿若亲身经历，心驰神往。他写山川，清白似玉，他写大漠，磅礴飞扬。

这个时候的王维，已是妙笔信手便来，官宦生涯上的失意，似乎没有让这位诗佛的才华有丝毫地损伤，他依旧风华高傲，依旧能望着日升日落，轻烟似袅，提笔挥就。

他同李白是不同的，李白写大漠，是"大漠沙如雪，燕山月似钩。何当金络脑，快走踏清秋"的豪放，而王维则是细腻，他对这个天地，似乎有一种共同呼吸的爱，假如说李白是一位提刀行走天涯的侠客，那么王维便是一位拈花而笑的隐士，那些纷杂世事，那些风波硝烟，不过如漠上轻烟，转眼便消散了。

李白单纯得如同一个孩子，而王维却透过山水日月，俯瞰大地，心如止水。

所以李白是诗仙，王维是诗佛。

仙是最无拘无束的存在，逍遥九天，敢爱敢恨。

佛是万世悲悯，拈花微笑。

行到水穷处，坐看云起时

——岁月随心

中岁颇好道，晚家南山陲。兴来每独往，胜事空自知。

行到水穷处，坐看云起时。偶然值林叟，谈笑无还期。

——唐·王维《终南别业》

有人爱王维的“红豆生南国，春来发几枝”，有人爱他的“大漠孤烟直，长河落日圆”，而这首《终南别业》，却是我最初认识王维的第一首诗。

“行到水穷处，坐看云起时”被裱成书法挂在书房的墙上，笔墨挥洒之间，望之心境平和而安宁。

我平生最喜欢的，便是王维的诗，秦观的词。而王维的诗，唯这句“行到水穷处，坐看云起时”，最为爱不释手。写此诗时，王维已是中年，居于终南别业，闲看山水。此时的他，已经厌倦了尘世的纠葛，官场的纷乱，反而更向往隐士般的生活。

“采菊东篱下，悠然见南山”才是他心许的生活。

这是一个幽雅清静的人，难以用言语描绘他的好，唯恐一言一语亵渎了这位诗佛。倘若走到了水的尽头，就停下来吧，坐看行云变幻，也不失为一件乐事。

他是这样笑说的：

自我中年以后，很是喜好佛教，尤其喜好一人独静，便将家安在南山边陲。有时候兴致来了，我就会一个人来来回回地走着，看着山林美景，这是人世间何等的愉快，如此胜事，也只有我一个人自得其乐。

有时候走到水流的尽头，前方已是无路可走，就索性坐下，看那无心之云起起落落。偶然遇见山林中穿行的老者，信步与他们谈笑，更没有俗世的拘束，反而常常忘记回去的时间，如同误入桃源。

他爱独居，一有烦恼，就独自在林间行走，放眼自然，便会心胸开阔。而这个南山边陲，更是恰合他的心意。

他在《山中与裴秀才迪》的信中说："足下方温经，猥不敢相烦。辄便往山中，憩感兴寺，与山僧饭讫而去。北涉玄灞，清月映郭；夜登华子冈，辋水沦涟，与月上下。寒山远火，明灭林外；深巷寒犬，吠声如豹；村墟夜舂，复与疏钟相间。此时独坐，僮仆静默，多思曩昔携手赋诗，步仄径、临清流也。"

何等逍遥自在，随心所欲。这一点，想必许多人都深有体会。

一年夏末，曾去云南住了半月有余，偶入古镇沙溪，这是一个与丽江完全不同的城镇，它只有一条街，通彻全镇，镇外多走几步，便是澜沧江的分流。常常会在夜晚，穿着人字拖，走在青石板的路上，这里人烟稀少，静得可怕，风吹过，只有沙沙的树叶声。

在澜沧江边，是一望无际的绿色田野，下午有袅袅炊烟，夜晚繁星亮得不似人间。

每每在这里，我都会想起王维。

这其实是我心情非常低落的一段日子，每天醒来，与朋友说笑几句，就戴上耳机，去江边散步，这里的水没有尽头，路却有尽头。

走到桥头的时候，才会抬头看天上的云。

当时三个好友坐在桥头，像年幼时一样，孩子气地猜测每朵云的形状，然后肩并肩地歌唱。用声音沉淀下所有的纷繁复杂，这一刻，我想起了王维。想起千年前的诗佛，是否也会踩着木履，披着薄衫，漫步在水边，时时抚琴，听琴音与流水同奏，看白云与琴弦并起，花开花落，云卷云舒。

陶潜在《归去来辞》中曾说"云无心以出岫"，而王维的本义，正在于此，心与天地同在，恍然若无。

近人俞陛云说："行至水穷，若已到尽头，而又看云起，见妙境之无穷。可悟处世事变之无穷，求学之义理亦无穷。此二句有一片化机之妙。"

而这两句，又是王维一贯的"诗中有画，画中有诗"，宛然山水尽在眼前。

这又是一句极具禅意的诗，不用禅语，时得禅理。有如羚羊挂角，无迹可求。彼时的王维，经历了人生的起落，看尽了俗世的变迁，发出深深的叹息。

人生的道理便是如此，即便一切山穷水尽，也总有另一条路可走。

想必苏轼若生在唐朝，一定极投王维的缘，想起他那首《定风波》，不禁觉得有异曲同工之妙：

莫听穿林打叶声，何妨吟啸且徐行。竹杖芒鞋轻胜马。谁怕！一蓑烟雨任平生。

料峭春风吹酒醒，微冷，山头斜照却相迎。回首向来萧瑟处。归去，也无风雨也无晴。

“谁怕，一蓑烟雨任平生”，“归去，也无风雨也无晴”亦带着一种禅意，颇有你自乱你的，我自走我走的，更像王维后半生的思绪。

任你风烟缭乱，我自岿然不动，静坐此间，即便绝境，也含笑坦然。即便走到了尽头，也总有另一种风光。

人事无常，终有息期。岁月随心，终会淡然。

劝君更尽一杯酒，西出阳关无故人
——折柳送君千里外

渭城朝雨浥轻尘，客舍青青柳色新。劝君更尽一杯酒，西出阳关无故人。

——唐·王维《送元二使安西》

初读这首诗的时候，脑子里就浮现了这样的场景：渭城的清晨，细雨绵延，打湿了尘埃。青砖绿瓦的客栈周围，柳树成荫，一派清新明朗的景色。王维与元二在小栈里饮酒告别，每每欲离，却更依依不舍。王维与之相言：请你喝一杯离别的酒，向西走出了阳关，就可能再也碰不到相识的人了。

这是一首写离别的诗，也是王维笔下极富盛名的一首送别诗。后来还有人将这首诗谱曲，称作《渭城曲》、《阳关曲》或者《阳关三叠》，在唐朝时期，就已经被广为流传了。

诗的题目，清楚明白地说出了诗的内容，讲述了王维送元二去安西这一件事。安西是指唐代为统辖西域地区而设置的安西都护府的简称。唐朝建立后，为了加强对地方的统治，改郡为州，对地方的行政区域进行了调整，逐步形成确立了府制。都护府是唐朝在边疆民族地区设置的特别行政机构，是仿照汉代的西域都护府的建制。安西都护府治所先前是在交河城，后来在贞观二十二年（公元 648 年）的时候，改置龟兹。

“渭城朝雨浥轻尘”当中的渭城，故址是指秦时的咸阳城，到了汉代时期，改成了渭城，在渭水的北岸，唐代的时候，属于京兆府咸阳县的管辖区域。这一句写出了两人告别的地点和时间。

“客舍青青柳色新”一句当中，写出了当时的场景和氛围。在长安以东二十里的地方，渭河有一条支流流经，是为灞水，在灞水上有一座桥，叫作灞桥。喜欢汉历史的人都知道，汉文帝的墓陵就建造在这里，叫作霸陵。长安的人送别友人时，大多数都是送到这里，然后折柳赠别。因着“柳”字与“留”字谐音，也表达了惜别之前。后来“折柳送别”就渐渐地成为了一种习俗，文人墨客们就将“折柳”入诗入画，再后来，在其他地方送别的时候，未必周围就有柳树，诗人们也爱引用“折柳”这个典故，将其写入诗词当中。如李白的“秦楼月，年年柳色，灞陵伤别”和“此夜曲中闻折柳，何人不起故园情”，柳永的“今宵酒醒何处，杨柳岸，晓风残月”，王之涣的“羌笛何须怨杨柳，春风不度玉门关”，还有王维的另一首《送沈子归江东》中的“杨柳渡头行客稀，罟师荡桨向临圻”，等等，皆是借柳树来写惜别之情，渲染了离别的气氛。

“劝君更尽一杯酒，西出阳关无故人。”这两句诗，倾尽了诗人心中的深挚的情谊。友人“西出阳关”，不免要长途跋涉，一个人要饱受艰辛的独行之苦，到了那边，也不一定有认识的故人，因此，在临行之际，诗人劝他再饮一杯酒，用“劝酒”这一举动，表现出诗人对友人的惜别、关切以及对他未来状况的担忧之情，是诗人此刻强烈而又深挚的惜别之前的表现之处。“阳关”是汉朝设置的边关名称，故址在现在的甘肃敦煌西南，古代跟玉门关同是出塞必经的关口。《元和郡县志》里说，因为在玉门关的南面，所以被称为“阳关”。

读到这首诗的人，往往会想起唐朝时期，另外一位诗人高适的《别董大》：

千里黄云白日曛，北风吹雁雪纷纷。莫愁前路无知己，天下谁人不识君。

在这首诗当中，高适与王维用了截然不同的手法，来写他与友人的离别。在前两句诗当中写了离别时周围景物，落日黄云，北风吹雪，用北方冬日的悲凉，来写离别的心绪。借叙述景物来抒发内心的郁积，与友人告别的心情，就犹如立在风雪之中一般凄苦寒凉，来体现内心与友人分别时的伤感。然而后两句却写出了慷慨激昂之音，具有恢弘的气度。他用“天下谁人不识君”来劝慰友人，于慰藉之中充满信心和力量，鼓舞他即使离别了，前路也会有他的知己，走到哪里，哪里的人都认识他。

王维的《送元二使安西》读起来言辞清新，带有一股春日的清亮感，在感情上轻柔明快，犹如置身一幅山水画中，意境空远，别离悠悠，容易打动离别之人的心灵。而高适的《别董大》却另具风格，用广阔辽远的大漠，胡天雪地的场景，昏暗的阳光，漫天的黄云和雁阵惊寒，来写离别。一下笔便呈现给人气吞山河，威震四野的感觉。

同是离别诗，王维写“渭城朝雨浥轻尘”，高适写“千里黄云白日曛”；王维写“客舍青青柳色新”，高适写“北风吹雁雪纷纷”；王维写“西出阳关无故人”，高适写“天下谁人不识君”。两首诗读起来，虽同样是写离别，感觉却是反差极大。

独在异乡为异客，每逢佳节倍思亲

——朴实无华，其情可见

独在异乡为异客，每逢佳节倍思亲。遥知兄弟登高处，遍插茱萸少一人。

——唐·王维《九月九日忆山东兄弟》

这首古诗给我的感觉，就如同“床前明月光，疑似地上霜”和“锄禾日当午，汗滴禾下土”一样的熟悉和亲切感。小时候，在还没有开始上学时，家里已经开始教我们背诵唐诗三百首，往往最先会背的就是“床前明月光，疑似地上霜”“春眠不觉晓，处处闻啼鸟”“锄禾日当午，汗滴禾下土”这样的家喻户晓的唐诗。

千百年来，这首《九月九日忆山东兄弟》，打动了无数游子离人之心。从它的题目来看，就已经很清晰明白地告诉了我们王维在重阳节的时候，想念家乡的亲人了。

王维的家在蒲州，就是现在的山西永济，不明白王维背景的人常常会误会题目中所说的“山东”是指现在的山东省，就寻思着他明明是山西人，可是为什么会有山东的亲人？甚至有的人还以为他想念的不是亲人，而是在山东省的好友。其实是因为蒲州是在华山的东面，“山东”指的是山的东面，而并非是今天的山东省。

当时，王维正在长安考取功名，待到重阳节时，他独自一人，他乡为客，面对繁华的帝都，感受着长安的各家各户开开心心热热闹闹过节的气氛，而自己却是举目无亲，心里便思念起了家乡的亲人们。

这首古诗的开头两句“独在异乡为异客，每逢佳节倍思亲”，直抒胸臆，用“独”“异”两个字表现出了他内心的孤独，为他思念家人的心情添上了浓墨重彩的一笔。长安或许是很多人朝思暮想，费尽心力想要扎根立足的大都市，但是每每在这样的节日当中，都让人很清楚地感受到自己不属于这座城市，没有亲人，没有朋友，有的只是孤寂和陌生。长安越是繁华热闹，就越显得游子孤独无奈。

佳节，是家人团聚的日子，在这样的节日里，往往都会勾出所有在外的游子对家乡的思念，对亲人的想念，而这种想念比平常要来得深刻得多。王维用“独在异乡为异客，每逢佳节倍思亲”一句，贴切而又朴实无华地写出了思乡的心情。

“遥知兄弟登高处，遍插茱萸少一人”两句，是诗人在长安遥想从前每逢重阳节的时候，和兄弟一起去登高，身上佩戴着茱萸，而如今自己却一个人在异乡，不能参与这样的活动。

古人把重阳节又称作登高节、茱萸节、茱萸会，在这一日，按照民间的风俗，人们在重阳节除了要登高远望，还要喝菊花酒，并且在身上插茱萸或者佩戴茱萸香囊。

茱萸有一个雅号，叫作“辟邪翁”，采摘茱萸的枝叶，连它的果实用红布缝成一个小包包，佩戴在身上可以用来避邪。杜甫也曾在他的《九日蓝田崔氏庄》中写道：“明年此会知谁健？醉把茱萸仔细看。”

在唐朝的时候，重阳佩戴茱萸很盛行，人们认为在重阳节这一天插茱萸可以避难消灾，它的作用其实是在于除虫防蛀。因为过了重阳节，就是十月小阳春，天气会有一段时间的回暖，而重阳以前秋雨潮湿，秋热也还未完全退去，衣物就容易发霉。而茱萸有略微的小毒，有除虫的作用。但是在宋元之后，佩戴茱萸的习惯就慢慢淡化了。

对于初次离家的少年郎，背负着家中的期望考取功名，忍受着思亲之苦，“倍”只一字，已然道出了他心中全然的苦闷。在前两句当中，他先从自己的角度述说，“独”、“异”以及“倍”三字，用得巧妙，从他自我的感受上表现思亲之情。而后两句，用“遥知”两字，转换到家乡亲人的角度上去写，从“少一人”三字当中，似乎让人体会到了不单单是他在想念亲人，他家乡的亲人此刻也正在遗憾不能和他一起登高，不能和他一起插茱萸避邪消灾。

此时此刻，不禁让我想起了贺知章的《回乡偶书》：

少小离家老大回，乡音无改鬓毛衰。儿童相见不相识，笑问客从何处来。

《回乡偶书》这首诗整体读来，给人的感觉自然逼真，仿佛一切的描述都现于眼前，所有的字词都自然流露，出于肺腑，朴实无华，毫不雕琢。两首诗，皆是源于生活，写出了内心深处的真实感情，由此，我才会将两首诗联系到了一起。

陆游曾说过：“文章本天成，妙手偶得之。”从王维笔墨间晕开的，是浑然天成的感情。不经修饰，自然流泻，其情可见。

还君明珠双泪垂，恨不相逢未嫁时
——还君明珠隐于朝

君知妾有夫，赠妾双明珠；感君缠绵意，系在红罗襦。妾家高楼连苑起，良人执戟明光里。知君用心如日月，事夫誓拟同生死。还君明珠双泪垂，恨不相逢未嫁时。

——唐·张籍《节妇吟》

在不知道谁是张籍时，我就已经知道“还君明珠双泪垂，恨不相逢未嫁时”这一句诗。彼时家里没有电脑，没有诗词的书，课堂上也不曾学过这首诗，只是感叹这句诗的哀怨凄美，心内有种郁郁不能抒发的情感，感叹有情人却不能终成眷属。

这不禁想起了张小娴的那首《最美的时候你遇见了谁》：“在对的时间，遇见对的人，是一种幸福。在对的时间，遇见错的人，是一种悲伤。在错的时间，遇见对的人，是一声叹息。在错的时间，遇见错的人，是一种无奈。”相濡以沫，不如相忘于江湖。不是不曾心动，只是有缘无分，大抵说的就是这样的感情吧。

这首诗给我的感觉，与“君生我未生，我生君已老”相差无几。一个是遇到良人时已经出嫁，不能再在一起。一个是年岁悬殊，相处的时间已然不多。虽然两者所说之事截然不同，但却都是错过。就如歌曲《一念执着》当中的歌词：“是时间的过错，让我们只能错过，我多想念你多遥远。早知道是苦果，这一刻也不想逃脱，可惜这字眼太刺眼，两个世界之后，只好情深缘浅。”

后来，我知道了这句诗是出自张籍的《节妇吟》，却肤浅地将它归结于一个有妇之夫拒绝一段“婚外情”之流，虽然我很喜欢看到“有情人终成眷属”的结局，妇人也未曾作出逾越之事，却还将明珠“系在红罗襦”，由此，原本对于这首诗的喜爱也逐渐趋于平淡。直到后来意外知道张籍是韩愈的门生，在翻阅资料时，才发现我以前犯了多大的一个错误，也重新拾起了对这首诗的喜爱，并且是与之前单纯感叹它凄美的情怀区别开来喜爱。

晚唐时期宦官专权，伴有党争，长安的政治环境极其恶劣，直接影响到了士人，为了自保前程，他们拉帮结派党同伐异。宦官则飞扬跋扈，控制军队，甚至操持皇帝的废立。大臣们不仅不敢对宦官有半点不敬，还纷纷曲意巴结。那个时候，宦官还可以随意捉拿朝臣，弄得人人自危。

不但如此，由于安史之乱给唐朝带来一个很严重的后果，就是藩镇割据，虽然安史之乱最终被镇压，但是无可挽回地成了唐朝由盛转衰的转折点，唐王朝分崩离析，安史余部也还保持着相当大的势力，昏懦的唐代宗为了求得暂时苟安，“瓜分河北地付授叛将”。在平叛过程中，唐朝对内地掌兵的刺史也多加节度使的称号，因此，经过安史之乱以后，“方镇相望于内地，大者连州十余，小者犹兼三四”，形成了割据的局面。方镇多仿效河朔，专横跋扈，割据称雄，对其境内的人民实行暴虐统治。方镇的叛乱，有时甚至直接威胁到中央政权。

在官场的日子如履薄冰，危机四伏，割据一方的藩镇大帅也将目光瞄向了朝臣们，希望能拉拢一些朝臣作为他们在朝廷的眼线，以便随时都能掌控朝廷的动向。

张籍曾在《杂曲歌辞·伤歌行》中写道：

黄门诏下促收捕，京兆君系御史府。出门无复部曲随，亲戚相逢不容语。
辞成谪尉南海州，受命不得须臾留。身着青衫骑恶马，东门之东无送者。
邮夫防吏急喧驱，往往惊堕马蹄下。长安里中荒大宅，朱门已除十二戟。
高堂舞榭锁管弦，美人遥望西南天。

从这首《杂曲歌辞·伤歌行》，我们可以从字面意思上了解到当时的状况，太监得势，朝臣自危，连亲戚相见都不敢交谈。在朝为官被打压的人，被贬谪到南海。有人会想被贬去南海不是很好吗？风景秀丽，怡然自得。当时南海可不像如今这么发达，被视作“南蛮”的地方，就与“北夷之地”一样荒凉。在被贬途中，他们穿的是粗布麻衫，骑的是恶马，也没有人送行，或许是不敢送行吧。连邮夫防吏都可以对他们恶言相向，长安城里原本的豪宅都成了荒宅，那时候在家中摆宴歌舞的人也极少了。这首诗，很写实地描述了当时整个社会风气是怎样的状况。

张籍是在唐贞元十五年（公元 799 年）中的进士，官拜太常寺太祝，迁秘书郎，后经韩愈推荐，得为国子博士等官职。许多当时的名士，都乐于与他同游。平卢、淄青节度使李师道是张籍为官时最强盛、最飞扬跋扈的藩镇大帅之一。李师道非常仰慕张籍的学识，很想罗致征聘他，来为自己效命。

而李家几代人“窃有郓、曹等十二州，六十年矣。惧众不附已者，皆用严法制之……以故能劫其众，父子兄弟相传焉”，基本上是土皇帝一个，天不怕地不怕。其他藩镇对李师道避让三分，朝廷也一味笼络李师道，给他冠以检校司空、同中书门下平章事等头衔，李氏权势炙手可热，而一些不得意的文人和官吏也往往去依附他们，韩愈就曾作《送董邵南序》一文婉转地加以劝阻。

张籍虽是穷官，却淡泊名利，他是韩门大弟子，他主张统一、反对藩镇分裂的立场一如其师韩愈。张籍为此写了《节妇吟》，副标题就是《寄东平李司空师道》。

张籍巧妙地运用了比兴的手法，委婉地表明自己的态度。借一位有夫之妇的嘴，拒绝了一段“婚外情”，单看表面完全是一首抒发男女情事之诗，骨子里却是一首政治诗，题为《节妇吟》，即用以明志，是拒绝李师道的拉拢，拒绝他的收买。虽然他以“恨不相逢未嫁时”做了解释：只因为错过了时机，如今我已经有效忠的对象，不便再效忠于你。我也忍不住对这个只是一介文弱书生的张籍，生出了敬佩之情。对于李师道这样一个人物的拉拢，他居然敢于拒绝，虽然历史上李师道后来并未对张籍怎么样，我也不禁为他捏了一把汗。

在当时的政治环境下，取巧钻营、毫无廉耻的小人反而会平步青云，而那些如张籍一般洁身自好的人，为官之道却是举步艰难。然而张籍却能“出淤泥而不染，濯清涟而不妖”，让我很是佩服他这种宁可抛弃荣华富贵，拒绝被拉拢之后从此平步青云官途坦荡的诱惑，也要坚持清廉为官之道的精神。

还君明珠，大隐隐于朝——这是张籍的为官之道。

从此无心爱良夜，任他明月下西楼

——此生挚爱，别无他恋

水纹珍簟思悠悠，千里佳期一夕休。从此无心爱良夜，任他明月下西楼。

——唐·李益《写情》

初识李益，乃是源自唐传奇。

在史官笔下，这是一位才情出众的边塞诗人，而在蒋防的故事里，他却是薄情寡意的负心人。此李益，彼李益，皆读之恻然。

《霍小玉传》里的李益，少年奇才，心高气傲，经人介绍与沦落风尘的霍王之女霍小玉相识，他初见霍小玉之时，只觉眼里光华照耀，如明珠璀璨，竟有一种不可直视的美。

霍小玉从一出场就尽得风韵，她是没落王孙贵族的庶女，知书达理，才华横溢，秀美温顺，然又不愿轻易屈身平庸之辈，自有一番清贵傲骨。

书生自古都有一种酸腐清高之气，以及微不足道的侠气。几乎是一见倾心的两人很快就谈婚论嫁。霍小玉是艺伎，出淤泥而不染，但本是庶出，家族又中落，流落风尘，不过可怜二字。

与霍小玉恩爱不过两年的李益，很快就要去往华州任职，临行之际，他对惶惶不安的霍小玉许诺说："皎日之誓，死生以之。与卿偕老，犹恐未惬素志，岂敢辄有二三。固请不疑，但端居相待。至八月，必当却到华州，寻使奉迎，相见非远。"

意思就是："我已对天发誓，无论生与死都会遵从当时的誓言，与你白头偕老的愿望，这样奢侈的心愿尚且担心无法实现，更不消说别的妄想了。请你一定不要疑惑和动摇，安心留在这里守候，到了八月，等我到达华州，一定请人来接你到我身边，相见之期很快便到。"

如此，李益踏上了往华州任职的路途，而霍小玉带着对未来的憧憬和对丈夫的不舍，目送他离开。

一切至此，本已圆满，奈何霍小玉万般皆想，独独漏了一件事——家世。

李益出身官宦世家，在门第等级高于一切的时代，他的婚姻并不由他决定，而是由家族中握有实权的长辈掌握。

在李益为官后，李氏家族的太夫人迅速为他物色了一位名门闺秀——李益的表妹卢氏。李益一归家，李家便一举敲定婚事，来不及抗争的李益，在一种茫然无措悲愤悔恨的心情中，眼睁睁地看着一切尘埃落定。

而这个时候，在陇西满怀期待的霍小玉，还浑然不知她的爱情和婚姻都随着权贵的一纸婚书而轰然坍塌。她一面日夜期盼情郎的回归，一面苦撑着母女的开支，变卖首饰，典当物品，再不抛头露面，恪守着为人妻子的本分。

读到这里只觉得可悲，又不自觉地怜悯她。这就是封建女子的悲哀，丈夫出轨，纳妾无数，甚至是休弃另娶，身为妻子的一方，除了接受，再无二法。

她为他枯守年华，还自以为幸福地苦苦等待，他却不敢反抗自己的家族，披上喜袍，另纳新人，红烛凤冠之下，目光里映着的是另一张娇羞面容。

日复一日，年复一年，李益终日受着煎熬，他还爱着霍小玉，但又尊敬着贤惠无辜的妻子卢氏，两相为难，他作出了这个时代的大部分男人都惯于做的一件事——逃避。

他再也不愿意想起陇西，想起霍小玉，想起他们一同看过的明月，写过的诗词，度过的最美好的时光。

这首诗便是最好的证明。

水波幽幽，思念悠悠，曾经约定的相见佳期早已过去，唯有你我还在一日复一日，一夕复一夕地等待。

因为你不在身边，从此这冰轮高悬的夜晚，再也无法令我留恋，任那明月起落，任她欲满还亏，都已如浮云一般散去。

昨日种种譬如昨日死，往昔再无可追。

当霍小玉终于绝望之时，经由一位故人得知了李益的近况。惊怒交加的女子，此时已憔悴不堪看，她皎洁的面庞已是形容枯槁，漆黑明亮的双眸早已黯淡无光，青丝逶迤，一身粗衣麻布，这样的霍小玉，再也不是当年艳冠京华的霍小玉。

然而纵使容颜不在，她的骨气还在，霍小玉撑起病体，厉声恳求故人将自己带去见李益，她要亲口问一问李益，为何背弃誓言，为何如此怯懦！

故人怜惜霍小玉体弱，答应替她将李益带到她面前来，多日之后，风尘仆仆的李益，来到了霍小玉的面前。

十年生死两茫茫，不思量，自难忘。两人时隔多年再见，唯有泪千行。

这一刻，霍小玉的质问一句也说不出来，她只能含泪看着李益，哽咽得说不出话来。

相顾无言，霍小玉奉了酒杯，一饮而下，随之扬手摔在李益面前，恨道：“我为女子，薄命如斯！君是丈夫，负心若此！韶颜稚齿，饮恨而终。慈母在堂，不能供养。绮罗弦管，从此永休。征痛黄泉，皆君所致。李君李君，今当永诀！我死之后，必为厉鬼，使君妻妾，终日不安！”

我虽然身为女子，身似蒲草，命途飘零，薄命至此，但你身为男子，却也负心至此，胆怯至此，何等耻辱，何等不耻，枉为君子！我年纪尚轻，含恨将亡，但我有高堂慈母在世，却无法供养，是为不孝，绮罗丝竹，一身才华随尘土，虚度年华，尘世种种，自此永诀。今日一别，我纵使下了黄泉地狱，也会记得是因为你的缘故。李益啊李益，今天我纵死于此，也要化成厉鬼，让你那一干娇妻美妾，永无安宁之日！

说罢，霍小玉气绝而亡。

李益至此一刻，方泪流满面，悔恨交加，他冲上前拥住已然香消玉殒的霍小玉，悲恸欲绝，久久无以成言。

自霍小玉死后，李益终日郁郁，心结难解，对妻子卢氏亦失去耐心，动辄打骂，斥责其有亏妇德。

好似霍小玉的诅咒成真了一般，李益的后半生，始终充斥着严重的家庭争端。

历史上的李益，也是嫉妒心重的典型代表，《太平广记》中说，他疑心甚重，只要妻子或小妾一有让他不悦之处，就被指红杏出墙，休弃或是冷落，比比皆是。

我相信李益是真的爱霍小玉，然而他的爱并不能抵挡过家族的重压，更致命的是，他这样浅薄的爱，连他自己的怯懦都无法战胜。

所谓可怜之人必有可恨之处，说的便是李益这一类人，他的才华名传千古，他的薄情负心，也随之流传千年。

时至今日，每一个读过这段故事的人，都知道一个纵笔狂歌、擅写边塞风霜的李益，更知道一个被霍小玉痛骂“君是丈夫，负心若此”的李益。

或许这对两人来说，也是一种成全。

至少在历史的长河里，他们永远被束缚在一起，没有卢氏，没有其他女子，只有属于他们两个人的唐传奇。

欲得周郎顾，时时误拂弦

——谁解云中意

鸣筝金粟柱，素手玉房前。欲得周郎顾，时时误拂弦。

——唐·李端《听筝》

这首小诗写一位弹筝女子为博取青睐而故意弹筝出错的情态，写得婉曲细腻，富有情趣。把小女子的娇柔姿态，内心渴望却不能言说的不知所措，写得灵动极了。

诗的写法如速写，似素描，把女子的心理写得极为传神，真不知李端是在哪里看见这幕，或是他就是女子的“周郎”？

人间四月，芳菲正艳，安静的院落内，桃花肆意张扬地在风中飞舞，花瓣随着清风落入窗棂。

筝房内，水色青衣襦裙的女子，坐在筝前，拨弄筝弦，优美的乐声从弦轴里传送出来。女子敛眉低目，眼中波光潋滟，泛着顽皮的水光，小巧的鼻子轻轻努动，嘴角勾起一个清浅的笑，粉嫩的唇瓣比窗外的桃花还艳丽。情窦初开的年纪，肆意展示自己最美的一幕，是因她知晓那个知音人就在身侧。灵动的大眼，顽皮一闪，故意拂错弦音，只为引得身侧的“周郎”蹙眉回顾。

每每读来，脑海中就是浮现这样一幅场景，不知愁的年纪，情窦初开的少女，迫不及待地想要吸引她钟爱之人的关注。也许着急得有些过分地搔首弄姿，想像成年女子展露妩媚风情一般展现自己的美好，可偏偏青涩如一朵还没有绽放的花骨朵一般，空留下了些许的笨拙，但是依旧可爱。

如花的年纪，无论做什么，都有着青涩的可爱，羞涩的稚嫩。比起成熟的风情万种，世人更多的是爱青葱的美丽。那些不能言语的美好，那些勇往直前的冲动里，没有迟疑的后怕，至多也就是泛红脸颊下的羞涩。青春之所以美好，便是因为这些肆无忌惮，和它的短暂吧。

我想每个人说起青春，都会难忘并且当它是最美好的时光。世事便是如此，走的最急最快的，往往都是最美的风景。人生的路上总会有太多的风景，幼年的好奇，少年的懵懂，青春的无忌，成年的责任……而青春时光恰恰是一个启蒙，长大后不愿去做的，少年时不能去做的，都在青春里肆无忌惮地挥洒，甚至是那些明明知道没有结果的事，却依旧能选择勇往直前，不顾及结果，不惧怕伤心，只为心之所想。

回首青春时光的傻气，自己都不觉会笑自己，当初怎么能傻成那般，同样的事情，放到如今，便是怎样都不肯再做了。那些自以为掩饰得很好的小心意，其实早就曝露在日光、人前，唯独自己还不自知，好像守着一个天大的秘密，欲言不能言，欲做不能做，独独憋屈着，暗暗地下决心……傻气吗，的确是的，可是却美好得让人不能忘记。

那决定拂错弦音的女子，在决定做这一切前，想必也是在心内百折千回无数次，才决定一试知音人，那带着期待，又时时忐忑的心情，用尽一切掩饰着，觉得一切都没有泄露，却不知早有人看出端倪，畅然一笑，写下诗作，带着对少女的怀春情怀的美丽歌颂，也带着对已逝青春的怀念。

到底是怎样的“周郎”，才惹得弹筝女子不顾听客之感，只为换来他的一顾呢。

我有时会佩服弹筝女子的大胆。在古代弹筝的女子大多是属于乐坊女子，一般弹筝都是为了让宾客听。在这样的场景下，她心属意的“周郎”该是多么出众呀，在众人中因一眼钟情，不顾一切只为一顾。

后世讲，周瑜美姿容，精音律，多谋善断，精于军略，为人性度恢廓，雅量高致。最有的典故便是：瑜少精意于音乐，虽三爵之后，其有阙误，瑜必知之，知之必顾，故时人谣曰：“曲有误，周郎顾。”

若是人在酒醉后，还能精准地指出被弹错的地方，那便是真真儿的精于音律了。羽扇纶巾的公瑾，英俊不凡，从容娴雅，谈笑间樯橹灰飞烟灭，这是怎么样的一种气度呀！偏偏人又文武双全，气度宽宏。这样的风流人物，堪称完美。若是能在人海中一见，谁人能不被他折服，谁人又不爱恋上他呢！

如此看来，我便更能理解弹筝女子了。在古代森严的礼教下，那些丰富的情感，只能靠故意弹筝出错来博得那天人一般的“周郎”青睐，也只能靠这唯一大胆的动作来倾诉内心的渴求，求得钟情的“周郎”是知音人，懂得她的心意。

或者，她更希冀自己成为另一个卓文君，能有一个司马相如读懂她的心意，以琴相回，相伴终身，即使粗茶淡饭，也甘之如饴。只可惜，卓文君不会再有，司马相如也不会再有，即便有，这个女子又是否有文君的才华和勇气，将已经变心的情郎再度唤回呢？

月落乌啼霜满天，江枫渔火对愁眠

——江上渔火，河里烟波

月落乌啼霜满天，江枫渔火对愁眠。姑苏城外寒山寺，夜半钟声到客船。

——唐·张继《枫桥夜泊》

苏州，我喜欢称她为姑苏。忘了到底从什么时候开始，我对这座江南名城产生了特殊的感情。或许是我天生喜欢古韵浓郁的地方，或许是那句有名的话，“上有天堂，下有苏杭”。苏州和杭州，这两个同样美丽的地方，自古以来便有着千丝万缕的联系。春秋时期，越王勾践卧薪尝胆，最终灭了吴国。吴就是苏州所在的江苏省，越便是浙江了。那时候的人提到江南，一般都不叫江南，称之为吴越。

姑苏留在历史上的倩影，值得一提的是吴王夫差所建的姑苏台。吴国打败越国后，夫差渐渐得意忘形，沉迷于声色犬马，他宠爱美女西施，在姑苏台大兴土木建馆娃宫，与西施纵情声色，最终被手下败将勾践反将了一军。夫差自刎而死，耗费巨资兴建的姑苏台被越兵付之一炬，在火海中灰飞烟灭。很早之前就觉得，《封神演义》中武王伐纣的故事有吴越之战的影子：西伯侯原是商纣王的臣子，勾践曾被夫差打败，臣服于吴国；商纣王宠爱妲己，搜刮民脂民膏为她建摘星楼，夫差宠爱西施，为了与她一同享乐不惜斥巨资兴建姑苏台馆娃宫；摘星楼被越西周士兵烧成灰烬，姑苏台最终被越兵付之一炬……

姑苏尽风雅，文人墨客从不吝惜笔墨和绮丽的诗词去歌颂她，而其中最为人熟知的莫过于张继的这首《枫桥夜泊》。它究竟有名到什么程度？但凡和唐诗有关的书籍，从来不会没有它的身影。张继本身并非特别有名的诗人，亦没留下其他特别出彩的诗词，唯独这首《枫桥夜泊》家喻户晓，让他名留千古。其中“姑苏城外寒山寺”一句，把寒山寺的名气也打响了，没有张继，哪来今天寒山寺的旺盛香火。不得不感叹，古人笔下的那些诗词，影响力实在太大了：姑苏城外寒山寺，西出阳关无故人，春风不度玉门关，欲把西湖比西子，故人西辞黄鹤楼，烟花三月下扬州。还有范仲淹的《岳阳楼记》，王勃的《滕王阁序》，等等，这些诗词名篇为它们所描绘的地方不知增加了多少人气。

张继在诗中一共提到了三个地方，寒山寺就不必说了，“江枫”二字指的是寒山寺附近两座桥：江村桥和枫桥。秋天的夜晚，诗人泊船枫桥，为姑苏特有的夜景所吸引，月夜的霜花，江上的渔火，宁静而温馨。其中我甚是喜爱“江枫渔火对愁眠”一句，对于水乡出生的我来说，渔火实在是太常见也太熟悉了。夜空无论是银月高挂还是黑如泼墨，点点渔火始终安静地浮在水面之上，让人没由来地多出一份安全感。江枫、渔火，对愁眠，这是何等微妙的字眼，月夜本清寒，渔火却是其中的暖色，在这样的夜晚，诗人怀着一腔孤寂，对愁而眠。他是被姑苏独特的夜景所感染，突然萌生了思乡之情。同一片月光下，不知此时家乡是怎样一番景致？惆怅之际，寒山寺的钟声敲响了，声声传入客船之中。这样的钟声叫“无常钟”，当时的寺庙，每天半夜会在固定的时刻敲钟。这里的“夜半钟声”跟南朝诗人王籍所写的“蝉噪林逾静，鸟鸣山更幽”有异曲同工之妙。夜本宁静，除了乌啼之声，再无其他。而寒山寺忽然响起的钟声，衬得这枫桥之夜愈发寂静，诗人心中的思乡之情也越发浓郁。

关于姑苏的诗，还有一首宋人的诗，这首诗远没有《枫桥夜泊》的名气大，意境却是一样的美：

白首重来一梦中，青山不改旧时容。乌啼月落桥边寺，欹枕犹闻半夜钟。

两首诗的韵味差不多，都带着点惆怅的清冷美，寒山寺的钟声，也随着这两首诗响彻千古，余音不断。

枫桥“夜”泊，顾名思义，写的自然是姑苏的夜景。仅是夜晚的景色就已让人沉醉，更别说是全景了。唐朝诗人杜荀鹤名气不是很大，但是他这首《送人游吴》却着实让我惊艳了一把：

君到姑苏见，人家尽枕河。古宫闲地少，水港小桥多。
夜市卖菱藕，春船载绮罗。遥知未眠月，乡思在渔歌。

如果说张继写姑苏带着淡淡的哀愁，那么杜荀鹤的笔墨中则融入了亲切和质朴，他不像写诗，倒像是亲口与人诉说姑苏的景致：你到姑苏的时候会看见，那里的房屋都是倚着河而建的，城中没有多少闲置空地，小巷子里的河道上有很多小桥，夜市上到处是百姓吆喝卖菱角和莲藕的声音，河中的船上载满了精美的丝织品……这不就是一幅乡间古镇的水墨画么？“夜市卖菱藕”和陆游的“深巷明朝卖杏花”很像，小巷之中，夜晚卖菱藕，早晨卖杏花，透出的是十足的江南味儿。在江南水乡，经常能见到这样的画面，但姑苏又有属于她自己的独特美。苏绣闻名全国，“春船载绮罗”，静静泊在河上的画面，怕是只有在姑苏才能见到了。

姑苏之美，在于静，在于韵，在于园林中精致的雕梁画栋，在于小巷中古朴的青石碧瓦，还有夜晚亮起的点点渔火，江上泛起的阵阵烟波和古窗格里飘出的阵阵评弹声。

吴侬软语，留梦姑苏。

海水尚有涯，相思渺无畔

——空有相思曲，弦断一腔怨

人道海水深，不抵相思半。海水尚有涯，相思渺无畔。

携琴上高楼，楼虚月华满。弹著相思曲，弦肠一时断。

——唐·李季兰《相思怨》

李季兰的本名比较抢眼，叫李冶，乍一看还以为是和唐高宗，也就是武则天的丈夫李治同名。她是个话题美女，从小就有才有貌，而历史对于话题美女，特别是话题美女加才女来说，总会留下一些令人无法琢磨的神奇事件。

李季兰六岁那年写了一首蔷薇诗：经时未架却，心绪乱纵横。她爹看了连连摇头，道："此女聪黠非常，恐为失行妇人。""架"和"嫁"同音，老头子觉得女儿这么点儿大就写出这种含义的诗，不是好兆头。身为父亲，他当然不想女儿走上风尘之路，为了将这个不祥的兆头扼杀在摇篮里，他把女儿送到玉真观当女道士，并改其名李冶为李季兰。

但是李季兰的父亲忘了一点，他所处的朝代可是唐朝，唐朝的女道士怎么可能会清心寡欲一心修行？更何况李季兰还长了一张漂亮的脸蛋儿。来看看唐朝风流的女道士们，最有名的就是"因妒杀婢"的风流才女鱼玄机了，她在咸宜观出家的时候，跟很多男士发生了香艳的故事。李季兰出家的道观名为玉真观，是为唐玄宗的妹妹玉真公主而修建的，玉真公主当了一辈子女道士，但也跟王维等名士传出了绯闻，李白还为她写了一首诗叫《玉真仙人词》。唐朝很多贵族女子不想结婚了就会出家，像玉真公主的姐妹金仙公主，还有宰相李林甫的女儿李腾空，这样一来，她们不需要受婚姻的束缚，还能享受自己的爱情。想跟谁好就跟谁好，看谁不顺眼就甩了重新找。她们情史风流，但从来不怕别人说闲话。诧异的同时，我深深觉得唐朝那些贵族女子们着实为中国几千年来在封建礼教束缚中苦苦挣扎的妇女出了一口恶气。谁规定只有男人才可以享受！

起初，李季兰在道观中只是写写诗、作作画、弹弹琴，并没做什么违背常理的事，直到她十六岁的时候，前来玉真观的男子看见这里有这么漂亮的一个道姑，就会说一些调情的话，李季兰非但不生气，还很享受这种被注视的感觉。久而久之，李季兰已经习惯于跟出入玉真观的诸位男士来往，并且乐此不疲。

这首《相思怨》，写在李季兰成为玉真观公开的“交际花”之前。那时候的李季兰空有才华和美貌，却没有人懂得欣赏，她日日与青灯为伴，不免为自己觉得委屈，想不到小小一个道观居然限制了她的大好人生，以她的才学品貌，若出生在好人家，何愁找不到一个疼她爱她的男人！

无论怎么看，《相思怨》都不像是出自女道士之手，倒像是一个深闺寂寞，渴望爱情的寻常女子。诗的意思很简单：人人都说海水很深，但我觉得这深度还抵不上相思的一半，海水再宽广总还是有个边际，相思之情却绵延不绝看不到边，我拿着琴登上高楼，一边弹琴一边望月，楼中空无一人，只有满地的月光，我的曲子中都是相思，弦断，肠断！

李季兰写这首诗，是想表明自己的相思无边无际，但没人听得到她曲中的相思。她一个并未看破红尘却硬是被塞进道观出家的女子，渴望爱情是很正常的。她不觉得自己比别的女子差，她有才有貌，只可惜在这个四面都是墙的道观里，根本没人欣赏她。她是太寂寞了。倘若这时候出现一个一心对她，并且肯娶她为妻的男人，她未必会跟那么多男人周旋。

在李季兰众多情人之中，值得一提的是《茶经》的作者，大名鼎鼎的茶圣陆羽。李季兰和陆羽的交往应该也是在各自才华的基础上的，二人都不是泛泛之辈，交流起来少了很多障碍。陆羽是才子但也是男人，是男人就会对女人有兴趣。他听说李季兰长得漂亮又有才华，于是亲自登门拜访。交谈之后，李季兰知道陆羽是位雅士，对他多了一丝好感，他们喝茶作诗，相谈甚欢，大有相见恨晚之感。他们交往的时间很长，亲密程度不下于真正的情侣，李季兰虽然多情，但是在她那一堆情人中，恐怕也只有陆羽真正走进了她的心里。他们二人终究还是相遇太晚，没能修成正果，不免让很多人觉得遗憾。

当时的李季兰已经是众所周知的风流女冠了，李季兰自己也知道这点，一开始她就知道，她和陆羽是不会修成正果的，一般人家怕是不敢接受李季兰这样的媳妇，她的身份实在太特殊了。

《相思怨》正是李季兰一生的写照，她的交际圈不小，来往的男人也多，但内心还是十分寂寞的。她一直过着这种生活，几十年不变，名气越来越大，可随着年龄的增大，内心也越来越空虚。

李季兰和薛涛、鱼玄机、刘采春并称为唐朝四大女诗人，这四人中，除了刘采春很早就嫁了人，其他三位都终身未嫁。薛涛经过了几十年的热闹和繁华之后，晚年的她穿着女冠服过着孤独的日子，寿终正寝。鱼玄机因为杀了婢女绿翘，被判了死刑，年纪轻轻就离开了人世。李季兰死得也很悲惨，据说安史之乱的时候，有叛臣想趁乱自立为王，李季兰曾为叛臣献过诗，等到叛乱结束，唐德宗下令将她赐死了。

一代才女李季兰，空有相思，奈何命运捉弄，未能得到她所期盼的爱情。相思弦断，花落人亡。

只欲栏边安枕席，夜深闲共说相思

——满腹扫眉才，不乏胭脂色

去年零落暮春时，泪湿红笺怨别离。常恐便同巫峡散，因何重有武陵期。

传情每向馨香得，不语还应彼此知。只欲栏边安枕席，夜深闲共说相思。

——唐·薛涛《牡丹》

这首诗写的是牡丹，却又像在说薛涛自己。

薛涛和大多数才女一样，从小就开始崭露头角，她八岁通晓诗书，精通音律，才名远播。薛涛八岁的时候，她爹薛郧指着园中的梧桐树为题，吟了两句诗，“庭除一古桐，耸干入云中”，然后让薛涛接下去，薛涛答道：“枝迎南北鸟，叶送往来风。”八岁的女孩能脱口答出这样的诗句，非常了不起了，我们这个年代的小孩，八岁的时候还在学入门生字词呢。不过薛涛她爹没有因为女儿的才思敏捷而感到高兴，而是满心担忧，觉得女儿作出这样的诗是不好的兆头，意味着她以后要沦落风尘，迎来送往。果然，薛涛十六岁的时候成了官伎。

李季兰也有个这类型的预言故事。我却觉得，这类预兆性的说法大多是后人杜撰的，天底下哪来这么多神奇的事！

薛涛在蜀地引起了很大的轰动，无人不知她的才名。唐德宗年间，韦皋任剑南西川节度使，他听说薛涛是个有才华的女子，于是把她请来，让她赋诗一首。当时薛涛写的正是她所有诗中我最喜欢的《谒巫山庙》，当时的薛涛只有十六岁。十六岁的小女孩能写出这样的诗，果然不负才女的称号！

再来看看这首《牡丹》，写的虽是花，却句句充满人性，显然薛涛是把花当成自己来写了，所写的乃是别后重逢的欢愉。去年暮春的时候，牡丹花凋谢了，红笺上尽是为离别而流的泪水。这里的红笺，就是薛涛自制的写诗的纸，她喜欢写短诗，所以不喜欢用一般的纸张，而是独具匠心地用木芙蓉为原料，制成了精美的彩笺，被称为薛涛笺。其中红笺是薛涛最喜欢用的。

诗中的牡丹似乎是情人的化身，牡丹的凋谢意味着情人的远离。于是她担心情人会像当年和楚王幽会后便杳无音信的巫山女神一样，一去不复返。又希望自己能像《桃花源记》中的武陵渔人那样，突然闯进了桃花源，与情人不期而遇。这种患得患失的心理，可见她所思念的这个情人在她心中有着极重的分量。她担心再无相见之日，又期待能马上与他重逢，彼此心意相通，长相厮守。

“只欲栏边安枕席，夜深闲共说相思”是全诗的点睛之笔，她虽身为官伎，却是性情中人，她敢爱敢恨，不会因为自己是官伎就觉得低人一等，之所以有这样的自信,也是因为她的一身才气。她也不想一生都过这种日子，身为女人，谁不想有个疼爱自己的男人，日日守候在自己身边呢。薛涛也是如此，她所期望的，是与心爱之人共枕一席，夜夜互诉相思，同梦而眠。这恐怕也是众多风尘女子的共同愿望。

然世间牡丹花多,真心人却少。花有重开日,相爱之人别后若要再重逢，就没那么简单了，要等的日子也远远不只一个春秋那么短暂。薛涛才名远播,因欣赏她的才气而与她结交的男子很多,但是没有一个能成为她的依靠，许给她一生幸福。薛涛所结交的男子，除了韦皋之外，最为人熟知的就是元稹了。

和元稹相恋的时候，薛涛已经四十一岁，比元稹整整大十一岁，这个年纪莫说是古代，搁现在也是人老珠黄的老姑娘了。元稹和薛涛有过一段甜蜜的日子，不过时间不长，也才四个月。妻子韦丛去世后元稹回了趟家，这一去就再也没有回来。薛涛就这样一直痴痴地等着他，不知道该说她痴傻还是执着。以薛涛的阅历，居然没看出元稹的花花肠子，我对元稹一直没有好感，一边给妻子写“曾经沧海难为水，除却巫山不是云”这种感人肺腑的诗，一边又在外面处处留情，他的绯闻女友可是不少，据说他所写的《莺莺传》其实是自传,莺莺的原型就是他其中一位相好的女子。除此之外，元稹还与唐朝四大女诗人之一的刘采春有绯闻，当时刘采春已经是人家的妻子了，元稹还跟她不清不楚纠缠着。

薛涛和元稹分开后，还是有书信往来的，这一“往来”的时间段极大，薛涛一直用精美的红笺给元稹写信，直到五十多岁。多年的等待使得薛涛的心如明镜一般，元稹是不可能许给她一辈子幸福的，而她也看开了，从此穿着女冠服，深居简出，孤独终老。她一生经历那么多繁华与喧嚣，晚年却寂寞如斯，不知道是幸还是不幸。

薛涛所留下的诗中，最出名的并不是这首牡丹，而是她写给韦皋的《十离诗》。

韦皋对薛涛极尽宠爱，甚至心血来潮想上报朝廷让薛涛当他的校书郎，只因薛涛官伎的身份，怕传出去惹人闲话，才没有付诸行动。而名气越来越大的薛涛则跟很多男人有往来，写写诗调调情什么的，韦皋当然看不下去，一气之下就把薛涛贬到了松州。韦皋当然不是真心要把薛涛贬走，只是人在气头上就经常会做一些让自己后悔的冲动事。薛涛在前往松州的路上也想到了这一点，于是写下了著名的《十离诗》：

其一·犬离主

驯扰朱门四五年，毛香足净主人怜。无端咬著亲情客，不得红丝毯上眠。

其二·笔离手

越管宣毫始称情，红笺纸上撒花琼。都缘用久锋头尽，不得羲之手里擎。

其三·马离厩

雪耳红毛浅碧蹄，追风曾到日东西。为惊玉貌郎君坠，不得华轩更一嘶。

其四·鹦鹉离笼

陇西独自一孤身，飞去飞来上锦茵。都缘出语无方便，不得笼中再唤人。

其五·燕离巢

出入朱门未忍抛，主人常爱语交交。衔泥秽污珊瑚枕，不得梁间更垒巢。

其六·珠离掌

皎洁圆明内外通，清光似照水晶宫。只缘一点玷相秽，不得终宵在掌中。

其七·鱼离池

跳跃深池四五秋，常摇朱尾弄纶钩。无端摆断芙蓉朵，不得清波更一游。

其八·鹰离鞲

爪利如锋眼似铃，平原捉兔称高情。无端窜向青云外，不得君王臂上擎。

其九·竹离亭

蓊郁新栽四五行，常将劲节负秋霜。为缘春笋钻墙破，不得垂阴覆玉堂。

其十·镜离台

铸泻黄金镜始开，初生三五月徘徊。为遭无限尘蒙蔽，不得华堂上玉台。

诗中，薛涛分别以犬、笔、马等自比，而韦皋则是她依靠的主、手、厩，感情真挚，再加上才女的笔墨润色，韦皋本来就后悔的心一下子就被打动了，赶紧派人把薛涛接了回来。真心觉得韦皋对薛涛是相当不错的，至少比元稹那负心汉要靠得住。只可惜韦皋和薛涛的年纪相差太大，韦皋死的时候六十一岁，时年薛涛三十五岁。

古代女子的生活圈子很小，像薛涛、苏小小这样的名伎，认识的人见识的事算是比普通闺阁女子要多得多，但是要找到靠谱儿的“牡丹”，过“只欲栏边安枕席，夜深闲共说相思”的日子，又谈何容易。

恨到归时方始休，月明人倚楼
——明月岂知芳心苦

汴水流，泗水流，流到瓜洲古渡头。吴山点点愁。

思悠悠，恨悠悠，恨到归时方始休。月明人倚楼。

——唐·白居易《长相思》

我很少会把一首诗比作一样的东西，因为诗的内容多变，很难用一样事物来准确的概括，但我还是不得不说，白居易的这首《长相思》就像是水做的，里面有水的轻缓，水的柔情。“汴水流，泗水流”六个字恰好印证了“水”的思想，一直默默东去，带有闲愁几许。

不知道是不是因为诗中有水的缘故，白居易的这首《长相思》给我的感觉跟李之仪的《卜算子·我住长江头》很像。白居易写相思，诗中有汴水、泗水，两河东流而去，一同汇入淮河。李之仪写相思，诗中有浩浩长江，虽不能相见，但共饮一江之水，以此为念。在我看来，他们所写的相思都是柔情派的，没有轰轰烈烈的爱情，没有可歌可泣的故事，平平淡淡跟流水一样，却很真挚。

诗中的泗水发源于山东曲阜，没什么名气，不过知道汴水的人估计就多了。汴水又叫汴河，是隋炀帝开凿的大运河的一部分，她被开通的目的主要是方便隋炀帝乘龙舟游江南，但另一方面给当时的交通来往作出了贡献。晚唐诗人皮日休作一首《汴河怀古》，很客观地作出了对汴河的评价：

尽道隋亡为此河，至今千里赖通波。若无水殿龙舟事，共禹论功不较多。

《汴河怀古》这首诗翻译成白话，大概意思是，都说隋朝灭亡是因为汴河，但到现在百姓还依靠她南来北往，如果没有当时修龙舟游玩的事，隋炀帝的功劳跟治水的大禹差不多。

汴河开凿于隋朝，在白居易生活的那个年代，她早已经静静流淌上百年了，可偏偏在白居易眼中，她能把思念带去吴山一带，让远在江南的那个人感受到，他心中所思不是别人，正是他的家姬樊素。

唐朝有钱人家中蓄伎已经不是新鲜事了，家姬的地位很低，她们可以随意被买卖赠送，跟货物没什么区别。白居易对他的两个家姬樊素、小蛮算得上是极好的了，因他一句“樱桃樊素口，杨柳小蛮腰”，樊素和小蛮得以闻名古今，我们常说的樱桃小嘴和小蛮腰就是出于此。

《旧唐书·白居易传》提到：家伎樊素、蛮子者，能歌善舞。樊素刚跟着白居易的时候年纪很小，那时的白居易已经是个老头子了，对年轻有活力的女子自然十分喜爱，仿佛能从她们身上看到年少时张扬的自己。有了樊素和小蛮的陪伴，白居易老年的生活才不至于那么无趣。

白居于对樊素的喜爱，从他的很多诗中都能看出来，比如这首《春尽日宴罢，感事独吟》：

五年三月今朝尽，客散筵空独掩扉。病共乐天相伴住，春随樊子一时归。

闲听莺语移时立，思逐杨花触处飞。金带缒腰衫委地，年年衰瘦不胜衣。

六十多岁的时候，白居易染上了风疾，半身不遂。那时樊素还年轻，白居易不忍耽误了樊素，便决定让她离开自己找个好人嫁了。樊素心中不舍，哭得一把鼻涕一把泪。在樊素的生命中，白居易扮演了很重要的角色，他就是她生活的中心，没有了这个中心，她不知自己该何去何从。

樊素是杭州人，吴山就在浙江杭州境内，位于西湖东南面，因而看到吴山便会想到樊素，心生哀愁。汴水和泗水流瓜洲，继而与长江汇合，向江南而去。他却不能像流水一样肆意，可以去那遥远的地方看望他所思念的人，只希望河水能带走他的思念，又或者是从江南把他思念之人带回到自己身边。

思悠悠，恨也悠悠。一个人的思念到浓时，经常会心生这样的想法，我好恨你不在我身边，害得我相思至此，形容憔悴！上阕两个“流”，下阕两个“悠悠”，不禁让人嗅到一股凄美的味道，离愁别恨往往是最折磨人的，相爱相恋却不能相见，只能傻傻地望着心上人所在的那个方向，这也是为什么吴山会“点点愁”的原因了。

至于居易和樊素之间是不是爱情，很难判断。白居易喜欢樊素是肯定没错的，这样一个美丽灵动又富有朝气的女子，长年陪伴在自己身边，没有爱情也肯定有亲情。而樊素对白居易，在我看来更多的应该是一种崇拜和依赖吧。白居易在当时也算是享有盛名的诗人，有才气，家里不缺钱，对自己也好，也难怪樊素不舍得离开他。

诗中描绘的是皓月当空的夜晚，女子倚在高楼之上怀念心上人的场景，写的是他人，抒发的却是自己的思念。古人写诗常常喜欢借他人之口说自己心中的话，抑或是写他人之事抒自己之情。白居易心中思念樊素，因而他脑子浮现的就是这样一幅月下怀人的画面。还有一种可能就是，诗中的这位女子根本就是樊素，通过情感转换的手法，写他思念对方，会用对方思念自己的口吻来写。拿汉代古诗中“思妇思征夫”来举例子就是，妇人站在窗口望向远方，思念着远方的丈夫，她可能会自言自语道：都离开这么多年了，我家那口子该是多想我啊！情感是一样的，意思也相差不大，但渲染力就加强了很多，令人看了不免心酸。往往陷入感情越深的人，越会这样宽慰自己。

全诗的点睛之笔是“恨到归时方始休，月明人倚楼”一句，写情又写景。范仲淹《苏幕遮》中有这样一句：明月楼高休独倚，酒入愁肠，化作相思泪。看来在古代诗人眼中，“月明人倚楼”注定跟“愁”分不开，尤其是“月下独倚楼”。月光下的景色本来就很安静，三更半夜不睡觉，独自倚楼望月，不是心有所思又是什么呢？

楼高月明处，岂知芳心正苦，江水东流去，怎奈何，难载一怀愁。

燕子楼中寒月夜，秋来只为一人长
——燕子楼中日月长

满窗明月满帘霜，被冷灯残拂卧床。燕子楼中寒月夜，秋来只为一人长。

——唐·白居易《燕子楼》

白居易一生名声斐然，声望甚高，若硬要说他有什么劣迹的话，也只有“逼死”关盼盼一事了。他并非故意想让关盼盼死，却不料无心之过断送了一代才女原本就已经很凄苦的一生。这首《燕子楼》就是令关盼盼绝食而死的组诗之一，我甚是喜爱其中“秋来只为一人长”一句，想不明白如此优美的句子，怎就成了“杀”人的利器。

关盼盼是唐朝徐州出了名的舞姬，年轻貌美，舞技精湛，堪比掌上起舞赵飞燕和霓裳羽衣杨玉环。穷人出身的她并没有因为家贫而自甘沦落，除了出神入化的舞技之外，关盼盼亦是一位精通诗词的才女。徐州守帅张愔爱慕关盼盼，不惜花重金将她娶回家中为妾，继而又特地给她建了一座小楼，就是诗中所说的燕子楼了。曾经读《醉翁亭记》，对文中一句话印象特别深刻：有亭翼然临于泉上者，醉翁亭也。“翼然”指的是亭子的四个角像鸟儿张开的翅膀。古代的亭子大多是这种形状，燕子楼也是因此檐角如飞燕而得名。

关盼盼擅长跳霓裳羽衣舞，并且以此在徐州声名鹊起。而且她记忆力非凡，能一气呵成唱出白居易的《长恨歌》。白居易行至徐州之时，张愔将他请到府上设宴款待，并让关盼盼献舞。关盼盼本就十分景仰白居易，在偶像面前更是卖力表现自己，唯恐出一点纰漏。一舞下来，白居易果然很是欣赏关盼盼，当中写诗夸她“醉妓胜不得，风袅牡丹花”。

嫁给张愔之后，关盼盼和他一直过着伉俪情深举案齐眉的日子，生活很幸福。可惜天意弄人，两年后张愔因病去世，张府人去楼空，只留下关盼盼一人。按理说那时候关盼盼还年轻，才貌又如此出众，再嫁一户好人家不是什么难事。但关盼盼心念张愔，立誓要为张愔守节。她搬到了张愔生前为她建造的燕子楼中，每日清茶淡饭，生活再平淡不过。

没了张愔相伴的关盼盼日日独守空房，孤苦寂寞，只能靠着那段美好回忆过日子。她生活的情景正如诗中所写的那样：满窗明月满帘霜，被冷灯残拂卧床。白居易在《长恨歌》中曾写道，死后仙去的杨玉环孤独地生活在海上仙岛，因想念唐玄宗，度日如年，故曰“蓬莱宫中日月长”，而彼时的关盼盼，又何尝不是“燕子楼中日月长”呢。

又过了几年，曾是张愔手下的司勋员外郎张仲素带着他为关盼盼写的三首《燕子楼》去拜访白居易。当年张愔宴请白居易的家宴上，他和白居易有过一面之缘，他本身也是诗人，素来敬佩白居易，况且他和白居易一样为关盼盼的忠贞所感动，因此特地将诗作带去给白居易看：

其一

楼上残灯伴晓霜，独眠人起合欢床。相思一夜情多少，地角天涯未是长！

其二

北邙松柏锁愁烟，燕子楼中思悄然。自理剑履歌尘散，红袖香销一十年。

其三

适看鸿雁岳阳回，又睹玄禽逼社来，瑶琴玉箫无意绪，任从蛛网任从灰。

因为诗句是以关盼盼的口吻写的，写的正是她在燕子楼寂寞清苦的生活以及对张愔的深深思念，所以也有人认为这三首诗是关盼盼所写。关盼盼精通诗词，她有诗集名《燕子楼》，只可惜未流传下来。我完全有理由相信，以关盼盼的才华，写出这三首诗绝对不是难事。不过历史已经碾过千年，真相究竟如何也只有他们自己知道了。

白居易看了张仲素的诗之后，深受感触，当年的关盼盼何其风光，谁能料到她会有这么凄凉的一天！于是白居易依照张仲素的原诗，提笔和了三首《燕子楼》：

其一

满窗明月满帘霜，被冷灯残拂卧床。燕子楼中寒月夜，秋来只为一人长。

其二

钿晕罗衫色似烟，几回欲著即潸然。自从不舞霓裳曲，叠在空箱十一年。

其三

今春有客洛阳回，曾到尚书墓上来。见说白杨堪作柱，争教红粉不成灰。

想了想，白居易觉得这三首诗还不足以表达他心中所想，为了让关盼盼能更明白他的意思，他又补上了一首：

黄金不惜买娥眉，拣得如花四五枚。歌舞教成心力尽，一朝身去不相随。

这四首诗的意思，概括一下大概就是，张愔死后，关盼盼独自过着如此清苦的生活，确实挺不容易的，关盼盼的忠贞值得赞颂。但是既然已经做到终身不再改嫁为张愔守节这一步了，何不干脆和他生死相随呢?

古代文人的脑子里，装的尽是这样迂腐的东西，丈夫死了，妻子非得跟着殉情才是对他的忠贞，才是真正的贞洁烈女，什么乱七八糟的思想!就算白居易才华横溢，是个了不起的诗人，他也摆脱不了这种心理。其实不怪他，生活在那个时代的人自小就是这样被教育的，他们的思维已经定死，基本上转不过弯来。白居易也不是故意想要关盼盼死，他以为表达一下自己的想法无伤大雅，也算是跟关盼盼“探讨交流”。谁知关盼盼还真是个烈女，她一看白居易的诗就受不了了，尤其是最后一首，不是摆明了叫她去死吗?自己奉为偶像的人这样逼她，她越想越伤心，越想越气愤，便和了这样一首诗：

自守空楼敛恨眉，形同春后牡丹枝。舍人不会人深意，讶道泉台不去随。

写完这首诗之后，关盼盼就开始绝食，她一心求死，任人怎么劝都不听，十天之后终于魂断燕子楼，随了张愔而去。

白居易断没想到关盼盼会因为他的几句诗而死，他一向洁身自好，到头来竟成了逼死一个弱女子的“凶手”，可谓世事难料。为了弥补对关盼盼的亏欠，他托人将关盼盼的遗体安葬在张愔的坟墓旁。尽管如此，这件事还是令他内疚了一辈子。

回眸一笑百媚生，六宫粉黛无颜色

——情与爱，爱与恨

汉皇重色思倾国，御宇多年求不得。杨家有女初长成，养在深闺人未识。
天生丽质难自弃，一朝选在君王侧。回眸一笑百媚生，六宫粉黛无颜色。
春寒赐浴华清池，温泉水滑洗凝脂。侍儿扶起娇无力，始是新承恩泽时。
云鬓花颜金步摇，芙蓉帐暖度春宵。春宵苦短日高起，从此君王不早朝。
承欢侍宴无闲暇，春从春游夜专夜。后宫佳丽三千人，三千宠爱在一身。
金屋妆成娇侍夜，玉楼宴罢醉和春。姊妹弟兄皆列土，可怜光彩生门户。
遂令天下父母心，不重生男重生女。骊宫高处入青云，仙乐风飘处处闻。
……
回头下望人寰处，不见长安见尘雾。惟将旧物表深情，钿合金钗寄将去。
钗留一股合一扇，钗擘黄金合分钿。但令心似金钿坚，天上人间会相见。
临别殷勤重寄词，词中有誓两心知。七月七日长生殿，夜半无人私语时。
在天愿作比翼鸟，在地愿为连理枝。天长地久有时尽，此恨绵绵无绝期。

——唐·白居易《长恨歌》（节选）

元和元年（公元806年），白居易和友人王质、陈鸿同游仙游寺，仙游寺恰好位于杨贵妃自缢的地方马嵬坡附近，思及那一段往事，三人心中感慨不已。在当时，杨贵妃和唐玄宗的故事可谓人尽皆知，这样一段精彩又坎坷的爱情若是被历史的尘土所掩埋，未免太过可惜。二人提议白居易把这段故事用诗记录下来，白居易本就有此意，听了他们一席话之后，终挥墨完成了这一千古名篇。

中学时学过白居易的《卖炭翁》，深知乐天的长篇叙事诗语言浅显易懂，与其说是一首诗，还不如说是一个精彩绝伦的故事，但诗中又不乏连珠妙语，被千古传唱。《长恨歌》在记录贵妃爱情的同时，造就了不少经典诗句。比如“回眸一笑百媚生，六宫粉黛无颜色”，“后宫佳丽三千人，三千宠爱在一身”，“七月七日长生殿，夜半无人私语时，在天愿作比翼鸟，在地愿为连理枝”，等等。至今，“在天愿作比翼鸟，在地愿为连理枝”仍然是情人间信誓旦旦必不可少的话语。

杨玉环的出身并不是特别高贵，但也算是官宦人家的女儿，父亲杨玹任蜀中司户，叔叔杨玄璬任河南省士曹。十岁那年，杨玉环的父亲过世，她就一直跟着杨玄璬生活。杨玄璬对杨玉环应该算是很不错的，从小就按照大家闺秀的标准培养她，诗词歌赋一样不落。长大后的杨玉环不仅有沉鱼落雁之貌，而且精通各种乐器，舞技非凡。正如乐天诗中所说的那样，“杨家有女初长成，养在深闺人未识”，古代人很忌讳女子抛头露面，尤其是未婚女子，所以即便杨玉环如此出众，也没有被太多人知道她。

用“不鸣则已一鸣惊人”来形容杨玉环，太贴切不过了。杨玉环十七岁那一年，唐玄宗和武惠妃的女儿咸宜公主大婚，长得好看的官家小姐都被选为伴娘送公主出嫁，杨玉环就是其中之一。所以说是金子总会发光的，杨玉环这样一个大美人即便在一群美女当中也很容易脱颖而出。正好武惠妃要给儿子寿王李瑁选妃，她一眼就相中了这位长得美丽又贵气的女子，在征得唐玄宗同意之后，便做主把她许配给了李瑁，封寿王妃。

武惠妃很满意杨玉环这个儿媳妇，但是她忽略了一件事，天底下最有资格享受美女的人是皇帝，杨玉环既然能被她看上，也有可能被唐玄宗看上。我们不妨这样猜测，说不定早在武惠妃向唐玄宗推荐杨玉环的时候，唐玄宗就已经看上她了，只是碍于她是武惠妃为儿子选的媳妇，他又很宠爱武惠妃，也就只能割爱了。

杨玉环和李瑁婚后生活十分甜蜜，李瑁对这位美丽的妻子很是喜爱，二人安安稳稳过了五年幸福的小日子，李瑁断然没想到，父亲唐玄宗却在这时候出手了。

在皇家大大小小的宴会上，杨玉环免不了要跟唐玄宗接触，婚后的杨玉环褪去了青涩，更加妩媚动人，看得唐玄宗心里痒痒的，跟儿媳相比，后宫的那些妃子一下子都黯然失色了。最后，他还是按捺不住一颗蠢蠢欲动的心，决定把杨玉环占为己有。

那一年杨玉环二十二岁，唐玄宗命她出家当女道士，为已故的窦太后祈福，并且还像模像样地赐给她一个道号叫太真。从此杨玉环搬出了寿王府，住进了唐玄宗赐给她的太真宫。李瑁心知肚明，不过唐玄宗既是皇帝又是自己的父亲，他能做什么？只能眼睁睁看着心爱的妻子离开了自己。

在当了五年女道士之后，唐玄宗正式册封杨玉环为贵妃。在此之前，作为对儿子的补偿，唐玄宗把韦昭训的女儿配给他做王妃。

从那时起，杨玉环进入了她人生最辉煌的时光。她冰雪聪明，热爱诗词歌赋，和唐玄宗志趣相投；她能歌善舞，并且善解人意，把唐玄宗哄得心花怒放；她容颜倾城，有自己的想法，是唐玄宗身边的解语花。如此美人，叫唐玄宗怎能不爱。杨玉环虽是贵妃，但其实和皇后没什么两样，宫里人谁不知道唐玄宗专宠她一个，事事都是按照皇后的待遇对待她的。

得了杨贵妃，唐玄宗仿佛一下子年轻了几十岁，欢声笑语不断。在白居易的诗中还有以下甚为隐晦香艳的一段描写："侍儿扶起娇无力，始是新承恩泽时。云鬓花颜金步摇，芙蓉帐暖度春宵。春宵苦短日高起，从此君王不早朝。承欢侍宴无闲暇，春从春游夜专夜。"

我一直在想，杨贵妃和寿王李瑁之间存不存在爱情。那时候的婚姻大多是父母之命媒妁之言，李瑁爱杨贵妃是肯定的，杨贵妃对李瑁也不会一点感情都没有，但是相比之下还是唐玄宗带给她的更多，除了一人之下万人之上的身份，荣华富贵和三千宠爱，她的家人也都因她而高升，用诗中的话来说就是"姊妹弟兄皆列士，可怜光彩生门户"。她的堂哥杨国忠贵为宰相，三个姐妹分别封为韩国夫人、秦国夫人和虢国夫人。

不过杨贵妃之所以爱唐玄宗，不是因为这些身外之物，而是他们有着共同的兴趣和爱好。唐玄宗喜欢诗词歌赋，杨贵妃也喜欢，玄宗也因此把李白召进宫专门为杨贵妃写诗，以供娱乐。唐玄宗喜欢音律，杨贵妃更是擅长音律，尤其是琵琶，她的舞跳得也是一绝。传说唐玄宗望见传说中的仙山，有感而发遂成《霓裳羽衣曲》，又在梦中见龙女求他赐曲，醒后依照梦中记忆作《凌波曲》。可见唐玄宗在音律方面的造诣是极高的，他所作的曲子是艺术史上的璀璨明珠。对于有如此才华的皇帝，贵妃怎么会不心动，尽管他的年纪足以当自己的老爸。

在享受了十一年逍遥的生活之后，灾难的步伐开始逼近，杨贵妃怎么也不会想到，她精彩的人生就此终结。安史之乱不仅是杨贵妃人生的转折点，也是整个大唐历史的转折点。动荡发生之后，唐玄宗带着杨贵妃匆匆逃往四川。行至马嵬坡，六军忽然不走了，几位带兵的将领站出来说话，说是将士们觉得杨国忠是奸臣，因为他安禄山才会起兵造反，贵妃身为杨国忠的妹妹，若不是她杨国忠也不会坐上宰相之位，以致于大唐落得如此地步，不杀贵妃难以平民愤。

历朝历代都这样，但凡有战争，君王所宠爱的妃子都会被骂红颜祸水，祸国殃民的罪名一辈子都洗不掉，像妲己、西施都是如此。杨贵妃一介女流，她不过是陪着玄宗寻开心，唱唱歌跳跳舞什么的，说是祸国未免言过其实。但到了这一步，唐玄宗也没办法，为了保全自己的性命他别无选择。在马嵬坡，这位美丽的女子不得已结束了她短暂的一生，死的时候年仅三十八岁。

《长恨歌》为何名为"长恨"？此恨非"憎恨"，而是指心中的愁苦与无奈。杨贵妃是不想死的，她还年轻，可是她最爱的男人让她去死，她又能如何？想必死的那一刻，她心中对唐玄宗也是充满怨恨的吧。唐玄宗自然也不想杨贵妃死，但他是一国之主，他不能因为一个女人而断送了自己的性命，面对将士们的逼迫，他除了妥协别无选择。贵妃死后他也处于深深的自责当中，回到长安后看见宫中的景物，他不由得又想起了和杨贵妃那段恩爱的日子，还有她的一颦一笑。一切仿佛就发生在昨天，可是一眨眼就已经物是人非，贵妃一去就再也回不到他身边了。

为了弥补遗憾，唐玄宗找来一个自称能招人亡魂的道士，希望他能招来杨贵妃的魂魄与自己见面。同样的事情汉武帝也做过，他曾让李少翁做法招李夫人之魂，结果真的在事先设好的帷帐之内看到了李夫人的倩影。招魂一事不知是真是假，难不成世上真有灵魂的存在？亦或是这李少翁为了骗得武帝赏赐，冒着杀头的危险找人假扮李夫人的香魂？反正有帷帐隔着，看不真切。

白居易用十分浪漫的手法描写了招魂这段故事，如梦似幻，仿佛煞有其事。道士听说海上有座仙山，仙山楼阁中有位叫太真的仙子，长得美丽无双，和杨贵妃很像。于是他去了仙宫，敲开了西厢的宫门。开门的是仙女小玉和董双成，一听道士是人间天子派来的，立马让太真出来相见。太真衣袂飘扬犹如当年，她流着泪向道士诉说着自己对唐玄宗的相思之苦，让道士带去她的金钗和钿盒，还有一句只有她和唐玄宗两个人才知道的誓言：“七月七日长生殿，夜半无人私语时。在天愿作比翼鸟，在地愿为连理枝。”

尽管无数遍听过杨贵妃和唐玄宗的爱情故事，写到这儿我还是有种想哭的冲动。曾经的誓言仍在，相爱的两个人却无法继续相守，一个在天上，一个在地上，从此天人永隔。

我曾去过西安骊山，千年之后，骊山再不复当年景象，透过时光，我似乎能听到他们在长生殿所说的悄悄话，那比山盟海誓更加动人，是属于他们两个人的誓言。

同是天涯沦落人，相逢何必曾相识

——琵琶女的千古绝唱

元和十年，予左迁九江郡司马。明年秋，送客湓浦口，闻舟中夜弹琵琶者。听其音，铮铮然有京都声。问其人，本长安倡女，尝学琵琶于穆、曹二善才。年长色衰，委身为贾人妇。遂命酒，使快弹数曲。曲罢悯然，自叙少小时欢乐事，今漂沦憔悴，转徙于江湖间。予出官二年，恬然自安，感斯人言，是夕始觉有迁谪意。因为长句，歌以赠之，凡六百一十六言。命曰《琵琶行》。

浔阳江头夜送客，枫叶荻花秋瑟瑟。主人下马客在船，举酒欲饮无管弦。
醉不成欢惨将别，别时茫茫江浸月。忽闻水上琵琶声，主人忘归客不发。
寻声暗问弹者谁？琵琶声停欲语迟。移船相近邀相见，添酒回灯重开宴。
千呼万唤始出来，犹抱琵琶半遮面。转轴拨弦三两声，未成曲调先有情。
弦弦掩抑声声思，似诉平生不得志。低眉信手续续弹，说尽心中无限事。
……
东船西舫悄无言，唯见江心秋月白。
沉吟放拨插弦中，整顿衣裳起敛容。自言本是京城女，家在虾蟆陵下住。
十三学得琵琶成，名属教坊第一部。曲罢曾教善才服，妆成每被秋娘妒。
五陵年少争缠头，一曲红绡不知数。钿头银篦击节碎，血色罗裙翻酒污。
今年欢笑复明年，秋月春风等闲度。弟走从军阿姨死，暮去朝来颜色故。
门前冷落鞍马稀，老大嫁作商人妇。商人重利轻别离，前月浮梁买茶去。
……
今夜闻君琵琶语，如听仙乐耳暂明。
莫辞更坐弹一曲，为君翻作《琵琶行》。
感我此言良久立，却坐促弦弦转急。凄凄不似向前声，满座重闻皆掩泣。
座中泣下谁最多？江州司马青衫湿。

——唐·白居易《琵琶行》（节选）

与朋友闲聊时，我常常开玩笑以“慕古派”自居，即喜欢古代文学艺术的一派人。朋友曾笑着说我像活在上个世纪的人，对如今的流行元素一点都不感兴趣，反而痴迷打上“古代”烙印的一切：不爱看国外名著，喜欢《史记》《列女传》《世说新语》；不爱欧美流行时装，热衷汉服古簪；不爱金银钻石，喜欢翡翠玉石；不爱摇滚爵士，喜欢古琴、古筝、琵琶曲……

古琴古筝曾有过接触，但琵琶于我而言确实是个新鲜物。我不只一次听过琵琶曲，一次偶然看见日本东大寺正仓院所藏的紫檀嵌螺钿五弦琵琶，瞬间被她的精致奢华所俘虏，那哪里是一件乐器，分明就是一件艺术品！据说紫檀嵌螺钿五弦琵琶是世界上唯一被完好保存的唐代五弦琵琶，看到她的第一眼，我脑中竟然浮现出了一句诗：“行人刁斗风沙暗，公主琵琶幽怨多。”然后我又想着，这把琵琶要是在白居易笔下那位琵琶女的手中，弹出的该是多么美妙的乐曲！

乐天的长篇叙事诗总是能给人带来意外惊喜，一篇《长恨歌》已是极致，《琵琶行》更是脍炙人口，流传千古。那么质朴的语言，无论是男女老少，但凡识字者都能看懂，连唐宣宗都说“童子解吟《长恨》曲，胡儿能唱《琵琶》篇”，能被皇帝这样夸奖，白居易泉下有知应该也能欣慰了。

一般来说，所看到的景物有多美多壮观，我们都能找到适当的词语形容出来，但是用语言形容声音比形容景物难多了。王勃一句“爽籁发而清风生，纤歌凝而白云遏”在我看来已是描写声音诗句的顶峰，白居易所写的“间关莺语花底滑，幽咽泉流冰下难。冰泉冷涩弦凝绝，凝绝不通声暂歇。别有幽愁暗恨生，此时无声胜有声。银瓶乍破水浆迸，铁骑突出刀枪鸣。曲终收拨当心画，四弦一声如裂帛”一段，却有种不同寻常的美。同是写声音，一个美在意境，一个在美在形象。虽然没能亲耳听琵琶女弹奏一曲，但看了这段描写，我仿佛能够想象琵琶女弦上跳跃而出的音符所构成的是首什么样的曲子。

遇见琵琶女，纯属偶然。白居易在《琵琶行》的序中将他遇到琵琶女的原因和经过交代得很清楚，他被贬为江州司马之后，一天夜里去湓浦口送友人，听到船舱里传来京都流行的琵琶声，出于感慨和好奇，他将琵琶女请了过来，于是便有了接下来的故事。

琵琶女的出场一直被后人奉为经典，“千呼万唤始出来，犹抱琵琶半遮面”。可能是因为羞涩，也可能是别的原因，尽管见惯了这种场面，琵琶女不免还是有些拘谨。她坐下来轻轻拨了几下琴弦试音，曲调未成，白居易却听到了曲中之情。她所弹奏的是当时非常有名的《霓裳羽衣曲》和《绿腰》，一听曲声便知道她是此中高手。一个以此为生的女子，从小到大怕是都没怎么离开过她的琵琶，熟能生巧终成高手也是自然。想必平日里无事之时，她经常一边哀叹自己的遭遇一边将感情融入曲中，久而久之便能以曲诉情了。白居易和他的朋友静静听着琵琶女弹奏，竟被曲子所吸引，忘记了时间，等到回神，月亮白色的影子已经倒映在江心之中。

曲终，琵琶女也终于不再拘束，她和白居易闲谈着，慢慢道出了自己的身世。难怪她能弹出京城流行的曲子，而且弹得如此动听，因为她本就是京城极富盛名的歌女，自小就学习弹琵琶，名列教坊乐团第一部。提到歌女，忍不住做了联想，她的身世应该和唐传奇中的霍小玉差不多，身份都是很低下的。她们生活的地方是五陵少年寻欢作乐的场所，年轻时被众人追捧，甚至有人一掷千金以博美人一笑。日子如流水一般日复一日年复一年地过去，往日的繁华不再，等到容颜衰老，谁还会再记得她们呢？

可能琵琶女觉得自己算是幸运的了，她至少能告别卖笑的日子，嫁为人妻。然时间一长，她心中的苦楚越来越难以承受。她所嫁之人是个商人，常年在外跑生意，夫妻二人聚少离多，她不知过了多少独守空房的日子。原以为嫁人之后会有丈夫的疼爱，有子女承欢膝下，可是到头来，告别了卖笑生活等来的却是另一种孤独和禁锢。在那个年代，身为女子，心中有再多的苦也只能默默咽下，只愿来世生作男儿身。

听了琵琶女的一番话，白居易摇头叹息，他想到了自己，他的遭遇和琵琶女是如此相似。他也有过在京城的风光过往，只是没料到被贬至江州，原先精彩的一切都像是一场梦。浔阳偏僻荒凉，莫说有京城一半的热闹，就算是普通的丝竹管弦声都很难听到。难怪他听到琵琶女的乐曲声后，会那么执着地要将她请来。这一次偶然的见面，留下了一句后人常会挂在嘴边的话：同是天涯沦落人，相逢何必曾相识。他们有着相似的遭遇，相识虽晚，但那又如何呢？

琵琶女的演奏和诉说，使得在座之人无不潸然泪下。结合当时的情景，换做谁都会联想到自己而有一番感慨吧。白居易对琵琶女的苦楚感同身受，是以泪湿青衫。后人的文学作品中常常提到司马青衫之典故，就是出自《琵琶行》。如王实甫《西厢记·长亭送别》就有这么一段话：“淋漓襟袖啼红泪，比司马青衫更湿。伯劳东去燕西飞，未登程先问归期。”不知白居易会不会想到，千百年后“江州司马青衫湿”会成为泣泪如雨的典型。

曾经沧海难为水，除却巫山不是云

——弱水三千，独取一瓢

曾经沧海难为水，除却巫山不是云。取次花丛懒回顾，半缘修道半缘君。

——唐·元稹《离思》

这首《离思》是元稹为悼念亡妻所作，其中至真至深的感情，令无数人为之动容。用世间至大至美的形象来表达对亡妻的无限怀念，说明任何女子都不能取代韦丛。

元稹作为诗人，算是才华横溢，他非常推崇杜诗，其诗学杜而能变杜，并于平浅明快中呈现丽绝华美，色彩浓烈，铺叙曲折，细节刻画真切动人，比兴手法富于情趣。他擅写男女爱情，描述细致生动，不同一般艳诗的泛描。悼亡诗为纪念其妻韦丛而作，《遣悲怀三首》流传最广。元稹在散文和传奇方面也有一定成就。他首创以古文制诰，格高词美，为人效仿。其传奇《莺莺传》叙述张生与崔莺莺的爱情悲剧故事，文笔优美，刻画细致，为唐人传奇中之名篇。而这《莺莺传》，实为元稹之自传。莺莺本为良家淑女，元稹可令其深宵抱枕而来私会，此子之风流可见一斑。

唐代宗大历十四年（公元 779 年），元稹出生在长安靖安坊元家老宅，其祖先是原姓拓跋的鲜卑贵族，北魏时迁居中原改为元姓。

六世祖元岩、五世祖元弘曾官至隋朝兵部尚书、北平通守的高位。靖安坊就是那时御赐的华丽官宅。而到元稹父亲元宽时，这个累世公卿的官宦之家早已衰落困窘。元稹八岁时父亲去世，母郑氏携幼子稹、积回凤翔娘家，郑氏出身名门“贤而文”，对元稹施以启蒙教育，元稹自幼聪明勤勉，“每借书于齐仓曹家，徒步执卷，栖栖勤勤”，“九岁能属文”。

贞元九年（公元 793 年）春，十五岁的元稹以明经登第，但若要入仕还须通过吏部考试。元稹寄居其兄操持的靖安坊老宅，“苦心为文，夙夜强学”，然而朝廷出人意料地暂停吏部考试。

踌躇满志的元稹怀着颓唐失望的心情离开长安，贞元十五年（公元

799年）来到蒲州，住在僧舍普救寺，在此巧遇莺莺母女，演出了一场情仇旷世的爱情悲剧。

元稹与崔莺莺的恋情在元稹诗作《杂忆五首》中多有描述：

今年寒食月无光，夜色才侵已上床。忆得双文通内里，玉栊深处暗闻香。

花笼微月竹笼烟，百尺丝绳拂地悬。忆得双文人静后，潜教桃叶送秋千。

寒轻夜浅绕回廊，不辨花丛暗辨香。忆得双文胧月下，小楼前后捉迷藏。

元和元年，元稹以“书判拔萃科”第四等与白居易等同署秘书省校书郎，并因李绅认识了礼部侍郎兼京兆尹韦夏卿和韦丛。韦夏卿正炙手可热，官运亨通，其女韦丛姿色鲜异，加之李绅极力撮合，是年秋即与韦丛成亲，而将对莺莺的旦旦信誓抛到脑后。

可是造化弄人，唐宪宗元和四年（公元809年），韦丛因病去世，年仅二十七岁。此时的三十一岁的元稹已升任监察御史，幸福的生活就要开始，爱妻却驾鹤西去，诗人无比悲痛，写下了包括前面所列的一系列悼亡诗。

元稹确实是个懂诗的人，尤其是他写给薛涛的情诗更令薛涛爱潮汹涌：风花日将老，佳期犹渺渺。不结同心人，空结同心草。而薛涛与元稹浪漫的诗人姐弟情史，终是以元稹始乱终弃的悲剧结束，而更多的人也说，崔莺莺身上，其实更多的带有的，还是薛涛的身影。

这个男人的一生有两条线索：一条是走门阀路线攀龙附凤娶贵族之妻的婚史；一条是在宦游途中与各地风流才女谈情说爱的情史。这样的路很多游宦的男人都走过，但是元稹的过人之处在于，他能令那些高贵典雅的婚礼和隐秘欢娱的情感并行不悖，他可以在彻底的欢娱之后彻底地放弃。所以，他终其一生都是高尚“君子”，而那些曾与他情深似海的女人，在短暂的欢娱之后，无一例外地在蒙羞的寂寞中度过余生。

元稹在妻子死后，依然与诸多女子有交集，依其诗有些言行不一，但没有真实的感动与感情，是写不出那样感人肺腑的诗的，我相信他对韦丛的感情是真挚的。

毕竟，我们不能用王维终不再娶的标准来衡量每个人。

东边日出西边雨，道是无晴却有晴

——换我心，为你心

杨柳青青江水平，闻郎江上唱歌声。东边日出西边雨，道是无晴却有晴。

——唐·刘禹锡《竹枝词》

我倒是真的见过“东边日出西边雨”的情景，可惜只是在照片上，照片的拍摄者是我的一位摄影师朋友。在云南女儿国泸沽湖，他的镜头就捕捉到了这样一幅画面：以湖中央的格姆女神山（摩梭人信奉的神山，又名狮子山）为界，一边阳光灿烂，一边大雨倾盆。这不就是诗中所写的“东边日出西边雨”吗！

这是我很早很早之前就会背的一首诗，曾觉得很奇怪，刘禹锡取诗名为“竹枝词”，诗中只字未提竹枝，反倒是写了杨柳，就跟《蝶恋花》一般不写蝴蝶不写花一样。其实竹枝词原本是民歌的体裁，源自大熊猫的故乡四川，那里竹子多，民歌就以竹枝为题，后来刘禹锡就把民歌体改成了诗体。很多诗人都写过《竹枝词》，白居易、皇甫松、杨万里……刘禹锡写得最多，也写得最好，他一句“道是无晴却有晴”掩盖了其他所有《竹枝词》的光芒。

我一直觉得，杨柳青青江水平，应该是春日的景色吧，但是春季却很少出现东北日出西边下雨的天气，推敲之，还是夏天比较有可能，那时候柳树长得正茂盛呢。初学唐诗时，经常把《竹枝词》跟另外一首和柳树有关的诗一起背，那就是贺知章的《咏柳》：

碧玉妆成一树高，万条垂下绿丝绦。不知细叶谁裁出？二月春风似剪刀。

贺知章的《咏柳》是名副其实写柳树的诗，无关风月，无关情爱，尽是风景，不像这首诗，写得暧昧极了。“晴”就是“情”呀！正如那神奇的天气，东边日出西边下雨，一边有晴一边无晴。

曾闹笑话，误把“闻郎江上唱歌声”错当成“忽闻岸上踏歌声”，那是李白《赠汪伦》中的句子。李白将要乘船离开，汪伦为他送别，在岸上一边用脚步打着拍子，一边唱歌。

而刘禹锡这里的歌非送别之歌，很有可能是情歌。

诗中的她，恐怕早就喜欢上在江上唱歌的那位男子了吧。风和日丽之日，她漫步江边，正饶有情趣地欣赏着如画美景，不经意间心弦就被拨动了。她爱慕的人泛舟江上，歌声朗朗，尽数传入她的耳中。她就这样沉醉了，多么熟悉的声音啊，未见其人她就已经猜到了歌声的主人是谁。但是他会像她喜欢他一样，惦记着她吗？若是会，为什么他迟迟没有表示？若是不会，为什么他偏偏在她出现的时候唱起了情歌？

恋爱中的人心情总是这么微妙，更何况她还是暗恋。碍于女子的矜持，她不好意思捅破那层窗户纸，就这样一直徘徊在原地。进一步，太明显；退一步，又不甘心，所以她只能小心翼翼地猜测他的心思。他简直就像变幻莫测的天气，东边天晴西边下雨，让人分不清哪一个才是他真实的想法。像似无晴，看似有晴。说似无情，却似有情。唉，真是愁啊！

说不定那一刻，小伙子心中比姑娘还要纠结呢。他隐隐感觉到了她对自己的丝丝情意，可她表现得太不明显了，他难以揣度。想告白吧，怕吓坏人家姑娘。不告白吧，又不甘心。思来想去，于是他想出了这样一个办法。远远看见她在江边散步，他唱起了情歌，若她心中有他，一定会能听懂歌声中的情意吧。

两个人就这样打着心理战，一起欢喜一起愁，可偏偏谁都不敢挑明了。多么暧昧的感情啊，就跟雾中看花一样，模模糊糊，朦朦胧胧。这也不失为爱情的一种美，倘若哪一天两个人真在一起了，回过头来想想这时候的心情，二人相视而笑，心中却是暖暖的。曾经懵懂，患得患失，迷茫地去揣测对方，想尽各种办法去引起对方的注意，多像校园里的青涩恋情：偶尔路过隔壁班的窗户，惊鸿一瞥，从此在心中刻下了思念，睡前偷偷想，梦中偷偷笑，怕老师发现，怕同学笑话，经常在人群中寻找他的身影，看一眼，再看一眼，却不敢太刻意，一片一片揪着花瓣儿数，他喜欢我，他不喜欢我，他喜欢我……

只恨我们没有两心知，不能互相明白心意，徒增这么多烦恼。但愿有朝一日，换你心，为我心，心有灵犀一点通。

旧时王谢堂前燕，飞入寻常百姓家
——六朝金粉今安在

朱雀桥边野草花，乌衣巷口夕阳斜。旧时王谢堂前燕，飞入寻常百姓家。

——唐·刘禹锡《乌衣巷》

我曾有一段时间对元曲很感兴趣，算是带着一点点叶公好龙的心态吧。尽管隔了几百年的时光，很难再去追寻他们在戏台上依依呀呀吟唱时怀着的是一种怎样的情感。较之唐诗，元曲不够精练，较之宋词，元曲不够绮丽，但她从不乏惊艳人的片段：枯藤老树昏鸦，小桥流水人家；晓来谁染霜林醉，总是离人泪……

“曲”这一艺术形式虽然不像唐诗宋词那般长时间大范围流行，但也一直没有没落，清初戏曲家孔尚任的《桃花扇》就着实火了一把，秦淮八艳的风姿，改朝换代的萧条，奈何时光变迁，物是人非。《桃花扇》结尾的这段《哀江南》给我的印象特别深刻：

俺曾见金陵玉殿莺啼晓，秦淮水榭花开早，谁知道容易冰消！眼看他起朱楼，眼看他宴宾客，眼看他楼塌了！这青苔碧瓦堆，俺曾睡风流觉，将五十年兴亡看饱。那乌衣巷不姓王，莫愁湖鬼夜哭，凤凰台栖枭鸟。残山梦最真，旧境丢难掉，不信这舆图换稿！诌一套《哀江南》，放悲声唱到老。

之所以说“那乌衣巷不姓王”，是因为魏晋时期的乌衣巷是当时最显赫的两个家族，王家和谢家的居住地。刘禹锡诗中“旧时王谢堂前燕”也有这层意思。

曾经的六朝金粉，歌舞丝竹，全都随着岁月而流失，秦淮水榭不复旧貌，乌衣古巷断壁残垣，夕阳正老。秦淮河和金陵城，伴随着他们曾经的靡丽一起被刻进历史，文人歌咏，后人追忆，徘徊徘徊，一去不复返。

刘禹锡曾游金陵，忆往昔繁华，写下了《金陵五题》。他在组诗的序中写道：

余少为江南客，而未游秣陵，尝有遗恨。后为历阳守，跂而望之。适有客以金陵五题相示，逌尔生思，欻然有得。他日友人白乐天掉头苦吟，叹赏良久，且曰《石头》诗云“潮打空城寂寞回”，吾知后之诗人，不复措词矣。余四咏虽不及此，亦不孤乐天之言耳。

《乌衣巷》就是《金陵五题》中的第二首，也是最有名，传唱最多的一首。

乌衣巷，顾名思义是巷子。北京的胡同，上海的弄堂，江南的小巷，这些隐藏在繁华都市中的平静之地，经常都有一些很有意思的名字。汪曾祺在《胡同文化》一文中提到不少有趣的胡同名字，像石老娘胡同、无量大人胡同、手帕胡同、羊肉胡同，等等。又比如，杭州有哑巴弄，还有孩儿巷。乌衣巷的名字比以上提到的那些古韵多了，取这个名字也是有原因的。

三国时期，东吴君王孙权迁都南京，改南京旧称秣陵为建业，又在这里修筑石头城。历朝历代，军队士兵都穿统一颜色的衣服，东吴的士兵穿黑衣，所以石头城的驻军之地就被称作“乌衣营”。八王之乱后，乌衣营成了王谢两个大家族的居住地。一般，军队驻扎的地方才叫营，彼时没有了军队，自然不能再以“营”来作称呼了，“乌衣营”遂被改为了乌衣巷。

乌衣巷位于现在南京市的夫子庙附近，秦淮河南岸。若非诗文记载，谁又会想到这条再普通不过的小巷子竟然有过那么光辉的历史。

在魏晋，没有比王家和谢家更辉煌的家族了。琅琊王氏，簪缨世家，显赫一时。这一家族所出的历史名人多得令人瞠目结舌。王羲之的姨父王导是东晋开国皇帝司马睿最倚重的臣子，位极宰相，功名卓著。王导祖父王览的弟弟王祥，官拜太尉、太保，他是个大孝子，“卧冰求鲤”说的就是他的故事。文学界，如竹林七贤之一的王戎，他也曾官至司徒。书法界，书圣王羲之就不用多说了，他的儿子王献之子承父业，也是大名鼎鼎的书法家，同时兼职皇亲国戚，是东晋简文帝的女儿新安公主的驸马。王羲之的另外两个儿子，“雪夜访戴”的王徽之，还有咏絮才女谢道韫的丈夫王凝之，都不是泛泛之辈。

至于谢家，他们一家子的主要闪光点在军事界和文学界。淝水之战的总指挥谢安，以八万兵力大破前秦百万雄师，成就了军事界的一大传奇。抛却军事上的才能不说，谢安还是个风雅之人，他经常组织子侄辈一起讨论诗文。在他这些后辈们当中，最出名的是侄女谢道韫和侄子谢玄。谢道韫因一句“未若柳絮因风起”才名远播，留名千古；侄子谢玄外号“谢家宝树”，有经国才略，是淝水之战的主帅。再往后，有中国山水诗的鼻祖，李白的偶像谢灵运，还有和谢灵运并称大小谢的诗人谢朓。

子孙都如此争气，王谢两家不显赫谁还能显赫？套用一下刘禹锡《陋室铭》中的话，“山不在高，有仙则名；水不在深，有龙则灵。”乌衣巷其实就是一个普通的小巷子，之所以这么有名，也是因为这里曾经住着王、谢两大超级世家。

只是这曾经繁华一时的乌衣巷，在历史的变迁中终于还是蹉跎了下来。一如诗中所描述的那样，朱雀桥凄冷萧条，桥边长出了许多野草野花，哪里还有一点昔日的人声喧嚣？乌衣巷残墙断瓦，夕阳慵懒地落在青石砖上，还是当年门庭若市的王谢旧地么？树倒猢狲散，家败燕子飞，旧时王家谢家豪门深院，飞阁流丹，燕子都喜欢在那里筑巢，而今王谢之家不在，燕子们找不到昔日栖息之地，只得于百姓的屋檐下另觅住处。诗中只字未提人，却字字透露出人事变迁之愁。没有了王谢之家的乌衣巷，还是乌衣巷吗？

光阴逝，夕阳老。六朝古都金陵城，王谢旧地乌衣巷。曾经的靡丽繁华，终究与我们隔着跨不去的千年时光。

沉舟侧畔千帆过，病树前头万木春
——何以飘零远

巴山楚水凄凉地，二十三年弃置身。怀旧空吟闻笛赋，到乡翻似烂柯人。
沉舟侧畔千帆过，病树前头万木春。今日听君歌一曲，暂凭杯酒长精神。

——唐·刘禹锡《酬乐天扬州初逢席上见赠》

唐敬宗宝历二年（公元 826 年），刘禹锡和白居易在扬州相逢，两位大诗人都深知对方遭遇，惺惺相惜。一番感慨之后，白居易写下《醉赠刘二十八使君》，赠与刘禹锡：

为我引杯添酒饮，与君把箸击盘歌。诗称国手徒为尔，命压人头不奈何。
举眼风光长寂寞，满朝官职独蹉跎。亦知合被才名折，二十三年折太多。

刘禹锡自然明白白居易的意思，回首往事，他苦笑着，挥墨写下这首诗作为答酬。

那时的刘禹锡，刚刚结束他二十三年凄苦坎坷的生活。他空有文采，却得不到重用，被朝廷一贬再贬，多年徘徊于巴山楚水之间。唐朝的中心在北方的长安洛阳一带，再往南，巴楚之地都是十分偏僻荒凉的，朝廷贬官经常往那一带贬。比如武则天的二儿子李贤，被贬为庶人之后就流放到了巴州。

如此不毛之地，刘禹锡一待就是二十三年，人生中最美好的年华全蹉跎在这里。等他再次回到家乡，恍然发现一切都变了：房屋街道尽是陌生的样子，昔日的儿童已长大成人，昔日的很多老朋友都已离世……当年嵇康被诬陷杀害，向秀经过嵇康故居，听到邻居家传来哀怨凄凉的笛声，有感而发，遂写下《思旧赋》来追悼嵇康。如今他能做的，唯有效仿向秀，以《思旧赋》悼念逝去的友人，也不枉朋友一场。在刘禹锡这些过世的朋友当中，就有我们很熟悉的文学家柳宗元。

古人诚不欺我也。都说物以类聚，人以群分，那时候的大文豪大诗人，他们的朋友大多也不是泛泛之辈：刘禹锡和柳宗元是好朋友；温庭筠跟李商隐来往密切；苏轼喜欢和秦观、黄庭坚把酒言欢……

老朋友们都去了，只留下他一个人孤零零的，再无人一起赏月喝酒，吟诗作画。多年时光仿佛是做了一场梦，而他就像烂柯人王质，一入深山几十年，蓦然回首世道变。

烂柯人的典故，最早出自南朝《述异记》：樵夫王质去石室山砍柴，路上碰见两位童子在树下下围棋，王质觉得有意思，便坐在旁边一边休息一边观看。其中一个童子拿了一个像枣核一样的东西给王质吃，王质吃了之后竟然一直没有饥饿之感。等到一局棋下完，童子问他："你怎么还不走啊？"王质这才回神，他起身寻找自己带来砍柴的斧头，一看，顿时愣住——斧柄竟然已完全腐烂。等他下山回到居住的地方，与他同一时代的人都不在了，一切都不复旧时模样。

沧海桑田，有时候短暂如一瞬间。

《聊斋志异》中，秀才贾奉雉的经历跟王质类似，但与之相比，更加曲折：贾奉雉想去深山里隐居，他之前偶然结识的秀才郎生见他有此想法，便带他入山拜师，修长生不老之术。可惜贾奉雉没有通过师父的考验，第二天就被赶下山了。谁知他下山之后，发现村子里那些老人小孩竟然没有一个是他认识的，原先居住的房屋也已经破得不成样子了。他向一个老翁询问，老翁不知道他是贾奉雉，便告诉他，当年贾奉雉离家出走，过了几年之后，他的妻子一睡不醒，直到一个月前才醒过来，算算时间，已经一百多年过去了。贾奉雉又惊又奇，遂以真实身份相告。老翁大惊，半信半疑地带着贾奉雉去见他的孙子贾祥。贾祥已经是五十多岁的老人了，见贾奉雉那么年轻，担心他是骗子，于是把贾奉雉的妻子叫了出来。夫妻见面相认，顿时抱头痛哭。村里很多人都跑来看热闹，啧啧称奇。

山中方一日，人间已百年。

和王质、贾奉雉相比，相信男士们会更加喜欢刘晨、阮肇天台山遇仙女的故事。

汉明帝永平五年，刘晨、阮肇二人入天台山采药，不小心迷了路，在山里面兜兜转转十三天，饿得只剩下一口气了。这时候他们突然看见山上有一棵桃树，树上结满了硕大的桃子。二人欣喜若狂，费了好大的劲才爬上山，摘了桃子充饥。等体力稍稍恢复，他们下山用杯子取水喝，却看见小溪中有芜菁叶流下来，不一会儿又有一个杯子流了下来，杯子里有胡麻饭。有吃的东西，就证明离人群居住的地方不远了，刘晨和阮肇都很开心，就像沙漠中的人看到海市蜃楼中的水源一般，卯足劲开始翻山。

过了一座山之后，他们看见一条很宽的溪流，两位美丽的女子各拿着一个杯子，面对他们就像是相识已久的老朋友一样，笑着说："刘郎和阮郎拿回刚才的杯子了。"继而又撒娇道："怎么这么晚才回来呀？"刘、阮二人丈二和尚摸不着头脑，不知道是什么情况，但是美女当前也不敢失态。美女请他们去家里，他们就跟了上去。两位美女的家也跟她们的人一样美，她们各自有侍奉的婢女，姿色都不平庸。刘晨、阮肇和美女们坐下来享用了一顿丰盛的宴席，这时候外面有一群拿着桃子的女子进来，向两位美女祝贺，恭喜她们的郎君回来。众人喝酒奏乐，异常热闹。刘晨和阮肇尚在梦中还没醒来，两位美女又分别领着他们去睡觉，宛如夫妻一般。

十几天后，他们向两位女子言明，表示想回家了。二女又费尽心思挽留了他们半年，终究敌不过他们的思乡情切。她们没有办法，只得给他们指明回家的路。谁知刘晨和阮肇回到家之后，惊讶地发现山下已经不是他们原先生活的那个世界了，打听一番之后，他们各自找到了自己的七世孙。原来山中半年，世间已近千年。彼时他们才恍然大悟，在山中与他们结为夫妇的两个女子是仙女，大为惋惜。二人原路返回，想去山中寻找仙女妻子，却再也找不到了。

刘、阮二人的故事和《桃花源记》很像，还多些浪漫的情调。词牌名"阮郎归"就是由此而来，后世很多人用过这个典故，比如蒲松龄在贾奉雉的故事里面就提到过。化用此典故，一般用以感慨沧海桑田，物是人非。

巴楚徘徊二十余载，也难怪刘禹锡会心生沧桑之感，洛阳依旧繁华，家乡也还是那个家乡，只是人事都已变了，就跟贺知章《回乡偶书》中所写的那样，儿童相见不相识，笑问客从何处来。那么多年过去了，家乡亲友怕是都认不出他了吧，更别说是在他离开后才出生的后辈小孩们。

"沉舟侧畔千帆过，病树前头万木春"是整首诗中最出名的，也是点睛之笔，说是千古名句一点都不过分。刘禹锡写这两句是为了回复白居易诗中的"举眼风光长寂寞，满朝官职独蹉跎"，让他不必为自己担心。他以沉舟和病树自比，看似豁达，又像自嘲，隐隐还有些自勉的意思。不知在写下这句诗的时候，刘禹锡怀着的是怎么一种百味陈杂的心情。

李白、杜甫、白居易、苏轼、范仲淹等，大部分以诗文闻名后世的诗人学者都有过被贬的经历，刘禹锡一贬就是二十多年，受尽了漂泊思乡之苦，但还是比客死异乡的杜甫幸运得多，好歹还能回到家乡。刘禹锡七十二岁去世，在古人中算是很长寿的了。

千山鸟飞绝，万径人踪灭
——禅意人生味

千山鸟飞绝，万径人踪灭。孤舟蓑笠翁，独钓寒江雪。

——唐・柳宗元《江雪》

所有的山川，都看不到飞鸟的影子，所有的道路，都没有人的踪迹。然而，却有一位老翁坐着一条孤零零的小船，身披着蓑衣，头戴着斗笠，在飘洒着大雪的寒冷的江面上独自垂钓。

天地皆白，寂静无声，汉江之上，孤舟之中，一老翁在雪中垂钓，如一幅画卷一般展开。此情此景，颇有些禅的意味，好似在苍茫大地里开出了一朵坚毅的白花，独守空寂，心内平和安详，与天地融合一处，参透一切世事轮回。

说起诗作的作者，柳宗元，唐宋八大家之一，出身于官宦家庭，少有才名，早有大志。早年为考进士，文以辞采华丽为工。贞元九年中进士，十四年登博学宏词科，少有的少年才子。只可惜官运曲折，报国无路，不到五十，便离开人世。

柳宗元一生留诗文作品达600余篇，其文的成就大于诗。其诗多抒写抑郁悲愤、思乡怀友之情，幽峭峻郁，自成一路。最为世人称道者，是那些清深意远、疏淡峻洁的山水闲适之作。柳宗元在文学上创造了光辉的业绩，在诗歌、辞赋、散文、游记、寓言、小说、杂文以及文学理论诸方面，都做出了突出的贡献，绝对是唐宋的散文大家。诗人才子，根本不能概括他对后世文学的贡献，文学家三个字，也不过是将将可以说明其的努力。

他的诗作较少，但是每篇都独具特色。苏轼高度评价说："所贵乎枯谈者，谓其外枯而中膏，似淡而实美，渊明、子厚之流是也。"他把柳宗元和陶渊明并列。

看得出被贬后的柳宗元，更寄情于山水、天地，以洗涤心灵和魂魄。全诗匠心独运，布局巧妙，生动刻画了一位坚毅、澄洁、傲岸、狷介的渔翁老者形象，反映了作者在政治失败遭遇贬谪后虽孤独寂寞却依旧坚守节操的精神风貌。

他在和孤独对话，万籁俱寂的雪山，风雪交加中一个蓑衣老者独立江中，一个看似了无生机，无处可依的情景，出现了一个默默与风雪抗衡的老者。因是老者，才更加升华了画面的悲惨孤绝。知天命的老人，更懂得生命的珍重，更明白生的意义，活着是为什么。老而弥坚的老者，平静地面对一切困境，却淡泊如斯，好似天地之间本无一物，不过是庸人自扰罢了。

在寂静的画面下，是信念的支撑，是一场孤单深入的较量。试想唐初的陈子昂，在“前不见古人，后不见来者”的无限寂寥下，仰天悲哭，捶胸顿足，慷慨奋世之志顿化作“怆然而涕下”的滔滔泪水。就连一向旷达的苏轼，面对屡屡碰壁，不被重视的境遇，都不免会有悲壮的无奈之感。而此时的柳宗元，却一人独坐苍茫大地间，在风霜雨雪的肆虐下，如如不动，如老僧入定。

他兀傲风雪，不畏荒寒，雪中独垂钓，这般凌然不可侵犯的气概，这般横扫一切战胜一切的人格魅力，怎能不让人肃然起敬呢！

这样的画卷，这般的场景，让我想起《红楼梦》中那白茫茫一片的干净大地。又想到柳宗元的母亲笃信佛教，这时的柳宗元受净土宗的影响，他赞同并相信西方极乐世界净土的存在，结合《江雪》，是否可以做这样的畅想：无论他身外的世界是多么的风霜雨雪，而在他心内，是一片净土，宁静安和，了无尘埃。

诗如其人，镜如其心。这就是柳宗元。诗作中的风骨、气质、修养，便是来自诗人自身。

柳宗元的好友韩愈在《柳子厚墓志铭》中写道：“然子厚斥不久，穷不极，虽有出于人，其文学辞章，必不能自力以致必传于后于今，无疑也。”韩愈的眼睛无疑是犀利的，他看出坎坷的官场之路，对于柳宗元反而是一种磨砺，成就他一代文坛巨匠之名。

劝君莫惜金缕衣，劝君惜取少年时
——爱他明月好

劝君莫惜金缕衣，劝君惜取少年时。花开堪折直须折，莫待无花空折枝。

——唐·杜秋娘《金缕衣》

花开堪折直须折，莫待无花空折枝。这朵等待被折的鲜花就是唐朝有名的歌舞伎杜秋娘，卑微的出身和出众的容貌，使她步入了这一行业。唐朝的歌舞伎可不像现在的歌星那么风光，她们的地位异常卑微，可以说是生活在社会的底层。但杜秋娘的人生经历要精彩得多，她由歌伎到侍妾再到宫奴，最后一跃成为妃子，跨度之大，令人瞠目结舌。而影响杜秋娘一生命运的，正是这首《金缕衣》。

杜秋娘有令人艳羡的出色容貌，不仅如此，她从小就是个极聪明的女子，不仅能歌善舞，还会填词作曲，色艺双绝在江南一带是出了名的。当时任镇江节度使的李锜听说杜秋娘是个妙人，便花了一大笔钱将她买了，充当自己的私家歌舞伎，在一次家宴上，杜秋娘将自己所作的《金缕衣》唱给李锜听：我劝你不要顾惜华美的金缕衣，我劝你要珍惜自己的青春年少，花开了可以折的时候就赶紧去折，不要等花凋谢了只剩下空枝。要不怎么说杜秋娘是个聪明的女子呢，她不会像一般稍有姿色的女子那样，为了上位不惜使出浑身解数去吸引主人，只消一首歌，她就能让主人主动注意自己。她唱《金缕衣》，用意其实是为了告诉李锜，你已经年过半百啦，要趁着现在好好享受人生，我这朵花已经盛开了，你为何不赶紧折呢？再不折花凋谢了，你也老啦。

果然，李锜听完杜秋娘的歌之后，仿佛一下子年轻了十几岁，他觉得杜秋娘说得对，以他这把年纪，现在不享受，更待何时啊，遂把杜秋娘收为自己的侍妾。

当时在位的皇帝是唐顺宗李诵，似乎古代帝王身体都不怎么样，总有些这样那样的毛病，唐顺宗也是个体弱多病的主儿，他当了八个月的皇帝就厌倦了，把肩上的担子丢给了儿子唐宪宗李纯。唐宪宗和他爹不同，他很有想法，为了扭转国内藩镇割据的局面，他决定削减节度使的权力。这样一来，身为节度使的李锜不干了，他忠心耿耿那么多年，为朝廷出了不少力，现在人老了，皇帝却来这一手，真是越想越生气。唐朝节度使一般手上都有兵权，李锜为了表示自己的不满，做了一件蠢事，他居然举兵谋反了。谋反的结果可想而知，李锜兵败，在战乱中被杀死了。好不容易过上好日子的杜秋娘一下子失去了可以倚靠的对象，李锜死后，她以罪臣家眷的身份被送进后宫当宫女。

宫奴有很多种，杜秋娘因有一技之长，免去了劈柴洗衣之苦，在宫中依然干着她的老本行。而《金缕衣》这首曾改变她命运的歌曲，再一次发挥了极大的作用，可谓扭转乾坤。趁着为唐宪宗表演歌舞的机会，杜秋娘声情并茂地唱了这首歌，再加上她出众的才貌，唐宪宗一下子就被她吸引住了。唐宪宗爱惜杜秋娘的才情，不久之后就封她为秋妃。一个身份卑微的歌舞伎，又是罪臣家眷，还曾经嫁过人，顶着这三重身份的杜秋娘，居然能一跃飞上枝头，成了皇帝的妃子，可想而知她有多出众。

可惜好景不长，几年后唐宪宗驾崩，太子李恒继位。杜秋娘原先帮着唐宪宗处理过不少政事，朝廷上下对她还是很敬重的。所以唐宪宗故去，她在后宫照样过着她的安稳日子。杜秋娘一生无子，她把全部的母爱都倾注在李恒的儿子李凑身上。不久之后唐穆宗李恒死了，唐敬宗李湛继位，后来也被人杀了。总之那段时间政局很乱，皇帝换了一个又一个，实权全攥在宦官手中。为了彻底根除宦官势力，杜秋娘联合当朝宰相宋申锡，想把李凑推上皇位。不料事情败露，李凑被贬为庶民，杜秋娘也被废除了妃子身份，放归故乡。对于杜秋娘来说，这未尝不是一个好的结局。如果能重新选择一次，不知杜秋娘还会不会谱写那一曲改变她命运的《金缕衣》。

不过也正是这首诗，杜秋娘和她的《金缕衣》才得以在史上留名，为后人称颂。杜牧曾写过《杜秋娘诗》，其中有“老濞即山铸，后庭千双眉。秋持玉斝醉，与唱《金缕衣》”这么一句。

爱他明月好，憔悴也相关。英雄尚且不论出身，女子若是有才有德，又何必去计较她的身份？杜秋娘不失为一位奇女子，凭着她的智慧和才貌，她终究还是曾将命运掌握在了自己手上。纵时光荏苒，她的《金缕衣》仍在岁月中大放异彩。

秋坟鬼唱鲍家诗，恨血千年土中碧

——鬼魅也知心中愁

桐风惊心壮士苦，衰灯络纬啼寒素。谁看青简一编书，不遣花虫粉空蠹。

思牵今夜肠应直，雨冷香魂吊书客。秋坟鬼唱鲍家诗，恨血千年土中碧。

——唐·李贺《秋来》

“诗鬼”这一外号简直就是为李贺量身定做的，他若不叫诗鬼，还有谁能当此称号？都说屈原、李白写诗浪漫，而李贺也是浪漫主义诗人的代表之一，我甚至觉得在某些方面，李贺比屈原、李白还要浪漫，他的浪漫不仅在天界，还在地府。

屈原和李白写天宫写仙境写神仙，李贺除了这些之外，他还敢于写鬼。值得一提的是，原本青面獠牙龇牙咧嘴的鬼魅，一到他的笔下却有种阴森的美。读李贺的鬼诗，我瞬间想到了王祖贤版的《倩女幽魂》，李贺和王祖贤，一个古代诗人一个当代演员，他们先后打破了鬼在我心中的形象。《聊斋志异》中《聂小倩》的故事先后被改编成很多电视电影，但直到如今，想必不只我一个人觉得，王祖贤的聂小倩再难超越。徐克确实是个鬼才，只有他能领略鬼之美，拍出鬼之美，也只有他才能成就如此完美的聂小倩。王祖贤仿佛天生就该演鬼，她身上有着一种朦胧的鬼气，那是一种比仙气还要动人千百倍的美。

李贺若是和蒲松龄生在同一时代，他们肯定能成为知己。李贺以诗写妖仙鬼魅，蒲松龄的《聊斋志异》也是写仙狐鬼魅的奇书，而且李贺笔下的鬼诗完完全全拥有“聊斋”的意境，让人不禁怀疑他是不是真的见过鬼，亦或是到过鬼生活的地府。

三更半夜，荒郊森林，白雾朦胧，浓黑如墨的夜空，微寒的秋风，哀怨的鸟鸣……这些大概就是《聊斋志异》给我的感觉，仿佛只有在这样的环境下，才会出现“书生挑灯夜读，邂逅娇艳美狐”的故事。李贺的这首《秋来》恰恰让我脑中出现同样的画面。只不过画面中没有狐仙，只有孤魂。蒲松龄笔下的故事不是常常有类似情节么，书生看书看得苦闷之时，门被敲响了，一美艳女子走进来，咯咯笑道："公子好生用功。"然后二人夜夜相会，日久生情，直到故事的最后书生才会恍然发觉，原来女子并非同类。

《秋来》是一首很有名的鬼诗，然而诗的中心却并非鬼，只是通过"鬼"的形象来抒发"人"的情感。若非事先就知道诗名"秋来"二字的含义，我很有可能会不小心把它当作《聊斋志异》中诸如小倩、娇娜、莲香一类的狐仙鬼女的名字，因为诗中的场景实在太"聊斋"了，尤其是"雨冷香魂吊书客"一句，乍一看，脑中浮现出的竟是夜雨蒙蒙中，美丽多情的女鬼和挑灯苦读的书生相会的画面，看来我受蒲松龄先生的影响太深，不知不觉中早已中了"聊斋"之毒。

秋天的夜晚，风吹落桐树的叶子，在呼呼的声音下，转眼地上已经铺满厚厚一层枯叶。此情此景，让人不由心生愁苦。风雨不眠夜，那些不愉快的经历仿佛放电影一样在眼前一一呈现，人间前途无望，只能期望鬼世。房中幢幢灯影逐渐变弱，光线也越来越暗淡，这微弱的光芒就像是毫无希望的未来，或许一不小心，人生就如这灯火一般，突然灭掉。在这样一种心境下，窗外蟋蟀的鸣叫声也似带来寒意，声声凄凉。

有了这种先入为主的思想，我总觉得秋天的夜晚非常适合鬼魂出没。李贺写的"鬼"诗很多，其中发生在秋夜的除了《秋来》之外，我比较喜欢的是这首《南山田中行》：

秋野明，秋风白，塘水漻漻虫啧啧。云根苔藓山上石，冷红泣露娇啼色。
荒畦九月稻叉牙，蛰萤低飞陇径斜。石脉水流泉滴沙，鬼灯如漆点松花。

南山在李贺的家乡，秋夜行走在南山的田野之中，四周蔓延着的就是这种清冷幽静之美，看似鬼气森森，秋夜恰如其分地体现出了李贺写诗的特点。除了他之外，没有谁能够将幽冷之美的意境写到如此极致。

如果说《南山田中行》着重写景，那么《秋来》则主要是抒情。

古代文人的愿望，莫过于考取功名，为国效力，一展抱负。李贺是个纯粹的文人，他喜欢诗词文墨，也希望自己的诗篇能够流芳百世，为后人敬仰。然而在秋雨夜的衰灯之下，心中悲凉的他却担心自己呕心沥血写下的作品没人赏识，白白被蠹虫蛀蚀成粉末。究竟是怎样一种痛苦的心境，才会令他如此消沉？

他躺在床上辗转反侧，久久不能入眠。窗外的秋雨还没有停止，雨水落在枯叶之上，发出细微的声音，凄凄凉凉，冷冷清清。不知是幻觉还是现实，他仿佛看见古代诗人的香魂来看望自己，听他诉说心中的苦闷烦忧。

这里的“香魂”自然不是《聊斋志异》中香艳的女鬼，我倒是觉得，要是真有女鬼来慰问也不是件坏事，总比他一个人独自愁独自苦强得多。没准千年之后这会成为蒲松龄笔下又一个香艳的故事也说不一定。

诗的最后两句就隐隐带着一点些恐怖的味道了，“秋坟鬼唱鲍家诗，恨血千年土中碧”，若是半夜看到此句，胆小之人很可能会毛骨悚然，鸡皮疙瘩都冒出来。秋坟之中，孤魂野鬼慢慢飘了出来，一边游荡一边吟唱着诗词……光是想象就觉得吓人。

这两句诗中提到了两个人物，鲍照和苌弘。那秋坟中的鬼所吟唱的鲍家诗，所指的就是鲍照的诗。鲍照曾写《拟行路难》，抒发自己的怀才不遇。李贺写鬼唱鲍照的诗，其实也是想表达自己有着和鲍照同样的心情——怀才不遇。

土中千年化为碧的“恨血”就是苌弘的血，《庄子·外物》有云：人主莫不欲其臣之忠，而忠未必信，故伍员流于江，苌弘死于蜀，藏其血三年，而化为碧。苌弘是周朝贤士，他学识渊博，忠心耿耿，熟料敬王为了讨好晋国，竟然下令将原本无罪的他杀死。苌弘死得很不甘心，入土后心中仍然怀有恨意，据说他死后三年，其血化为碧玉，以示丹心。

李贺写鲍照写苌弘，其实是想说明自己心中的遗恨跟他们二人一样，永远难以释怀。他心中的愁与苦，活着的人是不能理解的，所以他只能写鬼写魂，希望能在鬼魂的身上找到安慰。秋雨潇潇夜，或许只有坟中的那一缕孤魂才真正懂他的内心。

昆山玉碎凤凰叫，芙蓉泣露香兰笑

——不是仙乐，胜似仙乐

吴丝蜀桐张高秋，空山凝云颓不流。江娥啼竹素女愁，李凭中国弹箜篌。昆山玉碎凤凰叫，芙蓉泣露香兰笑。十二门前融冷光，二十三丝动紫皇。女娲炼石补天处，石破天惊逗秋雨。梦入神山教神妪，老鱼跳波瘦蛟舞。吴质不眠倚桂树，露脚斜飞湿寒兔。

——唐·李贺《李凭箜篌引》

李贺这首写声乐的诗，让我第一时间回忆起的杜甫《赠花卿》中的两句："此曲只应天上有，人间哪得几回闻。"杜甫开门见山，觉得人家曲子弹得好直接夸赞"只应天上有"，李贺虽未言明，但他那一连串关于神仙幻境的描写，评价之高已在杜甫之上。

诗中的主人公李凭是唐朝宫廷乐师中的顶尖人物，一手箜篌弹得出神入化，轰动京城，甚至比盛唐著名演奏家李龟年还要红，有"天子一日一回见，王侯将相立马迎"之说。如此高的待遇，李凭若活在现代，毫无疑问定是天王巨星级别了。

当年钟子期能够听从俞伯牙的琴声中听出"巍巍乎若太山，洋洋乎若江河"，是以被俞伯牙当做知音。听过李凭弹箜篌的人不在少数，其中不乏欣赏他的人，也有叶公好龙凑热闹者，但是只有李贺能领悟到如此境界，他应该也算是李凭的知音之人了。

清朝人方扶南评价李贺这首诗的时候说："白香山'江上琵琶'，韩退之《颖师琴》，李长吉《李凭箜篌引》，皆摹写声音之至文。韩足以惊天，李足以泣鬼，白足以移人。"白居易号香山居士，因而被称作白香山，韩退之指的是唐宋八大家之首的韩愈，退之是他的字，李长吉就是李贺。他们三人都写过关于声乐的诗，白居易的《琵琶行》自是不必说，韩愈的《听颖师弹琴》也是唐朝音乐诗中的名篇。不过白居易和韩愈的音乐诗以写实为主，李贺虽未明着写李凭的箜篌之音如何如何，但是他用了极其丰富的想象，从侧面把李凭技艺之高超形容得天上有人间无。方扶南把李贺跟白居易、韩愈放在一起，对他们的音乐诗分别作出了“惊天、泣鬼、移人”的评价，他对此三人的赞誉都是极高的。

江南素来是丝竹之音的圣地，李凭的箜篌用江南吴地的丝和蜀地的桐木作材料，深秋之际，奏出的音乐随风飘散开来，优美悦耳，连天上的白云都凝聚在一起，忘了向前流动。“空山凝云颓不流”一句和王勃“纤歌凝而白云遏”艺术效果是相同的，都是化用了《列子·汤问》中秦青抚节悲歌，天上的行云都为之停留的典故，比喻看似夸张，却极具说服力。

李凭的音乐声不仅能挽留住天上的行云，天上仙境中的神仙们也纷纷为之动容。那舜帝的两位妃子娥皇、女英听到李凭的箜篌声，感动得泣泪而下，泪落在竹上，留下斑斑痕迹；那上古神女乐师素女听到李凭的箜篌声，蹙起眉头无端生出了哀愁。关于素女，《汉书》上还记载了这样一个故事。据说秦始皇让一个叫素女的女乐师弹瑟，素女弹奏的曲调声很悲，秦始皇听得心里难受，就叫她停下来，但是素女沉浸在音乐中太深了，没有听到秦始皇的话，秦始皇大怒，叫人把她的瑟劈成两半，由五十弦变为后来的二十五弦。李商隐有诗云“锦瑟无端五十弦”，说的就是秦之前的瑟。

能让娥皇女英和素女感动落泪的音乐，究竟是什么样的呢？它像昆山的美玉碎裂一般清脆，像凤凰的鸣叫声一般嘹亮，时而低回，时而轻快，如芙蓉花在露水中轻轻啜泣，如兰花在风中静静绽放。等到李凭弹起箜篌的时候，长安城东南西北十二道门前的寒光冷气全都被音乐声融化了，整座长安城都沉浸在优美的音乐声中。箜篌的二十三根弦被轻轻拨动，音符跳跃而出，天上最尊贵的神也都被吸引了。当年女娲炼五彩石补天，天从此牢固，千万年不破。可一旦李凭的箜篌声响起，五彩石受到震惊，纷纷碎裂，漫天洒起了秋雨。

终于明白为什么方扶南要说李贺这首诗能“泣鬼”了。感动人不算什么，能惊天地泣鬼神那才叫本事。天上什么好东西没有啊，飞天们反弹琵琶，在漫天如雨的花瓣中鼓瑟吹笙，月中仙子嫦娥在仙乐中翩翩起舞，惹得天蓬元帅也动起凡心……见惯了这种场合的神仙们，根本不会把一般音乐放在眼里，可是李凭却做到了让神仙为之动容，曲声有多美，可想而知。

《搜神记》中记载了一位喜爱音乐的女仙成夫人，她技艺高超，尤其擅长弹奏箜篌。可是李凭却在梦中得到成夫人的请求，让他传授箜篌绝技。看看，连擅长音乐的神仙都要来向他求教呢。还有那湖里的老鱼和瘦蛟闻此乐声，都浮出水面，和着曲声跳起舞来。月中的吴刚树也不砍了，靠着桂花树听曲；玉兔也不捣药了，听曲听得入迷，连寒露滴在身上都不顾。

上学的时候我就琢磨着，李贺的“梦入神山教神妪”是不是化用了唐玄宗梦见龙女求曲的典故？唐玄宗喜欢诗词歌赋，他自己就是个作曲家，所作之曲无不令人折服，比如大名鼎鼎的《霓裳羽衣曲》。传说一次睡梦中，有龙女向唐玄宗求曲子，唐玄宗即兴而作，梦醒之后依稀还记得自己所写的旋律，遂赶紧记录下来，取名为《凌波曲》。

李凭有这样一门绝技，难怪能名噪一时。不知他看见李贺为自己写的这首诗之后会怎么想，有知音如此，他也算没白学一身技艺。

楚魂寻梦风飔然，晓风飞雨生苔钱
——愿醉巫山烟雨中

碧丛丛，高插天，大江翻澜神曳烟。楚魂寻梦风飔然，晓风飞雨生苔钱。

瑶姬一去一千年，丁香筇竹啼老猿。古祠近月蟾桂寒，椒花坠红湿云间。

——唐·李贺《巫山高》

自宋玉挥墨写下瑰丽的《高唐赋》与《神女赋》之后，以巫山神女为话题的诗词多不胜数。后人似乎都喜欢在“阳台云雨”这一事上做文章，以至于不管究竟有没有“阳台云雨”这回事，神女与楚王的一夜风流都被坐实了。

说到巫山，自是不能忽略宋玉《高唐赋》中最经典的一段：

昔者楚襄王与宋玉游于云梦之台，望高唐之观，其上独有云气，崒兮直上，忽兮改容，须臾之间，变化无穷。王问玉曰：“此何气也？”玉对曰：“所谓朝云者也。”王曰：“何谓朝云？”玉曰：“昔者先王尝游高唐，怠而昼寝，梦见一妇人曰：‘妾，巫山之女也。为高唐之客。闻君游高唐，愿荐枕席。’王因幸之。去而辞曰：‘妾在巫山之阳，高丘之阻，旦为朝云，暮为行雨。朝朝暮暮，阳台之下。’旦朝视之，如言。故为立庙，号曰‘朝云’。”

因神女说自己是朝云暮雨所化（旦为朝云，暮为行雨），楚襄王为了纪念和神女的梦中相会，便在巫山为她立了一座庙，名为朝云。千年之后，唐朝才女薛涛按照她眼中的巫山，写了《谒巫山庙》：

乱猿啼处访高唐，路入烟霞草木香。山色未能忘宋玉，水声尤是哭襄王。

朝朝暮暮阳台下，为雨为云楚国亡。惆怅庙前多少柳，春来空斗画眉长。

薛涛最有名的莫过于《十离诗》，相比之下《谒巫山庙》名气就小多了，但我偏偏爱煞了这一首。大概是因为“路入烟霞草木香”这句，我总能从中嗅到《楚辞》的味道，屈原的诗中不是总出现各种各样的香草么，薜荔、杜若、木兰、江蓠、白芷……光是想想就觉得有香气萦绕。“朝朝暮暮阳台下，为雨为云楚国亡”则是化用了神女离去前所说的“旦为朝云，暮为行雨，朝朝暮暮，阳台之下”一句，也不知彼时的巫山，是否留有楚王当年的残梦。

《巫山高》本是乐府诗题，不少诗人以此为题留下过佳作，如卢照邻、王融、李贺，其中我最爱李贺所写的。

李贺这首《巫山高》延续了他一贯的浪漫主义风格，大概也只有像他这样擅长写神仙写仙境之人，才能真正写出神女赋予巫山的“神”韵。我虽未亲眼见过巫山，但是从诗词和流传下来的故事中大致能想象出巫山是什么样的。她应该和神女瑶姬一样，周遭笼罩着朦胧的云雾，仿佛女子蒙着面纱，有种难以言说的神秘之美。同时她又是清冷孤傲的，恬淡幽静，孤芳自赏。如果把巫山比作美人，我想她一定是位睡美人，除此之外我找不到任何词语来形容她。

要不怎么说李贺是诗鬼呢，看他，用了简简单单六个字就勾勒出一幅巫山十二峰全景图：碧丛丛，高插天。巫山的峰峦众多，层峦叠翠，莽莽苍苍，望之尽是满眼的绿。十二峰如擎天之柱，高耸入云，从下往上看，山顶云雾缭绕，让人不禁怀疑，山峰之高是不是已经触及了天宫？

传说西王母的女儿瑶姬耐不住天宫寂寞，带着她十一个姊妹腾云驾雾，下凡游玩，她们在巫山附近斩杀恶龙，又帮助大禹治理洪水，造福百姓……久而久之，瑶姬厌倦了天宫单调的生活，虽然华丽，但她更喜欢幽静的巫山三峡。和姊妹们商议之后，瑶姬决定留在人间。她们化作十二座山峰立于巫峡两岸，十二峰的名字分别为净坛、集仙、朝云、起云、上升、望霞、松峦、聚鹤、登龙、飞凤、翠屏、圣泉。望霞峰为神女瑶姬所化，所以又被称为神女峰。

孟郊有诗名为《巫山曲》，正是以巫山十二峰为主来叙述的，其中又融入了神话传说，虚实相结合：

巴江上峡重复重，阳台碧峭十二峰。荆王猎时逢暮雨，夜卧高丘梦神女。
轻红流烟湿艳姿，行云飞去明星稀。目极魂断望不见，猿啼三声泪滴衣。

时隔多年，巫山风景依旧，只是没了当年的人和梦。千年的风雨洗礼，带不走的是山中弥漫的草木香气。瑶姬既然是巫山的山神，她应该还留在望霞峰上俯瞰人间吧？神灵拥有不灭的生命，不老，不死。瑶姬还是当年的瑶姬，端庄美丽。当年年轻的楚王却早已化作枯骨，巫山的风吹动着烟云，那是楚王的幽魂。他念念不忘和神女的那段情，即便死后化作鬼魂，也要来此重温旧时梦。

巫山位于长江水岸，湿气颇重，到了晚上更是有女神所化的暮雨轻洒山涧，日复一日年复一年，阳光照射不到的石壁上生出了厚厚的一层绿色苔钱。朝云依旧，暮雨还在，独独缺少了神女的影子。梦碎了就是碎了，无论有多割舍不下，也再难找回那段曾经。高唐梦，阳台雨，留下的不过是一句怅然的哀叹，常常回荡在巫山烟雨中，余音未了。

“晓风飞雨生苔钱”，这句实在是美！诗未读完，音调残留在舌尖尚未远去，仿佛就已经看到巫山石壁上那片苔钱，碧绿碧绿的，在风雨中喃喃低语，诉说着曾经的阳台梦事。寻不到神女的楚王，痴痴回忆着玫瑰色旧梦，在巫山十二峰徘徊不前，甚至忘了去转世投胎。瑶姬一去一千年，此去恐再难相见。供奉神女的庙堂空空如也，莫说是神女的影子，连她身上的味道也已消失殆尽了，留下的只有四周林子里和着露水坠落的椒果，还有藏身丁香与筇竹间的老猿的啼叫声，一声声哀怨悲悯，徘徊在山间挥散不去，直到天明。

事已至此，多情的楚王不得不相信，神女已经不在了，没人知道她去了哪里。过去的始终是过去了，纵使他放不下，神女也未必会记得。他心中空荡荡的，就跟山间猿猴的啼叫声一样，悲悯不已。

留在高唐的梦，牵动着巫山四周的云雾，朦朦胧胧，起起伏伏，在风中晃曳，终和夜间暮雨一起，轰然洒落山间。崖壁上苔钱丛生，如斑驳记忆，清晰却又模糊的曾经。旧梦易寻，物是人却非，所有的一切随着那玫瑰色的梦一起，以怅然终结。

无物同心结，烟花不堪剪
——自是多情才女，无情风雨

幽兰露，如啼眼。无物结同心，烟花不堪剪。草如茵，松如盖。风为裳，水为佩。油壁车，夕相待。冷翠烛，劳光彩。西陵下，风吹雨。

——唐·李贺《苏小小墓》

人死后若真有魂魄，还会记得生前的种种吗？若是记得，已然成为幽魂的她和他，会不会执着那段本该放下的情感？显然李贺并不觉得苏小小死后能够解开自己身上的情感束缚，凄清幽冷的西湖水畔，她孤寂地飘荡着，慢慢回忆前尘往事。风雨夜，钱塘柳，香魂夜中泪染袖……罢罢罢，去也终须去，万般无奈，唯有放手。

李贺写苏小小，诗名叫《苏小小墓》，内容也扣准这个“墓”字。此时的苏小小不再拥有鲜活的生命，她只是墓中一缕芳魂，偶尔执念往事，轻轻低诉。幽兰滴露，如她含泪的眼；萋萋芳草，似她的茵褥；青翠松木，像她的伞盖；微风轻剪，是她的衣袂；潺潺流水，即她的环佩。逝去的她跟活着的时候一样美，婀娜多姿，风采不减。这段对苏小小外形的刻画，让我想起了杜牧《沈下贤》中的一句话：一夕小敷山下梦，水如环佩月如襟。

死后化作幽魂的她，再不能像生前那样肆意随性，也不能在西泠桥畔与心上人结同心。留在西陵的，只有幽冷的烛光和冷风吹着细雨。或许是因为“无物结同心”的遗憾，死后的她芳魂不散，时常出没人间。据说宋朝有书生梦见一女子夜间唱歌，问其名，答曰西陵苏小小。问所唱是何歌曲，答曰《黄金缕》。

这一传说带着森森阴冷之气，却又不乏香艳色彩。无论是真有其事，还是捕风捉影的传言，都位苏小小墓增添了几分神秘。

苏小小没有秦淮八艳那么大的名声，亦不曾有轰轰烈烈的爱情。她的一生就像是一朵空谷幽兰绽放的过程，无刻意的喧嚣，无过分的浮华，花开时芬芳四溢，虽招惹过蜂蝶，却也只是匆匆而来，匆匆而去，终在风雨中悄然凋零，化作一缕芳魂。

因出生时长得太过娇小，她被称作小小，名如其人。年幼时苏小小家境殷实，即便称不上大家闺秀，也算得上是小家碧玉了。然没几年之后，父母相继去世，苏小小和乳母贾姨变卖家产，迁移至钱塘西泠桥畔。她长得美，心如美玉，玲珑剔透，又喜好诗词，很受文人雅士的欢迎。小小生性烂漫，不愿受世俗眼光拘束，对于诗友的拜访她毫不避讳，小楼中常常是欢声盈盈，笑语满满。自那时起，钱塘苏小小的名号便传开了。

小小喜爱西湖秀丽的风景，她常常在西泠桥畔一边漫步一边观赏山水，为了方便出行，她请人为自己做了一辆油壁香车。偶然天气晴朗，她乘着油壁香车出门游玩，随心所欲，揽尽钱塘美景。这样的生活无拘无束，是小小人生中最惬意的时光。

春日的杭州城万紫千红，风景如画，杨柳风拂面，杏花雨沾衣，燕子声声呢喃，花瓣如雨纷纷而下。小小一如既往地乘着她的油壁车在外踏青，她心情甚好，正要撩起帘子往外看，突然车子一阵颠簸，她赶紧稳住身子，待下车时，只见一英俊少年从受惊的青骢马上下来，朝她行礼道歉。那一眼，二人都已深深将对方刻在心上。

少年乃是当朝宰相的公子阮郁，那日一别，他始终忘不了小小的倩影，他四处打听小小住处，次日便登门拜访。此后二人朝夕相处，日久生情，在西泠桥许下了白头誓言：妾乘油壁车，郎骑青骢马，何处结同心，西泠松柏下。

不久之后，阮郁在钱塘日日与歌伎在一起的消息传到了金陵，阮郁的父亲震怒，他表面同意儿子与小小往来，心里却有了另外的打算。阮郁见父亲不反对，也就放宽了心。几日之后京城又来了信，说是父亲病重，让他速速回去探望。阮郁信以为真，岂料等他回到家中，父亲非但没事，还把他软禁起来，不许他再见小小。阮郁心有不舍，又无法拂逆父亲的意思，他没想到，这一分开竟是他和小小的永别。

等不到心上人的小小日盼夜盼，病倒在床榻之上。虽然难受，但她心里跟明镜似的，知道阮郁是不会再回来了。期盼无果，她也就断了念想，继续跟文人雅士来往，家中的小楼再次门庭若市。被负心人伤了心的她，依然是那个才高貌美的钱塘苏小小。

在这一点上，我觉得苏小小实在太聪明。她不像一般女子，爱上一个人便把所有心思放在他身上，一旦被负便茶不思饭不想，仿佛没了那个负心人就活不下去一样。身体发肤受之父母，何必因为他人而不去珍惜？和小小相比，一心求死的杜十娘太过痴傻，还有那心有郁结的霍小玉，为一男人生生病死，实为不值，就凭她死前那句“李君李君，今当永诀！我死之后，必为厉鬼，使君妻妾，终日不安”，即便化作幽魂，她也不可能再放下了。

阮郁虽是苏小小生命中的匆匆过客，但不可否认他给苏小小带来了致命的打击。被爱情伤过一次的苏小小，恐怕也难再像以前一样轻易付出自己的真心了。

有一个晴朗的日子，苏小小在西湖畔遇见一位叫鲍仁的书生，衣着朴素，看似十分清苦。打听之后她才知道，原来鲍仁因为穷困，没有足够的盘缠进京赶考。小小惜才，主动提供财物资助鲍仁，鲍仁很感激，暗暗发誓，若他日高中，必定不忘小小的恩情。

我想，老天爷要是垂怜这个可怜的女子，就让鲍仁高中之后和她长相厮守吧。可偏偏事与愿违，红颜似乎都摆脱不了“命薄”二字，第二年的春天小小便咯血而死，年仅十九岁。被小小资助的书生鲍仁不负所望，终于金榜题名而归，他未曾想到自己赶到钱塘之时，见到的却是小小的棺木。想起当年的种种，鲍仁抚棺而泣，心痛不已。慕才亭苏小小墓碑上的字本是鲍仁亲笔所题，只是几经毁建，再也看不到原先模样。

苏小小的故事常被后人提起，有书生在西湖畔为她写了以下诗句：“妾本钱塘江上住，花落花开，不管流年度。燕子衔将春色去，纱窗几阵黄梅雨。斜插犀梳云半吐，檀板轻敲，唱彻黄金缕。望断行云无觅处，梦回明月生南浦。”不过我还是觉得白居易的那首《杨柳枝》最符合我心中苏小小的形象：

苏州杨柳任君夸，更有钱塘胜馆娃。若解多情寻小小，绿杨深处是苏家。

若解多情寻小小，绿杨深处是苏家。自是多情才女，无情风雨，苏小小留给后人的除了意犹未尽的传奇之外，还有一段绮丽的梦。

王子吹笙鹅管长，呼龙耕烟种瑶草
——仙境如此多娇

天河夜转漂回星，银浦流云学水声。玉宫桂树花未落，仙妾采香垂佩缨。
秦妃卷帘北窗晓，窗前植桐青凤小。王子吹笙鹅管长，呼龙耕烟种瑶草。
粉霞红绶藕丝裙，青洲步拾兰苕春。东指羲和能走马，海尘新生石山下。

——唐·李贺《天上谣》

诗名既然叫《天上谣》，内容和天上的世界自然脱不了干系。在科学成为主流思想之前，没人知道天上有什么，古人上不了天，是以只能靠想象。在他们的幻想中，天上的世界是多姿多彩的：有玉皇王母西天佛祖，有七仙女和天兵天将，银河两边是牛郎织女，月亮中住着美丽的嫦娥和她的玉兔……神仙们都有高强的法力，动动手指就能让人动弹不得。他们要是知道几千年之后有人飞到了月亮上面，但是上面并没有嫦娥玉兔桂花树，只有寸草不生的环形山，该有多失望啊！

古人写游仙诗，几乎都是对现实社会不满，希望能在诗中创造出一个自己理想的世界。屈原、李白、李贺笔下的仙界尤其出彩，屈原有香草美人，李白有云之君兮，李贺有玉桂清州。知道李贺是因为他那些有名的鬼诗，我一直觉得他适合描绘阴森之美，接触了《李凭箜篌引》我才恍然明了，原来事实并非如此。他笔下的仙界和鬼界截然不同，鬼界美得森冷，仙界美得瑰丽，一曲《天上谣》就是一首音如梦幻的仙境之歌。

李贺的仙境跟我想象中的相差无几，不过多了几分灵动和活力。夜晚的星空璀璨绮丽，银河如带，细细凝视仿佛真能听到潺潺的流水声。那月宫中的桂花开得正烂漫，芳香四溢，沁人心脾。《西游记》中有七仙女去王母娘娘的蟠桃园采摘蟠桃，李贺则让仙女们衣袂飘飘地飞入月宫，拎着小巧的花篮在桂树下摘桂花。她们挑选最美最香的花朵装进贴身佩戴的香囊中，又将香囊挂在衣带上，每走一步香囊中就发出阵阵幽香，萦绕在仙女们周身。而仙界的花是永远不会凋谢的，无论长在枝上还是存于囊中，它们会长长久久艳丽如新。当仙女们盈盈飞在天上，款款行在云间，桂花香便如影随形，人间最美的景色也比不上这一幕。

在天宫的另一座仙府中，弄玉公主正卷起窗帘，静静地眺望窗外景色。她本是凡间君王秦穆公的女儿，因精通音律，吹得一手好箫，华山的少年箫史与弄玉志同道合，特地前往秦宫与她相见，二人天天在凤凰台切磋吹箫技艺，久而久之便互生情愫。他们吹奏的箫声越来越动听，连天上的凤凰都被吸引了，后来他们就跟着凤凰一起飞到了天上，成了一对真正的神仙眷侣。转眼千年过去了，弄玉还是当年的弄玉，容颜倾城，丝毫看不出岁月的痕迹。太阳神的马车从天际飞过，天已经亮了，她看到窗外梧桐树上停着的小青凤，正是当年带着她和箫史来到天界的那一只。天宫就是这样神奇，时光仿佛被锁定在最美一刻，千万年不变。

雾色朦胧，空旷的云彩之上，仙人王子乔悠闲地吹着笙管。他的身世和弄玉差不多，也生在凡间的帝王之家，死后成仙，成就了一段传说，很多诗中都有提到他，比如《古诗十九首・生年不满百》中的"仙人王子乔，难可与等期"。王子乔成仙后的生活比在人间要自在多了，他闲来无事便像这般吹着笙管，神龙们听到他吹奏的音乐，快乐地在云上耕作，播种瑶草。传说瑶草是一种吃了可以长生不老的仙草，只有天上才有。

神龙们的瑶草还未播种完毕，就见一群仙女乘云飞过，她们穿着美丽的衣服，纷纷前往南海中的仙岛青洲游玩。青洲风景秀美，花开遍野，仙女们美得就像怒放的鲜花一样，她们偶尔偷闲来青洲游玩，心情甚是舒畅。在花香之中，她们一边嬉笑一边采着花儿，怡然自得。而这个时候，太阳神的马车又从天上飞过去了，驾车的是女神羲和，她是太阳的母亲，也是太阳的车夫。每天早晨她都要驾着太阳车在天上飞驰，为人间送去光明，到了晚上再把太阳带回太阳宫。她日复一日重复着这样的工作，时间也在太阳车转动的车轮中飞逝而去。光阴荏苒，东海神山四周的海水都干涸了，沧海化作了桑田，另一边又生出了别的海，如此反复交替，生生世世。

李贺写的仙界和其他诗人的不太一样，少了几分高不可攀的威严，多了几分人间烟火的亲切。让人读了之后觉得，原来仙女和凡间女子一样喜欢美丽芬芳的鲜花，喜欢在风景秀美的地方踏青，原来神仙也要耕耘播种，只不过凡人种的是普通的瓜果蔬菜，神仙种的是吃了可以长生不老的仙草……

仙界如此多娇，引无数凡人尽折腰。

长吟远下燕台去，惟有衣香染未销

——匈奴未灭，何以家为

不拣花朝与雪朝，五年从事霍嫖姚。君缘接座交珠履，我为分行近翠翘。楚雨含情皆有托，漳滨卧病竟无憀。长吟远下燕台去，惟有衣香染未销。

——唐·李商隐《梓州罢吟寄同舍》

大汉，历来是史诗里的浓墨重彩，有着扑面翻滚的尘烟，带着鲜血与黄沙席卷而来。因为它的主题是疆野与战争。李义山的词总是稍显清丽优雅，即便是在他描写那位少年战神的时候，也是极端风姿楚楚的。

“长吟远下燕台去，惟有衣香染未销”，在读这一句的时候，总有一种稍纵即逝的缺憾感。曾经那个指点江山的少年，如此意气风发地站在高台上，铸造属于他的传说，衣袂当风，长歌吟啸。

那一瞬间我竟不希望，他就这样被淹没在历史的烟尘之中。他就是霍去病——曾经大汉朝最明亮的阳光。

严风吹霜海草凋，筋干精坚胡马骄。汉家战士三十万，将军兼领霍嫖姚。流星白羽腰间插，剑花秋莲光出匣。天兵照雪下玉关，虏箭如沙射金甲。云龙风虎尽交回，太白入月敌可摧。敌可摧，旄头灭，履胡之肠涉胡血。悬胡青天上，埋胡紫塞傍。胡无人，汉道昌。

当李白对酒当歌，吟起这首《胡无人》的时候，想到的也许便是那个曾经神色飞扬的少年霍去病。

霍去病出生在一个传奇性的家庭。他是平阳公主府的女奴卫少儿与平阳县小吏霍仲孺的儿子，这位小吏不敢承认自己跟公主的女奴私通，于是霍去病只能以私生子的身份降世。父亲不敢承认的私生子、母亲又是个女奴，看起来霍去病是永无出头之日的，然而奇迹终于降临在他身上。

因为霍去病的存在，常年患于匈奴的大汉王朝以一个胜者的姿态出现在了西域。曾经纵横整个西域的匈奴，亦曾为此而悲歌：“失我祁连山，使我六畜不蕃息；失我焉支山，使我妇女无颜色。”如此可见，这位少年名将如天神般英挺俊拔，令无数匈奴人心惊胆寒，却只得悲歌自己的命运。

战场上，戎马一生。在挥剑向匈奴的那一刹那，这个军事奇才以其特有的敏锐与傲然威震天下，驰骋沙场而无人敢掠其锋芒。而在汉武帝赐他豪宅，赏他重金之时，他却用那双立下汗马功劳的手，写下了令无数人感到内心激荡的话语："匈奴未灭，何以家为！"

他是骄傲的。他为自己的战绩而骄傲，为整个大汉而骄傲，为天下的臣服而骄傲。又有谁能说一句他不配？

他是勇敢的。能以区区数百兵马而杀得匈奴大败，在那样一个年代里，芸芸众生又是以怎么虔诚的姿态去仰望着他。

元狩二年（公元前 121 年），汉武帝封霍去病为骠骑将军，他率一万骑兵出陇西，进击匈奴右贤王部。他六天以内连破匈奴五王，又越过焉支山一千多里，和匈奴鏖战于皋兰山下，歼敌近九千人。这样的男子怎能被历史所湮没？

去病，去病。他为大汉除去了最为沉重的一块心病。

英雄不论出身，纵使他生于地位低微之家，亦无损他的豪气万丈，什么比得上一怒便威震千里的才能，什么比得上那份飞扬直冲九霄的傲气？

公元前 119 年，二十一岁的骠骑大将军霍去病再次率军追杀匈奴到大漠以北的狼居山。在狼居山上，才智卓绝的霍去病筑坛祭拜，凯旋还朝。从此，中国历史上就有了"封狼居胥"的典故。

那是属于天之骄子霍去病的历史，没有人可以与之比肩，也没有人可以重复。

霍去病病逝的时候年仅二十四岁。

这样令人心痛的夭亡，带走了千万百姓的尊敬与钦慕，也带走了他一生的光辉。每每想到此刻的时候，都会不由自主地"噫"一声，方觉得可惜，恨不能怀揣起死回生的绝妙医术，重返大汉。

李商隐这首七言诗，却稍显得艳丽，楚雨含情，自有写情之处，不乏对霍去病的赞赏遗憾，长吟而去，又何尝不是对自己的遗憾。

衣香，乃是一个文人的赞赏，龚自珍便有"万人从中一握手，使我衣袖三年香"的赞叹。李商隐未必没有以霍去病自比的意思，但他却清晰地明白，历史不可重复，名将美人，不得白头。

未知歌舞能多少？虚减宫厨为细腰
——繁华下的废墟

梦泽悲风动白茅，楚王葬尽满城娇。未知歌舞能多少？虚减宫厨为细腰。

——唐·李商隐《梦泽》

这首诗是诗人大中元年春夏之际途经洞庭而作。途经楚地，眼见风动白茅，不禁想起楚国旧时的歌舞升平。

那时，美人笑靥如花，君子风流俊雅，言笑晏晏，一派其乐融融。

白茅为何？《左传》杜注："茅，菁茅也。束茅而灌之以酒，为缩酒。"周时楚国每年向周天子进贡包茅，以供祭祀时滤酒用。商隐过楚地，故言楚物。又白茅亦象征女性，《诗经·召南·野有死麕》："白茅纯束，有女如玉。"

诗句开头所说的梦泽，便是古时的楚国之地了。李白《大猎赋序》有载：楚国不过千里，梦泽居其大半。云、梦二泽，几乎可以概述整个楚国了。

这是多美的名字，气蒸云梦泽，云似缥缈，梦如无物，水泽清润，楚国女子的秀雅优美，被代代传颂。而其中最为著名的，就是细腰美人。

义山经过云梦泽之时，也正是当地白茅开得最好的时候，片片白云飘摇，让人不禁追忆这片大地上的古人古物——那些已经消失，却依旧鲜活的故事。

"楚王好细腰，宫中多饿死"，这首《梦泽》便是作者对此事的感叹。

诗中第二句所说的"楚王葬尽满城娇"，与"多饿死"一句可谓异曲同工。宫中佳丽三千，尽为博一人欢颜。那些香消玉殒的女子，不惜将自己饿死，无非是希望能有柳枝般的腰身，能为那昏庸的楚灵王献上一曲。可是那些饿得连力气都没有的女子，又有几人能真正站起来跳舞呢？可荒唐的是，宫中不惜裁减厨师，来造就宫女纤细的腰身。

这样一首诗，在我看来无疑是对楚灵王昏庸的讽刺。古往今来，昏君误国，妖姬祸主，无一不遭到后世文人狠狠的讽刺。而这首《梦泽》固然作得好，可若仅仅是对楚王的批判，却也并不那么出彩了。

而有人作出这样的解释："诗中所慨所讽者，为弥漫于当时楚国宫廷上下之‘细腰’之风。”

封建社会，位高权重者可以俯视苍生，那是他们的权力。而平民是否需要迎合当权者的口味，那却是你的自由了。你不可违背他们的意愿，却也并不需要去迎合他们的口味。古代宫闱女子倾尽一生，只为了能让宫中那唯一的男子能注视到她们。

楚王宫中的那些女子，之所以可怜，并非因为她们追求的东西为我们所不齿，而是她们为了楚王的宠信，不惜丧失自我尚且不自知。她们死去了，却不知道为什么。她们痛苦着，却不尝试着退出来，沉沦其中不自拔，才是真真正正的可怜。同样身在宫闱，有我熟知的王昭君。或许她也曾抱着被君王宠幸的幻想，但时势没有为她造就机会。若是换成寻常女子，或许不过是多了一位白头宫人，而昭君掌握了时机，走了一条不同寻常的路。即使不能只得一人心，白首不相离，却也不必独坐深闺看容颜老去。而后人称赞昭君往往只看到她为汉匈关系作出的贡献，却极少有人看到她自我价值的实现。

诗人在此讽刺的，也就是楚王宫中那种沉溺败坏的风气，为那些女子的无知而叹息，也为那无法扭转的习气而无奈。但是她们又能如何呢？那个时代的女子，除了依附男人，并没有太多条路可以选择。

在家从父，出嫁从夫，夫死从子，她们的一生都被一个又一个男人左右着，那么除了让这个男人对自己好一些外，她们还能选择什么？细腰，既是悲哀，也是一种讽刺。

南唐也是如此，李煜喜好小脚，便有大批的女子忍痛裹足，为了赢得帝王的宠爱，为了给自己争得一席之地，不惜残害自己的身体，而她们认为，这就是爱。最重要的是，那个掌握她们命运的人也认为，这是爱。

太多太多的无奈，在义山的眼里，便成了叹息的云烟。

而恐怕在他眼里，政治也同样是如此，为了迎合帝王的心意，多少朝臣罔顾心意，奴颜媚上，而忠言逆耳之辈，却被排斥，被疏远，甚至被罢官。

这不能不说，也是义山自叹之言。

就好像，繁华的外表下，一颗被腐蚀了的心，一个被宠坏了的皇帝，盛极必衰，大抵如此。

十五泣春风，背面秋千下
——郎骑竹马来

八岁偷照镜，长眉已能画。十岁去踏青，芙蓉作裙衩。
十二学弹筝，银甲不曾卸。十四藏六亲，悬知犹未嫁。
十五泣春风，背面秋千下。

——唐·李商隐《无题》

李商隐作过很多首《无题》，且多数是以描述男女爱情的形式出现。这一首可算例外，初次接触这首诗，我总不大能理解诗人这样的艺术手法，直到后来接触到乐府。

后来之所喜欢这首诗，或许也是因为乐府那种干净爽利的艺术形式。读这样的诗，仿佛看一出优美的短剧，看到一名爱美的天真少女逐渐成长的过程。

八岁时对着镜中面容偷偷地窥探，细细点缀妆容，或许我们身边很多女子都曾有过如此经历，年少时对美的向往多是小心翼翼的，害羞而又期盼。

少女十岁出门踏青，眼见大好春光，不禁将芙蓉采下，装点身上的衣裙。

我曾想过诗人是否也是在那样一个春光大好的午后，在万物复苏的城郊看到过那样一位少女，小心翼翼从枝头摘下一道春色，装点上自己的罗裙。此时的少女，不也正如我们第一次褪去校服，穿上心仪的服饰吗？

然而古时的女子大抵是孤独的，她们即便能穿戴最美的衣饰，却也极少有机会让人欣赏。诗中这位女子是个积极向上的姑娘，“十二学弹筝，银甲不曾卸”，而今的孩子大多是被逼着学习某种技艺，古时的女子除却这些似乎也没有什么可以丰富自己的生活了。日以继夜地练习弹筝，兴许能抹去深闺的几分孤独。而诗中女子，似乎更抱着另外一分寄托。

后面一句所提到“犹未嫁”，看到这一犹字，方才叫人恍然大悟，这位爱美的女子，正如当时多数闺阁小姐一般，心头盼着能找到下半辈子的幸福。其实这也算得上古来女子的普遍心理了。

即便在今日，有个几个姑娘不是希望能找到心仪的另一半呢？姑娘心头殷殷切切，家中长辈却不知是已有安排，还是根本不着急，对女子婚事只字未提。女子抱着对青春的期盼与懵懂又跨过一个春秋，此时也就不再有年少的天真烂漫，独自背着人群潸然泪下。

这位天真烂漫的少女，经历过成长，却变得郁郁寡欢。反观诗人的心境，诗人少年怀才，一心希望入仕，大展宏图，却无奈在当时的门第观念下，入仕已是不易，更何况有所作为。如此郁闷，作者无处言说，便借用少女成长的心境，用少女逐渐成长却逐渐悲凉的心境，来寄托自己那份无处诉说的哀愁。这首诗算是诗人早年之作，彼时还是对前途抱着希望的，即便诗的结尾有些凄凉，也大抵是失望所致，尚且谈不上是绝望。

其实无论是诗人抑或是诗中少女，他们的悲剧都不能算作是自身的悲剧，时代使然。试想一下，诗中那名少女若是放在如今，又岂会独自垂泪闺中？她完全有自由去追求自己的幸福。

人生的很多悲剧原本与我们的人生并无直接关联，可我们偏偏不能选择自己所处的大环境。时代若是要赋予一人注定的结局，那么无论心里有多么期盼，甚至做多少努力，总是毫无意义。就如宋徽宗，若是生在大唐，必将是位被才子佳人所欣赏的潇洒王爷。可是他无法选择自己的身份，正如李商隐也最终无法左右自己的仕途，自己的人生。

我们如今看来，会觉得古人很傻，不明白他们为什么就不能冲破世俗，寻求自己真正的心境。而他们之所以被时代所左右，归根结底，是社会早已定格了他们的思想。人们往往将思维独特的人归之为异类，而这些异类却极有可能是天才，只是天才的光芒常常由时间来定。有时候我们看不到天才的闪耀，却先见证他们的陨落，而真正的光芒，却要由后人来挖掘。

无论是李商隐，或是他笔下的少女，都显然不属于异类，他们要在所处的时代生存，必然拥有着时代所赋予的思想。当我们了解古代名人的时候，往往被那些性格不羁敢于冲击礼教的人所吸引，然而他们毕竟是少数。敢于挑战的固然是勇者，屈于时代的，却也未必不该欣赏。起码他们也曾奋斗过，一切努力，都是值得我们尊重的。

这首诗里，一个鲜活的形象仿若翩然眼前，有着我们年少的形象与期盼，也有我们中途的彷徨与失措。

此情可待成追忆，只是当时已惘然

——岁月忽已晚

锦瑟无端五十弦，一弦一柱思华年。庄生晓梦迷蝴蝶，望帝春心托杜鹃。
沧海月明珠有泪，蓝田日暖玉生烟。此情可待成追忆，只是当时已惘然。

——唐 · 李商隐《锦瑟》

李商隐的诗，一贯柔婉妙丽，而这一首《锦瑟》，却是他最受争议的诗之一。

有人认为这是李商隐在追忆自己无果的初恋，最后两句恰恰又是对初恋最完美的解释。读遍李商隐的诗，再细数他历来扑朔迷离而又精致婉转的感情世界，也许这个猜测是真的，至少如此怅然若失，又带着青春气息的初恋，的确让人心生向往。

也有人认为，这是他对自己身世的哀伤，借景抒情，实则抒发自己怀才不遇的惆怅与郁闷。

种种说法，皆因李商隐本就是一个心思细腻而婉转的诗人，常常一首诗内包含了多种情感，而这些细节与感受，恐怕也只有当时写作的李商隐本人能够体会了。而后人，只能从这些诗句的字里行间，浅读他的愁思，轻触他的那颗七窍玲珑心。

锦瑟无端五十弦，一弦一柱思华年。锦瑟即为乐器，《周礼 · 乐器图》里描述道："雅瑟二十三弦，颂瑟二十五弦，饰以宝玉者曰宝瑟，绘文如锦者曰锦瑟。""五十"在这里，同样只是一个虚数，这琴弦每一拨，每一动，那轻灵的乐曲，就撩动起义山心中的愁绪来。

我的脑海里浮现了有些诡异的一幕：一间华美却纱幔零落的房间内，一架雕花精致的锦瑟安静地躺在地上，寒风吹进屋子，纱随着风七零八落地摇摆，无人拨弄的锦瑟，却径直演奏出了绝美的乐章。

庄生晓梦迷蝴蝶，望帝春心托杜鹃。这是两个典故的集大成之句，庄周梦蝶的故事，出自《庄子·齐物论》，它说："庄周梦为蝴蝶，栩栩然蝴蝶也；

自喻适志与！不知周也。俄然觉，则蘧蘧然周也。不知周之梦为蝴蝶与？蝴蝶之梦为周与。”

而“望帝春心托杜鹃”则出自《华阳国志·蜀志》，说的是蜀国的国君杜宇，在称帝后因为水灾而不得不让位于臣子，自己退隐山林，死后化为杜鹃，夜夜悲鸣，声声泣血。

庄周梦蝶，望帝化杜鹃，前者浪漫，后者凄婉，却都透露出诗人一种茫然无措的情绪。

庄周梦蝶固然美，而我更喜欢的，则是“沧海月明珠有泪”的朦胧。

在辽阔的大海上，明月照耀着波涛，水中的鲛人们却在水中默默哭泣，眼泪凝结成珍珠。这个典故出自《博物志》中对鲛人的描述：“南海外有鲛人，水居如鱼，不废绩织，其眼泣则能出珠。”鲛人，也引发了古往今来许多人的揣测，有人甚至说，这便是传说中的美人鱼。

无论什么样的感情，终会因为岁月而变淡，只是回忆起当时的时候，会有一瞬间的恍惚。

此情可待成追忆，只是当时已惘然。这一句说尽了大多数人的伤情之状，被视为李商隐描述初恋的典型词句。

那些美好、纯净，最终成为回忆，而今想来，除却苦涩一笑外，也只剩下惆怅和迷惘了。

传说李商隐的初恋是一位名叫柳枝的富商之女，因为欣赏李商隐的才气，而与之结交，年少的两人很快陷入热恋，然而柳枝却没有与李商隐相守的运气，早早便被富商父亲卖进了官宦人家做小妾，李商隐这一段苦涩的爱情，也只能无疾而终。

又有人说，这首锦瑟诗，并非写给柳枝的，而是写给一个同名的侍女的诗作。这个名叫锦瑟的侍女，是令狐楚家的家侍，李商隐在令狐楚家中居住之时，曾爱慕过这个女子，却最终也因为世事无常而分离了。

更有人说，这是写给他那位女道士恋人宋华阳的，又或者，是写给他初婚妻子的，只是这位女子姓甚名谁，却没有留下只字片语，只能从李商隐的《祭小侄女寄寄文》中那句“况吾别娶已来，胤绪未立”来猜测。

李商隐的诗，如同他的人、他的感情一般难以捉摸，那些如昙花乍现的女子出现在他的生命里，又很快离开。

人们常说，义山词缠绵悱恻、动人心弦，却不知，若非有诗人的真情实感在其间，旁人又如何能体会到那其中蕴含的悲苦和凄凉，接连痛失所爱已是伤心之事，更何况李商隐这般细腻多情的男子。

那些绮丽、缱绻的传说，最终随着他的离世而永远埋葬了，只留下一首首或甜蜜、或温馨、或伤感，又或悲愤的诗词，来隐约照出他前行道路上的波澜与曲折。

他一生有胸襟，却无处开怀，他一生有多情，却留不住一人，只待回首时，岁月流转，人生已走到了尽头。

孔子曰：『小子何莫学夫诗？诗，可以兴，可以观，可以群，可以怨。迩之事父，远之事君，多识于鸟兽草木之名。』